金 學 叢 書

第二輯 3

吳 敢

胡衍南 霍現俊

主編

傅憎享《金瓶梅》研究精選集

傅憎享 著

臺灣 學 書局 印行

金學叢書第二輯序

　　2013 年 5 月第九屆（五蓮）國際《金瓶梅》學術討論會期間，胡衍南、霍現俊忙裏偷閒，時而小聚，漢書下酒，就中便有本叢書編輯出版一事。當時即擬與吳敢商談，以期盡快成議。只是吳敢當時會務繁多，此議終未提及。2013 年 7 月 3 日，胡衍南到徐州公幹，當晚至吳敢舍下小酌，此事即進入操作程序。此後電郵往來，徐州、臺北、石家莊三方輾轉，叢書編撰框架日漸明朗。2013 年 11 月 23 日，胡衍南再度到徐州公幹，代表臺灣學生書局與吳敢詳盡商談編輯出版事宜，本叢書遂成定案。

　　此「金學叢書」之由來也。

　　中國古代小說研究，重大課題眾多。近代以降，紅學捷足先登。20 世紀 80 年代，金學亦成顯學。明代長篇白話小說《金瓶梅》是中國文學史上一部里程碑式的重要作品，其橫空出世，破天荒打破以帝王將相、英雄豪傑、妖魔神怪為主體的敘事內容，以家庭為社會單元，以百姓為描摹對象，極盡渲染之能事，從平常中見真奇，被譽為明代社會的眾生相、世情圖與百科全書。幾乎在其出現同時，即被馮夢龍連同《三國演義》《水滸傳》《西遊記》一起稱為「四大奇書」。不久，又被張竹坡譽為「第一奇書」。《紅樓夢》庚辰本第十三回脂評：「深得《金瓶》壼奧」。魯迅《中國小說史略》認為「同時說部，無以上之」。

　　自有《金瓶梅》小說，便有《金瓶梅》研究。明清兩代的筆記叢談，便已帶有研究《金瓶梅》的意味。如明代關於《金瓶梅》抄本的記載，雖然大多是隻言片語的傳聞、實錄或點評，但已經涉及到《金瓶梅》研究課題的思想、藝術、成書、版本、作者、傳播等諸多方向，並頗有真知灼見。在《金瓶梅》古代評點史上，繡像本評點者、張竹坡、文龍，前後紹繼，彼此觀照，相互依連，貫穿有清一朝，形成筆架式三座高峰。繡像本評點拈出世情，規理路數，為《金瓶梅》評點高格立標；文龍評點引申發揚，撥亂反正，為《金瓶梅》評點補訂收結；而尤其是張竹坡評點，踵武金聖歎、毛宗崗，承前啟後，成為中國古代小說評點最具成效的代表，開啟了近代小說理論的先聲。明清時期的《金瓶梅》研究，具有發凡起例、啟導引進之功。

　　20 世紀是人類歷史上可足稱道的一個百年。對中國人來說，世紀伊始，產生了驚天動地的兩件大事：1911 年封建王朝的終結，1919 年「五四」新文化運動的興起。中國人

心裏承接有豐富的傳統，中國人肩上也負荷著厚重的擔當。揚棄傳統文化，呼喚當代文明，這一除舊佈新的文化使命，在中國用了大半個世紀的時間。觀念形態的更新、研究方法的轉變、思維體式的超越、科學格局的營設一旦萌發生成，便產生無量的影響，具有劃時代的意義。《金瓶梅》研究即為其中一例。

以 1924 年魯迅《中國小說史略》出版，標誌著《金瓶梅》研究古典階段的結束和現代階段的開始；以 1933 年北京古佚小說刊行會影印發行《金瓶梅詞話》，預示著《金瓶梅》研究現代階段的全面推進；以 30 年代鄭振鐸、吳晗等系列論文的發表，開拓著《金瓶梅》研究的學術層面；以中國大陸、臺港、日韓、歐美（美蘇法英）四大研究圈的形成，顯現著《金瓶梅》研究的強大陣容；以版本、寫作年代、成書過程、作者、思想內容、藝術特色、人物形象、語言風格、文學地位、理論批評、資料彙編、翻譯出版、藝術製作、文化傳播等課題的形成與展開，揭示著《金瓶梅》的研究方向。一門新的顯學——金學，已經赫然出現在世界文壇。

20 世紀 70 年代以來的當代金學，中國的吳曉鈴、王利器、魏子雲、朱星、徐朔方、梅節、孫述宇、蔡國梁、甯宗一、陳詔、盧興基、傅憎享、杜維沫、葉朗、陳遼、劉輝、黃霖、王汝梅、周中明、王啟忠、張遠芬、周鈞韜、孫遜、吳敢、石昌渝、白維國、陳昌恆、葉桂桐、張鴻魁、鮑延毅、馮子禮、田秉鍔、羅德榮、李申、魯歌、馬征、鄭慶山、鄭培凱、卜鍵、李時人、陳東有、徐志平、陳益源、趙興勤、王平、石鐘揚、孟昭連、何香久、許建平、張進德、霍現俊、陳維昭、孫秋克、曾慶雨、胡衍南、李志宏、潘承玉、洪濤、楊國玉、譚楚子等老中青三代，辨章學術，考鏡源流，營造了一座輝煌的金學寶塔。其考證、新證、考論、新探、探索、揭秘、解讀、探秘、溯源、解析、解說、評析、評注、匯釋、新解、索引、發微、解詁、論要、話說、新論等，蘊含宏富，立論精深，使得金學園林花團錦簇，美不勝收，可謂源淵流長，方興未艾。中國的《金瓶梅》研究，經過 80 年漫長的歷程，終於在 20 世紀的最後 20 年登堂入室，當仁不讓也當之無愧地走在了國際金學的前列。

此「金學叢書」之要義也。

本叢書暫分兩輯，第一輯為臺灣學人的金學著述，由魏子雲領銜，包括胡衍南、李志宏、李梁淑、鄭媛元、林偉淑、傅想容、林玉惠、曾鈺婷、李欣倫、李曉萍、張金蘭、沈心潔、鄭淑梅，可說是以老帶青；第二輯為中國大陸 20 世紀 80 年代以來學人的《金瓶梅》研究精選集，計由徐朔方、甯宗一、傅憎享、周中明、王汝梅、劉輝、張遠芬、周鈞韜、魯歌、馮子禮、黃霖、吳敢、葉桂桐、張鴻魁、陳昌恆、石鐘揚、王平、李時人、趙興勤、孟昭連、陳東有、孫秋克、卜鍵、何香久、許建平、張進德、霍現俊、曾慶雨、楊國玉、潘承玉、洪濤諸位先生的大作組成，凡 31 人 30 冊（其中徐朔方、孫秋克，

傅憎享、楊國玉，王平、趙興勤，因字數兩人合裝一冊），每冊 25 萬字左右。

　　天津師範學院(今天津師範大學)朱星是中國大陸金學新時期名符其實的一顆啟明星，他在 1979 年、1980 年連續發表多篇論文，並於 1980 年 10 月由百花文藝出版社結集出版了中國大陸新時期《金瓶梅》研究的第一部專著《金瓶梅考證》。朱星的研究結論不一定都能經得住學術的檢驗，但朱星繼魯迅、吳晗、鄭振鐸、李長之等人之後，重新點燃並高舉起這一支學術火炬，結束了沉寂 15 年之久的局面，這一歷史功績，應載入金學史冊。遺憾的是，朱星先生 1982 年逝世，後人查訪困難，只能闕如。

　　香港夢梅館主梅節可謂《金瓶梅》校注出版的大家，1988 年由香港星海文化出版有限公司出版《全校本金瓶梅詞話》；1993 年由梅節校訂，陳詔、黃霖注釋，香港夢梅館出版《重校本金瓶梅詞話》（該本後由臺灣里仁書局 2007 年 11 月初版，2009 年 2 月修訂一版，2013 年 2 月修訂一版八刷）；1998 年梅節再為校訂，陳少卿抄寫，香港夢梅館出版《夢梅館校定本金瓶梅詞話》。前後三次合共校正詞話原本訛錯衍奪七千多處，成為可讀性較好的一個本子。梅節由校書而研究，關於《金瓶梅》作者、傳播、成書、故事發生地等問題的認識，亦時有新見。可惜的是，梅節先生的論文集《瓶梅閒筆硯——梅節金學文存》2008 年 2 月由北京圖書館出版社出版，版權協商匪易，未能入選。

　　上海音樂學院蔡國梁 20 世紀 50 年代末即開始研習《金瓶梅》，寫下不少筆記，1980 年前後即依據筆記整理成文，1981 年開始發表金學論文，1984 年出版第一部專著[1]，累計出版金學專著 3 部[2]、編著 1 部[3]，發表論文多篇，內容涉及《金瓶梅》的思想、源流、人物、作者、評點、文化等諸多研究方向，是早期《金瓶梅》研究的主力成員。無奈聯繫不上，不得已而割愛。

　　國人研究《金瓶梅》的論著，最早是闞鐸的《紅樓夢抉微》[4]，但其只是一個讀書筆記。天津書局 1940 年 8 月出版之姚靈犀《瓶外卮言》，嚴格說也只是一個資料彙編。香港大源書局 1961 年出版之南宮生著《金瓶梅》簡說，算得上是一個原著導讀。臺北時報文化出版公司 1978 年 2 月出版之孫述宇著《金瓶梅的藝術》，可說是第一部文本研究的學術著作。該書全文收入石昌渝、尹恭弘編選的《臺港金瓶梅研究論文選》[5]。2011 年 3 月上海古籍出版社再版，增加了一篇作者自序，更名為《金瓶梅：平凡人的宗教劇》。

1　《金瓶梅考證與研究》，西安：陝西人民出版社，1984 年。
2　另兩部為：《明清小說探幽——明人、清人、今人評金瓶梅》，杭州：浙江文藝出版社，1985 年；《金瓶梅社會風俗》，天津：百花文藝出版社，2002 年。
3　《金瓶梅評注》，桂林：灕江出版社，1986 年。
4　天津大公報館 1925 年 4 月鉛印。
5　南京：江蘇古籍出版社，1986 年。

孫述宇先生本已與上海古籍出版社洽商同意編入金學叢書，並授權主編代理，忽中途撤稿，原因還是版權問題。

還有其他一些因故未能入選的師友：或已作仙遊[6]，或礙於本輯叢書的體例[7]，或因為版權期限，或失去聯繫等。凡此種種，均為缺憾。

儘管如此，第二輯連同第一輯 14 人 16 冊總計所入選的此 45 人 46 冊，已經是中國當代金學隊伍的主力陣容，反映著當代金學的全面風貌，涵蓋了金學的所有課題方向，代表了當代金學的最高水準。

此「金學叢書」之大略也。

臺灣學生書局高瞻遠矚，運籌帷幄，以戰略家的大眼光，以謀略家的大手筆，決計編撰出版「金學叢書」，實金學之幸，學術之福。主編同仁視本叢書為金學史長編，精心策劃，傾心編審。各位入選師友打造精品，共襄盛舉。《金瓶梅》研究關聯到中國小說批評史、中國小說史、中國文學史、中國文學評點史、中國文學批評史等諸多學科，是一個應該也已經做出大學問的領域。為彌補本叢書因為容量所限有很多師友未能入選的不足，特附設一冊《金學索引》[8]，廣輯金學專著、編著、單篇論文與博碩士論文，臚列學會、學刊與所舉辦之金學會議，立此存照，用供備覽。本叢書的編選，既是對過往的總結，也是對未來的期盼。本叢書諸體皆備，雅俗共賞，可以預測，將為金學做出新的貢獻。

此「金學叢書」之宗旨也。

金學已經不是一座象牙塔，而是一處公眾遊樂的園林。三百多部論著，四千多篇學術論文，二百多篇博碩士論文，既有挺拔的大樹，也有似錦的繁花，吸引著越來越多的研究者與愛好者探幽尋奇。不容置疑，傳統的金學，加上以文化與傳播為標誌的、以經典現代解讀為旗幟的新金學，必然展示著甯宗一先生的經典命題：說不盡的《金瓶梅》。

此「金學叢書」之感言也。

吳敢、胡衍南、霍現俊（吳敢執筆）

2014 年元旦

6　如王啟忠、鮑延毅、孔繁華、許志強諸先生等，駕鶴西去的徐朔方先生的精選集由其高足孫秋克代為編選，劉輝先生的精選集由其摯友吳敢代為編選。

7　本輯叢書乃論文精選集，字典、詞典與小塊文章結集便未能入選，《金瓶梅》語言研究的幾位專家如白維國、李申、張惠英、許仰民等因此失選。

8　吳敢編著，分上下兩編。

傅憎享《金瓶梅》研究精選集

目　次

《金瓶梅》話本內證

學界在論斷《金瓶梅詞語》為話本時,多據以下兩條資料:一是《花香室叢鈔》十七「《平妖傳》《禪真逸史》《金瓶梅》皆平話也……」;一是張岱《陶庵夢憶》卷四曾記載,崇禎七年「甲戌十月,攜楚生往不繫園看紅葉。……楊與民彈三弦子、羅三唱曲、陸九吹簫,與民復出寸許界尺,據小梧,用北調說《金瓶梅》一劇,使人絕倒」。清學者俞樾《茶香室叢鈔》卷十七:「國朝李斗《揚州畫舫錄》云乾隆丁酉巡鹽御史伊齡阿,奉旨於揚州設局修改曲劇,凡四年事竣。總校黃文暘著《曲海》二十卷。《平妖傳》《禪真逸史》《金瓶梅》皆平話也。《倭袍》《珍珠塔》《三笑姻緣》皆彈詞也。乃《曲海》所載皆有曲本。」黃伊兩人所見的話本,是否即《金瓶梅詞話》?而且所記晚於「詞話本」之刊行,實不足據以證定。雖然,可資證實其為話本的資料十分匱乏,然而在《金瓶梅詞話》中卻充滿著說話人的遺痕;在沒有發現新的外證時,深入開掘倒可以發現《金瓶梅》為話本的有力內證。

話說「說話」

《金瓶梅詞話》具有完備的說話形式,說話人的口角滿布全書。每回回首或段落起首處,皆以「話說」「卻說」開始。用「不說……且說」作為轉折,以「話休饒舌」「話休絮煩」「表過不題」「不必細說」作為省筆。「一路無話」「一夜無話」起到了有話即長、無話即短的作用。「此是後話」或提前預報後事,或為後文埋下伏筆而「按下不表」。同時併發的事件,無法出於一口:所謂一張口難說兩家話,只能花開兩朵、各表一枝;只能是「安下一頭,卻說一處」,以「話分兩頭」中斷此事,就中「卻表」他事。以「如此這般」概括紛繁事件及其複雜的經過。回末又是「不知後事如何,且聽下回分解」云云。

上述種種操業說書人的口角,在《金瓶梅詞話》中即便是無一不有,也並不能據以坐實《金瓶梅詞話》是說話人的話本。因為文人的擬話本及後來的章回小說,摹擬說話人的口角,襲用了說話的全部形式。這就給人們辨認話本增添了困難。《金瓶梅詞話》雖經文人刪定,無意間保留下來許多說話人的殘痕。如人們常舉以為證的「評話捷說,

有日到了東京萬壽門外」（30）[1]；「評話捷說，到了東京進得萬壽門來」（70）。崇禎本刪除了「評話捷說」並把後例改為「話說一日到了東京，進得萬壽門」。崇禎本的刪定者極力向閱看靠近，是文人「貴目賤耳」習慣的反映一刪一改，使說話的話本說聽的「活化石」消逝了。當然，僅止兩個「評話捷說」也難以作為「話本」的證據；然而說話的實證，在《金瓶梅詞話》中不只上舉兩端，而是有著大量的遺存。

「到次日，卻說六月初三日」（82），崇禎本對「卻說」感到礙眼，徑行刪除，變成了「到次日，六月初三日」，戴鴻森先生校本較為圓通，徑改為「到次日卻是六月初三日」。這種徑行刪改，閱讀時文通字順，無礙眼之弊；然而，一改一刪泯沒了話本說話的特徵。「卻說」二字是說話人信口呼出而被錄入的實證。再舉一例：

「不說苗青逃出性命不題，單表……」（47）。從閱讀角度審視「不說」「不題」同義重出，文人的擬話本、章回小說不會出現類此疏誤。崇禎本刪除「不題」，顯然以為是閱讀時多餘的礙眼之詞。訴諸視覺的書面行文較為嚴密，而訴諸聽覺的說話則較為鬆散。口頭較諸書面隨便，說話人常不顧行文規範，因而「不說」「不題」並見；於聽眾暫態即逝，便是察聽出重複也過濾掉了。寫錄者無意間保留下來這種口頭特徵，為人們留下了說話的硬證。證明著：《金瓶梅詞話》的原初本是「不上紙筆的胡歌野調」（75）。「不上紙筆」當然不是供人閱看的，「胡歌野調」只是供人說聽的。再如，第四十九回「要說此係後事」，從閱讀角度看，「要說」極不順暢。「要說」二字是口授的遺痕，師授耳提「要說」，說話人便信筆記入。這一切不僅證明《金瓶梅詞話》為說話人的述錄，而且記述是寫給自己（而不是供他人閱讀）的「話本」。類此說話的實證頗多，且看下文——

云云何云

徐扶明同志〈比較《金瓶梅》與《紅樓夢》戲曲描寫〉（《紅樓夢學刊》1989年第3期）一文指出《金瓶梅詞話》演唱曲文並非自創，皆是引自他書。「而且是全引全文，說明著不是文人之作，而是藝人的說唱的『詞話』。」所論誠是，然而「全引全文」只是顯證。隱證恰恰是在不全引全文之處，給人們留下了較諸「全引全文」還要堅實的話本內證。錄幾例於次：

1. 唱了一套〈南石榴花〉「佳期重會」。云云。（21）
2. 春梅等唱「人皆畏夏日」。云云。（30）

1　（　）內數碼為《金瓶梅詞話》之回次，全書下同。

3. 唱一套〈南呂・乳納襖〉「混元初是太極」。云云。（60）

4. 唱了一套〈冬景・絳都春〉「寒風布野」。云云。（21）

5. 唱燈詞〈畫眉序〉「花月滿春城」。云云。（46）

　　崇禎本的刪訂者，必然以為「云云」為多餘無用之贅字，為消除閱讀時視覺障礙，徑行將「云云」刪除。上引各例都不是「全引全文」，證明著不是供人閱看的。供人閱看的「讀本」，理應「全引全文」。僅記下首句，以「云云」簡代全文，正是說話人話本的又一實證。說話人憑藉首句「云云」的提示，「題頭知尾」自然會唱出全文來。「云云」便是省略的演出提示。

　　與《金瓶梅詞話》同時代的、明代楊茂謙的《笑林評》中有一則關於省略提示的笑話：「坊間惡曲本，遇迭句每字以兩點累次其下。蘇人善謳，有習之者，掩卷而竊笑之。一日唱《香囊記》至『看香羅紫囊』下句五字悉以兩點代之，其人唱過首句，至下句即唱云：『囊囊囊囊囊』，聞者頓足而笑。」笑話反映出人們寫錄求省的習慣，創造了各種省略記號，以加快寫錄的速度，以節省篇幅。笑話中的兩點兒，代替「累次其下」的五字。《金瓶梅詞話》中的「云云」，也是以首句帶出「累次其下」的全文。笑話的作者楊茂謙以文人的眼光對這種省簡施以嘲諷，他在無意間透露出省略為供學習演唱「坊間惡曲本」之常有。《金瓶梅詞話》「云云」取的便是這種演唱常用的省略形式，以首句代全文。「云云」是一種演出提示，是說話人的記號；提示說話人要依首句「累次其下」唱完「一套」的全文。

　　除「云云」之外，還有另一種提示：「正月十五鬧元宵，滿地焚香天地也燒」，在這兩句之後標明「一套唱畢」（74）。崇禎本刪除「一套唱畢」的提示。這些提示表明著演出的性質，說話人按提示當然是要把「一套」唱完的。崇禎本從閱看的角度，對「礙眼」之處，做了較大的刪除。所刪之處以方括號標出：

　　　韓嫂子〔不慌不忙〕，叉手向前拜了兩拜。說道：三位娘娘在上，聽小媳婦〔從頭兒〕告訴——〔唱〈耍孩兒〉為證：「太平佳節鬧元宵」，云云。〕（24）

　　雖然不能說崇禎本所刪的，都是寫給說話人的提示，作為說話人演出之用的部分。〔不慌不忙〕和〔從頭兒〕，不一定便是穩重科和詳明科。然而如何從頭兒告訴，卻不是崇禎本所改的「從頭兒說了一遍」，而是以唱代訴的，唱又沒「全引全文」，說話依據那「云云」的舞台提示進行全盤的說演唱。第五十九回〈李瓶兒痛哭官哥兒〉有「〈山坡羊〉為證」，從這「為證」二字當然看不出是說話的說唱，還是供人閱讀的讀本。繼後兩哭不同，一為「〈山坡羊〉全腔為證」，一為「前腔」。「全腔」或是「前腔」之誤，寫錄者的用字心理似乎是依前腔把全文唱完，才誤寫了「全腔」。這個誤字為人們

提供了是演員自用的話本的又一實證。《金瓶梅詞話》雖然也是經過文人刪訂，卻不像崇禎本那樣徹底，尚且殘存著說話人的說演的證據。《金瓶梅詞話》的刪訂者，斧削時並非手下留情，倒是這類說話人說與演的特徵之多，刪不勝刪。說與演的實證還可以找到顯例：第六十三回開夜宴「那戲子又做了一遍，並下」。「並下」二字顯然不是寫戲子退場的，然而於閱看又礙眼。這也是未刪除淨盡的孑遺。「並下」，表明了說話人一人多角「跳入跳出」，以戲子身分做了一遍戲，之後，「並」字包容著演員與角色一併退下的兩種「提示」。這舞台提示的種種，證明著《金瓶梅詞話》的原初本是演出用的，給人們提供了「話本」又一方面的實證。

看官聽說

　　過去人們對「看官聽說」有個誤解，誤以為《金瓶梅詞話》不再是說聽，對象不再是聽眾，而是「看官」的讀者。但「看官」而「聽說」，又自相矛盾，曲為之解：以為這是從說聽向閱看的過渡。

　　「看官」不是案頭閱看之「官」；恰恰相反，而是在書場裏「看」說話人「表演」的觀眾。這是「說話的」以卑達尊對觀眾的「看官」謙恭的說法。誤解導因於，把說話藝術誤解為單純的說與聽的藝術。其實，說話的藝術是邊說邊演的；不僅要聽，更要看，故而稱之為「看官」。說話人一般兼具說、演、唱三功；自我伴奏的還須說彈演唱四功俱全。「看官聽說」起碼包含著說與演的兩個方面：說的敘述與演的動態是不可以割裂的整體。人們把說話歸類於講唱藝術，不論其以唱為主，還是以講為主，都離不開表演。說話人的「手眼身法步」的基本功，便是為了表演的需要。即便是以說為主的，也要「口講指劃」地摹扮，從來不會有只說不演的純粹的「說話」。准此，作為「看官」的聽眾，首先倒是「觀眾」。耳聽說唱，眼看表演，耳聆目察，是為「看官聽說」。與說話關係密切的戲曲，也有著看與聽的兩面，舊時戲場聯語可為佐證：

　　　　願聽者聽，願看者看，看聽自取兩便；

　　　　說好就好，說歹就歹，好歹只演三天。

　　《金瓶梅詞話》的說話人，不時地跳出故事，以說話人的身分，謙恭地以「看官聽說」與聽眾親切地交談。詞話雖然是說話人一人搬演，也必定是摹扮著角色的，而且是說、唱、演兼而有之的，故而稱欣賞者為「看官」便理所當然的了。集說演唱於平話之一身，並非始自《金瓶梅》。《元史》便強調了詞話演唱的特點：「諸民間子弟，不務正業，輒於城市坊鎮，演唱詞話，教習雜戲，聚眾淫謔，並禁治之。」（《元史》卷一百零五〈刑

法志〉）明代文學家歸有光以平話來評論太史公的文趣：「太史公但若熱鬧處就露出精神來了，如今說平話者然：一拍手又說起……有興頭處就歌唱起來。」（《震川先生文集·史記總評》）可見明代的平話是連說帶唱的，而且唱是在有興頭處才唱起來的。《水滸傳》第五十回〈插翅虎枷打白秀英〉有著話本演出的實寫：「今日秀英招牌上明寫著：這場話本本是一段風流蘊藉的格範，喚作〈豫章城雙漸趕蘇卿〉，說了開話又唱，唱了又說，合棚價喝彩不絕。」

《金瓶梅詞話》中可唱部分頗多，以曲代束、以曲代言和以唱代訴等皆是。潘金蓮雪夜弄琵琶（38），李瓶兒哭官哥（59），清明節寡婦上新墳時春梅哭金蓮（89），以及妓女訴煙花苦和玉簪兒被打的〈山坡羊〉哭訴等皆是一人的獨唱獨訴。而西門慶大鬧麗春院與虔婆是用〈滿庭芳〉以唱代罵的對唱。這些以曲代言的唱，是出於說話的需要，為了活躍場面，變沉寂的平鋪直敘的說，而為有興頭的唱，而唱將起來。西門慶臨終與吳月娘對唱〈駐馬聽〉，崇禎本的改訂者似乎發現，此時唱曲於情於理皆不合，予以刪除，只寫「放聲大哭，悲痛不止」。說話人與文人寫作不同，為了追求劇場效果，而有意無視其他。在詞話中雜以歌唱和表演，歸因於滿足市俗觀眾的審美需求。於此，不詳細討論，然而卻從又一側面證明著「看官聽說」的合理。

贊詞套語

說話人為打破說的平鋪直敘，對像俗文化的繞口令「騾馬與破瓦」「黃豆巴斗」，以至賦贊套語，均皆廣采博收。賦贊講究對仗聲律，講來琅琅爽口，聽來鏗鏘悅耳。贊詞成了固定的體式，成了「官中詞兒」，說話人可以植入任何一部書中。如「人物贊」，「盔甲贊」等等。以贊詞說人物外貌，說話人稱之為「開相」。《金瓶梅詞話》第二回西門慶回過臉兒看潘金蓮，「但見」的贊詞，全然是兒化韻，藝人稱之為「小轍兒」的「一轍到底」。這段贊詞承襲自《水滸傳》，然而《水滸傳》第四十四回原為石秀眼中「但見」潘巧雲的形象。《金瓶梅詞話》並不是簡單地植入，而是有所增益。從增益中可以看出，更向說話貼近。現將兩者錄下，以供比較：

《水滸傳》：「黑鬒鬒鬢兒，細彎彎眉兒，光溜溜眼兒，香噴噴口兒，直隆隆鼻兒，紅乳乳腮兒，粉瑩瑩臉兒，輕嫋嫋身兒，玉纖纖手兒，一撚撚腰兒，軟膿膿肚兒，翹尖尖腳兒，花簇簇鞋兒，肉奶奶胸兒，白生生腿兒，更有一件……」

《金瓶梅詞話》：「黑鬒鬒賽鴉翎的鬢兒，翠灣灣的新月眉兒，清泠泠杏子眼兒，香噴噴櫻桃口兒，直隆隆瓊瑤鼻兒，粉濃濃紅豔腮兒，輕嫋嫋花朵身兒，玉纖纖

蔥枝手兒，一捻捻楊柳腰兒，軟濃濃白麵臍肚兒，窄多多尖翹腳兒，肉奶奶胸兒，白生生腿兒……」

這段贊詞不僅為《水滸傳》《金瓶梅詞話》所運用，而且還見於小說《株林野史》，不同處是不以「但見」領起，而以「歌道」領起。可知，贊詞是可以演唱的。不過《株林野史》贊詞較為簡略：

歌道：他白生生的手兒，灣生生的眉兒，紅馥馥的唇兒，黑鬒鬒的髮兒，小點點的腳兒，鼓彭彭的乳兒，滑溜溜的肚兒，更有那……

《金瓶梅詞話》贊詞常因「但見」而生誤會，有論者以為不合情理。張家英〈《金瓶梅》的語言藝術〉（《北方論叢》1990 年第 5 期）認為「這段描述文字也存在一些缺點，『香噴噴』，只能是鼻子聞到的氣味，怎麼能用眼睛見到呢？潘金蓮既不能穿短褲，也不可能穿旗袍（那時候還沒有），怎麼能見到她的『白生生腿兒』呢？」誤會蓋導因於把贊詞看作文人的「描述文字」，忽略了這是說話人的「但見」。它是說話人的視角，是說話人的觀察，說話有較大的自由。不僅觀察，尚且品味，不僅眼見，尚且心識。眼耳鼻舌心，五官並用，真個是「都來眼底復心頭」。說話人不僅注重實的描述，更注重意的評述。因此，不僅出現了嗅覺的「香噴噴的口兒」，更生出了觸覺的「軟濃濃的白麵臍肚兒」。這種「但見」閱讀視角似不合理，而出諸說話人之口，入於聽眾之耳；從口角上達致聽覺，則又合情合理了。說話人是全能與全知的，不僅可以看見那見不到的「白生生腿兒」，更可以透視窺見那「更有」不可見的部位。這種「但見」並不是文人之作的「寫真」的「描述文字」，只能是出自說話人之口的調侃戲謔。不能以「描述」常規衡量說話人「超常」的說唱。緊接上述「但見」贊詞之後，又是一個「但見」：「觀不盡這婦人容貌，且看他怎生打扮，但見──」從閱讀上看，難免有重複之感。這確乎不是層進細寫，而是兩套贊詞說話時同時迸用。儘管難於確定《株林野史》的成書年代，然而贊詞為三部小說共同運用；可見贊詞是說話的長期積累的「官中詞兒」。所謂「官中詞兒」，一為說話人公用，二為各書所公用。《金瓶梅詞話》與之不同是有所增益，使贊詞節奏更加徐緩，上口說唱的特點更為突出。贊詞又從另一側面說明《金瓶梅詞話》原為說話的話本。

《金瓶梅詞話》的賦贊，有的給人以放錯了位置的感覺，這只能從說話人的隨機性的任意植入來說明，否則便難於解釋。如第六十七回潘金蓮「驀地進書房」，突兀地楔入一大段她怎生打扮的衣著贊。在這衣著贊後又重新「推開書房門」。衣著贊崇禎本悉行刪除，把「驀地進書房」與「推開書房門」併為「於是驀地推開書房門」。這段衣著贊

閱讀時確有強行楔入不連貫之感，然而在說聽時，正因其不連貫起到了「小懸念」的作用，這是說話人慣用的技法。而且順帶地敘述了人物的穿著打扮，對聽眾來說，是能夠接受而無異議的。

有詩為證

《金瓶梅詞話》中的一些詩詞，包括回前詩起和回末詩結，不能統領與總括全文，常給人以遊詞閑韻之感。表明說話人並不像文人那樣重視這詩詞，在話本中只是一種添加劑。回前詩，藝人稱之為「定（靜）場詩」，與開台鑼鼓同樣起著靜場的作用。明末清初小說〈生綃剪〉回前詩「鼓子冬冬鈸子喳，登場評話說些些」，可以看出說話人視詩與開台鑼鼓為同一作用，作為「鼓舞聚眾」的手段。至於有詩為證的詩並非專證此情此景的佳構，而是信手拈來，難免游離於情景之外。《繡屏緣》的作者蘇庵主人批評這種情形說：「從來引用詩詞、評語，俱以此襯貼正文，率皆敷淺庸陋。」對讀者來說當然是不快與難耐而跳過不讀了。然而對說話與聽眾來講，除了前面指出靜肅場面之外，還有調劑平鋪直敘之枯燥，以韻文的吟唱怡悅聽眾的作用。第七十一回回前詩「整時罷鼓膝間琴，閑把筵篇閱古今」詩表明詞話不僅是說唱的，而且還有琴為之伴奏（起碼是前奏）。《金瓶梅詞話》中的演唱未細寫，第六十一回西門慶叫吳月娘唱慢「山坡羊兒」，「洪四兒令打撥鼓兒」，這裏洪四恐不是幫腔之伴唱，而應是以撥鼓為之伴奏（按：撥鼓或為鼉鼓之記音）。西門慶說：「等住回上來唱，只打鼓兒，不吹打吧！」（68）可見伴奏還有更複雜的吹打樂隊，然而只以「鼓」擊節取其簡單的清唱而已。

《金瓶梅詞話》不僅引用唐詩宋詞，而且使用戲曲的「官中詞兒」是說話人的突出特點。如第三十九回「十月腹中母懷胎」詞為戲曲所公用，各劇用時略有變動。娘懷兒十個月，即見於《白兔記》或稱《劉知遠白兔記》（今存有明成化刊本），與《荊釵記》《拜月亭記》《殺狗記》並稱為「荊、殺、劉、拜」四大傳奇，創作當不晚於元代。

借用佛家語「有眾則講，獨處則誦」，《金瓶梅詞話》是對「有眾」講說，而不是「獨處」案頭誦讀的。從所引詩詞也可證明這一點，當然《金瓶梅詞話》所引未必妥帖。然而是為著講述的，崇禎本回前詩多所改換，均皆是為著閱讀的。避繁冗不必舉例，稍加對照，便截然分明，便可以看出閱看說聽的不同。

儘管引詩不能統領全文，看似突兀與內容關聯不緊。然細味之下，所引之詩卻也並非毫無緣由，其中透露出述錄者的意向與其他信息，試以第七十四回回前詩為例，詩曰：

　　昔年南去得娛賓，願（頓）遜階（杯）前共好春；

> 蟻泛羽觴蠻酒膩，鳳銜瑤句蜀箋新。
>
> 花憐遊騎紅隨後〔轡〕，草戀征車碧繞輪，
>
> 別後清清鄭南路〔陌〕，不知風月屬何人？

查此詩為譚用之的〈寄許下前管記王侍御〉，載於《全唐詩》七百六十四卷。《全唐詩》稱：「譚用之，字藏用，五代末人，善為詩，而官不達，詩一卷。」原詩為譚回憶與友人冶遊、宴樂、唱和之作。《金瓶梅詞話》引用與原詩不同，如轡作後、陌作路等，皆使詩近俗，俗化了原詩。尤為重要的是原詩「頓遜杯前」，引錄改作「願遜階前」。如果以為頓願形近致誤，而杯與階則是有意改鑄了。頓遜，亦稱典孫、典遜，古南海國名。《梁書·扶南國傳》：「其南界三千餘里有頓遜國……並羈屬扶南。……又有酒樹似安石榴，采其花汁貯甕中，數日成酒。」盛產美酒的國度，詩人以國名而名佳杯。說話人置杯名於不顧，改「頓遜」名杯美酒之前，為「願遜階前」。戴鴻森先生校本則於校記中明言徑改為「願在階前」。使詩起了根本性的變異，由詩友名酒佳杯前「共好春」，變為說話人以卑達尊遜在階前的接受好春，這便透露了說話人是在借譚詩抒己情。譚詩詩友共娛，一變則是階下說話人以技藝娛悅他人了。堂會的主人相待如賓，他品嘗著蠻酒的滑澤醇香。引錄此詩蠻酒也是證據之一，說話人當是北方藝人，北方人稱南酒為蠻酒。他憶起昔年南去獻藝，是他風光無限的難忘之事，他慨歎：那風光如今又屬於哪個藝人了呢？這便是他引述譚詩的觸機。「頓遜杯前」化為「願遜階前」當不是無意的誤作，而是有意的改動，以符合自己的身分。與此相若，《金瓶梅詞話》所引舊詩均皆任意改竄，使之更接近說話的意圖和力求俗化原詩，而且所引之詩多為通俗淺近者。譚詩並不冷僻，《辭源》以詩證語時，瑤函便選錄了「鳳銜瑤句蜀箋新」以為證，可見此詩較為普及。

口語上口

孟昭連同志〈《紅樓夢》的多種敘事成分〉（《文學遺產》1988 年第 1 期）認為「《金瓶梅》瑣碎日常生活的細膩描寫和語言的高度口語化，已根本不適於向聽眾說了」。細膩與口語，說不厭細與說來上口恰恰是說話藝術的兩大特點。說不厭細，講說小姐下樓，說了十八天書中小姐仍在樓上，不謂不細卻受到人們的贊許。細膩為一切文學作品所追求，也是《金瓶梅詞話》的優長，可以略而不論。從說書史及說書藝術上考察，口頭性是講唱藝術的本質特徵。「說話」必須運用口頭語言，而且應該是高度口語化了的語言。《金瓶梅詞話》運用的是明代的口頭俗語，直白地說出來，忠實地寫錄下來；《金瓶梅詞

話》正是「說話」的直講實錄。斷定「已根本不適於向聽眾說了」，僅有結論而無論證，不知孟君何據云然。文人的書面語倒是難於上口稱說，而高度口語化只能證明《金瓶梅詞話》是用當時口語說話的話本。口語與文人書面語言不同，魯迅〈答戲週刊編者信〉認為口語「十之九是出於下等人之口的」，「使本地的看客們能徹底瞭解」。《金瓶梅詞話》與文人之作不同之點就在於說來上口和聽來入耳。文人造言，入於載籍；話本通俗，諧於俚耳。如綠天館主人〈古今小說序〉所言：「有說話人，如今說書者流，其文必通俗，其作者莫可考。」《繡屏緣》作者蘇庵主人在〈凡例〉中指出：「竊里俗之穢談，供俗人之耳目。」中國文化自來有俗雅之別，文化載體的語言也是截然不同的，「諧於俚耳」的，必須是用口語而且高度化的，才能「說來上口」。哪裏有高度化了的口語反倒不能上口、不能入耳的道理呢？「竊里俗之穢談」，穢談語涉穢褻，不便稱引，且以俚俗之笑話作為對比之實例，從比較中不僅能看出文人與說話人取向之不同，且也可以證明上口入耳是《金瓶梅詞話》的說話人的語言特徵，這特徵便是口語而且是高度化了的口語。現將內容相同而表述不同的笑話錄下：

> 山中曾有仙人畜一虎服役，每叫虎去請客，虎常將客吃在肚中，無一至者，仙人
> 知而責之曰：你這畜生，既不會請客，何又會吃人！（見明代無名氏〈華筵趣樂笑談
> 酒令〉，清代指迷道人《笑得好》）

《金瓶梅詞話》第十二回也出現了這則笑話，是通過李桂姐的口說出來的：

> 有一孫真人，擺著筵席請人，卻教座下老虎去請，那老虎把客人一個個都路上吃
> 了。真人等到天晚，不見一個客到。〔人都說，你那老虎都把客人路上吃了。〕
> 不一時老虎來，真人便問：你請的客人都〔往〕那裏去了，老虎口吐人言：告師
> 父得知，我從來不曉得請人，只會白嚼人！應伯爵道：可見俺們只是白嚼！

　　照理說「笑話」都是對聽眾講說的，然而同一內容的笑話，兩者卻有所不同：出自笑話集的因為向書面閱看靠近，磨光了口語的特點。而《金瓶梅詞話》確是口語化了的，便更適於向聽眾講說了。一則小笑話《金瓶梅詞話》與崇禎本也小有不同，在「不見一個客到」句下《金瓶梅詞話》中原有〔人都說，你那老虎都把客人路上吃了〕被崇禎本刪去，其實這句話正是說話人點破之語，一進入書面當然重複哆嗦，由此也能見出說聽與閱看之不同。同時，提供了《金瓶梅詞話》原為話本的又一證明。書中如「騍馬與破瓦」「黃豆巴斗」等繞口令等口頭文學今天也仍能夠上口入耳。可見，越是口語，特別是高度化了的口語，越能說來上口、聽來入耳，越與口頭文學的說唱貼近，而不是相反，這一點是確定不移的。

話本正本

張竹坡〈讀法〉36：「作小說者，蓋不留名。」《金瓶梅詞話》作者誰某？「且傳聞之說，大都穿鑿，不可深信。」今時，人們依然多所附會。

《金瓶梅詞話》非文人獨立創作：必然經歷了「書場→耳錄→編定」複雜的過程。其先，定然是說話人的話本。

話本一是「秘本」，一是「墨本」。秘本只在師徒間傳承，書家秘本秘而不宣，不輕易授人或付梓印行「墨本」。被崇奉為「書道」，為說話人信守。1937年常傑森年老不能說書，擬把底本《雍正劍俠圖》賣給《新天津報》連載，他的門人百般勸阻。據此可以推知：《金瓶梅詞話》應是某一說話人的「秘本」，從未輕易傳人，故而與《水滸傳》之「積累」成書不同。

說話人據本而說，未見於記載。只有俄國德明記有北京的「一位說書的，他坐在一個小木台上，面前擺著一卷很長稿本……」（蘇·博戈拉特與李福清〈俄國漢學家德明及其《中國旅行》和《紅樓夢》〉，見《紅樓夢研究集刊》13輯）這是唯一的一條據底本說書的記載。考察說話史，說話人並不照本宣科，即不據底本說書，都是先諳熟於心，自然地宣諸於口。陳汝衡《揚州評話雜談》述及王少堂習藝是「依次口授而來，苟一一識諸心，宣諸口，已屬能事」。因為說話不僅要說還要演，如果未諳熟於心而是據本宣科，必然限制表演的藝術發揮。

話本，就其本質意義而言，不是臨場說書所據的底本，而是師徒傳承授業的稿本。話本多出於「耳錄」，王少堂「每日書場聽先生開講歸則強記之」。《龍圖耳錄》便是無名氏聽石玉昆說《龍圖公案》的記錄。記錄是作為習藝的稿本，並不是供人閱看的。原初的《金瓶梅詞話》也必定是口耳相承的「耳錄」。所以要「歸則強記」，而不現場記錄，因為要「摹擬於師前」，體味表演。也有因師父保守秘而不宣，習藝者不得不偷藝只能「歸則強記」。這種「強記」便是實錄直書，保留了說話的自然形態，已如上述。復從《金瓶梅詞話》的造句涉埋、用字多鄙上看，寫錄者文化素養是偏低的。

文化偏低的說書人，在說書史上不乏其人。元雜劇《貨郎擔》中的說唱人自道：「我本是窮鄉寡婦……搖幾下桑琅琅蛇皮鼓兒，唱幾句韻悠悠信口腔兒。一詩一詞，都是些人間新近稀奇事。」「倒也會動的人心諧的耳。」如果以為出於戲曲，不足為據。再看入於詩者，清代趙翼《甌北詩鈔·重遇盲女王三姑賦贈》：「無目從何識字成？偏能演曲寫風情；可應手摸知書慣，此瞽真當字伯明。」趙翼對瞽目知書的女藝人讚不絕口，驚奇於她能「知書」。再看載於史籍者，李恒《國朝耆獻類徵》卷四八三，方伎三〈秕子傳〉記乾隆時人浦林說書事：「日取小說家因果之書，令人誦而聽之，聽一過輒不忘。

於是潤飾其詞，摹寫其狀，為人複說。」浦林或無文化，便是有文化也不會太高，不然為什麼「令人誦而聽之」呢？聽後進行再創作，「為人複說」。列舉窮鄉寡婦、盲女、浦林等無文化或文化偏低的說書人旨在證明，《金瓶梅詞話》中原屬於文人的詩文經過藝人的強記複說是不足為怪的。明代江盈科盛讚王同軌的《耳錄》。他在〈耳錄引〉中說：不會用耳的人耳同「郵舍」，過耳不留，而王並不是耳有異稟，因會用耳，耳成了「府藏」。庫藏豐富到「自單詞只語至億萬言，不可窮詰」。上述說話的窮鄉寡婦、民間盲女靠的全然是博聞強記，他們便能自如地「寄《春秋》於舌端」了。

今天所看到的《金瓶梅詞話》萬曆刻本，當然不是原初的話本了。經過傳抄，坊刻市利而成。坊刻又從閱讀出發，做了刪訂加工。值得慶幸的是這是粗加工，保留下來許多說話的話本內證。證明著原初是話本，是說話人講述，藝徒強記的忠實耳錄。經過書坊的粗加工，走上閱讀的案頭。又經過崇禎本文人的精加工，便泯沒了說唱的特徵，遂產生了文人獨立創作的誤解。

《金瓶梅》話本證本

一

　　縱觀中國小說史，小說出現也晚。其先不是「獨處則誦」供閱讀的小說，而倒是說話人「有眾則講」的說話。受說話形式的制約，說話人站在書場的書案之前，無法隱去，且也無須隱去。他們沒有退路，反而時時直接介入。說話人並不回避，公然亮相，並申明：這是在講故事。顯露著的誠實，縮短授者與受者本來就有的（只能縮短而不能消滅的）距離。這導因於說話是祖始於講故事（民間稱為講「瞎話」）。幾數人圍坐聽講，聽眾並不全然被動地聽，而是參與創造，與說話人對話交流：聽者質疑問難，說者解惑析疑。這種講中有眾，沉澱到說話的《金瓶梅詞話》之中，試舉例以為證：

　　潘金蓮初進西門慶家，把吳月娘、李嬌兒等人「一抹兒都看在心裏」，如果說外貌美醜或體態行狀，對長於察人者能看在「心」裏；然而有些情事是難於為初來之人目察心識的。吳月娘「因是八月十五日生的，因故小字叫月娘」；李嬌兒「在人前多咳嗽一聲，上床懶追陪解數」；「風月多不及金蓮也」。生日以及命名的緣由，床上的解數與金蓮比並風月等等，都不可能是金蓮所能看出。其實，這是說話人心裏裝著聽眾，為聽眾排除疑障。順便點出月娘生辰及命名，說話人乘間又比並風月甲乙。用今天小說觀念審觀，似不合乎事理；然而，聽眾對於這種人物眼中揉進說話人評語，卻予以認同。此等情形，若不細加審辨，還真難發現於人物看之中尚且有著說話人在旁邊的指點。這是較為隱晦的。

　　《金瓶梅詞話》常常毫無顧忌地直面聽眾，與聽眾交流。這種交流，導源於講故事。其實，「講故事」更植根於現實生活。現實生活中講述聞見，必是摹擬其人、評斷其事。聽眾遇有不明之處，自然詰問質詢，講者邊講邊答。這便形成了說話人時而超然物外，時而化身入內；輪替地擬不同人物或還原為說話人。這種介入成了說話人「自由人」的特殊身分。說話人的介入常取多種形式，如繼「看官聽說」之後的，對人對事進行褒貶：道德的甚或政治的勸懲和諷喻。大焉者，抨擊時弊：「徽宗失政，奸臣當道」；「賣官鬻爵，賄賂公行。」小焉者，直接指斥書中人物是非曲直。藝人稱大焉者為「敷陳大義」；

稱小焉者為「開口叫破」。說話人對著「看官」議短論長，在《金瓶梅詞話》書中十分多，大都被崇禎本所刪除。證明著俗文化與文人文化的異向分化。文人主張：「不加斷語，是非自見」；「看官聽說」的說話形式，制約著說話人不能不直接介入，這是由於說聽與閱看質的不同所規定。於讀者，書中是非曲直，可以掩卷深察，思而得之。書場聽書，留給聽眾思索的時間頗少，是非曲直皆須當堂公斷。《金瓶梅詞話》第八十四回「〔明雖為師兄徒弟，實為師父大小老婆。更有一件不可說，脫了褲子每人小幅（腹）裏夾著一條手巾。看官聽說：但凡人家好兒好女，切記休要……。有詩為證：……可惜人家嬌養子，送與師父做老婆〕。」《金瓶梅詞話》中津津樂道的〔〕號內的部分，被崇禎本悉行刪除，表明著俗人與文人對模式的選擇。契合的自然地認同，不合的予以拒斥，兩種不同審美習慣是積久形成，在崇禎本的刪定中呈現出對立的衝突與不能相容的態勢。

羅燁《醉翁談錄》稱「講論只憑三寸舌，秤秤天下淺和深」。聽眾不但不反對說話人對天下事的「看官聽說」，反而樂於接受。這是因為相信說話人「旁觀者清」的客觀態度，不同於書中人物間的攻訐與噓諛。「看官聽說」不僅不妨礙聽書，反而於娓娓對話間，聽眾由於參與感而生出審美愉悅。儘管說話人不可能做到「平理若衡，照辭如鏡」（劉勰《文心雕龍·知音》），然而說話人多是站在聽眾一邊，對惡的事物睚眦直指、淋漓痛快。因而「看官聽說」自然地形成了穩定的審美習慣。此外，介入式的評贊有著歷史悠久的傳承。自「太史公曰」始，直到話本的「看官聽說」，影響到後世的「異史氏曰」（《聊齋志異》488 篇，其中 181 篇有「異史氏曰」）。《金瓶梅詞話》中的「看官聽說」，可以看作是說話人的「某氏曰」。用來公開地砭時弊、發感慨、泄鬱憤，愛恨分明。其實，便是隱蔽很深的作者，也是「偏於愛憎」的，只不過表露方式不同而已。從《紅樓夢》焦大醉罵，不也清楚地看出曹雪芹的「阿私所惡」嗎？罵語所指斥的隱私，作者並未揭示直書，而是代人物立罵；反過來何嘗不可以說，焦大代作者發罵呢！這又是代人言與人代言之間的辯證關係。

二

不論是顯在的聽眾，還是隱在的讀者，無時不在影響著說話人與作者。說話人與作者都在揣摩與順應欣賞者的接受心理，給欣賞者以審美怡悅。依循著接受者的多疑心理，預計會生出什麼疑義，相與以析減少誤解，增強信任感。竭力縮短與拉近施動與受動間的距離，誘導接受者的能動性，使施與受相諧和。

聽書，如同踏上陌生的路。《金瓶梅詞話》中的說話人時時介入，主動誘導以期左右讀者的思維走向，控制與干預聽眾，使之與說話人取向一致或接近，指點導引防止聽

書人「分心」逸入他途。尋求與運用各種手段使說者與聽眾盡可能諧和，苦心地強化這種諧和效應。如瞻前顧後，回顧前文、預報後事，提請聽眾注意。《金瓶梅詞話》第十一回金蓮〔終久懷恨在心，與雪娥結仇，不在話下〕。文人的崇禎本或以為，既然「不在話下」，何必多此一說；因而徑行刪除。從閱讀上看，或可是贅筆；然而，從「話本」的說聽上講，卻不可或缺。這不僅是預報後事，尚且是說話人對金蓮的一個評斷。這也並不是說話人故弄玄虛、構設懸念，這是向聽眾先行打招呼，指明走向與目的。書中的人與事，一種是聽眾不知道，而書中人物知道；再一種是聽眾與書中人都不知道，而只有說話人預知。說話人提個醒兒，引起聽眾的預期感；這種審美指向引起聽眾的定向注意。如果順向對聽眾願望則是個滿足，然而這不符合潘金蓮、孫雪娥的行為邏輯。儘管後果是逆向的，與聽眾善良願望相左，然而卻強化了對弱者的同情與救助感。

一些指向性的導引之詞，在文人看來純屬是多餘的「過場」，而在說話人書場演出時，對「過場」也須認認真真地走。三五步行千里路，如果略去三五的台步，便無以表現千里之行。〔一路餐風宿水，夜住曉行〕（81），在閱者讀時已成套話，故而被崇禎本所刪。然而在講說時，少了這話便感突兀。這種鋪墊話，起的是鋪平墊穩的作用。〔三里抹過沒州縣，五里來到杏花村，有日……〕（92）。崇禎本刪除或以為這是桃花店與杏花村的俗套。有了這村這店，說明著在路非止一日。變體為子虛烏有的沒州脫空，又變化出調侃的詼諧趣味。後來的《紅樓夢》之以湖州諧音胡謅，卻受到青睞與稱賞，蓋因文人的偏見。

指向性的說話，不但引領聽眾定向重歷，而且使聽眾獲得通幽的隱義。善於吹牛撒謊的韓道國，其家〔在牛皮巷住著〕（33），巷名與人名相映成趣，成了人物的徽志。崇禎本對此的刪除既破壞了詼諧趣味，又使居處由實有而虛無了。一刪而二損，即俗語所說：一槍兩個洞眼。《金瓶梅詞話》中的指涉詞，常常是虛擬的，歸因於說話人即興抓掛，信口呼出。來興兒〔本姓因，在甘州生養的。西門慶父親西門達，往甘州販線去，帶了家使喚，就改名叫甘來興兒……〕（25）。說話人覺得有義務回答聽眾關於人物的來龍去脈的尋索；並且在順代交代了來興的來歷的同時，交代了西門慶之父名達，達即爹，有著戲謔的諧趣。這一舉兩得之筆，被崇禎本刪除。說話人認為必不可少的向聽眾負責的交代，卻被文人視作多餘的話而刪損，反映著兩種審美形式：說聽與閱看，兩種文化觀念的強烈衝突。

三

檢視《金瓶梅詞話》，誰說？說話人。對誰說？聽眾。方式？演唱詞話。復細檢《金

瓶梅詞話》中的說話,不外二者:書中人物與說話人。究其方式也無非二者:代人言與人代言:兩者皆須由說話人完成。質言之,《金瓶梅詞話》是說話人的說話或者說話人通過人物之口說話。

說話人集說、演、唱於一身。進入角色摹扮人物,暫時隱去自身;跳出角色,復又回歸為說話人。化身為人物,代人物立言,當然要符合人物邏輯:什麼人說什麼話。即便是人物對他人的議短流長,也須與其特定身分地位性格相吻合。《金瓶梅詞話》也並不全是說話人公然介入評論;說話人深明:人物間相互品評的口碑,容易取得可信的效應。第六十四回西門慶貼身小廝玳安與傅夥計閒談,逐一品評西門慶及其妻妾:「只是五娘和二娘慳吝的緊,會著買東西也不與個足數」;「六娘他帶了多少帶頭來」;「俺爹心疼,不是疼人是疼錢!」圍繞一個錢字,活畫出幾個人物的性格。

《金瓶梅詞話》的說話人,所以不拋頭露面,他深明「路上行人口似碑」的作用。文龍評語:「惟其左右之人,知之最真,亦言之最當。」然而文龍又說:「玳安之所褒貶,實作者之文章也。」這種人物之聲口,說話人隱蔽得不露形跡。批評家仍然識別出是「說話人」的文章。

正因為這種「口碑」式的品評最真、最當,所以為後來小說所樂於運用。《紅樓夢》賈璉的心腹小廝興兒,向尤二姐評說賈府上下人等便是。玳安、興兒與主子關係密切,是貼身的心腹。他們的評說具有權威性,其真實性不容置疑。這種方式與「自報家門」的自敘不同。自敘敘己,他敘則是敘他。他敘,是互補的互敘,是在說人與人說中使人物完形的。塑造了說者與被說者兩方人物的性格,收一舉兩得之功。《金瓶梅詞話》的說話人熟練地運用「橫加評論」不時地議短流長。西門慶死後,街上人們議論紛紛:「當時這廝在日,專一違天害理、貪財好色、姦騙人家妻子。今日死了,老婆帶來的東西,嫁人的嫁人、拐帶的拐帶、養漢的養漢、做賊的做賊——野雞毛兒零撦了。」(91)同是口碑,與玳安不同,沒有實的人物,又有許多人物。看似隱沒了說話人,然而說話人的傾向、感情卻又得以顯露。說話人可以取回避政策,然而傾向與感情是回避不掉的。這依然是借人物之口,傳自己之言。當然,「藉口傳言」與「看官聽說」有所不同。「藉口傳言」是融入型的,「看官聽說」則是加入型的;前者說話人是人物,後者說話人則是人證。

四

說聽與閱看,確是不同的。說聽是時間的藝術,過耳不留。說話藝人稱之為「一次過」。閱讀的讀本,可以反復驗看。說話人惟恐「一次過」,說不清、道不明;說明務

求其細，不厭其繁，不避其複，反復申說。繁與複，不但不是缺點，而倒是說話的特點。然而，繁複卻是閱讀之大忌。從文人閱讀心理出發，崇禎本把「礙眼」之處，多所刪削。略舉有關人物行狀的幾例：

1. 西門慶「〔騎馬，小廝跟隨〕往廟上去」（11），閱看時，西門慶上廟何必寫他騎馬帶從人呢？然而，說話人要向聽眾說清楚，他是怎麼去廟上；帶從人又為的是顯出他的威儀。便是騎馬，也強烈地顯現出閱不厭簡與說不厭細的衝突。《金瓶梅詞話》：「〔搭上替子、兜上嚼環、躧著馬台，望上一騙〕打了一鞭。」（68）說與看根本不同之處在於，說話人口講指劃、邊說邊演。上馬加鞭定然伴有動作的搬演，產生的當然是動態效果。崇禎本刪除之後，動態的動勢隨之泯沒了。

2. 把說話人用乏了的「繡帶飄飄」磕頭的套語刪卻尚屬情有可原，然而〔李瓶兒親自洗手剔甲，做了蔥花羊肉一寸的扁食兒。〕（16）刪省卻屬不當。洗手剔甲以示親自的重視，且角兒的用料及大小被刪沒了。李銘〔三扒兩咽，吞到肚內，舔的盤兒乾乾淨淨〕（21），刪後不見了貪饞的食相。第六十八回西門慶挾妓〔用白綾袖子兜著他粉頸，摁著他香腮。他便一手拿著銅絲火籠兒，內燒著沉速香餅兒，將袖口籠著熏薰身上〕，刪卻這段描述，細節由具象而抽象了。

3. 關於人物的衣著打扮，崇禎本動輒刪除；因刪而損害了細節。第一回武松忿離哥嫂家〔脫了絲鞋，依舊穿上油蠟鞋；著了上蓋，戴了氈笠兒，一面繫了纏帶〕，通過穿衣戴帽寫出了雪後路滑的自然環境，刪後情節便遭受損害。有些刪除，確屬說話人的套語，如同盔甲贊之類。第七十八回吳月娘〔頭戴翡翠白縐紗金梁冠兒，海獺臥兔白綾對衿衫兒，沉香色遍地金比甲，玉色綾寬襴裙。耳邊二珠環兒，金鳳釵梳。胸前帶著金三事撣領兒。紫遍地金八條穗子的荷包、五色鑰匙線帶兒。紫遍地金扣花白綾高底鞋兒。打扮的鮮鮮兒的，向前花枝招颭、繡帶飄飄，插燭也似磕了四個頭。〕這段描寫一進入閱看的視覺，當然拖遝沉悶；然而這種衣著贊，由說話人以貫口特技如連珠般噴吐而出，在書場中產生爆脆的效果則是無疑的。

《金瓶梅詞話》本是說話的忠實記錄，有些說話人的語病也被述錄者直書實錄。平時未必引人注意，而一經崇禎本刪削，便突顯出來。略舉幾例：「西門慶忽下席來，外邊〔更衣〕解手」（13）；「怎麼只顧端詳我的腳〔怎的〕」（23）；「〔常言〕俗語說得好」（31）。從行文上看確屬語病，此等零言亂語只能是說話未能經心、順口講出的實錄，這是文人擬「話本」不願這樣擬且也是擬不出來的。

五

中國的看客聽書看戲，「移情忘我」是相對的、有限的。聽「瞎話」何必認「真」，而以冷靜和超然的態度去欣賞。《金瓶梅詞話》所說「打談的吊眼淚，替古人擔憂」，說書人「動情忘我」，也是相對的、短暫的；說話藝術植根於「講瞎話」，說話人要保持理智與冷靜。說話人與聽眾共處同一心態：感情化入、理智超出。與作品保持心理距離，然而絕對不是「精神分裂」。由距離而衍生出說話的一些特殊技法，自然地被欣賞者接受和認同。

首先是說話人一人多角，進進出出，忽甲忽乙，忽而人物忽而說話人。欣賞者並不感到支離割裂，這便形成了說話人「自由人」的自由的獨特藝術支點。

說話人是自由的，不受時空限制，出入於生活的各個角落，甚至人物內心隱秘世界。說話人的能見度，是無限的，是無遮罩、無遮攔的，世界對說話人是透明的。比如對潘金蓮從頭至腳的「但見」，不僅是人物的肉眼，主要是說話人「內視」的內眼。而且視點不是焦點凝定，而是隨心遊移。故而能見常人所不見。說話人不僅目察，尚且手觸、口嘗、舌味，五官並用，以誘發聽眾的通感。這種情形，當然不為文人所理解，直到今時仍然有人持疑：潘金蓮的時代並無泳裝，何能見到玉腿云云。如果依著今時的文學觀，審視那時的「但見」，確有牴牾，吳月娘〔端的怎生模樣〕？〔五短身材、團面皮兒、黃白淨兒。模樣兒不肥不瘦，身體兒不短不長。兩眉春山月鉤，一雙鳳眼纖長；春筍露甄妃之玉，朱唇點漢署之香〕（76）。崇禎本大概發現了五短身材與不短不長相牴牾而刪，恰便是說話人謂其身材雖是五短，但卻勻稱，故而用了「不短不長」的讚語。聽眾聽來並不挑剔，而予以認可。

其二是，《金瓶梅詞話》原是話本，話本是說演唱並舉，《金瓶梅詞話》為演出本之實錄。崇禎本刪除最多的便是唱詞，或以為於理不合之唱，如寡婦上新墳的以唱代哭。衡之以生活之情理，婦女哭唱近世仍未絕跡。再則，唱詞讀來確實乏味，因為閱讀時只見文字，而看不到生動活潑的「搬演」，不要說長篇唱詞，便是那片言隻句，有伴演與無伴演，其效果是大不相同的。略去長詞，只舉幾個短句之例：

1.陳經濟說「受孤淒、挨冷淡〔就是小生〕」（83）。崇禎本所刪「就是小生」，正是說話人「搬演」做科之實證。而且這是上口的韻白。「婦人聽言〔有這等事〕滿心歡喜」（12）。「有這等事」與「就是小生」同樣都是摹扮人物的聲口，然而閱讀時便有隔而不暢之感。說話人於敘述中，摹擬人物口角，便把說話人與人物明顯地區分開了。這是說話的「話本」典型的化入與超出之技法。於閱讀時，當然不易分辨。

2.《金瓶梅詞話》每每在人物名字之前冠以「這」字：「這某某。」崇禎本多所刪

除，然「這」過多，刪不勝刪，仍有遺存。「這」是說話人慣用語，指稱某人以強化與加重語氣。帶有說話人敘述特點的，《金瓶梅詞話》中還常在人名之前冠以發語詞「有」字：「有某某。」這是講唱的遺存，說白也沿用。「有吳月娘便說」（67）、「有春梅向前問道」（53），這種「有」字比「這」字在書面上還顯得突兀，然而一經進入書場，由說話人講唱便上口入耳了。

六

　　從施動與受動的關係上看，似乎接受者是被動的。其實不然，被動的反而是說話人與作者。施動者追求的是接受者信而不疑，然而欣賞者卻疑竇頻生。作者欲隱還顯、欲藏還露；患人知又患人之不知。大手筆的曹雪芹，也不得不遮攔招架。〈大觀園試才題對額〉中，曹子代讀者設疑：「賈家世代詩書，何以竟用小兒一戲之辭苟且搪塞，竟大相矛盾了。」自己再行置答。長於心理剖析的曹雪芹，對寶黛「識分定情懷」也惟恐細心讀者窮根究底，只好直白地承認：「此皆寶玉心中所懷，也不可十分妄擬。」

　　巴爾札克稱小說是「莊嚴的謊話」，把謊話說得莊嚴，或者以莊嚴的形態說謊話，只是為了求得「假做真時假亦真」的效果。聰明的作者如曹雪芹發現使接受者信而不疑殊難，莫如公然申明此係「假語村言」，從實招來為好。這樣的「假做真時真亦假」的老實態度，更為接受者所歡迎。清小說《八仙得道》多處直言不諱，對葬俗說：「與其假充內行惹人笑話，還不如藏拙一點為妙。」（25）怕讀者詰問豹子何以口吐人言且有內心活動，作者說：「列公莫說，作書人不是豹子，怎麼知豹子心理？須知天下事，往往有見一知二，憑事測理的。」《紅樓夢》《八仙得道》等小說，都是接受了說話的公然亮底，昭告觀眾切莫以假當真。《金瓶梅詞話》說話人的介入，公開說話人說「瞎話」的身分，聽眾也明白是在聽「瞎話」（故事的俗稱）。從來也不會像張竹坡所擔心的：「看《金瓶梅》把他當事實看，便被他瞞過。」這種施與受都不以假當真，接受者消除了戒備心理，不必提防受愚弄。兩者間沒有了瞞和騙，施動與受動的距離雖然不能消滅，然而縮短與拉近了。《紅樓夢》與《八仙得道》的作者，不是不想退隱，然而多方試驗仍然窮於應付，迫使他們不得不從幕後走到前台公然亮相。可見：隱去尚且是極端之困難，退出幾乎是不可能的。文人刪定的崇禎本把說話人直接介入之處，多所刪除，便大大地減卻了說話「話本」的本質真實。

《金瓶梅》美語發微

　　語美學的提出，不是標新立異，而是為語美的先在性所決定。美的語言不是後人生造的，而是久遠存在語言歷史的事實。對於「先在」的語美，人們未暇注目，不是無視便是忽視了。對一切歷史上的客觀存在過的事物，人們只能發現、揭示，而不可能發明、創造。人們有責任把被埋沒的美的語言彰顯出來，理清美語與通語的差別，根尋美語生成的基因與流變，判定美語的地位作用與價值，認識美語的軌跡與規律。規律是美語「自律」，只能從語實（語的客觀事實）中概括抽繹出來，而不可能憑空臆造。美語規律的不可創造性與美語史的不可再造性，便是規定與規範著語美研究的準則。本文以《金瓶梅詞話》中的語詞作為美語的實證，這當然不意味著美語為《金瓶梅》所創始、所獨有；美語在在皆是，美語生成的歷史久遠，這倒是美語的歷史事實。

美語是什麼

　　暫不急於進行理論上的論證與建構，先在語言事實上拿出美語的實證。語美學如無美語的審美實證，那學科的理論便逃脫不了灰色的命運。何況，迄今尚且沒有語美的理論（哪怕是灰色的），便是有了灰色的理論，也未見得盡善盡美地闡釋透闢多姿多彩的美語。美語是對通語而言，兩者雖然是伴生的，卻是不同的。通語是灰色的，美語是多彩的；通語是平常的，美語是超常的。《詞話》中有罵妓女為「零布」一語。語頗難解，學界眾說紛紜，皆未妥帖。「零布」淺層義為無恥：零布、布頭無須尺量，無尺諧無恥；深層義為破貨：零布是破解所餘，布是貨幣的一種，合稱破貨。經過譯解兩相比較：無恥、破貨之通語是直接認知的；而「零布」卻須間接認知。雖然是同義之詞，卻是直接與間接兩種不同認知方式，便是通語與美語的主要區別之一。或以為《金瓶梅》時代的人，無須破譯便可直接認知；其實不然，且不說語圈之外不明此語的人，便是語圈內已明此語的人，間接認知的性質仍然不變。只不過由零布到破貨轉換過程極其短暫，短得跡近於無，也仍然有著這移換的心理過程。

　　如果以為「零布」是超常的符號組合的異詞，那麼再看平常的符號相同而語義不同（同詞異義）的實例。「殺雞」，其義直白，無須解釋，一聽便可認知。而「後生」的作

為「央及」義的「殺雞」，便不再是通語的原生態了。「殺雞」成了《金瓶梅》《紅樓夢》表示「央及」的特殊用語。因為語中包含著動作（與講話時輔以動作不同，動作滲入語言一體化，是為體勢語），以手作引頸待殺狀。雞被宰殺而遭殃，殃雞諧音「央及」。「我跪了殺雞吧！」從字面看則易誤回歸到宰雞的原義；然而怎麼譯才能達意傳神呢？便是譯作「下跪殃及」，仍然丟失了殺雞時折迭腿（下跪）引頸待殺誇張之體勢，而且沒法對譯出諧音央及之諧趣。失卻形與音的美感，變得了無生氣了。這又是通語與美語的語徵差別之二。任何對譯都不可能把體勢與諧音包括在通語之中。然而，交流的雙方心目中既有著體勢的形也有所諧的音。再以「打倘棍兒」為例，注家以為「倘」是「俏」字刊誤，釋作「用小巧棍兒抽打」。此詞不是民歌所唱「細細的棍兒，輕輕地打在我身上」。《金瓶梅詞話》多同音假代，「倘」實為「躺」；「躺棍兒」是挨打者自行躺倒等待挨打，主動地承受。但「躺棍兒」雖則也包含著體勢，但與「殺雞」不同，「躺棍兒」仍然是通語。兩者的區別，仍然是直接與間接認知的不同。通語是明示的告知，美語則是暗示的啟知。

經過對以上語例的初步分析，可知：美語是客觀存在的歷史事實；不是後人臆造出來的，此點還要進一步論及，但初步地露出了通語與美語的差別的端倪。除此之外，還可以理出兩者差別的一些要點：

1. 通語是常規性的，美語是超常的。常態與變態：變形是美語的特點之一。

2. 通語是靜態的，美語是動態的。死語與活語、俏語與呆語差別明顯。

3. 通語是認知性的，美語是審美性的。這並不是說美語不具有認知的性質，但認知是通過審美完成的，是認知的特殊形式。

4. 通語認知是線性的直接認知；美語是曲線的間接認知。認知雖是語言共同功利性，然而美語通過美的中介，實現功利目的。

5. 這裏還須指出：儘管美語是變形的，然而不是無序的，變化是破舊序建立完美的新的邏輯秩序。因而美語是科學的語言。科學性是兩者共有的。

6. 獨立的個性與通語的依附性。或以為美語是來自語場的場效應即語境美，或者說美是外部環境所賦予的。確實有些通語放進語境中，能獲得美感，然而這類通語一旦離開語場獨立審視，美便消失了，復歸於通語。美語卻能獨立於語場之外，作為獨立的詞仍然是美的。當然，再把它放進語場中，相映生輝更加美輪美奐。證明「美語不是星星跟著月亮走——借光兒」。美不是外加的，而是獨立自有的。這一點，可以作為審視美語與區別通語的一個嚴格標準。

歸結起來最重要的一點，美語與通語的不同是因其有著美的屬性，有著審美價值。從真善美三者審視，通語只具有真兼或有善的功能。而美語在美中求真與善。

美語追求

　　語言都有功利性，即語用目的的達意，美語也概莫能外。通語「辭達而已矣」。美語有著美的追求，因此在通語常態之外出現了變形美語，然而變形僅僅是美語形態特徵之一，並不是所有的變形語都是美語。比如《金瓶梅詞話》中有「左話兒右說」，顛倒語義的正反關係，即說反話。以違常背逆達到語用的非常效果。本來旋的比砍的圓，反說「旋的不如砍的圓」（29），其他如把端端正正地下拜反說成不端不正；又杆「不端不正卻打在那人頭巾上」（2）。這種顛倒話兒尚有以醜為俊、以俊為醜「俊孩子」（42）、「俊花子」（60）；以小作大的「好小量兒」（83）；以少作多的「手下好少丫頭奉養」（95）等等。這種變體語雖然在交際中也有著俏趣，只不過是修辭方式，並沒有從根本上改變詞語的內外結構，所以不是美語。表面看來這種「顛倒話兒」也有與美語相似的追求：1.不僅使人能夠接受，而且使人樂於接受。2.借助超常的顛倒手段取得美趣等。這只是一種修辭手段，而不是具有語言單體美的語詞。從形態上與美語的變態不同，美語是美的單位獨立的美詞兒。通過美強化語力，而不僅僅是俏趣。美語的美既是內在的又是外化的，不論其外構與內蘊都呈現著與「眾」不同的美態與美質。

　　其一，美語有象。「殺雞」語便有象：仿生的折疊腿、以手抹脖引頸待殺；把殃雞活畫出來了。當然，字面上是無象的，「象」是通過美語的召喚，潛象是在受話者心中泛生的。這樣「殺雞」與宰殺便離異：不僅語義異變為「央及」，而且美語具象了。語美與語象並不是語場所賦予的，而是它獨立自有的。並不是美隨境生，而是語美自生。這樣的美語便由理性的認知，進而為形象的感知了。這種美詞兒不再是平面的，而是立體的了。人們交際追求「明白」，而美語不僅明白，而且明白如「畫」了。

　　再舉一個雞的語例。《金瓶梅詞話》中有「雞兒趕彈兒」。「趕蛋」詞頗陌生，注家因趕有趕緊義注解為「母雞急著下蛋」。「趕蛋」指雞的繁殖過程：互相趕逐。經過公雞趕過的蛋，受精卵才能孵出小雞；未趕的謂之「寡蛋」。這是以禽事喻人事，寫陳經濟與潘金蓮纏作一塊「前庭後院如雞兒趕彈兒相似」（85）。聽眾在聽說書人說到此語時，心目中自然泛起雞逐的形象，進而把雞逐與人纏結合起來認知，有了「雞戲圖」便有參照物，把人物化再由物及人，語言不僅明白，而且如畫一般了。

　　雖然造語符號相同的「趕蛋」，然而它荷載的信息不同了。「趕蛋」，不再是趕緊下蛋，詞不是趕與蛋簡單相加的關係。這迫使人們思考：載體與語義之間並不衡等，因美等式被打破而失衡了。不再是靜態的趕緊或追蛋，變而為動態的勃勃生機的「雞趣圖」，正是這召喚機制誘人以趣，在審美欣悅中認同。「赤腳伴驢蹄」，注家所以誤釋成「軟腳碰硬腳」，誤釋導因於簡單相加，其實它也是語中有象的：是一幅行旅圖。伴當趕驢

隨從，歡步行陪騎者。意即元曲所云：「騎驢的不知趕腳的苦！」這便是以象造語，把形象注入語中，啟示與召喚、誘發接受者「心象」的再生。美語是有象的，象是美語語徵之一。

對美語有象由象生美，再舉「黃貓黑尾」的美語實證。「黃貓黑尾」，《金瓶梅詞話》書中幾見，學界迄未確解。解語須從語象的貓說起，通體黃色之貓何以黑其尾呢？「黑尾」與《金瓶梅詞話》中「焦尾巴」義近，尾被燒焦而黑，指無尾或藏尾。用無尾時，義為斷後、絕後；用藏尾時，義為怕人見、見不得人。有時兼有二義，罵其人辦了見不得人的絕後事。黃貓黑尾實即露頭藏尾，有趣的是今時京味兒詞中有個新潮詞兒：「貓兒膩」，貓因膩反胃而噯，難得要領。如果改作「貓兒匿」，則語義彰顯。便與「黃貓黑尾」同義了。不僅同義而且同構；露頭藏尾的猥瑣象在於語中。這不是京味兒詞的新潮，而應看作是古語的今生。貓匿與貓膩，記詞符號之不同，兩個語詞的象與義全然相異。可見，記錄口語時擇字以記的重要。由於符號不同，兩個詞兒便生兩個語象。由於臨文無字、忙不擇字，順手拈字，導致語象喪失、語義難明的例子比比皆是。「一染膿帶垜在身上」（72），「膿帶」使注家望文生義誤解為「連膿帶血」。膿帶應為鼻子，盛涕之袋；應記為「膿袋」，濃涕如膿。是以鼻如袋象形稱名；與腦袋不同，腦袋之袋是語音現象：由頂、顛、岱音變而為「袋」。「垜」與魯語「掇」相近，揆度用字心理，把稠鼻涕「垜」在身上，語力加強了。於今，「走穴」一詞含貶義，謂其不得正穴而走。初時，曾記作「走學」，後來定型於「走穴」。足見記口頭語之猶疑。字應作「踅」，盤旋回走即轉悠。《金瓶梅詞話》寫西門慶為了金蓮便來來去去地「踅走」。詞應作「打踅」，《水滸傳》寫東京來此「打踅」的粉頭白秀英到此演出。其他如今時「土老冒」應記作「土老貌」，土頭土腦是此語的本旨等等。可見符號重要在於造象，不是簡單的符號。

其二，美語有典。人們有個錯覺，習慣上誤以為文言詞語有典，而「俗語無典」。其實，這是文人的偏見，俗語不僅有典，而且由典生美。只不過典事不見於載籍而不易識辨。「打一面口袋，倒過醮來了！」（19、22）不明語中典事，難釋其義。誤解為「把面袋倒轉拍打」。這仍然是望文生義的字面義。打面袋，包含著一個故事：故事是「沐猴而冠」的具體化。猴子擠在人群中，自以為是人，不被承認。見人穿裘皮衣，猴也有毛皮之裘。見人有冠，猴到磨坊把紙面袋繃起戴上，儼然冠戴為人了。清代王有光《吳下諺聯》裏故事如此。把故事再向前推進一步，扯下紙冠打一面口袋，使猴警醒：不是人或者做了不是人的事。這是以猴喻人，當反思（倒蘸諧音倒嚼：雙胃動物如牛羊反芻謂倒嚼）、醒悟之後，向對方賠罪設醮。此語是多層次的：1.猴子裝人。2.打面口袋。3.反芻倒嚼反思醒悟。4.設齋打醮賠罪。儘管語中包含了「沐猴而冠」的意思，然而故事情節完備了；

而且有了動物反芻和民俗醮祭等，語趣豐富、生動而又形象。因此僅從符號的表層義（翻轉面口袋拍打）便解釋不通了。符號的信息量增大到囊括了一個故事。美語傳達信息的方式也起了變化：由直線運動變為曲線運動。不論內構與外構，都是美的結構，而且是統一的、整合的完形。對這樣美的語言，接受時絲毫不會有拒斥心理，在審美交換中，愉悅欣然地認同與信服。

　　順帶說及「沐猴而冠」見於《史記》《漢書》「項羽本紀」，有語無事。清代王有光記有猴子裝人的故事，未明源出所自。《金瓶梅詞話》中「打面袋」與前後兩者有否淵源影響，理清語史流變的軌跡，以及「打面袋」俗化美化變異在語言史的價值等等，都是重要的。此類美語殊多，如「一頭放火，一頭放水」取材於元雜劇《博望燒屯》，對人水火夾攻置之死地，有了「燒屯」這個戲典，便有語象。元雜劇給予《金瓶梅詞話》美語的影響是巨大的，在語史傳承上不容低估。《金瓶梅詞話》迄今近四百年，保存語史材料豐富可稱寶庫，其中許多語言涵括的典事已無考，如「妻兒趙迎春，各自尋投奔」，出自何戲？趙迎春其人如何？有的詞積久不用已成死詞；也有的假死了四百年之後今時又已復活或再生：如「貓匿」「走趲」以及「耍大刀」「丫挺」之類。這類現象只用語言（特別是俗語）生命力強來解釋遠遠不夠，須從語史（流變史）上考察。

美語構造

　　《金瓶梅》美語造語手法靈活而多變，技法頗為繁多，可說是萬法皆備。包括著：音序顛倒的反切、字序顛倒的回文、違常悖逆的年牴牾、偷移換置的錯位，以及離合拆字、諧音偶仗、藏頭歇後等方式之種種。

　　1.「斑鳩跌了彈也，嘴答谷了。」（60）注家誤解：斑鳩因巢陋而跌碎蛋，戚戚哀鳴。語指恰相反，不是跌蛋哀鳴，而是中彈身亡鳴不得也。誤釋導因於「嘴答谷」，答谷不是鳴聲，而是嘴緊閉而鼓凸。這是個語音現象：音序換位，鼓突變而為答谷。答谷即谷答，亦即谷都。尚變音為硃都、搭拉、蕩浪，與谷都義稍異鼓突而拉長。反切之法，古已有之。如錮：固漏；孔：窟窿等等。音韻學謂之急言緩言，急讀則合、緩讀則分。《金瓶梅詞話》中「嘩哩剝刺」，其他小說作「畢拍」，呈現著與閱看不同特異之點。還須指出：《金瓶梅詞話》中的一些反切詞，如：俺：我們；多咱：多早晚；可霎：可是呵等等，皆因常用而通語化了。這給語音史留存了寶貴的史料。

　　2.音的分合謂之反切，字的離合謂之拆字。《金瓶梅詞話》《水滸傳》把人貶為「刷子」，注家誤解為今言「有兩把刷子」。刷子是以男陽作罵，即鳥貨，所以誤解是因為沒把字離合拆拼。刷拆為屍巾刀，屍巾合成吊（舊字從屍巾）。《西廂記》有「木寸馬戶

屍巾」的「村驢吊」之罵語。刷字屍巾之外尚有刀字，刀並不多餘。吊刀合成刷字；吊刀為同義對舉。刀指男陽：《金瓶梅詞語》內證之「青刀馬」；「檀木靶，沒有刀只有鞘兒了」（又見於《太平廣記》）。刀還與鳥是同音衍化：刀取聲，腳從韻，其義則一。《金瓶梅詞話》字之離合與文人文字遊戲不同，文人言絕妙為「黃絹幼婦」；而《金瓶梅詞話》率皆通俗徑作「色絲子女」，俗文化形態鮮明，與文人行文差異明顯，是兩種不同之文化。

3. 諧偶，對仗。《金瓶梅詞話》常利用對仗諧偶構造美的趣語，特別是於本無其詞處利用對偶構制新語。「你到明日與大爹做個乾兒子罷，吊過來就是兒乾子！」（32）兒乾子不是注家所釋的缺心眼的叫「二杆子」。這也不是字序的簡單易位的顛倒。而是比照曬制乾菜的菜乾兒，化生出來的「兒乾子」，經過脫水即不摻水的兒子了，跡近於親兒子。可以參照書中第四十一回乾親家與濕親家相對偶的諧戲。書中還有「這回連乾女兒也有了，到明日灑上些水兒，看出汁兒來」（32），出汁兒便由乾女兒進而成為濕女兒即親女兒了。這些戲語都是因偶成趣。兒乾子、濕親家本無其詞，是由乾兒子與乾親家偶生而出的美語。《金瓶梅詞話》還有對偶特殊形式，於乾濕明對之外，尚有暗對：相對應的偶語不明說，呈缺佚狀態，如以「灑水、出汁兒」暗寓「濕女兒」，在用語接受時補足，可以稱之求偶。如「有南北的話兒」（69），與之相對的是「無東西」被發語者隱去；受語者自行補足。「無東西」的話兒，特指只口說而不見物的虛話；虛話的客套也是一種精神慰藉。民間傳說可以作為破解此語之證：明太祖朱元璋私訪到蘇州山村酒店，有酒無菜，他吟道：「小村店三杯五盞沒有東西」，老闆娘介面道：「大明國一統萬方不分南北。」

4. 歇後求美。當今語言學界把因果作為歇後。以間歇分割詞語，間歇前為語因，間歇後為語果。實即因果鏈的關係：趣在鏈中。如：「尖頭醜婦蹦到毛司牆上：齊頭故事！」（20）「齊頭」原為江湖切口：「齊頭，切磚刀也。」以瓦刀砍齊磚頭砌入廁牆則不見磚之「頭」了，此語特指摸不著頭腦；「二拍」有言：「從來見說沒頭事，此事沒頭真莫猜。」（28）西門慶與李瓶兒進房便成了莫猜的「無頭公案」了。「惜薪司：柴眾」（23），前語節「惜薪司擋路」，是明內宮四司之一，掌所用之薪炭。擋路不用柴堆，一則用惜薪司柴更顯多；二因此類因果造語忌同語犯複，前節與後節避開都用「柴」字。「柴眾」不是字面薪炭義，而是隱語「鳥多」。「柴」在舊小說隱代男陽習見，《水滸傳》第七十二回：「不怕你『柴』大官人，是『米』大官人，也吃我幾斧！」柴米相對隱男女二器，米諧音尾。用例見於馮夢龍笑話集「搬柴運米」，原注米音尾（按：又在音中）。明白了「柴」的隱義，「又放羊，又拾柴」一語得解。「放羊」指男人縱放自己的女人；「拾柴」則指男人為自己女人牽合。由「柴」還轉化及「柯」。如「雙斧伐柯」，柯即斧

柄，以柄隱指男陽如塵柄，進而擴及於檀木把兒等等。

原初的「歇後語」，須歇掉後語，因歇生趣。其語趣恰恰在不說出且也不必說出之「後」上。《金瓶梅詞話》中尚保存著一些語例。如「六禮約──」所歇為「則」，諧「賊」。且出語有典。為突出所歇之後，須拖腔重讀。以強化「後」之字。由之，可見《金瓶梅詞話》為說話口講實錄。歇後即口講時不必說出，聽者自行補充完足，這種口頭文化（說聽的）與書面文化的差異，須從語言流變史上尋因。《金瓶梅詞話》美語造語方式繁多，且不拘一格。諧音不單獨立論，藏頭後文述及。

美語造語動因

由於通語被磨光了刺激的棱角，以致信號衰減；再加上語言傳遞時的線間耗散，其效應值大大降低。人們為增大啟動效應，所以創造美語。這是針對乏言腐語的乏力現象而造美語。其次，即便是不乏的通語，也是「不完美的符號」。人們在語言交際中，常生說不明白的困惑，常常無言以對。即便費力地說得明白，然而又苦於沒有絕妙好詞兒。為使缺憾降到可能的低限，只有造美語才能補償。亞里士多德曾慨歎：事物是多的，語言是少的。迫使人們造新語、美語，除了有與造新語相同的動因外，還有著美的內驅力。人們在語言實踐中發現：通語使人能夠認知，而美語使人樂於認知。通語是被動地接受，美語是能動地參與。美語的親和力，把語言交往拉近。俏與趣是美語的最佳方式，俏皮動人，趣語韻味。從俏趣中生出美，俏與趣成了美語的兩個表徵。俏與趣還是美語生成的兩個基因：不便直說方求曲，不願直說方求趣。兩者表現皆是與通語不同的「不直說」。動用各種手段把「真事隱去」，造就「假語村言」，構造謎一般的曲折有趣味的美語。謎趣在於彎彎繞，如果直白見底便不誘人了，如果不俏皮便沒魅力了。編碼者由顯入隱，解碼者發隱彰顯。在傳遞授受過程中，理解與認同、發語者與受語者都獲得快慰，這種交換過程便是審美過程，交際功能是在審美中完成的。因之，人們不斷創造新的美語代替陳舊的直言，追求交際的最佳最優化形式。造語者注入語中美的諸元，作為召喚機制，在傳導中成了增效的啟動效應，在美的魅力的導引下，不再是被動地接受，而是能動地參與。發語者與受語者和諧地進行著美的交流。

美語造語動因是，「不願直說」與「不便直說」。現在先說「不便」。不直說而為曲語，實因諱。由於社會習俗種種原因，中國諱語特多。而對性「諱莫如深，深則隱」（《穀梁傳·莊公三十二年》）。對性器及其行為須委婉致語。男陽不僅名鳥名雀，尚更雅化而為「王鶯兒」（86），果真是「美其名曰」得不著痕跡了。在美學價值上，則是化醜為美。

　　古代蟲是個大概念，包括著鳥與獸：母大蟲，便是母老虎；蟲蟻兒便是鳥雀兒。「媒人婆上樓子，老娘好耐驚耐怕——」（21）。沒說出口的是「蟲蟻兒」。此語不是「媒婆走東家串西家，走什麼樓梯也不在乎」，媒婆不在乎的不是樓梯，而是沒說出的「鳥」。此語為「城樓子上雀兒，好耐驚耐怕的蟲蟻兒」（24）的節縮歇後。即什麼「鳥」都見過；什麼鳥也不怕，蟲雀對舉同指陽具。馮夢龍笑話集以白老蟲隱代男陽。《金瓶梅詞話》中有「風月窩」，實即「眾鳥欣有托」之蟲蟲窩。人稱風流事為無邊風月，風月去其邊框，只剩蟲二；二舊時作重複記號，是為蟲蟲。古人不僅蟲鳥同義互文，而且可以同義置換。古無風字以鳳代風，隸變為相區別鳳從鳥，而造出從蟲之風。這便是「蟲入鳳窩飛去鳥」。上述種種表明：皆是鳥文化之遺存，實即生殖文化。

　　鳥，韻書析其音為：丁了切，男陽從了從吊皆有。由其聲韻又擴及刀、腳。《金瓶梅詞話》「管他小廝吊腳兒事」，吊、腳同義即「鳥」。「哥剛才已是討了老腳來，咱去的也放心！」（13）語中老腳隱指閹令，懿旨何以「老腳」代之？腳有根柢義（又與鳥同其韻類），男陽為人生之根本，根腳。此語以「老腳」調侃，謂在老婆處安了根，討了把柄。學界釋為「老婆的洗腳水」相去何其太遠。便是魯迅先生日記之「午夜濯足」，也是用曲筆，所指甚明。馮夢龍《笑府》卷九有笑話：「夜半妻欲動摸夫腳，問曰：這是甚物？夫曰：是腳。妻曰：既是腳，該放在腳淘裏去！」腳淘即鞋，又可知以鞋隱女陰由來已久。《金瓶梅詞話》：「左右的皮靴兒設番正，你要奴才的老婆，奴才暗地偷你的娘子，彼此換著做！」（25）語指二人換姦其妻。鞋有認腳便腳之分，便腳鞋不分左右可以換穿。《九尾龜》第一百零九回：「合著穿一只靴子」，《官場現形記》中的「同靴之誼」皆指二人共嫖一妓。《肉蒲團》：「這只皮靴揸起」，分別以楦、鞋隱代二器。今時之「破鞋」不是「婆姨」之音訛，而是腳淘、靴之遺存。

美語須美的闡釋

　　對《金瓶梅詞話》的語義研究，除開論文之外，尚有多部詞典：繼姚靈犀之後注家蜂起，魏子雲、王利器（主編）、白維國、李申先後出版了《金瓶梅詞典》，此外上海出版了《金瓶梅鑒賞詞典》等等。本文論述所引誤釋之語例皆援自這些詞典。這些詞典的缺憾是：望文生義，只注不釋；釋義也只回答是什麼，而不回答為什麼；只指認語義，而避開語因。由於美語符號組合方式與通語不同，便是相同的符號或是深文隱蔚，或是曲致幽回，便不再是符號的字面義，也便不再是通語的一般義。結構的複雜，意蘊的深沉，便不可能是「望」即「一眼望穿」的。所釋難免「背信棄義」。一般讀者「不求甚解」情有可原；注家注釋必求「甚」解。須是剝繭抽絲般地破解。先哲有言「詞有實指，

釋義防疏」，這就不可以淺釋輒止，僅及表層的顯義，必須挖掘深層的潛義。還須從美語的裂變根尋其變因；探求其符號組合規則與變異的規律。既然美語符號 $1+1=n$，如果僅及字義不生歧義，也會縮小美語豐富的內涵（何況還有外延）。除了美語的語元、語基、語質之外，還要顧及到美語的言外之義、語外之音。當今語義研究未能根據美語特性進行美的研究；沒有從審美角度進行美的審視。忽視了美語不僅有指義性的功能，尚且有美的功能。若只指認語義（尚且是釋不及義），美語喪失了生命與活力；不再是有情趣的美的完人，變成了被肢解得面目全非的僵屍。對美語應該也必須進行美的闡釋，使釋義也復歸於美。反之，不僅絕滅了美也埋沒了美語創造的功績；語言史因缺美環而斷卻了傳承流變的史鏈。

這裏所舉的語例，倒不是為了正偽糾謬，旨在於對美語進行具體而微的剖析，證明美語的難識與闡釋美的必要。《金瓶梅詞話》中的美語不論內構與外構均皆複雜：層次多造成曲折隱晦與深涵。本來美語渾然一體，義與體美感熔鑄諧一。為了闡釋才剝離層解，如同解化學方程式般：求結構式與分子式。剖析內構、外構，尋覓造語始因，揭明發語與受語的美的機制，從而闡釋美語的真義。其實，在《金瓶梅》時代同語圈的對話人之間，對美語儘管也要「思而得之」；「思」也是短暫瞬間幾近於無的。交流者之間因共頻而共識，獲得信息同時也就獲得了美感與美。

美語因多層結構而難解。人們的認識是由淺而深的，然而惰性導致淺嘗輒止。如「望江南、巴山虎兒、汗東山、邪紋布」，姚靈犀指出為「望巴汗邪」，人們便不再深究了。語有深義與實指，尚須揭出：望江南，植物名入藥，巴山虎即「黑白二醜」也入藥，有清熱之效用。汗邪所從之「斜紋布」之布，江湖切口稱為「稀皮子」。汗稀少或不出汗，即「汗憋的」，醫家認為眾病皆因阻塞。汗稀便熱昏譫語，須劑之以發散解熱之藥：故以「巴山虎」入語，而且巴山虎入藥名「醜」，當有以「醜」加深「王八」罵語的分量。造語構思可謂奇巧，此等巧趣之語頗多。

前述種種均皆表明，《金瓶梅》語言的不同的「獨異性」。獨具是《金瓶梅詞話》的俗語的俗文化特質。這些特殊的美語與《金瓶梅詞話》的整體風格相一致，是上口稱說的而不是紙面閱讀的。狄平子〈小說新語〉對口講讚不絕口：「或謂《金瓶》有何佳處，而亦與《水滸》《紅樓》並列？不知《金瓶》一書不妙在用意，而妙在語句，吾謂《西廂》者乃文字小說，《水滸》《紅樓》乃文字兼語言之小說。至《金瓶》則純乎語言之小說。文字積習蕩除淨盡。讀其文者，如見春人，如聆其語。不知此時，如看小說，幾疑身入其中矣！此其故，則在每句中無絲毫文字痕跡也！」狄氏頗有見地，他從「文字積習、蕩除淨盡」評價口語「詞話」的價值，用以區別文人文化與俗文化不同的質點。儘管他沒明說，文字是閱看的，口語是說聽的；然而如聆其語，他對《金瓶梅詞話》口

語的特點是肯定的。

　　或以為俗語通俗，何以有些語詞幽深難解。判定語詞的屬性不在解語之難易，難解是今時對四百年前語言的疏離；更主要的是俗人諢閑之語文人很可能視之為「准經」。不僅俗人與文人文化之不同，便是語圈內的人對語的難易也會有不同的理解。再則，或以結構複雜簡單作為區分文言與俗語之標誌，這也是誤解。有些俗語遠比文人的文言複雜得多，恰相反，進入書面的文人語言倒是簡單而又平面得很。這裏絕無排斥俗與文之間相互影響之意。俗語便是接受了文人的影響，也並不墨守而是拿來再造。文人之言與俗人口語反差強烈，與原來典事全然悖反。便是史事一入於俗人口講便被俗化，即與文人離異，而向俗人歸化，並且與之融為一體，蛻變而呈現出俗文化新態。《金瓶梅詞話》是貯存宏富的語言寶庫，《金瓶梅詞話》語言學的價值，特別是語美學的價值須要認真地予以評估。

　　附白：當今，新學科創建幾成蜂擁之時尚，惟其如此，反而躊躇，未敢貿然立語美學之說免招趨時之惡名。年事漸高，老妻久病，疲且憊矣；研究課題只好援手於忘年之友。如《中國性小說史》擬與李忠昌君合作。語美學也將與學友協力完成。這裏先行刊布旨要，公請學界檢驗，誠望語言學、美學、《金》學各界師友不我遐棄有以教我。

《金瓶梅》美語審美

美語，特指具有獨立語義的語言實體，當然包括語言學所界定的詞，然而更包括大於詞的常語。一些俗語常言，經過長期語言實踐，成了不可分割的語言實體，有著穩定不變的特性。「約定俗成」的常語，完全可以視為成語，或可謂「俗成語」。

美語是與通語相比較而言。通語只是概念的符碼，無所謂美醜。通語只有進入語言環境的語場之後，才「美隨境生」，所獲得的美是依附狀態。一旦離開語場獨立出來，即處於自在狀態時，美也便自行消亡，仍然只是一個符碼。而美語的美是固有的，不是外在附加的而是自在的，即便是分離出來，獨立於語場之外，仍然不失其自在美。質言之，不是因了被文學運用之後才獲得美；語美先已生成，而後才被文學所利用。這是不容顛倒的美語的根本問題，也是審視語言實體是否是美語的嚴格標準。

1. 獨立的語言實體　這是美的載體。語言實體既不是鬆散的隨意拼合與任意離析，緊密穩固是實體的特性。鬆散型的非實體，儘管具有美的色彩，然不應劃為美語，以免失之過泛，試看鬆散型非實體之語例：

「撒把黑豆只好喂豬拱，狗也不要她！」（60）

「那奴才撒把黑豆，只好教豬拱吧！」（75）

兩則語例雖然俏美，然而沒能凝聚為緊密的語言實體，便是簡縮為「豬不拱」「狗不理」又失去了美感。上海古籍版《金瓶梅鑒賞詞典》言：「黑豆是一種低劣的作物，一般只作為飼料。應伯爵將謝希大妻比作『瘸驢』，謝希大遂將應妻比作『黑豆』，極言其低賤，以作報復。」導致《詞典》錯會了意的關鍵，恰在於此語還沒成為獨立的語言實體，此語不是以「黑豆」比「瘸驢」，而是以豬作喻。豬吃食喜「拱」，這是豬的習性，俗稱豬嘴巴為「豬拱嘴」。豬本不擇食，而應妻連豬都不去拱她，誘使豬拱還得搭上一把豬喜食的「黑豆」。兩則語例雖然極其俏趣，然而不是美的語言實體，其美趣的獲得是要借助語場的。下面再舉語言實體美語語例：

「十個明星當不的月」（40）便是緊密得不可拆分的實體，而且是美在語中。此語將養兒要親生的抽象倫理，寓於星月形象對比之中：十個他生的也比不上一個自養的。因

為取的不是抽象的符碼，而是形象的美的載體；便使得功能的語用價值與語言審美價值和諧地統一起來了。不獨是這種俗成語具有美的性質，便是獨立的詞兒也同樣。再舉同是子嗣義的「根絆兒」（62），是以植物的根蔓喻子息繁衍，而且美在語中。由於人們對絆的誤解，以致既扭曲了語義，且也泯沒了語美。吉林文史版《金瓶梅詞典》誤解：「絆，北方稱女子年幼為絆腿的。」絆，語音讀作「盼」，《兒女英雄傳》作「根兒襻兒」。兒歌：「葫蘆根兒，葫蘆絆兒，不知葫蘆種哪塊兒？」對葫蘆等藤蔓植物而言，欲知種植哪塊兒，須順蔓尋根。此等不明口語語音而釋不及義，使美迷失。陳忠實《白鹿原》忠實「蔓」的本義：「老大那一蔓的人統歸白姓」，民俗譜系「枝」與「蔓」同。民諺「根深蔓長葉子多，七溝八岔爬滿坡」，較諸《詩經》「瓜瓞綿綿」，更形象地闡明了繁衍枝生。

「若是饒了這淫婦，自除非饒了蠍子娘的。」（12）白維國《金瓶梅詞典》以為「娘」是無實義的詞尾。其實「蠍子娘」是個獨立的語言實體，「娘」不僅有著不可埋沒的實義，且也是語美的支點。民間以為蠍子是破母腹而生，生後即以母體為食，故以蠍為毒。因蠍無娘，被蠍螫不能喚娘，喊娘螫得愈狠。「蠍子娘」的說法，為人們畫出了語象。語美，不是來自語場。而是伴生於語象之中，語美便是美語所固有的了。

2. 死語義與活語象：抽象與形象 人們有一個習慣上的誤區，以為文學語言是美的語言，文學活動才是審美活動。其實，人們在日常語言交際中，無時不在追求與創造語美與美語。竭力排除通語，力求增大語力與語趣。美語的創造是美的藝術追求，是有意識的與有目的。以通語「死」為例，《金瓶梅詞話》避開了僵死了的「死」，運用口語「長伸腳子」（62）、「倒頭」（60），語義雖仍然是「死」，然而有了可視的語象，給人以僵屍伸腿的具象感。具象感也有深淺程度之不同，「鬍子老兒吹燈：把人燎（了）了」（26），形象鮮明度更強。這是以形象作為誘發機制，引發受語者豐富的聯想。老者吹燈，燎了鬍鬚，深寓著生命的了結。「吹燈」又是民間通行已久的「死」的替代詞。「吹殺打擠眼兒」（41），不是上海古籍版《金瓶梅鑒賞詞典》所釋「燈吹滅之後，擠眼也看不見了」，死後不要說「擠眼」身後之事全然不見也；大有「死後原知萬事空」的意味。以「吹燈」代替「死」字，因有「人死如燈滅」之義。再往深裏推求：佛家「涅槃」，梵文原義「一陣風或一口氣吹過去，火滅了、熄了」。漢譯為「圓寂」「寂滅」。

通語「死」變為「長伸腳」「倒頭」，甚而變為「鬍子老兒吹燈」，便不僅僅是荷載語義的符碼，更荷載著鮮活靈動的語象了。抽象「死」的通語與形象鮮活的美語，兩者效應大不相同。語象喚起人的形象思維，使得抽象的「死」的語義，變而為可視的可以感知的了。以形象的感知取代抽象的認知，這樣的語言授受過程，自然是審美過程無疑了。儘管通語與美語的「死」，兩者語義是共同的，然而語路是各自不同的。通語的

符碼是機械地輸入，受語者是被動地接受。美語的受語者是能動、欣然地領受（欣賞）。再以與死相關的「勾死鬼」（13）為例，所誘發的「無常鬼」的語象，自然地在受語者心目中呈現。受限的死概念，因為有了活語象，為發語者所樂道，更為受語者「樂於聽聞」。美語與通語，兩者都具有語用功能，但因為美語更有美的自覺追求，所以美語尚且有著通語所不具有的審美功能。造語者在符碼中注入意義信息的同時，更注入了美的信息。經過美的藝術創造，便不再是符碼的機械元件，而是有了美的軀體與美的靈魂。美語的審美價值超越了語用價值，在語言交流中，不僅是概念的信息傳遞，更是美的交感：發語與受語雙方，均獲得了審美愉悅。語言交流過程，昇華為審美活動。

3. 語象：有象載體　萬事萬物是非常複雜的，許多事物「無以言表」。通語常常「言不及義」：很難把那事物表現出來。美語的語象，卻提供了語義觀照物；使人們不是由抽象到抽象，而是依循可資比照的形象，進行形象思維。〈登徒子好色賦〉曰：「增一分則太長，減一分則太短；著粉則太白，施朱則太赤。」這美人儘管是理想的，然而卻是不具象的，或者說是模糊的。事物都是在比較中存在的，沒有了觀照物也便失卻了自身。當然，增長減短絕不會與一丈青或矮腳虎相比；著白施朱也不會以曹操或關羽為座標。人們心目中原已有著心儀已久的觀照心象。儘管心象中的美女人各不同，然而均皆有著「迷下蔡惑陽城」的魅力。美便來自心儀已久的憶象，憶象存儲在腦庫之中，成了審美觀照物。

造語者對於「難於言傳」的事物，運用可以觀照的美的方式顯現。發語者「借此言彼」，受語在「由此及彼」。前理解存藏的憶象被召喚機制喚起，憶象復活重現了心理實象。由於美語可資觀照誘發的心理實象，受語者對語義立即認同。「蚊蟲遭扇打，只為嘴傷人」（93），人不是蚊蟲，然而兩者因嘴傷人而遭打擊則是相似的。相似的相關點便成了座標，成為由此及彼的位移轉換的開關。在人與蚊之間產生的異質同值的類同的等效效應。然而卻又不同於甚或大於文言「禍從口出」的語感，因為「禍從口出」是直達語義，而不具有美的形象。蚊蟲遭扇打調動了受話人的心理儲備，位移後的語言效果，如同馮夢龍《山歌·蚊子》所寫：「一張嘴到處招人恨：你算得人輕也，只怕人算得狠！」

語象，是美語的特徵之一，通語與美語便因無象與有象，其語言效果不止是不大相同，而是大不相同的。今時京味詞「貓兒膩」因其無語象或語象不確而遠不如《金瓶梅詞話》中的同義語「黃貓黑尾」。此語原初不是貓因膩而欲嗜，黃貓把見不得人的尾（陰部）黑藏起來，是為「貓兒匿」，訛變而為「貓膩」，隱私行為，在《金瓶梅詞話》中稱作「弄繭兒」，實乃「繰絲」，也是遮蔽藏瞞隱私的一種手法。「貓匿」所藏為「尾」之陰私，由之可見「貓匿」與「貓膩」由於語象之清晰與模糊，其語言效果與力度是截

然不同的。吳月娘流產後說「抱空窩」，抱即孵音，本是禽類孵化，人因見過窩中無卵空孵的內經驗，位移及人，使得兩者語義等值了。「棗胡兒解板兒：能有幾鋸！」由棗核小確實難鋸解，位移到少語的「幾句」，不必擔心位移過程中，因扭曲變形而錯位，受語者自會過濾，因言而得意。沿著「難解」之棗核的指向，確認其語義為語句極少。美語與通語雖然都是信息的載體，同有達義的語用功能。然而，美語是有象載體，是以美的形式荷載著美的信息。有象載體顯示給人們的是鮮活的「畫面」甚而不是靜態的畫面，而是動態的「活動寫真」的動畫。從語態上看，由抽象靜態變而為形象動態的了。正因為有了有象載體的「興象」，人們便「假像見頤」；不僅認同其「象」，更認同其「是」。

　　語象有顯象與隱象之分，前文所舉多為視而可察的顯象，具有可視的直觀性；此外，尚有不直接成象的隱在語中的隱象。《金瓶梅詞話》形容蝗螟般的吃客，用了元雜劇常用的「淨盤將軍」與「淨光王佛」。將軍與佛號都是戲擬的，既無其人更無其神。然而受語者從橫掃千軍的將軍與法力無邊的佛祖稱號上，如同看到了食場如戰場、食法如施法般的場景，間接地化虛無為實有，以「假像」顯「實義」。於顯象、隱象之外，更有一種潛涵頗深的幽象，其象是一種通感，無以名之姑稱之為「象感」。《金瓶梅詞話》言那女人「浪擴著來了」（79），「浪擴」一詞純屬口語，擴又屬特造。故而學界爭議頗大。因書中有「擴拔」之詞，注家釋「浪擴」如鈸之合擊「湊合上去」（釋見上海古籍版《金瓶梅鑒賞詞典》）。恰恰相反，「擴」不是合，其重點在於分。擴即劈，兩腿外展之騷態。《金瓶梅詞話》褻語「醃螃蟹會劈的好腿兒」此之謂也。民間賀生子戲諢：「姑姑鞋兒姨姨襪，姥姥來個大劈叉！」姥姥送開檔褲，「大劈叉」雙關調侃。「大劈叉」與「浪擴」雖然不是同一體勢，然兩腿外展分劈，都是為了突出性的騷態，究其實，「浪擴」實是「刺跋」音變而來。丁惟芬《俚語證古》認為：「浪，淫蕩之合聲」，以淫蕩的「浪」加於分劈腿勢，活畫出騷態，此語可謂潛象以盡意，因動作的體勢給人以語象感。

　　再進而言之，有的美語連動作體勢也沒有，只是一種感覺，因感覺的溝通產生一定程度的美感。如「一撚撚」常用來形容腰肢纖細。注家多誤解為「一把」，這是沒有把握住「撚」的特質。一把為五指回握，不謂不細；而「一撚撚」是拇指與食指相撚，較之「一把」更細。人們常以為誇張只有誇大之詞，忽略了誇小之詞。「一把」與「一撚撚」同屬誇小之詞，然而「一把」不如「一撚撚」之誇小到了極致。「一撚撚」為兩指間隙，調動了觸覺給人如「撚」之通感，惟恐稍一用力會撚斷了那纖細的腰肢。通感給人以強烈的感覺，因為觸覺是感覺之母。由於人類的進化，特別是人類直立行走之後，觸覺漸次失去了重要性，「視覺興奮能維持持久的效果」而占居主要地位。由此，語象

便從諸種感覺中突出出來，而觸覺不細加品味、體察便易被忽略。再如《金瓶梅詞話》以「一撚兒小米數」形容女人偷漢之多，「一撚兒」注家也誤注為五指回握的「一把」。撚為拇食二指相觸，捏為前三指尖取物，撮為前四指尖取物，「拿」則是以五指尖取物。五指尖所「拿」的小米，確是難以計數。「一撚撚」二指相撚的觸感，「一拿」五指尖拿取的動感，都呈現了動態美。儘管如此，「一撚撚」與「一拿」還不應視作典型的美語，因為兩者的美感不是先天孕育生成的，「一撚撚」只是與「腰兒」相結合才呈現了觸感的美：「一拿兒」更是鬆散，只是在誇張「野漢子」的數目情況下，才有了動態美。研究美語必須從嚴掌握，不然凡屬動詞皆為美語，美語便泛化了。

4. 美語造語動因　或問：辭達而已矣，又何必於通語之外，不斷地創造新的美語呢？人們在能知之外，更追求樂知。不滿足能知的簡單枯燥，追求那「樂於聽聞」的美語，以期語言交際在審美愉悅中完成。美語的創制便是基於這種求新求趣的心理。人們的認知進度，取決於刺激的強度，通語被磨光了刺激的棱角，喪失了啟動力，因疲勞而鈍化了。人們常常追求出語驚人，甚而「語不驚人死不休」。求新求趣，實皆求美；新趣，印證於藝術規律即是陌生化效應。新美語不同於舊通語，要者是語言與語實（語義）間拉開了距離；這又符合了美學的「距離本身能夠美化一切」的原則。通語是直白的，美語是曲折的。變新造語，打破了通語的直線靜態，變而為曲線動態，於幽曲中生美。隱語諱直，趣語求曲，「俏皮話兒」繞幾個彎兒而不直白，便是誘人以趣；隱語不直陳語義而是蒙上神秘朦朧的迷霧，也是抓住人們新奇解謎心理。這些都是為了樂知，使受語者愉悅地接受，而不是注入式的強加。這便使受語者的能動性活躍了起來，主動地參與，美不僅在語中更在對談之中；不僅正確地獲得了語義指向，更獲得享受藝術美感的滿足。

通語是居常不變的，美語是超常奇變的。人們有厭舊喜新的變異意識，求變便是產生美語的動因之一。當然，變化是有序的，無序的變化只能導致語言的混亂，變化了的美語，不同於原生態的通語。通語直接就是那個事物，變化新生的美語，須剝去包裝才能「還原」為那個事物。比如罵語的「王八」，因久用，《金瓶梅詞話》新變為「二搭六」，其包裝較為簡單：2＋6＝8。然而再變為「望江南，巴山虎兒，汗東山，斜紋布」時，便不是原生態的直接現實了，而是幾經曲折的多層包裝了，而且也脫離了母詞的「真面目」，以全新的面目呈現，遠離了「王八」的原生態。關於此語已另著專文，這裏只簡略地說明。學界自姚靈犀起，皆以為「望巴」是「王八」首字諧變，果真這樣變異則過於簡單了。此語的四個「語節」是粗看互不相干，細究又是不可分割的語言整體。〈望江南〉詞牌中暗寓民俗的不宜出行之「往亡」日，有去無回即「無歸」（烏龜）。望與無又吻合同聲變韻反切隱語之造語規律。「巴山虎」性攀傅，巴父同聲變韻。合兩語節為「望無巴父」即「望巴無父」。這不是妻外淫的「王八」無父，饒有趣味的是造語者在「巴

山虎」後特地綴一「兒」字，用以指示：王八之兒無父，只知其母不知其生父。「汗東山」「斜紋布」兩個語節，從又一側面揭明「王八」的成因。兩語節省字合成「汗斜」，即不正的「汗邪」「汗歪」；指外淫之妻沒有正頭香的夫主漢子。布的隱語為「稀」，斜紋，紋不正之布。再深一層則是，龜類水生動物本不出汗，故以「汗稀」言之。復證之以民俗，民間賭俗「押花會」，36 門皆有專名，其中王八會名「旱雲」；雲雨向為性事之婉語。無雲不能致雨，即無漢也。加之，古人見不到王八水下交配，以為王八有雌而無雄（無漢），須與蛇雜交（偷漢）方能繁衍（此說首見於許慎《說文》，影響頗為深遠，不贅）。由於烏龜之不出汗（無汗），且又無雄之無漢，因此指外淫之妻無漢，其子無父（古音爸）。不僅「望巴汗斜」有了新解，而且此語包藏了王八源流演變的歷史。凝聚著民俗的、語言的文化積累，可以稱之為文化傳承史料的寶貴化石。

5. 語結與結語　美語變化多端，「望巴汗斜」猶如「語言魔方」。避開通語「王八」的明明白白，轉而追求隱語的不明不白。陌生化不是為了遠離事物，而是力求以美的方式再現事物。從表面上看，「望巴汗斜」把通語繁化了，似乎會減慢傳遞速度，恰恰相反倒是加快了認知進程。語言的傳遞過程，授語與受語的思維當然是立時完成的。受語者接受譯解符碼所攜帶的信息。當然不會像本文對「望巴汗斜」那樣分解與重組。然而，語言的認知與一切認知同樣，都是建立在前理解的基礎之上的。都是以前人的認識積累和沉澱為前提的。變新的美語，不是鑿空虛造，而是歷史的遺傳，所謂「萬變不離其宗」。正因為有著前提指向，受語瞬間即會得到明晰的語義指歸。

復從接受心理上看，受語者不再是靜態心理，接受美語時是一個心理動態過程。因為美語是有象載體，不論顯象與隱象都會給受語者以深刻印象，烙印到受語者心目之中。美語不是通語的機械運動，而是一種審美活動。使抽象的思辨認知變而為形象的感知。形象的轉換，減少了思辨的線間損耗，不僅加快了認知速度，而且消解了誤解與偏差，使語言與現實間「言不盡意」的矛盾得到了完滿的解決。

這種位移運動，看似因變態而與原生態錯位。然而，由於先驗的導向，把人的思維誘引到悠遠的歷史傳承。與原生態遙相呼應，不僅有著對應對接的默契，尚且由於美語的種種美態，使得語言得到了擴展與延伸。不再是簡單的「王八」信息元。「望巴汗斜」美語所荷載的信息大於語義，內涵遠較通語深廣。信息量不是倍增，可說是無級放大了。能量與通語不是等效，也不是增效，因了美的張力得到的是「膨化效應」。因了美的「膨化效應」，不僅迅捷地傳遞，而且造語者美的創造與受語者美的接受，是在兩相愉悅中認同，通過審美肯定了美語美的價值。

「望巴汗斜」由真實的語言世界昇華為藝術的語言世界，拋棄了舊的自然形態，重構了美的藝術形態。美不僅緣自外構的形式，美更發自它的內蘊，美的形態與內質是高度

統一的。此語是一完整的系統，給人們提供了多維的語言空間，它是一個語叢的集合體，集合了相互依存、相互作用、相互制約的諸要素。各個單位間不是隨意的拼合，而是有機有序的整合，其有機關係令人歎為觀止：「汗斜」（汗邪）指汗病的熱昏譫語。汗病醫以汗藥：汗是藥的隱語，青子汗稱為刀傷藥，麻醉迷藥稱為「蒙汗」等等。此語巧構在於，「望江南」「巴山虎」皆是表散可治汗病之藥。奇思巧構而不是碎片的粘合，每個語節的單體，都在整體中發揮著作用，各盡其職，轉化為整體美的合力。或者說，單體的個象進入系統之中，經過整合生成美的完形。「望巴汗斜」，以及本文所引用的種種語例，都清楚地顯示了造語者的主觀介入，注入了心智與豐富的創造力，賦予語言以美。從創造心理上考察，始造語者，都有著強烈的創造衝動與美的追求，一切創造行為：都有著藝術與美的性質，美語同樣是人的自覺創造活動，在自覺創造的美語中躍動著美的生命力。

美語是語言認知的特殊方式，因通語的方式已司空見慣，美語打破一般化轉而「反常化」，取不同尋常的造語手段，取代習以為常的陳言，變常熟之通語為陌生美語，提供了語言交際時審美的新天地。前述種種均可證明，造語不是失控的，而是在語言與美兩者的「自律」下進行的。只有在語律的規範下，用語雙方才能達成共識。美語的陌生化效應，隨著使用會逐漸衰減，當「二搭六」爛熟時，人們才再造「望巴汗斜」。這也便是人們於通語之外，重構新的美語的內驅力。這也便是美語不獨存在於《金瓶梅詞話》等說部之中，而且於語言現實無處不在的原始基因。美語解結不易，作結殊難，誠望學界同好，共同解開美語之結，提出新的結論。

《金瓶梅》詞語美的審視

「鄉里姐姐嫁鄭恩，你睜個眼兒閉個眼兒罷！」在宋明之時，這必定是一句充溢著俏趣的美感語言，所以才被寫進《金瓶梅詞話》之中。或以為：載體與所荷載的信息是衡等的，這實在是個誤解。時移語損：時間流逝，信息耗散，等式常被打破而失衡。作為膨化效應「嫁鄭恩」的迷失，信息量大為衰減，增效劑失效，語力與語趣均皆弱化了。迷失了鄭恩的「所以」，只殘存「睜眼閉眼」的當然；人們對此且也習焉不察，只用其「語果」，而不問其「語因」了。

從發生學角度考察：事物必然是先於詞語的，也就是說：先有其事，後有其語。人們只能利用語前的鄭恩其人其事創製新語，而絕對不可能在語後造作其事物，這是歷史的不可再生性所決定的。然而詞語的確融入了史事，後人既可以以語徵史；又可以逆向地鉤稽語中史事，以史解語，進而從語原上揭開詞語的始生因。

鄭恩其人，稗乘野史皆稱他是趙匡胤的拜把子兄弟。小說《飛龍全傳》言之鑿鑿，說他「姓鄭名恩字子明，祖貫山西應州喬山縣人氏」。說書唱戲，都認定他相貌奇醜；然而他卻娶了美貌的「鄉里姐姐」。京劇《打瓜園》《三打陶三春》便是搬演其事。小說《飛龍全傳》寫他「那雙鼇目，生來左小右大」，醜是與生俱來、先天的。戲曲界傳說他貌醜卻是後天的；年輕時尚義任俠，某人被黑猩猩（一說惡霸）所困，他去救助，被抓傷右眼、撕去左臉皮，遂破相。因之，戲曲皆為「歪臉」之譜。

美妻觀看醜夫何以要「睜一個眼兒閉一個眼兒」呢？兩眼全睜（如《金瓶梅》所說「洗眼兒」的擦亮眼睛），那醜當然是看不得也。反之，兩眼全閉則無視不見，所謂眼不見心不煩也。「一睜一閉」特殊審視之眼，是造語者的「別有用心」：把鄭恩「奇」醜的臉相作為召喚機制，誘發受語者的對應感應。所對應的是「見一半不見一半」（《金瓶梅》常語）。鄭恩的「奇相」必然是中軸剖分：半俊半醜。睜的那隻眼，與美相對，只見其美；閉的那隻眼，與醜相對，不見其醜。這等臉相「錯位」：半醜半俊。經過「一閉一睜」形成了審美「對位」了。這等「奇相」，實生活中絕無，然而於臉譜中卻並非僅有。

這句話當然不是發端於鄭恩的實臉，只能是根源於戲場上鄭恩的臉譜。而且譜式須是半醜半俊的共體陰陽譜。這句俏趣之語便是鄭恩美醜共體譜的硬證。鄭恩之譜雖為「歪臉」所取代，然而其他人物共體譜多有遺存。京劇《鍾無鹽》、川劇《聶小倩》皆取美

醜共體之譜。聶小倩不僅臉取陰陽之譜，整體扮相也是美醜共體：從踵至頂中軸剖分，半為俊扮、半為醜扮。《鍾無鹽》的鍾離春是古代四大醜女之一，貌醜而心美，因之上了《列女傳》。聶小倩生時是受損害的美女，死後化作復仇的獰鬼（本事見《聊齋》）。鄭恩破相前當是美男子，為救助他人而變醜；心靈美與鍾、聶則是相同的。

藝術的共體臉譜，絕對不等同於實際生活中鄭恩們的臉相。一切藝術，都是藝術家們超越自然世界，重新構築的藝術世界。各種藝術樣式，都有各自受限制的一面；在受限制的藝術中，呈現無限的自然，不可能面面俱到。一種藝術只能截取美或醜的某一時空的片面；《金瓶梅》中的人物也深明此理。當人們稱讚丫鬟「上畫兒」般美時，吳月娘反而說醜似小鬼，她指出：「上畫兒只畫半邊兒。」畫截取了美人的半邊，隱去了醜鬼的另半邊。鄭恩們的共體譜，不揚美不隱醜，美醜共在於一體。共體譜超越尋常藝術的純一美或純一醜，動搖了非美即醜的二值邏輯。它不為形式邏輯所拘囿，然而卻不是非邏輯與反邏輯的。共體譜打破了舊序，然而卻不是無序的混亂；它依循藝術的邏輯建立新序。共體譜的建構，便不同於純一的「單態質」，而是全新的「雙態質」了。

共體譜不是錯接的混亂的錯位，而是完形的混一。欣賞者所以不會產生錯覺錯位的錯誤，因為不是非理性被動地接受，而是理性能動地思辨。人們明明知道：自然界的人不會有畸形的共體「陰陽臉」；但欣賞時絕不膠執自然世界的「愚真」，而接受藝術世界的「智實」。依照傳統審美習慣冗餘地而不是分裂地觀照，經過思維「交感」，對共體整體地予以認同。

共體譜雖然是自然世界烏有之象，然而卻是藝術世界應有之象。美醜共體臉譜，當然不是鄭恩、小倩某時某地的直接現實，然而卻是他們全時全地的全程現實。自然時空不能拉近與推遠、停滯與超前。共體譜打破了時空蔽障，獲得了藝術的自由；在空間中有著時間的自由流動；在流動的空間中，又容納著空間的凝定。共體譜不是一時一地的呆照，而是鄭恩們的一生一世甚或生死隔世的全貌。共體譜把鄭恩破相前後、把小倩生前死後的全相（完形），凝定在共體之上。如同中國繪畫的「散點透視」，把異時異地的美與醜、人與「鬼」，同構於一體。既不是（又是）破相前的美貌，又不是（又是）破相後的醜相；既不是（又是）生前的美女，又不是（又是）死後的獰鬼。破相的前與後，生與死，都是一個運動的過程。他種藝術（如「上畫兒」）只能有限地賦形；共體藝術卻賦形以無限：給欣賞者提供了跨時空的全息的「完形」。共體的美與醜，恰好與它所祖始的太極兩儀一般，是互動互繼、互為終始的關係。美是鄭恩的初始，當美遭到侵凌破壞，醜繼之而生；小倩化為獰鬼「復仇」，卻又是美的復歸。共體臉譜是藝術對自然的征服獲得如佛家所言的「真如」之體，即是超時空的「整合」的完形。共體藝術，當然是承繼著傳統植根於中國「寫意」文化土壤之上的。寫意文化，時間束縛不了它，空間拘囿

不了它。時間上，可以上下五千年地「思接千載」；空間上，又可以視通萬里地「精騖八極」。寫意藝術消除了藝術有限而人生無限的矛盾；寫意不僅使藝術獲得了自由，而且使藝術獲得了「高容量」。

類乎共體的寫意藝術，於文學藝術中無所不在。鄭恩、小倩、鍾離春等如是，《紅樓夢》又何嘗不如是；足證傳統的寫意文化根柢之牢固。《紅樓夢》中第一主人公賈寶玉面部造型是「雖怒時而若笑，即嗔視而有情」。實生活中當然不會有半邊怒嗔半邊情笑的畸形臉。如果以為這兩句讚語模糊，夠不上跨時空共體典型。王熙鳳的「一雙丹鳳三角眼，兩彎柳葉吊梢眉」則是美醜共體之譜無疑了。丹鳳眼與柳葉眉是美女的常規贊詞；然而三角眼與吊梢眉倒是對醜婦貶蔑常俗之語。從寫實的視角，當然不能見容於一體；然而於寫意藝術卻生互補之功。對不是常態的、變形的，複雜的共體完形，只能做運動的動態審視：王熙鳳「粉面含春」之時，目橫「丹鳳」。她的情緒又與時俱變，淫威一逞柳眉倒豎便神凝「三角」了。曹雪芹巧妙地運用寫意藝術，把她不同時態的臉相，昇華為共時態的共體。

鄭恩的共體臉譜業已迷失，美醜共體之譜肇始於何時也失載。然而「半面妝」其事，卻是於史有徵的。史載：梁元帝妃子徐昭佩，雖然風韻猶存，畢竟因半老而失寵，元帝久不臨幸。她做「半面妝」：一半兒豔抹，一半兒慵妝。元帝見之大怒而去。「半面妝」刺傷了元帝的短處：他是眇一目的「獨眼龍」。徐娘用「半面妝」質爭：你獨眼所見的是哪半邊呢？——這是宮怨之「譜」了。據此當然無法判定「半面妝」是徐娘之首創。若是她受到戲場上共體臉譜之啟發而做「半面妝」，則美醜共體譜的歷史當先於梁代而早已有之了。戲劇史於臉譜只泛稱遠緣自族徽圖騰，遞次至唐代樂舞代面的面具；可惜於共體譜則語焉未詳，特別是鄭恩之共體譜乃屬闕如。《金瓶梅》中之「鄉里姐姐嫁鄭恩，你睜個眼兒閉個眼兒罷」！確是美醜共體臉譜的「活化石」。為補語言與戲劇二史之缺憾，試作此准美學之鉤沉。由之也想及：不論對美醜渾一的藝術，也不論對美醜混濁的人生，「眼睜眼閉」實不足取。《金瓶梅》中的幫閒們在三隻眼的馬王爺塑像前說：「如今的世界，開只眼閉只眼便好，還經得住多出只眼睛看人的破綻哩！」藝術與人生，應否都多隻眼睛去審視？

《金瓶梅》俗諺求因

　　《金瓶梅詞話》採用俗諺十分之多。向為學人矚目，歷來多有輯錄書中俗諺者：如姚靈犀、朱星等。繼後的幾部《金瓶梅詞典》也都集錄附編；李布青還編有《金瓶梅俗諺俚語》的專門詞書。由之，可見俗諺在《金瓶梅詞話》中的重要地位與作用。

　　《金瓶梅詞話》所採用的俗諺，突出特徵在於諺語的「俗」字，呈俗文化形態。俗諺是世俗的人們，對社會人生積久審視的積澱；並且長期存活於人們的唇吻間。俗諺近乎處世格言，約定俗成地制約著人的社會行為，因之具有了道德規範的性質。

　　中國文學，特別是說書唱戲，多以勸懲作為天然使命。魯迅先生在《中國小說史略》中認為「及明人擬作末流，乃誥誡連篇」。其實，何止擬作末流，而倒是「文以載道」潛流的延伸，更主要的是中國人思維方式的自然流露。因之，《金瓶梅詞話》不能不因襲，無法脫離教化傳統的舊轍。

一

　　《金瓶梅詞話》所採用的俗諺，多而駁雜，包羅世態人情的全面。以俗諺作為喻世的規箴，用以警醒、勸誡聽眾世人。不能說勸世的俗諺一無是處；然而「禁殺」人們的也為數不少。歷來「禁殺」人的莫過於天命觀念；《金瓶梅詞話》中勸諭人們安於宿命；認為生死窮通，一切冥冥中皆有主宰。這一觀念當然不是《金瓶梅詞話》的首倡，前此的元明雜劇也有類似的俗諺，俗諺專集《增廣賢文》《名賢集》等也把宿命的俗諺大量收入。所以才說它是中國人思維觀念的流布與延伸。《金瓶梅詞話》是自然的因襲。宿命俗諺自然也廣布於後來的小說。

　　且看有關一切都是命定的而且是與生俱來的的俗諺：

　　「萬事不由人計較，一生都是命安排。」（46）

　　「年月日時該載定，算來由命不由人。」（19、61）

　　「得失榮枯命裏該，皆因年月日時載。」（48）

不僅榮辱得失是八字造就、命中註定，甚至生死皆由天命，連生死的時間地點都是定不可移的：「生有地，死有處。」（88）用《增廣賢文》的話來說便是「生死有命，富貴在天」了。人，在天命面前，無所作為，只好聽天由命。期冀著「一朝時運至，半點不由人」（97）。勸誘人們安分、守時、待命——期待著天道往復：

「豪富未必常富貴，貧窮未必常寂寞。」（90）

「我見幾家貧和富，幾家富了又還窮。」（《增》[1]）

「樹葉還有相逢處，豈可人無得運時。」（89）

「黃河尚有澄清處，豈可人無得運時。」（《增》）

「一灣死水全無浪，也有春風擺動時。」（17、元代戴善甫〈風光好・四折〉）

《金瓶梅詞話》《增廣賢文》和元雜劇的這些諺語要人們消極地等待，死守死水，等待黃河澄清之日。

<h1 style="text-align:center">二</h1>

世間榮辱皆是以錢為根本，隨著錢眼兒轉，對金錢巧取不能便豪奪，利己拜金，人欲橫流。金錢制約著人際關係。萬般皆下品，惟有錢最高。有錢便是大爺在《金瓶梅詞話》中有著生動的刻畫：西門慶熱結十兄弟，拜把子常規是以年齒定次第；而年長的應伯爵卻說不序齒而序財，甘居西門慶之下，讓西門慶做了大哥。有錢便有了一切，財主放屁也香也見於《金瓶梅詞話》與《笑林廣記》。「豪富自然高貴，相逢必讓居先」（31），人心向背皆是以錢為軸心的。西門慶加官之時，果真是：

「時來頑鐵有光輝，運去真金無豔色。」（30）

「運去金成鐵，時來鐵似金。」（《增》）

「運去黃金失色，時來鐵也生光。」（《名》）

有一則諺語不僅為《金瓶梅詞話》所採用，也為諺語專集《名賢集》收錄。這則俗諺在《金瓶梅詞話》之前為元雜劇所採用；在《金瓶梅詞話》之後又為諸多小說所採用。

1　《增廣賢文》以下簡作《增》。

元雜劇有金江傑《蕭何月下追韓信》、蕭德祥《殺狗勸夫》、賈仲名《對玉梳》、無名氏《張千殺妻》《九世同居》等等。小說有《石點頭》卷一、《平妖傳》第四十回以及《桃花扇》等等。這則諺語所以被元明雜劇、小說廣泛而又頻繁地採用，蓋因其較精闢地概括了人情冷暖是隨金錢而升降溫的。這則諺語是：

> 「白馬紅纓彩色新，不是親來強是親；
>
>   時來頑鐵皆光彩，運去良朋不發明。」（31）

> 「白馬紅纓彩色新，不是親來強來親；
>
>   一朝馬死黃金盡，親者如同陌路人！」（《名》）

確如俗諺所說，「金逢火煉方知色，人與財交便見心」（79、《名》），西門慶一死，應伯爵等幫閒們不僅如同陌路，而且落井下石。西門慶的家奴們的態度也陡然而變：

> 「勢敗奴欺主，時衰鬼弄人。」（81）

> 「命強人欺鬼，時衰鬼弄人。」（《增》）

> 「命貧君子拙，時來小兒強。」（《名》）

對這種欺與弄的人際關係，上引《金瓶梅詞話》和《增廣賢文》《名賢集》不去根究造成欺弄的社會原因，仍然讓人們相信是時運衰敗的結果，對欺弄便無怨無悔了。要人們相信：天公自有公道——

> 「常把一心行正道，自然天理不相虧。」（20、62）

> 「平生正直無私曲，問甚天公饒不饒。」（《增》，《名》）

> 「但交方寸無諸惡，狼虎叢中也立身。」（84）

> 「莫做虧心僥倖事，自然災禍不來侵。」（《增》，《名》）

「平生不做虧心事，夜半敲門不吃驚」這句俗諺是諸多同類俗諺的代表，流傳至近世。不僅為《金瓶梅詞話》採用，為《增廣賢文》《名賢集》收載，而且被後來的小說如「二刻」、《古今小說》第三十八廣泛採用。要人們消極地聽命於天「勸君凡事莫怨天，天意與人無厚薄」，不怨天只能反求諸己，《名賢集》開篇便倡：「但行好事，莫問前程。」

三

　　天命觀長時期地統治著人們，在天命面前，人喪失了獨立的自我。因自我無力，轉而崇拜天力；積澱為民族的頑固的思維定式，已經成為社會心理痼疾。「天道往還，果報不爽」的果報觀念，掩蓋了社會的罪惡，開脫了社會的罪責，扼殺了人為正義而伸張的主動性。軟弱而又可憐的人，自己喪失了懲惡的力量；社會又是惡勢力的集結，社會不僅不懲惡反而助惡，人們只好乞求於天與神了。

　　「莫道天不知，天只在頭上，昭然不可欺。」（81）

　　「湛湛青天不可欺，未曾舉意早先知。」

　　「休道眼前無報應，古往今來放過誰。」（59）

　　無可奈何的人們，看不到天公主持公道，看不到果報的果，便生幻想：今生得不到的，期待於來世；現實中得不到的，期待於冥冥。本不能報，看不到那顯報時，便互慰與自慰，認作是「不是不報，時辰不到」。「善有善報，惡有惡報」（75、《增》、《名》）這句諺語流傳久遠深入；不僅《金瓶梅詞話》《增廣賢文》等，且為多部元雜劇早已採用，如無名氏《來生債·一折》等等；繼後的小說《恒言》第三十三回、明代徐元《八義記》《西湖二集》卷五皆採用。這種「果報不爽」麻醉人們，消極地等待「善惡到頭終有報，只爭來早與來遲」（62、87、《增》《水》、119）。好心的人們，盲信「人害人不死，天害人才死」（12），《增廣賢文》此諺作「人著人死天不肯，天著人死有何難」。天道豈能公正，現實是嚴酷的，常常是「好人不長壽，禍害一千年」（73），恰便是天公誤人、害人之處。愚昧的人們，不能手報而期待天報，不得現報寄希望於後報。佛家有三世之說，名僧釋運《報論》：「經說業有三報，一曰現報，二曰生報，三曰後報。現報者，見於此身；生報者，來生便受；後報者，或經二三世，百世千世，然後乃受。」人們消極地等待無期隔世的報應以自慰。一切道德，只規範講道德的人；一切法律只約束守法的人。善良的人崇德守法而「諸惡勿作」。天命果報對善良的人是麻醉劑；而對惡勢力反而是隱蔽所。善良的人徹底解除武裝，放棄鬥爭，求報於來生後世；惡人以此作掩體，為非作歹，行樂於當世。在那個社會，金錢便是天理，金錢大於天理。《金瓶梅詞話》中的西門慶比《水滸傳》中的西門慶更加為非作歹，然而報應呢？在《水滸傳》中是現報，做了武松刀下之鬼。而在《金瓶梅詞話》中僅僅是縱欲身亡的「快樂死」，似乎是做鬼也風流。正因為他們看破了天道果報的騙局，才肆無忌憚地為所欲為。王六兒勸丈夫攜款潛逃說：「自古有天理倒沒飯吃哩！」（81）

軟弱的人們，喪失了自我。自己不去抗爭，總希望別人來解放自己。寄希望於明君、賢相、廉吏、義俠。對統治階級絕望之時，轉而寄希望於義俠。萬般無奈之時，還以為在人世之外有著駕馭人命運的天道。當發現天也並不清明，即天昏地暗之時，還寄希望於惡人之間的以毒攻毒的火拼。「草怕嚴霜霜怕日，惡人自有惡人磨」（《增》，《名》），《金瓶梅詞話》：「惡人見了惡人磨，惡人見了沒奈何。」不是惡人而是善良人無可奈何，叫天不靈，呼地不應：受著人與天的雙重欺弄。善良是軟弱的替代詞：「良善被人欺，慈悲生禍害」（38），「人善被人欺，馬善被人騎」（76，《增》）。這句諺語不是善良人們的覺醒，而是作惡之人的信條。

四

在諸惡面前，只留給善良的人一個「忍」字。《金瓶梅詞話》中俗諺反復倡揚「忍為高」的人生哲學。「一切諸煩惱，皆從不忍生」（99），「禍患每從勉強得，煩惱皆因不忍生」（35）。忍的人生哲學，早在元代即已形成完備的體系。元代許名奎即著有《勸忍百箴》。任何人並未想對忍一筆抹殺，如互諒互讓的互忍；如顧全局的小忍不亂大謀等等。然而就忍的人生哲學的總體而言，無爭的忍終歸是消極的。

「休爭三寸氣，白了少年頭。」（《名》）

「三寸氣在千般用，一旦無常萬事休。」（79、87、99，《名》）

「一切萬般將不去，赤條條地見閻王。」（80）

「點頭才羨朱顏子，轉眼變為白頭翁。」（15）

「白髮不隨麗人去，看看又是白頭翁。」（《增》）

告誡人們：人生苦短，一切轉眼即逝，化為烏有。「君子不與命爭」，在忍中苟安。忍成了中國人的精神重負，長時期地桎梏著人民。忍還被具體化了，《增廣賢文》：「忍得一時氣，去得百日憂；近來學得烏龜法，得縮頭時且縮頭。」不僅以「烏龜法」處世，還要人們裝癡作傻，倡「癡漢」精神，《增廣賢文》以倡癡作為該書的結束語。《金瓶梅詞話》也倡癡：「只恨閑愁成煩惱，始知伶俐不如癡。」（35）罪惡的社會，懼怕聰明的先覺看穿罪惡的所在，故而容不得那先覺之士：夫時代之不容，乃先覺之常刑。社會對先覺之士，常施以刑戮，人們只好裝癡守拙了。

前引諸諺，不獨《金瓶梅詞話》，而且為戲曲小說所廣泛採用。究其因，是中國人

的思維觀念決定文學的勸懲觀。也不獨《金瓶梅詞話》，許多戲曲小說都打著勸善懲惡的旗幟「侈談果報」（〈金石緣序〉）。「小說何為而做也？曰：以勸善也，以懲惡也。」（〈平山冷燕序〉）連《紅樓夢》也未斷天命之宿俗「冤冤相報實非輕，分離聚合皆天定」（5）。人們在現實中得不到的，便躲到文學藝術中去尋求——這是一種補償心理。所以，與其說中國小說是現實主義的，莫如說它是理想主義的。書中自有果報：悲者終歡，離者終合，困者終享，冤者終雪。讀者大悅：失衡的心理得到了平衡。王國維《紅樓夢評論》認為：「吾國之文學，以挾樂天的精神，故往往說詩歌的正義；善人必全其終，而惡人必罹其罰，此亦吾國戲曲小說之特質也。」勸懲文學小補於世道人心，大益於封建統治，故此類小說因而取悅於統治者，而不遭禁毀得以流存與流毒。

五

　　儘管俗諺中有著消極的一面，但不容全盤否定，比如規範人們敦親睦鄰、正確處理人際關係等，雖然是大俗諺的一個小側面，然而對中華民族的道德與文化建設起了一定的作用。「甜言美語三冬暖，惡語傷人六月寒」（12、26，《增》，《西廂記·二折》，元代鄭廷玉《楚昭公》），在人際交往中，不可惡語相加。縮小範圍，家庭成員間如何相處？「癡人畏婦，賢女畏夫」（20，《增》），男權中心的社會當然不可能互敬互愛，然而《金瓶梅詞話》的俗諺也很看重女人在家庭中作用。儘管「賢女」在各個社會階段標準不同，但是「妻賢每致雞鳴警，款語常聞藥石言」（57），家有賢妻男人不做橫事，一向為人所稱道。善良的人民追求的是：家有賢妻孝子，國有廉吏明君。如同《增廣賢文》所錄「妻賢夫禍少，子孝父心寬；法正天心順，官清民自安」。在正心修身以及自我約束的「克己」方面，俗諺也有著積極的建議；儘管這建議只為善良人所遵行，而惡人置之於不屑，然而作為道德規範無疑是正確的。這如同真理被惡魔踐踏了，仍然是真理；真理不會因被踐踏變為謬誤。俗諺教導人們「怕人知道休做，要人敬重勤學」（《增》），《金瓶梅詞話》互換句序「要人知重勤學，怕人知事莫做」（13）。句序所以顛倒是為了趁韻，前面兩句是「吃食少添鹽醋，不是去處休去」。勸學，有了學識才能受人敬重。慎行的準則是好事不怕人，怕人無好事。「若要人不知，除非己莫為」（12、69、77，《增》）對飲食，俗諺也諄諄忠告：重鹽濃醋於人有害。凡事皆有度，皆須節度合宜。「爽口物多終作疾，快心事過必遭殃」（26），《金瓶梅詞話》第七十九回重見此諺因誤字，「終仿疾」使義不明，戴校本改從「終致疾」，不確，宜為「終做疾」，與「作疾」吻合。《增廣賢文》為「爽口食多偏作病，快心事多恐遭殃」。勸誡人們對「快心」「得意」之事也要「三思」。「事不三思終有悔，人逢得意早回頭」（29）。《名賢集》「三思而

行，免勞後悔」，提醒人們，不要只圖眼前一時之快，而要從遠處著想。「人無遠慮，必有近憂」（92，《增》）。善良的人追求著、肯定著人與人之間和諧美好：「親不親，故鄉人；美不美，故鄉水」（92，《增》，《西遊記》第二回，《西洋記》第二回）。

社會現實的人際關係並不是像人們所追求的那麼理想，反而是冷峻嚴酷的爾虞我詐。《金瓶梅詞話》畏人逾畏虎：「寧逢虎摘（攔）三生路，休遇人前兩面刀。」（46）《增廣賢文》則說：「虎生猶可近，人熟不可親」；「進山不怕傷人虎，只怕人情兩面刀」。所以不怕「生虎」而懼「熟人」，因為人心叵測：「世間海水知深淺，惟有人心難測量」（91）；「畫虎畫龍難畫骨，知人知面不知心。」（76，《增》，元·關漢卿《魔合羅·一折》，《負曝閒談》卷二十三，《古今小說》卷一）人是最危險的動物：「世界只有人心歹，萬事還教天養人。」（84）提醒人們擇友而交：「不結子花休要種，無義之人不可交」（31）；因為「牡丹花好空入目，棗花雖小結實多」。在那個社會裏，時時設防，處處戒備。說話也要掂斤簸兩：「逢人且說三分話，未可全拋一片心。」（20、72，《清平山堂話本·戒指兒記》）防嫌隙以免惹是非，人是最長於無事生非的：「來說是非者，便是是非人」，此語《增廣賢文》與《金瓶梅詞話》均引錄。對是非採取聽而不聞的態度：「是非終日有，不聽自然無」（85，《增》，明代高則誠《琵琶記》十一，明代陸采《懷香記》二十八）。「有事但逢君子說，是非休聽小人言。」（13，《增》）

六

《金瓶梅詞話》採用俗諺時，常見的形式是以「常言道」「正是」「自古」領起。由之可知：俗諺是常俗之言，是積古而成，由來已久，是至理警醒之言。這三者，涵括了俗諺的三大特質：積久的「古語」，傳承現世而為慣用「常語」，凝練而為「哲語」。即歷久性、習常性與哲理性。正因為俗諺凝練近乎「格言」，而又通俗；內涵深廣：一句可頂多句。因此才被小說、戲曲廣泛而又頻繁地採用。也正由於俗諺之俗，呈俗文化形態，為文人所不屑，很難收入載籍。偶或見之，也只是一種裝飾。惟其如此，考實《金瓶梅詞話》的每條俗諺的由來，是極端困難的，有時甚至不可能確指其所自。不得不從用中求因，即據某些（不是某一）俗諺為兩部書共同採用，則晚出的書受先其而出的書的影響可能性大。如為數不少的俗諺為《水滸傳》採用過，再加上《金瓶梅詞話》是由《水滸傳》衍生出來的，承繼的可能性較大，略舉數例：

「分明指與平川路，錯把忠言當惡言。」（20，《水》61，《恒言》19）

「入門休問榮枯事，觀看形容便得知。」（2，《水》24，《增》）

「但得一片桔皮吃，莫便忘了洞庭湖。」（3，《水》24）

「饒你奸似鬼，也吃洗腳水。」（13、91，《水》多見，又見於明代無名氏《贈書記》16，明代王錂《春蕪記》，明代許自昌《水滸記》14，明代沈璟《義俠記》以及《初刻》6、《喻世明言》《西湖二集》等等）

「有緣千里來相會，無緣對面不相逢。」（90，《水》14，又見明代袁于令《西樓記》19，明代陸無從《酒家傭》25，明代吳中情奴《相思譜》2以及《荊釵記》48、《三寶太監西洋記》46，明代碧蕉主人《不了緣》以及《警世通言》26、《醒世因緣》25等等）

　　如果依照《金瓶梅詞話》的親緣關係判斷，因《金瓶梅詞話》第七回前全引錄《水滸傳》第二十三、二十四兩回文字，兩書傳承關係至為密切。然而《金瓶梅詞話》對於他書廣采博錄，不獨《水滸傳》，比如《清平山堂話本》的某些情節也被《金瓶梅詞話》因襲。據此，《清平山堂話本》所採用過的俗諺，為《金瓶梅詞話》所再次採用，也有著極大的可能性。如「青龍與白虎同行，吉凶事全然未保」便為《話本》與《金瓶梅詞話》共同採用。現將見於《話本》（《梅嶺失妻記》）的，也舉幾例：

「分開八塊頂陽骨，傾下半桶冰雪來。」（8、95，《水》31）

「天有不測風雲，人有旦夕禍福。」（9、81，《名》）

「人前只說三分話，未可全拋一片心。」（20、72，《增》）

「畫龍畫虎難畫骨，知人知面不知心。」（76）

「求人須求大丈夫，濟人須濟急時無。」（60，《增》）

　　「春為茶博士，酒是色媒人」，此諺《清平山堂話本》與《京本通俗小說》皆採用。《金瓶梅詞話》諺為「風流茶說合，酒是色媒人」（14）。

　　儘管與《水滸傳》《清平山堂話本》有著親緣關係，俗諺的承襲也僅僅是一種可能。據此，尚不能判定某些諺語便是源自二書。因為諺語的源流，較文學上其他傳承遠為複雜。繼《金瓶梅詞話》之後，與之共同採用某些諺語的小說頗多。在沒有堅實的證據之前，便無法判定後來的小說是承襲自《金瓶梅詞話》的。也舉數例：

「火到豬頭爛，錢到公事辦。」（47，《恒言》13，《儒林》13）

「各人自掃門前雪，莫管他人瓦上霜。」（33，《恒言》24）

「金命水命，走投無命。」（69，《醒世姻緣》15）

「家無主，屋倒豎。」（3，《恒言》33）

「酒不醉人人自醉，色不迷人人自迷。」（81，《初刻》25）

「常將有日思無日，莫待無時思有時。」（《通言》31，《名》）

「閑時不燒香，急來抱佛腳。」（67，《古今小說》10）

「現鐘不打，卻打鑄鐘。」（87，《二刻》17，《西洋記》32，《西洋記》又作「現鐘不打，反去煉銅」）

「一日賣得三個假，三日賣不得一個真」（50），《西洋記》第六十一回、《西湖二集》第二十回中「個」作「擔」。這是七字句，《金瓶梅詞話》又變體為說白：「十日賣一擔針賣不得，一日賣一擔甲倒賣得了。」

七

考察文人文化，有書為證；而推求俗文化無憑可考。俗文化的俗諺，由於文人的歧視，見於載籍者寥寥。而且文人偶或述及，卻常有偏見，如陸游《老學庵筆記》稱：「今世所道俗語，多唐以來人詩。」陸游的斷語恰恰是顛倒了事物的本末，倒是詩人採用了俗諺。杜甫、白居易等詩人，向以詩語通俗著稱；《金瓶梅詞話》中「人生七十古來稀」之語，不一定便是緣自「酒債尋常行處有，人生七十古來稀」（杜甫〈曲江〉）。至於《金瓶梅詞話》第四十八、四十九兩回回末詩「囊裏無財莫論才」，也只是與漢代趙壹〈秦客詩〉取意相似：「文籍雖滿腹，不如一囊錢」，判定因襲也毫無根據。《金瓶梅詞話》常言道：「家雞打的團團轉，野雞打的貼天飛。」明代顧起元《客座贅語》卷一：「南都閭巷中常諺，往往有粗鄙而有可味者，漫記數則，如曰：家雞打的團團轉，野雞打的貼天飛。」顧氏的話可資注意，他很老實，與陸游看法不同；粗鄙是出於文人偏見，然而他又認為「可味」。他以文人的眼光與文人的標準劃定了鄙與雅的分明的界限，並未把俗諺攬為文人所有。這是他的老實之處。

正因為文人看中了俗諺的「可味」，到了宋明之時下層文人（大文人不屑作）將俗諺編集成書，集其大成的俗諺總集為《昔時賢文》，此書成書年代及編集者皆不可考。從無題署也可知不是上層文人。《昔時賢文》至少在湯顯祖的時代就已廣為流傳了。湯氏《牡丹亭》第七齣〈閨塾〉借人物之口對《昔時賢文》表示了不滿，說「《昔氏賢文》，

把人禁殺」湯顯祖為明萬曆十一年（1583）進士，以此為下限，推斷《昔時賢文》既盛於明，當成於宋或更早。書雖名《昔時賢文》，內容皆非聖賢之語，而是「閭巷俗諺」。今時，海南出版社影印的《蒙學叢書》，所據的是李光明書莊的底本。查此書莊是清代南京著名出版發行單位。道光二十年印行的《七家詩選》附有廣告：「李光明書莊自梓童蒙各種讀本。」書的內封有「昔時賢文」字樣，顯係此書確曾用過《昔時賢文》之名，是以首句「昔時賢文，誨汝諄諄」作為書名的。印本封面為《增廣賢文》，是在首句句側益以「增廣便讀」字樣，以示有所增益更易，更便於閱讀，因以為書名。然而，原本《昔時賢文》今已不見，無法判定增刪改益之詳情。「昔時」證實了此書所收俗諺是積久而成的。此書不僅盛於明尚且延及清乃至建國前。繼其後又有《名賢集》，與《增廣賢文》大體相類。兩書收諺相同者頗多，《增廣賢文》更近俗，而《名賢集》向著文人靠近。《增廣賢文》不嚴格按四、五、七言，尚有雜言；而且也不依字數為序。《名賢集》則依四言、五言、六言、七言之序編定先後。陸游〈秋日郊居〉詩下自注：「農家十月乃遣子弟入，謂之冬學。所讀《雜字》《百家姓》之類，謂之村書。」陸氏所說的「之類」，應當包括《昔時賢文》在內的；如今時海南出版社收入《蒙學叢書》一般。陸氏認為是「村書」，除發蒙必讀之外，尚且有著通俗普及到窮鄉僻壤、覆蓋甚廣的意義。因其在民間流布極廣，影響極深，對《金瓶梅詞話》引錄俗諺也應予以重視。《金瓶梅詞話》是說話力的話本，儘管說話人文化偏低，他在童蒙時當是讀過《昔時賢文》；即便沒入過村塾，也當是聽到讀過的人言傳的。不論「目染」還是「耳濡」，不能不深入說話人的心頭；俗諺在他說話之時，便自然地「信口呼出」了。把《金瓶梅詞話》與《增廣賢文》及《名賢集》粗略地比照，《金瓶梅詞話》採錄俗諺有近 50 條為《增廣賢文》收載，或與《名賢集》共同收載。這只是源出的又一種可能性的判斷，而不是斷定。

八

　　《金瓶梅詞話》所採用的俗諺，曾經被《水滸傳》《清平山堂話本》採用，而且又曾經被收載於《昔時賢文》之中，這只是一種或然的傳承的合理推斷。在俗諺的流變史的鏈環上，這幾部書作為環節的作用的評估，仍須進行艱難的繁雜的工作。俗諺流變之因令人困惑，所以困惑因其困難，由流溯源迫使人們去尋找流變史的最先的源頭，那便是元雜劇。戲曲與說書本是姊妹藝術，元雜劇與《金瓶梅詞話》有著多方面的親緣關係，這裏不能詳述。「唱戲」明顯地影響著「說書」，說話人把元雜劇中的引入說書乃是十分自然的事。「戲場」影響著「書場」；元雜劇不僅對《金瓶梅詞話》，便是先於它的《水滸傳》以及後於它的「書場」外的案頭小說，都有著不容低估的影響。《金瓶梅詞話》

《水滸傳》所採用的俗諺，早在元雜劇中便廣泛採用了。只是隨著時間推移，時移語變；或因《金瓶梅詞話》說話的需要，各按所需而略作變異，所謂大同小異。下面排比幾組語例，以供審視：

1. 「人無千日好，花無摘下紅。」（26）《增廣賢文》及《莊周夢》作「百日紅」。

2. 「大風刮倒梧桐樹，自有旁人話短長。」（31）關漢卿《陳母教子·二折》：「鳳凰飛在梧桐樹，自有旁人話短長。」〈村樂堂〉：「這個姐姐似鳳凰飛在梧桐樹，自有旁人話短長。」

3. 「誰人汲得西江水，難洗今朝一面羞。」（23）
   「總教掏盡三江水，難洗今朝滿面羞。」（《水》95）
   「東洋海水洗不盡臉上羞。」（關漢卿《金錢池·三折》）

4. 「忙忙如喪家之狗，急急似漏網之魚。」先見於鄭廷玉〈後庭花〉2、又《恒言》3、《石點頭》等小說頻繁使用。

5. 「路上說話，草裏有人。」（12、23）
   「牆有縫，壁有耳。」（26、86）
   「隔牆須有耳，窗外豈無人。」（99，鄭廷玉〈後庭花〉2 以及《舉案齊眉》2 等）

6. 「在人矮簷下，怎敢不低頭。」（76、90，《水》28）元代鄭德輝《三戰呂布》：「俺在人矮簷下也，更兀則這裏怎敢不低頭。」又見於無名氏《黃花峪》3。繼後明代的戲曲慣用，如沈璟《義俠記》、梁辰魚《浣紗記》、張四維《雙烈記》、張鳳翼《灌園記》、張璟《飛丸記》等等。小說也廣泛採用，《西遊記》第二十八回、《拍案驚奇》《喻世明言》《何典》2、《官場現形記》第二十九回、《文明小史》第四十四回等等。

7. 「惡人見了惡人磨，見了惡人沒奈何。」（43）元代無名氏《謝金吾》2 即有此諺。《金瓶梅詞話》第九十三回此諺變異為「嫩草怕霜霜怕日，惡人自有惡人磨」。又見於《三寶太監西洋記》76 以及明代邵璨《香囊記》14。《增廣賢文》《名賢集》收錄「草怕嚴霜霜怕日，惡人自有惡人磨」；《增廣賢文》還收有「強中更有強中手，惡人須用惡人磨」。不僅為元明戲曲、小說廣泛採用，而且廣布民間，成為常俗慣用之語。明代沈德符《萬曆野獲編》卷八載：「吳為王弇州從甥，偶問曰：『少白乃欲死我，甥有何罪？』王笑曰：『事誠無罪，但諺所云「惡人自有惡人磨，則二君是也。」』」此一記載證明了俗諺的廣泛性。元雜劇採用的俗諺當然不是它的首創，俗諺的初始應該是來自民間，是民眾的口頭創作，突出的特點是俗諺的「俗」字，俗文化是俗諺的基本屬性。由口頭進入元雜劇中人物之口，而後輯成了《昔時賢文》的專集，也益養著後來的《話本》與《水滸傳》《西

遊記》和《金瓶梅》等名著和其他小說。

九

　　《金瓶梅詞話》說話人與文人不同。文人引用賢哲格言較為嚴格，忠於原言。而說話人引述俗諺則呈現了極大的隨意性。隨意性是說話人的隨機性所決定的。文人機械地植入，說話人則是隨機地摻入以適應說話的需要。《金瓶梅詞話》對俗諺時有任意改鑄，不僅與元雜劇與《昔時賢文》歧異，甚至同一俗諺在不同場合採用時也不盡相同。不僅《金瓶梅詞話》，便是元明雜劇各劇間也有著差異。「恨小非君子，無毒不丈夫」（35、38），在元代王實甫《西廂記》、元代馬致遠《漢宮秋·一折》《水滸傳》第一百二十回、《警世通言》第二十八中皆與《金瓶梅詞話》相同。明代徐復祚《投梭記》作「有恨方君子，無毒不丈夫」。明代湯顯祖《邯鄲記》第十九回為「有恨非君子，無毒不丈夫」。雖一字之差，意義悖反：有無恨是是與不是君子的根本不同。《小五義》第八十一回、《濟公全傳》皆作「量小非君子，無毒不丈夫」，而《名賢集》則是「量小非君子，無度不丈夫」。這種差異甚至根本的不同，反映著俗諺被戲曲小說採用時，各按所需為我所用。也反映著人們的善惡觀念之不同，勸善希望大量與大度，而惡人則可以偷換為大恨與大毒，把俗諺作為助惡的口號。

　　「常言道」與「正是」，是依常理的生活哲理，作為判詞證明。《金瓶梅詞話》因是說話，信口呼出的俗諺，未必符合特定的情節；「正是」反而不能證是。說話人只為了書場的「立時」效應，來不及斟酌，聽眾也沒有咀嚼的餘裕；只接納了同一的，而過濾掉牴牾的。顯例是第八十六回王婆與金蓮「對嘴」，迭用了一長串俗諺（因過長不錄），當然對完成人物的機辯是必要的，然而不是人物逞辯，而是說話人所追求類似「貫口」堆疊俗諺、口若懸河的書場效應。這類堆疊與書境不吻甚而牴牾錯位的，在書場觀眾認同也並不苛求，一旦置於案頭閱讀，牴牾便突顯了。崇禎本把「正是」領起的許多俗諺，予以刪除；既是因其矛盾，又是厭惡俗諺之俗。《金瓶梅詞話》採錄的俗諺，保留著俗文化的原生態，而文人刪定的崇禎本卻向文人形態歸化。據此可知：《金瓶梅詞話》為說話人的話本而不是文人之作。

《金瓶梅》歇後語正名

　　歇後語概念是極其明確的，是歇掉省略後語，所歇去的後語，由受話人自行領悟。質言之：歇後是「已語語還休」，只說語之頭，而咽掉語尾。《金瓶梅詞話》存藏著許多典型的歇後語，如「秋胡戲」（妻）、「驢馬畜」（生），省歇皆為語言重心，是語力所在。所說出的前語，多語趣豐富。以豐富的語趣強化歇後之語力。這也便是構造歇後語的一個重要原則。語趣與語力是歇後語的價值取向，也是語言美學創造的追求。語趣與語力，是語用作用大小的決定因素；追求美的語用功能，是歇後語產生的動因。《金瓶梅詞話》中既有簡潔的單式歇後，又有層進疊加的複式歇後。「號咷痛」與「挖牆拱」（75）連用，會使力與趣倍增，甚至力趣無級放大。兩者皆歇掉「哭」字：「號咷痛」是明歇，而「挖牆拱」是暗歇，以「窟」諧「哭」。這類俚俗的歇後，文人常生誤解。臺灣學者魏子雲先生解為「痛哭得把牆也哭倒了」。此語並非哭倒長城般的姜女之哭，而是鼠竊挖窟穿穴盜洞之義。元雜劇《圯橋進履》的「打家截道，剜牆窩窟」即是。不僅今人，便是崇禎本的刪定者，也因不明此語而只留「號咷痛」，將「挖牆拱」徑行刪除。變複式為單式，使層進疊加的力與趣衰減了。

　　《金瓶梅詞話》中的歇後語，構成體式多姿多彩，不僅有層進疊加複式的，而且有曲折的。「關王賣豆腐：人硬」（58），看似完整的因果式語構，細辨這也是一個典型的歇後語，歇去的是「貨不硬」。極易誤解為「人硬」，語趣與力點在「貨不硬」。謂此語是歇後，一是有特定的語場即潘金蓮怨母「貨不硬」；二是雜劇《漢姚期大戰邳全》有語證：「險道神賣豆腐：人硬貨不硬。」「關王賣豆腐：人硬」便是它的節縮而來的歇後語。只言人硬者，《金瓶梅詞話》另有其語「關大王賣豆腐，鬼兒也沒的上門了」（57）。因為此種語式較為曲折，常生誤解。「漫地裏栽桑：人不上」，漫地與漫天造語同：漫天無際高，漫地無際遠。園桑皆植於家前屋後，便於採摘。而於漫荒四野栽桑，當然「人不上」了。如此分析，似乎不是歇後語，其實語尚未完足，於「人不上」後歇「樹」字，即「人不上（樹）」。同時，又以「樹」諧音「數」。孫雪娥自言是「不上數」的「贅字號」的多餘的人。

　　《金瓶梅詞話》歇後語中的典事，因時移事逝而漸晦。有的有典可稽，如查賦可明「蒼苔透了凌波」歇掉的是襪。「大娘有些二十四麼！」所歇為「氣」，明代郎瑛《七修類

稿》：「蓋年有十二月，有二十四氣，氣有七十二候。」有的歇後卻無憑可考，「六禮約」所歇為「則」，又諧音賊，是以賊作罵的罵語。「六禮約則」遍檢諸籍，皆未獲，推測是約定俗成之語。《禮記》納采、問名、納吉、納幣、請期、親迎等，積久成為「六禮不愆」的婚娶的定則。有些口頭俚俗的歇後語，不僅無文獻可資印證，就連是否為歇後語也難於判定。「賊老淫婦，越發鸚哥兒起來了」（87）。注家均坐實為鸚鵡，上海古籍版《金瓶梅鑒賞詞典》甚至以今證古「今崇明話說『鸚哥李哥』，用來罵小孩子纏個沒完」。這是與書面稍有不同的一句歇後語，「鸚哥兒」之後歇去一個「瘋」字。用以形容越發瘋起來了。鸚哥兒與風何干？清代程允升《幼學瓊林》「旋風為羊角」，民間口語誤讀「羊癲瘋」之音為「鸚哥兒瘋」。典型的口頭歇後語的顯例：「豬八戒坐在冷鋪裏，賊——」在書面上賊字突兀不知所云。如果口頭上，「賊」字拖腔重讀，所歇之後「醜」字便呈現出來：賊醜！

歇後本是隱去句末之詞，故名藏詞。它盛於唐，唐昭宗宰相鄭綮詩中好用藏詞，其詩得名「歇後鄭五體」（鄭排行五）。典型的歇省語後的歇後語，漸次式微，導致學界對歇後語的疏離。語言學理論上，把另一種語言體式，界定為歇後語。古稱「風人體」。宋代洪邁《容齋三筆》：「每以前句比興引喻，而後句實言以證之。」即示兆於先，證果於後，把歇省理解為間歇，把語言分為前後兩截兒。前為語因，後為語果；以前解釋或說明後，此類語似應名之為「解後語」。大約 1924 年白啟明在《歌謠》週刊 4 期著文〈采輯歌謠所宜兼收的——歇後語〉，把「風人體」名為歇後語，遂使兩者混一。不僅如此，學界還常把既不是「歇後」也不是「解後」的，當成了歇後語，使歇後語遠離本真而泛化了。《金瓶梅詞話》「一鍬撅了個銀娃娃，還要尋他娘母子哩！」魏子雲先生《金瓶梅詞話注釋》謂：歇後語的意思是：要看看他娘再說。這一喻意，中原一帶人通常說「槽頭買馬，看母」。此語與買馬看母無涉。而是得子望母。如《幼學瓊林》所言「貪心無厭，謂之得隴望蜀」。重要的是此語既不是因果結構的「解後」，更不是省歇結構的「歇後」。「豬八戒在冷鋪裏坐著，你怎醜的沒對兒！」（73）魏子雲謂「此一歇後語的喻意是湊醜，醜到一塊去了」。此語也不是解後或歇後，而且語義更不是「湊醜」。恰恰相反是醜得沒對兒，如揚雄《方言》所稱「無偶曰特」，特醜而無匹，便是在花子房群醜中間也是獨一無二的「賊醜」。另一因果結構解後語例「鬼酉兒上車：推醜」。語義即是奇醜無匹的「沒對」。「推」是魯方音特、太，又雙關所推之車。

因果結構的解後語，在《金瓶梅詞話》以及後來的語言實際中，確乎較諸省歇結構的歇後語為多。《金瓶梅詞話》中例不勝舉，略舉幾例。「惜薪司擋路：柴眾。」此語表面典雅，實為粗話，取的是化俗為雅的方式。惜薪司是明朝掌管薪炭的內官，薪柴擋路是為「柴眾」，亦即「鳥多」。舊小說常以柴代指男根，如「雙斧劈柴」即指女男二

器。《水滸傳》第二十七回:「不管你柴大官人是米大官人,也吃我幾斧!」柴米隱指二器,以之調侃。因隱晦而難解,解後也被忽略。再如「秀才取漆,無真!」語諧音雙關,謂書呆子取漆(娶妻)——無真(貞),喪失了處女貞元。崇禎本因不明其為解後之語,改作「秀才無假漆無真」。構語有悖情理,漆不會全然贗品,秀才也有假冒偽劣者,故宮博物院就藏有作偽的原件。《增廣賢文》有「黃金無假,阿魏無真」之句,指的是阿魏有塗改錯假字的功能,塗復了真跡。《儒林外史》第四十二回言,進場考試「把貴州帶來的阿魏帶些進去,恐怕寫錯字著急」。《金瓶梅詞話》的解後語,語因語果複雜,常使人迷惑不解。如:「尖頭醜婦蹦到毛司牆上:齊頭故事!」這是隱語之解後,《切口大辭典·泥水匠之切口》:「齊頭,切磚刀也。」把「尖頭醜婦」比作磚兒,被瓦刀齊其頭,成為無頭公案,摸不著頭腦。《二刻拍案驚奇》第二十八回語云:「從來見說無頭事,此事沒頭真莫猜!」此之謂也。語因更其繁難而難解的,如:「打了你一面口袋,倒過醮來了!」「倒過醮來了」易解,即醒悟了,這是以牛羊反芻「倒嚼」喻返胃(回味)。然而,醒悟為什麼須在面口袋打擊之下呢?偶讀清代王有光《吳下諺聯》寫一則猻猻裝人故事,猻猻自恨無冠,過磨房把裝面用的楮(紙)袋當帽子,儼以為人。故事大意如此,如果人扯下那紙糊的帽子,打他幾面口袋,他自然醒悟不是人了。可惜的是許多「語典」未見於載籍,不像書面語有典可稽,這也便是《金瓶梅詞話》口頭俗文化的特點。

為彰明俗語口頭文化的特點,再舉一組因果結構「隔牆掠物」解後語詞例。「隔牆掠篩箕:不知仰著合著」,語涉農事篩箕,無疑是來自民間。「隔牆掠肝能死心塌地」,「能」是「花」的誤刊,由誤刊而使解後的肯定句,變成了疑問句。謂「能」是「花」的刊誤,書中引杜詩「笑時花近眼」也因行書相似刊為「能近眼」。此語應是「隔牆掠肝花:死心塌地」,用來說明潘金蓮的絕望。至今民間仍稱肝為「肝花」。由於刊刻校點錯誤,導致解後語的解體,如「愛奴兒掇著獸頭,城以裏掠:好個丟醜的孩兒!」這是隔牆掠的變異,語雖變然因果體式未變,戴校本校改為「掇獸頭城往裏掠」,一改生二誤一失:一誤「獸頭城」不明其是何物,二誤「往裏掠」指向不明,往何處掠?一失:破壞了因果結構語鏈,不解其後而失去了語趣。「獸頭」非「城」,實乃屋脊之「瓦獸」,俗名「獸頭」,且常作為罵語,《紅樓夢》寫賈環卑微猥瑣,便以「獸頭」之謎形容。《三續金瓶梅》第一回和二十四回兩次形容人「神頭鬼臉」如同「瓦獸」。人們因對「瓦獸」之「獸頭」生疏而生誤解,上海古籍版《金瓶梅鑒賞詞典》便釋為「孩子將那醜陋的獸形面具往裏扔」。說到面具,巧得很,在另語例中出現:「隔牆掠見腔兒:可把我唬殺!」《金瓶梅詞話》刊刻訛誤頗多,「見腔兒」應是「鬼臉兒」。古時民間直稱面具為「鬼臉兒」。因字形相似而誤為「見腔兒」,因字誤而又生出誤解:「割去頭的軀

幹，是血淋淋的腔子」。這種「隔牆掠物」解後語不僅《金瓶梅詞話》凡幾見，《醒世姻緣傳》第八回也有「隔牆掠胳膊：丟開手！」可見，這種解後語在當時民間是極為流行的。

《金瓶梅》的歇後與解後的語構體式，尚不僅上舉諸端，有的遠比上舉複雜而又奇變，現舉向無確解、被海內外學者視為隱語之最的兩個語例：一個是因果結構的解後語，另一個則是頗為複雜的歇後隱語。

其一即「寒鴉兒過了：就是青刀馬」。隱語體式為示兆於先，證果於後的因果結構：因為天晚了，所以耍大刀！其二是與此語語義相同，但構造不同，即同義異構的「鴉胡石、影子布、朵朵雲兒、了口噁心」。這個隱語所以難解，因構語運用多種手段，形成了多維結構，須逐層剖析。a.依鶴頂格的藏頭「鴉影朵了」。隱暮鴉歸巢：「鳥入窩」。b.四語節皆有寓義：「鴉胡石」是古之火燒不變的堅玉，寓「硬」字；「影子布」是燈影戲之影窗，寓「搖」字；「朵朵雲兒」江湖切口，寓「大」字；「了口噁心」依聲韻規律與「鳥」同。又得四字「硬搖大鳥」。c.依反切首字相切之頭韻律，把「鴉影朵了」與「硬搖大鳥」合為一體即為「鴉硬影搖，朵（躲）大了鳥。」古稱男陽為鴨，鴨硬猶如京味詞「丫挺」。影搖則大有清《白雪遺音》「分明是巫山雲雨情無限，燈影晃床前」的意境。藏頭是此語的顯在結構，而寓義與反切皆為未說出歇省隱在方式。與「寒鴉兒過了：就是青刀馬！」相比較：天晚暮鴉歸巢，耍大刀！不僅因果分明，而語義指向得以明確地表述。而「鴉影朵了」只道出「天晚」一語的前半，而語後的「耍大刀」取的是並不說出的歇隱方式。所以，此語是歇後隱語。

綜上種種，不論解後還是歇後種種語例均有著口頭語言的特徵。所舉語例，書面讀來迷惑不解，如果書場聽來淺近自明。可證《金瓶梅詞話》原初不是供視覺閱看的「讀本」，而是訴諸聽覺供說聽的「話本」以正「視」「聽」，此其一。《金瓶梅詞話》中的一些解後或歇後語或向無確解或被誤解，在作為語證同時，略加剖判，為久無確解的隱語求正解，此其二。第三點也是本文旨要之點：鑒於原初的歇後語漸次迷失，概念久相悖混，以《金瓶梅詞話》中的語例，作為區分解後與歇後的實證，為歇後語正名。

《金瓶梅》「反切」語趣

　　欲研究《金瓶梅詞話》中的「反切」語，不能不對「反切」流變史予以回顧。語言學界推求「反切」之起，認定是三國魏孫炎所創，這是個誤解。諸家所據北齊顏之推《顏氏家訓·音辭篇》：「孫叔言（然）創《爾雅音義》，是漢末人獨知反語；至於魏世，此事大行。」顏氏所指明確，孫炎所創為《爾雅音義》之書，用以證明漢末之人知反語。人，當然是眾人、民眾；無法確指誰是首創，庸眾難於進入載籍。載籍所錄反語只是作為花絮趣聞，如《三國志·諸葛恪傳》載：「童謠曰：……於何相求？『成子閣』。『成子閣』者反語『石子崗』也。」北魏酈道元《水經注·河水四》：「民有姓劉名墮者，宿擅工釀……排於『桑洛』之辰，故酒得其名矣。……『索朗』反語為『桑洛』也。」（林序達《反切概說》，四川人民出版社 1982 年版）可資注意的是，反語的主人是「童謠曰」，是「民」對酒工劉某的稱揚。反語應是來自民間，產生於民眾的口頭。魯迅先生所說的「人猿揖別」語言伊始的「杭育杭育」，依反切律是為「嘿嘿」派。反切與其他語言同樣是民眾所創造，又為民眾長期所運用。反切始終保持著俗文化形態而積久未變，也可以反證它的來自民間的群眾性。此點為《金瓶梅詞話》所弘揚。

　　孫炎創《爾雅音義》，繼後陸德明、徐鍇、孫愐以及僧釋等眾多的語音學家，把「大行」於民間的「反切」，總結其規律用於注音，取代了「讀若」直音之法，推動了後世拼音的成就，確是功不可沒。正因為語音學家著作被奉為經典，遂淹沒與混淆了源與流的關係：似乎不是文人利用民間反切規律注音，倒成了文人及其韻書創造了「反切」的規律。——只能發現與使用規律，而不能創造規律，因為規律是客觀存在著的。文人用反切注音，阻滯反切理論上開拓，且也帶來了混亂。人們對「反切」的「反」也迷惑不解了。舊版《辭源》稱「或謂唐避言反而改稱『切』：二字相切而成一字者也」。人們只注意「切」的「二字相切」的注音的一面，「反切」完整的概念遭到破壞。「切」是音的「一分為二」，「反」即「返」，是音的還原復歸的「合二而一」。早期注音仍稱「反」雖是得其本義，然而也僅只是見其注音而忽視其語用的另一重要的一面。這在宋明民間以及《金瓶梅詞話》的語言實際中，與注音的片面截然不同，在語用上完整地體現了「反切」的全面，這也留待下文詳論。

　　儘管顏之推謂「反切」漢魏大行，然因細民中流行未能見載於史籍、無法見到其時

大行的盛況。追至宋明簡論「反切」的文字，乃至收錄反切語之著述漸次增多，這倒是反切大行的實證。而且對於反切的認識較為全面，並致力根尋反切的規律。南宋鄭樵「慢聲為二，急聲為一」，即所謂「急言」「緩言」。明時田汝成《西湖遊覽志餘·委巷叢談》突出反切在民間的語用功能：「杭人有以二字反切以成聲音」，「以雙聲而包一字，易為隱語以欺人者。」田氏還指出反切的傳承的語史鏈是「出自宋時梨園之遺，未之改也」。確如所說，他所舉的語例如「以團為突巒」「以圈為屈巒」等，經查檢在元雜劇《高祖還鄉》中，有著生動的用例。可知，反切的語用功能在民間確是保持著久盛不衰「未之改也」的初衷而廣泛地應用與流傳。《金瓶梅詞話》語言所以呈俗文化形態，蓋因其初出自說話人之口。說書唱戲是姊妹藝術，「梨園之遺」自然地滲入說話人之口頭，再加之說話人廣泛地吸收當時存活於民間市井細民口頭上的反切語，遂成了《金瓶梅詞話》俗文化的有機構成。

1. 急言緩言是反切的成因，這一規律不是誰的獨造，而是人們在日常會話中發現與運用的，而且在《金瓶梅詞話》中，急合與緩分的現象共在，使人不易辨識其先後。如「這咱」（6），「這早晚」（50）；「西門慶刮拉上武大老婆」（4），「反去日夜刮他」（56）；「那答」，「是那地呵」；「可霎」，「為可是呵」等等。「這咱」與「這早晚」至今仍為共在的習常之語。「刮」「刮拉」只有在語音上深究時才發現是與「掛」「掛拉」同構，與「瓦上了」的「瓦合」義同。

「仰八叉」一詞見於第十九、三十八、九十九各回。又作「仰不刺叉」，元雜劇《伊尹耕莘》有「仰不刺叉跌下馬來」。「八叉」合音為「八」，「八」分音為「不刺」「八叉」。多以為「叉」是無實義的詞綴，其實「叉」不僅擔負著「反切」的職司，而且提供了四肢著地的語象，可說是聲兼義的聲中有義。《金瓶梅詞話》中「仰撽」即為「仰八叉」的「反切」合音，撽字以象騷態浪展之形體。

《金瓶梅詞話》分音與合音「反切」共存，「忽剌八冷鍋中豆兒爆！」（68），第七十三回又見。「忽剌」明朝沈榜《宛署雜記》有「倉卒曰忽喇八」。於文字難見「倉卒」之狀，而口頭慢言拖腔：「八」是「不了呵」；「忽喇」急言為：「嘩」，合起來則為「嘩——不了呵！」這便有了「倉卒」的聲勢。文人往往忽視「反切」在口語中的特殊形態，《金瓶梅詞話》形容狂風「吼刷吼刷」；文人刪定的崇禎本只留一個「吼」字，破壞了反切的自然形態。「吼刷吼刷」實乃是「嘩嘩」的慢言。可證文人只知「反切」注音的一面，而不見語用的另一面。與之相類似的還可舉：「說短命哩，怎的說人心裏影影的！」（46）此即「疑影疑影」的「反切」，謂心中疑忌。《金瓶梅詞話》中「畢哩嚗刺」，元雜劇中作「必律不刺」「劈哩撲刺」，到了文人的《三言》《二拍》之中，便成了「畢拍」。由此可見：文人對「反切」只關注其注音功能，而在民間如《金瓶梅詞

話》的語用功能在口頭上無疑是大於紙面注音的。

2. 謂文人與俗人對待「反切」異向分化，並非無稽。民間仍有許多人極其流暢地以「反切」（分音）對話；文人把字書上的「反切」反回，也不那麼順暢。特別是文人在解《金瓶梅詞話》中的「反切」語時，由於對「反切」不能熟諳於口，而不得要領以致做出種種誤解。「切鄰間不妨事」（14）。注家注為「近鄰」「貼鄰」，非是。依循「反切」快讀，是為「親」，其語應為親人之間。「你便是我的切鄰！」（40）則為：你是我的親親；「親親」「小親親」迄今仍作為「親愛的」愛昵之語。

「你這波答子爛桃行貨子」（72）是三個近義的罵詞，皆隱語女陰。「波答子」從字面上無從索解，以「反切」急讀合音則為「巴子」。東北方言今仍稱「巴子」，《奉天通志·方言》：「省俗：女陰曰巴子。」清代程世爵《笑林廣記》中也有旁證「夫用腳弄妻陰：我請老八吃鴨子」，八與鴨指女男二器。何以名巴？《新刻江湖切要》載「淫陰曰拿蚌」，巴蚌同其音類（是「反切」的分支，後詳論）。《爾雅》：「貝名𧐕。」郝懿行疏：「俗作蚆。」皆取蚌蛤開合見肉象形稱名也。

文人習慣從字面上「望文生義」，這也不應苛責。因為漢字不是標音符號，何況確實又有義在字中，「你斑鳩跌了彈也，嘴答谷了」（60）。注家皆謂：「巢陋蛋跌，斑雞鳩鳴不已。」注家無視「嘴答谷了」是「反切」之語，故而誤注。「答谷」不是哀鳴之聲，而是中了彈丸牙關緊閉，嘴「鼓突」了起來，鳴不得也。「答谷」反切是為「突」，鼓起義，變體頗多。「秋菊把嘴『骨都』著」（29）。「反切」是為「鼓」。「骨都」亦即「鼓突」，「鼓突」又是「鼓」的「反切」。元雜劇取其變體作「嘴盧都」「嘴錄都」，如《陳母教子》中有「嘴碌都的恰便似跌了彈的斑鳩」。「盧都」「錄都」是變音序構詞；逆序「反」還原；即為「都盧」「都錄」仍為「突」起。甚而在口語上再變而為「蕩浪」以象「突」的嚴重而拉長，茲不贅論。由此可以見出「反切」在民間，已經大大地超越了注音的「反」，是「切」得十分繁富而多變化。既有正序之反切，尚有變其音序之反切。《金瓶梅詞話》存藏了各種本體的變體的反切語的實證是研究「反切」以及語音學、語史學的寶貴的史料。如《金瓶梅詞話》中的「僻格剌子」又作「背哈剌子」。「僻」「背」同為偏僻之義。「格剌」是「角落」，合其音則為「角」。《容齋隨筆》：「角為矼落。」《金瓶梅詞話》中尚有角落繁化的「咭溜搭剌兒」，即今語「嘰哩旮旯兒」。《金瓶梅詞話》明版粗濫，錯字奇多。「搭剌兒」或是「格剌兒」之誤，則語為「角落」。然「搭剌兒」若不是誤刻而是正字，則是混變之語。「搭剌」是「答」「笪」「地」反切。「這答兒」「那答兒」實是「地」切為「搭剌」。「咭溜搭剌」則是「犄答」亦即「角地」雖然與「角落」同義，然因其異構應當視為並不相同的兩個詞兒。

3. 「望文生義」已成注家的定勢，而依反切律循音求義，又十分繁難。所以，疏誤

甚多，不克一一糾謬，只能舉例探究致誤因由。《金瓶梅詞話》中有隱語「零布」，注家皆謂是不成材料的「分頭」，諧音粉頭。此語是依反切律構造，《新刻江湖切要》：「剪，裂帛。」零布與裂帛為「反切支派」之同聲相切。零裂布帛語義為從整匹上破剪，如書中稱扯孝布為「破孝」，零裂是為「破」。布帛皆為貨幣之稱，是為「貨」。此語應為「破貨」，既符合造語本義，又符合書中的語境。這種首字同其聲類的現象，已經引起前人的注意。姚靈犀認為是「反切語的支流」。

被海內外學者視作《金瓶梅》隱語之最的「鴉胡石影子布朵朵雲兒了口嗯心」，便是取首字反切之法。因被「藏頭」所掩蔽，而被人們忽略。解語先須尋出首字，欲尋首字又須先斷「語節」。斷為四個「語節」，得首字為「鴉影朵了」。「鴉影朵了」與書中另一著名隱語「寒鴉兒過了」同義異構。其內涵為：暮鴉歸巢，天光晚了。這個隱語所以難解，猶如一個「魔方」，旋轉變化多端。從四「語節」中得首字，並繹出其義。

通常破解藏頭皆以除首字外，皆為無義之綴字只作為「干擾素」之用。前人認為「意義全無，徒以惑亂觀聽耳」！實不然，四個語節，皆有實指，釋義防疏。現分疏如下：鴉胡石，據《水東日記》言，是古之堅玉，火燒不變，質地緊硬，隱一「硬」字。影子布，「皮影戲」或稱「燈影戲」之「影窗」，以光投影，以影作戲，稱為「耍影人兒」「搖影人兒」。隱一「搖」字。朵朵雲兒，乃是江湖切口，隱一「大」字。了口嗯心，《集韻》等字書皆言「鳥：丁了切」。此語節隱一「鳥」字。四個「語節」中包藏著「硬搖大鳥」。「硬搖大鳥」語義又與「寒鴉兒過了，就是青刀馬」中的「青刀馬」契合。「青」切口為「大」，「刀」為「鳥」，「馬」為「午」（舞），即「大刀舞」。

姚靈犀氏釋「望巴汗斜」時，只簡略地說：「以隱語罵人，取首一字諧音，蓋反切語之支流。」此說頗有見地，惜未申說。而且謂首字諧音，便易與諧音藏頭相混淆。前舉之「零裂布帛」便不是一般的諧音，而是特殊的反切：首字相切。同理，「鴉影朵了」與「硬搖大鳥」也是「反切語之支流」的首字相切：合其語是為「鴉硬影搖朵大了鳥」。首字相切後，又產生了義在聲中的奇特現象。又須一一剖解：「鴉硬」，古稱男陽為鴨（如前文所舉：請老八吃鴨子）。「鴉硬」即今時京味詞兒的「丫挺」，「丫」是誤記其音，失義。「影搖」，耍人兒的，以影作戲；大有清《白雪遺音》「分明是巫山雲雨情無限，燈影晃窗前」的語境。「朵朵雲兒」為「朵大」，朵音同躲，即「躲大」。首字相切在明代形成了一種造語方式，明代田汝成《西湖遊覽志餘》舉四平市語數目皆依首字反切法構語：如一為憶多嬌、五為誤佳期、九為救情郎、大為朵朵雲兒等等。「了口嗯心」，《集韻》中「鳥，丁了切」取聲取韻其義皆為鳥，「口嗯心」為貶蔑其為髒臭之鳥兒也。「了口嗯心」取韻之「了」，「硝子石望著南兒丁口心」則取聲之「丁」。武大的諢號「三寸丁」取丁聲而且聲中有義，把人物性器鳥化了。書中多次以「三寸貨」作為罵語，人

們忽略「三寸」之「丁」貨所指，皆誤解武大身材矮小。崇禎本第二回有眉批「三寸入肉，勝如骨肉」，《肉蒲團》等小說皆以「三寸」代指男陽。「三寸丁」丁為末字反切成詞，以像其人外貌性格皆為猥衰之熊吊貨般。舉此，說明反切支流既有首字相切也有末字相切的。

《金瓶梅詞話》中隱語所以難解，蓋因造語的內結構與外結構均皆十分複雜。這種奇思巧構，簡直是一只令人歎為觀止的語言「魔方」，前已對其內構外構層層剖解，為明晰起見，縷析如下：鴉胡石影子布朵朵雲兒了口噁心→四個語節之首字為「鴉影朵了」＝（寒鴉兒過了）→內涵「硬搖大鳥」＝（青刀馬）→首字相切：「鴉硬影搖朵（躲）大了（臉）鳥」其語義為「鴉影朵了」天光晚了「硬搖大鳥」大刀舞（耍大刀）了。

4.值得注意的是《金瓶梅詞話》「鴉影朵了」「硬搖大鳥」，距今近四百年，幾乎成了語言的「死結」，然而仍然以畸變的語態存活於今人口語之中。「鴉硬」變成了「丫挺」成了著名的京味兒詞兒。「耍大刀」已經成了瀋陽的「市罵」。這當然值得語言流變史加以探討，然而流變的語史鏈每每缺環，理清它也十分不易。此等情形，《金瓶梅詞話》中多見，即如「博浪」（當然是承襲自元雜劇）的「百浪」「博浪」，本是臉龐「龐」的反切。〈行院聲嗽〉：「臉，博浪」，起初用來形容俊美；進而滲入放蕩之義，《警世通言》第三十回中「風流博浪」便漸離「臉龐」而非其本來面目了。察其變因，出在「浪」字上，近人丁惟芬《俚語證古》：「浪淫蕩也，起淫謂之浪；浪為淫蕩之合聲。」龐又稱盤，麻子臉為「梅花盤」，翻臉為「鼓了盤兒」。饒有趣味的是今時又復歸於臉龐，「盤兒亮」「漂亮」不僅得其反切之聲，也蘊含著造語的原初意義。

「鴉硬」與「丫挺」，「青刀馬」與「耍大刀」由於時移語逝，難於找到其間的聯繫，這是語言因歷史而致斷裂，這是縱向的。那麼，同時代的人不能解語，這便因了層次之不同，亦如不同的文化圈，如文人不解俚語也是極為自然的事。特別是流行於市井細民中間的反切語，文人由於不熟諳反切之律，也是不得其解的。今以《金瓶梅詞話》《水滸傳》等書多用之詞「歪剌骨」為例。明代沈德符《萬曆野獲編》僅僅指出「北人罵婦人之下劣者」，仍然未明其所以。今時注家皆釋為：腳歪而行為不正，這都是未得反切之要領所致。「歪剌骨」與另語「古來子」雖然不是同義異詞，然而兩者在反切上取的是同構方式。「歪剌」「古來」是同其聲類的反切。「物歪牢拉」拉，又是罵語，再依反切分解：骨：怪物之反切。如果把「歪剌」變其音序逆向反切「剌歪」即為「賴」，為歹壞醜惡之義。《醒世姻緣傳》第七十七回「忘了結髮緣，另娶『歪剌』婦」。即娶了下劣的「劣」「賴」婦。《金瓶梅詞話》頻頻以醜怪作為罵語：「罵他是醜冤家怪物勞」尚且不足，更以「極古來子」與「王（醜）姑來子」作罵。「王姑來子」的「王」是「醜」的誤字，不是注家所釋「祖父之姊妹為王姑」的世系說。「古來」也不是四肢

缺殘之骷轆說。「姑來子」反切是為「怪」，前冠以「極」即「極怪子」，前冠以「醜」即「醜怪子」，為「醜八怪」之義，用以突出其奇醜特怪。准此，「歪刺」逆序反切為「劣」「賴」，「骨」，為「怪物」反切合音，語為「劣賴怪物」與「醜怪子」同義了。（附注：田汝成《西湖遊覽志餘·委巷叢談》：「以醜為懷五。」可作兩解：醜字形中懷有五；然從反切上看：「懷五」是「怪物牢」的物之切音）「孤老」一詞，不獨《金瓶梅詞話》，元明雜劇話本小說慣用，成了嫖客的替代之詞。明代周祈《明義考》：「俗謂宿娼者曰孤老，猶言客人也。」明代張自烈《正字通》：「娼妓謂遊婿曰『姻嫪』。」這僅解為宿娼之遊婿，未明所以。對「孤老」深究時，不僅文人與民間見解不同，便是在文人間解釋也互相歧異。

官人說。王國維《古劇腳色考》曾疑「孤之名或官之訛轉」。元雜劇凡扮官場之人皆稱「孤」。明代朱權《太和正音譜》：「孤，當場裝官者。」隱語要籍多同此說，〈綺談市語〉〈行院聲嗽〉皆謂「官人：孤老」。《六院匯選江湖方語》言「孤老是官人也」。官人與孤老幾成同義之語，宿娼者的孤老認同官人，是出自自尊與自慰心理；而娼家稱孤老為官人，是以卑達尊之敬謹。然而，認為官孤同聲訛轉，卻有一個大疏漏，把「孤老」的老字當成了無義贅綴。清代翟灝《通俗編》所收《圓社錦語》注意了此點，曲為之解曰「孤老：老官人」。

淫人說。章炳麟《新方言·第三》：「秦有淫人曰嫪毐，今江南運河而東謂淫人為『姻嫪』，音如固老。」朱駿聲《說文通訓定聲》：「今諺謂女所私人姻嫪俗作孤老。」這便與歷史淫人繆毐相聯繫，然而卻使「姻」字懸空。此說，帶有貶蔑色彩。而且提供了某些信息：「今諺」以及「俗作」指向明確是為民間。《六院匯選江湖方語》：「古老：謂醜而不美，古而不好。」這又把「孤老」轉為「古老」，然而醜詆之義鮮明。

官人說失「老」，淫人說失「孤」。明代陸噓雲《世事通考》極力求解：「娼家無夫以他人為夫，即彼之孤寡老公也。」勉為其說的「孤寡老公」雖包含「孤老」二字，然不確。雖然不確，「無夫」之說引發人的思路，《新刻江湖切要》載「無妻曰：念才、底落；無夫曰：念官、蓋穿」。隱語要籍皆曰「夫：蓋老；妻：底老」。蓋與底，把人物化為器，又以蓋穿底落指稱無夫無妻之人。從無夫之妓「盼公」「念官」視角看：蓋穿實即蓋漏亦即孤老得音之由：孤老與蓋漏同音反切而又同其語義。復從他人客觀角度審視：娼妓確為「底落」者（零布：破貨）。古代道家以鼎（鍋）喻女性，清小說〈躋春台〉、今小說《白鹿原》皆有「刮鍋底」之說。而妓女為公器必然「底落」，器漏則須補治。「孤老」即補鍋者。陸游《老學庵筆記》：「市井中有補治故錮鐵器者，謂之『骨路』，莫曉何義。《春秋正義》曰：『《說文》云：錮，塞也』，鐵器穿穴者，鑄鐵以塞之，使不漏。」《容齋隨筆》在記載「世人語音有以切腳而稱者」所舉語例便有「錮

為骨露」。「骨路」「骨露」只是記錄了世人的切腳語音，而未及於循音顧義。如若望文生義難免生出形銷骨露之訛失。「骨路」「骨露」皆為固漏；合其音是為「錮」。「孤老」實即固漏同音之切；近世民間仍稱與壞女人相交者為「錮漏鍋子」：補鍋匠之謂；「孤老」實即「錮漏」，乃是同音相切，所造的同構之異詞。

餘　語

前人謂漢魏反語大行於世，然而漢唐載籍只是零言碎語。姚靈犀《金瓶小劄》引述《溪蠻叢笑》中反切語說「是為砌口或作切口，或謂『徽宗語』也」。民間稱反切為徽宗語，不是認定其為趙佶所首創，而倒是對宋時反語「大行於世」的稱揚。宋時陸游、洪邁、沈括等一批文人皆對反切給予了關注，出現了一批專帙如〈圓社錦語〉（收於汪雲程《蹴踘譜》中），〈綺談市語〉（收於陳元靚《事林廣記續集》中）。明代也是附輯於筆記雜纂之中，如〈金陵六院市語〉（收入明刊《開卷一笑》又名《山中一夕話》中）、〈委巷叢談〉（見於田汝成《西湖遊覽志餘》）、〈行院聲嗽〉（收於明隆慶刊本、無名氏的《墨娥小錄》）。由漢唐載籍的零言碎語，到宋明形成專帙，表明著宋明才是反切的「大行之世」。直至清時，才有專集如《江湖切要》等問世。

宋明延至清的一批要籍昭示人們：反切語一直流行在民間的「委巷」之中，因其為「世人語音」而以「市語」名書。這類要籍之名，概括了反切的性質與流行之範圍，即「語圈」。《金瓶梅詞話》存貯了大量的反切語實證。這些要籍與《金瓶梅詞話》還表明了反切的隱語語用功能。一切隱語成因不外二者：因諱而隱與求趣而隱，即諱言不直與趣語須曲之兩端。諱言不便直說，隱而求雅，使人能夠接受；常言不願直說，隱而求趣，使人樂於接受。諱言不直與趣語求曲，兩者都有著美的追求。上述要籍之書名也對語美與語趣予以突出和充分肯定。如錦語（〈圓社錦語〉）、綺談（〈綺談市語〉）、叢笑（《溪蠻叢笑》）等等。《金瓶梅詞話》中的「反切」趣語，繼承了前此（如元雜劇）造語的種種形式，尚且有著他書所未備的獨有趣語和獨特的造語方式。這給人們研究「反切」語史保存著寶貴的史料，同時趣語也給人們研究語美奠定了堅實的基礎。

《金瓶梅》對《水滸傳》的歸化與異化

中國續書之風頗盛，《水滸傳》續作甚多。《金瓶梅》也可謂續書，或是續書形式之一種。創作有所依傍與另起爐灶是大不相同的。《水滸傳》有如砧木，《金瓶梅》便是移花接木的節外新枝了。植根其上，嫁李接桃便具有雙向的性質：既須與《水滸傳》親合，又要變異。把早出的萬曆《金瓶梅詞話》與晚出的天啟、崇禎間《新刻繡像批評金瓶梅》加以比較，便很容易發現：萬曆本向著《水滸傳》親合，崇禎本則竭力與《水滸傳》離異。

崇禎本對萬曆本采自《水滸傳》的，不當者刪除，不當其所者挪移，文字也有刪削釐剔。使《金瓶梅》進入一個新階段，在藝術上更趨完美。

一

萬曆本：〈景陽崗武松打虎，潘金蓮嫌夫賣風月〉，崇禎本：〈西門慶熱結十兄弟，武二郎冷遇親哥嫂〉，崇禎本與萬曆本不同，不從武松打虎始，而讓西門慶等人先行登場。因為《水滸傳》中的主要人物武松，在《金瓶梅》中已經不再是主要人物了。

西門慶所熱結的十兄弟，萬曆本在十和十一兩回相距很近之處，兩次開列了十人的名單。崇禎本的刪定者似乎發現，以開列名單的方式介紹人物效果不好，而兩張名單近且重複。於回首在簡述西門慶之後連類而及十兄弟，更把虛的紹介性的「立夥」改為實的「熱結」描寫。把「眾人見西門慶有些錢鈔，讓西門慶做了大哥」的結論性敘述，改為具體的描述。「熱結」的儀禮較之《三國演義》中的三結義還要隆盛。三結義誓詞簡約：「念劉備、關羽、張飛，雖則異姓，既結為兄弟，則同心協力，救困扶危，不同年同月同日生，只願同年同月同日死，皇天后土，實鑒此心，背義忘恩，天人共戮。」這誓詞嚴肅恭謹。而熱結的誓詞寓諧於莊，於莊重中滲透著滑稽。三結義誓詞中只提及皇天后土，而熱結的誓詞以誇張的筆法，從吳天金闕玉皇上帝直數到五方值日功曹、本縣城隍社土，連同過往神祇也一包在內「普同鑒察」。以這種幽默的諧趣，寫西門慶與其狐朋狗友最為得體。

萬曆本以名單譜牒式地寫十兄弟的行次，崇禎本熱結雖然是以寫疏敘行次，然而描

寫具體。

眾人齊道：「這自然是西門大官人居長！」

西門道：「還是敘齒，應二哥大如我，是應二哥居長。」

伯爵伸著舌頭道：「如今時，只好敘個財勢，那裏好敘齒」不僅西門慶「被一干人逼勒不過，只得做了大哥」。「連花子虛有錢做了四哥，其餘挨次排列。」熱結的鬧劇，是鋒利的剖刀。剖露了書中的人際關係是金錢關係，金錢關係囊括了書中的所有人物。金錢至上，如俗語所說：「有錢便是大爺！」這群幫閒人物圍隨西門終生，究其實質是為了錢，為了錢幫閒乃至於幫凶無所不為。

熱結以具體的描寫替換了抽象的譜碟。使《金瓶梅》中主要人物西門慶先行出場，又自然而然寫了「嚼倒泰山不謝土」的應伯爵等幫閒；在熱結中還為書中另一主要人物李瓶兒埋下伏線，避免了她出場突然之感。這伏線是通過寫熱結花子虛入會埋下的，張竹坡評語指出：「寫子虛來入會，卻又處處是瓶兒。」有了這伏脈，就克服了「另起爐灶，重新下米」之弊。

二

萬曆本第一回從〈景陽崗武松打虎〉始，與《水滸傳》全然相同，崇禎本卻以〈西門慶熱結十兄弟〉發端。對武松來歷及打虎之事皆取省略之法，通過應伯爵之口「說稀罕事兒」閑閑道出：

> 先前怎的避難在柴大官人莊上，後來怎的害起病來，病好了又怎的要去尋他哥哥，過這景陽崗來怎的遇了老虎。怎的怎的被他一頓拳腳打死了，一五一十說來。就像他親見的一般。

連用六個怎的，以「一五一十」說來，概括了《水滸傳》第二十三回〈橫海郡柴進留賓，景陽崗武松打虎〉。正如張竹坡所評：「《水滸》本意在武松，故寫金蓮是賓，寫武松是主；《金瓶梅》本寫金蓮，故寫金蓮是主，寫武松是賓。……所以打虎一節，亦只得在伯爵口中說出。」

《金瓶梅》所以要移花接木，依附西門慶、潘金蓮之軀殼「借屍還魂」，蓋為這兩個人物因《水滸》之描寫，成了姦夫淫婦之典型。如同把一切公案皆依託在包龍圖身上，也因戲劇、小說的演義使包龍圖成了公正廉明的青天一樣，一提到他們便產生等同的共名效應。

至於打虎事不實寫而虛寫，不僅避免喧賓奪主。刪定者似乎還發現：武松打虎故事

婦孺皆知，自是不必細說。所以，不像萬曆本那樣照抄不誤，而以怎的怎的略去，讀者因熟知仍能從省略中領略其事。崇禎本不僅於人們熟知處有所刪除，而且於關節處又有所增益。繼應伯爵「一五一十」略過打虎之後，他們便同去酒樓觀覽「迎看打虎壯士」的盛況：

> 不一時，只聽得鑼鼓響，眾人都一齊瞧看：只見一對對纓槍的獵戶，擺將過來，後面便是那打死的老虎，好像布袋一般，四人還抬不動。末後一匹大白馬上坐著一個壯士，就是那打虎的人。

這段描寫突出了打虎壯士威儀。

《水滸傳》中是「武松在轎上看時」「只見亞肩迭背、鬧鬧嚷嚷屯街塞巷，都來看迎大蟲」。萬曆本則苟簡作：「盡皆出來觀看，哄動了那縣治。」《水滸傳》是武松眼中所見的群眾，這些群眾是「看迎大蟲」的，崇禎本並不著力渲寫迎看的群眾，而著力從群眾眼中寫出打虎壯士威儀及其儀從，看迎的群眾只化作一句話：「好挨擠不開哩！」

<h1 style="text-align:center">三</h1>

潘金蓮與西門慶藥殺了武大掃清了道路，兩人由苟合正朝著結合積極地進展。讀者順著書中人物潘金蓮的心理走向思維是：以為事在必成。然而，出人意料，變故突起。許多評家多從藝術結構上看，通常認為這是作者運用橫雲斷嶺之法。張竹坡說：「正寫金蓮忽插入玉樓，奇矣，絕妙章法。」他說這是忙裏偷閒，於百忙中的消閒之筆。在緊要處突然打住是追求「總不由人料得到」的意外的效果。從藝術結構上看，這屬於一種反常結構。使正在進行著的勢在必成的事中止，使書中正要結合的兩個人物西門慶與潘金蓮分手，實質上是使讀者與人物分離。讀者閱讀本來期望事件順向發展，突然受阻卻逆讀者之意，由突然中斷帶來了關心與期待：書中人物潘金蓮度日如年，讀者也關心急於知道事件的走向與結果。這種劈空截斷的反常結構，確也有著峰來天外的效果。然而，讀來仍不免有突兀地改弦更張，兩截拼合「似屬脫節」之感，反常結構也帶來了反常的副作用。

如果說《金瓶梅》突變僅此一例，讀者便可以認定作者手拙心笨，欲使孟玉樓出場而又別無他法。然而十六回寫李瓶兒欲嫁西門慶也取變生不測之法。讀者與書中人都以為兩人成其好事是勢所必然，豈知作者偏不遂讀者與書中人物之心願，突然變生不測李瓶兒下嫁了蔣竹山。這逼使讀者承認劈空截斷不是作者無能的拼合，倒是著意經營的有意為之的奇變。張竹坡對此總是贊詞不絕：「今又正寫瓶兒，忽插敬濟，絕妙章法。」

他贊妙的理由是：「作者因瓶嫁來嫌其太促，恐文情不生動，故又生出一波作間」。橫插一筍使文情跌蕩起伏而不平庸。

人們擔心這種大跨度的跳躍，難於為讀者接受。然而不僅評者張竹坡接受了，其他讀者也接受了。這就因為這種橫空截斷看似斷流，實則是轉入地下的不斷的潛流。人們閱讀著奇峰截斷掛下的明流，由於期待的心理也仍然關心著進入地下的潛流。並且在閱讀過程中，把它們串接起來——這便是讀者參與創造的能動性的力量所在。

孟玉樓出場突兀所以引起人們的特別注意，其要義恐不僅止於前述的反常結構上。孟玉樓登場的突然性，表現在她與前此各回毫無關聯、不相連屬。前此一至六回皆是移自《水滸傳》的，以《水滸傳》為植根的。然而到了第七回突然中斷、劈空楔入孟玉樓，繼孟玉樓之後，漸次出現的一系列的新人新事皆為《水滸傳》所無有。這不僅是結構的改變，這不相連屬、毫無關聯的新變倒證明著：作者絕意使《金瓶梅》離異《水滸傳》而自由地不再受《水滸傳》拘囿地渲寫《水滸傳》中所沒有的新人新事。橫生的節外之新枝，完全地遮蔽了砧木。前後毫無關聯、不相連屬正是《金瓶梅》與《水滸傳》變異的界標與分水嶺。

任何突然性都是以必然性為前提條件的。西門慶放下潘金蓮而先娶孟玉樓，有一個西門慶沒說的理由，而且這理由在那個社會確實是充分而又堅實。西門慶先娶孟玉樓是出於財產的打算，他娶的不是女人而是一筆財富。為了取得她與她擁有的財產，可真是不擇手段，先是賄買了孟玉樓的姑婆婆，繼之依恃官府強取了她和財產。「守備府裏討的一、二十名軍牢。」「七手八腳，將婦人床帳、妝奩、箱籠扛的扛抬的抬，一陣風都搬去了」。與其說這是娶親倒不如說是豪奪的搶親。他娶孟玉樓，根本不問年庚是否匹配，說什麼「妻大兩，黃金日日長；妻大三，黃金堆如山」，有了黃金那年齡的不相當便不在話下了。

西門慶取花子虛之婦之財亦是如此。他先占有了熱結兄弟花子虛之妻李瓶兒，又乘花子虛遭官司之危，差人上京活動蔡太師，謀占了他的財產，致使〈花子虛因氣喪身，李瓶兒迎姦赴會〉。明末清初小說《快心編》第二回回前詩云：「我見世人娶妻室，不為貪財便慕色。」西門慶既慕色又貪財，當然還是財字當先，所以作者才「正寫金蓮，插入玉樓」「正寫瓶兒」又變生不測。皆是為了一個財字。且看西門慶有了錢就有色以及一切的自供：「咱聞那佛祖西天，也只不過黃金鋪地；陰間十殿也要些楮鏹營求。咱只消盡這家私，廣為善事，就使強姦了嫦娥和姦了織女，拐了許飛瓊，盜了西王母的女兒，也不減我潑天的富貴。」這自供明白地說出了包括婚姻關係在內的一切人際關係都是建立在金錢基礎之上的。

總上述，孟玉樓突然出現其作用：從形式上是反常結構的奇峰突起；從思想意義上

是更加深刻地寫了財色觀。這兩點恰恰是《水滸傳》中所未曾有的，足能證明著：《金瓶梅》自此始，與《水滸傳》離異，走自己的路。

四

《金瓶梅》自《水滸傳》移植的情節有多處，萬曆本便把《水滸傳》四十五回潘巧雲之事附會到第八回潘金蓮身上。「眾和尚見了武大這個老婆，一個個都昏迷了佛性禪心，一個個關不住心猿意馬，都七顛八倒，酥成一塊。但見：……」查這以詞為證的證詞，不僅《金瓶梅》移用，《水滸傳》採用，在《西廂記》中也曾出現，也是以眾僧顛倒寫鶯鶯之美貌。其詞略曰：「擊磬的頭陀懊惱，添香的行者心焦」，「大師年紀老，法坐上也凝眺；舉名的班首真呆撈，覷著法聰頭做磬敲。」

對這種情形似不宜簡單地論定為因襲，在講唱文學以及後來的小說中，有意地採用人所共知的情節及佳麗的詞證；有如文章之用典，倒會增加聽眾、讀者的興味。然而，待到崇禎本卻做了精簡刪汰，簡約到只剩下：「眾和尚見了武大老婆七顛八倒酥成一塊」，「隔壁瞧了個不亦樂乎」，萬曆本、崇禎本均皆移植保留了《水滸傳》「有詩為證」的證詩：

> 二八佳人體似酥，腰間仗劍斬愚夫；
> 雖然不見人頭落，暗裏教君骨髓枯。

然而這證詩在《金瓶梅》的萬曆、崇禎兩種版本中，卻派上了不同的用場。崇禎本把此詩提到首回開端之處，作為色箴詩，以開宗明義。萬曆本則把詩移植在七十九回〈西門慶貪欲得病〉之處，作為西門慶得咎之結論。如張竹坡批語所云：「此回總結財色二字，故『二八佳人』一詩放於西門〔一死〕之時。」兩者在不同的處所，發揮著不同的作用，可謂各得其所。此詩不僅見於《水滸傳》，也見於《古今小說‧新橋市韓五賣風情》。可知，有些詩詞雖非佳制，然因其淺顯地闡明了為當時人所易於接受的人生哲理，為多書所引用則是非常自然的了。必須指出「二八佳人」的詩，仍然是把女人看作禍水的舊觀念反映。書的開首，儘管是以酒色財氣入話，其重點卻是放在女色上。「說話的，如今只愛說這情色二字做甚？」說話的自問自答：「紂因妲己宗祀失，吳為西施社稷亡」。把女人看做禍水，這就因為以男權為中心的封建社會，生殺予奪種種權力均皆掌握在男性手中，他們反而把女性視作「陰類」，無非是脫卸男子的罪責，反加諸於受害者的女性身上。儘管作者有著這落後的觀念，然而《金瓶梅》卻不自覺地暴露了病態社會的病痼，描寫了被污辱的與被損害的婦女群象，這也是作者所始料所未及的。

　　《金瓶梅》萬曆本除一至六回襲用《水滸傳》之外，第八十回也照搬了《水滸傳·宋公明義釋清風案》一段情事。即：吳月娘清風寨被擄，矮腳虎王英逼婚，宋公明義釋。證明萬曆本與《水滸傳》的親合。而崇禎本把這半回書悉行刪除，表明著它與《水滸傳》的離異。〈義釋〉一節在《金瓶梅》中，顯然是多餘的，純屬贅瘤。因為，有了前半回〈吳月娘大鬧碧霞宮〉即足以完成對她貞烈的描寫。加之，本回主旨（從全書整體中看本回的任務作用）是為後文「化緣」伏線，義釋情節與後文了無關涉。刪汰累贅附瘤，使結構更趨完整，內容更向全書總要求靠近。經過刪汰更乾淨，更集中了。弱化了對《水滸傳》的依附。

《金瓶梅》心態觀照

　　人稱作家是「靈魂的狩獵者」，蓋因人的靈魂殊難捕捉。包括作家在內，人們苦於難以認識他人的與自我的靈魂。人的精神現象是不易獵獲的：發現靈魂不易，再現靈魂尤難。如何透視人的內心世界，形諸筆墨使讀者領略人物的心理空間的種種心態，是一個頗為難解的難題。不要說「狩獵」他人之心態難，便是捕捉與重現自我心緒也不易。人的靈魂既不容易開掘，更不能一如原樣地重鑄。人的精神活動是自由自在的，運動著的心緒逝水般地去而不返，無法重建復原。人們常慨歎：心不能喻，筆不能傳。西方倡揚的心理剖析法，能否從廣度、深度、長度上準確無誤地剖析心靈呢？不要說心靈的歷史，便是心靈的瞬間也是「精騖八極」的，能把這瞬息萬變的八極之情剖析得纖毫無疑麼？不要說獵心者力不從心，便是當代科學對主思的「黑箱子」也難於剖解，迄今仍屬蒙昧。

　　既然人的心態是複雜的，心態的表現又是多樣的，心態的描寫方式就應當多樣化，而不可以定剖析之法為一尊。《金瓶梅》心態描寫十分繁富，手法高妙且多樣；心靈挖掘既廣且深，因而人物的感情與內心世界複雜而又充實。如果以西方心理剖析的眼光去審視《金瓶梅》，不合剖析法者便排除在視界之外，繁富的心態與複雜的情感描寫被濾過得蒼白了。蘇聯女漢學家菲什曼論斷：「在《金瓶梅》裏實質上並未揭開人的內心世界，並未表現他的感情。人物的性格表現在他們的言談行為之中，而不是表現在他們的思想感情裏；書中沒有心理分析，人物都是用一個色彩描繪出來的，沒有深入到他們的心靈世界。」（馮昭璵譯，娥爾嘉・菲什曼《中國諷刺小說》，見上海古籍出版社《金瓶梅西方論文選》264 頁）中外作家可以（也應該）有不同的多樣的表現心態的手段；同一國度的不同作家，或同一作家的不同作品，甚或同一作家的同一作品，更甚或同一作品的不同人物或同一人物，都可以（也應該）有多樣的心態描寫方式。不能只取心理剖析之法，而把其他有效的心理描寫手段一概予以排除。或一作家不取或一種方法（如剖析法），這也僅僅是創作技法的選擇去取，得不出不善於描寫感情在挖掘心靈上低能的結論。

　　民族間文化傳統之不同，決定了民族文化心理的差異；各民族都有著不同於他民族的審美心理與審美習慣。中華民族心理特質是內向的，勿庸說小說或其他藝術樣式，便是在實生活中，也不取剖白之法，而趨向婉約含蘊。故而，在審美欣賞時，更樂於接受

那深藏幽遠的，而不樂於接受剖白直露的。民族的審美習慣無法強求一律，當然也不可能強加於人。正因為不同的民族文化傳統，孕育與制約著作家不同的表現方式，由此才造就了人類文化的豐富多采而不單調齊一。

　　靜態的剖析，固然是心態描寫好的手段之一，然而它不是（當然不可以奉之為）唯一的最優方式。一部小說通篇只作心理剖析，而不輔以言行（何況言行也是行為的動態心理）是根本不可能的。這只能縮小靈魂的「獵場」。當然，多樣也絕非把小說的心態描寫等同於廣義心理學的一切。然而，正是情感、情緒、心境、欲望等七情六欲的心理多維及其外化的行為心態才構成廣闊的心理空間。小說描寫心態，其目的無非是在心理上完善與充實那人物的性格。而欲完成人物的「個性心理」不僅「行為心理」不容忽視，「個性心理」賴以存活的還有「環境心理」（包括著「社會心理」與「民族心理」）等等。誤以為只有剖析法才能（其他方法不能）進入內心世界的底層；其實只有萬法俱用（不是俱備也不是單一）才能表現心河流動的全程。同時，既要闖入人物內心，還要闖入讀者之心；既要把握人物心理，又要把握接受心理。表面看來剖析是對人物的內心窺視，以為是客觀的展現；然而，剖析無一不是作家代人物「擬心」，無一不是經過作家審思、濾過而後重構的，總是摻有作家的揣摩與猜度。故而，讀者便有權持疑：剖析是否洞悉真情？作家以為剖析的是人物的真心，讀者卻懷疑是作家臆造的假意。讀者會認為剖析是以作家之心度人物之腹。作家以為剖析是人物自為的剖露，讀者卻以為剖析是作家人為的心造的造作。西方的批評家對中國文學也並非眾口一辭，倒是常生牴牾。詹納爾便認為中國作家不應成為全知的上帝，他反對把主觀意識強加給讀者，而推崇心理描寫上的快節奏。《金瓶梅》以及其他中國古典小說就這一點而言，確是沒有令人生厭的主觀心理剖析，倒是充滿了多種多樣的心理描繪；其節奏之符合民族審美心律倒是應該肯定的。並不是中國作家因擬心難而不用剖析法，非不能實不為。也不是剖析法不好棄置不用，而是中國的作家與讀者民族審美習慣使然。中國的小說如《金瓶梅》也並不是沒有心理剖析，只不過沒有那種繁瑣絮叨的剖析。佛家云：「說出來的不是禪」，相當於西方的「道破了不是藝術」。尚含蘊而避剖白，為的是給讀者以餘裕；不會因不能品味而乏味，讓讀者咀嚼品出味來。由於讀者積極地參與剖析的創造，不僅「心悅」而且誠服：信服心態是人物的，而不是作者心造的。

　　各民族間的各種心態描寫方式應當而且可以比較，然而比較的目的怕不是褒貶高下，更不能是以一種形態否定另一種形態，以或一形式取代另一種形式。比較本應致力於探究民族文化形態生成的基因，探究其形態形成穩定結構的原因與要素。比較當然不可以是視他民族的文化形態如同冰炭，比較的目的倒是為了積極地以他民族文化為養料，不斷地滋養本民族的文化形態使之更為健全。如此，文化形態甚或具體某種表現形

式，既有民族的歷史的縱向傳承，又有他國他民族的橫向借鑒，以促進人類的文化的共同提高。

官哥兒的病態與心態

《金瓶梅》中的官哥兒，存活在世年甫周歲。對這個心理與生理皆未成熟的繈褓嬰兒，若不是從行為上做客觀的動態心理描寫，取主觀的心理剖析是困難的。作家和研究者們可以駁辯說：不但對乳嬰，甚至對如貓如狗的動物，也可以進行心理剖析。然而，那剖析是否便是阿貓阿狗的心理，實在難說，無法檢驗確證。究其實，也只不過是把動物人化，以作家之心理忖度動物罷了。作家以為是人物的真心，讀者可能懷疑是作家的假意。作家以為是人物自為的剖露，讀者可能認為是作家人為的造作。謂嬰兒心理難於剖析，是因為包括作家在內所有的人，對嬰幼期的記憶多已模糊，甚或遺忘殆盡，尋找記憶殘片也頗為困難。這樣，心理剖析必然是作家主觀的，與嬰兒的客觀心態是相吻還是相悖就大成問題了。

《金瓶梅》不做心理剖析，而是在官哥兒動態中自然地呈現他的心理。這就把心理與行為混一起來，把心理描寫滲入到官哥兒全身心中，滲入到他的全部意識與行為之中。這種滲入，不是作家強行干預附加給人物的，而是官哥兒所應有、所能有，亦即是他所固有的。這樣，心理與行為便融為一體了。儘管未做任何剖析，讀者透過官哥兒「形之於外」的動態，對他「情動於中」的心態照樣看得一清二楚。《金瓶梅》對官哥兒不耐驚怕：怕貓怕狗的恐懼心理，多次地從動態上細緻地描寫，直到被貓驚嚇致死。反復的動態描寫，強化了官哥兒膽小的心態，更層進迭加地在讀者心目中造成了深刻的印象。試看官哥兒怕聲怕物種種描寫：

怕生人：給他穿道衣怕。（39回）

怕器物觸身：給他剃頭怕。（52回）

因害怕，「哭的那口氣憋下去，不言語了」「拉了一抱裙奶屎！」

怕聲響：48回祭祖時，「響器鑼鼓一齊打將起來」嚇的他「只倒咽氣」。他不僅怕強烈的打擊樂，連吳銀兒唱曲兒也怕，嚇的「不敢抬頭出氣兒」（43回）。

官哥兒怕物怕聲、無所不怕的種種行為，都是為了寫出他的「小膽兒」的心理素質，是為後來怕貓怕狗鋪平墊穩。書中不僅反復地從官哥兒自身行動上寫他膽小多怕，更從其他人物的反應上強化了他的膽小多怕。知子莫若父，39回西門慶對吳道官說：「家裏三四個丫鬟養娘輪流看視，只是害怕，貓狗都不敢到他跟前。」潘金蓮雖然不是嬰幼兒心理學家，但為權利所驅，便工於心計。她摸透了、摸準了官哥兒心理薄弱點是：怕聲

響、怕貓狗。便藉口新鞋踩了狗屎，用大棍打的狗怪叫。李瓶兒求告、潘姥勸阻都不住手。潘金蓮正是從不敢讓貓狗近身，把握了他懼怕的心理特點。52回潘金蓮丟下官哥兒，與陳經濟「花園看蘑菇」。官哥兒在芭蕉下「登手登腳怪哭」，原來是「大黑貓見人來一滾煙跑了。」官哥兒由此發病：「兩只眼不住反看起來，口裏卷出些白沫出來。」

嬰兒神經系統發育未臻完善，對聲響、對陌生人、對動物等外界刺激耐受力差。傳統醫學對此早有認識，《育嬰秘訣》：「小兒神氣怯弱，忽見非常之物，或見未識之人，或聞雞鳴犬吠，或見牛馬禽獸嬉戲驚嚇，或聞人之呼叫、雷霆銃炮之聲，未有不驚動者也。蓋心藏神，驚則傷神」。《金瓶梅》對官哥兒驚嚇種種行為描寫，不僅符合著傳統醫學對生理與心理相互作用的認識，而且驚嚇後所呈現的病狀也契合著醫典，「瘛瘲」，俗稱抽風；面色發青、口吐白沫，眼上翻、頭後仰，手足肌肉強直，大小便失禁等等，這一切在《金瓶梅》中都有極好的描寫。

李瓶兒對官哥兒無所不怕概括為「天驚、地驚、貓驚、狗驚」。李瓶兒提出了一個重要的問題：為什麼官哥兒與人不同「人家都是好養的，偏這東西燈草樣脆的！」

從現代心理學上看：官哥兒膽小多懼，是生理現象，更是心理現象。既有先天的生理機制，更有後天的環境機制。官哥兒膽小多懼的心理素質的形成，環境所給予他的影響不容忽視。從心理上說，嬰兒神經固然都脆弱，然而不同嬰兒間差異，卻因環境的啟動而呈現。別人家的孩子，因貧寒多子而「潑丟潑養」，便耐驚耐怕；因為環境的影響，心理承受能力增強了。

嬰兒生活圈子小，常接觸的是有限的幾個人。嬰兒無論先天還是後天都依賴於母親。母親對嬰兒心理形成，給予遺傳與影響。李瓶兒到了西門慶家之後，變得柔弱甚而脆弱，委屈求全，唯恐開罪於人。時時處於緊張戒備狀態，抑鬱憂慮痛苦地折磨著她。巴甫洛夫認為抑鬱者「對於一切的東西只看到和期待著不好的、危險的方面。顯然，生活的每一種現象都成為他的抑制性動因。」（引自楊清《心理學概論》吉林人民出版社 1981 年版）這種抑制的病態心理，當然是西門慶的病態家庭（病態社會）所造成的。抑鬱的病態不能不從生理到心理給官哥兒以影響。官哥兒膽小，實質上反映了李瓶兒的恐懼心理。瓶兒常常為自己的命運擔憂，李瓶兒的恐懼心理是官哥兒膽小的基因。以具體怕貓來說，官哥兒怕貓也因為李瓶兒怕貓；書中明言：「李瓶兒官哥兒平昔怕貓」。官哥兒心理形成除李瓶兒之外，其他成年人也都給予一定的影響；官哥兒所生活的家庭，也不同程度上強化了他的膽小。他是獨苗，是西門家的「人種」，失去他便無嗣、斷後。故而，含在嘴裏怕化了，頂在頭上怕嚇著。書中說丫鬟奶娘「輪流看視」，一刻也不離人。然而，越怕越嚇，越嚇越怕，膽小便是必然的了。

《金瓶梅》中關於官哥兒的驚懼的種種描寫，不是生理的、器質的病態，而是透過病

態寫心態寫心理氣質。不僅寫出了官哥兒不耐驚怕的心理，實質上也寫出了李瓶兒（甚至西門慶一家）的心理狀態。他們母子間家人間信息交換過程中，瓶兒的恐懼心理，家人的擔驚受怕心理，反復循環形成官哥兒恐懼的心理定勢。官哥兒的心理成因，不僅是本原的、先天的，重要倒是後天的環境的影響。證明著，哪怕是一種簡單的心理現象，也不是無緣無故產生的，而是有著社會機制的作用。官哥兒出生伊始，亦即「人之初」，便開始了社會化的進程。人們，李瓶兒、西門慶以及其他人，動用種種力量，要官哥兒按著他們所期待的走向成長。哥兒便不是自然的動物，而是社會的個體。他便不能不接受人們所施加的力，不能不接受人群的社會心理。

潘金蓮抓住了李瓶兒與官哥兒母子倆的心理薄弱點，即其脆弱易碎部位作為攻擊點。潘金蓮深知官哥兒膽小怕貓怕狗，繼打狗之後，又蓄養雪獅子貓；每日用紅絹裹肉令其撲而擫食。經過訓練「貓見官哥兒在炕上穿紅段衫兒，一動一動地玩耍，只當平日哄喂他的肉食。猛然往下一跳，撲將官哥兒，身上皆抓破了。只聽那官哥兒呱的一聲，倒咽了一口氣就不言語了，手腳俱被風搐起來。」嬰幼兒心理承受限度，取決於刺激的強度：深度與長度。官哥兒稚嫩的神經本來是脆弱的，不具有「潑丟潑養」的嬰兒的彈性。官哥兒經過「天驚、地驚、貓驚、狗驚」等等延長長度、加深深度的刺激之後；再有高強度的刺激，便經受不起，像勁風吹殘燈般，稍一搖曳便熄滅了。

潘金蓮打狗馴貓用心明確，書中揭明了她的心理動機：「每日爭妍競寵，心中常懷嫉妒不平之氣，今日行此陰謀之事：馴養此貓，必欲嚇死其子，使李瓶兒寵衰，教西門慶親於己。」潘金蓮把官哥兒看作是巨大的威脅，擔心有子之母母因數貴。怕她從西門慶心目中被擠出去，怕她在家庭中地位的失落。這一切在她心上沉積著無限的痛苦，形成了一個巨大的恐懼結。這恐懼結也為李瓶兒所有，李瓶兒是有子失子的恐懼與不安；而潘金蓮則是無子息的缺憾與妒恨，她才下決心消滅對手。對潘金蓮的心理雖然未加剖析，然而讀者對她的心理流動走向是分明的。儘管她多方隱蔽、回護，然而心理總是要有所表露的。不要說從打狗馴貓顯明地看出她的行為心理；便是她對官哥兒的態度，官哥兒出生她不屑一顧，足能見出她的嫉妒的心態。態度在心理上是潛在的行動傾向，由態度可以明心見性，察知她心態的變化。書中於官哥兒、李瓶兒、潘金蓮的複雜心態，未做主觀的剖析，都是在動作亦即行動中呈現出來的。乳嬰的官哥兒，不能用語言表述心理，只好用身體語言來表示；而無聲的語言、體態語言在披露官哥兒心態時，呈現了優勢。自然地展示，較之人工的剖析，更符合嬰兒的自然心貌。動作或行為，不僅是官哥兒的精神結，也是成年人如潘如瓶的精神結。沿著潘的妒態、沿著瓶的愁態，完全可以察知她們的心理動因。官哥兒之死，使李瓶兒蒙受了極大的打擊，如書中所說：「一心只想孩兒好，誰料愁來在夢多！」書中關於瓶兒的夢態與潘的妒態有著極好的描寫。

　　主觀心理剖析，是西方小說的重要手段，然而它不是唯一的最優方式。即使在西方，人們也並不視心理剖析為「不二法門」。契訶夫甚至持相反的意見。他認為：「最好還是避免描寫人物的精神狀態，應當盡力使得人物從他的行動中表現明白。」（《契訶夫論文學》人民文學出版社 1959 年版 27 頁）《金瓶梅》便是通過人物行動，展現人物心靈。不僅生理心理均未成熟的官哥兒，便是那成熟了的李瓶兒、潘金蓮也一概以具象的行動表現抽象的心理。這就因為，一切行為都是內心外化的表徵，都是內心活動所生成的視覺形象。也還因為，行動更接近人心的內層的「誠於中」。而語言常常受理性的修飾，因遮飾便理性化了；動作難於修飾，過分修飾則失之於做作，欲藏還露；所以，未經修飾的動作是心態的直接呈露，可以說是心理實象。也並非是西方批評家都讚賞主觀心理分析之法，瑞士心理學家卡爾·古斯塔夫·榮格就認為：「對心理學家來說，最有成效的小說是那些作者對他的主人公不加任何心理解釋的作品。這類作品有分析解釋的餘地，甚至由於其表現形式而吸引心理學家去分析和解釋」。（《心理學與文學》轉引自徐振輝〈論《紅樓夢》寫醉的藝術與心理學價值〉1986 年 1 期《紅樓夢學刊》）也並不是所有的西方作品處處皆取心理剖析，海明威的《老人與海》中，漁翁與鯊魚激烈搏鬥後，本來是心理剖析的最佳時機，如同中國的高大全們在危難時刻發出自省的煌煌宏論。然而海明威筆下此時的漁翁「他的腦子裏不再去想什麼，也沒有感覺到什麼……除了掌舵，什麼事都不睬。」《金瓶梅》不尚抽象的心理剖析，而更注重動態的心理實象；抽象的思想是看不見、摸不著的，從行為卻能夠窺見人們隱奧的心靈。中國人一向篤信「誠於中，形於外」，從有形的外化了的視覺實象，是可以察知內心活動的。故而，中國的讀者並不要求作家提供對人物心理的邏輯剖析；而倒是形象的心理實象更為中國讀者所歡迎。《金瓶梅》既按著中國人的行為心理，也按著中國人的審美習慣；讓讀者從人物的行為舉止去觸摸人的脈搏，去體察人的心靈。主觀剖析，於讀者是消極被動地接受；而客觀心態實象，於讀者則是積極地主動體察。人們（包括榮格那樣的心理學家）寧願主動地去體察心靈的自然世界，而不願被動地接受他人剖析構築的人工心理世界。默而識之的心領神會，較之接受現成的人工剖析，是一種複雜的也是中國特有認識方式，而且在審美過程中，自行發現也是一種樂趣。東西方小說的心理描寫可以也應當比較，然而比較不應是以或一種形式取代（或否定）另一種形式。比較的目的應該在於弄清兩種不同形態生成、發展、穩定（或變異）的諸要素。直剖胸臆與心照不宣不同的心理描寫方式，是不同文化的產物。如果以剖析的眼光審視《金瓶梅》，不合於剖析法的其他方法，便被排除在視界之外，便會得出錯誤的論斷。

李瓶兒的夢象與心象

　　無書不寫夢。《金瓶梅》所寫之夢，特別是李瓶兒的夢，有不同於他書的審美價值。自由而活潑的夢，拓寬了心靈歷史的空間廣度，延伸了心靈歷史的時間長度。運用跨越、凝聚的夢，衝破了人境的籬障，寫出了李瓶兒的知覺與幻覺，多層次地寫出了她的意識活動，特別是她的潛意識活動，揭示了靈魂底層的奧妙，增大了心理描寫的容量與深度。在這裏，夢把不可視的心象具象化：化成了可視的、可以感知的心態，把抽象的無形的心靈化為具象的有形的藝術。

　　官哥死前之夢　李瓶兒臥在床上，似睡不睡，夢見花子虛從前門外來，身穿白衣，恰像活時一般。見了李瓶兒，厲聲罵道：「潑賊淫婦，你如何抵盜我財物與西門慶？如今我去告你去也！」被李瓶兒一手扯住他的衣袖，央及道：「好哥哥，你饒恕我則個。」花子虛一頓，撒手驚覺，卻是南柯一夢。醒來手裏扯著，卻是官哥的衣衫袖子。連嘅了幾口，道：「怪哉，怪哉！」聽一聽更鼓，正打三更三點。這李瓶兒唬的渾身冷汗，毛髮皆豎起來。

　　官哥死後之夢　李瓶兒夜間獨宿在房中，銀床枕冷，紗窗月浸，不覺思想孩兒，欷歔長歎。似睡不睡，恍恍然恰似有人彈的窗櫺響。李瓶兒呼喚丫鬟，都睡熟了不答。乃自下床來，倒跋弓鞋，翻披繡襖，開了房門，出戶視之。仿佛見花子虛抱著官哥兒叫他，新尋了房兒，同去居住。這李瓶兒還捨不得西門慶，不肯去，雙手就去抱那孩兒。被花子虛只一推，跌倒在地。撒手驚覺，卻是南柯一夢，嚇了一身冷汗，嗚嗚咽咽只哭到天明。

　　這兩個都是「似睡不睡」、似醒非醒的朦朧的夢。中國語言文字獨異之處：夢字緩言即是朦朧，朦朧急言即是夢。朦朧是夢的形態，也是夢的本質。瓶兒之夢寫得朦朧。「似睡不睡」，用現代語言即是淺睡眠或前睡眠狀態，朦朧使夢境近似真境，似乎瓶兒意識游離於軀體之外，進行著自窺或自視。

　　人將死矣，其心也善。李瓶兒在生命旅程將近終點之時，百感交集：她的一生多麼複雜，她的心理多麼複雜。不能不對自己的一生時作回顧。或對自己懷疑，或進行自我否定，追悔早年的失誤，困擾於官哥兒死後的憂思。前夫來召之夢是李瓶兒心造的，自心不淨，夢自隨之。清代小說《梁武帝演義》26 回回前詞極像為李瓶兒寫的：「問誰是鬼，問誰是怪？須向心頭自摸——總都是從前過惡。」李瓶兒那堪回首，扣心自問，不能不對「從前過惡」生悔懼之心。她既害了前夫花子虛，又是受害者。人生道路盡頭時，回望過去。過去她對花子虛、蔣竹山頤指氣使，變而為對西門慶的俯首貼耳。人們批評她由強悍而荏弱是性格心理的斷裂。其實，由控制花子虛到受控於西門慶證明了人創造

環境，環境也可以創造人。這變化不能不在心靈上留下深重而難言的隱痛。這種隱痛雖能咽在肚裏埋在心裏，但又時時撞擊著她的心上的傷口。醒時有著理智制約的，口不能宣；然而夢卻不受控於自我理智，企圖爛在心底的、無處渲泄的積鬱，便在夢中釋放出來了。對花子虛負疚的潛意識，便生成了懲罰性的負罪的夢。李瓶兒的夢境實乃心境，夢態實乃心態，夢象實乃心象。潛在意識以顯在夢的形式的復現，其心理本原：夢與醒是同一的、共有的。活瓶兒所以懼怕死子虛，因為此時理智的瓶兒睡了，心理的瓶兒醒了。清醒時心靈所受的種種侵擾，極力想撫平抹去，然而愈抹烙印越深，這種積澱而成的潛意識在夢中釋放化為具體的夢象。特別是官哥之死，對李瓶兒是個致命的打擊，她身心交瘁，夢緣愁來，如書中所說：一心只想孩兒好，誰料愁來在夢多！

李瓶兒夜常驚夢，西門慶勸慰她：「此是你神弱了，只把心放正著，休要疑影他！」這話也有點道理：這些夢只能出現在她病弱神虛之時，身強神健便不會出現這樣的夢。她的病因即夢因，夢與病是伴生的。病因：人際關係的矛盾與自身的內心衝突。如意兒道出了她的生理的和心理病因：「娘原是氣惱上起的病，成日憂戚、勞碌，又著了暗氣惱在心裏，娘又不出語，就是鐵人也禁不得！」對既往的回思，負罪心理的折磨，對現實煩惱的積鬱，雙重折磨、交互作用，嚴重地干擾了她的生物節律，導致生理上的紊亂。生理受到精神的重壓，便體弱；心理受到病的侵襲，便神弱。心理的憂患加重了生理的病患，生理的病又破壞心態的平衡，於是身心交瘁。神弱是體虛之必然，體弱神虛使她失去了、減弱了自我調節、自我控制「休要疑影」的能力。負疚、負罪心緒不僅無力驅遣，反而活躍強化。過惡罪愆心理時時左右瓶兒的心靈，積聚的潛能便在夢中釋放。病只是夢的引發機制，引發出的是帶有罪愆果報（來召）意味的夢。果報本是烏有的，果報為愚善之人而設。西門慶、潘金蓮便不相信果報，如相信果報便不會鴆殺武大了。卜卦時潘金蓮說：「算的著命，算不著行。隨他，明日街死街埋，路死路埋，倒在洋溝裏是棺材。」他們當然不是進步的無神論者，倒是本著豁出去的心理，便無所畏懼了，連今生的死都不怕，還怕什麼死後來生的果報。李瓶兒性格與潘金蓮不同，這心理且也強化瓶兒與潘的不同性格。李瓶兒的夢原本是夫主觀念的泛起，召她同往的夢，表明畏懼報復的觀念還深深地控制著她的心靈。夢，既是她心理實態的映象，又是她心史和性格史的一頁。夢，使現實心理與歷史心理，使行為心理與性格心理，得到統一。同時，病與夢的描寫，使身心同一，生理與心理同構：生理機制與心理機制互為因果，病夢同因，同源於心因。在這些方面結合得如此完美，的確是個超越。

《金瓶梅》還寫了〈李瓶兒夢訴幽情〉〈李瓶兒何千戶家托夢〉，轉生優越世家之夢小說中頗多（見《情史》），夢例不煩引，只論其夢因。潘金蓮確曾說過：「夢是心頭想，噴涕鼻子癢！」可以看作夢因之論。《金瓶梅》的寫定者，雖然不是夢因學者，然而他

通過寫夢（以及人物，如金蓮）表達對夢因的看法。當然，「夢是心頭想」不是獨有的創見，元雜劇《智勇定齊》一折即有：「夢是心頭想，慢慢白他謊」之語，此語實際上是久遠流傳的民諺。然而《金瓶梅》中的諸夢，無一不是「有所思，有所夢」的，正確地把握了夢與思的關係。在夢因問題上當然不可能達到今天的科學水準。然而在創作上運用這原理，揭示、剖露人的心靈，是足資稱道的。

心有所思便有所夢，夢源於精神，是心理活動的延伸。它是思維的再現，是再生性心理活動。人的精神、意識、心理活動，是人的心靈深層現象；夢是這深層活動的特殊形式。從實踐觀點看：夢是人的社會生活的延伸，是社會意識的沉積，經過心理內化之後生成的。《金瓶梅》的創作實踐在夢與思關係上成功之處在於，不是「日有所思，夜有所夢」的立時性的，而是延時性的。李瓶兒的夢是經驗的復歸，記憶的泛起，被長久抑制的、非常的心理，在夢中得到了正常的再現。不論夢多麼朦朧，讀者卻可以清晰地透視她的心態，在夢中她無法偽飾與自隱。人們看到的當然不是心史的全部，亦即她心理活動從感知、識化、貯存到再現的全過程。然而從暫態的夢全然可以察知她長時的心理流程，認知她積鬱的愛與恨、悔與懼、侵擾與折磨，因為心之中散落下斷片般的夢，真正是她心靈聚焦所成之心象。夢魘來召，懼罪心理幾次重出，夢的顯義與隱義全同。然而，非同一般的是她還夢見花子虛懷抱官哥兒，其隱義似乎表示官哥兒非西門慶所出，潘金蓮話裏話外曾對官哥兒的血緣流露過異議。說官哥兒生未准月。說官哥兒像小太乙兒，太乙不是道者，乙是醫的俗字，暗指是蔣竹山所出。官哥命名也有隱義：官取「官中」公共之子，實即雜種。

夢雖然是生活的映象，《金瓶梅》超越之處又在於，不是那種「飽則夢與，饑則夢取」的直接映象，而是曲折地變焦成象。夢花子虛抱官哥兒來召，便有象徵的意味，背後蘊涵著深刻的意義。《綠野仙蹤》借人物之口說：「人亦各有夢，然夢境亦見人性。」從李瓶兒的夢完全可以明其「心性」，亦即性格心理。負疚悔懼不僅是她的心理特徵，而且也是由強悍而荏弱的性格變化的基因。罪愈滲入整個靈魂，是不可磨滅無法擺脫的心靈重負；這種潛意識處於活躍狀態，對繼後的心理活動及走向起著制導作用。這夢是愛與恨、悔與懼交織成的，夢中見真情。因官哥之死，她幻滅，對死的恐懼、對生的眷戀，起伏的歷程和心態，用夢自然地裸露在你的面前，而不加隻言片語的剖斷，但你仍會感受到她心靈在震顫。

雖然夢是清醒的延伸，然而延伸並非是線性的，而是非邏輯的。迎春的夢，似夢似真。燭影搖曳「正在睡思昏沉之際，夢見李瓶兒走下炕來，推了迎春一推，囑咐：『你每看家，我去也！』忽然驚醒，見桌上燈尚未滅；向床上視之，還面朝裏；摸了摸口內已無氣矣！」即便這看似無端的、偶合的幻夢，也能追索出醒時心理之潛源。迎春陪護

垂危的瓶兒多日，死亡隨時都能到來；瓶兒的死成了迎春關注的重心。死，在她心裏預成了始點，處於待發狀態。構成了心理動因與內驅力，轉化嬗變為夢、為幻、為真。陪護操勞多日，當晚又「熬了夜未睡」，凌晨雞叫前正是守夜人難熬的「睡思昏沉」之際。時時關注瓶兒之死定向意念，在瓶兒死的瞬間幻化為夢覺。或者是前睡眠狀態下出現的夢幻，瓶兒與她訣別。夢似真實幻，又與死的真實相重合。正因為心理依據清晰、合情合理，因而是成功的。可與後來的《紅樓夢》秦可卿向鳳姐訣別之夢比美。鳳姐之夢長達千多字，所囑之事固然至重至要，而瓶兒向迎春訣別只道了聲「奴去也」，不在於語短情長，倒在於夢寫得迷離恍惚、似幻近真。造夢者既懂得夢因更懂人的心理：包括著人物與讀者心理。只用夢幻控制、調動、影響讀者，而不剖析迎春心理強加給讀者。人們不以為這是夢幻，倒以為是心理實境。死的訣別用夢幻寫來，讀者受到的感染自然而強烈。反之，不用夢幻的「奴去也」而是生前死後的諜諜不休，那感染的力度怕未必如此強烈。

　　小說心理描寫有種種方式，很難說那一種是獨一的最優方式。然而，作者可以進行優選。《金瓶梅》一而再、再而三地寫夢，人們並不覺得雷同厭膩。而若取靜觀心理剖析之法，重複剖析三次，雖然也無不可，倒極可能因筆不從心而使讀者生厭。首先遇到便是李瓶兒想什麼、怎麼想、為什麼做如是想？這一切令人作難，難於落墨。代人說心史所以不易，從長度上，心流的長河難以一一剖析；從深度上，如果能剖幽剔微當然好得很，然而觸淺表易而達到深層何其難；從廣度上，心靈是個複雜的多維體，剖析易流於某一側面，很難做面面觀。復從準確度上看，作家剖析出來的，是作家的介入；讀者有權懷疑是人物自在自然的心理，還是作家再造的人工心態。《金瓶梅》心態描寫，特別是夢的心態提供給讀者的是心象，用心象展視人物的內心世界；不是強加而是引領讀者（或與讀者一同）進入人物的內心世界——這就消除了接受者的不信任與隔膜。提供給讀者的不是剖析出來的意念，而是夢情、夢境、夢象。這既易於為讀者的閱讀心理所接受，又可啟動其想像，使作者、人物、讀者自然契合。人的夢情、夢境、夢象每次各不相同，而且短暫、破碎、零亂、易逝又難於復原，《金瓶梅》的作者選取了典型的斷片，經聚焦、變焦處理，把弱態夢的視象強化，繪製出心靈史的畫卷。讀者之所以對剖析持疑反倒信夢為真，這就因為：夢畢竟是「這一個」所做的。夢所提供的不是靜態的抽象的剖析，而是動態的心理實象，可視的形象化了的心態、心象，比解說更具有文學所要求的特質。

李瓶兒性格何以裂變

　　人創造環境，同樣環境也創造人。

——《德意志意識形態》

　　論者以為李瓶兒性格裂變，前後判若兩人，由強項變而為柔弱不可理解。試尋因答疑。

　　《金瓶梅》之前的說部，如《三國》、如《水滸》，人物基本上是靜止不變的。從登場到結束，一生至一死，一成不變。成了人物性格恆常的定式，也影響與形成了審美的恆常定勢。這導因於中國人積久的「江山易改，稟性難移」的觀念。

　　恆定不變是不符合生活實際的；人在生命的途程中是曲折而又多變的。就大端而言：或由善變惡，或改惡向善。質言之，人是可變的，變化是必然的：人，總是在不斷地變化著。出於「江山易改，稟性難移」的守恆定勢，人們只習慣於李瓶兒應該如何如何，而不顧及她只能如何，由之便生出了性格裂變之說。

　　人的變化，既有自我的因素，更有環境的因素。李瓶兒的裂變性格是環境造成的。環境的改變，導致人的改變；看似突然，實則必然。套用一句成語，是謂「人隨境遷」。她在花家傲岸，因為對手是花子虛；對弱的對手，她是強項的。到了西門慶家，逆轉過來，由優勢降而為劣勢。懼強凌弱、欺軟怕硬，何止李瓶兒，人蓋莫能外。人，在不同的場合，呈現的是或一側面。與其說李瓶兒裂變，莫如說西門慶譎變：隔牆密約，西門慶俯首貼耳；一當李瓶兒連同私蓄到手，先是拖而不娶，娶後三日不入其室，進新房而又扒光鞭打。人在矮簷下，焉敢不低頭。桀驁的野馬，一戴上籠頭便馴服了。她只能這樣，而不能不這樣。

　　恩格斯說：「人們自己創造著自己的歷史，但他們是在制約著他們的一定環境中，是在既有現實關係的基礎上進行創造的」（《馬恩選集》四卷506頁）。人，置身於複雜的社會生活中，無不受著合力的制約，身不由己地在糾葛的總和中重塑那性格。李瓶兒，進入全新的環境，在新的人際關係中，她不能不對過去重新審視與調整：左右不了新環境，受制於新環境，只好順應。如俗語所說：是龍得蟠著，是虎得臥著。有威無處可施了。為適者生存律所迫，她不得不放棄舊我，尋求新的支點，以求得新的平衡。弄強不

變實屬不能,她在花家,不僅對花子虛,對蔣竹山,甚而對西門慶也可以頤指氣使。進入西門慶家,連同此身已非己有,喪失了一切,價值的、地位的跌落,導致了性格的孱弱。李瓶兒性格與意志的內驅性與外迫性相矛盾無法抗衡。李瓶兒面對嚴峻的環境,無可奈何。西門慶之悍、潘金蓮的妒,危機四伏。她只有消聲斂氣,以求偏安;笑臉求和,以求太平。舊的地位與性格,已為外力所不容;她必須重新找到穩定的位置。儘管她左右逢迎,仍然八方受敵。「樹欲靜而風不止」,在風暴中求靜止是可能的麼?她回天無力,只好聽天由命;只好逆來順受,退而求其次,仍不可得:避不及、甩不掉,病斃的道路是她合乎邏輯的性格與人生的軌跡。

李瓶兒如果不變,就不能為環境所容,她將無法存活下去。作為女人的李瓶兒,在男人的世界裏,仍然是弱者。自我的力量與環境相比較,有限而微弱。以一成不變度人,會害了生活中的人;以一成不變衡人物,便也害了作品。對人物的評判,只能要求她在特定環境中,做她力所能及的,而不宜要求她無法做到的。比如把她寫成環境的反叛,這只能是脫離《金瓶梅》的鑿空之論。

李瓶兒「人隨境遷」,性格逆向轉化了。評論者、欣賞者有個心理定勢:只習慣於人物順向發展,而不習慣於逆變。由是,視李瓶兒「人隨境遷」的變為裂變。認為性格斷裂不完整,完整不等於順向線向的單一,這只能復歸於以不變應萬變。不論順變、逆變,皆須沿著人物的自然律,又須符合環境的必然律。人物性格的變異,都是基於與他人關係間相互作用之上的。質言之:人們的意識是隨著人們的生活條件、人們的社會關係的改變而改變的。

《金瓶梅詞話》的說話人,感到前此的說部中的人物「稟性難移」,而要打破這種「不變」的僵化模式。然而,書中變因取暗筆隱潛在變果之中,而未去細寫「轉變過程」,故而造成判若兩人斷裂之譏。正如對李瓶兒一樣,不能要求她做她所做不到的;也不能要求說話人,做他所做不到的。《詞話》敢於打破「稟性難移」的凝固模式,以異變對不變,其成功、其價值就已經是難能而又可貴的了。

《金瓶梅》：男人的世界

如果說文學是社會的鏡子，《金瓶梅》的映象便是男權社會。《金瓶梅》寫了眾多的女性，然而重心卻不向女性傾斜；依然是以男性為重心的，《金瓶梅》是男人的世界。翻開一部中國史，是男人統治女人的史；歷史如是，文學也概莫能外。中國似乎未曾有過女性文學，即便有那也只能是以男人的經驗、男人的視角去體察、描寫女性。目的當然是寫給男人看的。書中的女性是為男性欣賞而存在，是為了取悅男性的。女兒身，是按照男人的意願創造的。女人的價值是由男人決定的。《金瓶梅》是男人編的、編給男人的，賞男人之心悅男人之耳目。一切文學藝術都是男人的藝術：女人被置於「被欣賞」的地位。於聲色藝術，男人還美其名曰審美或者風流自賞；於女人只不過玩物：賞玩之物而已。不論視點與視角，都投射出男人的偷窺竊聽的淫邪心理，為了男性得到性補償的滿足。以性描寫而論，是以男性的色情趣味，去編造女性的性行為。檢視中國的性小說，無一不是追求男性的滿足：處女的初歡與多妻的占有，先占權與獨占欲——願天下之美女，盡一時之趣興。

西門慶擁有著享受的權力，一妻五妾丫鬟僕婦等眾多的女人們只有承受的義務。男女間根本沒有性平等，女人只是洩欲器；西門慶瘋狂地踐踏女人，而女人無條件地屈從。性愛本來應當是雙向的身心融合，在《金瓶梅》中只是肉的占有，而不是靈的交感。女人承受男人施加的一切，包括那病態的、畸型的、野蠻的種種。有些變態的，復歸到自然人或者動物女人從野蠻的施暴的縫隙，撿拾到點滴歡樂，也是以犧牲人性尊嚴作為代價的。男人與女人作為人是等值的，都有權在性生活中獲得愉悅，而不是一方享受一方忍受。都應該在愛中感到滿足，而不是在忍中感到屈辱。《金瓶梅》是男人的縱欲，而且又是建立在蔑視女性的基礎之上。「如果精神與肉體不能諧和，如果她們沒有自然平衡和自然的相互尊敬，生命是難堪的。」英·勞倫斯《查泰萊夫人的情人·序》的這一慨歎，似乎是為《金瓶梅》中眾多女性而發的！《金瓶梅》中眾多女人是為西門慶而存在，她們幾乎喪失了「靈」的自我，即便是「肉」那也是承受大於享受。她們變著法兒取媚、市愛於西門慶，這種甘願被踐踏的心靈，與其說變態莫若說病態。「為悅己者容」女人降而為取悅男人的玩物，潘金蓮遍身塗脂為的是「待君娛」。中國小說內的癡情，只是為了某一個男人，殉情，是在完成專用欲器功能之後的殉葬品：無不是按照男人的

欲求生生死死。月貌花容的也還是男人的清賞的消遣品，從玩偶上清晰地折射出男人淫褻的目光。

在《金瓶梅》中，女性喪失了自我，成了男人的附庸。沒有也不可能有獨立的女性，只有妾性、妻性，更多地倒是妓性。《金瓶梅》中的家庭是縮小了的妓院，妓院是擴大了的家庭。馬羅（Malo）在《青春發動》中說：「賣身妓院的女子與委身於婚姻的婦女之間唯一不同之處是代價的高低和契約的長短」，「兩者的性行為都是對男人的服務：前者擁有許多顧客，而按件計酬；後者終身受雇於一個男人。」妓院是短期行為，而家庭則是長期包占。妓女是零售，而妻妾則整躉。西門慶像所有的多妻者一樣，把眾多的女人搜羅到家中，供自己享用。女人作為男人淫樂的犧牲品商品化了。女人被物化成了商品，可以買賣與饋贈。西門慶巧「娶」豪奪，「借色求財」再以財謀色的惡性循環，以滿足他的色欲與物欲。西門慶娶李瓶兒、孟玉樓一舉兩得：既滿足了色欲、還擴大了財力。有了錢才可以供養兩個以上的女人，李孟實際上是生財和戀色的資本。一妻多妾、左擁右抱並不是任何男人都辦得到的，來旺兒連一個女人也護不住，他的正頭娘子卻被主子西門慶姦占致死。不要說姦占了一個女僕，西門慶財大氣粗，聲言：只要有錢強姦了嫦娥，和姦了織女也不在話下。這句奇特的宣言，道出了金錢萬能的真理。女人只剩了肉體可以出賣而外，別無所有。或者從妓下海零售或者依附一次拍賣。王六兒便把「輸身」看作「賺錢」的道路；然而她付出的是「屈身受辱，無所不至」的代價。西門慶說潘孟「好像一對粉頭，也值百十兩銀子」，雖屬戲言，倒是實話；《金瓶梅》中的女人是明碼實價的，西門慶生前買進的妾婦，死後被拋售了。表面上看似乎是價值的跌落，其實作為女人的價值從來不曾有過。為什麼必須依附於男人，女人缺少什麼？或曰：經濟原因，那麼，李瓶兒、孟玉樓私房頗豐，難道依附是女人的本性？

《金瓶梅》中的女性，對西門慶有三種功用：一是財富（如李瓶兒、孟玉樓），二是奴隸（如孫雪娥），三是泄欲器（如潘金蓮）。在男權社會裏，女人「變成了男子的泄欲的奴婢」，不單單是經濟因素，男人擁有超越經濟的一切權力，包括著控制女人的權力，女人依附於男人乃天經地義。女人喪失了自我的一切，受制於社會，受控於男人。這是歷史的既存，不可以用超歷史的觀點去要求女人們。女人只能承受來自社會與男人的雙重壓迫。男人的世界，男人擁有一切，女人一無所有，只能依附與屈從；甚而自輕自賤、自甘受虐。俄國俗諺：「我打你像打我的斗蓬」，可以與中國的「打是親罵是愛」相對應。俄國婚禮新娘送上親手做的鞭子，以示馴服；中國民歌「我願做隻小羊，你那皮鞭打在我身上⋯⋯」女人，《金瓶梅》中的女人，「屈身受辱」，還自作歡顏，表現出「自甘」承受那蹂躪。把無可奈何被動地承受，看作心甘情願主動地接受。西門慶施之於女人的不是情愛，而是獸欲；還給人以假像，似乎這些女人是受虐狂。西門慶姦占廚娘，

迫害其夫、打死其父，迫使廚娘自縊，西門慶倒歎她無福消受。編書人還把罪責轉嫁到受害者身上，誣指她「紊亂上下，敗壞風氣」。《詞話》開篇，「說話的，如今只愛說這情色二字做甚？」說話人自問自答仍然是「女人禍水」的陳腐調頭：「紂因妲己崇祀失，吳為西施社稷亡」。這依然是「妾婦索家」「女人禍國」。「虎中美女」女人凶逾虎並不是《金瓶梅》的獨造，倒是舊觀念的沉積。元雜劇《莊周夢》便把女色形容為「沒毛大蟲」。「二八佳人體似酥，腰間仗劍斬愚夫；雖然不見人頭落，暗裏教君骨髓枯」。這詩是作為主題歌在詞話中重複使用的。西門慶「油乾髓枯」本是咎由自取，偏偏把罪責加諸在女人身上。女人的人性被獸性踐踏之後，還得承當罪責：「女人是眾惡所在」（《涅槃經》）。女人是眾惡所在，是亡國、亡家、亡身之禍水。魯迅先生曾憤慨地說：「我一向不相信昭君出塞會安漢，木蘭從軍就可以保隋；也不相信妲己亡殷、西施沼吳、楊妃亂唐的故事。我以為在男權社會裏女人是絕不會有這種大力量的。」（《且介亭雜文·阿金》）。自從母系社會解體，女性地位便一落千丈。恩格斯說：「母權的推翻，乃是女性的具有世界歷史意義的失敗。」（《家庭·私有制和國家的起源》）作為女人的人，只能在社會規範中生存，各種成文與不成文的社會規範，對女人構成了強大的制約力。女人只能受制於男人，女人的命掌握在男人的手心裏。女人受宰割擺佈的種種不幸，不是她個人的品質，而是社會諸元所造成的。然而《金瓶梅詞話》的說話人的觀念，卻是積習的陳陳相因，向看官們說什麼「女性最下流，最是女婦人」（67回）。對《金瓶梅》的眾多女人，透露出欲殺、欲割的令人齒冷的氣氛。女人幾乎沒有肯定的好人，當然也不會有好下場。說話人對女性刻毒的口誅，究其原因無非是男權中心意識作祟，不可能站在受害者女性一邊，便只能是宣揚男人的觀點。其結果，女人依然是被污辱與被損害的；《金瓶梅》只能是男人的世界！

《金瓶梅》情欲描寫移植錯位

一

　　與《金瓶梅詞話》關係密切的情欲小說，當推《如意君傳》，對兩書進行比較研究，有助於弄清文學上的傳承關係，且能為成書找到新的佐證。《金瓶梅詞話》第 37 回，寫西門慶與王六兒穢事「猶如武則天遇敖曹」，雖未明指書名，然確為《如意君傳》之本事。《如意君傳》不僅對《金瓶梅》對後來的情欲小說影響也大。《肉蒲團》在書中兩次直指《如意君傳》《繡榻野史》《癡婆子傳》之書名。《如意君傳》為短篇，卷首有華陽散人甲戌秋所作之序。《肉蒲團》今見為日印本，時當清康熙乙酉（1705 年）版行。初曾疑《如》傳華陽散人甲戌序，或偽託「假虛」即子虛烏有也。詞話本「猶如武則天遇敖曹」一說，給人們提供了證據，此書確在《金瓶梅》之前。今且以《肉蒲團》版行之康熙乙酉為終點，將此前的「甲戌」列下：

1454　明・景泰五年	1514　明・正德九年
1574　明・萬曆二年	1634　明・崇禎七年
1694　清・康熙三十三年	

　　以《金瓶梅詞話》東吳弄珠客萬曆（四十五年）丁巳（1617 年）為準，則《如意君傳》的甲戌序當然是早於 1617 年的。准此，明崇禎七年和清康熙三十三年的兩個甲戌可以排除。把華陽散人看作明舉人入清的吳恭辰，在崇禎七年為《如意君傳》作序之說自然不能成立。

　　再，據孫楷弟《中國通俗小說目錄》載清人黃之雋《唐堂集》言：嘉靖乙丑（1565）進士黃訓曾讀過《如意君傳》，准此明萬曆二年（1574）的甲戌也可以排除了。同時，庚辰春相陽柳伯生跋《如意君傳》「刊於家以與好事人云」，刊刻贈送友人的「庚辰」為萬曆八年，也可為佐證。

　　依上說，《如意君傳》卷首華陽散人制序之甲戌最遲為明正德九年（1514 年）。至於景泰五年（1454 年）以及更早的甲戌，在沒有證實材料之前可以不予考慮。

二

只對《如意君傳》《金瓶梅》兩書序文製作年比勘，只能得到孰先孰後的結論。欲明兩者間傳承影響，還須對兩書進行比較研究。而兩書情欲描寫穢言褻語殊難徵引，不得不擇其較為雅馴者引述，或轉述使之淡化、雅化。《金瓶梅詞話》對《如意君傳》的情欲描寫，不僅在情節上、細節上因襲，甚而在表述語言上也搬抄襲用。如「翁然暢美」，如「垂首玩之，以暢其美」等詞句，在《如意君傳》中，因通篇為文言而融合無間。移抄到《金瓶梅詞話》中便顯得格格不入了。

其次，因對原文文意之不理解，抄移搬用致使文理不通或語焉不詳、不知所云。如「其聲若數尺竹泥淖中相似」不僅文義難明，而且不文不白：「若」與「相似」共在。稽核《如意君傳》原文為「其聲猶數夫行泥淖中」。如果說是刊刻致誤，那「若」與「相似」共在句中，則是寫錄者責無旁貸了。再如，「有屋如含苞花蕊，到此處無折男子莖首翕然暢美不可言。」（《金》27回），此句混亂，《如意君傳》原文為「有肉如含苞花蕊微柝」。「柝」字似為誤刻，宜作拆。《西廂記》「花心輕拆，露滴牡丹開」可為旁證。《癡婆子傳》作「又有一肉舌含花，花蕊微動；男子垂首至其處，覺便翁翁然暢美。」雖然同受《如意君傳》影響，然而《癡婆子傳》文通字順，確為文人獨立創作。而《金瓶梅詞話》生吞活剝語言混亂，留有未經消化之痕跡。顯然不是文人名士，而是文化層次偏低的誤解，或口耳相傳之傳訛。

三

情節細節因襲《如意君傳》擇其要者錄下對比：

《如意君傳》：「后坦臥於席上，睡思正酣。敖曹奄至其旁，時月明如晝，後體玉瑩輝彩掩映，敖曹淫思頓發。」「后曰：不候君命，深入禁闈，汝當何罪？曹曰：微臣冒死入鴻門，惟思忠於主耳！」

《金瓶梅詞話》29回寫潘金蓮：「在涼席上，睡思正濃。房裏異香撲鼻。西門慶一見，不覺淫心頓起。」「婦人睜開眼道：怪強盜！三不知多咱進來，奴睡著了就不知道，奴睡的甜甜兒，摑混死了我！」

《金瓶梅詞話》在因襲上可謂廣采博收，不僅摹擬《如意君傳》的乘睡偷襲，緊接這段情節之後尚有《飛燕外傳》的影子。武則天「睡思正酣」當是真睡；潘金蓮「睡思正濃」真假莫辨。「原來婦人因前日西門慶在翡翠軒，誇獎李瓶兒身上白淨，就暗將茉莉花蕊兒攪酥油定粉，把身上都搽遍了，搽的白膩光滑，異香可掬，使西門慶見了愛他，

以奪其寵。」為奪寵而搽粉便是蹈襲漢伶玄的《飛燕外傳》寫飛燕雖「浴五蘊七香湯」，「傅露華百英粉」，然帝卻說「雖有異香，不若婕好體自香也。」體自香的情節被後來的《肉蒲團》所採用，其中人物生時香雲繚繞，因名「香雲」，她通體生香，甚至陰內生香。足見《飛燕外傳》對後來情欲小說影響之大。《癡婆子傳》中阿娜即以飛燕自況，對其妹說：「予飛燕，爾合德也。」「妹答之曰：『姊憶射鳥耶』。予掩妹曰：『他日妹從七華帳進丹丸，亦大醜踝矣！』」所說之進丹丸事，即《飛燕外傳》中所寫「昭儀輒進帝，一九一幸，一夕昭儀醉進七丸」致帝「陰精流輸不禁」而「絕倒」。《金瓶梅詞話》79 回潘金蓮給西門慶服三丸胡僧藥，導致西門慶脫陽而死，便是祖始《飛燕外傳》。

　　《如意君傳》在細節上也給了《金瓶梅詞話》很多影響。《如意君傳》寫武則天秉燭宣淫，命「小嬪持燭立侍」，《金瓶梅詞話》中，王六兒「知道西門慶好點著燈行房」（39）[1]，也教春梅「在床前執壺而立」（18）。潘金蓮說：「怪刺刺教丫頭看答著，甚麼張致！」西門慶說：「當初你瓶姨和我常如此幹，叫他家迎春在傍執壺斟酒。」（18）。《如意君傳》「武後失聲大呼曰：好親爹，快活殺我也！」「忽失聲大呼曰：真我兒，我實死也！」《金瓶梅詞話》中呼達達、喚親兒不絕於口，潘金蓮（8）吳月娘（21）王六兒（36）如意兒（67）愛月（68）均曾呼喚過達達，達達實即爹爹的昵稱。陳經濟與潘金蓮：「一個低聲不住叫親親，一個摟抱未免叫達達。」（80）賁四娘子「口中只叫親爺不絕」（78）。陳經濟與侯林兒「親哥哥、親達達、親漢子、親爺，口裏無般不叫出來！」再如燒情疤，《如意君傳》「後謂曹曰：『我聞民間私情有於白肉中燒香疤者以為美譚，我與汝豈可不為之。』因命取龍涎香餅，對天再拜設誓訖；於曹塵柄頭燒訖一圓，後亦於牝顬上燒一圓。且曰：『我與妝以痛始，豈不以痛終乎！』」《金瓶梅詞話》中燒情疤既多且濫，並不具有《如意君傳》痛始痛終的基礎。燒情疤只為女方，有潘金蓮（8）王六兒（61）林太太（78），以及張小二官燒董貓兒（32）。謂其濫在剛燒過林太太後，又燒如意兒「西門慶袖中還有燒林氏剩下的三個燒酒浸的香馬兒，撒去他抹胸兒，一個坐在他心口內，一個坐在他小肚子底下，一個安在他×蓋子上，用安息香一齊點著。」「只見那香燒到肉根前，婦人蹙眉齧齒，忍其疼痛。」（78）。《如意君傳》情疤是雙方共痛始終，而《金瓶梅詞話》卻是女人單方忍痛，西門慶的快活是建立在女人的痛苦之上，《金瓶梅》：男人的世界。

1　　括號內數碼為《金瓶梅詞話》之回次，下同。

四

一切作品，借鑒前人是不可避免的。然而文人創作，對前人作品或化用，或點明出處。只有書曲藝人才照抄照搬，幾成職業習慣。《癡婆子傳》未著刊刻年代，無序跋，然縱觀全書確為文人所獨立創作，從其明顯接受《如意君傳》之影響看，當距《如意君傳》不遠。復從《肉蒲團》稱引其書名，此書當為明末之作。確切時間待考。略舉其受《如意君傳》影響之例，如此書寫翁私其媳「乘其曉妝，蠱水灌面時，輕踢其後，以手握其腕……又以手探其乳」，其媳「引水噴翁面，翁即頌武後事高宗句曰：『未承錦帳風雲會，先沐金盆雨露恩』。」

事見《如意君傳》「文皇不豫，高宗以太子入奉湯藥，媚娘侍側，高宗見而悅，欲私之未得便。會高宗起如廁，媚娘奉金盆水跪進；高宗戲以水灑之曰：『乍憶巫山夢裏魂，陽台路隔豈無聞』媚娘即和曰：『未承錦帳風雲會，先沐金盆雨露恩』。」《如意君傳》在故事低潮時，武則天回顧了她所幸的七人：常憶年十四侍太宗，二十六、七侍高宗，後得懷義和尚、沈懷璆、昌宗、易之等，然皆「不如我如意君遠矣！」《癡婆子傳》也是年過七旬之老婦，回憶她前半生的性生活。歷數自十二、三歲性蒙昧，經北鄰少婦之性啟蒙，與表弟初試之性好奇，進而私僕人名俊者。嫁後偽裝處子矇騙其夫，又私醜、俊二僕及大伯。與寺僧如海及如海師通。又私叔子及妹夫，再優伶。最後私子之塾師，計十三人，然皆不如塾師。《癡婆子傳》受《如意君傳》之影響是明顯的。然而武則天是在書中提綱式地總結了十四歲至七十多歲一生的際遇。《癡婆子傳》則不同，是以回憶倒敘的手法，詳細地敘寫了自十三、四歲至三十九歲的前半生，所私之人年齡有老有小、身體有強有弱、相貌有醜有俊、性機能各自不同。性關係有主動、有被動，有強迫、有順從。比較深刻地寫了不同的性感受、性體驗，性心態也進入了較為深刻的層次。情欲描寫是無法刪除的，而《金瓶梅詞話》只是著意於表層的外在行為，故而刪除也無傷大體。可以看出兩者重大差別，一個是文人創作內在所固有的，另一個是藝人述錄外在附加的。

五

從上述簡要比較中，很容易看出，雖然同是寫情欲，也顯現出寫作者的階層與水準。《金瓶梅詞話》百回書中，穢事有 45 回 72 處之多，即今人民文學出版社所刪除之近二萬字。這些情欲描寫東抄西錄，單一重複，而且粗製濫造與《如意君傳》《癡婆子傳》不同，顯然不是文人創作，倒是出自文化素養不高的說話人的述錄。可以判定，最初的述

錄本當是話本不是供人閱讀欣賞的，而倒是供作說聽之用的。這些情欲描寫是說話人添加的「葷話兒」。

謂淫穢描寫是明社會頹風的自然反映幾成定論。然而人們忽略了說葷話並不始自《金瓶梅詞話》，而是由來有自的。《通鑒·唐敬宗紀》胡三省注：「釋氏講說，類談空有，而俗講者又不能演空有之義，徒以悅俗邀佈施而已。」為邀佈施不得不悅俗，其悅俗講說的內容當然便是「淫詞穢語」了。中晚唐市廟之「俗講」多雜以「淫詞穢語」。趙璘《因話錄》「有文溆僧者，公為聚眾談說，假託經論，所言無非淫穢鄙褻之事。不逞之徒，轉相鼓扇扶樹，愚夫冶婦，樂聞其說。聽者闐咽寺舍，瞻禮崇奉，呼為和尚教坊，效其聲調以為歌曲。」可見，穢褻講說首先是市井之民「樂聞其說」。宋代藝人有以「說渾話」而著名者，《東京夢華錄》「京瓦雜藝」云「張山人，說葷話」。《武林舊事》卷六「諸色伎藝人，說渾話蠻張四郎。」等等。說葷話之風，直到晚近仍遍披市井，清光緒十一年（1885 年）吉林編修的《奉化縣誌》（今梨樹縣）載：「跰跰之戲，淫褻之甚，男女縱觀，實為傷教，亦經知縣錢（開震）先後查拿。」錢開震查拿的淫褻戲指東北地方戲二人轉，舊時二人轉在說葷話之前，藝人抱拳作羅圈揖告罪，說下面是「粉戲」，觀眾中之婦女則規避，在女觀眾退場之後，便說那不便說的「葷話」了。

《金瓶梅》說「自古言不褻不笑」（67），認為語涉穢褻是「自古」已然的。《金瓶梅》還聲稱「俺們只好葷笑話兒，素的休要打發出來。」（21），這道出了市民階層、「樂聞其說」的低級的審美趣味。正是這審美需求，才決定著「淫詞穢語」的產生與流布。似乎不是沈雁冰所論定的「何以性欲小說盛於明代，這也有他的社會背景。明自成化後，朝野竟談『房術』，恬不為恥，方士獻房中術而驟貴，為世人所欣慕。……既然有靠春方而得富貴的，自然便成了社會的好尚，社會上既有這種風氣，文學裏自然會反映出來。」（〈中國文學內的性欲描寫〉，見《茅盾文藝雜論集》）這一說法幾成定讞，魯迅先生也說，社會頹風「並及文林」故而小說「每敘床笫事也。」（《中國小說史略》）這一說法並不全面，對性文學的發生、發達的原因須重新評估：春方、房術只有那宮廷以及士大夫的上層社會才有可能實行；《金瓶梅》中關於情欲有五要素：潘驢鄧小閑，要者還是錢與閑二字，既有錢又有閑須是西門慶以上的階層，所謂「飽暖生淫欲」。而市井細民「甕中無米，囤內少柴，早把興來沒了」（8）。求衣覓食，無錢便無閑，處於性壓抑、性饑餓狀態。市井細民所以「樂聞其說」恰恰是因為性饑餓或者性壓抑，說書人正是投其所好以此取悅；既是精神上的發洩也是精神上「會餐」，仍然是出於一種補償心理，才導致了俚鄙的床笫之描寫。這不僅是明代，在中國小說內有一定地位是自古已然的，其原因也蓋皆如是。

六

　　說書人為了悅俗（甚或是媚俗），取悅於聽眾，以使在座的不離去，並為著吸引他下次再來。隨心所欲，任意渲泄穢言藝語，說書有「隨機性」的自由。所以穢事不論與正在進行的情節關係緊密與否，都可岔出去、插進來，隨意增添「葷話」。書曲藝人稱之為「外插花」或曰「加掛兒」。這種添加的「節外生枝」有的是說話人自行編纂的；更多的是「書外書」，一部書要說多少天，有時「書不夠，他書湊」，說書人為圖現成，隨意擷拾他書。既拉長了演出時日（湊數），又吸引了聽眾。《金瓶梅詞話》抄引他書已為多數學者所歷數。在情欲描寫上，對他書或照搬、或略加點竄，特別是套語、贊詞之類，因其通用性極強、可以放在任何書中、任何情節、任何人物之上。且以《金瓶梅詞話》抄移《水滸傳》為例：

　　一、《詞話》第4回的韻文，只是個別字句與《水滸傳》略異。《水滸傳》「將朱唇緊貼，把粉面斜偎」；《金瓶梅詞話》在句前各添加「一個」作「一個將」「一個把」，贅增顯然是說話人為拖腔而湊字。

　　二、《水滸傳》第44回寫潘巧雲的一段文字，被加以點竄移植到第二回潘金蓮身上，經《詞話》本點竄的，皆是為了說唱時上口，向說聽靠近。

　　三、更有甚者，《水滸傳》45回寫裴如海私潘巧雲一段韻文，《金瓶梅詞話》略加點竄在12回《金蓮私僕》時用了一次，在83回又重複使用了一次。

1. 《水滸傳》原文

> 不顧如來法教，難遵佛祖遺言。一個色膽歪斜，管甚丈夫利害；一個淫心蕩漾，從他長老埋冤。這個氣喘聲嘶，卻似牛駒柳影；那一個言嬌語澀，渾如鶯囀花間。一個耳邊訴雨意雲情，一個枕上說山盟海誓。闍黎房裏，翻為快活道場；報恩寺中，反做極樂世界。可惜菩提甘露水，一朝傾在巧雲中。

2. 《金瓶梅詞話》12回

> 一個不顧綱常貴賤，一個那分上下高低。一個色膽歪斜，管甚丈夫利害；一個淫心蕩漾，從他律犯明條。一個氣暗眼瞪，好似牛吼柳影。一個言嬌語澀，如鶯囀花間。一個耳畔訴雲情雨意，一個枕邊說山盟海誓。百花園內，翻為快活排場；主母房中，變作行樂世界。霎時一滴驢精髓，傾在金蓮玉體中。

3. 《金瓶梅詞話》83回

一個不顧夫主名分，一個那管上下尊卑。一個氣喘吁吁，猶如牛吼柳影；一個嬌聲噎噎，猶如鶯囀花間。一個椅上，逞雨意雲情；一個耳畔，說山盟海誓。一個寡婦房內，翻為快活道場，一個丈母跟前，變作行淫世界。一個把西門慶枕邊風月盡付與嬌婿，一個將韓秀偷香手段悉送與情娘。

只要稍加比較，便可以看出《金瓶梅詞話》兩次套襲粗劣。《水滸傳》特定人物如海是佛門弟子，用「快活道場」「極樂世界」等語符合「報恩寺」的特定環境。而《詞話》則與人物於環境不吻。特別是結束兩句對僧謔而不虐：「可惜菩提甘露水」；對巧雲的名字雙關的寫法：傾在水逝雲飛中。而《金瓶梅詞話》結末兩句，失卻《水滸》的狡黠，只見其造語之粗鄙。可知，其非文人之作。文人即便移植，也不會重複兩次（詞證全文重複使用兩次，其中「耳邊訴雨意雲情，枕上說山盟海誓」又在 80 回重複一次）。只有說話人把這種套詞贊賦：如人物贊、刀馬贊，隨意搬用。不止一次地搬套，在文人不可能發生，而在說話人卻是正常的。因為多數聽眾是流動變換的，未必察知，便是那固定的老聽眾，卻以為這是套話，並不非議，卻是認可。

七

通過上述簡要的比較，從照搬與重複來看，《金瓶梅詞話》不是供閱看的案頭之作，而是供說聽的書案之作。說聽與閱讀的區別在於「有眾則講，獨處則誦」，對不同場次、不同聽眾的「有眾則講」，抄襲與重複，聽眾習焉不察，對積習沿用俗套認可。而「獨處則誦」的讀者對重複與搬套便不會像聽眾那樣耐受了，「獨處則誦」的讀者，閱讀時會生出一種「錯位感」，覺得這種抄自他書的放錯了地方，不是本書情節人物所必需。惠特曼《草葉集·序言》說：「放錯位置的東西，沒有一件是好的；恰到好處的東西，沒有一件是壞的。」或是惠特曼的話、或是譯筆有點語病，也許那東西本身並不壞，如同《金瓶梅詞話》搬套使用的，在其他書裏由於位置正確故而是好的，然而這並不壞的東西，一旦被放進了《金瓶梅詞話》中的不恰當的位置上，李戴張冠原來是好的東西也變壞了。文人也有借用他書的情形，但力求按頭制帽吻合而不錯位。然而，文人更多的倒是化用，消化而用不生吞活剝。如 8 回「班首輕狂」一段但見的詞證，便是抄自《水滸傳》第 45 回的。現將兩者列下：

《水滸傳》：

這一堂和尚見了楊雄老婆這等模樣，都七顛八倒起來。但見：

班首輕狂，念佛號不知顛倒；闍黎沒亂，誦真言豈顧高低。燒香行者，推倒花瓶；

秉燭頭陀，錯拿香盒。宣名表白，大宋國稱做大唐，懺罪沙彌，王押司念為押禁。動鏡的望空便撇，打鈸的落地不知。敲銛子的軟做一團，擊響磬的酥做一塊。滿堂喧哄，繞席縱橫。藏主心忙，擊鼓敲錯了徒弟手；維那眼亂，磬槌打破了老僧頭。十年苦行一時休，萬個金剛降不住。

《金瓶梅詞話》8回：

那眾和尚見了武大這個老婆，一個個昏迷了佛性禪心，一個個多關不住心猿意馬，都七顛八倒，酥成一塊。但見：（略）

當然，《水滸傳》這段但見的詞證，也並非獨創，而是從《西廂記》衍生出來的。《西廂記》「張君瑞鬧道場雜劇」第四折：

〔喬牌兒〕大師年紀老，法座上也凝眺；舉名的班首癡呆僗，覷看法聰頭做金磬敲。〔折桂令〕擊磬的頭陀懊惱，添香的行者心焦。燭影風搖，香靄雲飄，貪看鶯鶯，燭滅香消。

儘管《水滸傳》的詞證是從上引《西廂記》二曲衍出，然而他把《西廂記》的簡約描寫擴展了，具體地、細膩地用在眾僧貪看潘巧雲這個情節上，應該說是有所創造的運用。然而，《金瓶梅詞話》只是略加點竄，搬移到眾僧貪看潘金蓮身上，便是照抄照搬。這種情形，如前所述只能發生在說書人身上。文人獨立創作時，總是有所變化的創新，試看比《金瓶梅詞話》略為晚出的清小說《梁武帝演義》在寫宮娥為寺僧施濟時，「這些餓鬼饞僧怎禁的目淫神蕩……只好在心坎乾咽殘唾，一時把持不定……急得將木魚必必剝剝亂敲，口裏暗念救命。兩眼望著宮女打磬子，俱打在手上……。」這裏並不在於比並《西廂記》《水滸傳》《金瓶梅詞話》《梁武帝演義》孰優孰劣，而是為著說明文人的獨立創作並不生吞活剝，只是藝人才照抄照搬。《金瓶梅詞話》才在生吞活剝時，為使原文適應詞話的情境，不得不削足適履，這便破壞了原文，而且在點竄時選語涉俚、用詞多鄙，與原文相去甚遠。這不容忽視的事實，足能證明：《金瓶梅詞話》非文人創作，而是藝人述錄。

《金瓶梅》造語深層結構與文化內涵

　　詞語作為語言單體，置於語言群體中研究，便具有了修辭學的價值，從闡釋學的角度予以研究，便具有了語義學價值。在這些方面，研究者眾多，不乏高論。然而，對詞語單體從發生學角度，探究造語始因、造語的結構體式、造語的美學追求、詞語的文化內涵以及詞語所賴以生成的生態環境等等，卻是被人們遺忘了的角落。

造語與文化生態

　　先哲有言：物有本末，事物終始，知所先後，則近道矣。依發生學要求，只能循詞語發生的邏輯秩序：求諸邏輯先，方能得其原初所自和始生義；反之落於邏輯後，不僅不能明其源，還會悖其義。詞語的萌發、生長始因頗為複雜，特別是文化諸因不容忽視。這裏先說文化生態因：

　　特定文化地域，孕育與生成特定的文化形態。因之，人們稱地域為文化生態環境。《金瓶梅詞話》中的一些詞語，顯現著鮮明的文化生態特徵。以「走水」一詞為例，便是文化地域的產物。「走水」不是注家所釋如水般光潔流動。「走水」，是浪紋的邊飾。《詞話》中兩見：一為靈床飾（65）[1]、一為轎飾（43），與「水袖」構詞相同，符合著中國的地域文化觀念。以水為邊飾，當然是以陸地為本體了。這種地域文化觀念，潛制約著詞語的構建；文化生態及其觀念，自覺或不自覺地滲入到詞語之中。

　　縱向地看：中華文化在相當長的時間裏，表現為農桑文化形態。農桑文化的生態環境，繁衍了眾多的相關的詞語。《詞話》中，農桑文化的詞語頗多，不能繁舉，只能擇其要者，以為佐證。「牛耕地」（40）暗喻性行為。男根為牛，今時某些地區仍稱嬰陽為「小牛牛」。舊小說以「牛子」作為罵語，將人蔑為性器。地指女陰，地母牛耕；農耕文化寓於此語之中。「旋簸箕，呫的好舌頭」（23），農事特點更為鮮明。揚場、旋簸、扶犁、點種為農事四大技術，旋簸箕須有經驗之老農方能為之。難點在於，以箕之旋簸，簸除雜物而不波及糧穀，雜物砸「箕舌」而下。（箕整體為柳編，前端箕口處鑲薄木

1　　括號內數碼為書中回次，下同。

板名曰箕舌。）砸諧音呷，遂生蘙語。再舉一農耕色彩濃烈者，以說明農耕文化生態與造語之關係。「漫地裏栽桑，人不上」（23）。由於對農桑的隔膜，注家所注皆未及其義。漫地與漫天構詞相同：漫天是無限高，漫地是無際遠。養蠶栽桑多於家前屋後便於採摘；而栽桑於漫遠之四野，桑樹便無人上了。此語難解，還由於結構上的原因；這是一個典型的歇後語：「人不上——」歇去一個「樹」字，樹數同音；孫雪娥說她是「不上數」、排不上號亦即打到贅字號的人。對這種典型的歇後的陌生，證明今時人們（包括語言學界）對歇後語的疏離。導致對歇後的語義難明，「蒼苔透了凌波」所歇之「襪」未必人盡皆知。不僅今人難明「六禮約——」所歇為禮之內則的「則」（《儀禮·婚禮》納采、問名、納吉、納幣、請期、親迎），以諧「賊」。就連《金瓶梅》崇禎本的刪定者，只知「號咷痛」明歇哭，而因不知「控牆拱」暗歇「窟」（哭）刪掉了。其他如，「豬八戒坐在冷鋪裏賊——」（76）後歇一「醜」字。皆因對造語方式的陌生而不明其義。

附帶說及，受到《詞話》重視運用的尚有基因於飲食文化的詞語，如「不罵他嫌腥」（75），孤立地看此語難解；若與「不罵他嫌少椒末兒」（76）兩相比照，語義自明：不罵他難道嫌他沒滋味，上不得口！限於篇幅，緣自飲食文化的詞語，茲不贅論。總之，考察詞語如果囿於正音釋義，只有語言學的局部（語音、語義）價值。而若，把詞語置於文化生態環境之中，從發生學角度理清它孕育生成的初始基因；便有了超越也便具有了新的多方面的（特別是文化的）價值。

造語與戲曲文化

中國文化歷來有雅俗之別。文人造言，依經循典；而且蔑視俗語謂「俗語無典」。其實，這是錯誤的偏見；俗人俗語，並不是憑空而生，俗人造語，有著俗成之典，可謂之「俗語俗典」。俗語，多源出於說書唱戲。戲曲文化，更近於俗，易為說話人所採用和為人們所接受。戲曲文化對《詞話》詞語的俗文化形態的形成，起著培養基的作用。

《詞話》以戲曲為典而孕生的詞語頗多，「秋胡戲」出於《桑園會》，「三不歸」出自《白兔記》，因劇碼今時仍存，易於察知。有的劇碼今已不存，僅在《詞話》的詞語中留下謎般的影子：「妻兒趙迎春，各自尋投奔」（86），語義並不難解，大抵與爹死娘嫁人，各人顧個人相若。然而，趙迎春其人、其事、其戲若何？多方查考，而無所獲。種種詞語表明：《詞話》的一些語詞是戲曲文化的凝縮，語詞堪稱存貯文化事象的寶庫。

許多詞語表明戲曲是語詞的母體，是語典語源。由於戲曲在民間之普及，有戲典之語詞在語言交際時：語力、語趣、語美因典油然而生。強化了語言效果，這也便是人們以戲造語的動因。「只因潘家那淫婦『一頭放火，一頭放水』，架的舌，把個好媳婦兒

生生逼勒的吊死了」（70）。「一頭放火，一頭放水」語典出自元雜劇《博望燒屯》，劇寫三國故事，諸葛亮設謀誘夏侯惇入博望城；舉火燒城，又毀閘放水淹沒殘軍。此語言加害於人，使人蒙水火雙重災害。陷人於水深火熱之中，置人於死地。人們在說聽此語時，聯想到《博望燒屯》，自然地生出語力與語趣。

《詞話》運用的是明代的俗語，然而卻是前代的語言延伸。清孫錦標《通俗常語疏證》稱：「元人詞曲，俗語尤多」。確如所言，《詞話》受元雜劇影響頗大。「丁八」一詞雖也緣自元雜劇，但造語方式特殊。在元雜劇中雖尚未找到實例，而「丁字不圓，八字不正」卻見於馬致遠的《岳陽樓》：「我依著他丁字不圓，八字不正，深深的打個稽首」。這是正話反說，意為規規矩矩地拜見。圓為曲線構成，丁字橫直成不了圓；方為直線構成，曲線之八字兩筆相背不成端方。俗語：沒有規矩不成方圓；不方不圓，實即不規不矩之義。「丁八」為「丁字不圓，八字不正」的節縮。「丁八著好一向了」（32），言不規不矩（鬼混）很久了。

《詞話》語詞，緣戲造語，典寓語中。有的語典遠涉唐代。唐時有〈樊噲排闥〉之樂舞，今僅存目，樂舞情事已佚。《詞話》中「門關的鐵桶相似，就是樊噲也撞不開」，此語四見，在 12、17、69、93 各回。〈樊噲排闥〉事見《史記》《漢書》，略為：劉邦不理朝政，眾臣無由入諫，噲破門而入，劉邦從諫，防止了黥布之亂。樂舞不存，此語遂成了存貯這一文化信息的化石。

造語與宗教文化

詞語的文化諸元所以不容忽視，因為是文化胎孕了新的詞語。當然新語反轉過來又豐富了文化。然而兩者不是簡單的重合，而是一種新的整合形態。新語是宏富的文化實體：既有著多層多維結構，深層的內核又是文化的原質。內核的基因是文化的染色體，新語便是文化的新生體。文化是新語內質內化，而結構模式又是文化的外化。結構表現為內層外層兩個空間：內構深蘊著文化內涵，外構呈示著美的傳統。因之，詞語便有了雙重作用力的價值。由於詞語造語結構複雜，文化信息元的高容量，所以必須把它置於賴以生成的文化之中，考察它與母體文化諸關係。在語源學上才能真正地找到它的「臍帶」；在語義學上才能把握真義。從整體文化上去審視某一詞語，絕不意味著某一新語囊括了文化的全部。但語中攝入了、融入了某種文化事象則是確定無疑的。

佛道兩教對中國文化有著較深的影響。新語中滲入兩教文化是很自然的事。即便是語義的闡釋，也須進行宗教文化的剖析。源於道教文化的，《詞話》中存在著大量的語證。「半邊俏」（52、58），因不明道教文化之所以而誤釋。「應伯爵戲謔妓女：我半邊

俏還動的被！」能頂起被單當然不是注家所云的「半邊癱」「半瓶醋」。其實，它只是男根的隱語。因語構即造語方式特殊而難解。它是由語鏈構成，如果忽略某個環節，便因「缺環」而誤解。簡言之，「半邊俏」指人體「左邊的」；「左邊的」便源於道教文化：道教四帝之一的北方神「玄武大帝」，原型為龜蛇同體。反映了先民科學的蒙昧，誤以為龜有雌而無雄，須與蛇交方能繁衍。待到龜從四靈之一跌落到與生殖器同值，道教不得不將神由全獸型改為全人型。於人化的神象兩側分置龜蛇二將軍。龜將居左，是為「左邊的」。以龜象男陽，蓋取其形肖而已。《詞話》由「左邊的」生出「半邊俏」無疑是一個創造，由使穢言雅化，進而使之趣化，追求語言美的效應。當然，不能從「俏」字上認定它是生殖崇拜的復歸，但穢言得到了美的洗禮，新語便具有美的品質與價值。

　　《詞話》中有為數不少的語詞與道教文化有著血緣關係，不能臚陳其全般，再以「扒灰」（33）及其相關的詞語略事申說。注家皆陳陳相因，沿襲諧音解語。清李元復《常談叢錄》以為「扒灰」是爬行灰上，以汙膝諧「汙媳」；清王有光《吳下諺聯》以為扒開灰「偷錫」諧「偷媳」。兩解僅從字面諧音而未及造語的道教文化內質。道家的丹鉛術，以女體為「鼎」為「爐」；性行為曰「冶」曰「火」。大冶升火，爐須加「柴」。柴，在《詞話》及其他小說中，隱指男根；由柴又派生出棍、棒、杵、把等。明乎此，《詞話》中稱性行為過濫為「九焯十八火」（25），稱性行為之再重複為「回爐」，便不言自明了。「扒灰」，指翁在其子冶過之爐內，扒其餘燼而已，無他。明代笑話集《笑府》有笑話可資參證，翁：灶內灰滿！媳：扒了就是！扒其雜燼或取復然（燃）之義歟！清代小說《躋春台·賣泥丸》一回「那個婦人偷漢，某人燒火……」「燒火」即助燃者。《躋春台·活無常》媳罵翁「你總想，來燒火；未曾打你扒火棍，逼住都要把灰扒！」燒火，可以泛指任何婚外「助燃者」，「扒灰」則特指翁私其媳了。

　　以諧音汙媳、偷媳解語，是邏輯後的，所以難釋其義。邏輯先的語詞史實是：道教文化才是造語始因。明確了道教文化是這些詞語因數，便掌握了解語的鑰匙。於語義上才有了正確的闡釋；於語源上，才找到了真正的母體。

　　《詞話》中不僅有為數不少的根源於道教文化的詞語；尚且有著根源於佛教文化的詞語。如「用五輪八寶玩著兩點神水」（6、63），便是源於佛教文化的。因為對語源生疏，人們多略而不解。印度教謂人體起自會陰沿脊柱向上，有數個輪寶（因教派不同，輪寶數不等）。而且有《六輪寶》之經書。五輪寶體位大抵為：力源輪（陰根）、應神輪（臍部）、法身輪（心區）、報身輪（喉部）、眉心輪（雙目間）。「玩著五輪八寶」意謂導氣引神、以意領氣，自會陰起沿脊柱經由各輪位，達至眉心之慧目。等於說凝氣聚神，定睛一看。以「五輪八寶」言之，便強化、神化了慧目。

　　此外還可舉與宗教文化相關的信仰習俗的語例，14回有「過陰」一詞，便是由靈魂

崇拜而生。人相信萬物有靈，人的靈魂可以離開肉體，升天堂或下地獄。「過陰」便是人的靈魂去地獄，經過巫術還陽為之還魂。「過陰」在這裏為死的替代語。

不論本土的道教文化，還是東土的佛教文化，一進入口頭詞語（特別是《金瓶梅詞話》）之中，便被俗化而呈俗文化形態。鼎爐火冶等詞在道教典籍中，保有著宗教文化的原義。然而在《詞話》與其他小說中，便不復是它本來面目了。儘管來自宗教文化母體，然而經由《詞話》世俗化之後，它便失去了復歸宗教本原的可能。如佛家言：落花無返樹之期。儘管落葉不能復歸返樹，然而葉與花化為春泥，益養著文化之樹。文化的多元，構築著中華文化的整體。在文化上開掘詞語的原質，在文化上認同。這既可以說宗教（或其他）文化是開啟語原的鑰匙；反轉過來何嘗不可以說詞語是活化石、是存貯或一文化的寶藏呢。這樣，即可以用宗教（或其他）文化解語，當然語詞自然地豐富宗教、語言文化諸史。前述語例，有的展示給人們雙重軌跡：性文化與宗教文化同軌。這樣，其意義與價值便遠遠大於宗教文化了。下面轉入造語與性文化的論述。

造語與性文化

儘管涉性之詞以單體形態，存活於《詞話》語言群之中，然而涉性隱語不是簡單的語言符號。不像一般常態語，據顯義語素，便可判定指歸。隱語有著常語所無的隱義語素。加之，造語奇思巧構：外構奇巧多變，語符間關係十分複雜，內涵幽隱宏富，包埋著深邃的文化原質。僅奇思巧構便使隱語成了難解之謎。

「鴉胡石影子布朵朵雲兒了口噁心」（76）。此語被海內外學人視為《金瓶梅》難語之最。所以難，因其結構是多維多層次的，即以多種格式造語。其第一層次是藏頭格，把四個語節的「干擾素」排除，得所藏之頭為「鴉、影、朵（躲）了」。進入第二層次「鴉影躲了」與另一隱語「寒鴉兒過了」同義異構；同為時間觀念的喻指：暮鴉歸去，天光晚了。然而兩語不同，一個外延、一個內涵：「寒鴉過了，就是青刀馬」（32）是謂天晚了，耍大刀了。而「鴉影躲了」不直指目的，而將目的隱涵在四個語節之中，這使隱語跨入更深的層次。四個語節皆寓隱義：「鴉胡石」《水東日記》有載（明·葉盛《水東日記·卷三》：「鴉鶻石中貴，有再遭營火者，珍珠皆灰化玉器窯器或裂或變唯諸色鴉鶻石愈精明。」），謂是火燒不變其質的堅硬的玉，隱「硬」義。「影子布兒」，民間皮影戲的影窗，供耍影人兒之用，隱「耍」義。「朵朵雲兒」為「四平市語」（見明田汝誠《西湖遊覽志餘·卷25·委巷叢談》），隱「大」義。「了口噁心」了與鳥通，隱「鳥」義。全語外層為「鴉影躲了」，喻天晚；內寓「硬耍大鳥」。兩語，「寒鴉過了」「鴉影躲了」，所指皆一，然略有差異，「青刀馬」較易解青為大、刀與鳥同、馬（午）舞即耍。刀、了

皆古之鳥，《廣韻》「鳥：丁了切」。故此隱語取聲取韻皆鳥。「哨子石望著南兒丁口心」即取「丁」聲。丁了皆復歸為鳥，是由鳥文化衍生而出。許多涉性隱語皆與鳥相關。或以為「老咬蟲」與「鳥」何干，誤釋「精蟲」之精液；這是未名「蟲」的原始義。蟲為鳥，仍是男根之異名。「老咬蟲」與「含鳥糊猻」取義相若，其義為「老咬鳥」。古時，蟲不僅稱昆蟲，尚且代指鳥甚或獸。《水滸》（62）燕青所射的「蟲蟻兒」，便不是昆蟲螞蟻，而是鳥雀兒。《詞話》中多次出現的「城樓上的雀兒，好耐驚耐怕的蟲蟻兒」（24），也是一句隱罵，鳥雀對舉，同隱男根。《詞話》又人化為「王鸞兒」（86），仍然是鳥。今時，人們仍呼男嬰之陽為雀兒、雞兒。凡此種種皆為鳥文化之遺存。鳥文化聞一多先生稱之為卵文化，實質是生殖文化。《詞話》中的「狗骨禿」，不是注家所釋「狗骨頭」。骨禿，為花苞、蓓蕾。狗骨禿指狗的胚胎，以尚未出生的狗胚胎作罵，以示其比狗崽子還輕賤。「狗骨禿」近於另一罵語「黃子」，謂物種由卵黃而生，足證卵文化烙印之深刻，涉性仍為時忌，不詳加論列。

造語與文化動因

　　隱語的造語動因是什麼呢？簡言之，一為語諱、一為語趣。語諱，對性諱莫如深，是生殖崇拜的跌落，性及其器官皆不能直稱，異名遂多，甚至曾有《二根異名錄》之載籍。對此，無庸贅言。從語趣上看，人們在語言交際中，有厭舊求新的心理。常在一般常態語言之外，重構「變態」新語。追求的是在語言授受過程中，產生新的審美效應。由於新語荷載信息方式之奇變，受語者樂於聽聞。由於新語信息容量高、結構複雜，語義不能直接獲得；須經譯解的思維加工，而且不是簡單的粗加工，甚至是多級轉換的深加工，才能認知。這種思而得之，便是一種語美的享受。隱語難解如謎，解謎與喜新同是人們認知求深求新的思維追求。厭舊，因為直白淺露之詞，已經磨光了刺激的棱角；新變的隱語符合著求異之心。榮格說：「一旦達到能清晰地解析的程度，其魔力就會立即消失；一個有效的或生動的符號，必定具有不可解釋性。」隱語的力、趣、美三者皆隱藏在深層結構之中。儘管隱蔽很深，然有端倪可尋；如果無從索解，人們便不去解它了。解謎心理驅使人去解悟隱語。一旦頓悟破譯，豁然開朗的喜悅湧生。對於已明新語的人，仍有重歷佳境的再度欣悅。人們不滿足不假思索的簡單認知，不願意「不勞而獲」；追求思而得之的創造和參與。發語者輸入的密碼，為受語者譯解認同，雙方獲得同樣的審美愉悅。正因為隱語有著常語所沒有的語力、語趣與語美的品質，故而人們不斷地創造新的複雜幽隱之語，置換舊的簡單的直白的常語，使之充盈著鮮活的誘人魅力。

　　或以為只在東西方語言間有著思維差異，其實，在漢語的常態語與「變態語」之間，

思維差異也是顯著的。由一般常語轉換為特殊隱語，不是意念符號的簡單更易的同事異言；而是變直線運動為曲線運動。常語取的是直線位移之法：「天晚作愛」指向直露、界限明確，思維在局限空間之內。而變異的「寒鴉兒過了就是青刀馬」以及更複雜的「鴉影躲了」其位移方式，不再是直線，而是曲線，這曲線又是九曲回環的方式。指向由直露而幽隱。思維邊界擴大：由有限而「無限」。儘管兩點間以直線為最短，走向省時省力；然而曲線的回環盤旋，經過譯解的拉申，語力、語趣、語美得到了延長。意味所以深長，恰在於「曲徑通幽」，於幽隱中生出誘人的魅力。

語力、語趣、語美，皆緣於奇思巧構。奇巧的語構，給隱語蒙上了層層幕障，遮蔽了語義指向。儘管語構奇變，看來似乎怪誕，如「鴉影朵了」；然而絕對不是無序的雜揉，而是有序有機的融合。外構的表現形式與內構的語旨，呈現最佳狀態：是形式與內容完美和諧的統一體。儘管隱語轉而取特殊的結構方式傳遞信息，不論其外構多麼複雜、內構多麼幽深，均須依循一定的邏輯秩序。而且，造語的邏輯秩序是建築在傳統文化之上的。如「鴉影朵了」之藏頭、朵之諧音、全語歇後內寓等等。如果說這是反邏輯的，只不過打破了陳舊的模式；而絕對不是非邏輯、更不是無邏輯的。傳統文化，制約著造語與受語，形成了共同守則的邏輯規範。同時，造語方式又是由美學原則決定與制約的，都是植根於民族思維習慣與文化傳統，質言之，是民族思維形式與民族文化的結晶。如果離開共同文化傳統所形成的共同思維形式及其邏輯規範，語言便不為人們所理解。語言一旦喪失傳遞信息的功能，語力、語趣、語美的價值便也不復存在了。

《金瓶梅》俗與文異向分化

　　《金瓶梅》詞話本是說話人述錄的，是向說聽的話本歸化，呈俗文化形態；而子本崇禎本是經過文人加工，向閱看的讀本異化，呈文人文化形態。俗與文分化流向歧異，呈兩條不相交的兩種文化線；兩個版本，充斥著俗與文兩種文化的激烈衝突。從而顯露了刪定者為正統文人，一是對俗文化的隔膜，一是對俗文化的鄙夷。斧伐前人之作，已成中國文人之積習。文人以阿私所好，強加給詞話本。刪損之處則以為低俗，增易之處必以為高雅。進入文人書案閱讀之日，便是說話人說聽話本僵化之時。值得慶幸的是，詞話本版行存世，否則子本崇禎本僅存，人們便無從見到失卻的俗文化的真面目。對兩個版本比勘，並不是要全盤抹煞崇禎本的成就，其勞績也是有目共睹的。比較的目的在於：尋找造成兩個版本兩種文化的深層原因。

一

　　每部書的每個版本都有著獨自的性格（或曰風格）。人們常說，風格就是人，風格是由人決定的，而這人不是單個的而是特定文化圈子裏的人。《金瓶梅》的作者誰某？難於確指。然而詞話本的述錄者、崇禎本的刪定者的文化圈子則是可以判定的。詞話本的述錄者為說話人的俗人，崇禎本的刪定者是正統的文人則是顯而易見的。詞話本追求是的是說聽「口耳相承」的「叫應」效應的俗；崇禎本追求的是閱讀書面正字律詞的文。《詞話》是說聽的聽覺效應，而崇禎本則是閱看的視覺效應。《詞話》本，怎麼說便怎麼寫，口講實錄，隨聲賦字，以字記音而不顧字義。「奉敕條理河道」是借俗字記口音。如循音顧義應是「調理」，而崇禎本改從「修理」遠離了唇吻，書面僵化了。兩者取向一為說聽一為閱看是明確的。

　　詞話直書實錄口語語音，而且是忠實地實錄。皆只記其音而不循聲顧義。而且同言異字不求齊一，這與文人用字習慣截然不同。崇禎本恪守文人用字格範：求正字、求齊一。

詞話中多都顛倒互用：「如今多落在他手裏」（7）[1]「各人多散民了」（7）「多是實情」（9）「眾人房裏多拜見了」（34）「聽見要送問多害怕了」（34）「多是一條路上的人」（32）「我一總多有了」（39）「手下人多飽食一頓」（39）「你家有一隊伍人也多寫上」（39）上述語例之「多」，崇禎本皆改作「都」。

「你爹來家都大回了」（23）崇禎本改作「多」。此外尚有數量頗多的多都顛倒互用而未改正者，可見書中多到改不勝改；也可見其為口語之迻錄。

詞話中撰轉同言異字不求齊一：「交你撰不成錢使」（4）「轉錢又不多」「轉不得大錢」（15）「積年轉主子養漢」（26）「他印造經轉了許多銀子」（68）「撰」「轉」在崇禎本中齊一為「賺」了。「賺」確是正字，然而一字之正，產生二失：喪失了魯音與說話人實錄的實證。「賺」從俗記音作「撰」「轉」，尚可旁證書中人物李外傳之命名取義不是注家所說的裏外傳言，而是役吏的「吃完原告吃被告」的兩下裏打背躬的「裏外賺」。如校書遵循「不為古人正字」之則例，庶可留字證其魯音、留字證其原為話本。

崇禎本刪除之處，為人們提供了詞話口講實錄之硬證。大風「刮得那大樹連聲吼〔刷吼刷〕[2]」。這是個語音現象，說話人為了強化風的聲勢，拖腔重讀「嘩」字一分為二成了「吼刷」。古人稱語音的分合為切音之急言緩言。「吼刷吼刷」急讀合音則為「嘩嘩」。刪卻作「連聲吼」書面化使口講實錄的痕跡抹平了。

兩個版本沿著口語與書面背道而馳。詞話忠實記音，隨聲賦字「不許顧」，崇本改從「不留心」僅存語義而失語音。「裏面又有胡兒」（6）崇本改胡為「核」。如以書面苛求，核也非正字，其字本作「橷」，字久不用，雖是正字，然是死字。詞話迻錄者不取核，恐其另讀「河」音，出於記音從俗作胡。「你肚子裏胡解板兒，能有幾句兒」（67）「棄胡兒生的，也有個仁兒」（25）。句中的胡句（鋸）仁（人）都是表音的，說話人上口稱說，達致聽眾之耳，自然產生「叫應」的對應效應。絕對不會產生歧義。儘管書中語證不勝繁舉，似乎也不必再行煩舉；因為上述種種足能在語音上說明兩個版本兩種文化：詞話本是說話人口講實錄，說話人所操的還是山東方音。崇禎本刪改得不易被人察覺，一經比勘真是欲隱還顯，語音及口講的實證反而突現出來。

二

一切校書者的增刪改易，必然以原作為非而自以為是。以為原作缺佚才增，以為原

1　括號內數碼為書中回次，下同。

2　凡崇禎本所據，用〔 〕號標出，下同。

作冗衍才劇，以為原作失當才易。雖然片句隻字，都有著原作與改作的孰是孰非，如果順向當然強化原作，崇禎本恰恰與原作相左，反向背離：一字之刪，使原作個性弱化，一字之添使個性異化。中國文人積習（或惡習），頑固地依著阿私所好或阿私所惡，去檢視與改塑他人之作。校理時自我表現欲又是不可遏止，這便是崇禎本「強姦」詞話本的動機與潛力。俗音俗語本是詞話俗文化的生命與靈魂。一經蹂躪，受到了根本性的損害：失卻了俗文化「處子」形態，呈現畸變的僵化的病態。刪定者誤以為俗語不通而濫施斧削，使活的口語變成死的「文」言。使光彩照人的口語，失卻靈性兒而無精打彩。其常用手法：刪字改字、刪語改語以及全語徹底刪除皆是為了刪字滅跡。為明所刪不當，且說「且」字：

且字詞話中屢見，舉幾例以證其為俗語之常用詞。

「花家娘子兒倒且是好」（10）「且是白淨」（10）「口兒且是活」（28）「且是倒會放的刁」（28）「你倒且是自在」（32）「這雲兒且是好」（39）「帶著且是好看」（39）「燒的豬頭且是稀爛」（22）「你屬面筋的，倒且是有斬道」（35）。「且」「倒且是」是程度語，極言好與壞。書中出現如此之多，掛在人們嘴上，可見是明代口頭俗語。此語今時仍然存活在北京人的唇吻上，而且北京人那且字說得很是斬道，成了京味兒的詞兒。崇禎本作了刪削：「這娘子倒〔且〕是好樣兒」（14）「繡球燈〔且是〕倒好看」（15）簪子「倒〔且是〕好樣兒」（14）。刪一個「且」，字或刪「且是」二字，僅一、二字似乎小事；然而語力與說話的語徵全然在這「字眼兒」之上。刪掉這「字眼兒」，便喪失了俗語的色彩與口語實錄的特徵。崇禎本刪損，直是「罄竹難書」。信手拈來語例以證其多：

1. 刪字：「還有〔底〕細話與你說」（90）底細話即貼心話之口語，小說常作梯息、梯己。「只顧還挨〔磨〕甚麼」（62）。

2. 改字：「大小都知金蓮養女婿，偷出私肚子來了」（85）崇本改「私肚子」為「私孩子」。「私肚子」語義界限分明：孕而未生；而「私孩子」界限擴大，孕生不明，多指已生。

3. 刪語：「仕女遊人不斷〔頭的走的了〕」（89）「闔家大小，都〔抬起房子也一般，哀聲動地〕哭起來」（62）「做的熱〔騰騰的〕飯〔兒〕」（37）「行頭數一數二〔蓋了群絕倫了〕」（15）原作口說的生動活潑，被刪成書面文字，蒼白無力了。不要說所刪者皆形象化的語言，便是一字之刪省也足能使鮮活變乾癟：「遂動不得〔稱〕了」（7）崇本刪一〔稱〕字，變成乾巴巴的「動不得了」。「動稱」詞源於商業，拿不得定盤星、無主張之義。

「劉海燈〔倒〕背金蟾，戲吞至寶」（15）。崇本為合於三三四之句式，刪去〔倒〕

字。從書面閱看合式，然而說話人說唱時雖多一「倒」字，可以半拍處理，節奏仍然吻合。所刪「倒」字，無意間透露了說話實錄的信息。再則，刪卻「倒」字，破壞了原語形象，劉海「倒背」金蟾，其體式見於楊柳青年畫。例背金蟾包含著一個傳說故事（略）。

除前述刪字改字之外，崇禎本還刪語刪句。這種情形，多是刪者不明俗語語義，遂把語句全然刪除，以求不留痕跡，使閱讀無礙眼之弊。刪者以為少刪不如多刪，以為刪語刪句可以徹底滅跡。出乎刪者意料，欲隱還顯於刪除處卻也留下了蛛絲馬跡：

「〔你不曾潛胞尿看看自家〕乳兒老鴉笑話豬兒足，原來燈檯不照自！」（69）此語因刊刻誤字而語義難明，「潛」為「溺」形近之誤，即「溺胞尿」；「豬兒足」為「豬兒黑」。崇本因語義不明而刪，刪時出現了斷句錯誤，乳兒本應上屬而遺下，「乳兒」又必是誤字，或是形近之「貌」字。即「溺胞尿看看自家貌兒」。字順之後自然文通了。「〔罵的蔣竹山狗血噴了臉〕」刪者或以為非標準化的「狗血噴頭」而刪。其實這又是說話人脫口而出，述錄者如實而錄。「狗血噴」實緣自民俗，俗以為狗血糞穢可驅邪祟，小說習見：逍遙子《後紅樓夢・一回》賈政「令人將尿糞淋澆二人，又宰犬一只，將血淋了……被犬血穢物淋透不能隱身」。刪語損害了語言的民俗內涵。

校書常則：證之以他籍，驗之以本書。先以他籍反證崇禎本之誤：「隔牆掠肝能死心塌地」（39）。崇本增「腸」於肝後，增腸留能遂使無望之「死心塌地」的肯定句，變成了「掠肝腸能死心塌地？」的疑問句。與語言環境（語場）不符。能是誤字：草寫與花字相近，俗語稱肝為「肝花」。謂是花字之誤，書有內證，書中引杜甫詩即作「笑時能近眼」，查杜詩原為「花近眼」可為佐證。語為：「隔牆掠肝花：死心塌地！」

有的刪語，無他籍可參，只能驗之以本書。「拿小廝來煞氣，關小廝〔另腳兒〕事？」（26）崇禎本換為「甚事」。35回重出時作「吊腳兒事」，是鳥事同義異構之罵語。可證崇本刪誤。

有的刪語雖無籍可證，然可參驗之民諺。「〔施捏佛施燒香〕急水裏怎麼下得槳」（36）後半句為常用的俗諺，以後驗前知「施」為「旋」之誤。意為急時抱佛腳，求佛旋（現）捏佛燒香來不及。如果通曉常言俗語，當會對語中誤字訂正，而不致出此下策削足適履。可見文人對俗常之語的距離，如同隔山啊！

有的詞語不見載於他籍，本書中雖不僅見，然兩見皆同，是非便難於判定了。「咱瞞他幾歲兒，不算〔發了眼〕」（91）崇本改作「不算說謊」。此前西門慶戲謔應伯爵「滿月把春花那奴才叫了來，且答應我些時兒，只算利錢不算發了眼！」（61）兩者構詞相同，細察並無「說謊」之義。而是以應妾春花作為利錢，「且」答應些時，不是暫且而是前揭極言的「狠」義。可以判定，「不算發了眼」，宜為「不算發了狠」之誤。

有些疑難之詞，不見載於他籍，本書又屬僅見之語，使校書者陷入困境。即便推斷

是合理的，然而「測不準效應」，終究使人難安。舉一例：「他怎的〔不可舞手〕，有一拿小米數兒」。此語言野漢子之多。然一拿小米兒是多少呢？注家謂一拿為「一把」，大誤。前三指尖取物曰「捏兒」，前四指尖取物曰「撮兒」，五指尖取物曰「拿」。前二指尖觸物曰撚兒，故而「一撚撚楊柳腰兒」便不是注家說的「一把」。「一把」是五指向掌心回握。一撚撚，猶若其腰可撚，極言其細，是一種誇飾之詞。「一拿小米數兒」同屬誇張，極言其不可勝數而已。那麼崇本所刪「不可舞手」作何解釋呢？儘管有「測不準效應」纏繞，在別無他證時，只好推斷了。據前後文語義，當是不用刪手指計算，即屈指計算。書中有「往後知數拳兒」（14）數拳即拳屈手指計數。據此，「不可舞手」有可能是「不可拳手」，舞拳草書形近致誤；詞有云「那堪屈指，試把花期數」，「不可」即「那堪」，「拳手」即「屈指」義。僅為推斷，不敢貿然指實。可見校書之艱難，由此又對崇本的刪定者油然生出同情之心。

質言之，被崇本刪換者皆為常言俗語，與文人造言不同，文人造言入於載籍。遇有疑惑，可尋經據典，依書檠正。文人刪定詞話，在常言俗語的疑問面前，無書可據、無典可依；遇此情形則取簡單化的辦法，刪除了事。既然詞話本語言是最大的成就，其俗語又是俗文化的表徵。簡單粗暴地刪除，大而言之是破壞了俗文化形態；小而言之（起碼也是）弱化了俗文化的色彩。

三

從前人校書實踐上看，刪字留意易，而刪字留趣（境界與風格）則難。特別是，刪文人之作易，而刪俗人之作難；或者說，由俗入文易，而由文還俗難。崇本的刪定者在刪易之處流露了對俗文化的厭惡而又隔膜，阿私所惡的偏見，既是一己的又是文人共同的。以偏見去刪書，對所刪之書必然是劫難。俗話說：秀才遇見兵，有理說不清。變其意，詞話遇秀才，意趣變冬烘。對俗語常言因不解、誤解而誤刪。詞話的個性（風格、意趣）在秀才的斧伐下，變得平庸了；獨具的粗獷美與深邃的文化內涵迷失了。崇本刪語頗多，不能臚陳，只能略舉幾例；凡所刪者皆「傷筋動骨」，其損害不言自明，故也不詳加評論。

1.〔用五輪八寶玩著那兩點神水〕（4、63）語緣自佛教文化的「輪寶」說，喻「慧目」。

2.「王婆〔拿一條十八兩稱〕走到街上打酒買肉」（6）或以為稱無十八兩而刪，元雜劇有大稱小稱種種之實例。

3.「門關得鐵桶相似〔就是樊噲也撞不開〕」（語四見：12、17、69、93）語緣自《樊

嚕排闥》，事見《史記》《漢書》。

4.〔打了你一面口袋，倒過醮來了〕（1、26、72、75）語緣自猢猻戴楮冠（面袋）裝人，頓悟前非。

5.〔小的穿青（黑）衣抱黑柱，娘就是小的主兒〕（34）語基於魯音讀誰若「黑」，穿誰之衣保誰主之謂。

6.「人家使過過的〔九焞十八火的主子的〕奴才淫婦」（20）火，緣於道教文化丹鉛之說。

7.「〔尖頭醜婦蹦到毛司牆上〕齊頭故事」（30）是切口隱語，無頭公案。

8.〔一向董金兒與他丁八了〕（68）為丁字不圓、八字不正的節縮，不規不矩義。

對上列刪語的價值，已在相關的專文中論述過了，不贅。崇禎本把這類詞語作為刪除的重點，蓋導因於不懂語義與不明俗語的價值。校書者不可能是萬事通，此人看來是易明之言，彼人卻成了難解之語。「人言調著半夏」（61）「人言」的拆字格（離合）合而為「信」字，信即砒霜的別稱「信石」。崇禎本把「人言」換成「薑汁」，原處方皆是調侃的劇藥，改換後霸道的藥性喪失而且謔趣（藥趣）烏有了。「〔漫地裏栽桑：人不上（　）他們〕騎著快馬也趕不上他！」（23）。因對歇後語歇去人不上（樹）諧數之不明，誤刪。如果把罪責全然加諸刪改者身上，那也不十分公平。既有主觀的，確也有著客觀原因。詞話本的錯衍奪在俗語難懂之外，又罩上了一層迷霧，變成了雙重的難解。

〔這個罵他怪門神白臉子撒根基的貨，那個罵他醜冤家怪物勞，豬八戒坐在冷鋪裏賊——伯爵罵道：『我把你這兩個女又十撇，鴉胡石影子布朵朵雲兒了口嘿心』〕這個被刪除的語例頗有代表性，一是難解，二是刊刻錯誤多，分述於下：1.「撒根基」的「撒」是「沒」之誤。「沒根基」書中習見，謂其人沒根本：包含著教養基業等。2.怪門神白臉子。舊喪俗喪家以白紙糊蓋門神，謂之門報，稱之為「白門」，白門神遂為醜怪之蔑語。3.豬八戒坐在冷鋪裏賊——。冷鋪即花子房，乞丐聚居之處。豬八戒在群乞中也是「醜的沒對兒」，言其奇醜無比。此語特別之處，在於它是一句歇後語，在「賊」字之後歇掉了一個「醜」字。以此歇後而言，也是說話的實錄：說講時重音放在「賊」字上，並且拖腔，以加重沒出口的「醜」的語力。4.女又十撇易解，是為離合拆字格的奴才。而「鴉胡石影子布朵朵雲兒了口嘿心」則是《金瓶梅》隱語之最。是穢語，與「寒鴉兒過了就是青刀馬」同義異構，已在另文揭明，不煩言。語義略為：天晚，耍大刀。推斷刪定者因這段話誤多而語難明，莫如全然刪除。從崇本的刪多增少的情況看，刪者心理必然是：增字把校書人推到明處，而刪字則隱在暗處。增字授人以柄，刪字無跡可求。崇本確實在少量增字足義之處，暴露了對俗語的隔膜。「關王賣豆腐，人硬——」原是歇後語，崇本卻把歇去的予以補足變為「人硬貨不硬」。（歇後是「人硬——貨軟」對舉）

在「賊老淫婦，越發鸚哥兒」所歇之後添加一個「瘋」字。增字足義，破壞了歇後語：
不歇後了。語由隱轉顯，失去語趣。所以增字必然以為語不完足，唯恐讀時因奪字而失
義；其實，歇後語在口頭稱說恰恰是不必說出之處，完成其語義與語趣。這也便是說聽
與閱看、俗與文的差異。崇禎本把說聽的改變為閱看的，把常俗之語改鑄成文人之言。
改「秀才取漆：無真」為「秀才無假漆無真」，句之下有批語「未必」二字。明顯地看
出批者對刪改者持不同之見。秀才確實未必無假，北京故宮博物院即藏有細絹之「小抄」。
油漆也未必全然是贋品。批者發現構語之不合情理，書「未必」予以指斥。批語也透露
出新信息，表明批書者與刪書者不是一人。批評者與妄改者進行著對話與抗爭。

　　此語之改，反映了維護文人的「體面意識」，證明改語者為文人。同時，也表明俗
人的俗語常言與文人的書面語言之間的語溝有時難以跨越。俗語難登大雅，不見於文人
的載籍；文人書面之言又上不了俗人的唇吻。何況，詞話本於一般口語之外，還選用了
特殊隱語。隱語所荷載的信息，幾近密碼，殊難破譯，便是破譯也難找到與之對應之語。
故而，崇禎本刪定者之文人便是改易說話人的詞話本的片言隻字也是十分之難。因此，
謂《金瓶梅》是文人擬俗之獨立創作，當屬不可能之事。從兩個版本的語言上看，都滲
入了各自美的追求。依循著各自美的標準去取斷，使之符合各自（俗與文）的美學觀念。

　　任何人不應（且也並未）主張詞話「一字不可更，一語不可改」。然「傷風敗俗」
——傷害俗語風格、敗壞俗語美趣，背離俗文化遠去之改易，當然是「一字不可」。俗
語是《詞話》本的巨大成就之所在，是話本的生命與靈魂。同時，從美學上考察，《詞
話》中的俗語，是美的既存，亦即美的遺存；人們應該小心護持，使《詞話》本的美的
現存，成為美的長存。祝願出現集真善美於一書的新校本。

《金瓶梅》諧趣藝術

《金瓶梅詞話》作為一個藝術整體並非完全是諧趣的，甚至也不能說其整個風格是諧趣的。但在這藝術整體中卻不時插入一些笑趣，或插科打渾、或滑稽幽默、或諷刺調侃，從而構成了《金瓶梅詞話》的諧趣藝術。

詞話這種藝術形式不同於小說，小說是作者寫給讀者閱讀，通過文字間接交流的；而詞話則是說書人自編或借助他人所編的話本當眾表演，在書場上直接與觀眾交流。因此，詞話的表演者為了提起觀眾或聽眾的興致，活躍書場的氣氛，不時地插入一些笑料是勢所必然的。《金瓶梅詞話》的諧趣藝術就是這樣產生的，它一經產生就不再是單獨的存在，而是融入全部詞話的整體結構中。成為全部詞話的重要組成部分。《金瓶梅詞話》的諧趣藝術是多方面的，譬如人物出場的自報家門、笑話的穿插、誇張的運用、人物的描寫、人名與地名的給定與詮釋等等，均有諧趣藝術的成分，要全部論列實非本文所能容納。本文僅就自報家門、笑話等方面與元雜劇、歷代笑話作一比較，以見其與中國諧趣藝術的融溶影響。

一

《詞話》的諧趣藝術形式並非毫無憑依地自天而降，而是對中國既往的其他的藝術形式的相容並蓄，並在此基礎上形成的。對元雜劇就多有吸取，戲場的丑角登場多採取「自報家門」的程式，而這種程式在書場的《詞話》中則不時得到運用。

A、第九十回山東夜叉李貴，繼盔甲贊、刀馬贊之後，「在街心扳鞍上馬，高聲說念一遍道」：

> 我做教師世罕有……東西兩廣無敵手。分明是個鐵嘴行，自家本事何曾有。少林棍，只好打母雞；董家拳，只好嚇小狗。撞對頭不敢喊一聲，沒人處專會誇大口……多虧此人未得酬，來世做只看家狗。若有賊來掘壁洞，把他陰囊咬一口。問君何故咬他囊？動不得手來只動口！

試與元雜劇相比較。鄭德輝《三戰呂布》孫堅道：

> 我做將軍世稀有，無人與我敵手。聽得臨陣肚裏疼……為某能騎疥狗，善拽軟弓
> 射又不遠，則賴頂風，對南牆箭箭不空。

《射柳捶丸》葛監軍自道：

> 若論我腹中的兵書，委的有神鬼不測之機，有捉鼠拿貓之法。我曾一箭射殺一個
> 癩蝦蟆，一槍扎死一個屎蜣螂！

這種自嘲式的自報家門，在元雜劇中已經形成程式。看似自炫，實則自貶，從矛盾
中見滑稽，從對立中見諧趣。自報家門，合轍押韻，誦來上口，聽來悅耳，這也是為說
話人運用的原因之一。「科諢」又成了說話人表演的統一體，「諢」是諧趣的韻白，「科」
是相應的誇張動作。兩者相映成趣，產生了笑的啟動效應。

李貴「高聲說念」的這篇自道，崇禎本悉行刪除。刪者為文人，出於「貴目賤耳」
的原因而刪。這自道，在書場說話人訴諸聽眾的聽覺，順暢自然。一擺上文人的案頭，
作為閱看的讀物訴諸視覺，便文氣不暢頓生隔礙。由此可見，說話人與文人、說聽與閱
看、聽覺與視覺的差異。

B、《詞話》以自我嘲謔的形式「罵盡諸色」的自報家門尚有：橫生刀剖、難產手
拽的「我做老娘姓蔡」（30）[1]，貪占顧主衣料的「我做裁縫姓趙」（40）等等。為省，
不一一論列，只舉「我做太醫姓趙」的趙搗鬼為例，他自報家門道：

> 頭痛須用繩箍，害眼全憑艾醮，心疼定取刀剜，耳聾宜將針套，得錢一味胡醫，
> 圖利不圖見效。尋我的少吉多凶，到人家的有哭無笑。（61）

趙搗鬼這名字的寓義便可笑，他把李瓶兒的病診為男症，就更加可笑了。有論者謂
此出於李開先《寶劍記》第 28 齣。其實，庸醫長久以來便是戲曲嘲謔的對象。

元·劉唐卿《降桑椹》：

> 我做太醫最胎孩……人家請我去看病，著他準備棺材往外抬。自家宋太醫便是，
> 雙名了人……那害病的人請我，我下藥就著他沉屙，活的較少，死的較多。

關漢卿《竇娥冤》：「死的醫不活，活的醫死了。自家姓盧，人道我賽盧醫。」以
賽盧醫自談的在元雜劇中尚多，不贅引。

有論者對這種自報家門持疑：「世上儘管有靠行騙為生的醫生，但絕不會像趙太醫

1　括號內數碼為書中回次，下同。

這樣『自報家門』。」（周中明：〈論《金瓶梅》的諷刺藝術〉）並論定自報家門「夠不上諷刺藝術」。其實不然，這種自報家門已成為傳統的戲曲程式，為人們所喜聞樂見，恰恰是中國獨具特色的諧趣式的諷刺藝術。論者對這種諷刺形式的貶抑，其弊病是混淆了生活真實與藝術真實。在生活中，確實任何一個壞蛋都不會當眾如此自報家門，但藝術畢竟不等同於生活。諧趣式的諷刺藝術與生活真實有著更大的距離，它需要誇張、婉曲以及看上去的不協調等等。李卓吾說：「天下文章當以趣為第一，既是趣了，何必實有是事並實有是人。」這可以說是中國諧趣藝術的首要法則，而自報家門的程式則是這一法則的實現。如果把自報家門視為人物的自嘲自諷、自思自歎，是難於理解的，因為越是壞人越不能甚至越不敢自我反省。這種自報家門的程式其實是東方藝術所慣用的視角的變化，即它所塑造的藝術形象並不是由一個視點出發，而是在把握藝術形象的過程中任意變化視角。所以古埃及的雕刻並不運用透視法，二個側面的人身像也要畫出正面的面貌；中國的佛教藝術不僅畫出人物的可視可感的部位，甚至畫出人物的五臟六腑。戲曲和話本中的自報家門，正是作者任意變換視角的結果。正如任何一個藝術對象都不肯展覽自己的五臟六腑，然而卻被畫家剖示出來一樣，任何一個壞人也不肯這樣自報家門卻由作者強制性地這樣做了。這種自報家門，實際上不是人物的自我剖析，應該是人物換位站在觀眾的視角上所做的剖析。這相當於心理學的「剖象表現」，觀眾是一面鏡子，從鏡子中折射出人物的「客觀自我意識」。這也就是心理學家所說的「一面鏡子給自己一種實際的形象，便可以很實在地看到自己的樣子和所作所為。」「在某種意義上，你就是其他人看著你自己的形象。」（弗里德里曼：《社會心理學》第115頁）據此我們可以說，所謂自報家門，並非是劇中人的聲口，而是作者即說話人替觀眾借人物之口代人物而道。這種名之為「自報家門」實質上是「他報家門」。說話人經常將這層意思點破，如本是「自道」反而卻說：「時人有幾句誇讚這趙裁的好處」，這就點明下面的自報家門並非是趙裁的「自道」，而是他人對趙裁的評價，由趙裁之口道出。再如趙太醫自道前，說話人向聽眾聲明：「小人拙口鈍吻，不能細陳，聊有幾句，道其梗概。」這謙卑之詞是說話人的慣用語，其要義一是顯露了說話人，二是顯露說話人欲借人物自道來透視人物心靈，較諸說話人直接出面剖析效果更佳。人物的內心世界是複雜的，表現人物心理的手段也應該是多樣的。只有運用多樣的技法，才能勝任洞隱發微地剖露人物複雜心靈的任務。以實際生活論，不僅不能自報隱私，蔽之尤恐不及。自報家門已經不是自然形態的了，而是與生活距離頗大、性質不同的藝術形態。這時，我們便不能以生活常態的尺度去衡量它，而是應該由此去發現諧趣藝術的規律：形似自炫、自贊，實則自嘲、自貶，並在這自嘲自貶的背後隱藏著他人的一雙眼睛。正是這尖銳的對立、極端的悖謬的不和諧，才撼動聽眾，引發哄然大笑。致笑基因向為賢哲推求，黑格爾以為是「自相矛盾」，

赫列斯特以為是「不協調」，康德以為「在一切引起活潑撼動人的大笑裏必須有某種荒謬背理的東西存在著。」（《判斷力的批判》上，第 180 頁）可見在他們看來，越是不協調，越是相矛盾，越是荒誕的東西，反而越是笑的藝術。而這種笑的藝術中的嘲弄與戲謔、嘻笑與調侃，卻包含著絕大的諷刺。自炫畸變為自嘲，「自報」以醜為美，實質上以美刺醜。不只是嘲謔庸醫、劣裁的「諸色」，更撻伐了孳生庸劣「諸色」的社會。這難道夠不上諷刺藝術嗎？

二

《詞話》中的諧趣藝術，既根植於元明雜劇，又淵源於民間笑話。通過說話人「俗講」的再造，使所諧之趣更加俗趣化，使《詞話》俗文學的特質更為突出。《金瓶梅詞話》中有笑話約 20 則（題為本文作者擬）：（一）《詞話》與崇禎本共有 10 則：「有錢便流（留）」（12）、「虎請客·白嚼人」（12）、「吃臉洗飯」（15）、「螃蟹與田雞」（21）、「串六房」（21）、「潤肺心疼」（35）、「刑（行）房」（35）、「沒屁股」（35）、「尿床」（51）、「驢巨」（51）。（二）《詞話》有而崇禎本刪除的 3 則：「有貓（毛）」（19）、「虎不吃素」（21）、「剖腹驗唾」（54）。（三）崇禎本較《詞話》增加 7 則：「搔胞」（1）、「莫傷虎皮」（1）「富人賊形」（54）、「財主撒屁」（54）、「樊啥與礬塊」（54）、「狗吃白藥」（54）。

這些笑話當然是為了添趣而置入的，且大都在民間流傳既久又廣，有的被收入明代各種笑話專集中，有的被收入後世的笑話專集中。

A、崇禎本所增 7 則集中在 1 回和 54 回，54 回所增之〈哭麟〉：「孔夫子西獰得麟，不能勾見，在家裏日夜啼哭。弟子恐怕哭壞了，尋個牯牛，滿身掛了銅錢哄他。那孔夫子一見便識破道：這分明是有錢的牛，卻怎的做得麟！」這則笑話馮夢龍所輯的《笑府》《廣笑府》均收，題為〈有錢村牛〉，皆為孔子哭麟事[2]。然明正德間刊行的《華筵趣樂謎笑酒令》題為〈有錢村人〉：「昔有一巡按到任未久，限獵戶要捕麒麟，遍覓無得回話，只得把水牛來，將銅錢遍身披掛，獻給巡按。巡按大怒曰：『這畜生身上若無幾個錢，不明明是個牛！』」笑話大旨相同，然主人公有孔子與巡按之別。復從元雜劇《度柳琴》來看，劇中牛員外的「自報家門」：「世人只識有錢牛，渾名叫作牛員外，小可杭州人氏，姓牛名璘，頗有些錢鈔。」這裏的「有錢牛」和「牛璘（麟）」，顯然與「哭麟」和「有錢村牛」的笑話同源。由此可見這則笑話流傳的久遠，以及在流傳過程中的

2　《春秋·哀公十四年》「西狩於大野……獲麟。」據說孔子作《春秋》因此絕筆。

不斷變異。

　　B、關於「富人賊形」的笑話，崇禎本是「一秀才上京」。馮夢龍《笑府》及明楊茂謙《笑林評》皆為「一暴富之人」。《華筵》為「一人外出經商」。只有明萬曆甲辰刊本、趙仁甫輯的笑話集《聽子》為「塾師」：「村塾師讀『千乘之國，可使治其賦』作『治其賊』。聽子曰：『是賦字非賊字，子誤讀。』塾師曰：『我見他面目手足總是賊形。』」

　　此外，崇禎本「莫傷虎皮」的笑話，在馮夢龍所輯的《笑府》中題為〈射虎〉；「財主撒屁」的笑話，在《笑府》中題為〈屁香〉；「狗吃白藥」的笑話，在《笑府》中題為〈不謝醫〉。而且這些笑話在兩書中情節甚至文字都大體相同，由此可以斷定崇禎本所增之笑話，是由明代所流傳的笑話集借用而來，學界嘗云 54 回為「陋儒所增」，崇禎本所增之笑話集中在 1 回與 54 回，陋儒為誰？崇本刪定者誰某？笑話或可作為端倪。

　　中國的笑話源遠流長，並為人喜愛。《韓非子·難三》所謂「俳優侏儒，固人主之所與燕也。」《漢書·霍光傳》注謂「俳優，諧戲也。」《史記》則專門有滑稽列傳，記進了淳于髡、優孟、優旃等滑稽之士的事蹟。僅憑這些文字，我們即可以斷定笑話這種諧趣藝術是自古有之的。但是有文字記載的多為身居廟堂的俳優，而民間的滑稽多辯之人，無論他們所講的笑話怎樣受人歡迎，具有怎樣的轟動效應，卻都隨著草民一起泯滅了。或以為明代笑話集頗繁，然而細細讀來，則可以品味出，明代所集的笑話，多是從中小文人的趣味出發，彙集了文人創作的笑話或文人改編民間流傳的笑話。這大約是由於民眾只有一張嘴，所講的是口頭笑話，而文人則有一支筆，能把口講的笑話化為文字。然而，民間流傳的笑話一到文人的筆下也就變了味，樸實無華的俗趣則喪失殆盡或化為烏有了。

　　《詞話》可貴之處是保留了一些俗笑話，即民間流傳的笑話的俗味。比如第 54 回「剖腹驗唾」的笑話，寫韓金釧面對應伯爵烹製的「色色俱精，無物不妙」的宴席，卻只顧吃素，再不用葷。於是應伯爵講了一個笑話加以嘲諷：「當初有一個人吃了一世素，死去見了閻羅王，說：我吃了一世素，要討一個好人身。閻王道：那得知你吃不吃，且剖開肚子驗一驗。割開時，只見一肚子涎唾。原來平日見人吃葷，咽在那裏的。」姚靈犀謂「金釧吃素係元曲中語」，現未查得，然《笑府》中收有這則笑話。另一則笑話係第 19 回的「有貓（毛）無貓（毛）」，與前述笑話不同，是個暗笑話，笑話融化人物身上，是情節的有機組成部分。是西門慶在潘金蓮面前貶蔑蔣竹山說的：「左近一個人家請他看病，正是街上買了一尾魚手提著。見那人請他，說：『我送了魚到家就來。』那人說：『家中有緊病，請師父就去罷。』這蔣竹山一直跟到他家。病人在樓上，請他上樓。不想是個女人不好，素體容妝，走出房來，舒手教他把脈。這廝手把著脈，想起他魚來，掛

在簾鉤兒上，就忘記看脈，只顧且問：『嫂子，你下邊有貓兒也沒有？』不想他男子漢在屋裏聽見了，走來采著毛，打個臭死。」這兩則笑話顯係民間流傳的俗笑話的化用，說話人娓娓道來，定會引起哄堂大笑，能為書場增添許多情趣。然而這兩段笑話卻被崇禎本悉行刪除了，刪除的原因可能是由於貴目賤耳，即這些笑話如果在書場上說雖然悅耳動聽，引人發笑；然行諸書面，就會以其文字無足取而被閹割掉。

通過上述可以看出，《金瓶梅》中的笑話大抵有兩類，一是出於文人之手或由文人改編的俗笑話，這主要集中在崇禎本所增的笑話中；一是出於俗人亦即市井的俗笑話，這類笑話即或經過文人改編，但並沒有失掉俗趣，這類笑話主要集中在《詞話》中。由此可以進一步證明我過去的論斷，《金瓶梅》非文人非大文人所作，最初它只是記錄下來的書場的說話，這也是把全書題為《金瓶梅詞話》的原因。《詞話》後來經過了文人的增刪和整理，但增刪和整理者也絕非是王世貞、李漁、李贄等大文人。崇禎本的刪定者明顯地是文人，看不起民間的俗趣，因而坑殺了《詞話》本中的笑話，即把本來很有情趣能引起人們愉悅的笑話刪除了，而增添了一些不酸不甜、了無生意的所謂文人笑話。《詞話》有著民間笑話口頭說聽的特點，而崇禎本卻有著文人笑話集的中看不中聽的特徵。一個是書場說聽，一個是案頭閱讀。一個是俗人的俗趣，一個是文人的「雅趣」，兩者間有著本質的歧異。

三

從來文學就是人學，它所運用的一切手段都應為塑造典型人物服務，諧趣作為一種藝術手段當然也不例外。《詞話》中的諧趣藝術之所以值得人們重視，就在於它並不是單純的戲謔，而是和人物性格的塑造結合在一起，是作品的有機組成部分。比如在應伯爵身上，諧趣成了他性格的內質，又是內質外化的形式，討趣、湊趣成了他的天賦，所以他到了哪裏，哪裏就一片笑聲。單就他的名字而言，就有諧趣的寓義，李桂姐所講的笑話便是對他的名字的寓義的最好詮釋。笑話略謂：真人命虎去請客，客人卻在半路中被虎吃了。真人問時，虎口吐人言：「告師父得知，我從來不曉得請人，只會白嚼人！」這就點明：伯爵者，白嚼也，正符合應伯爵的食客身分。前文曾對崇禎本的增刪多有微詞，但也不應埋沒增刪的些小功績，它把這些幫嫖貼食之徒推到「嚼倒泰山不謝土」的高度，在這些丑角的臉上添抹了一道濃重的油彩。「嚼倒泰山不謝土」一詞為《詞話》所無，這一增添為人們提供了應伯爵的原出所自，即和元雜劇的《降桑椹》有著血緣關係。且看劇中的白廝賴：「我這個兄弟姓白雙名廝賴，又喚著白吃、白嚼、白噇。」「我這個兄弟他把駱駝一口咬斷了筋，我在下把那癩象一口咽見了骨。這個兄弟嘴饞起來似

餓狼，我在下嘴饞起來如病虎，我繞門趓戶二十年，俺兩個吃倒泰山不謝土。」《金瓶梅》與《降桑椹》不是偶然的相似，不僅是形式的襲擬，而且是內質的賡緒與宏揚，使白嚼成為人物的靈魂。應伯爵是個丑角，對他用力最多，他不再是過場人物，而成了性格鮮明、品格獨具的主要人物了。應伯爵諧趣迭出，諧趣造就了黑格爾老人所說的「這一個」的形象。橫生的妙趣只能出自此人之口，由別人來說難免有放錯位置之感。滿口俗趣，才與他滿身俗氣渾然一體，換一種雅趣便不是「這一個」了。正是諧趣，增添了他的可笑與可鄙。

應伯爵是個諧趣的丑角，《詞話》的高明之處是不僅把這個人物喜劇化了，而且還時時以應伯爵的眼睛看世界，即寫應伯爵眼中的人物和世界，由此將其他人物喜劇化了，從而為作品增添情趣。其中最典型的是應伯爵致祭西門慶的祭文，在這裏他把西門慶物化為男性生殖器，或者說是把生殖器人化為西門慶，兩者渾然難於分辨。這不是一般的人的物化或物的人化，而是以此象徵西門慶的一身一世，人即是物，物即是人：就其一身而言，物是他的品格；就其一世而言，物是他的經歷。語語雙關，句句諧趣，皆是大戲謔、大調侃之語，連祭品也是性病五淋之一的白濁。這看似十分可笑，細思十分隱諷。荒唐的祭文，置於嚴肅的奠儀之上，莊嚴肅穆的祭奠，伴之以詼諧荒誕的形式。這種荒唐與嚴肅的嚴重對立，便足以引發人的笑聲，並在大笑之餘蹙眉思索，就會對西門慶的一生做出嚴肅的判斷，從而領悟出被嘲弄的嚴肅和人生的真諦。這不正是英國培恩所說的「笑是嚴肅的反動」的實證嗎？

古人所謂「食色，性也」，正是在食和色這兩個方面最能見出人的真性情，最能見出人的醜態和可笑之處。《詞話》是深諳此道的，所以它對那些食客諷刺得頗有功力。應伯爵之外，尚有 90 回拳師李貴：「蘸生醬吃了半畦蒜，卷春餅咮了兩擔韭。小人自來生的饞，寅時吃酒直到酉。牙齒疼，把來銼一銼；肚子脹，將來扭一扭。」每讀至此在發笑之餘，一個吃白飯的冒牌武夫的形象就站立在你的面前。餘如慣闖席的白來創等等，也都描寫得妙趣橫生，窮形盡象。不僅如此，《詞話》第 12 回還以贊詞的形式描寫了宏大的吃喝場面。

> 人人動嘴，個個低頭。遮天映日，猶如蝗螞一齊來；擠眼掇肩，好似餓牢才打開。這個掄風膀臂，如經年未見酒和肴；那個連二快子，成歲不逢筵與席。一個汗流滿面，恰似與雞骨朵有冤仇；一個油摸唇邊，把豬毛連唾咽。吃片時，杯盤狼藉；咬良久箸子縱橫。杯盤狼藉，如水洗之光滑；箸子縱橫，似打磨之乾淨。這個稱為食王元帥，那個號作淨盤將軍；酒壺番曬又重斟，盤饌已無還去探。正是：珍羞百味片時休，果然都送入五臟廟！

　　這段贊詞把吃客的醜態描寫得淋漓盡致。依照明吳訥的「文章辨體」的說法，「按贊者，讚美之辭」。醜態而偏用讚美之辭，這本身就是令人發笑的諧趣。

　　《詞話》的諧趣藝術是對既往諧趣藝術的借鑒，其對白吃者的嘲諷也可以在元雜劇中找到參照。如元雜劇《舉案齊眉》中秀才的自報家門：「我做秀才快嚔飯，五經四書不曾慣；帶葉青蒜嚼四根，泥頭酒兒吃瓶半。」就與拳師李貴的自報家門極相似。而《殺狗勸夫》中的「他兩個把盞兒吞，直吃的醉醺醺，吃的東倒西歪，盡盤將軍。」則又和上引的贊詞相若。「淨盤將軍」式的大嚼又見於元雜劇《小尉遲》等。可見，中國的藝術對食客的嘲諷是一貫的，而由此產生的諧趣藝術則有著一定的傳承關係。

　　《詞話》在中國的古代文學中向以性描寫著稱，有關性的諧趣也是特色之一。如葷笑話「刑房」「驢巨」等等，以及胡僧的異相，實相陽具。凡此種種，皆構成《詞話》的俗趣。與刻劃和揭示人物的性格息息相關，並對揭露當時的社會的腐朽有重要作用。《詞話》正是通過俗趣描寫展示了各種各樣的真實人物。涉淫的俗趣，是說話的需要，誘引聽眾而媚俗，聽眾有聽葷笑話的要求。《詞話》借人物之口稱「言不裏不笑」（67）。潘金蓮：「俺們只好葷笑話，素的休要打發出來」（21）。正因為葷笑話為人們所願聽，才為說話人所樂道。故而難免粗俗、品次偏低。「詞淺會俗，皆悅笑也」（《文心雕龍·諧隱》）。書中涉性的俗趣，語涉淫穢，不稱引原文，也不詳加討論。

四

　　《詞話》諧趣宏富駁雜，有著鮮明的俗文化型態。元雜劇、歷代笑話有文字記載，可資進行比照，然而自生自滅的民間口頭文學則無憑可考。儘管如此，就《詞話》的諧趣藝術整體而言，可以說它對說話藝術的技巧繼承尤多。不然，便不能把說話的多樣技法溶入《詞話》之中，使《詞話》充溢著俏皮的諧趣，而且是與文人「雅趣」不同的俗趣。僅就諧趣形式而言，可以說傳統的說話諸法皆備。包括諧音寓義、歪批岔講、貫口趕轍、誇張圓謊……等等，美不勝收。

　　一、貫口趕轍。「貫口活」是說書藝人的特技，以連續不斷、一氣呵成贏得聽眾的掌聲。當然，一氣呵成實不可能，是靠演員偷氣換氣的功夫。《詞話》常常報之以貫口的地名，而這則是說書人常用的以貫口活「報地名」之技法。

　　68回玳安尋文嫂：

　　　　出了東大街，一直往南去，過了同仁橋牌坊，轉過往東打王家巷進去，半中腰裏
　　　　有個發放巡捕的廳兒、對門有個石橋兒、轉過石橋兒、緊靠著姑姑庵兒、旁邊有

個小胡同兒，進小胡同往西走，第三家豆腐舖隔壁土坡兒、有個雙扇紅封門兒的
——就是他家。

這在閱讀時確有繁冗累贅之感，然而由說話人用趕轍的貫口數說便會生出「瑣碎一
浪蕩」的諧趣。《詞話》距今雖已四百年，其中有的詞語所表現的事物顯得陌生，如果
由熟諳貫口技法的說書藝人數說，仍然會生出相應的諧趣效應。這段地名的貫口，大體
是兒化的「小轍」，兒化處連貫不斷，非兒化處略呈停頓偷氣換氣。太醫趙搗鬼的居處，
取法數序的小貫口：「家居東門外：頭條巷、二郎廟、三轉橋、四眼井住的。」他習醫
又是取法「報書名」的貫口：「每日攻習王叔和、東垣勿聽子，《藥性賦》《黃帝素問》
《難經》《活人書》《丹溪纂要》《丹溪心經》《潔古老脈訣》《加減十三方》《千金奇
效良方》《壽域神方》《海上方》，無書不讀，無書不看。」這種貫口不宜看作說話人
賣弄技巧，用這種連貫堆砌的醫藥典籍，反襯突出趙搗鬼的庸醫殺人的不學無術。《詞
話》還以貫口數說人物的衣著，使得人物形象更加鮮明。

例如 35 回白來創的打扮也是兒化小轍的貫口：

> 帶著一頂出洗覆盔過的、恰如泰山遊到嶺的舊羅帽兒，身穿著一件壞領磨襟、救
> 火的、硬漿的白布衫（兒），腳下靸著一雙乍板唱曲兒、前後彎絕戶綻的、古銅
> 木耳兒——皂靴，裏邊插著一雙一碌子打不到（底）、黃絲轉香、馬鐙襪子（兒）。

這衣著打扮：帽、衣、靴、襪，從頭到腳不是一般的「鞋兒破，帽兒破」，而是採
取了誇張的手法，以「緊三溜」的貫口形式，如此這般地說來，便強化了諧趣的笑的效
應。

二、抓哏現掛。說話人的隨機性導致了隨意性，說話常即興發揮，術語稱之為「抓
哏」「現掛兒」，用以增添趣味。如第 92 回：

> 「楊光彥，綽號為鐵指甲，專一耀風賣雨、架謊鑿空。〔摳著人家本錢就使。他祖
> 貫系沒州、脫空縣、拐帶村、無底鄉人氏，他的父親叫楊不來、母親白氏，他的
> 兄弟叫楊二風。他師夫是崆峒山、拖不同、火龍庵、精光道人，那裏學的謊。他
> 渾家是沒驚著小姐，生生的吃謊唬死了。〕他許人話如捉影撲風，編人財似探囊
> 取物。……」「〔沒底兒褡褲裝著些軟嵌金的榆錢兒，拿一張黑心雕弓，騎一匹
> 白眼龍馬，〕……尋缺貨去，〔三里抹過沒州縣，五里來到脫空村。有日〕到於
> 臨清。」

〔 〕號內文字被崇禎本悉行刪除，從文人案頭閱讀角度看確實冗贅，然而從書場說

話來看當然生動有趣。所用文字形式上是書場慣用套語，實質上則是即興抓眼的現掛，完全是說話人的隨機性所決定的。

三、歪諧岔講。幫閒應伯爵，白吃白噻的食客，行為鄙俗，說話人卻賀以雅號「南坡」，並且運用歪諧岔講對人物施以撻伐。第 67 回西門慶歪批「南坡」：「他家孤老多，到晚夕捅子掇出屎來，不敢在左近倒，恐怕街坊人罵，叫丫頭掇到大南首、縣倉牆底下那裏潑去，因起號叫『南坡』。」書中人物溫秀才當然明白其用意，他便說：「此坡字不同，那潑字乃是點水邊之發；這坡字卻是土字旁著個皮字」。實際上，這一駁解，反而強化了岔講的效果，起了增效的作用。西門慶借皮字進一步引申發揮：「他娘子鎮日著皮子纏著哩！」西門慶有如相聲的逗哏、溫秀才有如捧哏。相聲講求「三番四抖」，西門一包、溫秀才再袱、最後西門「一抖」，生出「響底兒」的強烈效果，必然喚起脆爆的笑聲。

四、誇張圓謊。《詞話》的諧趣，多生自變型的語言。變型的語言不僅離開了語言的常態，也使事物離開了它的自然形態，與原型拉大了距離。《詞話》常運用的是誇張與圓謊之法。如西門慶對潘金蓮謊稱信物簪子失落尋覓不見，王婆為之圓謊：「你休怪大官人，他離城四十里見蜜蜂拉屎，出門交癩象拌了一交——覷遠不覷近。」圓謊是民間藝術慣用的技法，傳統相聲《扒馬褂》便是採取此種形式，對極度的誇張的謊言，圓就了瞞天大謊。

誇張，把微小的誇張為巨大，將少的增多，甚至將無作有。誇張的「謊言」，因「言過其實」，而成為笑柄；強烈的反差，產生了非同尋常的笑的效應。西門慶賭神罰咒：「我若負了你的情意，生碗來大的疔瘡，害三五年黃病，匾擔大姐蟲口袋。」潘金蓮對這誇飾之詞予以點破，信誓旦旦與謊言對照，不諧和的對比便可笑了。

42 回借契所約三限歸還，都是不可能發生的。如第三限「水裏泡得石頭爛」，等於說「海枯石爛」永不歸還。荒誕的用在立誓立據的嚴肅場合，荒唐與嚴肅的對比生出了笑趣。這種誇張是元雜劇的膚緒，《金線池》：「無錢的可要親近，則除是驢生戴角甕生根」。《漁樵記》：「直等到蛇叫三聲狗拽車，蚊子穿著兀刺靴，蟻子戴著煙氈帽……直等到炕點頭、人擺尾，老鼠跳腳笑。」「炕點頭」與《詞話》中約限「垓子點頭」同樣不會發生；人本無尾，這是將無作有；極度地誇張，以超常對比尋常，便生出非常的效果。《邏打蔣竹山》尋釁的由頭是：藥中只有「牛黃」，打手偏要「狗黃」，藥中只有「冰片」，打手偏要「冰灰」。這種手法戲曲慣用，《楊八姐遊春》所要的彩禮，火燒的冰雹，曬乾的雪花，皆本無其物。《西遊記》行者為朱紫國王開的藥引：「半空飛的老鴉屁，緊水負的鯉魚尿」等等，也都是將無作有。誇張扭曲變形，背離常態愈遠，落差愈大，諧趣效果也便會愈強烈。這種技法為雜劇、小說、書曲所共用，可見戲場與

書場的互滲關係。

五、諧音寓義。《詞話》以諧音求諧趣頗多，還表現在作品中人物的名字和渾號的選取上。這種手法為中國歷代文學作品所慣用，比如元雜劇《降桑堪》中的太醫「姓胡，雙名突蟲」——糊塗蟲的便是。同劇另一名太醫的自報家門：「宋太醫便是，雙名了人。」這種以諧音求諧趣，並概括人物特點的手法，在《詞話》中習見頻出，如應伯爵諧硬白嚼，宋惠蓮「乃是賣棺材宋仁的女兒」，顯係由宋了人化用而來。花子虛本屬子虛烏有，由他遞補死了的「卜知道」（不知道）。「李三先死，拿李活兒監著」，與卜知道死了由花子虛遞補，有同樣諧趣效果。西門慶父氏何人？名之為「西門達」，即西門慶爹爹之意。兩個轎夫，「一個叫張川兒，一個叫魏沖」，抓住了抬轎行走的步態，騰沖與竄跳。廚子蔣聰，循音是為薑蔥，調和五味也。夥計崔本，諧音催本討利。妓院八老李日新，諧日換新人；吳惠，諧污穢。王六兒的老公韓道國，諧韓搗鬼。這些名字由說話人即興信口呼出，必然贏得笑聲，且給人以較深的印象。《詞話》是由《水滸》生發而來的，魯迅先生曾指出《水滸》渾名的弱點：「不過著眼多在形體」，「不能提挈人物的全般」（〈五論文人相輕〉）。《詞話》對人物，有的是說話人命名取義，有的是人物間「互相品目」，贈謚渾號。儘管這些名號也大都不能提挈人物的全般，但卻別有一種追求，創造一種趣味，即調侃與嘲謔的趣味。名號在《詞話》裏已不再是單純的符號，具有了審美的意蘊，有著俗文化的價值。

五

美的諧趣，應是作品中的趣味與所引起的讀者的審美相諧和。所以我們對諧趣藝術的分析，就不能僅著眼於文本的諧趣因素，還應從讀者的審美趣味方面去研究。

人的審美趣味差異原因殊多，大焉者，有民族的、階層的；小焉者，個人的審美取向是由他的素養決定的。差異造成了審美需求的多樣性，接受感興趣的、拒斥不感興趣的，乃人之常情。一切藝術都受著趣的制約。欣賞者喜歡妙趣橫生而厭惡枯燥乏味。趣是創作與欣賞的驅動力。欣賞者受動，但不是被動的同義語。施動者不能強加，受動者是自由的；聽眾有聽與不聽的自由，也就是有選擇的自由。聽眾總希望獲得心靈怡悅，說話人總企圖占有聽眾的心靈。聽眾目的是「取樂」——獲得樂趣。這一審美要求制約著說話人，說話人只能竭力以諧趣滿足聽眾的審美享受。諧趣成了制導聽眾的手段，聽眾才不游離失控。欣賞者的制約力，對說話人，遠遠大於作書的人。寫書的人背對讀者，說書人直面觀眾。聽眾不聽，砸飯碗，對說書人是立時的。而對寫書人的懲罰，或是延時的，或是作書人無須身受。從《詞話》的諧趣種種考察，順應聽眾適趣便是諧趣的產

生原因。也證明著：《詞話》原初當是說話人的「話本」。

說話人的施動與聽眾的受動，是作用與反作用的關係。美為審美者接受，美的價值才被肯定。換言之，美的價值是由說話人與聽眾共同完成的。因此，聽眾的制約力是極強的。「讀者的性格和對讀者的態度，就決定著藝術創作形式和比重，讀者就是藝術的一個組成部分。」（阿·托爾斯泰《論文學》73 頁）說話人深知諧趣是聽眾的內驅力，為順應聽眾的審美興趣，必須向諧趣傾斜。千方百計地誘之以趣，這便是《詞話》諧趣的成因，或可謂之是說話人的美學追求。

聽眾的審美選擇性，造成了說話的不自由的受限性。聽眾的種種不同、興趣各異的「眾口難調」，又造成了說話人的選擇性：只能選擇某一層次作為主要對象。為順應市井細民的審美要求，諧趣品次偏低呈俗文化形態，為勢所必然。然而認為「夠不上諷刺藝術」，卻是極大的不公平。諧趣與諷刺是伴生的，諧趣除了審美價值而外，尚且有著深刻的批判價值。在笑的後面，隱涵著精神力量。以科諢激起的笑趣，有著嘲時罵世的隱義。笑謔指向嚴峻的人生，借滑稽可笑「曲盡人間醜態」（廿公跋）。以嘻笑代替怒罵，以玩世不恭渲泄對世態憤怒。笑是對醜惡社會的審判與懲罰。笑的剖刀，剖露與觸及了可笑的靈魂。

「開口便笑，笑世上可笑之人」，指的不是人的單體，而是那整體可笑的社會。可笑的人與可笑的事，皆是那可笑的社會孳生的。所謂「曲盡人間醜態」便是「把罪惡的一切醜惡在光天化日下暴露出來，並且把罪惡的巨大形象展示在人類的眼前。」（席勒《強盜》第一版序言）「曲盡」取的是諧趣的幽曲的手段，唯其幽曲，才使人對醜態失笑。「醜在滑稽中我們是感到不快的，我們所感到的愉快是：我們能洞察一切，從而理解，醜就是醜。既然嘲笑了醜，我們就超過它了。」（《車爾尼雪夫斯基論文集》中冊 97 頁）玩世不恭絕對不是消極的閃避，反倒是積極的干預。諧趣是說話人對社會誅心報復的利劍。用大荒唐剖露大愚蠢，「罵盡諸色」，儒、釋、道均皆謗毀，直至「佛祖西天」，神權、皇權無不施以嘲謔。不僅對社會的黑暗、腐敗，道德的淪喪與倫理的墮落，貶蔑撻伐，而且挖掘了社會腐朽的根基。這是絕大的諷刺，而且是絕好的諷刺藝術。

《詞話》中的諧趣，多來自民間，在口口相傳、世代相承中，每有增益減損，被說話人植入《詞話》之中，用來怡悅聽眾。然而，審美趣味有著變異性：個人情移趣變，姑不置論。時代的更替，不同時代的人各異其趣。《詞話》中的諧趣能令當時的聽眾開懷，未必全然令今時之人解頤。當時妙趣橫生，今時可能索然乏味。一則時移趣變，更緣於對四百年前產生可笑之事的荒謬社會背景的隔膜。

附 錄

一、傅憎享小傳

　　男，1931 年 7 月 6 日生於黑龍江省阿城縣，中共黨員，遼寧社會科學院研究員。原《社會科學輯刊》副總編輯。中國《金瓶梅》研究會（籌）顧問，中國《紅樓夢》學會理事。1947 年參加東北民主聯軍，後經東北、華北、中南、海南戰役。錦州戰役立過戰功。抗美援朝時，任志願軍後勤文工團創作組長，從事專業創作。1951 年入東北魯迅文藝學院創作研究班學習。1957 年至 1979 年因眾所周知的原因棄筆從農、從工 22 年。1979年任遼寧社會科學院研究員、享受國務院特殊津貼。是遼寧省作家協會會員、大連明清小說研究中心特約研究員。著作有《紅樓夢藝術技巧論》《金瓶梅書話》《金瓶梅隱語揭秘》《金瓶梅妙語》《中國文學史書·金瓶梅分卷》。

二、傅憎享《金瓶梅》研究專著、論文目錄

(一)專著

1. 《金瓶梅書話》，瀋陽：遼寧人民出版社 1993 年。

2. 《金瓶梅隱語揭秘》，天津：百花文藝出版社 1993 年。

3. 《金瓶梅妙語》，瀋陽：遼海出版社 1998 年。

4. 《中國文學史書·金瓶梅分卷》，瀋陽：春風文藝出版社 1998 年。

(二)論文

1. 《紅樓夢》《金瓶梅》求同比較異議——兼再論曹雪芹的借鑒與創新
   社會科學輯刊，1987 年第 1 期。

2. 論《金瓶梅》對《水滸傳》的歸化與異化
   北方論叢，1987 年第 5 期。

3. 官哥兒的病態與心態
   社會科學研究，1988 年第 5 期。

4. 李瓶兒的夢象與心象——《金瓶梅》心理描寫探勝之一
   遼寧師範大學學報，1988 年第 6 期。

5. 《金瓶梅》用字流俗——是俚人耳錄而非文人創作
   學習與探索，1988 年第 6 期。

6. 論《金瓶梅》的罵語與罵俗
   學術交流，1990 年第 2 期。

7. 論《金瓶梅》的俗語與民俗
   瀋陽師範學院學報，1990 年第 3 期。

8. 《金瓶梅》隱語揭秘
   社會科學輯刊，1990 年第 5 期。

9. 《金瓶梅》的價值所在——王啟忠新著《金瓶梅價值論》平議
   社會科學輯刊，1992 年第 2 期。

10. 情欲描寫移植錯位——《金瓶梅》非文士之作
    學習與探索，1992 年第 2 期。

11. 詞話本、崇禎本兩個版本兩種文化——《金瓶梅》詞語俗與文的異向分化
    社會科學輯刊，1992 年第 3 期。

12. 《金瓶梅》話本內證

棗莊師專學報，1992 年第 3 期。

13. 論《金瓶梅詞話》的諧趣藝術

    江海學刊，1992 年第 6 期。

14. 《金瓶梅》魯音徵實

    金瓶梅研究，第 3 輯，江蘇古籍出版社 1992 年 6 月。

15. 《金瓶梅》俗諺求因

    傅憎享、楊愛群，社會科學輯刊，1993 年第 4 期。

16. 《金瓶梅》詞語深層結構與文化內涵

    學習與探索，1993 年第 5 期。

17. 小說人名比較小議

    紅樓夢學刊，1994 年第 1 期。

18. 《金瓶梅》「反切」語趣

    棗莊師專學報，1994 年第 1 期。

19. 《金瓶梅》美語發微

    金瓶梅研究，第 5 輯，遼瀋書社 1994 年 4 月。

20. 說得天花亂墜──《金瓶梅》話本內證（續）

    社會科學輯刊，1994 年第 6 期。

21. 王八源流小考──《金瓶梅》難語「望江南、巴山虎兒、汗東山、敘紋布」新解

    棗莊師專學報，1995 年第 3 期。

22. 《金瓶梅》美語審美

    社會科學輯刊，1995 年第 6 期。

23. 《金瓶梅》歇後語正名

    徐州教育學院學報，1997 年第 1 期。

24. 《金瓶梅語詞溯源》閑評

    社會科學輯刊，1997 年第 6 期。

25. 佳作共欣賞，沿波以討源──《金瓶梅語詞溯源》漫評

    淮海文化，1997 年第 11 期。

26. 解語與讀書──《金瓶梅妙語解說》書後

    社會科學輯刊，1999 年第 1 期。

27. 《金瓶梅》難解隱語正解

    金瓶梅研究，第 6 輯，知識出版社 1999 年 6 月。

28. 《金瓶梅》滿文本譯者是誰

保定師專學報，2000 年第 1 期。

29. 《金瓶梅》小說人名小議

金瓶梅研究，第 7 輯，知識出版社 2002 年 9 月。

後　記

　　人生有限，學海無涯。以有限的生命和更加有限的才智，根本沒有可能窮盡學問。不必也不能期望一本書是盡善盡美的完本，所以人說書都是充滿著遺憾的。自 1987 年寫起了《金瓶梅》語釋隨筆，於 1993 年結集，由天津百花出版社出版了《金瓶梅隱語揭秘》。之後，常為缺憾困擾，百思而求新解、正解，時生新悟，如「五輪八寶」，前釋依佛家「輪寶」作解，今又依醫家之「輪廓」再解。皆因未敢自是，一解再解為了與學人共商語是。又得語釋百二十則（《揭秘》原收二百則），又撰語論十章（《揭秘》是九章）。名之為《金瓶梅妙語》，以示自解困惑，補《揭秘》之未備與不足，補前編之缺憾，是為《揭秘》之姊妹篇。「妙語」仍屬學術之常銷書，而不是時尚的暢銷書，在學術著作出版難的景況下，遼海出版社的同志們慨然接受書稿，並和薛勤一起為之付出了艱辛的勞動，同時，參與本書編輯工作的各位又都是我的忘年之友，對學弟們感激之忱是發自內心的、真誠的。

　　前編《揭秘》問世，曾分別寄贈師友求教。寄書也生遺憾，書在郵路上失落，因遺而憾。寄給京師老戰友儲虹、吳樂（吳祖光之妹）夫婦的，便無蹤跡了（查到北京郵電檔案局，也無著落）。師友們收到書，皆是好話多說。只有西北大學的李魯歌君，說寫了兩萬字的不同意見。我喜出望外，翹首以待。然而，連影本也久久不見賜下，信催之下答以已經收進論文集之中。因不知出版單位，也不知上市與否，所以無法購得。因為畢竟旁觀者昭明，當局者昏昧。《揭秘》一書，糾正前人失誤之時，難免生出新誤。如史家胡三省所言：「前人之失，吾知之，吾注之失，吾不知也。」（〈資治通鑒序〉）

　　宋代洪邁《容齋續筆》卷十五中慨歎「注書難」：「注書至難，雖孔安國、馬融、鄭康成、王弼之解經；杜元凱之解《左傳》，亦不能無失。」他接著舉了王荊公誤解《詩經》的例子：「『八月剝棗』解云：『剝者，剝其皮而進之，所以養老也。』後來至民家，問其翁安在？曰：『去樸棗』。始悟前非。毛公本注云『剝，去也』。」所以《金瓶梅詞話》中有「打棗竿」。說明注書至難，雖大學問家也難免失誤。所以，我真誠地懇請師友不吝，熱切地期望對《揭秘》《妙語》給予益養與救正。

　　1996 年 7 月 26 日大連明清小說國際學術研討會間，與魏子雲先生晤談。先生以「拐彎兒解語」相詢，始知先生對《揭秘》心存疑惑。我回答略云：《金瓶梅》的隱語，乃

至一切隱語，特點是以曲（彎）求隱。繞開本義，曲折而不直白，恰是隱語語構的特質。語彎兒（姑且如此稱呼）是語詞自在的，而且是先在的；不是人們後天附加的。解語時，這語彎兒誰也繞不開它，只能抓住它、順應它進而理順彎兒。學界公認的幾大著名難解隱語以及其他隱語，人們用力最多的首先是找彎兒和直彎兒，找到死結成因，繼而使死結鬆動，以期解結。找彎兒、直彎兒苦不堪言，當彎結稍有鬆動，能解之時或得解之時，更是欣喜若狂。找不到彎兒，真是難死了人；世間一切難解之謎，一當揭破謎底，便等閒不過爾爾，《金瓶梅》的著名語謎不同，便是得到了謎底，也不興味索然。那隱語彎兒在解構時和解構後，仍然長久誘人，仍然餘味無窮。隱語中包藏的語趣，足資回味，令人歎賞那語構的彎兒奇巧，語彎兒中的魅力令人再歎三歎不已。令人拍案稱奇恰恰在彎兒的曲徑通幽處。不是解語者故意繞彎兒而行，因為隱語沒有直通之路。誰不願意捷徑直行呢，是隱語把人逼上了曲曲彎彎的回環路，不得不（只能）順應彎兒迂迴前行。儘管難行也伴著賞曲徑的愉悅和通幽的大喜。在《揭秘》路上常是樂少而苦多，有時像宋江那樣，左繞右拐被逼進了「還道村」；有時像迷路於祝家莊苦於找不到路標白楊樹。「硝子石望著南兒丁口心」，便因為找不到它究竟幾道彎兒，而無法直開它。比照「望、巴、汗、邪」，比照「鴉、影、躲、了」都是四個語節的四道彎兒的四分法。「硝子石」是獨立語義的實體，而「丁口心」與「了口噁心」語構相同，這兩個彎兒可以成立。按四分法「望著南兒」剪不斷，理還亂，不好再分為兩個語節。簡直是個打不開的死結。我懷疑剪不斷因有闕文，造成缺環，便沒有了獨立的語義，構不成語言實體。然而所缺的兩道彎兒，應該是密碼所在，亦即隱語加密的關鍵之處。密碼連同彎兒一起失落了，找不到彎兒根本無法解碼。而其他幾大著名難解隱語，儘管七彎八繞，剪得斷，就能夠理順使其不再亂，也都得到了為學界所能夠接受的；雖然未被確認答案，但被認為合理而認同。硝子石的種種解釋，包括我的解釋，因缺少解彎的合理性，所以便不具有了釋義的準確性，諸說迄今無一被學界認同。「硝子石」仍然是難解之謎。

　　我一向主張直白直解，最怕繞脖子。稍一纏夾便偏離本義，甚而謬之千里。語本無彎，何必纏繞。「梧桐葉落」直解乃是「光棍一條」。不必牽繞及於「乞丐無處棲身，隨地而臥，枯葉飄落滿身」。孫雪娥說「鍋兒是鐵打的，也等的慢慢兒的來」。鍋加熱升溫需時間，並未涉及鑄鐵鍋的生鐵與打制鍋的熟鐵，更未涉及「熟鐵鍋是一錘一錘敲打成的」這一問題，圍著原本直白的語詞，不應彎彎繞而不徑直地夠奔語義。一語當前，具體分析，區別是直語還是彎語。有彎則直彎兒，無彎且莫繞彎兒。看那彎兒是自在固有的，還是後來添加的，這是直語彎語的根本區別。對固有的語彎，須有極大的耐心，彎不厭多，細解則靈。有的語彎較少，僅只是初級加密，剖直即可；而九曲十八彎，大回環的多級加密，只能逐次地找到彎兒而後直彎兒破譯密碼。一個彎兒也無法繞開，只

能按彎兒求解。著名隱語「望江南巴山虎兒汗東山斜紋布」，姚靈犀只解一道彎兒「望巴汗斜」而未注意多彎環繞。姚氏雖指出「反切語支流」，但未深究。反切除正序、逆序相切外，尚有變序反切，可稱之依聲變韻，如臉龐兒變韻為盤兒，麻臉為梅花盤，漂亮為盤兒亮（即古之博浪），今言乳托為奶胖兒等，皆是「音轉」現象。《金瓶梅詞話》中較為複雜如「零布」，零布被誤釋為「花子、乞丐身上的零碎布條」「不成材料的分頭（諧粉頭）」。零，有裂義，江湖語剪布曰裂帛。帛布又有貨幣義。所以「零裂布帛」重組原則是反切依聲變韻，其中寓義「破貨」。「望巴汗邪」依聲變韻重組為「望無巴父」，內寓王八無父，不是王八本人而是妻外淫所生之子不知其父。而且望亡不是音轉，民俗有不宜出行之日，曰「往亡日」「歸忌日」，簡言之是為有去無歸；夫遠行不歸，妻久曠外淫，生子無爸。夫因「往亡」之無歸，而成了烏龜王八了。對這種依聲變韻的音轉現象，前人曾作為遊戲。顧亭林留宿於傅青主家，晨宴起，傅喚曰：「汀茫矣，還睡也。」「汀茫」即轉天明，「耶」即呀。民間音轉更多，如弄堂：「官中路曰弄，廟中路曰堂」，弄為路之音轉，堂為行、趟之音轉。各行業交易數字音轉更多，如數序轉為「搖、柳、搜、臊、外」以代一、二、三、四、五，等等。《金瓶梅詞話》把變韻音轉推進了幾步。變化多端的彎兒，恰便是語美的力與趣之所在。在語言交際過程中，正是彎兒使說者樂道，聽者喜聞；正是彎兒倍增了美的韻味，這也便是隱語特有的審美品質。語彎兒，這不是我的獨造；語彎兒確是語言實際，於今更烈，生活中繞彎兒罵人的隱語之類，不是直來直去地罵，施罵者與受罵者皆以為彎兒的繞罵，罵得俏皮。這就是人們選擇了繞彎兒罵，因為有俏趣和巧趣。使直語的罵升級昇華而為有趣的巧與俏的俏皮話的審美活動了。

　　美語是語彎與語象，語彎是因諱而曲的不便直說；有的雖非諱而不願直說以求趣。這就是劉勰所說「遁詞隱意，譎譬指事」。化醜為美，化呆為趣。人們能夠接受與樂於接受，變機械的認知為能動的樂知。

　　解語欲求得正解而不曲解，學人共同認為首要的是細讀原書。細讀才能弄清語用與語場：即語詞在語言環境中的地位與作用。《金瓶梅詞話》第五十二回「半邊俏還動的〔被〕！」注家探究「半邊俏」語義時，誤解為「半癱」「半醉」「半瓶醋」等等，致誤皆因無視或忽視了那個常被刪除的「被」字，這個「被」字至關重要不能刪省，「被」字不是衍文：「半邊俏」不是一般的動，而是強勁得能「動的被」，換成今語即那活兒能頂起臥單。若當作衍文而刪除「被」字，半邊俏之為何物，便癱、便醉而大費猜疑了。

　　古建築廟門、衙門的門牆呈八字已為定式，這就是俗語所說的「衙門八字開」。望文生義地誤解為門開八字，任何雙扇的門，開啟後都是八字狀，便是尋常百姓家門開也是八字。那麼何以「八字」特指衙門呢？便是與普通民居不同的門牆呈八字之形，不信

可去河南內鄉實地考察古縣衙，看看到底是門八字還是牆八字？如無可能，請細讀一下《金瓶梅》原書，書中多次特地點明廟的門牆呈八字形，晏公廟「兩邊八字紅牆」(93)、玉皇廟「正門前一座牆門八字」(崇禎本首回)，可見讀書粗疏不得，讀書要細，細讀才能服人。

細讀為求甚解，對原書不甚解或甚不解，不僅句義不明，連句子也「點不斷」，釋義當然是「理還亂」了。「乳兒老鴉笑話豬兒黑」是因誤斷而生的「騎馬句」，乳兒是臉龐「庞」的誤字，本該屬上，被錯誤地屬下變成乳鴉「笑話豬腳黑」。「老鴉笑豬黑，烏龜嫌鱉跛」是資深的諺語。釋文最忌望文生義，牙旗本是旗的齒形邊飾，卻被釋成象牙旗。

細讀書，可以避免走馬過眼的表面印象。如果僅僅著眼於字面淺表義，而不去深思發掘其內涵，很難取得真義的正解。有人堅執說「獸頭」就是「野獸的頭」。以荒郊野外的野獸的頭，代替古建築脊獸的獸頭；還振振有詞地說什麼建築脊獸是美的，「掇著獸頭城以里掠：丟醜的孩兒」，掠獸頭豈不成「丟美」了麼？脊獸本是鎮脊之鎮物，形貌猙獰奇醜是獸頭的特徵，以掠獸頭喻言丟醜是極其準確的。獸頭並未因了登上殿堂屋脊而變得美貌起來，醜陋依舊，猙獰依舊，不信你去看看，這是一看便知的。不獨《金瓶梅》中獸頭取醜的本義，其他各書沒有一例取義「野獸之頭」的。這又由細讀原書，延伸及於細讀他書了。為明「獸頭」是脊獸而不是野獸之頭，不妨再粗讀(因為一讀即得)一下《紅樓夢》中曹雪芹為醜鄙的賈環特製的謎語，那「獸頭」習性「愛在屋上蹲」，是屋上的脊獸，不可能是野獸蹲踞屋頂應無疑義了。不必苛求時下的注家，前人也或因不明獸頭而誤作「壽頭」，《文明小史》第五十五回寫作「壽頭模子」，不知是刻誤還是作者筆誤。「獸頭」延及「模子」，這是罵語的升級，由其本人而罵其母。「獸頭」不論瓦質或琉璃質，皆須胎範模制窯燒。褚人獲《堅瓠二集》載有呂蒙正的〈鴟吻〉詩：「獸頭本是一團泥，做盡辛勤人不知；如今抬在青雲裏(按，一團泥絕非郊野獸頭)，忘卻當初窯內時。」此詩對獸頭的從泥坯、模製成型、入窯燒製都有涉及，特別是揭明置於屋脊可入青雲都寫得明白無誤。「獸頭」絕對不是「野獸的頭」當無疑義的了。因鎮物「獸頭」猙獰醜惡，常用來喻人醜鄙，不僅喻賈環尚且移喻女人，有妓女肌膚白而貌醜，人稱「雪獸頭」(事見宋代江休復《江鄰幾雜誌》)。如果「獸頭」必是「野獸之頭」，「雪獸頭」豈不必是雪藏野獸頭了麼！彎兒豈不越繞離題愈遠了。

獸頭本是俗語，童蒙讀物《五言雜字》即有「五脊六獸」之句。文人對俗語反而陌生，清代穆辰公《北京》言人難受狀貌誤為「五雞六獸」，前人誤作「雞獸同籠」，今人又誤會「郊獸獨行」，對正解反而「大驚」，對誤解連「小怪」也不，皆是未曾好好讀書之故。

解語除細讀原書之外，還須多讀雜書。「眼裏火」是舊時隱語，指見人就愛而無選擇。如果留心江湖切口諸籍，便不至於誤解為「憤怒得眼裏冒火」，眼裏冒的不是怒火而是欲火。如果流覽過語音學的書，易知「快」是古「會」音之遺存，便不至於把馬「快趫鐙」誤解為「馬愛快跑，駕馭不住」。指馬不容騎乘，「快」是「會」義，即慣於趫鐙，一觸鐙即轉磨打趫。

因《金瓶梅》涉語繁富龐雜，讀書雜多於解語大有助益。如「刷子」不是「刷剩的傻子」。《西廂》裏「木寸馬戶屍巾」是「村驢吊」，「屍巾」是吊的異寫，「吊刀」便是「刷」字，仍然是那話兒，傻子與鳥何干？

《金瓶梅》乃至《紅樓夢》常見「殺雞扯脖」（或「抹脖」），元雜劇（如《燕子箋》）常有「半跪作殺雞介」，這是戲劇的動作指示。提示演員半跪，做出殺雞（雞被殺）的姿勢。進入小說成為「體勢語言」。足見戲文與小說多有相通之處，讀點戲曲閑文，也並不多餘。還可舉「甲頭」語例，這是保甲制度的活化石，可以史解語，更可以語證史。明代王守仁《十家牌法》十家設一「輪牌」，粉牌上書甲頭某人，甲尾某人。住戶姓名、家庭成員及來客情況，按牌挨戶輪查。甲頭類似今之居民組長。

我並不贊成尋經稽典，因為《金瓶梅》是明代口頭俗語。俗語向為文人輕賤，認為「俗語無典」。事實上，俗語的原典不為文人載籍收錄。硬去從籍中搜求俗典，必是緣木而求魚。比如「說出話來灰人」，指給人抹灰，與東北口語「埋汰人」大抵相當。而與梁簡文帝的「祭灰人文」不搭界，何況所祭之「灰人」迄無確解，兩者僅止是字面偶同而已。

人們爭辯「狗骨禿」，到底是「狗崽子」還是「只剩了骨頭架子的老狗」。生活裏判定某語是常態還是罵語，這就須察言觀色才能定。我一向以為《金瓶梅詞話》原初是說話人的秘本，供說話人說聽的，出於說話人之口，訴諸於聽書人之耳，是聆音的聽覺效應；原本不講求供讀者閱看的目察視覺效應。所以一聽「狗骨朵」，很容易判定是罵語「狗崽子」，還是「狗骨頭」，分明而不混淆，大可不必遠求於栗姬罵漢武是老狗之典籍，遠典不能救正近語。退一步，「狗骨禿」確是罵語，宜解為狗蛋，惜狗胎生而非卵生。但也不是男人的性器。注家堅持「男陽堅硬如骨，狗骨禿必是男陽無疑」。所持並無堅據，只是隨意而又武斷。世界真奇妙：西北學人把「狗骨禿」斷為男陽無疑；吉林文史版《金瓶梅詞典》又把黃皮子的「皮子」解為女陰。男陽女陰兩地遙相對應，真是無巧不成對了。

不能（也不應）因《金瓶梅》涉性詞語較多，便神經過敏遇同皆性化，（擴大化了！）不依不饒地爭辯是「畫線」還是「拴線」，而責人讀書不細。如果讀書確是細而又細，便會發現「畫」與「拴」是互見於原書的，不信還可細加檢讀。第七十八回「畫一道兒，

只怕合過界兒去了」；第六十一回「齊腰拴根線兒，只怕音過界去了。」畫或拴，方法不同，同是為了有個「三八線」韻界限而不過界。畫道兒與拴線兒為的是界限分明。然而《醒世姻緣傳》第六十七回「驢臁子畫墨線，沒處顯這道黑！」界限模糊，實因是不顯黑，何必爭執。舉此穢例，被逼無奈，不得已也，非余好辯。

為解語發願讀書，因悟性差細讀也未必頓悟，年事雖漸高，書還是要苦讀的，所求的不是頓悟，漸悟也比執迷不悟好得多。近來，多讀雜書。仰摀與合蓬，屢見於諸書。劉繼莊《廣陽雜記》卷五：「捭闔，摀音擺，開也。」摀得解，音擺，義開。章炳麟《新方言·釋言》：「墜地俯者為合僕。」丁惟芬《俚語證古》：「向前僕倒，哈帕為盍覆之音轉。」《說文》曾說：「盍，覆也。」仰摀與合蓬書有明文，令人慨歎：「書到用時方恨少。」歎息無用，爭辯無功，還是多讀幾頁書！

現在本人正讀清人筆記，黃鈞宰的《金壺七墨》有詩一首，先得我心，深得我心，因錄以為後記作結。詩云：

> 詞章考據兩分馳，
> 刻苦論文已太癡。
> 等是積薪天地內，
> 可憐終有一燒時！

國家圖書館出版品預行編目資料

傅憎享《金瓶梅》研究精選集

傅憎享著.－ 初版.－ 臺北市：臺灣學生，2015.06
面；公分（金學叢書第 2 輯；第 3 冊）

ISBN 978-957-15-1652-3 (精裝)

1. 金瓶梅 2. 研究考訂

857.48   104008042

傅憎享《金瓶梅》研究精選集

著　作　者：傅　　　　憎　　　　享
主　　　編：吳　敢、胡　衍　南、霍　現　俊
出　版　者：臺　灣　學　生　書　局　有　限　公　司
發　行　人：楊　　　　雲　　　　龍
發　行　所：臺　灣　學　生　書　局　有　限　公　司
　　　　　　臺北市和平東路一段七十五巷十一號
　　　　　　郵 政 劃 撥 帳 號：00024668
　　　　　　電　話：(02)23928185
　　　　　　傳　眞：(02)23928105
　　　　　　E-mail：student.book@msa.hinet.net
　　　　　　http://www.studentbook.com.tw

定價：精裝 30 冊不分售
　　　新臺幣 45000 元

二　○　一　五　年　六　月　初　版

金學叢書 第二輯

金 學 叢 書
第二輯 3

吳 敢
胡衍南 霍現俊
主編

楊國玉《金瓶梅》研究精選集

楊國玉 著

臺灣 學 書局 印行

金學叢書第二輯序

　　2013 年 5 月第九屆（五蓮）國際《金瓶梅》學術討論會期間，胡衍南、霍現俊忙裏偷閒，時而小聚，漢書下酒，就中便有本叢書編輯出版一事。當時即擬與吳敢商談，以期盡快成議。只是吳敢當時會務繁多，此議終未提及。2013 年 7 月 3 日，胡衍南到徐州公幹，當晚至吳敢舍下小酌，此事即進入操作程序。此後電郵往來，徐州、臺北、石家莊三方輾轉，叢書編撰框架日漸明朗。2013 年 11 月 23 日，胡衍南再度到徐州公幹，代表臺灣學生書局與吳敢詳盡商談編輯出版事宜，本叢書遂成定案。

　　此「金學叢書」之由來也。

　　中國古代小說研究，重大課題眾多。近代以降，紅學捷足先登。20 世紀 80 年代，金學亦成顯學。明代長篇白話小說《金瓶梅》是中國文學史上一部里程碑式的重要作品，其橫空出世，破天荒打破以帝王將相、英雄豪傑、妖魔神怪為主體的敘事內容，以家庭為社會單元，以百姓為描摹對象，極盡渲染之能事，從平常中見真奇，被譽為明代社會的眾生相、世情圖與百科全書。幾乎在其出現同時，即被馮夢龍連同《三國演義》《水滸傳》《西遊記》一起稱為「四大奇書」。不久，又被張竹坡譽為「第一奇書」。《紅樓夢》庚辰本第十三回脂評：「深得《金瓶》壺奧」。魯迅《中國小說史略》認為「同時說部，無以上之」。

　　自有《金瓶梅》小說，便有《金瓶梅》研究。明清兩代的筆記叢談，便已帶有研究《金瓶梅》的意味。如明代關於《金瓶梅》抄本的記載，雖然大多是隻言片語的傳聞、實錄或點評，但已經涉及到《金瓶梅》研究課題的思想、藝術、成書、版本、作者、傳播等諸多方向，並頗有真知灼見。在《金瓶梅》古代評點史上，繡像本評點者、張竹坡、文龍，前後紹繼，彼此觀照，相互依連，貫穿有清一朝，形成筆架式三座高峰。繡像本評點拈出世情，規理路數，為《金瓶梅》評點高格立標；文龍評點引申發揚，撥亂反正，為《金瓶梅》評點補訂收結；而尤其是張竹坡評點，踵武金聖歎、毛宗崗，承前啟後，成為中國古代小說評點最具成效的代表，開啟了近代小說理論的先聲。明清時期的《金瓶梅》研究，具有發凡起例、啟導引進之功。

　　20 世紀是人類歷史上可足稱道的一個百年。對中國人來說，世紀伊始，產生了驚天動地的兩件大事：1911 年封建王朝的終結，1919 年「五四」新文化運動的興起。中國人

心裏承接有豐富的傳統，中國人肩上也負荷著厚重的擔當。揚棄傳統文化，呼喚當代文明，這一除舊佈新的文化使命，在中國用了大半個世紀的時間。觀念形態的更新、研究方法的轉變、思維體式的超越、科學格局的營設一旦萌發生成，便產生無量的影響，具有劃時代的意義。《金瓶梅》研究即為其中一例。

以 1924 年魯迅《中國小說史略》出版，標誌著《金瓶梅》研究古典階段的結束和現代階段的開始；以 1933 年北京古佚小說刊行會影印發行《金瓶梅詞話》，預示著《金瓶梅》研究現代階段的全面推進；以 30 年代鄭振鐸、吳晗等系列論文的發表，開拓著《金瓶梅》研究的學術層面；以中國大陸、臺港、日韓、歐美（美蘇法英）四大研究圈的形成，顯現著《金瓶梅》研究的強大陣容；以版本、寫作年代、成書過程、作者、思想內容、藝術特色、人物形象、語言風格、文學地位、理論批評、資料彙編、翻譯出版、藝術製作、文化傳播等課題的形成與展開，揭示著《金瓶梅》的研究方向。一門新的顯學——金學，已經赫然出現在世界文壇。

20 世紀 70 年代以來的當代金學，中國的吳曉鈴、王利器、魏子雲、朱星、徐朔方、梅節、孫述宇、蔡國梁、甯宗一、陳詔、盧興基、傅憎享、杜維沫、葉朗、陳遼、劉輝、黃霖、王汝梅、周中明、王啟忠、張遠芬、周鈞韜、孫遜、吳敢、石昌渝、白維國、陳昌恆、葉桂桐、張鴻魁、鮑延毅、馮子禮、田秉鍔、羅德榮、李申、魯歌、馬征、鄭慶山、鄭培凱、卜鍵、李時人、陳東有、徐志平、陳益源、趙興勤、王平、石鐘揚、孟昭連、何香久、許建平、張進德、霍現俊、陳維昭、孫秋克、曾慶雨、胡衍南、李志宏、潘承玉、洪濤、楊國玉、譚楚子等老中青三代，辨章學術，考鏡源流，營造了一座輝煌的金學寶塔。其考證、新證、考論、新探、探索、揭秘、解讀、探秘、溯源、解析、解說、評析、評注、匯釋、新解、索引、發微、解詁、論要、話說、新論等，蘊含宏富，立論精深，使得金學園林花團錦簇，美不勝收，可謂源淵流長，方興未艾。中國的《金瓶梅》研究，經過 80 年漫長的歷程，終於在 20 世紀的最後 20 年登堂入室，當仁不讓也當之無愧地走在了國際金學的前列。

此「金學叢書」之要義也。

本叢書暫分兩輯，第一輯為臺灣學人的金學著述，由魏子雲領銜，包括胡衍南、李志宏、李梁淑、鄭媛元、林偉淑、傅想容、林玉惠、曾鈺婷、李欣倫、李曉萍、張金蘭、沈心潔、鄭淑梅，可說是以老帶青；第二輯為中國大陸 20 世紀 80 年代以來學人的《金瓶梅》研究精選集，計由徐朔方、甯宗一、傅憎享、周中明、王汝梅、劉輝、張遠芬、周鈞韜、魯歌、馮子禮、黃霖、吳敢、葉桂桐、張鴻魁、陳昌恆、石鐘揚、王平、李時人、趙興勤、孟昭連、陳東有、孫秋克、卜鍵、何香久、許建平、張進德、霍現俊、曾慶雨、楊國玉、潘承玉、洪濤諸位先生的大作組成，凡 31 人 30 冊（其中徐朔方、孫秋克，

傅憎享、楊國玉，王平、趙興勤，因字數兩人合裝一冊），每冊 25 萬字左右。

天津師範學院（今天津師範大學）朱星是中國大陸金學新時期名符其實的一顆啟明星，他在 1979 年、1980 年連續發表多篇論文，並於 1980 年 10 月由百花文藝出版社結集出版了中國大陸新時期《金瓶梅》研究的第一部專著《金瓶梅考證》。朱星的研究結論不一定都能經得住學術的檢驗，但朱星繼魯迅、吳晗、鄭振鐸、李長之等人之後，重新點燃並高舉起這一支學術火炬，結束了沉寂 15 年之久的局面，這一歷史功績，應載入金學史冊。遺憾的是，朱星先生 1982 年逝世，後人查訪困難，只能闕如。

香港夢梅館主梅節可謂《金瓶梅》校注出版的大家，1988 年由香港星海文化出版有限公司出版《全校本金瓶梅詞話》；1993 年由梅節校訂，陳詔、黃霖注釋，香港夢梅館出版《重校本金瓶梅詞話》（該本後由臺灣里仁書局 2007 年 11 月初版，2009 年 2 月修訂一版，2013 年 2 月修訂一版八刷）；1998 年梅節再為校訂，陳少卿抄寫，香港夢梅館出版《夢梅館校定本金瓶梅詞話》。前後三次合共校正詞話原本訛錯衍奪七千多處，成為可讀性較好的一個本子。梅節由校書而研究，關於《金瓶梅》作者、傳播、成書、故事發生地等問題的認識，亦時有新見。可惜的是，梅節先生的論文集《瓶梅閒筆硯——梅節金學文存》2008 年 2 月由北京圖書館出版社出版，版權協商匪易，未能入選。

上海音樂學院蔡國梁 20 世紀 50 年代末即開始研習《金瓶梅》，寫下不少筆記，1980 年前後即依據筆記整理成文，1981 年開始發表金學論文，1984 年出版第一部專著[1]，累計出版金學專著 3 部[2]、編著 1 部[3]，發表論文多篇，內容涉及《金瓶梅》的思想、源流、人物、作者、評點、文化等諸多研究方向，是早期《金瓶梅》研究的主力成員。無奈聯繫不上，不得已而割愛。

國人研究《金瓶梅》的論著，最早是闞鐸的《紅樓夢抉微》[4]，但其只是一個讀書筆記。天津書局 1940 年 8 月出版之姚靈犀《瓶外卮言》，嚴格說也只是一個資料彙編。香港大源書局 1961 年出版之南宮生著《金瓶梅》簡說，算得上是一個原著導讀。臺北時報文化出版公司 1978 年 2 月出版之孫述宇著《金瓶梅的藝術》，可說是第一部文本研究的學術著作。該書全文收入石昌渝、尹恭弘編選的《臺港金瓶梅研究論文選》[5]。2011 年 3 月上海古籍出版社再版，增加了一篇作者自序，更名為《金瓶梅：平凡人的宗教劇》。

---

1   《金瓶梅考證與研究》，西安：陝西人民出版社，1984 年。
2   另兩部為：《明清小說探幽——明人、清人、今人評金瓶梅》，杭州：浙江文藝出版社，1985 年；《金瓶梅社會風俗》，天津：百花文藝出版社，2002 年。
3   《金瓶梅評注》，桂林：灕江出版社，1986 年。
4   天津大公報館 1925 年 4 月鉛印。
5   南京：江蘇古籍出版社，1986 年。

孫述宇先生本已與上海古籍出版社洽商同意編入金學叢書，並授權主編代理，忽中途撤稿，原因還是版權問題。

還有其他一些因故未能入選的師友：或已作仙遊[6]，或礙於本輯叢書的體例[7]，或因為版權期限，或失去聯繫等。凡此種種，均為缺憾。

儘管如此，第二輯連同第一輯 14 人 16 冊總計所入選的此 45 人 46 冊，已經是中國當代金學隊伍的主力陣容，反映著當代金學的全面風貌，涵蓋了金學的所有課題方向，代表了當代金學的最高水準。

此「金學叢書」之大略也。

臺灣學生書局高瞻遠矚，運籌帷幄，以戰略家的大眼光，以謀略家的大手筆，決計編撰出版「金學叢書」，實金學之幸，學術之福。主編同仁視本叢書為金學史長編，精心策劃，傾心編審。各位入選師友打造精品，共襄盛舉。《金瓶梅》研究關聯到中國小說批評史、中國小說史、中國文學史、中國文學評點史、中國文學批評史等諸多學科，是一個應該也已經做出大學問的領域。為彌補本叢書因為容量所限有很多師友未能入選的不足，特附設一冊《金學索引》[8]，廣輯金學專著、編著、單篇論文與博碩士論文，臚列學會、學刊與所舉辦之金學會議，立此存照，用供備覽。本叢書的編選，既是對過往的總結，也是對未來的期盼。本叢書諸體皆備，雅俗共賞，可以預測，將為金學做出新的貢獻。

此「金學叢書」之宗旨也。

金學已經不是一座象牙塔，而是一處公眾遊樂的園林。三百多部論著，四千多篇學術論文，二百多篇博碩士論文，既有挺拔的大樹，也有似錦的繁花，吸引著越來越多的研究者與愛好者探幽尋奇。不容置疑，傳統的金學，加上以文化與傳播為標誌的、以經典現代解讀為旗幟的新金學，必然展示著甯宗一先生的經典命題：說不盡的《金瓶梅》。

此「金學叢書」之感言也。

吳敢、胡衍南、霍現俊（吳敢執筆）

2014 年元旦

6　如王啟忠、鮑延毅、孔繁華、許志強諸先生等，駕鶴西去的徐朔方先生的精選集由其高足孫秋克代為編選，劉輝先生的精選集由其摯友吳敢代為編選。

7　本輯叢書乃論文精選集，字典、詞典與小塊文章結集便未能入選，《金瓶梅》語言研究的幾位專家如白維國、李申、張惠英、許仰民等因此失選。

8　吳敢編著，分上下兩編。

楊國玉《金瓶梅》研究精選集

目　次

附　錄

後　記………………………………………………………………… 175

《金瓶梅》研究的新起點
——「弄珠客思白」致丁惟寧書札辯證

引　言

近年來，隨著《金瓶梅》研究的持續升溫，有關此書作者及成書年代諸謎的新說迭出，令人目不暇接，眼花繚亂。而在 1990 年 2 月發現於山東諸城的一封信，卻一下子將人們的視線引到了這個在明清時期文風頗盛、名人輩出的古邑。這封信末作者署名「弄珠客思白」，文中又自稱「思白」，寫於「丙午清和望日」即明萬曆三十四年（1606）四月十五日，收信人為當地鄉居名宦丁惟寧，曾任四川道監察御史之職，故以「侍御公」稱之。此信不長，全文照錄如下：

> 侍御公幃下：京師嗟闊，斗轉數匝。郵筒相問，共觴夢求，痛何以堪！公退林泉，義皇是敦，而虞卿蕉（應為「焦」——引者注）尾之效高邈，吾之知也。公之奇書，楚人櫝中物，鄭人豈識之哉！思白詠誦，契杜樊川所云「一杯寬幕席，五字弄珠璣」也。囑予固篋，懍從命，無敢稍違也。帛軸二，歙硯、湘管各一遺公，驛至否？金閶顒望意縈。頓首。弄珠客思白上。丙午清和望日。

這封信之所以備受矚目，在於其中蘊含了一系列令人深思的可能性問題：這個自署「弄珠客思白」、又自稱「思白」者與現存於《金瓶梅》卷首一篇序文的作者「東吳弄珠客」是否為同一人，是不是晚明名重一時的書畫大家董思白（1555-1636）（名其昌，字玄宰，又字思白。本文為對應清楚起見，均稱其字「思白」）？畢竟，「弄珠客思白」的署名第一次將此前人們一直著力探究而未知其詳的「東吳弄珠客」與董思白的名號以明確的文字形式聯結在了一起。如果這個問題得以確證，那麼，基於董思白最早擁有至少《金瓶梅》前半部抄本、較早對此書作出評論、還以「東吳弄珠客」的別號為《金瓶梅》作序的多重因緣來進行推想，董思白在信中所談到的這部他自己奉若珠玉、珍愛有加而又謹遵丁惟寧所囑「固篋」（即壓在箱底秘藏之意）的「奇書」便極有可能正是《金瓶梅》。倘若這

個問題獲得正面落實，那麼，作為董思白抄本的上線，丁惟寧在《金瓶梅》抄本的流傳過程中究竟扮演了什麼角色，有無可能是此書的作者？這些問題，循序漸進，形成了一串環環相扣的「問題鏈」。不言而喻，假如這些問題均能得到圓滿解決，不僅對於《金瓶梅》研究本身，而且對於整個中國小說史的進一步系統構建，都將產生重大影響。

可惜，諸城新發現的這封信是丁氏後人於清同治五年（1866）錄藏的一份抄件，而非董思白手跡，使我們失去了從其書體特徵上判斷是否出自董氏之手的重要線索。或許也正因為這個重要因素的缺失，引起了一些學者的質疑。黃霖、陳詔二位先生分別講論、撰文，提出了多方面證據，對以上問題給予了全面否定。[1]他們的觀點在當時產生的影響相當大，此後，這封信便似乎從人們的視野中「淡出」了。

筆者經細緻核查有關資料，認為：黃、陳二先生的論據實際上只是一些可能性的設定，並不能構成對信中實在內容的必然性否證，這封信的文獻價值是不容低估的，對於《金瓶梅》研究的深化有著極其重要的意義。故援筆成文，對此信予以辯證，並就教於二位先生及學界同好。

一、「弄珠客思白」亦即「東吳弄珠客」就是董思白

給丁惟寧寫信的這位「弄珠客思白」究竟是誰？這個問題與《金瓶梅》的序作者「東吳弄珠客」的懸案是糾結在一起的。因此，必須要首先對「東吳弄珠客」的可能人選予以梳析。

迄今為止，學界對於「東吳弄珠客」的坐名推證，已多至馮夢龍、袁無涯、劉承禧、何三畏、董思白 5 人。徐恭時先生通過對董思白之於「東吳弄珠客」名號的適應性以及序文體現的其他相關信息的全面解析，提出了「董思白說」。[2]其證大略有五：

第一，董氏本貫松江府上海縣，進士及第後占籍華亭，二縣均處於古吳東境，與序者署貫「東吳」相符合；

第二，董氏未第時，曾寓居浙江平湖，與當地名勝「弄珠樓」結下了一段深厚的情緣，正堪與「弄珠客」的別署名實相副；

第三，董氏為書作畫，多有記地之習，「××道中」是其書畫題跋中出現頻次較高

---

1 梯〈黃霖副教授提出：《金瓶梅》非丁惟寧所著〉，《社會科學報》，1990 年 3 月 29 日；陳詔〈「東吳弄珠客」是董其昌嗎？〉，《金瓶梅六十題》，上海：上海書店 1993 年（以下所引有關觀點，均出自二文，不另注。）。

2 徐恭時〈「東吳弄珠客」係董其昌考〉，《上海師範大學學報》，1990 年第 2 期。

的書例，恰與「東吳弄珠客」序末「漫書於金閶道中」的記地方式相一致；

第四，序作之時「萬曆丁巳季冬」即萬曆四十五年（1617）十二月，董氏是否去蘇州（金閶），雖未見於存世的書畫題跋，但他平生素喜乘舟遊歷各地，而本年又全在江南，其時極有可能確在蘇州；

第五，「東吳弄珠客」所記袁中郎對《金瓶梅》「亟稱之」的稱賞態度，與中郎致董氏書所云「雲霞滿紙，勝於枚生〈七發〉多矣」的讚譽之言正相合榫。

徐先生之說考據周詳，論證充分，已將董思白化名「東吳弄珠客」的各種合理條件基本揭明。在缺乏直接證據的情況下，此說雖然尚難以成為定論，但與其他各說相比，顯然更為中肯，也更具說服力。

筆者是贊同徐說的。另外，再作一點重要補充，即：「東吳弄珠客」、董思白對《金瓶梅》的評價互相統一，如出一轍。序文開篇便道：「《金瓶梅》，穢書也。」顯而易見，這是就書中過多露骨的色情內容而言的。但是，「東吳弄珠客」並不認為《金瓶梅》是一部其意專在「宣慾導淫」的淫書。在他看來，作者之所以大肆鋪陳西門慶及其妻妾淫靡放蕩的生活場景，其目的並非為淫而淫，而在於以淫戒世，「然作者亦自有意，蓋為世戒，非為世勸也」。在作者筆下，西門慶及潘金蓮、李瓶兒、春梅皆不得善終，均係因果報應，「令人讀之汗下」。然而，由於書中性描寫過多過細，不可避免地會產生與其創作宗旨相矛盾的消極影響。對此，「東吳弄珠客」是有所認識的，並存隱憂在胸。他列舉了《金瓶梅》讀者的四種不同類型和不同心態：「讀《金瓶梅》而生憐憫心者，菩薩也；生畏懼心者，君子也；生歡喜心者，小人也；生效法心者，乃禽獸耳。」其褒貶臧否，一目了然。因而，他主張因循作者原旨，引《金瓶梅》人物的命運為自身鏡鑒，「勿為西門之後車可也」，「若有人識得此意，方許他讀《金瓶梅》也」。「第一奇書」本卷首謝頤序明確概括道：「向弄珠客教人生憐憫畏懼心，今後看官睹西門慶等各色幻物，弄影行間，能不憐憫、能不畏懼乎？」應當說，「東吳弄珠客」對作者創作宗旨的理解以及《金瓶梅》的負面社會效應與其創作宗旨相背離的認識都是比較準確的。至於董思白對《金瓶梅》的公開論評，僅見於袁小修的轉述。據小修記載：約在萬曆二十六年（1598）前，「往晤董太史思白，共說小說之佳者。思白曰：『近有一小說，名《金瓶梅》，極佳。』……追憶思白言及此書曰：『決當焚之。』」[3]他一方面極口稱讚《金瓶梅》「極佳」，這應當包含著對其藝術成就和良好的創作意圖的充分肯定；另一方面，卻又說「決當焚之」，顯然是針對其淫穢描寫的負面影響來講的，但過激的言辭未免帶有矯情意味，否則，《金瓶梅》抄本就無由從他手中流傳開去了。董氏所論，雖隻言片

3　袁小修《遊居柿錄》卷九。

語，卻清晰地反映出他對《金瓶梅》的矛盾態度。以「東吳弄珠客」與董思白的評價兩相比照，儘管繁簡有別，但其基本論調卻是完全一致的。

合而言之，可以肯定的是，「東吳弄珠客」這頂桂冠戴在董思白頭上遠比馮夢龍等人要合適得多。如此看來，當諸城發現了一封明確以「弄珠客思白」作署的信時，這無論如何是應該引起足夠重視的。

回過頭來，再看這封信。這位寫信的「弄珠客思白」是不是董思白呢？這就首先需要解決以下兩個基礎性問題：

第一、值此信寫作之時「丙午清和望日」即萬曆三十四年四月十五日，董思白是否滯留於蘇州（金閶）？

黃、陳二先生否定「弄珠客思白」即董思白的主要證據之一，即是認為，董氏當時正以湖廣提學副使之職在官署武昌，而不在蘇州，並說這是「最關鍵的時間差」。這種說法看似有力，實則不然。考董氏行跡，萬曆三十二年冬，他奉旨起任湖廣提學副使，到次年春方赴楚就任，至三十四年秋即解綬南歸。但是，這並不意味著他就肯定會在官署武昌。因為，按明代官制，提學副使是設於各省的專職教官，其職責在於巡視、督察治下府、州、縣的儒學事務，就任此職者，並不一定總在官署坐衙。而向來喜歡遊山玩水的董思白在任上僅一年多的時間裏，更是多次借視察學政之機在各地遊歷，這在其現存於世的書畫題跋以及他人的著述中都是有據可查的。

遺憾的是，這年的四月十五日，董氏究竟在武昌，還是在蘇州，未見記載。據其書畫題跋所記：萬曆三十四年春，遊湖口石鐘山，書蘇軾〈石鐘山記〉；夏四、五月，作行書《書旨》及繪《山水》，不詳何地；六月八日，避暑蘄州，書〈舞鶴賦〉。按：湖口在江西北界，距武昌已遠，而蘄州則在二地中間。據此推測，假如董氏四月十五日在武昌，那麼他的這段行程便是：先從湖口折返武昌，而後再由武昌沿江而下，於六月初避暑於蘄州。這種穿梭般的匆忙往返，未免令人費解。董氏平生寄情山水，浪跡江湖，尤其是對蘇州情有獨鍾，其書畫題跋中以「金閶」記地者即不下二十餘次。董氏此次既出湖廣，極可能順水漂船，在四月中旬前後到蘇州兜上一圈以了相思，然後再溯江而上，回蘄州避暑，這樣的行程不僅更為順暢自然，也是符合董氏心性的。也就是說，實際上董氏當時在蘇州的可能性遠比在武昌要大得多。

第二，董思白是否曾與丁惟寧相識相交？

黃、陳提出，在今存董氏詩文和書畫題跋中，沒有他與諸城丁惟寧往來的記載。但即便如此，事實上也根本不能否定董思白確有認識丁惟寧的可能性。董氏一生，交遊甚廣，朝野之中多有其友人，今人所知，不過僅其一二而已。在乾隆《諸城縣志》中，董思白之名凡三見，說明他與諸城的緣分不淺。尤其值得注意的是，丁惟寧之幼子丁耀亢

（1599-1669）「少孤」，「弱冠為諸生，走江南，遊董其昌門」。即使從情理上講，董氏與丁惟寧相識也是完全可能的。

據乾隆《諸城縣志》等史料載：丁惟寧（1542-1609），字汝安，又字養靜，號少濱主人，嘉靖四十四年（1565）進士，歷任清苑知縣、長治知縣、四川道監察御史、直隸真定府巡按、河南僉事、隴右兵備僉事、江西參議等職，每任皆有治聲，頗受百姓愛敬。萬曆十五年（1587）十一月，在任鄖襄兵備副使時，因軍士嘩變而遭鄖陽巡撫李材、參將米萬春謗劾，遂拂衣而去，歸鄉閒居。鄉居時，與同道者七人結成「西社」，暢遊觸詠。社友陳燁曾撰〈西社八友歌〉，以紀其事。但是，縣誌僅提及「八友」中的五人，其他則不得而知。所幸陳燁所作〈東武西社八友歌〉賴丁氏後人珍藏傳世，為世人留存了一份寶貴的「西社八友」名單，董思白即赫然名列其中。歌中言及丁、董二人的歌辭云：

> 董生文學已升堂，志高不樂遊邑庠，雲間孤鶴難頡頏；
>
> 聰明才雋丁足當，琴彈伯牙字鍾王，蔚如威鳳雲間翔。[4]

「雲間」乃松江華亭之別稱。在結社八人中，惟董思白為外邑人，且年齡最小，故以「雲間」「董生」稱之。據此看來，不僅董氏確曾駐足逗留於諸城，而且此前丁惟寧也曾遊歷過松江華亭，即所謂「雲間翔」。丁、董二人，一為「東武」「威鳳」，一為「雲間孤鶴」，原是情趣相投的西社社友。又，丁惟寧有〈山中即事〉組詩，現存於丁公石祠內碑刻，第三首由「雲間喬拱宿」手書，末聯云：「獨餘千里瞻依在，遙見雲頭鶴往還」[5]。以董思白被陳燁喻為「雲間孤鶴」為參證，則丁詩中所謂「雲頭鶴」也當隱指董氏。他們二人之間的交誼之深、過從之密，於此可以略見一斑。丁耀亢在少年失怙後，之所以能負笈雲間，受知於當時已名滿天下的董思白，原來正是借重於其父的舊誼。

另外，黃先生還對信尾落款提出了質疑，認為署名「弄珠客思白」有乖於通例，「弄珠客」的別號不應加於「思白」前；「頓首」後也不當有「弄珠客思白上」。前一疑問，應由以「思白」為董氏之號而生。問題在於，「思白」在董氏究竟是字還是號？中國古人的稱謂較為複雜，一般即有名、字、號諸項，而字、號又往往不只一個，很容易導致互誤，以致出現不同文獻記載的相互牴牾現象。這種情況也恰恰發生在董氏身上。檢諸明清有關文獻，稱「思白」為董氏之號者有之，謂其為字者也不少，應以何者為確呢？對此，除依史料的可信度予以取捨外，按名索字是一個區分字、號的重要原則。因為古人取字多由其名引伸而來，二者在意義上有統一、連貫之處，而號則不然，多與其人生

4　張清吉〈《金瓶梅》作者丁惟寧考〉，《東嶽論叢》，1998 年第 6 期。

5　丁公石祠碑文。

態度、現實際遇、原生籍貫及長期居地等相關。就董氏而言,「其昌」之名,應取義於《書·仲虺之誥》「推亡固存,邦乃其昌」,乃國家繁榮昌盛之義。而「白」有明亮、純潔之義,喻指政治清明,古人多有引之入字者,如文學家趙南星、惟寧之孫丁豸佳均字「夢白」,與「思白」取義大同,表達了對國家前景的美好憧憬。「思白」與「其昌」意韻一致,應為董氏除「玄宰」外的又一字,而非號。可見,「弄珠客思白」並非兩號相疊,而是以別號「弄珠客」帶字「思白」連綴作署,順理成章,無懈可擊。至於「頓首」後是否應有「弄珠客思白上」,則涉及到古代書信中自謙敬人的用語問題。如果寫信者「弄珠客思白」果是董思白,已比丁惟寧小 13 歲,屬後生輩,在「頓首」後加「上」,再表敬意,實無任何出格之處。

概言之,黃、陳二先生所提出有關否證,並不能將董思白從「弄珠客思白」的可能人選的範圍中排除出去,恰恰相反,董思白對「弄珠客思白」的條件是基本能夠滿足的(之所以說「基本」,是因為還有一可能性的推測)。

當我們進一步將信中所體現出的「弄珠客思白」的主體信息與董思白相對照時,更會發現,董思白對於「弄珠客思白」的名號是具有唯一適應性的。

首先,「弄珠客思白」對丁惟寧的理解和欽羨是董思白當時仕途境遇和心態志趣的真實反映。

顯然,「弄珠客思白」對丁惟寧的履歷行跡是非常瞭解的。郿襄兵變後,丁惟寧歸鄉閒居,往來林壑,欣然自得,尤其醉心於九仙山的天然美景。王化貞〈柱史丁公石祠記〉載:丁公「及得此山,大樂之。凡旬日一至,至輒留,晝憩樹下,夜宿草廬,扶杖逍遙於煙水之間,曰:『是何必減羲皇上人!歌于斯,哭于斯,又豈不足吾所耶!』」丁惟寧有詩云:「削成丘壑疑天外,領就煙霞出世間。永譽自當高月旦,神遊從此託仙山。」後其子耀斗在此山南麓伐石作室,惟寧經常與友人觴詠其間,時人視為大德大隱。太原王穉登曾題贈丁惟寧石匾一方,文曰「羲黃(皇)上人」,現仍嵌存於丁公祠正堂北窗之上。「弄珠客思白」信中云:「公退林泉,羲皇是敦,而虞卿焦尾之效高邃,吾之知也。」所謂「焦尾」,即焦尾琴,典出《後漢書·蔡邕傳》,喻指良才而不得其用;而「羲皇」,即傳說中的伏羲氏,為隱士美稱。此句既表達了對丁惟寧無端遭貶、未竟其用的同情和歎惋,又流露出對其超然物外的退隱生活的理解和羨慕之情。晚唐詩人杜牧(803-852),仕途多坎坷,在辭去京官而出為湖州刺史時,曾作〈新轉南曹,未敘朝散,初秋暑退,出守吳興,書此篇以自見志〉五律,有「一杯寬幕席,五字弄珠璣」之句,表明自己追慕退隱生活、以詩酒自娛的山林之志。「弄珠客思白」稱引小杜此聯,且以一「契」字明確了對詩境的認同態度,直可以說是夫子自道了。「弄珠客思白」這種理解和嚮往林泉之隱的心境,與此時的董思白也是完全吻合的。

　　董思白萬曆十七年登進士第，先進翰林院，充庶吉士，再授編修；二十二年二月，皇長子朱常洛出閣就學，又充任講官，頗受賞識看重，「因事啟沃，皇長子每目屬之」[6]。此時的他，可謂躊躇滿志，春風得意。在這個幾乎註定要成為皇帝的皇長子身上，寄繫了他希圖進一步仕途騰達的政治夢想。但是，事與願違。當時的神宗皇帝正專寵鄭貴妃，對其所生三子常洵關愛有加，而對由宮女出身的王恭妃所生的長子卻表現出明顯的冷落厭棄，早就有廢長立幼之意，故遲遲不立太子。大臣們屢屢上書求立國本，均遭神宗責罰。二十六年春，群臣伏闕請立東宮，又受切責。冬，董氏因與皇長子的關係過於親密而觸犯權臣，被調任外職，出為湖廣按察副使。仕途生涯中的這種變故使董氏的政治熱情遭受了重大打擊，心境為之大改。由「坐失執政意」，於是，他託病不赴，休病江南，至三十二年改任湖廣提學副使時，仍「偃蹇不欲出」，自謂「徵書雖到門，猿鶴幸相恕。秖因湘楚遊，故是離憂處」[7]，最終不得已才勉強赴楚督學。對政治前景的失望和對宦海浮沉的厭倦，使他轉而自覺追求一種超塵脫俗、恬淡清曠的人生境界，愈加陶情於山水，寄意於書畫，以表明自己淡泊功利、無意仕途的心志。從其書畫目錄中可見，董氏對古代隱士或有隱逸之志者的詩、書、畫和有關題材顯得格外屬意，正是這種心態的表露。對於杜牧的詩，他是很欣賞的，不僅曾予手書，更認為「杜樊川詩，時堪入畫」[8]，多次創作其詩意圖。所有這些，都在「弄珠客思白」的信中得到了落實。惟因董思白與丁惟寧相交至深，又有相似遭遇，才會使二人雖遠隔千里，仍惺惺相惜，靈犀相通。

　　其次，「弄珠客思白」的信恰填補了董思白「弄珠」情結中的缺環。

　　董思白中進士前，曾在浙江平湖大族馮大參家設館。平湖東有湖曰東湖，因有九水注入，里人目為九龍戲珠，並漸至與史籍中鄭交甫於漢皋見二神女遺珮的神話故事牽合一處。明末清初錢士馨作〈弄珠神女傳〉，即演此事。嘉靖間，湖中小洲之上建「戲珠亭」，到萬曆三十四年夏，知縣蕭鳴甲增建而成「弄珠樓」，於是蔚成浙西名景。這是在東吳地域內與「弄珠」名典相關涉的唯一一處。「弄珠樓」落成之際，蕭鳴甲念及董思白與平湖的因緣，向時任湖廣提學副使的董氏索墨。他欣然應允，除題匾「弄珠樓」外，又賦〈寄題蕭使君弄珠樓詩〉二首助興。第一首末聯為：「一自明珠還海曲，采風應到弄珠謠」，附自注云：「弄珠，漢水遺事。使君漢陽人，而平湖亦有漢塘，又稱鸚鵡湖，於弄珠差合」；詩後復跋：「使君屬余作榜書，更欲書聯句，孝廉馮欽仲藏余二十五年書『晴川、芳草』二語，即以懸之，若有冥數。是『弄珠』之取義，又非僅在九

6　《明史》卷二百八十八。

7　董思白《容臺詩集》卷二。

8　董思白《畫禪室隨筆》卷二。

水環拱矣。」匾、詩、注、跋中竟次次不虛「弄珠」二字，這表明董氏與「弄珠」的確
有著一種特殊的不解之緣。最堪玩味的是跋之末句，言外似有未盡之意。「弄珠」原為
「九水環拱」的「弄珠樓」而題，而董氏卻說取義並不全在於此，那麼，又有什麼別的含
義呢？再者，據文獻記載，恰在這一年的秋天，董氏辭官歸鄉後，將其郡西龍潭書園樓
居名之曰「抱珠樓」（一作「抱珠閣」）。當然，平湖之「珠」無論如何是抱不回來的。
董氏所抱之「珠」，究竟為何物？在同一年中，前有「弄珠」，後有「抱珠」，為世人
留下了兩個難解的謎團。

　　在這封寫於本年初夏的文辭簡約的信中，除署名「弄珠客思白」外，竟然也兩涉「弄
珠」：其一，「楚人櫝中物，鄭人豈識之哉！」化自《韓非子·外儲說左上》中那則著
名的「買櫝還珠」寓言；其二，又引小杜「五字弄珠璣」詩聯。從信文看，「弄珠客思
白」顯然是將此前得自丁惟寧的一部「奇書」奉為珠玉的，因此才以「弄珠客」自號。
董思白「弄珠」之義的弦外之音、所抱何「珠」的疑問，均可從中獲得圓滿答案。來自
「弄珠客思白」的這番情由與董思白所留下的兩重懸案竟天然合榫，珠聯璧合，從而將兩
個問號完全拉直了。如果說這個「弄珠客思白」不是董思白，而是同時的另外一位也叫
「思白」的人，竟然能夠與董思白的行止巧合至如此程度，這種可能性幾乎是不存在的。

　　綜上所述，將「東吳弄珠客」與董思白的關係、「弄珠客思白」與董思白的關係結
合起來看，「東吳弄珠客」或「弄珠客」正應為董思白別號，〈金瓶梅序〉及給丁惟寧
的這通書札均應出自董思白手筆。至於在董思白書畫題跋、詩文著述中，未見其自署過
「弄珠客」之號，原為情理中事，不足為怪。試想，董思白或任何其他什麼人，為《金瓶
梅》這樣一部不名譽的書作序，既不願暴露真名實姓，自然也斷不會自欺欺人地選用一
個盡人皆知的別號綴於序末，而必是以一個只有極少數密友知曉的化名代署。否則，又
如何能做到自隱其名呢？！

二、「奇書」正是《金瓶梅詞話》

　　董思白是晚明書畫界的一代宗師，同時又是《金瓶梅》在早期抄本流傳階段的一個
重要人物。在明人對《金瓶梅》的記述中，有兩則材料均與他有關。萬曆二十四年（1596）
秋，袁中郎（1568-1610）在吳縣任上作〈與董思白書〉，信中說：「《金瓶梅》從何得來？
伏枕略觀，雲霞滿紙，勝於枚生〈七發〉多矣！後段在何處？抄竟當於何處倒換？幸一
的示。」[9]這是《金瓶梅》一書存世的最早記載。據此可知，中郎的前半部《金瓶梅》抄

9　　袁中郎《錦帆集》卷四。

本來自董思白，董氏是目前所知《金瓶梅》抄本的最早擁有者，而且，他的抄本可能還不止前半部。此外，據中郎之弟袁小修（1570-1624）追憶，董氏不久以後談到《金瓶梅》時，既稱讚其「極佳」，又說「決當焚之」，因而成為見諸記載的繼袁中郎之後對此書有所評論的第二人。通過以上對「弄珠客」即董思白的確證，可知他還以別號代署為此書作過序，這樣就又為他與《金瓶梅》的因緣增加了一重。在董思白的這封信中，談到了一部從丁惟寧處得來的「奇書」。對於這部「奇書」，惟寧囑其「固篋」，顯得頗為神秘，而董氏自己又視同珠寶，這究竟是一部怎樣的書呢？董思白與《金瓶梅》的特殊瓜葛，不能不使人將這部「奇書」與《金瓶梅》聯繫起來，它很有可能正是曾被董氏自己讚譽為「極佳」的「穢書」《金瓶梅》。

對此，黃先生是持否定態度的。他認為，信中所言「詠誦」的指稱對象和「五字弄珠璣」的讚譽對象應是詩歌，尤其是五言詩，而不是小說。其實，這種說法並不確切。單個看來，「詠」「誦」二字的指稱對象確有不同。「詠」，乃曼聲長吟之義，一般是就篇幅較小的韻文而言；而「誦」，乃朗讀之義，可泛言一切文體。如班固〈東都賦〉：「今論者但知誦虞夏之《書》，詠殷周之《詩》」。但按照漢語構詞法的特點，當兩個意義相關的單音詞連綴成雙音詞時，會發生義變現象，其實際意義會向後者傾斜。「詠誦」作為合成詞，側重點在後一「誦」字，用以稱讀小說實無不可。至於「五字弄珠璣」，原係董氏借用杜牧詩句以自明其志，並作為對「奇書」的讚美之辭，而與其體裁是小說或詩詞無關。可見，以「詠誦」「五字弄珠璣」為據是不能否定「奇書」具有是《金瓶梅》的可能性的。況且，若果是詩，又如何能當得起「奇書」之名？！

破讀此信，可以發現，在董思白眼中，這部「奇書」具有兩個明顯特徵：第一，這是一部容易遭人誤解、事實上也已經產生了誤解的書。「公之奇書，楚人櫝中物，鄭人豈識之哉！」此語的言外之意，是說有些人誤會和曲解了這部「奇書」的真實意蘊，以致其真正價值反倒受到湮沒，未能得到應有的實現。故而思白對此「奇書」以「珠」稱之，將那些誤解其原意者貶稱為不識貨色的「鄭人」，以撫慰丁惟寧。第二，這是一部指斥時政的書。「公退林泉，羲皇是敦，而虞卿焦尾之效高邈，吾之知也。」其中，所謂「虞卿」，乃戰國時主張合縱抗秦的遊說策士，曾為趙上卿，後為友亡梁，「不得意，乃著書，上采春秋，下觀近世……以刺譏國家得失，世傳之曰《虞氏春秋》」[10]。思白既將丁惟寧比作虞卿，則這部「奇書」也必與《虞氏春秋》有著相類似的性質，即「刺譏國家得失」。當然，這部「奇書」絕非一般的史學專著，而應是大有史家筆意的著作。

這兩個特徵，在《金瓶梅》兼而有之。作者通過對西門慶奢靡淫蕩生活的細密描寫，

10　《史記·平原君虞卿列傳》。

曲盡人間醜態，本意在於以淫戒淫，警世勸善，亦即東吳弄珠客（董思白）所謂「世戒」之意。欣欣子序亦稱：「竊謂蘭陵笑笑生作《金瓶梅傳》，寄意於時俗，蓋有謂也。……無非明人倫，戒淫奔，分淑慝，化善惡。」這種創作意圖不可謂不良，但是，由於其中淫穢處過多，註定一出世即難逃「淫書」惡諡。即使在最早得見《金瓶梅》抄本的一批文人中，也不乏作如是觀者，如袁小修斥其「誨淫」[11]，沈德符責其「壞人心術」[12]。至於一些輕薄子弟，專尋其淫處看去，而生羨慕效法之心，就更是不堪了。對於《金瓶梅》受人誤解的遭遇，廿公大為痛心，在〈跋〉中云：「不知者竟目為淫書，不惟不知作者之旨，併亦冤却流行者之心矣」。此其一。其二，《金瓶梅》托宋之名而刺明之實，指斥當朝時政，眼明人一看便知。廿公跋云：「《金瓶梅傳》為世廟時一鉅公寓言，蓋有所刺也」；沈德符亦謂：「聞此為嘉靖間大名士手筆，指斥時事」。至於《金瓶梅》所呈露出的史家筆法，更是方家的共識。如，對其以典型人物的塑造為世人造像、立法的作法，東吳弄珠客稱之為「亦楚《檮杌》（楚國史籍名——引者注）之意也」；至清初張竹坡批評《金瓶梅》，對其人物眾多而又有條不紊的結構方式和自然而然而又暗伏玄機的敘事手法更是大為嘆服，盛讚「《金瓶梅》是一部《史記》」，「純是太史公筆法」，「全得《史記》之妙也」[13]。可以肯定地說，終明一代，尤其在這封信的寫作之年萬曆三十四年前，具備以上兩個特徵的書，除《金瓶梅》，再無別個。董思白將這樣的書稱為「奇書」，才會確得其實。

另一方面，再從丁耀亢撰寫《續金瓶梅》的有關情況來看，丁家確實藏有《金瓶梅》，這與董氏所說恰好卯榫相合。《續金瓶梅》全書 64 回，與《金瓶梅》各設因果報應，為耀亢晚年所作。認真研讀原著，自然是作續書的基礎。然《續金瓶梅》「凡例」稱，作書之時，「客中並無前集」，這表明耀亢不僅早對《金瓶梅》的故事情節爛熟於心，而且家中確有此書，只是未隨身攜於「客中」而已。又云：「前集名為《詞話》」。可知丁氏家藏的不是當時正流行的《新刻繡像批評金瓶梅》，而是與學界公認的現存最接近原本狀態的《新刻金瓶梅詞話》（萬曆丁巳本）同一血緣的《金瓶梅詞話》。這個本子是刊本，還是抄本？清康熙四年八月，年屆古稀的丁耀亢因作《續金瓶梅》遭人攻訐而下獄。至蒙赦得還後，他痛定思痛，愴然以詩志感，其〈漫成次友人韻〉之六云：

老夫傲岸耽奇癖，捉筆談天山鬼驚。誤讀父書成趙括，悔違母教失陳嬰。

非關湖海多風雨，強向丘園剪棘荊。征檄何如宣室詔，九霄星斗似知名。

11　袁小修《遊居柿錄》卷九。

12　沈德符《萬曆野獲編》卷二十五。

13　張竹坡《金瓶梅》讀法，第三十四、四十八、三十五則。

所謂「誤讀父書」，顯然是這場書禍的緣由所在。這部丁耀亢由「誤讀」而致禍的「父書」，不可能是指隨便別的什麼書，而是與《續金瓶梅》在創作主旨、故事情節等方面有著內在聯繫的書，因而只能是丁惟寧的《金瓶梅》。丁惟寧逝於萬曆三十七年（1609），其時《金瓶梅詞話》刊本尚未問世。由此觀之，丁惟寧所擁有的是《金瓶梅詞話》抄本，甚至有可能就是原稿本。之後，這部書便理所當然地由其子耀亢繼承下來，以致於熟悉到在無原本可供參據的情況下，仍能寫出一部承前而起的續書來。

總之，董思白信中所云「公之奇書」與丁耀亢所說的「父書」，實為同一部書，都是指丁惟寧的《金瓶梅詞話》。

三、丁惟寧是《金瓶梅》抄本的最終源頭，也應是其作者之一

對「弄珠客思白」即董思白、「奇書」即《金瓶梅詞話》的確證，客觀上為進一步深入探究丁惟寧和《金瓶梅》的關係提供了現實的空間。此前，在明人對《金瓶梅》早期抄本傳播情況的記述中，並無一字涉及丁惟寧。董思白的抄本從何而來？中郎當初就曾問及，卻未見回應。而思白的這封信已提供了一個明確答案，即，其抄本得自丁惟寧。那麼，丁惟寧在《金瓶梅》抄本的傳承過程中究竟處於什麼地位？這是我們首先應予探討的問題。

據明人記載，擁有或家藏《金瓶梅》抄本的共有 12 人（家），他們是：董思白、袁中郎、袁小修、沈德符、劉承禧、徐階（家）、謝肇淛、丘諸城、王世貞、王肯堂、王穉登、文在茲，此外，讀過或見過抄本的有馮夢龍、馬之駿、沈伯遠、李日華、屠本畯、薛岡等人。以下對其傳抄源流作一簡要梳列：

最複雜同時又最完整的一條傳抄線索是以董思白為發端的。據袁中郎致董思白書可知，萬曆二十四年，中郎已從董處借抄了前半部。不久，中郎之弟小修下第後，歸附當時卸任後正僑寓真州的中郎，也見到了這半部抄本。後來，又借給了長樂謝肇淛。萬曆三十四年，中郎曾致書催討。對此，謝之〈金瓶梅跋〉也有相應記載：「余於袁中郎得其十三，於丘諸城得其十五」[14]。然而，這個「丘諸城」何許人也？往歲，馬泰來先生據沈德符《萬曆野獲編》所記諸城丘志充藏有《金瓶梅》續書《玉嬌李》一事，推測「丘諸城」是丘志充[15]。這一說法曾廣為論者采信。後來，顧國瑞先生根據謝在任東昌府推

14　謝肇淛《小草齋文集》卷二十四。

15　〔美〕馬泰來〈謝肇淛的《金瓶梅》跋〉，《中華文史論叢》，1980 年第 4 輯。

官時客行於諸城的線索，對當時諸城丘氏諸人予以細緻排查，考定「丘諸城」應為志充之父丘雲嶧，謝從其手中借抄後半部抄本的時間當在萬曆三十年左右[16]。此論詳實有據，堪稱定讞。又據沈德符記，三十四年，沈氏與中郎會於京師，中郎稱「今惟麻城劉延白承禧家有全本，蓋從其妻家徐文貞錄得者」。「文貞」是明相徐階諡號，而劉承禧為徐階孫元春之婿。如此，《金瓶梅》當是徐氏家藏，劉承禧應該是從徐階孫輩手中抄得此書的。沈氏又云：「又三年，小修上公車，已攜有其書，因與借抄挈歸。」沈氏抄本來自小修，但小修抄本又來自何處，語焉不詳。從情理上講，中郎既知劉承禧有全本，斷不會失之交臂，因而其弟小修的抄本極可能抄自麻城劉氏。約在萬曆四十一年前後，馮夢龍、馬之駿相繼得見沈德符抄本，並勸其付刻，沈氏以「壞人心術」之由婉拒。又據李日華所記：「（萬曆四十三年乙卯十一月）五日，沈伯遠攜其伯景倩（德符字——引者注）所藏《金瓶梅》小說來」[17]，這是《金瓶梅》萬曆四十五年東吳弄珠客序刊本以前抄本流行的最後記錄。

另外，在刊本出現前，還有四個抄本擁有者傳抄路徑不詳。謝肇淛云：「唯弇州家藏者最為完好」；屠本畯也稱：「王大司寇鳳洲先生家藏全書，今已失散」。[18]「弇州」「鳳洲」均為王世貞號。二人言之鑿鑿，王世貞曾家藏全書應非虛謂。屠又云：「往年予過金壇，王太史宇泰出此，云以重貲購抄本二帙。予讀之，語句宛似羅貫中筆。復從王征君百穀家，又見抄本二帙，恨不得睹其全。」「宇泰」係王肯堂字，而「百穀」則為王穉登字。又，薛岡記云：「往在都門，友人關西文吉士以抄本不全《金瓶梅》見示。」[19]這個「關西文吉士」即陝西三水人文在茲，萬曆二十九年進士。他留京時間僅有短短的三年，以抄本見示於薛岡的時間應在萬曆三十年前後。

合勘之，在這些人中，只有董思白、丘雲嶧、徐階、王世貞、王肯堂、王穉登、文在茲 7 人（家）的抄本來源不明。征諸有關文獻，又可看到，除丘雲嶧外，在他們之間又存在著錯綜複雜的人際交往關係，其中心人物是董思白和王世貞。先看董思白。萬曆十六年秋，董赴南京鄉試，以文采超群，曾備受王世貞賞識；他又與徐家同里，曾至少兩次贈畫於徐階孫肇惠（字蓋夫），均題稱「蓋夫老親家」，可見兩家尚有姻親；董與王肯堂為同年進士，並授翰林院庶吉士，在王家居期間，還曾專程過府拜望；董與王穉登也有過往，曾得其舊藏宋拓；董與文在茲是否有過直接交往，目前尚無實據，但文在進

16 顧國瑞〈「丘諸城」是誰？〉，《徐州師範學院學報》，1987 年第 3 期。

17 李日華《味水軒日記》卷七。

18 屠本畯《山林經濟籍》卷八。

19 薛岡《天爵堂筆餘》卷二。

士及第後，亦授翰林院庶吉士，其座師陶望齡又是董之密友，因而他們之間以陶為媒發生關係是完全可能的。至於王世貞，與華亭徐階家是鄰邑，其父王忬被嚴嵩陷害，徐階曾鼎力相助；又與王穉登同郡且友善，萬曆後，穉登為其門客；王世貞與王肯堂之父王樵進士同年，且同為刑部要員，互有詩文往還，而世貞子士騏亦與王肯堂為同年進士，兩家可謂世交。這就是說，除了丘雲嶠，其他人都屬董思白和王世貞的交際圈中人。這種現象表明，他們的抄本極有可能均來自董、王二人。而王穉登與王世貞關係至密，卻又卷帙不同，或許另有出處。如此看來，董思白、王世貞、王穉登、丘雲嶠的《金瓶梅》抄本來自何處，應是追索抄本最終源頭的關鍵。

再進一步考察這 4 人的行跡，可以發現，他們儘管籍貫、年秩、官爵多有不同，但卻有一個明顯的共同點，即都曾與丁惟寧相交結緣。這種現象的出現恐怕決非偶然。董、丁之間的交誼已見上述。再看其他人。王世貞（1526-1590），字元美，自號鳳洲，又號弇州山人，江蘇太倉人，嘉靖進士，仕至南京刑部尚書。他在嘉靖三十六至三十八年任青州兵備副使時，曾專赴諸城，並留有詩作。丁耀亢〈述先德譜序〉記載：「弇州先生為青州兵憲，巡諸邑，觀兵海上。（惟寧）相與詠和，每為聽賞。」由此看來，二人結交很早，當時丁尚未登第。王穉登（1535-1612），字百穀，江蘇長洲人，祖籍山西太原，以布衣之身遊走四方，結交甚眾。丁公石祠內至今尚存有他題贈丁惟寧的「羲皇上人」及〈贈丁道樞九仙五蓮勝概遙寄小詩一首〉碑刻，均署「太原王穉登」。從贊辭及詩題看，他們二人的交往當在萬曆十五年末丁氏鄉居後，其情誼甚為深厚。丘雲嶠（1555-1629），字名西，諸城人，萬曆二十八年舉人，為南京吏部尚書丘橓（字茂實，號月林，諡簡肅）之侄。丘、丁兩家均屬諸城大家，世代過從甚密。〈述先德譜序〉載：惟寧少時，「從學於邱簡肅月林先生」。（「邱」同「丘」，清雍正初為避孔子名諱而改。）可見，丘橓為丁惟寧之業師。萬曆三十七年暮春，丘雲嶠同王化貞等人遊九仙山，過丁公石室小憩，曾題詩一首，「石屋嵯峨敞不關」云云，下署「名西丘雲嶠」，詩存於丁公石祠碑刻。令人深思的是，王世貞褒然大家，何以竟屈尊下降並非通衢大邑的諸城，又與當時尚未有功名的後生輩白衣秀士丁惟寧「相與詠和」？王穉登雖終身布衣，但早已名滿天下，因何也步王世貞後塵來到諸城，並滿懷崇敬地稱頌比自己小 7 歲的下野官員丁惟寧為「羲皇上人」？而丘雲嶠呢，文名、官聲均未顯，只當過短短的三年南部知縣，平生絕大部分時間都沒出過諸城，又是從何處山水不露地得到了《金瓶梅》的至少後半部抄本？種種蹊蹺之處都醒目地集結於諸城以及丁惟寧身上，這就不能不使人懷疑《金瓶梅》抄本的源頭應出在諸城，並與丁惟寧密切相關。董思白的抄本來自丁惟寧，已經明證，那麼，二王與丘的抄本也極有可能同出一源，來自他們共同的朋友丁惟寧。也就是說，丁惟寧是他們共同的上線，這是目前所能追索到的《金瓶梅》抄本的最終源頭。在未見直接文獻

證據的條件下，這是唯一合理的解釋。

最後，《金瓶梅》的核心之謎便凸現出來，切實地擺到了人們面前，即《金瓶梅》的作者是不是丁惟寧？

《續金瓶梅》第六十四回，丁耀亢在歸結其創作意圖時說：「諸惡莫作，眾善奉行。……我今講一部《續金瓶梅》，也外不過此八個字……纔消了前部《金瓶梅》亂世的淫心。」其間涉及到對《金瓶梅》負面效應的評價，即所謂「亂世的淫心」。黃霖先生引以為「《金瓶梅》非丁惟寧所著」的證據，認為對《金瓶梅》這般評價，不類子對父的態度。此論殊為不然。因為，對《金瓶梅》某一方面影響的評價與對全書的評價以及對其作者的態度，是屬於不同層面的問題，不能混同起來。《金瓶梅》在社會上造成的消極影響，是一個有目共睹、無可回避的事實，丁耀亢對此作出客觀評價並不意味著對《金瓶梅》的全面否定，更不說明對《金瓶梅》作者的貶斥。前已述及，《金瓶梅》之作，旨在以因果報應來警戒世人，東吳弄珠客、欣欣子及廿公均如是說；丁耀亢的認識並無二致。《續金瓶梅》第一回云：「單表這《金瓶梅》一部小說，原是替世人說法，畫出那貪色圖財、縱慾喪身、宣淫現報的一幅行樂圖」，亦即勸戒世人「諸惡莫作，眾善奉行」之意。但因其中細緻、露骨的性描寫的緣故，註定了面世後必然會產生負面作用，與其良好的創作初衷形成嚴重悖離，以致被誤解為一部「壞人心術」的「誨淫」之作。丁耀亢清醒地看到了這一點，卻顯然並未將《金瓶梅》視為「淫書」。為此，他在續書第一回中大鳴不平：「眼見的這部書反做了導慾宣淫話本，……把這做書的一片苦心變成拔舌大獄，真是一番罪案。」為將《金瓶梅》的苦心孤詣再明於世，更替世人說法，丁耀亢援筆作續，方有《續金瓶梅》之作。第四十三回云：「一部《金瓶梅》說了個『色』字，一部《續金瓶梅》說了個『空』字。從色還空，即空是色，乃因果報轉入佛法，是做書的本意，不妨再三提醒。」可見，儘管《金瓶梅》《續金瓶梅》各有不同的角度，但戒世之旨卻是一脈相承的。因此，他纔稱《金瓶梅》為「前集」「前傳」「前本」，而自稱續作為「後集」「後本」，將二者視為一個血肉相聯的整體。對《金瓶梅》作者，丁耀亢也並未表現出絲毫不敬。凡在續書中涉及之處，他均以謙恭之筆稱之為「前賢」「君子」「名人」，如第二回：「何如看《金瓶梅》發興有趣？總因不肯體貼前賢，輕輕看過……」；第三十四回：「有位君子做《金瓶梅》」；第三十七回摘引了《金瓶梅》卷前的四首〈行香子〉詞，也只謂「有一名人題詞曰」，滿懷崇敬的情感溢於言表。可見，丁耀亢上面這段話，並不能否定其父丁惟寧或其他某位先人具有寫作《金瓶梅》的可能性。

相反，《續金瓶梅》的創作緣起和丁耀亢對《金瓶梅》作者異乎尋常的態度，都表明了諸城丁家與《金瓶梅》有著千絲萬縷的聯繫。其一，自晚明至清初，為《金瓶梅》的境遇抱屈不平的文士盡多，但都說過即罷，無所作為。為什麼獨有丁耀亢難以釋懷，

在晚年花費巨大心力而作續書,力圖將「拔舌大獄」撥亂反正?其二,《金瓶梅》問世後,許多文人墨客即紛紛猜測作者是何人,這種風氣延至清代不減。丁耀亢既為此書作續,更要涉及到作者問題,但他對此卻表現得異常冷漠,似乎絲毫不感興趣,根本不去猜測作者的名氏、里籍,而只是謙恭地稱為「前賢」「君子」「名人」。揆之常理,著實奇怪。結合董思白等《金瓶梅》抄本擁有者與諸城、尤其與丁惟寧的情緣來看,《金瓶梅》的作者確應出在丁家,是丁耀亢的先輩。合理的解釋是:他作續書,乃出於維護先人聲譽的強烈責任感而為之;因為清楚地知曉作者何人,故不猜而惟敬。

董思白在寫給丁惟寧的這封信中,將《金瓶梅》稱為「公之奇書」。就字面而言,可以理解為兩個層面的含義:其一,「公」所擁有的書,這是所有權的問題;其二,「公」所撰著的書,這屬於著作權問題。前一問題,已得以正面落實。丁惟寧是否享有著作權呢?從此信的口吻看,這顯然是一封回書。此前不久,丁曾馳書於董,其中流露出對《金瓶梅》受人誤解的不滿情緒,並囑咐董要「固篋」之,所以董纔以此信作覆。設若丁惟寧僅是《金瓶梅》抄本的擁有者,而與其創作毫不相干,便既不會如此抱怨,更沒理由要求董思白「固篋」,而董也斷不會一面以鄭人「買櫝還珠」的寓言安慰丁惟寧,一面又對其「固篋」之囑表示「懷從命,無敢稍違也」。丁、董二人的這種態度表明,丁惟寧已經超越了單純的《金瓶梅》抄本擁有者的身分。尤其是,董思白將丁惟寧比作「虞卿」,其實已內在地包含了對其著作權的認定。虞卿既然是「不得意,乃著書(《虞氏春秋》)」,丁惟寧之於《金瓶梅》也應如此。也就是說,至少在董氏看來,《金瓶梅》是丁惟寧棄官歸隱後所作。董氏為丁之密友,他的抄本即從丁處得來,其說足堪格外重視。

但是,我們還不能匆忙地斷言丁惟寧就是《金瓶梅》的唯一作者。從《金瓶梅》的文本結構以及時代特徵等方面綜合分析,真正的原作者應是比他長一輩的人,此人應為其父丁純(1504-1576),而丁惟寧則是續作者,同時還應身兼對全書進行潤色、整理的角色。丁耀亢在其詩作中,於有意無意間已隱約洩露出了個中秘密。《續金瓶梅》被清廷焚毀後,丁耀亢痛徹心腹,作〈焚書〉詩云:

> 人間腹笥多藏草,隔代安知悔立言。

其中「隔代」二字,顯然不是就明清易代而言,而是指人的世代更迭。對他來說,只能落實在其祖父丁純頭上。耀亢詩意,即對其祖亡魂訴說衷曲。儘管耀亢生時,丁純早歿,但他從其父口中,應是深悉《金瓶梅》創作之秘的。因而,《金瓶梅》是一部父作子續的書。至於詳論,另見他文。

要之,「弄珠客思白」致丁惟寧的這封信,不僅可以解開《金瓶梅》外圍的「東吳

弄珠客」之謎，更宣告了在作者問題上眾說紛紜局面的終結，將《金瓶梅》研究導入到對此書與諸城丁家的關係進行理性論證的軌道上來，從而為《金瓶梅》研究的進一步發展提供了一個重要契機。它的發現，堪稱是《金瓶梅》研究的新起點。我們有理由樂觀地相信，《金瓶梅》創作之謎的全面破解已為時不遠了。

〔後記〕在去年（2000 年）10 月於山東五蓮縣召開的第四屆國際《金瓶梅》學術討論會上，本文曾提交會議交流，引起了許多與會專家的興趣，但也有學者仍對「弄珠客思白」這封信的真實性有所存疑。這封信的發現者是多年來一直致力於《醒世姻緣傳》研究並提出作者「丁耀亢說」的張清吉先生。據張先生函告：1987 年秋，他在諸城博物館查找有關丁耀亢的資料時，在一大堆紙色發黃多為破碎的字畫、遺墨等物中檢得此信，於是即將內容抄錄下來。因當時尚未涉足《金瓶梅》研究，故對信中的「弄珠客思白」字眼未予格外注意。到 1990 年 2 月，在南京參加海峽兩岸明清小說學術研討會期間，方知「弄珠客」為《金瓶梅》的序作者署名。但會後再去諸城搜覓原件，被告知那堆文稿已在當年年底打掃衛生時清除掉了。後來，張先生當時所抄錄的信文即在一些學者中傳抄開來。原件不存，確是一件非常遺憾的事情！筆者以為，對於這封信的內容，不宜輕易否定，而應該採取理性、審慎的態度予以進一步的深入辨析。

《金瓶梅》序作者「東吳弄珠客」續考

在《金瓶梅》卷前，有一篇署名「東吳弄珠客」的序文。這位「東吳弄珠客」到底是誰，可能事關《金瓶梅》的作者之謎，學界一直在努力追索。筆者是支持「董其昌說」的，並在向第四屆國際《金瓶梅》學術研討會提交的論文中做了補充論證[1]。今結合有關材料，再作兩點續考。

一、「弄珠」的取義及以「客」自名之由

在有關「東吳弄珠客」人選的各種觀點中，對於「東吳」係序者署貫這一點並無分歧，區別在於對「弄珠」的解釋盡有不同。這些候選人何以會和「弄珠」發生關係？所見有這樣幾種說法：

提出「董其昌說」的徐恭時先生認為：「『弄珠』之典，係從鄭交甫於漢皋見二神女遺珮事而衍化」，當指東吳地域內浙江平湖縣的「弄珠樓」；而「客」字意味著「此人當為異地而旅居平湖並應與『弄珠』之典有一段因緣的人物」，與董其昌萬曆十四年在平湖寄寓、就館的經歷契合[2]。王利器先生提出「袁無涯說」，認為：「弄珠」乃用漢皋游女弄二珠之故事，「蓋以二珠取譬《水滸傳》與《金瓶梅》也」，「此二書都是袁無涯從湖北麻城人手中得來」，「然弄此二珠者，乃今日東吳之遊客，而非當年南楚之游女也，於是乎袁無涯乃躊躇滿志，而以東吳弄珠客自稱矣」[3]。主「馮夢龍說」的魏子雲先生認為：「『龍』與『珠』的關係，乃我國古老的傳說」，「『弄珠』之名，自是龍的喻意」[4]。近年，又有人提出「弄珠客」係沈德符的新說，用拆字法對「弄珠」進行了「破譯」：「弄」，戲弄、嘲弄之意；「珠」，可析為「朱王」二字；「『弄珠』就

1　參見楊國玉〈《金瓶梅》研究的新起點〉，《金瓶梅研究》（第七輯），北京：知識出版社 2002年，亦可參見本書。

2　徐恭時〈「東吳弄珠客」係董其昌考〉，《上海師範大學學報》1990 年第 2 期。

3　王利器〈廿公是誰？東吳弄珠客又是誰？〉，《社會科學戰線》1991 年第 3 期。

4　魏子雲〈馮夢龍與《金瓶梅》〉，《金瓶梅藝術世界》，長春：吉林大學出版社 1991 年，頁 20。

是戲弄姓朱的皇帝的意思」，「『弄珠客』者，嘲弄朱明王朝之人也」[5]。

這些說法究竟孰是孰非？筆者想，要落實這一問題，為什麼不去看看古人是如何用「弄珠」的呢？

近年來，筆者從古代詩文中搜集到 30 餘條「弄珠」的語例。其中確有用驪龍戲珠之義者，如唐鮑溶〈采珠行〉：「東方暮空海面平，驪龍弄珠燒月明」；也有取鮫人泣珠之典者，如南朝梁陶弘景〈水仙賦〉：「弄珠於淵客之庭，卷綃乎鮫人之室」；有的則僅是詩意的描寫，並沒有什麼特別的含義，如五代徐昌圖〈河傳〉詞：「秋光滿目，風清露白，蓮紅水綠，何處夢回。弄珠拾翠盈盈」。但這些方面的例子極少，最為普遍的還是用漢皋游女的典故。「東吳弄珠客」以「弄珠」入名，應如徐、王二先生所說，取義於此。

漢皋游女的故事，起源相當久遠。早在《詩經・周南・漢廣》中，就有「漢有游女，不可求思」的詩句。其後《韓詩內傳》（已佚）、漢劉向《列仙傳》等多書都有記述。漢張衡〈南都賦〉：「游女弄珠於漢皋之曲」。唐李善注引《韓詩內傳》：「鄭交甫將南適楚，遵彼漢皋台下，乃遇二女，佩兩珠，大如荊雞之卵。」又，郭景純〈江賦〉：「感交甫之喪珮」，李善注引同書，其事較詳：「鄭交甫遵彼漢皋台下，遇二女。與言曰：『願請子之佩。』二女與交甫。交甫受而懷之，超然而去，十步，循探之，即亡矣。回顧二女，亦即亡矣。」張衡的〈南都賦〉以「弄珠」概括漢皋游女故事，是目前所見文獻中最早的一例。

〈南都賦〉一文被南朝梁太子蕭統選入《昭明文選》，影響非常之大。大概也正是因為這個緣故吧，後人在化用漢皋游女事時經常用到「弄珠」。如唐王適〈江濱梅〉：

> 忽見寒梅樹，開花漢水濱。
> 不知春色早，疑是弄珠人。

唐張子容〈春江花月夜〉（之二）：

> 交甫憐瑤珮，仙妃難重期。
> 沉沉綠江晚，惆悵碧雲姿。
> 初逢花上月，言是弄珠時。

五代毛文錫〈攤破浣溪沙〉：

5　霍現俊《金瓶梅發微》，北京：中國社會科學出版社 2002 年，頁 334。

春水輕波浸綠苔，枇杷洲上紫檀開。晴日眠沙鸂鵣穩，暖相偎。

羅襪生塵游女過，有人逢著弄珠回。蘭麝飄香初解佩，忘歸來。

五代牛希濟〈臨江仙〉（之六）：

柳帶搖風漢水濱，平蕪兩岸爭勻，鴛鴦對浴浪痕新。弄珠游女，微笑自含春。

輕步暗移蟬鬢動，羅裙風惹輕塵，水精宮殿豈無因？空勞纖手，解佩贈情人。

可以說，「弄珠」之典已成了人們表達許多方面豐富含義的最喜用的語詞之一。另外，從漢皋游女的故事中，還衍生出了「漢皋佩」「解佩」「遺珠」等不同的說法。

如果再結合「東吳弄珠客」之「客」字來考察，就更可確定這一「弄珠」必出於漢皋故典。而這個問題又與「漢皋」的所在地域有關。

「弄珠」的發生地「漢皋」或「漢皋之曲」在於何處，自古就有異說。主要有三：一說在湖北襄陽西，《續漢志·南郡襄陽下》引《耆舊傳》曰：「縣西九里有方山，父老傳云：交甫所見玉女遊處，北山之下曲隈是也。」李白〈峴山懷古〉詩即以此地為「弄珠」原地（峴山，在襄陽南）；一說地當陝西洋縣，《水經》卷二八：「沔水又東，逕萬山北，山下水曲之隈，云漢女昔遊處也」；一說即指漢水入江處的漢口。「漢皋」究竟在何處，恐怕永遠是一個無法廓清的迷案了。

中國古人歷來有在故事發生地建立亭台樓閣以示紀念的習慣。比如，最遲在北宋中晚期，在洋縣境內就已建有「弄珠亭」。那位以「笑笑先生」為號的文同在神宗熙寧年間任洋州知州時，就曾多次登臨此亭，留下了〈弄珠亭春望〉〈弄珠亭下柳〉〈弄珠亭春日閑望〉等詩篇。其中，〈弄珠亭春日閑望〉詩云：

弄珠亭上客，來想弄珠人。野草迷晴岸，垂楊暗晚津。

天涯羈旅地，村落寂寥春。何處幡然叟，扁舟下釣綸。

值得注意的是這一「客」字。文同係梓州永泰（今四川鹽亭東）人，出仕於洋州，故以「弄珠亭上客」自謂。這可以給我們切實的啟發：所謂「東吳弄珠客」，且拋開是否包含有另外的喻意（如：以「珠」指謂何物等）不講，必是一位家在「東吳」而又曾客居於「弄珠」之地者。而此人應當就是董其昌。

董其昌（1555-1636，字玄宰，又字思白，號香光）家本上海，後占籍華亭，自可以「東吳」署籍。萬曆三十二年（1604）冬，董氏奉旨起任湖廣提學副使，直到三十四年秋辭官歸鄉。官署駐武昌，與漢口僅一水之隔，完全是到了傳說中「弄珠」的故里。他對「弄珠」之典自然並不陌生。當萬曆三十四年夏平湖的「弄珠樓」落成之際，漢陽籍的知縣

蕭鳴甲求墨於董其昌時，他作〈寄題蕭使君弄珠樓詩〉二首，其一末聯云：「一自明珠還海曲，采風應到弄珠謠」，自注：「弄珠，漢水遺事。使君漢陽人，而平湖亦有漢塘，又稱鸚鵡湖，於弄珠差合」；其二末聯云：「欲知交甫遺珠事，曆亂星辰逗短簷。」如此，董其昌以「東吳弄珠客」自稱，可謂順理成章。徐先生提出的「董其昌說」，應該補充上他與武昌這一層更為「原始」的關係。

二、《天史》序中的蛛絲馬跡

在這個世界上，從來就沒有什麼絕對的秘密。筆者一直堅信，在《金瓶梅》刊刻的時代，是有人清楚地知道「東吳弄珠客」的謎底的。在丁耀亢所著《天史》中，筆者發現了一條能夠將「東吳弄珠客」與董其昌聯繫起來的新線索。

丁耀亢（1599-1669），山東諸城人，乃曾任直隸巡按御史丁惟寧之少子，明末清初著名文學家。據乾隆《諸城縣志》載：「丁耀亢，字野鶴。少孤，負奇才，倜儻不羈，弱冠為諸生，走江南，遊董其昌門，與陳古白、趙凡夫、徐闇公輩聯文社。既歸，鬱鬱不得志，取歷代吉凶諸事類，作《天史》十卷，以獻益都鍾羽正，羽正奇之。」《天史》是丁耀亢遊吳歸鄉後，在自築的煮石山房中纂輯的一部著作，成書於崇禎五年（1632）五月。該書從歷史文獻中擷取那些作奸犯科者不得善終的事例，分大逆、淫、殘、陰謀、負心、貪、奢、驕、黨、左道十案，計 195 條，每條後附自論加以評述，以明天道好還、報應不爽之意。

書前有陳際泰所作的一篇序，略云：

> 《天史》者，出於東海泰岱之間，有士焉發憤而作者也。……又何為乎天而史之也？曰：去彰而瘴，是有取於《檮杌》之義爾。夫取於是，則忠臣、孝子、仁吏、義士可讀而不必讀也，不忠、不孝、不仁、不義之臣子吏士不可不讀而必不讀也。可讀而不必讀者，天在其人中矣；不可不讀而必不讀者，天亦在其人中矣。作此史者，其有苦心乎？……予不識丁君，而知為董玄宰先生門下士。先生歸，屬予為序，予以先生之序者序之也。山海無際，青蒼浩漾之中，吾聞魯多君子焉，斯固有所取爾也。

序作者陳際泰（1570-1641），字大士，江西臨川人，明末著名文士。他幼慧好學，以時文名天下，與同郡艾南英、章世純、羅萬藻結豫章社，稱「江右四大家」。但直到崇禎七年（1634），已 65 歲的陳際泰方中進士。陳序下署「甲戌仲夏臨川陳際泰拜題於燕都署」，即寫於崇禎七年五月的北京，正在他進士及第之後。據陳際泰講，他與丁耀亢

並不認識，這篇序文乃受丁師董其昌之命而作。考諸董氏行跡，崇禎四年（1631）冬，在江南休養的董其昌蒙召復任禮部尚書、掌詹事府事，次年夏後方抵京到任，至崇禎七年屢疏乞休，初夏即致仕返鄉。序中所云「先生歸」，當指董其昌離京回松江老家。可見，為《天史》作序，係董其昌臨行所托。

最堪玩味的是陳際泰的這句話：「予以先生之序者序之也。」就是說，他的序是因循著董氏之序的主旨而成的。按說，丁耀亢在書成後，呈請自己的老師過目或作序，是再自然不過的事情。假如董其昌曾為《天史》寫過序的話，丁耀亢是沒有理由不恭恭敬敬地置之卷首的。可是，現存《天史》刊本前僅題「青都鍾羽正龍淵、雲間董其昌思白評選」，並沒有董序。遍查丁耀亢詩文，他本人從沒有談到過董其昌曾為《天史》作序一事。再查董氏文集，也根本沒有這樣的一篇序，甚至就連語義相關的詞句也找不到。這表明，董其昌壓根兒就沒有專為《天史》寫過什麼序。

那麼，陳際泰所說的那篇「先生之序」究竟在哪裏，難道是無中生有的空穴來風不成？其實，只要將陳序與《金瓶梅》卷首的「東吳弄珠客」序對讀一過，就不難找到問題的答案：「先生之序」者，「東吳弄珠客」序也。

「東吳弄珠客」的這篇〈金瓶梅序〉，署作時間在「萬曆丁巳季冬」即萬曆四十五年（1617）年十二月。序云：

> 《金瓶梅》，穢書也。……然作者亦自有意，蓋為世戒，非為世勸也。如諸婦多矣，而獨以潘金蓮、李瓶兒、春梅命名者，亦楚《檮杌》之意也。蓋金蓮以姦死，瓶兒以孽死，春梅以淫死，較諸婦為更慘耳。借西門慶以描畫世之大淨，應伯爵以描畫世之小丑，諸淫婦以描畫世之丑婆、淨婆，令人讀之汗下。蓋為世戒，非為世勸也。余嘗曰：讀《金瓶梅》而生憐憫心者，菩薩也；生畏懼心者，君子也；生歡喜心者，小人也；生效法心者，乃禽獸耳。……若有人識得此意，方許他讀《金瓶梅》也。……奉勸世人，勿為西門之後車可也。

首先，我們注意到，陳際泰為之作序的《天史》與《金瓶梅》儘管體裁有別，但在纂輯或創作的主旨、手法方面卻有著驚人的一致。這就為陳際泰取法於「東吳弄珠客」序提供了現實的可能。

中國古代的傳統文人，大多自覺地承負著道德教化的責任，在著書立說時，一般都按照以勸善為主、戒惡為輔的原則，走的是勸戒相兼的路子。《金瓶梅》之作，出於同樣的勸善懲惡的教化目的，「無非明人倫，戒淫奔，分淑慝，化善惡」（欣欣子語）。然而，作者卻一反此前以正面勸善為主的慣用模式，而基本上採用了一種因果報應觀念下的懲惡方式，以大量筆墨描寫西門慶及金、瓶、梅等人平日姦、淫、貪、虐而最終導致

破家亡身的故事，企望通過天命的權威對惡的懲罰，使讀者心生悔懼，從而戒絕惡行，回心向善，「勿為西門之後車」。該書卷首有酒、色、財、氣「四貪詞」，即是這種創作意旨的體現。正如「東吳弄珠客」所說：「然作者亦自有意，蓋為世戒，非為世勸也」。當然，在「四貪」中，作者作了集中、細緻描寫的還是「色」。那些描繪西門慶等性活動的文字，並非有意導淫宣慾，而是為後來的惡報埋下伏線，所謂「以淫說法」。因之，「東吳弄珠客」序開篇云：「《金瓶梅》，穢書也」，並非像人們通常所理解的那樣，是貶斥《金瓶梅》是一部淫書，而是說它是一部寫了污穢之事的書。然而，對惡行的自然呈露極難駕馭，是有很大風險的，一不小心就會導致對惡行的展覽。果然，《金瓶梅》問世不久，即遭逢誤解，蒙受「淫書」惡諡。這種結果與良好的創作初衷的悖謬著實令人遺憾，以致於廿公〈金瓶梅跋〉特為表白道：「不知者竟目為淫書，不惟不知作者之旨，併亦冤卻流行者之心矣。」順便指出，在近年的《金瓶梅》研究中，論者從不同角度對《金瓶梅》進行了新的解讀，什麼「提倡性解放的書」「人生書」「反腐敗的書」等等，都未免有將古人現代化之嫌。事實上，我們還是應該遵從《金瓶梅》作者的本意，將其理解為一部以否定的方式警示世人的反面教材、一部戒世書，才更為合乎作品的實際。

再看《天史》。丁耀亢在〈自序〉中談到該書的纂輯緣起時說：「偶檢先大夫手遺二十一史而涉躐之，喟然而悲，愀然而恐，因見夫天道人事之表裏，強弱盛衰之報復，與夫亂臣賊子、幽惡大憝之所危亡，雄威巨焰、金玉樓臺之所消歇，蓋莫不有天焉。」可見，他是一位堅定的天命論者，這也正是他將「史」繫之於「天」的原因。在天命論的理念裏，「天」是統御人間的主宰，是賞善懲惡的權威。所謂「善有善報，惡有惡報」，都是天命的作用使然。可是，丁耀亢在揀擇史料為因果報應作注腳時，卻棄善因善果不取而專注於那些惡業惡報，「紀罪而不紀功，言禍而不言福」。丁氏這樣做，顯然不是想去為世人樹立可供效仿的楷模，而是以一種天命的先驗威懾力量，警戒世人「諸惡莫作」。這也就是陳際泰所言「去彰而癉」之意。當然，勸善與懲惡，原本即是道德教化的兩個方面。懲惡只是手段而已，最終目的還在於勸善。丁耀亢本人解釋道：「蓋人情畏則生慎，慎則生祥，譬如聞雷涉海，則忠信生焉，庶幾毒蝕貪鬼用以消除云爾。」丁氏的同鄉好友丘石常在為丁著詩集《問天亭放言》所寫的序中也說：「野鶴先生攜其元方，著書名山，旨存於彰善而權歸於癉惡，名其書曰《天史》」，對《天史》的編纂手法、目的做了精練的概括。

要之，《金瓶梅》與《天史》二書雖一為小說、一為史料類集，卻一樣的懲惡、一樣的戒世，具有完全相同的精神內核。這樣，陳際泰在為《天史》作序時，能夠取法於《金瓶梅》的「東吳弄珠客」序，也就不足為奇了。

　　其次，陳際泰的《天史》序在用典、造句方面與「東吳弄珠客」序的雷同，正是由承襲留下的痕跡。

　　陳序不長，論及《天史》得名之由、編輯之旨的只有一句話：「又何為乎天而史之也？曰：去彰而癉，是有取於《檮杌》之義爾」。而「東吳弄珠客」序除了那些解釋性的文字，也有一主題句闡明了同樣的問題：「然作者亦自有意，蓋為世戒，非為世勸也。如諸婦多矣，而獨以潘金蓮、李瓶兒、春梅命名者，亦楚《檮杌》之意也。」兩序都用了「檮杌」之典。檮杌，乃古代傳說中的凶獸，楚國史籍因獨詳於紀惡而以之名史。這一典故，雖談不上特別生僻，但因應用場合較少，故本來用者就不多。《金瓶梅》《天史》二書，與楚《檮杌》手法相似，按說是提供了更多用「檮杌」一典的機會，可事實是：在《金瓶梅》書前所存序、跋三篇與明清兩代所有關於《金瓶梅》的評論文字中，用此典者僅見於「東吳弄珠客」序；而《天史》一書除陳際泰序外，尚有鍾羽正、楊觀光二序並丁氏自序，也只有陳序用了「檮杌」之典。二序用典相同，很難說是偶然的巧合。不僅如此，這兩句話意韻一致，甚至連句式也分外神似。二者之間的因襲之跡是十分明顯的。

　　綜上所述，「東吳弄珠客」序正應是陳序所取法的藍本，亦即那篇杳無蹤跡的董其昌序，這就是「予以先生之序者序之也」的真相。自然，「東吳弄珠客」也就是董其昌。當時陳際泰為《天史》作序的情況，我們可予大致推斷：董其昌離京前，或因時間倉促，或因無意，沒有為《天史》作序，而轉託陳際泰代勞，並將自己此前化名「東吳弄珠客」為具有相同特質的《金瓶梅》寫的序文提供給陳參考。陳際泰用其立意，敷衍成篇，並在文中留下了「予以先生之序者序之也」的蛛絲馬跡。

　　最後，附帶提一個問題，陳際泰為《天史》作序而取法於「東吳弄珠客」即董其昌為《金瓶梅》所作序一事，還有沒有更為深刻的原因？近年來，張清吉先生提出《金瓶梅》作者為丁耀亢之父丁惟寧；筆者則認為丁惟寧係續作者，而原作者乃惟寧之父、耀亢之祖丁純。《金瓶梅》序與《天史》序之間的關係，是否與這兩書同出於諸城丁家一門有關？似有必要做進一步的探考。

《金瓶梅》敘事時序中「舛誤」干支揭秘
——《金瓶梅》創作年代新考之一

　　《金瓶梅詞話》（下稱《金瓶梅》）作為一部深刻揭露晚明社會現實的長篇世情小說，在中國小說發展史中占有非常重要的地位。它第一次比較自覺地脫離了此前英雄傳奇、神魔小說描寫虛幻世界中的人物和事件的傳統窠臼，而著力於以細膩的筆觸刻畫當時社會的芸芸眾生和生活百態，從而開闢了現實主義的創作道路，對以後小說的進一步發展產生了深遠的影響。《金瓶梅》的藝術成就，已得到了學術界的高度重視。但是，此書究竟作於何時？學界卻長期眾說紛紜，「嘉靖說」和「萬曆說」仁智各見，莫衷一是。時至今日，關於《金瓶梅》的創作年代，仍是一個不解之謎。

　　《金瓶梅》對晚明時事的指斥，是以「歷史小說」的外在形式實現的，其表面上的背景年代在北宋末年。筆者在嚴格按照《金瓶梅》的敘事時序對故事發展進行編年考察的過程中，注意到：有數處紀年干支與所處的宋代故事編年大相齟齬，另外，還有一些紀月、日干支也與編年之實明顯不符。這是作者偶然、無意的疏誤呢，還是有著某種深刻意蘊？經過系統考索和動態分析，筆者認為，這些相對於宋代紀年而言的「舛誤」干支，正是《金瓶梅》的時代密碼之所在，其真正歸宿在明代。實際上，作者已經將自己創作《金瓶梅》的大致歷程，刻意以似誤實真的奇妙形式記錄在書中，呈現於廣大讀者面前。

一、第一至三十回：
寫於嘉靖二十三至二十七年（1544-1548）

　　第十二回，潘金蓮請劉瞎子回背，時在政和四年甲午，但劉瞎卻說：今歲流年「甲辰」。有的論者認為，這一流年之誤「當為對算命先生之嘲諷」[1]。此論殊為不然。按書中實述，在經劉瞎厭勝後，金蓮與西門慶果然「似水如魚，歡會如常」，達到了預期效果。可見，在作者筆下，劉瞎還是有「真才實學」的。退一步講，即便作者果真立意去

1　張家英〈《金瓶梅詞話》故事編年考察〉，《綏化師專學報》，1991 年第 1 期。

諷刺劉瞎子學識淺薄，又何至於極言其就連本年干支也茫然不知呢？！第二十九回，吳神仙為西門慶算命時，說：今歲流年「丁未」；第三十回，官哥出生，書中又明記：宣和四年（顯誤）「戊申」。實際上，按照故事的宋代編年，此二事均發生於政和六年丙申。「甲辰」「丁未」「戊申」，這是《金瓶梅》中最先出現的明確標示故事發生當年所在的三個紀年干支，竟然每出皆誤，統統脫離了北宋末年的時間軌道。然而，如果拋開故事編年的束縛，就不難發現，它們其實是次第相承，具有自系統性的。這種現象表明，這三個紀年干支既非作者的偶然疏誤，更非作者用於譏諷算命先生的手段，而是另有深意的。

更耐人尋味的是，潘金蓮的生年、西門慶的納音之誤，也恰能在「甲辰—丁未—戊申」這一年代序列中得到落實。按書中多處敘述，西門慶生於丙寅，屬虎；吳月娘生於戊辰，屬龍；孟玉樓生於甲子；李瓶兒生於辛未，屬羊。這是與他們之間的年齡關係相契合的，可以在北宋末年的時代區間中找到相應的對應年份。潘金蓮屬龍，比西門慶小兩歲，與月娘同庚，按說其生年也應為戊辰。但是，在第三回，時當政和三年，金蓮25歲，西門慶卻說金蓮與月娘一樣，都生於「庚辰」；至第十二回，其時已在政和四年，金蓮26歲，厭勝之時，劉瞎子也說她生年為「庚辰」。相對於人物的宋代生年系統而言，金蓮的生年「庚辰」顯然屬於一個不折不扣的「異類」。「庚」「戊」二字在整體字形、筆劃繁簡方面的差別不可謂小，卻一誤再誤，不可能出於作者的無意筆誤或刻工的偶然刊誤。按照中國傳統的虛歲計齡原則，由生年「庚辰」推算，至金蓮25歲時，正是「甲辰」之年。就年齡來看，這與第三回正相吻合，而與第十二回相差一歲。儘管如此，金蓮的生年之誤已足以證明厭勝當年為「甲辰」決不是無所憑依的空穴來風。再看西門慶的甲子納音。所謂納音，是指與人物生年相配合的命相，以兩年合一年，在算命先生的卦辭中每每談到。如，第四十六回，卦婆卜龜，說月娘「戊辰己巳大林木」，玉樓「甲子乙丑海中金」，瓶兒「庚午辛未路傍土」，皆準確無誤。西門慶既生於丙寅，納音應為「丙寅丁卯爐中火」纏對，然而，第二十九回，吳神仙為西門慶算命時，卻斷其為「城頭土」命。實際上，此命中的肖虎者生年當為「戊寅」。崇禎本顯然已注意到了這一納音之誤，逕自將「城頭土」命句刪去，而改其生年為「戊寅」。這個「戊寅」同樣也超出了人物的宋代生年系統的合理範圍，但與金蓮的生年「庚辰」卻是協調一致的。以此為始，下推至西門慶27歲與金蓮姦通之時，正在「甲辰」；而到算命之年「丁未」，為30歲，與西門慶自稱的「29歲」僅多出一歲。可見，西門慶的納音之誤與編年中的誤出紀年「甲辰」「丁未」等也是遙相呼應、相互保證的。合而言之，潘金蓮的生年之誤、西門慶的納音之誤表明，作者在推算其年齡時，是以「甲辰—丁未—戊申」這一年代序列為實際依託的。

　　再者，作者對《水滸傳》中一位玩笑中的人物的生年、屬相的著意改寫，也暴露出從「甲辰」年予以推算的跡象。眾所周知，《金瓶梅》是從《水滸傳》中借出一支而衍成巨帙的，其起首數回在故事情節、敘述文字上多由原著承襲而來。值得注意的是，作者卻特意改易了一位人物的生年和屬相。在《水滸傳》中，潘金蓮與西門慶的情事起於政和六年初。西門慶乍見金蓮，即心心念念，思謀占有，王婆說替他撮合一門親事，「那娘子戊寅生，屬虎的，新年卻好九十三歲」。其中的「娘子」生年「戊寅」應指景祐五年，到當年實際只有 79 歲，與 93 歲相去甚遠。可見，王婆只是順口胡謅而已，原是當真不得的。所以，西門慶說「這風婆子，只要扯着風臉取笑」。可是，在《金瓶梅》第二回，作者將此事提前到了政和三年陽春三月，並把王婆的這句話改為：「那娘子是丁亥生，屬豬的，交新年恰九十三歲了」，從而使這位戲言中的烏有「娘子」為之面貌大改。既屬戲言，作者又何必非要煞有介事地如此做作？由「丁亥」至政和三年，其實只有 67 歲。張竹坡評本將「丁亥」改為「癸亥」，則到當年已 91 歲，與 93 歲接近。但問題在於，「丁」與「癸」的字形差異如此之大，在作者手書時或傳抄、刊刻中致訛的可能性極小，使人難以相信「癸亥」符合於作者本意。惟有以「甲辰」為基礎，才能找到作者這番改寫的較為合理的解釋：其一，由「丁亥」下推至「甲辰」，這位「娘子」78 歲，與《水滸傳》中的實際年齡差同。如此，作者改作的目的或為立足於「甲辰」，去扣合原著中人物的實際歲數；其二，從「甲辰」上溯到「乙亥」，則「娘子」實得 90 歲，與 93 歲大體相符。這樣，作者改寫的用心應是以「甲辰」為依託，著意去拉近與虛擬年齡的差距以求大致吻合，只是在抄本流傳或刊刻時，「乙」訛成為字形相近的「丁」字。無論哪種情況都表明，作者對戲言中「娘子」的生年、屬相的改寫，是以「甲辰」為立足點進行推算所造成的。

　　另外，書中出現的三個非主要人物的屬相、年齡與故事編年的巨大偏差，也恰恰能夠在「甲辰─丁未─戊申」這一年代序列中獲得準確定位。《金瓶梅》中人物屬相、年齡的錯亂，是一個有目共睹的事實。總體算來，其錯亂不實者竟達十之五六。如以人物的屬相為據，其年齡大多不過上下相差一歲。然而最先出現的三個非主要人物的屬相、年齡的錯亂情況顯然要嚴重得多，竟然憑空小了二、三歲之多。第十四回，時在政和五年，馮媽屬狗，應為 58 歲，李瓶兒卻說她 56 歲；第二十二回，仍在同年，宋惠蓮屬馬，應 26 歲，但文中卻記作 24 歲；第二十四回，政和六年，大丫頭屬牛，應為 20 歲，可書中卻說 17 歲。這三人的屬相、年齡的出處恰恰處於寫潘金蓮「甲辰」算命的第十二回和西門慶「丁未」算命的第二十九回之間。若從「甲辰」的次年即「乙巳」予以推算，各人的屬相、年齡竟是絲毫不差。反過來說，這三人的屬相、年齡與「乙巳」完全相應，實際上填補了在「甲辰」和「丁未」之間的一個空白環節。由此觀之，作者對這些人物屬

相、年齡的推算，正是以「甲辰─丁未─戊申」這一年代序列中的「乙巳」年為真實依據的。

綜上所述，「甲辰」「丁未」「戊申」這三個「舛誤」紀年，既是作者改寫《水滸傳》中原有人物的內在根據，又是作者規定人物的生年、屬相和計算年齡的現實基礎。它們的「現形」，絕對是暗伏玄機的。前已述及，《金瓶梅》指斥晚明時事，是在北宋末年的虛擬歷史時空中進行的。而由「甲辰」「丁未」「戊申」這三個干支組成的年代序列，既以明確的現在時態面目出現，絕不可能是作者對又一個虛擬的歷史年代的另外一重設置，其位置不屬於歷史，而應在現實，即作者自己生活、創作於其間的明代晚期。作者在創作過程中，是以當時現實生活中的實有紀年干支作為推算人物生年、屬相和年齡的立足點的，換言之，這三個干支實際上體現了《金瓶梅》的簡要創作歷程。這才是它們的真實意蘊。

就目前掌握的資料看，有關《金瓶梅》存世的最早記載見諸袁中郎在萬曆二十四年（1596）十月寫給董思白的信中，云：「《金瓶梅》從何得來？……後段在何處？抄竟當於何處倒換？幸一的示。」[2]據此可知，當時袁已從董處借讀並抄錄了此書的前半部。「甲辰」「丁未」「戊申」出於前 30 回，其對應年份無疑應在萬曆二十四年前。在此前百餘年的時代範圍內，這些紀年干支僅出現過一次，由此可核定出各回的相應創作年份：

　　　　第 十 二 回：甲辰──嘉靖二十三年（1544）；
　　　　第二十九回：丁未──嘉靖二十六年（1547）；
　　　　第 三 十 回：戊申──嘉靖二十七年（1548）。

基於《金瓶梅》前幾回均抄自《水滸傳》，必費時無多這一基本事實，並考慮到第二回「娘子」生年、屬相和第三回潘金蓮的生年、歲數均與「甲辰」相應的因素，嘉靖二十三年甲辰應可定為《金瓶梅》創作的初始年份。這就為以下尋索大量紀月、日干支的實際出處提供了重要的參照系統。

需要提及的是，早在半個多世紀以前，姚靈犀先生就從戲言中娘子的生辰和「甲辰」之誤的種種跡象，懷疑《金瓶梅》「作書之年，即為甲辰，實即萬曆三十二年也」[3]。當時姚氏或許尚未獲見袁中郎書，因而將「甲辰」誤指為萬曆三十二年，但其思路，卻是彌足可貴的，可惜一直沒有引起學界應有的重視。近年來，有人認為《金瓶梅》中人物屬相、年齡的立足點在「壬辰」，並由此「壬辰」──宋政和二年推至彼「壬辰」──明

2　　袁中郎《錦帆集》卷四。

3　　姚靈犀〈《金瓶梅》著者及其年代之質疑〉，載《瓶外卮言》，天津：天津書局 1940 年；轉引自
　　　周鈞韜編《金瓶梅資料續編》，北京：北京大學出版社 1991 年，頁 205。

萬曆二十年，判為此書的始作之年[4]，顯然是難以成立的。

二、第五十二至八十回：
應寫於嘉靖四十年至隆慶六年（1561-1572）

　　第五十二至八十回，隨著故事情節的進展，作者借書中人物之口，陸續點明了當年某些月份、日期的具體干支，計有 16 處之多，成為敘事時序中的細部標誌。這種現象，在明清兩代的通俗小說中，是絕無僅有的。查諸宋代曆日，所有這些月令和日干，與當時所處的故事編年無一相合。這原本也是情理中事。因為，儘管《金瓶梅》表面化的歷史背景在宋代，但小說畢竟不是歷史，作者完全沒有必要認真到去翻檢四百多年前的北宋時代的老皇曆。然而，對於這些月、日干支，作者如此鄭重其事地加以注明，說明它們不大可能完全是作者隨意臆造的產物。這些月令、日干，設非全部，至少也應有一部分是有其實際依據和出處的，應當與作者自身的現實生活存在著某種內在的、密切的關係。從情理上講，它們應是作者當時從手邊所有、能夠看到的年曆中查檢而得的結果。按明制，每年歲末，新一年的年曆才在經皇帝御覽後，頒行全國。這種情況，在《金瓶梅》中也多有反映。由此不難想見，在當時作者可以很方便地看到並且伸手可及的是當年的年曆，除此之外，在年初還可能留存有上一年用過的舊年曆，年底還會有次年的新年曆。這也就意味著，作者進行創作的時間與這些紀月、日干支的所在年度是大致一致的。如果能夠尋索出這些月、日干支在晚明的歸屬年份，即可推斷出作者據此記錄的年份，亦即創作年份應當在同年，或稍有前後。

　　第五十二回，吳月娘要揀「壬子」日服藥求子，金蓮遵囑查看曆日，說：「今日是四月廿一日，是個庚戌日」，「二十三是壬子日，交芒種五月節」。這一「壬子」日最早受到了研究者的注意。查在嘉、隆、萬三朝（1522-1620）近百年的時間裏，以四月廿三日為壬子的年份有四個，即嘉靖四年、四十年、萬曆二十年、四十六年。那麼，這個「壬子」日究當取自何年呢？臺灣魏子雲先生認為是萬曆四十六年[5]，黃霖則認為屬萬曆二十年[6]。實際上，這兩種說法，均無任何實在證據，尤其是魏說已明顯超越了《金瓶梅》最為寬泛的成書年代下限（東吳弄珠客序作時間「萬曆丁巳季冬」即萬曆四十五年十二月），更不堪據信。筆者認為，此處的「壬子」當歸於嘉靖四十年。對照上文所指出的第三十回「戊

4　參見黃霖〈《金瓶梅》作者屠隆考〉，《復旦學報》，1983 年第 3 期。

5　參見魏子雲〈《金瓶梅》編年說〉，《中外文學》，1980 年第 11 期。

6　參見黃霖〈《金瓶梅》成書問題三考〉，《復旦學報》，1985 年第 4 期。

申」年的對應年份即創作年份嘉靖二十七年，在這四年中，嘉靖四年已明顯超前，而萬曆二十年、四十六年則過於滯後，皆不可能，惟有嘉靖四十年與之順序相承，儘管其間存在著一定的時間距離，但應屬合理範圍。這表明，嘉靖四十年是這一「壬子」的真正出處，換句話說，第五十二回當寫於嘉靖四十年前後。

第五十九至六十四回，圍繞著官哥兒、李瓶兒之死，高密度地出現了八個日干和兩個月令。第五十九回，官哥兒死於八月廿三日，徐陰陽說此日「月令丁酉，日干壬子」，宜「二十七日丙辰」掩土；第六十二回，李瓶兒病亡，當日為九月十七日，徐陰陽批書云：「今日丙子，月令戊戌」，「宜擇十月初八日丁酉午時破土，十二日辛丑巳時安葬」；至第六十三回；瓶兒首七時，喬大戶等眾親朋所獻祝文中曰「九月庚申朔，越二十二日辛巳」；第六十四回，周守備等合衛官員上祭，祝文又云「九月庚申朔，越二十五日甲申」。由於農曆中月份有大小之別，日干排序相應不同，所以，對這八個日干須分月查考，才有實際意義。據查，自嘉靖以至萬曆，與八月兩日干相合的年份有隆慶五年、萬曆三十年，與九月的四個日干相合的年份只有隆慶五年，與十月的兩日干相合者有嘉靖二十四年、隆慶五年。顯而易見，隆慶五年對於這八個日干具有唯一的適應性。不僅如此，八、九兩月的月令「丁酉」「戊戌」，也正與隆慶五年合榫。這麼多的月、日干支恰獨與隆慶五年相吻合，而且隆慶五年又正與以前的嘉靖四十年相順承，顯然絕非偶然巧合，而是由作者套用隆慶五年日曆所造成的。也就是說，第五十九至六十四回應寫於隆慶五年。

第八十回，西門慶死後，水秀才所撰祝文云「二月戊子朔，越初三日庚寅」。經查，嘉靖至萬曆年間，與這兩個日干相合之年有三：嘉靖二十五年、隆慶六年和萬曆三十一年。從時間關係上看，此處當為記隆慶六年之實。亦即，第八十回應執筆於隆慶六年。

此外，還有日干、月令各一個，在合理的年代界域內是無從落實的。第七十三回，潘金蓮效仿月娘，希圖服藥生子以固寵，檢得「（十一月）二十九日是壬子日」。但在嘉、萬間，與之相合者只有萬曆三十六年，這顯然與以上干支的歸屬年份扞格不入，不可能是其創作年份。筆者揣測，這一「壬子」的落空，或與作者懲惡揚善的創作意旨有關，以刺譏金蓮命該無子。從月娘、金蓮的求子日均選在「壬子」這一天來看，「壬子」的特定寓意在於「人子」。但二人善惡有別，結果自然不同，故作者筆底春秋，暗加臧否。月娘一向正派寬容，且又頌經好善，其求子之願終得實現，這毋寧說是作者的有意褒獎。而對於有殺夫、通姦、私僕、亂倫等諸多惡行的淫婦潘金蓮，作者則故意違其所願，隨意定某日為「壬子」，萬曆三十六年只是巧同而已。至於第七十九回吳神仙算命時說「正月又是戊寅月」，也不合於隆慶五年或六年。據筆者考察，《金瓶梅》中人物算命的說辭多係作者從當時流行的各種命書中抄引而來。此處的月令「戊寅」即屬此類，不是真

正出於作者筆下的獨立創作（詳見另文）。

為清晰起見，現將第五十二至八十回中出現的這些月、日干支及其歸屬年份亦即創作年份列表如下：

回目	月、日干支		歸屬年份（創作年份）
第五十二回	四月		嘉靖四十年（1561）
		二十一日庚戌	
		二十三日壬子	
第五十九至六十四回	八月	丁酉	隆慶五年（1571）
		二十三日壬子	
		二十七日丙辰	
	九月	戊戌	
		初一日庚申	
		十七日丙子	
		二十二日辛巳	
		二十五日甲申	
	十月		
		初八日丁酉	
		十二日辛丑	
第八十回	二月		隆慶六年（1572）
		初一日戊子	
		初三日庚寅	

三、餘論：對作者的生活年代及創作過程的推索

綜合起來看，《金瓶梅》前 80 回的創作年代自嘉靖二十三年至隆慶六年（1544-1572），歷經 29 年。無論此書的後 20 回是否仍出於原作者之手，全書的最後完成時間總要晚一些，最早也在萬曆初年。如此算來，《金瓶梅》的創作年代已長達三十餘年。有一種觀點認為，《金瓶梅》是作者在某段較短時期內一氣呵成的「急就章」，這顯然是不切實際的。或許，有人會以為一部小說的創作竟有三十餘年之久，似乎太長了些。其實，在中外文學史上，似這種創作年代跨度較大的情況是不乏其例的。比如，日本江戶時代的著名長篇小說《南總里見八犬傳》，就是作家曲亭馬琴（1767-1848）花費了 28 年時間寫成的。《金瓶梅》洋洋近百萬言，正是作者傾耗幾乎半生心血所精心營構的一部長篇巨著。

　　《金瓶梅》創作年代的確定，為破解作者之謎提供了一個重要參證。由此，我們可以對作者的生活年代及其創作過程獲得更為清楚的認識。

(一)關於作者的生活年代

　　早在晚明時期，一批較早讀過《金瓶梅》的文人墨客，如謝肇淛、屠本畯、沈德符以及廿公等，均異口同聲地稱作者為嘉靖時（1522-1566）人。但是，由於在他們的記述中多有「相傳」「聞」等字眼，帶有某種程度的不確定性，使一些後代學者對此頗有存疑。時至本世紀三十年代，隨著《金瓶梅》成書年代「萬曆說」的異軍突起，作者也相應地被界定為一個主要生活在萬曆年間（1573-1620）的人。從《金瓶梅》的創作年代來看，作者的主要生活年代無疑是在嘉靖年間，明人的記述是可信的。

　　《金瓶梅》用行雲流水般的寫實筆法，以細緻入微地描寫西門慶的家庭生活為中心，輻射到當時社會的每一個角落，展示了一幅明代中晚期社會生活的真實畫卷。魯迅先生高度讚揚其藝術成就，說：「作者之於世情，蓋誠極洞達。凡所形容，或條暢，或曲折，或刻露而盡相，或幽伏而含譏，或一時並寫兩面，使之相形，變幻之情，隨在顯見，同時說部，無以上之。」[7]毛澤東則更稱賞此書反映當時社會生活的歷史真實性，指出：「《金瓶梅》……寫了明朝的真正的歷史」[8]，「在揭露封建社會經濟生活的矛盾、揭露統治者和被壓迫者的矛盾方面，《金瓶梅》是寫得很細緻的」[9]。不言而喻，創作這樣的一部書，既要有扎實的文學修養，更要有深厚的社會閱歷和生活基礎。按古人所謂「三十而立」的說法，作者開始《金瓶梅》的創作時，至少不應小於 30 歲。如前所述，《金瓶梅》始作於嘉靖二十三年，據此前推，作者的生年應不晚於正德十年（1515）；第八十回寫於隆慶六年（1572），其卒年必然更在其後，約在萬曆初年。這個區間應可成為核定作者資格的重要條件之一。

(二)關於《金瓶梅》的創作過程

　　作者創作《金瓶梅》前 80 回的動態過程，事實上已經由敘事時序中與「舛誤」干支相應的六個年份凸現出來。其中，嘉靖二十三、二十六、二十七年以及隆慶五、六年，均前後相繼，但卻都與嘉靖四十年之間的年代差距較大。這說明，《金瓶梅》的創作進度是不均衡的。大略言之，前 30 回用了 5 年時間，第五十九至八十回用了 2 年，這樣的

7　　魯迅《中國小說史略》，《魯迅全集》第 9 卷，北京：人民文學出版社 1981 年，頁 180。

8　　轉引自陳晉主編《毛澤東讀書筆記解析》，廣州：廣東人民出版社 1996 年，頁 1417。

9　　轉引自龔育之等《毛澤東的讀書生活》，北京：三聯書店 1986 年，頁 204。

創作進度應屬正常；相形之下，第五十二回前 20 回、後 6 回竟分別用了約 12 年、9 年，進度未免過慢。《金瓶梅》的創作年代之所以拉得如此之長，在很大程度上與此相關。這種創作遲滯現象的出現，顯然不可能完全緣於作者自身的創作狀態的主觀因素，更主要的應當是由於某些客觀條件的制約，使作者賴以進行創作的正常的環境和時間條件未得到應有保障的結果。也就是說，在嘉靖二十七至四十年、嘉靖四十至隆慶五年這兩個區間的某段較長時間內，由於某些具體原因，比如科考應試、就任外官等，作者曾經長期擱筆，以致《金瓶梅》的創作過程出現了中斷。在真正的作者身上，應當存在著能夠與之形成對接的生活經歷。在對《金瓶梅》作者的考索中，這個環節應予以格外注意。

總之，與名宋實明的故事格局相統一，《金瓶梅》中紛呈疊出的「舛誤」年、月、日干支實際上包含著令人欣喜的真實內容，是作者以似誤實真的奇妙形式對其創作歷程的簡要記錄。「舛誤」干支的秘密正在於此。

〔附記〕本文寫於數年前，其後屢經修改。近讀日本學者荒木猛先生〈關於《金瓶梅》執筆時代的推定〉（《徐州師範大學學報》1997 年第 1 期）一文，見其分析角度和結論與本文第二部分基本一致，但論證思路有異。另外，荒木先生僅論日干而未及月令，且在查考日干所屬年份時多有失誤，誠為缺憾。故，本文第二部分仍予完整陳列。

《金瓶梅》人物命詞索隱
——《金瓶梅》創作年代新考之二

　　《金瓶梅詞話》（下稱《金瓶梅》）是一部以北宋末年至南宋初年為假託歷史背景，而實際上卻是諷喻晚明時政的長篇世情小說。根據現有文獻資料，此書出現於世間的最早時間在萬曆二十四年（1596）。當時，在吳縣任上的袁中郎在寫給董思白的信中說：「《金瓶梅》從何得來？伏枕略觀，雲霞滿紙，勝於枚生〈七發〉多矣。後段在何處？抄竟當於何處倒換？幸一的示。」[1]然而，《金瓶梅》所反映的真正時代背景以及相關的創作年代究竟在於何時？一些最早得見抄本的晚明文人，如謝肇淛、屠本畯、沈德符及廿公，都以為在嘉靖年間。但到本世紀三十年代初，隨著《金瓶梅詞話》刻本的重新發現，吳晗、鄭振鐸等前輩學者根據對某些史料的考察，將其成書年代定於萬曆中期。近年來，又有學者相繼提出隆慶、正德二說。《金瓶梅》的創作年代，成了一個長期困擾著人們的難解之謎。

　　在《金瓶梅》所營造的世界中，有一種奇特的人文景觀，即多次出現對算命場面的描寫，並且還有出自算命先生之口的相應命詞。這是當時社會生活中算命術大行其道的真實反映。筆者在對這些命詞進行系統剔理和剖解中發現，包括人物的生辰八字在內的命詞內容大多雜亂無章，而在這種表象背後，其實埋藏著一個隱秘的明代生年系統，這就為準確推定《金瓶梅》的背景年代和創作年代提供了新的力證。

一、錯亂無序的人物八字以及與之脫節的命詞

　　算命術是中國傳統神秘文化中的一個重要組成部分。作為一種以天命論為理論前提的數術，算命術的起源甚早，但其成熟和定型則在五代時期。當時，徐子平對此前的命術予以改進完善，以人生年、月、日、時干支的四柱八字為命運代碼，用陰陽五行的生克制化來預測人的吉凶禍福，使之更具有了形式上的嚴密性和可操作性，由此廣播於天

1　袁中郎《錦帆集·尺牘》。

下。後世習稱之為「子平術」。算命時，必須首先要推排好命主的四柱八字，這是解命推運的根本依據。在四柱中，年、日二柱均以六十甲子為輪回，月、時二柱的十二地支固定對應於十二月、十二時，月由寅起，時由子起，但其天干卻分別與年、日二柱的天干有著協調和制約關係，需要借助「年上起月法」和「日上起時法」推得。在算命術看來，正如《金瓶梅》第六十一回詩云：「年月日時該載定，算來由命不由人」。

在《金瓶梅》中，有完整的八字出現的有潘金蓮、西門慶、李瓶兒、孟玉樓四人，而西門慶兩次請吳神仙算命，前後八字又有明顯不同。為便於解析，將潘金蓮等的八字和出現回目以及各人的屬相、生日一並列下：

潘金蓮：（龍，1.9）　　庚辰　庚寅　乙亥　己丑（12）

西門慶：（虎，7.28）　　丙寅　辛酉　壬午　丙子（29）

　　　　　　　　　　　丙寅　戊申　壬午　丙辰（79）

李瓶兒：（羊，1.15）　　辛未　庚寅　辛卯　壬午（61）

孟玉樓：（11.27）　　　甲子　甲子　辛卯　庚子（46、91）

然而，統觀這些八字，竟與八字構成規則無一完全相合，而呈現出一種搭配失當、錯亂無序的怪異形態。分述如下：

潘金蓮：生年「庚辰」一出即誤。據《金瓶梅》的故事年代前推，西門慶、李瓶兒、孟玉樓的生年都是系統、準確的，金蓮屬龍，應生於「戊辰」才對。按書中所述，潘金蓮與吳月娘同庚。第三十九回打醮文書、第四十六回卦婆卜龜均稱月娘「戊辰」生，正是。可見，作為書中人物的潘金蓮，生年確應為「戊辰」。推算月柱，是嚴格以農曆的節令為界的。正月寅月，是指從立春後到二月節驚蟄之間。金蓮的生日為正月初九日，所以，算命的劉瞎要說「（正月）初八日立春，已交正月算命」。但月干「庚」卻不對。依照「年上起月法」歌訣所云：「更有戊、癸何方覓，甲寅之上好追求」，其月柱應為「甲寅」。生於丑時，與其日柱「乙亥」相協的時柱，從「日上起時法」歌訣「乙、庚丙作初」推算，不是「己丑」，而是「丁丑」。

西門慶：吳神仙道：「七月廿三日白露，已交八月算命。」西門慶出生的那一年，白露八月節來的早。西門慶雖生在七月，但因日期在白露之後，故月令確應算在八月酉月。年上起月，「丙、辛必定尋庚起」，其月柱既非「辛酉」，更非「戊申」，而是「丁酉」。在兩處八字中，生日「壬午」相同，生時有異。第四、二十九、三十九回，均說西門慶「子時」生。據「日上起時法」，「丁、壬庚子居」，時柱應為「庚子」而不是「丙子」。即便按第七十九回的孤例，以「辰時」推算，時柱也不是「丙辰」，而是「甲辰」。

李瓶兒：月柱與年柱的配合是恰當的，而時柱則與日柱失照。關於瓶兒的生時，第

四十六、六十一、六十二、六十五、六十六回多處均作「午時」，獨第三十九回又作「申時」。由日推時，「丙、辛從戊起」，如生於「午時」，時柱應為「甲午」；如生於「申時」，時柱則為「丙申」。

孟玉樓：第四十六回卦婆兒卜龜時，僅言其生年；到第九十一回算命先生又推其命造，補出後三柱，方合成八字。但月、時二柱有誤。年上起月，「甲、己之年丙作首」，十一月建子，應為「丙子」。玉樓的出生時辰，也有出入。第九十一回出現三處，均謂「子時」生，與時柱相符，而第四十六回卻說「寅時」生。依「日上起時法」，仍是「丙、辛從戊起」，「子時」應是「戊子」而非「庚子」，「寅時」則為「庚寅」了。

綜上所述，人物的八字錯亂至如此程度，真真令人瞠目。這一問題，已有前人注意到。《新刻繡像批評金瓶梅》（崇禎本）第二十九回，西門慶的八字之上，有評點者眉批：「四柱俱不合，想宋時算命如此耳」。其實，似這般犬牙交錯的八字組合，在中國干支文化的任何歷史時空中都是根本不可能存在的，沒有人會真的擁有這樣的八字。評點者將該處西門慶的八字改為：「戊寅、辛酉、壬午、丙午」，以切合四柱規則，但是，生年「戊寅」卻已明顯逾越了《金瓶梅》故事中人物在北宋末年的合理的生年範圍，時柱「丙午」又與書中的多處記述相衝突。出於同樣的目的，評點者又把李瓶兒八字中的時柱改成「甲午」。而對於潘金蓮、孟玉樓及西門慶的第二處八字，則一仍其舊，未作改動。

在《金瓶梅》故事的歷史背景下，這些人的四柱八字（包括生年的具體年號）應該是：

潘金蓮：戊辰（元祐三年，1088）　甲寅　乙亥　丁丑

西門慶：丙寅（元祐元年，1086）　丁酉　壬午　庚子（甲辰）

李瓶兒：辛未（元祐六年，1091）　庚寅　辛卯　甲午（丙申）

孟玉樓：甲子（元豐七年，1084）　丙子　辛卯　戊子（庚寅）

可是，對照宋代的實用曆日，以上所謂的各人「生日」卻無一相合，甚至元豐七年十一月、元祐六年正月根本就沒有什麼「辛卯」日，而且，西門慶生年的「七月廿三日白露」、潘金蓮生年的「（正月）初八日立春」也無從落實在元祐元年、元祐三年之上。可見，作者借算命先生之口為書中男女主人公所設定的四柱八字，實際上並不是從查閱宋代曆書所得。人物八字的錯亂現象至少可以表明，作者除了不得不要在意與故事的歷史背景密切相關的生年以外，對於其他的月、日、時三柱只是漫不經心地含糊虛立而已。

人物八字亂既亂矣，按算命規則，也還是能夠算得出命的。但是，從書中的人物命詞來看，除了有條理紊亂、文意斷裂的問題外，還存在著大量與八字嚴重脫節之處。這尤其突出地體現在命中格局方面，竟然四出皆誤。按命書說法，命中格局是據代表自己的日干與月支中所含天干的生克關係而定的，一般取格可用「月支藏干」原則。潘金蓮八字中，乙生寅月，應取羊刃（劫財）格，但命詞中卻斷為七煞太重的「煞印格」，又引

「男人煞重掌威權，女人煞重必刑夫」來解命；西門慶壬生酉月，月支中只有本氣辛金，理應取為印綬格，但卻被誤斷成「傷官格」，且以命書中所謂「傷官傷盡復生財，財旺生官福轉來」作了進一步說解；孟玉樓辛生子月，月支中僅有癸水一氣，是典型的食神格，命詞卻謂「印綬格」；李瓶兒辛生寅月，當取月支中本氣甲木，以正財為格，但也被誤取為「印綬格」。其他如「入命神煞」等，也大多與人物八字不合，此處不及細述。這種現象，不免給人以羊頭狗肉、驢唇馬嘴的荒誕感覺。這表明，命詞中的這些斷語其實並不是由八字中合理引申而出的，而是另有所本，從當時盛行於世的各種命書如《子平真詮》《三命通會》等中抄引而來的。

這種抄改的痕跡，還存在於命詞之中。比如，潘金蓮命詞中的「亥中一木，生到正月間」，「亥中有癸水，庚中又有癸水」，明顯有悖於命理。因為，算命術規定，代表自己的是日干而非日支；亥中並無癸水，庚屬金，也不含癸水。這是由於作者為了照應潘金蓮的八字，而以「亥」「庚」替換原有干支的結果，但卻改錯了。又如，西門慶命詞在解釋日柱壬午時，說「丑中有癸水」，這個說法本身並不錯，但八字中實際上根本就沒有「丑」支。人民文學出版社點校本改「丑」為「壬」，不確，因「壬」中並不含癸水；同時，「丑」也不是日支「午」之誤字，因「午」中也未含癸水。可見，此字係作者所抄引的命書中的原字，只是失改而已，以致造成了與西門慶八字的懸隔。這也難怪，把借來的衣服穿在自己身上，自然不會完全合體，雖經修補，終難免顧此失彼，捉襟見肘。

但是，命詞中八字的錯亂以及對命書的抄引造成的與八字的脫節，顯然並不說明作者根本不懂算命術。作者之所以這樣做，其實是由描寫人物性格、揭示人物命運遭際的藝術需要決定的。否則，生活中哪能找到與潘金蓮等人的主體特徵完全吻合的現成的藍本呢！

二、隱藏在人物的宋代生年系統背後的明代生年系統

命詞中還有另外一種類型的錯誤，出現在與人物的生年存在著直接或比較直接的內在關係的甲子納音、流年及大運方面。在算命術中，納音是指與生年干支相匹配的命相，以兩年合一命；流年即算命時所在之年的干支，通過人物的歲數而與生年相關；而大運，則是人生年、月決定的行運週期，可據月柱干支推排而得，陽年男命、陰年女命的大運由月柱而下依次順排，陰男、陽女之運反之，由月柱倒排。本來，記納音、定流年、排大運，與推八字一樣，都是算命術的最基本的功夫。然而，命詞卻恰恰在這些方面出現了一些明顯背離人物的宋代生年的錯誤，個中緣由，頗為耐人尋味。其實，錯誤的源頭

在於生年。由這些納音、流年及大運之誤逆向追索，可以將相應的致誤源頭還原出來：

潘金蓮：如前所述，在《金瓶梅》的故事背景下，金蓮的生年本應是「戊辰」，但其八字中卻誤為「庚辰」。並且，無獨有偶，在第三回中，西門慶也說「娘子（指金蓮）到與家下賤累（指月娘）同庚，也是庚辰，屬龍的」。從可能性上看，「庚」「戊」二字在整體字形、筆劃繁簡方面都差別甚大，因而「庚」不會是「戊」的偶然筆誤。否則，無論是作者，還是抄手、刻工，一誤已甚，何至再誤？！另外，按故事編年，金蓮算命的這一年在政和四年，歲次甲午，已 27 歲，書中說她 26 歲。但劉瞎卻說「今歲流年甲辰」。此處的這一「甲辰」，同樣也無法視作「甲午」之誤。從「庚辰」而至「甲辰」，則適逢本命之年，虛齡 25 歲，雖然比書中所記小了一歲，卻已足以構成對誤出生年「庚辰」的強力支持。可見，「庚辰」的出現，原是事出有因的。

西門慶：按照算命術中的「納音五行」口訣，西門慶生年「丙寅」，屬虎，納音應是「丙寅、丁卯爐中火」，但吳神仙卻斷為「城頭土命」，而事實上此命中的虎年是「戊寅」，所謂「戊寅、己卯城頭土」。崇禎本之所以將八字中的生年改為「戊寅」，顯然即根據於此，可同時又把「城頭土命」刪掉了。其次，西門慶係陽年男命，大運由月柱順排，當從「壬戌」起運，可吳神仙卻排作：「七歲行運辛酉，十七行壬戌，二十七癸亥，三十七甲子，四十七乙丑」，明顯多排了一位「辛酉」；第一次算命時，西門慶自稱 29 歲，按說應在「甲子」運中，吳神仙卻道「大運見行癸亥」，仍承前而誤，倒是以下「後到甲子運中……不出六六之年，主有嘔血流膿之災、骨瘦形衰之病」的預言與西門慶死時的年齡 33 歲切合；但到第二次算命時，吳神仙卻仍說「見行癸亥運」。如果據「辛酉」逆推，生月在「庚申」，依年、月二柱之間的內在關係推算，與之相配的虎年也恰為「戊寅」。再次，按故事編年，第二十三至三十九回所敘故事發生於政和六年，歲在丙申，但第二十九回吳神仙卻說「今歲丁未流年」；第三十回，仍在同年，可官哥兒出生時，書中卻記作「宣和四年（顯誤）戊申」。這兩個紀年干支雖與編年相悖，卻能夠自然順承，相互依存。由「戊寅」推到「丁未」，得 30 歲，僅比西門慶自己說的 29 歲大出一歲，也對「戊寅」的存在起著重要的保證作用。由此觀之，西門慶命詞中的上述錯誤，其實都是由以「戊寅」為生年造成的。

李瓶兒：瓶兒係陰女之命，大運本應由月柱「庚寅」順排，依次是：辛卯、壬辰、癸巳、甲午，可算命的黃先生卻排為：「四歲己未，十四歲戊午，廿四歲丁巳，三十四歲丙辰」，不僅排倒了，而且明顯脫離了其生月正月。如果即由這一倒排次序上溯，生月已在七月「庚申」，而與之相對應的羊年其實是「癸未」。這纔是命詞中大運排行的真實依據。

孟玉樓：玉樓陽年女命，大運自月柱「甲子」倒排，應為：癸亥、壬戌、辛酉、庚

申。算命的這一年，玉樓 37 歲，理應正行「庚申」運。但是，算命先生卻說「見在丙申運中」。若據「丙申」逆推，則起運為「己亥」，生月應為「庚子」，與之相對的子鼠之年是「丙子」。可見，「丙子」正是大運「丙申」的依託年份。

將以上這些反向推證出來的意味不同的生年按原來人物的出生先後排列，依次為：丙子、戊寅、庚辰、癸未。令人驚奇的是，它們之間竟然是整齊有序、協調統一的，而且與人物的年齡關係也正相契合，從而構成了一個迥異於人物的宋代生年系統的新的生年系統！這種現象表明，命詞中與生年相關的一系列錯誤，絕不是作者淺陋無知或偶然筆誤的產物，而恰恰是作者精心安排的結果，至於和其他人的生年落落寡合的潘金蓮生年「庚辰」，原是作者特意樹立的一個醒目符號，其用意正在於暗示在宋代生年系統層面之下的這一隱秘的生年系統。否則，這種九九歸一的奇觀是絕不可能出現的。作者的用心如此良苦，顯然不是無的放矢的遊戲之舉，而必是有所指喻、有所落實的。這就進一步說明，這個隱秘的生年系統的位置應在明代，也就是說，它們實際上是作者所塑造的故事中的男女主人公在明代的具體生年。除此以外，別無他解。

然而，有明一代，綿延二百七十餘年，這一明代生年系統究竟該定位於何時呢？第十二回潘金蓮算命的流年「甲辰」、第二十九回西門慶算命的流年「丁未」以及第三十回官哥兒的生年「戊申」，提供了一個重要的參考系統。立足於人物的明代生年系統來看這三個明確以故事發生的現在時態面目出現的紀年干支，則其基本意蘊首先無疑是《金瓶梅》所反映的明代的真正背景年代。前已述及，《金瓶梅》的橫空出世在萬曆二十四年（1596），當時袁中郎已經讀過此書前半。作為一部假宋之名而刺明之實的世情小說，《金瓶梅》顯然並不具有預言或幻想的性質，因而其中標示真實背景年代的「甲辰」「丁未」「戊申」三個紀年干支只能存在於萬曆二十四年前。而在此前一百多年的時代界域內，這三個紀年干支只在嘉靖中期出現過一次，分別是嘉靖二十三年（1544）、二十六年（1547）、二十七年（1548）。再由此回溯，則這個明代生年系統的時代定位應在正德末嘉靖初，具體說來，孟玉樓生於正德十一年丙子（1516），西門慶生於正德十三年戊寅（1518），潘金蓮生於正德十五年庚辰（1520），李瓶兒生於嘉靖二年癸未（1523）。

在命詞中出現的兩個節令，又為明代生年系統的真實存在提供了進一步的確證。算命術中所講的「月」，並不是農曆中的自然月份，而是指兩節之間的一段時間。所以，在推算月柱時，往往需要對照生日之前的某個節令纔能確定。據算命先生說：西門慶出生的那年「七月廿三日白露」，潘金蓮出生的那年「（正月）初八日立春」，但這二節實際上並非宋代所有。查《三千五百年曆日天象》，見載：明正德十三年戊寅七月「廿三

庚申白露」，正德十五年庚辰正月「八日丁酉立春」[2]，與命詞中所記完全吻合。由此觀之，西門慶、潘金蓮的明代生年確實分別在正德十三年、十五年，在表面化的宋代生年系統背後的確隱藏著一個由作者巧妙設置的明代生年系統。此為鐵證，復有何疑？！

綜上所述，在命詞中出現的與人物的宋代生年相悖的一系列錯誤，恰是作者著意埋藏的玄機之所在。在《金瓶梅》中其實存在著宋、明兩個不同的生年系統，二者一表一裏，一明一暗，由此形成了一種撲朔迷離的奇特格局。兩個生年系統的對照關係以及命詞中體現明代生年的相關記述，略如下表所示：

人物	宋代生年系統	明代生年的相關信息		明代生年系統
孟玉樓	甲子（元豐七年，1084）	大運：丙申		丙子（正德十一年，1516）
西門慶	丙寅（元祐元年，1086）	納音：城頭土 大運：辛酉、壬戌、癸亥、甲子、 　　　乙丑 流年：丁未 節令：七月廿三日白露		戊寅（正德十三年，1518）
潘金蓮	戊辰（元祐三年，1088）	生年：庚辰 流年：甲辰 節令：正月初八日立春		庚辰（正德十五年，1520）
李瓶兒	辛未（元祐六年，1091）	大運：己未、戊午、丁巳、丙辰		癸未（嘉靖二年，1523）

三、流年——創作年代的真實記錄

明代生年系統的現形，無疑為最終揭開《金瓶梅》的背景年代及創作年代之謎創造了重要契機。

如前所述，第十二回潘金蓮算命時的流年「甲辰」、第二十九回西門慶算命時的流年「丁未」，再加上第三十回官哥兒的生年「戊申」，都與故事表面上的宋代背景明顯不合。但是，它們一方面能夠對隱秘的明代生年系統構成有效支援，另一方面又自成系統，具有相對獨立性，即著眼於表示故事發生當下時間的「今年」。明代生年系統既經揭明，首先賦予了這三個紀年干支以真實的明代背景年代的明確意義。具體來說，「甲辰」「丁未」「戊申」分別實指嘉靖二十三、二十六、二十七年。由此可知，宋代背景中的「誤」，恰是明代背景中的真。原來，刻意埋藏人物的明代生年系統，只是作者的

2　張培瑜編《三千五百年曆日天象》，鄭州：河南教育出版社1990年，頁348、349。

一種手段而已，其直接目的則在於以這種似誤實真的奇特方式向世人暗示故事發生的真正時代背景。據此，可以對《金瓶梅》全書的背景年代作一大致推測：第十二回的背景年代既在嘉靖二十三年，則此書所描寫的時代背景的起始時間絕不會超出嘉靖而至正德年間；第三十回的背景年代是嘉靖二十七年，其後 70 回相沿而下，到全書終結時，其背景年代即便超過了嘉靖而到隆慶甚至萬曆年間，但可以肯定的是，嘉靖年間仍是其中的主體部分。因此，如明人所說，《金瓶梅》所實際反映的真正時代背景確實主要是在嘉靖年間。

並且，筆者認為，這三個紀年干支的內在意蘊還不只是背景年代這般簡單，而是更具深意的，當與其創作年代直接相關。

在目前學界關於《金瓶梅》創作年代的爭論中，儘管各家持論不同，但實際上也存在著一個共識，即都認為此書是時人寫時事，其背景年代和創作年代是大致統一的。早在明代，當《金瓶梅》還在以抄本形式流傳時，一些讀過此書的文人就紛紛猜測作者是誰，儘管說法不一，卻都不約而同地認定作者是嘉靖間人，寫的是嘉靖間事。如，謝肇淛云：「相傳永陵（指明世宗即嘉靖帝墓陵——引者注）中有金吾戚里，憑怙爹汰，淫縱無度，而其門客病之，採摭日逐行事，彙以成編，而托之西門慶也」[3]；袁小修云：「舊時（指嘉靖時——引者注）京師，有一西門千戶，延一紹興老儒於家。老儒無事，逐日記其家淫蕩風月之事」[4]；沈德符云：「聞此為嘉靖間大名士手筆，指斥時事」[5]；屠本畯云：「相傳嘉靖時，有人為陸都督炳誣奏，朝廷籍其家。其人沉冤，托之《金瓶梅》」[6]；為《金瓶梅》作跋的廿公亦稱其「為世廟時一鉅公寓言，蓋有所刺也」[7]。現在看來，明人的看法是切近實際的。

《金瓶梅》是一部以歷史小說的外殼包容的現實主義小說。從作者著意於以似誤實真的方式隱寫人物的明代生年以及故事背景年代的作法中，不難想見作者在從事創作時存在的二重心態：一方面，擔心因其指斥當朝時政的特質而不見容於當時的社會，尤其是受到官方的迫害；另一方面，又不甘心此書所揭露、諷喻的真正對象不為人所知而終被埋沒。於是，便借為書中人物算命的機會，將有關《金瓶梅》的真正時代信息與故事表面的宋代背景交錯雜糅在一起，呈現在世人面前，期望有識者能夠破解其中的密碼。作者何等的精明睿智，又是何等的煞費苦心！從情理上講，其創作年代與所反映的背景年

3　謝肇淛〈金瓶梅跋〉，《小草齋文集》卷二四。

4　袁小修《遊居柿錄》。

5　沈德符《萬曆野獲編》卷二十五。

6　屠本畯《山林經濟籍》。

7　廿公〈金瓶梅跋〉。

代應是很接近的。既然前 30 回的背景年代在嘉靖中期,則其相應的創作年代也必然不出嘉靖年間。如果像一些學者所論,《金瓶梅》的創作遠至萬曆中期,上距其背景年代已有三、四十年之遙,那麼作者的這番用心做作便顯得沒有任何必要。另外,西門慶和潘金蓮生年的兩個節令也為《金瓶梅》創作年代的判定提供了重要參證。潘金蓮生年「正月初八日立春」、西門慶生年「七月廿三日白露」,實出於正德十五年和十三年,到二人各自算命的背景年代「甲辰」「丁未」之年,已分別過了 25 年、30 年之久。作者竟然對多年以前的這兩個節令的準確日期記憶如此深刻,一則可以說明這二節應與作者本人在生活中所熟悉的人的生日有密切關係,西門慶、潘金蓮可能有原型,二則說明作者將這二節寫入小說的時間距小說本身的背景年代也不會太遠。

進而,通過對宋、明兩個背景年代系列的比照,還可對《金瓶梅》的創作年代進行進一步推證（括弧內數字分別為宋代背景年代的跨越回目和明代背景年代的出現回目）:

　　　　宋代背景年代:甲午（11-14）—乙未（14-22）—丙申（23-39）

　　　　明代背景年代:甲辰（12）…………… 丁未（29）戊申（30）

可以看出,這兩個背景年代系列的步調是不同的。與宋代背景年代相比,明代背景年代的三個年份明顯參差不齊,不僅在一年的位置裏虛了兩年,而且又在同一年裏出現了兩個紀年。顯然,作者並沒有將明代背景年代牽合到相應宋代背景年代的名義之下。這說明,「甲辰」「丁未」「戊申」的意義其實並不限於真正的明代背景年代。作者特意注出的這三個年份,之所以出現錯落現象,應是由寫於不同時間造成的。也就是說,它們不僅是故事中的「今年」,同時也應是作者寫作時的「今年」,即《金瓶梅》相應各回的創作年代。這才是其深層意蘊之所在。惟其如此,作者的一番苦心經營方能得以最終落實。考慮到第十二回離開篇不遠,且此前的情節、文字又多從《水滸傳》抄來的因素,故甲辰——嘉靖二十三年應大致可確定為《金瓶梅》的始作之年。

有言道:假作真時真亦假。《金瓶梅》命詞中的人物生年和流年等也是宋明交錯、真假雜糅的。對它們予以系統的剖解、辨析,使宋與明、真與假各歸其位,對於解讀《金瓶梅》的時代密碼有著重要意義。

《金瓶梅》文本結構探微

明代長篇世情小說《金瓶梅詞話》（以下簡稱《金瓶梅》），全書一百回。其中第五十三至五十七回，沈德符在《萬曆野獲編》中曾指為「陋儒補以入刻」的「贗作」。對此，學界基本上是持認同態度的，但也有不同意見。這一問題，此處且不予討論。除這 5 回外，其他 95 回一向被絕大多數研究者視為一體。但是，這種看法與《金瓶梅》文本的實際情況是不相切合的。種種跡象表明，實際上，這 95 回也並非一個渾然天成的整體，而是出於不同作者之手，是由原作、續作兩部分構成的。可惜，《金瓶梅》文本研究中的這一重要問題，至今尚未得到應有的重視。

———

《金瓶梅》全書最後有一首詩，往往容易被人們忽視，詩云：

> 閑閱遺書思惘然，誰知天道有循環。
> 西門豪橫難存嗣，經濟顛狂定被殲。
> 樓月善良終有壽，瓶梅淫佚早歸泉。
> 可怪金蓮遭惡報，遺臭千年作話傳。

詩中對男女主人公的平時作為和最終結局作了總結，無非因果報應之意。而最堪玩味的是「遺書」一詞，其中蘊含了有關《金瓶梅》文本結構的重要信息。以「遺書」稱《金瓶梅》，原作者斷不會作如是說，而分明是另外一位續作者的口氣。這表明，《金瓶梅》原是前人或他人遺留下來的一部未完稿，後來，又有人在此基礎上進行續寫、增補，方最終形成了為後世所見到的百回全帙。這樣看來，《金瓶梅》的成書過程與《紅樓夢》倒頗相類似。

對於《金瓶梅》文本中前、後文的某些差異，細心的讀者是可以體察到的。然而，哪些是原作，哪些是續作呢？就目前所發現的資料看，最早對這一問題作出回答的是清末的文龍。他在《金瓶梅》第九十二回評語中說：「九十回以後，筆墨生疏，語言顛倒，

頗有可議處，豈江淹才盡乎？」並直指第九十三回「似非本書正文」[1]。近年來，又有學者提出了原作、續作之分是前 80 回、後 20 回的觀點[2]。原作、續作的分界究竟在於何處？這的確是一個需要認真廓清的重要問題。

顯然，對於原作、續作所含回目的判別，涉及到《金瓶梅》文本研究的方方面面，僅憑單純的感性印象是遠遠不夠的。因此，解決這一問題的關鍵，並非是去梳列故事情節和人物性格的發展是否合乎邏輯規程，而在於深入到文本之中，進行細緻的比較、分析，從而揭示出在創作意圖、創作手段等方面所體現出的分屬於不同作者的種種相區別的主體性特徵。

經過對《金瓶梅》文本的綜合考察，筆者認為，「前 80 回、後 20 回」的分法不確，文龍的觀點是接近實際的。精確地講，原作、續作的分界應在第九十一回與第九十二回之間，前 91 回（除「贋作」5 回外）當為原作，後 9 回則屬續作。

二

《金瓶梅》文本的斷裂出現在第九十一回、第九十二回間（為方便表述，以下凡必要處，均徑稱「前 91 回」「後 9 回」），這主要表現在：

第一，在前 91 回算命先生為男女主人公推排命運的說辭中，作者刻意以各種與人物生年相關的差誤形式巧妙隱寫其明代生年的做法是完全一致的。

在《金瓶梅》中，算命術是作者藉以鋪排人物命運遭際的一種先驗工具。在作者筆下，算命先生不時粉墨登場，為人說命論運，指點迷津。在算過命的諸人中，潘金蓮、西門慶、李瓶兒、孟玉樓都有明確的生辰八字，並有較為詳細的相應命詞。然而，將命詞比照於各人的生辰八字，明顯的失誤不實之處比比皆是，而在生年以及相關的納音、流年、大運等方面的差誤尤為突出。按：所謂納音，是指與生年干支相配的命相；流年，即算命當年的干支；而大運，則是由人生年、月決定的行運週期，陽年男命、陰年女命由生月干支而下依次順推，陰男、陽女則由生月倒排。細緻核查，命詞中這些有關生年的差誤，實在是錯得有些離譜。

《金瓶梅》的故事背景在北宋末年，書中的男女主人公的生年與之相應，按孟玉樓、

1　劉輝《金瓶梅成書與版本研究》，瀋陽：遼寧人民出版社 1986 年（以下凡引文龍語均見該書，不另注）。

2　薛洪〈關於《金瓶梅》全書構成問題〉，《明清小說研究》，1992 年第 1 期；〈《金瓶梅》，一部沒有寫完的書〉，《社會科學戰線》，1997 年第 3 期。

西門慶、吳月娘、李瓶兒的出生先後為序，形成了一個宋代生年系統，即甲子—丙寅—戊辰—辛未，分別對應於元豐七年（1084）、元祐元年（1086）、元祐三年（1088）、元祐六年（1091）。潘金蓮與吳月娘同庚，按說生年亦當為戊辰。但是，早在第三回，西門慶就說她生於「庚辰」。到第十二回，劉理星厭勝回背時，也定其生年為「庚辰」。並且，按故事編年，當時歲在甲午，但命詞卻說今歲流年「甲辰」。西門慶的納音應為「丙寅、丁卯爐中火」，而在第二十九回，吳神仙卻斷其為「城頭土命」；當年為丙申年，可命詞卻云今歲流年「丁未」。其大運應從「壬戌」排起，但命詞中卻多排了一位「辛酉」，且以下所謂「大運見行癸亥」以及第七十九回「見行癸亥運」之語也是由此誤延伸而來；李瓶兒係陰女之命，大運本當由生月順排，但命詞中的大運排行「己未、戊午、丁巳、丙辰」不僅排倒了，而且與其生月「庚寅」根本不搭界。孟玉樓算命時 37 歲，應行「庚申」運，可命詞卻無來由地稱在「丙申」運中。凡此種種，真可謂漏洞百出、錯誤紛呈了。本來，如記納音、定流年、排大運等，均屬命術的基本功，一個對此術稍有常識的人即不難掌握。作者既然不厭其煩地大寫算命，何以竟讕陋若是？

筆者經過深入剖解，終於發現了潛藏於這些差誤背後的秘密。原來，所有與人物的宋代生年相悖的這些差誤，都是作者精心設置的機關，其目的在於暗示人物的明代生年。由孟玉樓、西門慶、潘金蓮、李瓶兒各自命詞中的這些差誤反向推算，可以還原出與之相對應的生年，而它們又恰恰形成了一個別有意味的生年系統，即丙子—戊寅—庚辰—癸未。結合《金瓶梅》見於世間的最早時間（萬曆二十四年）對其真實背景年代（這是誤出流年的基本意蘊）的限制，這一生年系統的實際定位應在明正德末至嘉靖初的 8 年間。而命詞中出現的兩個節令——西門慶出生之年「七月廿三日白露」、潘金蓮生年「（正月）初八日立春」，又正分別與正德十三年、正德十五年完全合榫，更確鑿地證明了這一點。按照命詞的出處前後，各人隱秘的明代生年如下：

第 十 二 回：潘金蓮　庚辰　正德十五年（1520）

第二十九回：西門慶　戊寅　正德十三年（1518）

第六十一回：李瓶兒　癸未　嘉靖 二 年（1523）

第九十一回：孟玉樓　丙子　正德十一年（1516）[3]

這個隱秘的明代生年系統的現形，是可以作為文本一體化的標誌的。這就意味著，在至少前 91 回，作者著意以各種與人物的宋代生年相悖的差誤形式巧妙地暗寫明代生年系統的用意是一貫的，應出自同一作者手筆。信如前 80 回為原作、後 20 回為續作的說法，

3　楊國玉〈《金瓶梅》人物命詞索隱〉，《河北建築科技學院學報》（社科版），2000 年第 4 期，亦可參見本書。

則第九十一回孟玉樓的命詞自然係他人所作，何以竟然能夠與此前其他人物的命詞埋藏著相同的奧秘，從而達到珠聯璧合，協調一致，便是根本無法解釋的。由此觀之，原、續之作的分界必在第九十一回後。

第二，前 91 回和後 9 回的某些「夫子自道」式的回首詩所折射出的作者的心態、經歷有所區別。

據統計，《金瓶梅》的回首詩（詞、格言），除「贋作」5 回外，不重出者計有 89 首。其中有大約十餘首，既非引自《水滸傳》及其他話本小說或前人成詩，又與相應各回的正文內容毫無關涉，大致可以認定為係作者的「夫子自道」。作者以詩言志，表達了某些對現實生活的切身感受和對於精神境界的內在追求。總體看來，這些詩在篤信命運、崇尚淡泊的主調上是相同的。但仔細斟酌就會發現，前 91 回的回首詩所體現的作者心境和身分等又與此後的回首詩的意蘊有著某種細微的差別。

第九十一回詩云：

> 百歲光陰疾似飛，其間花景不多時。
> 秋凝白露蛩蟲泣，春老黃昏杜宇啼。
> 富貴繁華身上孽，功名事跡目中魈。
> 一場春夢由人做，自有青天報不欺。

此詩表明了作者崇天認命，安於現狀，視人生如夢幻、將富貴功名作糞土的處世觀和價值觀，追求的是一種神仙隱士般超然物外、閒逸逍遙的境界，其心境顯得散淡平和，頗有幾分道家的仙風道骨。同時，這些回首詩也在某種程度上透露出了作者的地位和身分：他應當是一位懷才未遇、仕途失意的落魄文人。退一步講，即便作者曾經躋身官列，也未必會大過縣部正印之職。

在後 9 回的回首詩中，絕大多數自《水滸傳》抄來，或與內文相關，惟有第九十三回回首詩對《水滸傳》原詩作了改寫，堪稱作者的「夫子自道」。即此一首，便顯示出了與前 91 回不同的思想內涵。且看：

> 誰道人生運不通，吉凶禍福並肩行。
> 只因風月將身陷，未許人心直似針（？）。
> 自課官途無枉屈，豈知天道不昭明。
> 早知成敗皆由命，信步而行暗黑中。

這位作者既言「官途」，想必確是一位稱得上「官」的宦海中人。就詩意推測，作者原想在功名上有所建樹的，只是不知由於何種原因（風月？）負屈銜冤，仕途受阻，於是便

感慨天道不公，人生不遇。他也認命，卻是出於遭受挫折後的無奈。這與前 91 回回首詩所突出體現的豁達自然的心態比較起來，顯然多了一分怨天尤人的浮躁不平之氣。即此可見，至少第九十三回以後的數回與前 91 回當為不同作者手筆。

第三，自第九十二回起，不僅故事的場景發生了挪移，而且，故事的營構模式也較前 91 回明顯不同。

《金瓶梅》是從《水滸傳》中借出一枝而衍成巨帙的。只是，作者將西門慶與潘金蓮孽情故事的發生地由陽谷縣改到了清河縣。第七回「薛嫂兒說娶孟玉樓」的嵌入，最終使《金瓶梅》脫離了《水滸傳》的窠臼，走上了獨立發展的軌道。作者通過對西門慶家庭生活的細緻描寫，小中見大，藝術地展現了一幅豐富多彩的晚明社會風情畫。就其故事的營構模式來看，猶如一張巨大的蛛網，以西門慶財、色、官等諸項「事業」的發展為中心，向四面八方輻射、延展，涉及到社會生活的方方面面，層層相關，環環相扣，因而形成了一種經緯交織而又主次分明的生活化的故事格局。在作者筆下，有芸芸眾生、大小諸事、三教九流、五行八作，可謂頭緒繁多，但卻保持著對西門家族這一中心的應有的向心力，既互相牽連，又互為觀照，因而讀來雜而有序，散而不亂。張竹坡對此大為嘆服：「蓋其書之細如牛毛，乃千萬根共具一體，血脈貫通，藏針伏線，千里相牽，少有所見。」[4]這種獨特的故事營構模式，是對傳統的板塊型結構模式的突破，無疑是中國小說史上的一個重大創新。現代研究者也都給予了高度評價，有的稱之為「回環型網絡結構」，有的則稱之為「輻射式環靶結構」。但實際上，這種營構模式在《金瓶梅》全書中並非一以貫之的，而只是大致體現在前 91 回。自然，最能體現這一模式特點的書文是描寫西門慶在世活動的前 79 回。自此而下，西門慶一死，樹倒猢猻散，敘事文字趨於簡略，敘事時間的跳躍性加大，這是作者收煞故事的必然，也在情理之中。儘管如此，作者還是用了 12 回的篇幅敘述李嬌兒、龐春梅、潘金蓮、陳經濟、孫雪娥、孟玉樓等先後出離西門府的經過，仍然是不緊不慢，有枝有蔓，故事的營構模式基本上保持了與此前的一致性。張竹坡談及第九十回故事的起筆以及與第九十一回的呼應關係時說：「開手寫李衙內問玉樓，若是俗筆，自應接寫玉樓愛嫁。看他接手即入雪娥事，真令玉樓事似絕不相干，下回卻又一筆勾轉，既為玉樓抬高身分，又為衙內遙寫相思，而行文亦真有蝶穿花徑、鶴舞雲衢之妙。不是一直寫去，如三家村冬烘先生講日記故事。」[5]這種認識是符合事實的。

可是，小說一進第九十二回，故事的歷史舞台和營構模式卻都發生了顯著變化。本

4　張竹坡〈竹坡閒話〉。
5　張竹坡第九十回評語。

來，在西門慶死後，陳經濟作為西門慶的精神傳人，已上升為第一號男主角，因而為陳經濟的故事留存一定的空間是必要的。但是，作者在集中描寫陳經濟一步步來尋死路的過程中，卻頻繁地將其支出調入，使故事場景在嚴州、清河、臨清之間游移，相應地也使故事模式呈現為一種靠一個個具體事件連綴而成的簡單的鏈環式結構。第九十二回，敘陳經濟南下買貨，企圖勾引孟玉樓，被陷嚴州府，回家後逼死西門大姐，經官遭監，文龍評曰：「此皆信筆直書，不復瞻前顧後」；第九十三回，寫陳經濟家財散盡，沿街乞食，得王杏庵周濟，又入臨清晏公廟當道士，與馮金寶重逢等，近乎一筆到頭，文龍評道：「此一回直是為陳敬濟作傳」；第九十四回，又寫陳經濟遭劉二醉毆，被帶入守備府，春梅鋪謀辦賣孫雪娥為娼等，文龍又指其「然未免有許多生拉硬扯，並非水到渠成，有不期然而然之趣，此作者未嘗用心之過也」。其後幾回的情況也差不多。這種故事營構模式，正像張竹坡所說，「如三家村冬烘先生講日記故事」，「一直寫去」，又回歸到傳統小說的老路上去了。這與前 91 回對社會生活原生態多層面、多向度的藝術再現相比，顯然是大異其趣的。

第四，與上者相聯繫，《金瓶梅》所借用的許多其他話本、小說的情節，在前 91 回和後 9 回中對營構自身的故事模式的作用不同，這表明作者對這些素材的處理態度和剪裁手法是不同的。

在《金瓶梅》中，有不少故事情節是另有出處的，乃作者從前人的話本、小說中抄借而來。《水滸傳》是《金瓶梅》所從出的母體，因而為《金瓶梅》所採錄、改寫的情節也最多。如：《金瓶梅》第一至六回，西門慶與潘金蓮的孽情緣起；第九、十回，武松誤打李外傳，充配孟州道；第二十六回，西門慶誣陷來旺；第八十四回，吳月娘泰山進香遭擄，被宋江義釋；第八十七回，武松殺嫂祭兄，等等。作者將《水滸傳》中有關情節的文字或稍作潤飾，或改換人名，引入小說正文，成為其有機組成部分。這是由《金瓶梅》與《水滸傳》的血緣關係決定的，出於「借樹開花」的必然，自可不論。值得注意的是作者對其他話本、小說相關情節的借用，在前 91 回和後 9 回表現出某些不同的特徵。

綜觀前 91 回，作者採引他書情節的形式可大致分為兩種：一是細節化的借用。如第一回，敘潘金蓮出身時，說她從九歲賣在王招宣府裏，後被張大戶收用，「不覺身上添了四五件病症」；第十回，寫李瓶兒從梁中書家逃出時帶了「一百顆西洋大珠」；第八十八回，寫陳經濟自東京返回，尋找潘金蓮，在王婆門前觀看手榜，被公人嚇走等，都脫胎於《京本通俗小說》中的〈志誠張主管〉。作者顯然是非常熟悉這篇話本的故事情節的，甚至在某種程度上可以說，已經內化為屬於自己的東西，因而能夠將其中的某些細碎的語料信手拈來，略作加工，即隨處安置，為我所用，顯得自然順暢，不露痕跡。

另一種情形是以故事中的故事或正文之「花絮」的面目出現。比如，第三十四、五十一回西門慶兩次講到的阮三私會陳小姐的案例，第七十三回薛姑子所講的五戒禪師破戒坐化的佛法故事，分別源出《清平山堂話本》中的〈戒指兒記〉〈五戒禪師私紅蓮記〉。作者借由書中人物之口將故事轉述出來，忠實地傳導出一種社會生活的原生狀態的豐富特質。以上這兩種情形，都是為描摹現實生活服務的，對輻射狀的故事結構模式本身起著一種積極有益的輔助作用。

但是，自第九十二回起，隨著故事結構的改變，對其他話本、小說情節的借用情況也發生了變化。如，第九十三至九十四回陳經濟晏公廟出家事，係由明代文言小說集《花影集》中〈丐叟歌詩〉的情節改寫而來。原文有關段落尚不足 200 字：

> 李自然者，臨清縣民家子也。七歲而孤，為晏公廟道士任某撫養，以為弟子。既長，聰敏變通，甚為居人知愛。時運河初開，而臨清設兩閘以節水利，公私船隻往來住泊，買賣罵集，商賈輻輳，旅館市肆鱗次蜂脾，游妓居娼逐食者眾。而自然私一歌妓，日久，情款甚厚，暗將其師資產盜費垂盡，皆不知也。一日，因醉與一遊手爭毆，被訟於官，其師始知，一氣而沒。自然亦因宿娼之愆，輾轉囚禁，經歲方已。然追牒為民，不得復其原業。無所依歸，遂與前妓明為夫婦，於下閘口貸房賣米餅度日。

應該說，這段文字文辭簡約，僅具梗概規模。可是，作者卻將李自然的故事改頭換面嫁接到陳經濟頭上，並以此為基礎，經過補充、改寫，敷衍成陳經濟在臨清晏公廟出家與任道士為徒，重諧馮金寶，又遭劉二醉毆及受責於守備府的一篇長篇故事。儘管二者的繁簡差別甚大，但因襲關係仍是非常明顯的。

其後，第九十八至九十九回陳經濟與韓愛姐的一段情事，與馮夢龍《喻世明言》中據宋元話本改寫過的〈新橋市韓五賣春情〉情節相同，但馮著成書更晚，《金瓶梅》當另有所本。據明晁瑮《寶文堂書目》，其中著錄有舊話本〈三夢僧記〉一篇，與〈新橋市韓五賣春情〉中吳山三次夢見神僧告諭的情節切合，可知並為《金瓶梅》和〈新橋市韓五賣春情〉的共同本源。儘管〈三夢僧記〉原本已佚，但即從《金瓶梅》與〈新橋市韓五賣春情〉的比勘來看，已足以說明陳經濟、韓愛姐二人故事的起源、發展都是由話本照搬照抄而來。

另外，第一百回中春梅企圖勾引李安而未遂的情節，也來自《京本通俗小說》的〈志誠張主管〉，雖然與前 91 回中的某些細節有著相同的出處，卻要完整得多，文字量也更大。

尤其是，這三例的共同特徵在於，這些借用來的情節，不再像此前一樣簡單地為故

事的主線服務，而是已經上升為牽引故事本身向前發展的中心線索，成為了鏈環式敘事格局中一個個不可或缺的重要環節。如果說，從其他話本、小說中借用過來的情節在前91回僅是枝葉的話，那麼，在後9回則已是主幹了。這種差異，應當是由於出自對借用情節的加工、利用的原則不同的另外一位作者之手造成的。

第五，後9回具有不同於前91回的語言特徵。

《金瓶梅》在運用語言尤其是人物語言方面所取得的成就，一直得到學界的高度評價。那些帶有鮮明的地方色彩和市井氣息的人物語言，特別是諸如幫閒篾片、大妻小妾、僕婦丫鬟的最生活化的家常口語，生動鮮活，惟妙惟肖，無不切合各人本色，使人聞其聲如見其人，賦予了人物栩栩如生的藝術生命，對於烘托人物性格、塑造人物形象起了非常重要的作用。但是，嚴格地講，這種情況也只適用於前91回。

第七回楊姑娘與張四的一場惱羞成怒的對罵，第八十六回王婆與金蓮的一段合轍押韻的數落，每每為論者徵引，堪稱經典。此外，第九十一回李衙內家大丫頭玉簪兒的一通指桑罵槐、借題發揮，也自有其妙處，頗為精彩：

> 賊小奴才，小淫婦兒！碓、磨也有個先來後到，先有你娘來，先有我來？都你娘兒們占了罷，不獻這個勤兒也罷了！當原先，俺死了那個娘也沒曾失口叫我聲玉簪兒；你進門幾日，就題名道姓叫我。我是你手里使的人也怎的？你未來時，我和俺爹同床共枕，那一日不睡到齋時纔起來？和我兩個如糖拌蜜、如蜜攪酥油一般打熱。房中事，那些兒不打我手裡過？自從你來了，把我蜜罐兒也打碎了，把我姻緣也拆散開了，一撇撇到我明間冷清清支板櫈打官舖，再不得嘗著俺爹那件東西兒甚麼滋味兒。我這氣苦，正也沒處聲訴。你當初在西門慶家，也曾做第三個小老婆來，你小名兒叫玉樓，敢說老娘不知道？你來在俺家，你識我見，大家膿著些罷了。會那等大廝不道、喬張致、呼張喚李，誰是你買到的，屬你管轄不成？

這番滿腹怨氣的話語，把一個既無名分、又無姿色、更無自知之明的通房丫頭的身分、處境、性格和心態凸現得淋漓盡致，如描如畫。將市井語言運用到如此老到、自如的程度，表明作者應是一位具有長期市井生活體驗的下層文人。

但是，從第九十二回往後，人物的來言去語卻失去了此前的天然拙樸，也一併失去了那種細膩、傳神的韻味，而多了一些正統文人的匠氣，變得乾巴乏味，退化成了一種連綴情節、鋪陳事件的配件。此類例證，隨處可見，毋煩贅引。這就難怪文龍要批評其「筆墨生疏，語言顛倒」了。由此觀之，這位續作者所具有的生活積澱和語言素養是與原作者不同的。

　　另外，與人物語言的變化相映成趣的是前 91 回與後 9 回詩詞水準的差異。《金瓶梅》中劣詩（詞）多，這基本上是方家的共識。其實，按幾率算來，這種情況同樣突出表現在前 91 回。在這些詩詞中，失律、出韻或違格者已然不少，而文理欠通之作為數更多。這表明，在屬於傳統的上層文學形式的詩詞創作方面，作者的造詣是有限的；而後 9 回的詩詞，雖難說首首是精品佳作，但可堪詠誦者確實不少，如第九十九回韓愛姐所作春、夏、秋、冬四季相思詩，第一百回葛翠屏和韓愛姐交替吟詠的六首詩，都還不錯。可見，後一位作者的詩詞功夫要好一些。

　　總之，從《金瓶梅》文本所顯示的各種不同的個性特徵綜合判斷，原作與續作的分界當在第九十一回與第九十二回之間。除所謂「贋作」5 回外，前 91 回應為原作，這也就是續作者所稱的「遺書」。書至此處，無論就回目而言，還是就故事本身而言，都已接近尾聲。原作者未能完成全書的寫作，顯然不大可能是主動放棄的結果，而應是由某種外在的變故造成的。從「遺書」二字來看，這種中斷可能導源於不可抗拒的自然規律，即死亡，此時原作者應已謝世。而續作者有緣得到了這部未完的 91 回遺稿，表明他與原作者之間可能存在著某種特別的親密關係。續作者繼承原作者未竟之志，又續寫了後 9 回，或許對前 91 回也作了某些增刪改易，方最終形成了一部百回大書。

　　要之，《金瓶梅》文本結構與成書過程的這種內在關聯，對於《金瓶梅》諸謎的破解有著重要意義。在這方面，還需進一步深入探究。

從習慣用語的變化看
《金瓶梅》的文本結構
——〈《金瓶梅》文本結構探微〉補證

　　數年前，筆者曾寫過一篇論文，認為：《金瓶梅》的前 91 回（不含第五十三至五十七回，實際只有 86 回）當為原作，而後 9 回則是出自另一人之手的續作。其中，也注意到「後 9 回具有不同於前 91 回的語言特徵」[1]。但在當時也只是泛泛而談，進行了概括性的描述。近來，筆者在對《金瓶梅》的語詞（包括辭彙、成語、短語等）進行微觀考察時發現，前 91 回的某些習慣用語，到了後 9 回，卻發生了諸多變化。這種現象，堪可為以前的推斷添一新證。

一、前 91 回與後 9 回的用語習慣比較

　　作為科學方法論的成熟形態之一，比較的任務在於去尋找、確定對象之間的相同點和差異點。德國著名哲學家黑格爾曾經講過一段至今仍被後人奉為圭臬的話：「惟有在現存的差別的前提下，比較才有意義；反之，也惟有在現存的相等的前提下，差別纔有意義。因此假如一個人能看出當前即顯而易見的差別，譬如，能區別一枝筆與一頭駱駝，我們不會說這人有了不起的聰明。同樣，另一方面，一個人能比較兩個近似的東西，如橡樹與槐樹，或寺院與教堂，而知其相似，我們也不能說他有很高的比較能力。我們所要求的，是要能看出異中之同和同中之異。」[2]《金瓶梅》的後 9 回與前 91 回的某些習慣用語的差異，就是通過同中求異的比較方法而凸顯出來的。

　　在《金瓶梅》中，有不少習慣性的甚至可以說是程式化的用語，比如，一寫到青年女子磕頭，就是「花枝招颭，繡帶飄飄」「插燭也似」；一寫到妓女或家樂彈唱，就是

1　楊國玉〈《金瓶梅》文本結構探微〉，《保定師專學報》，2001 年第 1 期，亦可參見本書。
2　黑格爾《小邏輯》，北京：商務印書館，1980 年，頁 253。

「啟朱唇，露皓齒」等等。然而，這些習慣用語在前 91 回和後 9 回的使用並不是始終一貫的。在後 9 回，本來在前 91 回經常出現的有些習慣用語再也沒有露過面，我們當然可以認為這是由於故事中沒有相應情境的緣故，不足為怪；但是，在某些完全相同的語境下，後 9 回使用的卻是另一同義異構語詞——雖然意義相同，但在形式上又有著某種細微的差別，從而脫離了它們在前 91 回的使用慣性。這種同中之異，顯示出了前 91 回和後 9 回這兩部分所具有的不同的文本特徵。

以下擇要對前 91 回的某些習慣用語與後 9 回的差異，略作分析：

1.殺豬也似（是）叫／猶如殺豬叫

《金瓶梅》前 91 回在描寫打人時，總是用「殺豬也似（是）叫」寫挨打者的叫喊，既言其大，又言其慘屬。這樣的語例共有 8 處，因事關下文的進一步解析，不妨全部羅列出來：

第八回：

> 婦人……于是不由分說，把這小妮子跣剝去了身上衣服，拿馬鞭子下手打了二三十下，打的妮子殺豬也似叫。

第二十八回：

> 那小猴兒不知，正在石臺基頑耍，被西門慶揪住頂角，拳打腳踢，殺豬也似叫起來……

第三十五回：

> 西門慶看見畫童兒在旁邊，說道：「把這小奴才拿下去，也撈他一撈子！」一面撈的小廝殺豬也（「也」字原誤作「兒」）似怪叫。

第四十一回：

> 婦人……一面罵著又打，打了又（「又」字原誤作「大」）罵，打的秋菊殺豬也似叫。

第四十四回：

> 須臾，把丫頭撈起來，撈的殺豬也是叫。

第四十七回：

> 於是每人兩夾棍、三十根頭，打的脛骨皆碎，殺豬也似叫。

第五十八回：

> 春梅于是扯了他衣裳，婦人教春梅把他手拴住，雨點般鞭子輪起來，打的這丫頭殺豬也似叫。

第八十三回：

> 于是拿棍子向他脊背上儘力狠抽了三十下，打的殺豬也似叫，身上都破了。

在後 9 回，類似的用例僅有一處，第九十五回：

> 一面套上夾棍夾（「夾」字原奪）起來，夾的小廝猶如殺豬叫。

兩相比較，意思雖完全相同，但喻詞由後跟的「也似」悄悄變成了前置的「猶如」，傳達出了某種別樣的韻味。

2.打選衣帽齊整／揀選衣帽齊整、打扮衣服齊整

「打選衣帽齊整」，是前 91 回書中寫人物出門前做準備工作的慣用說法，計有 7 例，分見於第七（兩處）、十三、十七、十九、七十八（兩處）回；另有第三回一例稍有不同，作「打選衣帽齊齊整整」，仍不脫其大概。此處僅舉末例為證：

第七十八回：

> 不想那日賁四從東京來家，梳洗頭臉，打選衣帽齊整，來見西門慶磕頭。

可是，後 9 回中所出的 2 例卻與此前不同：

第九十二回：

> 他便揀選衣帽齊整、眉目光鮮，徑到府衙門前。

第九十八回：

> 到第三日早起身，打扮衣服齊整，伴當小喜跟隨，來河下大酒樓店中。

前例中的「揀選」一詞，不見於前 91 回，而「揀」「打」二字字形差異甚大，可以肯定非由形訛所致；而後例源出馮夢龍編《喻世明言》中保存的宋元話本〈新橋市韓五賣春情〉（原本當即明晁瑮《寶文堂書目》著錄之舊話本〈三夢僧記〉），原句作「打扮齊整」，應予注意的是，這裏補入的是「衣服」，而不是此前慣用的「衣帽」。

3.把上項說了／把頭一項說了

前 91 回中常用「把……說了（一遍）」的句式，來表示人物對過去發生的某一事件

的轉述。至於轉述的內容，或是此事的大致經過，或以「……一節」「……之（的）事」「……的（之）話」「上項」等略詞概而言之。其中，用「上項」者有如下 4 例：

第三十七回：

> 西門慶……于是竟出門，一直來家，把上項告吳月娘說了。

第四十八回：

> 來保對西門慶悉把上項事情訴說一遍。

第五十八回：

> 賁四於是低著頭，一直後邊見月娘、李瓶兒，把上項說（「說」原誤作「兌」）了。

第八十六回：

> 月娘……悉把潘金蓮如此這般上項說了一遍。

而在後 9 回，只有一例類似，第九十八回：

> 經濟把頭一項說了一遍。

這裏的「頭一項」，與「上項」的意思並無不同，但字面的差異卻是明顯的，與此前的用語習慣不同。這種差異甚至導致了後來《新刻繡像批評金瓶梅》（崇禎本）的誤解，將此句改作「把頭項搖了一搖」，語意全變。遺憾的是，現在的某些校點本仍在承襲著這一誤改的句子。

4.試了風、風試着／風冒着

《金瓶梅》前 91 回，書中人物在說感冒風寒之意時，用「試了風」「風試着」。這個「試」字，尚未見他書用過，可以說是一個非常有特色的字眼，共有 3 例：

第八回：

> 慌的王婆地下拾起來，見一頂新纓子瓦楞帽兒，替他放在卓上，說道：「大娘子只怪老身不去請大官人，來就是這般的。還不與他帶上，看（「看」原誤作「着」）試了風！」

第三十一回：

> 西門慶道：「也是因眾堂客要看，房下說且休教孩兒出來，恐風試着他……」

第九十一回：

　　婦人攔阻住，說道：「隨他罵罷，你好惹氣？只怕熱身子出去，風試着你，倒值了多的。」

後 9 回中有語境完全相同的一例，第九十六回：

　　春梅道：「若不是，也帶他來與姥姥磕頭；他爺說天氣寒冷，怕風冒着他。他又不肯在房裡，只要那當直的抱出來廳上外邊走……」

　　這個「冒」字，與「試」字之意相同，卻顯然不是前 91 回的習慣說法。同樣的例子，倒在其他通俗文學作品中出現過，如吳承恩《西遊記》第五十三回：行者道：「師父呵，切莫出風地裡去。怕人子，一時冒了風，弄做個產後之疾。」楊珽《龍膏記》第七齣：〔小旦〕「小姐，你敢是冒了風？」

5.好風月／好風情

　　在寫到某位女子生性風流時，前 91 回經常說其人「好風月」。該語見於第十三、三十八、六十七、六十八、六十九、七十七回，計 6 例。此處舉一例：

第六十九回：

　　原來西門慶知婦人好風月，家中帶了淫器包在身邊，又服了胡僧藥。

後 9 回也有一例與此類似：

第九十八回：

　　那何官人……料此婦人一定好風情，就留下一兩銀子，在屋裏吃酒，和王六兒歇了一夜。

　　這個「好風情」，與前 91 回慣用的「好風月」雖僅一字之差，卻明顯有悖於此前的用語習慣。

6.兩番三次（兩次三番）／三回五次

　　《金瓶梅》前 91 回在表達「多次」這一含義時，除第十三回一處偶用「兩次三番」外，餘皆用「兩番三次」，計有 6 次，分見於第八十一（兩處）、八十五（兩處）、八十七、九十一回。最末一處語例為：

第九十一回：

　　玉簪兒……口內喃喃呐呐說道：「……像我與俺主子睡，成月也不見點水兒，也

不見展污了甚麼佛眼兒。偏這淫婦會兩番三次刁蹬老娘！」

應予說明，「兩次三番」或「三番兩次」是比較普通的說法，在明清小說中多見，如《醒世姻緣傳》第四十二回、《兒女英雄傳》第三十、四十回均有，而「兩番三次」尚未見他書用例，算得上《金瓶梅》的特色語詞之一。但在後 9 回，這一特色語詞卻銷聲匿跡了，而代之以另一個同義成語「三回五次」，共出 2 例：

第九十八回：

> 愛姐一心想著經濟，推心中不快，三回五次不肯下樓來。

第一百回：

> 春梅以後見李安不來，三回（「回」字原誤作「四」）五次使小伴當來叫。

其實，「三回五次」與「兩番三次」一樣，均虛言次數之多，意思上並無本質區別。至於用哪一個，完全取決於作者的用語習慣。比如，《水滸傳》就是清一色的「三回五次」派，共用 14 處之多。這裏的後一例，抄改自《京本通俗小說》中的宋元話本〈志誠張主管〉，該語原來就有，自可視為襲用；但前一例卻不見於其文本所從出的〈新橋市韓五賣春情〉，可見這是後 9 回異於前 91 回的習慣性用法。

7.千恩萬謝／千恩萬福

「千恩萬謝」是一個表示謝意之深的常用成語。《金瓶梅》前 91 回共見 16 例之多，無其他變體。最後一例為：

第八十二回：

> 經濟道：「……還剩了二兩六七錢銀子，交付與你妹子收了，盤纏度日；千恩萬謝，多多上覆你。」

後 9 回中惟出一例，作「千恩萬福」：

第九十四回：

> 那雪娥千恩萬福，謝了薛嫂。

「萬福」，本是古時婦女表示問候的禮節。此處的「千恩萬福」，顯然與前 91 回的一貫用法有所不同。而這種特殊的用法，也還沒有發現其他實際用例。

8.媽媽子／媽子

《金瓶梅》中有不少「子」尾詞，「媽媽子」便是其中之一，用來稱呼年老婦人。例

多不舉。另外，「媽媽子」前可加姓，如「馮媽媽子」（第十四、十八、二十、八十六回）、「老孫媽媽子」（第五十二回）、「王媽媽子」（第六十八、八十六回）、「劉媽媽子」（第七十五回）；也可加上各種形容詞，如「風媽媽子」（第三十七回）、「怪媽媽子」（第三十七回）、「病媽媽子」（第四十三回）。類似的例子，也見於《續金瓶梅》《醒世姻緣傳》《紅樓夢》《兒女英雄傳》等多種明清小說。

但是，在第九十五回，卻接連出現了4處「媽子」，如：

> 月娘道：「你看媽子撒風！他（原誤作「你」）又做起俺小奶奶來了？」

後出的崇禎本在校理文本時，大概是覺得這一「媽子」過於眼生吧，認定有奪文，而代補一「媽」字。其實，「媽子」並不誤，下文又有兩處「張媽子」、一處「老媽子」可證。這只能說明，在用語習慣方面，後9回與前91回確有不同。

9.大扠步／大拔步、大移步

「大踏步」，明清小說常用，在現代漢語中已經成為一個應用頻率較高的基本語詞。《金瓶梅》第五回也有該語：「只見武大從外裸起衣裳，大踏步直搶入茶坊裡來」，這是全書唯一的一例，並且還是從《水滸傳》第二十五回直接因襲而來的。實際上，該書慣用的是另一個意義全同的語詞──「大扠步」，前91回共出6例：

第一回：

> 這武松聽了，呵呵大笑，就在路傍酒店內吃了幾碗酒，壯著膽，橫拖著防身稍棒，浪浪滄滄（蹌蹌），大扠步走上崗來。

第九回：

> 武二聽了此言，方纔放了手，大扠步雲飛奔到獅子街來。

第二十六回：

> 來旺兒……于是拖著稍棒，大扠步（「步」字原奪）走入儀門裡面。

第二十七回：

> 西門慶……于是撇了婦人，比及大扠步從石磴上走到山（「山」原誤作「上」）頂亭子上時……

第八十七回：

> 那婆子……被武松大扠步趕上，揪番在地，用腰間纏帶解下來四手四腳綑住。

第八十八回：

> 只見從窩舖中鑽出兩個人來……大扠步便來捉獲。

應當指出，第一例乃由《水滸傳》第二十三回改寫，「大扠步」原作「大著步」；以下第二、三、五例，分別出自《水滸傳》第二十六、三十、二十六回，「大扠步」均為原本所無；第六例則抄改於《京本通俗小說·志誠張主管》，原作「大踏步」。無論是作者對以上各例有意識的改寫或增補，還是無所依傍、獨立創作的第四例，都充分說明「大扠步」為其用語習慣。這種說法，可以在賈鳧西鼓詞《孟子·齊人》（作「大叉步」）、《兒女英雄傳》第十四回（作「大岔步」）等書中看到。

後 9 回中也出現過一例「大扠步」：第九十四回：「這劉二大扠步上樓來」，但顯然有其更習慣的說法：

第九十九回：

> 這劉二那里依聽，大拔步撞入後邊韓道國屋裏。

第九十九回：

> 張勝提刀遶屋裏床背後尋春梅不見，大拔步徑望後廳走。

第一百回：

> 只見一個和尚，身披紫褐袈裟，手執九環錫杖，腳靸芒鞋，肩上背著條布袋，袋內裏著經典，大移步迎將來。

不管「大拔步」，還是「大移步」，都不同於此前慣用的「大扠步」。

前 91 回與後 9 回習慣用語的不同，如下表所示：

	前 91 回與後 9 回 習慣用語的差異	前 91 回 出現回目及次數	後 9 回出現 回目及次數	備註
1	殺猪也似（是）叫／猶如殺猪叫	8、28、35、41、44、47、58、83	95	
2	打選衣帽齊整／揀選衣帽齊整、打扮衣服齊整	3、7（2）、13、17、19、78（2）	92、98	第三回例作「打選衣帽齊整整」；第九十八回例原出〈新橋市韓五賣春情〉
3	把上項說了／把頭一項說了	37、48、58、86	98	

4	試了風、風試着／風冒着	8、31、91	96	
5	好風月／好風情	13、38、67、68、69、77	98	
6	兩番三次（兩次三番）／三回五次	13、81（2）、85（2）、87、91	98、100	第十三回作「兩次三番」；第一百回例襲自〈志誠張主管〉
7	千恩萬謝／千恩萬福	3（2）、7、14（2）、24、30、34、37、43、68、69、70、72、77、82	94	
8	媽媽子／媽子	7、14、18、20、24（3）、37（6）、43（2）、52、59（2）、62、68（2）、75、78、86（2）	95（4）	
9	大扠步／大拔步、大移步	1、9、26、27、87、88	99（2）、100	第九十四回有一例「大扠步」

　　不難看出，在《金瓶梅》的第 91 回與第 92 回之間，存在著一條比較明顯的裂隙。後 9 回篇幅並不大，字數也只有 7 萬多，就有這麼多的語詞與前 91 回的習慣用語不同。這種現象，既令人詫異，又發人深省。

二、結論：《金瓶梅》後 9 回係他人續作

　　一般來說，每一個人都有著自己獨具特色的語詞庫，會有一些有別於他人的慣常使用的說法，比如「口頭禪」之類。作為以筆「說話」、形諸文字的作家，也是如此。那些使用同一種語言、文字從事文學創作的作家，由於本人獨特的生活地域、社會閱歷以及文字功夫、文學素養等許多因素的制約和影響，總會形成其獨具特色的用語習慣，使其作品表現出與他人不同的個性化的語言特徵，這也就是哲人所謂「世界上沒有兩片完全相同的樹葉」的道理。對於這一點，我們在閱讀許多文學作品時，稍加用心，是不難體察到的。這種用語習慣，或許就連作家本人也未必會明確意識到，但卻相當頑固，很難輕易改變，因而是可以作為作家主體語言特徵的一種標識的。當然，在某些情況下（比如為他人作品寫續書），某位作者或許會去刻意模仿他人的語言風格，但由於不可能完全無遺地體察到原作者用語習慣的所有細節，難免顧此失彼，要真正做到不露痕跡是不可能的。

　　這類能夠反映作家語言特徵的習慣用語，在同一位作家的作品中，往往多次出現，

而且形式上又總是固定的、單一的。筆者曾以《金瓶梅》使用的「殺豬叫」為例，檢讀過不少有著同一位確定作者而又出現過至少兩處語例的明清小說，考察其所用喻詞及位置，可以為此提供更加廣泛的佐證。

比如，明凌濛初的「二拍」和《金瓶梅》前 91 回一樣，用的也都是「殺豬也似」。其中，《初刻》1 例，《二刻》4 例：

《初刻》卷二十六：

> 只見床背後一個老和尚托地跳出來，一把抱住，杜氏殺豬也似叫將起來。

《二刻》卷十四：

> 其妻殺豬也似喊起來，亂顛亂推……

卷十五：

> 江老夫妻、女兒三口殺豬也似的叫喊，擂天倒地價哭。

卷二十一：

> 盛彥殺豬也似叫喊冤屈。

卷二十五：

> 鄭老兒心裏又慌又恨，且把徐達咬住一塊肉不肯放，徐達殺豬也似叫喊。

有的慣用「殺豬（的）一般」，如：西湖漁隱主人《歡喜冤家》中有 3 例：

第二回：

> 那小二是個極蠻蠢不怕死的賴皮，一夾將攏來，便殺豬一般叫將起來……

第三回：

> 須臾更闌人靜，必英如法，那雞殺豬的一般叫將起來。

第續二回：

> 兩邊答應如雷，把了然去了鞋襪，夾將起來，那了然殺豬的一般叫將起來……

清靜恬主人題序《金石緣》中也有 2 例：

第十八回：

刑廳就叫夾起來，夾棍一上，員外殺猪一般叫喊。

第二十回：

小厮便將拶指扯出小燕兩手套上，輕輕一收，小燕已殺猪一般大叫……

有的則要複雜些，帶有雙重喻詞，如明情癡反正道人編次《肉蒲團》中有 2 例，用的是「像殺猪一般」：

第十回：

那婦人就像殺猪一般喊起來，道：「阿呀，使不得！求你放輕些。」

第十七回：

花晨就像殺猪一般，直聲叫喊，除「饒命」二字之外，再無別話。

值得注意的是，在馮夢龍的「三言」中，《醒世恒言》用過 2 例「殺猪般」：

第十六卷：

夾棍剛套上腳，（張藎）就殺猪般喊叫，連連叩頭……

第二十卷：

眾皂隸一齊向前動手，夾得五个强盗殺猪般叫喊……

可是，在《喻世明言》中出現的 2 例卻作「殺猪也似」：

第三十五卷：

皇甫殿直拿起箭簶子竹去妮子腿下便摔，摔得妮子殺猪也似叫。

同卷：

獄卒把枷梢一紐，枷梢在上，罪人頭向下，拿起把荊子來，打得殺猪也似叫。

看似與前不同，實際上卻另有緣由。原來，該卷〈簡帖僧巧騙皇甫妻〉係由《清平山堂話本》所收宋元話本〈簡帖和尚〉改編而來，以上 2 例「殺猪也似」是原本就有的。不言而喻，「殺猪也似」僅是照抄而來，「殺猪般」纔是馮夢龍自己的習慣用語。

可見，「殺猪叫」的喻詞及其位置在不同作者那裏或有不同，但在同一人筆下，它們又往往保持著形式上的高度統一，不會輕易改變。惟其如此，才能體現出作者的用語

習慣。

擴而言之，與之類似的習慣用語，作者在使用過程中，總是具有這種明顯的自發性和一貫性，不會忽而這樣說，又忽而那樣說。因此，搞清了作者的用語習慣，對某些存在著作者、文本問題的文學作品的鑒別就具有了重要的否證意義：假如兩部作品有某些習慣用語相同，這還只能說明這兩位作者在這些語詞的使用方面恰好有著同樣的習慣，並不能得出作者為同一人的結論；但是，如果兩部作品甚至同一部作品中使用的相當數量的習慣用語不同，則基本上可以肯定它們的作者是不同的。

在《金瓶梅》前 91 回中，類似「殺猪也似叫」這樣的習慣用語，頻度高，數量多。完全可以想像的到，作者在寫到相應情境時，差不多已到了不假思索、條件反射的程度。可是，在後 9 回不大的篇幅中，在同樣情境下的用語卻往往與前 91 回不同，顯然脫離了原有的用語習慣的軌道。這種差異，不大可能是原作者心血來潮而偶爾改弦更張的結果，而應是因作者不同所致。後 9 回的這位作者，亦即續作者，或許也在努力地模仿原作者的用語習慣，但畢竟未能盡肖，不可避免地留下了非出同手的諸多痕跡。

關於《金瓶梅》文本結構的信息，埋藏在全書最後的結末詩中，首句云：「閑閱遺書思惘然」，頗為令人費解。試想，如果《金瓶梅》全書（除第五十三至五十七回外）自始至終都出自同一位作者之手的話，他怎麼可能稱自己的作品為「遺書」？再者，又如何能談得上「閑閱」？崇禎本也覺得這句詩有問題，而把「閑閱」之「閑」改為「閥」，但這一改卻又改錯了。所謂「閥閱」，古有二義：其一本作「伐閱」，指功績和資歷；其二是指世宦門前榜貼功狀的柱子，左閥右閱。二義合流，後來成為以功勳名世的仕宦門第的代稱。崇禎本的改動，不僅使全句詩意頓顯滯澀不通，而且也與書中所述西門慶是一個開生藥鋪的「破落戶財主」的出身及做惡多端的情節明顯不符。其實，只要我們想到此詩出自另外一人即續作者之口，一切就都豁然貫通了——這裏的「遺書」，應當就是這位續作者對雖已洋洋大觀卻仍未成全璧的《金瓶梅》原作的稱謂，筆者以為即指現存《金瓶梅》文本的前 91 回；而所謂「閑閱」，也僅僅是續作者的一種閱讀行為而已。續作者在得到這部《金瓶梅》91 回的未完稿「遺書」之後，加以續寫，方成為我們現在所看到的百回大書。

當然，說前 91 回是原作、後 9 回屬續作，也只是大致而言，實際上無法排除可能存在著更為複雜的情況，比如：後 9 回中或許有原作者留下的某些殘篇斷簡，續作者據此進行了連綴和增補；而前 91 回也不一定字字句句都出自原作者之手，續作者完全可能進行過某種文字上的潤飾和修改。這些情況，雖然我們還無法確知，卻是要充分估計到的。

《金瓶梅》行用方言探原
——兼談近古方言語詞研究的方法論問題

　　大凡讀過《金瓶梅詞話》（萬曆本，以下簡稱《金瓶梅》）的人，總會對書中那些帶有濃郁地方色彩而又鮮活生動的方言土語留下深刻印象。然而，《金瓶梅》所用的究竟是何地方言？是一種還是幾種？這個問題與該書作者的疑案直接相關，甚至可能與其成書方式也有著某種連帶關係，因而一直是《金瓶梅》研究中的重要問題，也是多年來學界爭論不休卻仍懸而未決的難題。從某種意義上說，《金瓶梅》的方言問題已經成了《金瓶梅》研究的一個頑固的壁壘、一個沉重的包袱。這一問題不解決，《金瓶梅》研究要想取得實質性的進展，是非常困難的。

　　對於有關《金瓶梅》方言問題的爭論，筆者留意已久，但遲遲未敢置喙，畏其繁且難也。經過數年的資料準備和思考，筆者以為，現在終於有可能把這個老大難問題說清楚了。

一、《金瓶梅》方言研究的概況及存在的問題

　　迄今為止，有關《金瓶梅》方言問題的各種觀點，可謂林林總總，不勝枚舉。但大而言之，可以概括為兩類：一類是「單一方言說」，認為該書是由一種方言即山東方言寫成的；一類是「複合方言說」，認為書中除了山東方言以外，還存在著一種甚至多種其他方言的成分。

　　最早談到《金瓶梅》方言問題的是明人沈德符。沈氏本人是浙江秀水人，但從小在北京長大，兼通南、北語。萬曆末年，當《金瓶梅》刊本在「吳中懸之國門」後，他記下了自己的觀感：「然原本實少五十三回至五十七回，遍覓不得，有陋儒補以入刻，無論膚淺鄙俚、時作吳語，即前後血脉亦絕不貫串，一見知其贗作矣。」[1]沈氏稱第五十三至五十七回為「贗作」，理由之一即在於其「時作吳語」（惟其如此，本文的討論範圍不含

1　　沈德符《萬曆野獲編》卷二十五。

這五回）。其言外之意自然是說，「贋作」之外的其餘各回所用的方言不是「吳語」，而應當是在語詞、語法等語言特徵方面與之差別很大的北方方言。具體是何種方言，他沒有明說。可以說，正是這番很簡略的話為後來有關《金瓶梅》方言問題的爭論埋下了一條重要的伏線。

從目前的資料看，較早明確提出「單一方言說」亦即「山東方言說」的是清末的黃人，他指出：「至《金瓶梅》始盡用魯語」[2]。此後，先後有胡適、吳晗、鄭振鐸、魯迅等前賢也都認為該書用的是山東方言，並據此否定了世傳已久的王世貞（江蘇太倉人）的作者資格。由此，「山東方言說」逐步被人們廣泛接受，近乎成為定論。這幾位大學者都是南方人，他們的結論是通過對該書語言的整體印象得出的，並未做具體論證。當然，所謂「山東方言」，和其他任何一種方言一樣，只是一個籠統的說法，其行用範圍並沒有一條明確的地域界限，不能簡單等同於行政區劃。對於《金瓶梅》的方言，相聲大師侯寶林先生也曾發表過自己的看法，認為該書的方言「是河北省東南部接近山東省的方言」[3]。冀東南一帶與山東地緣既近，且其居民先代又多係從山東各地遷來，因而當地方言其實仍可被視為統屬山東方言的範疇。

「複合方言說」或稱「混合方言說」，一般並不否認《金瓶梅》方言的主體或部分屬山東方言，只是認為還有其他的方言成分。這類觀點當數「吳語說」影響最大、提出也最早。在黃人提出「魯語」說稍後，杭州出身的小說家陳栩（蝶仙）指出：《金瓶梅》中的「達達」「此二字蓋越諺，今猶習聞之」[4]。到了 40 年代，姚靈犀直指書中「則聲」等數詞為「吳語」，並對「山東方言說」及相應的「山東作者說」提出了質疑：「全書用山東方言，認為北人所作，實不儘然。既敘述山東事，當然用當地土語……南人擅北方語者所在多有，《金瓶》之俗諺亦南人所能通曉……為南人所作抑為北人，此可疑者一」[5]。新時期之初，又有一些學者如朱星、戴不凡、黃霖等相繼拈出了數量不等的「吳語」語詞，用以論證作者係一使用北語寫作而又於不經意間流露出本土鄉音的江、浙一帶的南方人。近年來，除了被論者例舉出的「吳語」語詞數量越來越多外，其他異類方言的種類也越來越廣，什麼「山西方言」「東北方言」「內蒙西部方言」「清河方言」

2　黃人（孿）〈小說小話〉，《小說林》1907 年第 1 卷；轉引自朱一玄編《金瓶梅資料彙編》，天津：南開大學出版社 1985 年，頁 390。

3　轉引自朱星〈《金瓶梅》的辭彙、語彙札記〉，《河北大學學報》1982 年第 1 期。

4　陳栩〈樽邊錄〉，《著作林》1908 年第 17 期；轉引自黃霖〈《金瓶梅》作者屠隆考續〉，《復旦學報》1984 年第 5 期。

5　姚靈犀〈《金瓶梅》著者及其年代之質疑〉，《瓶外卮言》，天津：天津書局 1940 年；轉引自周鈞韜編《金瓶梅資料續編》，北京：北京大學出版社 1991 年，頁 204-205。

「正定方言」「湖南平江方言」「徽州話」等等，不一而足，從地域上看，已經囊括了除少數民族地區之外的大半個中國。這些論者有一個共同的傾向：自己是何地人，即認為書中有何地方言。此外，還有人認為《金瓶梅》中的其他方言不是一種，而是多種，如吳語、湘語、贛語、粵語、閩語、客家話、江淮次方言等，並稱之為「南北混合的官話」[6]，或者叫做「語言多元系統」[7]。這樣一來，《金瓶梅》仿佛成了各種方言的大雜燴，其作者也儼然成了一位全知全能的語言天才、一個南腔北調人了。

值得一提的還有一種說法，認為：《金瓶梅》的語言「具有彙集八方的特點」，說明它是「用一種最為接近當時共同語特點的方言來寫作的」，「具體地說，它實際上就是明代中後期通行於北京地區的方言」[8]。這種觀點表面看起來似乎是另外一種「單一方言說」，但其實是力圖超越以上兩類觀點的對立，而將不同方言假定性地集中在了一種方言頭上。

縱觀《金瓶梅》方言問題的爭論，可以看到，論者在論定《金瓶梅》的方言屬性（地域歸屬）時，一般是例舉出若干條據稱屬於某種方言的語詞。可是，這些語詞何以被認定為某種方言，依據何在？其做法是：如果《金瓶梅》中的某個或某些語詞在自己熟悉的某種現代方言（通常是論者的母語）中仍在使用，即宣稱其必屬該方言。這種方法姑且稱為以今推古法。另有一些論者則從某位已知籍貫的明清作家的作品中找到一些與《金瓶梅》相同的用例，即據以斷定這些語詞也為該地方言。這種方法可稱為有限求同舉證法。但問題是，這兩種論證方法靠得住嗎？

眾所周知，漢語的地方方言是在漫長、複雜的發展過程中逐步形成的，表現為在語音、語詞、語法等語言要素方面有別於其他方言的特殊性。一般說來，不同方言之間最明顯的差別在語音、語調上，有一定社會閱歷和語言知識的人一聽就可以辨別出來。可是，在《金瓶梅》這樣的書面文字中，可供比對的語音材料實在太少，論者轉而希望通過對書中的某些語詞的分析來判定其方言屬性，這當然是可以理解的。但是，在對某些語詞進行方言定性時，必須要明確兩點：其一，靜態地看，方言終究不是外語，而是基於漢族共同語之上的地方變體，在某種方言所使用的語詞系統中，大部分是屬於各方言區通用的，也有一些是與相鄰方言區共有的，只有一小部分是為該方言所獨有的。因而，並不是一種方言中所使用的所有語詞都可以稱為「方言語詞」，只有那些僅存於某一方言而其他方言根本沒有的語詞纔是真正的「方言語詞」，而這樣能表明方言「籍貫」的

6　張惠英〈《金瓶梅》用的是山東話嗎？〉，《中國語文》1985 年第 4 期。

7　孫維張〈《金瓶梅》的語言多元系統及其形成的原因〉，《社會科學戰線》1992 年第 1 期。

8　丁朗《金瓶梅與北京》，北京：中國社會出版社 1996 年，頁 143。

語詞在數量上不可能太多。其二，動態地看，所謂方言，從來就不是一成不變的、僵死的東西，而是隨著時代的推移以及社會制度、社會風俗、文化背景等條件的變化發生著極為複雜的嬗變的。在這期間，往往會出現這樣的現象：有些語詞本來確為某種方言所特有，卻逐漸進入到了其他方言，甚至成了共同語（官話）的通用語詞；有些語詞在本方言區內已被淘汰，卻在另一方言中得以留存；也有些原本屬於共同語的語詞，慢慢退出了普遍適用的舞台，而僅保留在某種方言中……因此，即便某個語詞真的是某種現代方言特有的，在古代也未見得獨屬於該種對應方言；反之亦然。可惜，這兩點方言學研究的基本常識，卻常常被論者有意或無意地忽略掉。

《金瓶梅》方言研究中採用的方法，以今推古也好，求同舉證也罷，實際上都不免簡單化，尤以前者為甚。這種做法無視方言的歷史變遷，將古、今方言完全等同起來，既不能保證某種現代方言與《金瓶梅》相同的某些語詞一定存在於四百多年前《金瓶梅》時代的該種方言中，更無法保證當時該種方言運用這些語詞的獨特性，是沒有絲毫科學性可言的。至於有限求同舉證法，充其量只能單方向地說明《金瓶梅》中的某些語詞（其實未必是方言語詞）在當時該方言中也在使用，卻顯然也同樣無法排除其他方言使用這些語詞的可能性。用這樣的方法為《金瓶梅》的語詞進行方言定性，也是根本靠不住的。我們經常會看到這樣的現象：對於同一個語詞，有的說是甲方言，有的說是乙方言，有的說是丙方言……堪為這兩種方法的非科學性做一注腳。它們的致命弱點在於，只要能從論者所說的某種方言之外找到哪怕一個當時外籍作家的實際用例，就足以從根本上推翻其結論。因此，目前《金瓶梅》方言研究中存在的主要問題，並不在於具體結論的五花八門，而在於方法論上的缺陷，這也正是制約著《金瓶梅》方言研究深入發展的癥結所在。

《金瓶梅》方言研究中存在的方法論缺陷，也是近古方言研究中普遍存在的問題。從漢語發展史上看，隋、唐以前，語、文分離；迨至宋、元，隨著民間說唱活動的發展，書面文字開始逐漸向實際口語靠近，因而在一些通俗文學作品中保存了相當數量的帶有地方性的語詞。對於這些語詞進行釋義及是否方言、何種方言的判定，是近古方言研究的重要任務。但是，在許多研究成果比如明清小說注本中，往往會出現一些與實不符的結論，這同樣是由不科學的方法造成的。

應當明確，所謂「方言語詞」，是僅為某一方言所特有的語詞。所以要判定某一語詞是何種方言，說到底，就需要確證它在那個特定時代的該方言中具有獨特性、唯一性。這正是近古語詞方言定性研究的關鍵。怎樣才能做到這一點呢？筆者以為，要保證結論的可信度，必須要從根本上擯棄以往各種不科學的做法，而代之以一種更具嚴密性的論證方法，可稱之為「歷史文獻普查法」。具體來說，對於那些有方言「嫌疑」的語詞，

必須要在同一時代層面上進行廣泛的歷史文獻調查。所謂「同一時代」，自然是相對的。具體到《金瓶梅》，其調查的時代界域可以上推到宋、元，下延至清（1840 年鴉片戰爭前），因為這期間雖有改朝換代，但社會形態和文化土壤基本保持著相對穩定，對那些方言語詞並無太大衝擊。調查範圍應當包括各種體裁的通俗文學作品如話本、雜劇、散曲、傳奇、小說等，還包括當時的一些地方史志、文人筆記等。通過對該詞在當時不同籍貫作家作品中的實際應用情況的全面搜檢，並參據相關文獻記載，只有在未見反例的條件下，方可斷定其屬某種方言。當然，這種做法終究是一種不完全歸納法，帶有一定的局限性。事實上，中國古籍浩如煙海，要想進行窮盡性的文獻調查確非易事。但終歸是，調查的範圍越大，結論的可靠性就越有保證。總之，只有從歷史實際出發，求證於古人，纔能使我們超越一管之見，避免主觀武斷，更大限度地接近事實和真理。

二、這些語詞是「吳語」嗎？

在「複合方言說」的各種觀點中，以服務於《金瓶梅》作者是南方人的「吳語說」提出最早、影響也最大，以致於一些主張作者是山東人的論者也在著力搜覓作者的南方生活經歷，希望能與「吳語」掛上鉤。在此，有必要進行一番較為全面的檢討。

所謂「吳語」，是指江、浙一帶的地方方言，其行用地域大體上以今蘇州、吳縣為中心，包括江蘇東南部、上海和浙江的大部分地區。當然，在吳語區內部，各地方言也並非完全一致，在語音、語詞等方面存在著一些差異，比如以杭州、紹興等地為中心的古越國屬地的通行方言通常也稱為「越語」。因此，這裏的所謂「吳語」，只能大致而言，取其廣義。

據筆者統計，被眾多論者從《金瓶梅》中摘出的「吳語」語詞，已多達 250 餘條。需要指出的是，論者選詞時多有失察，其中有約 30 條，或出自該書從《水滸傳》及他書抄引而來的段落，或出自有「贗作」之疑的第五十三至五十七回，或出自經南籍文人改寫過的《新刻繡像批評金瓶梅》（崇禎本），或原係誤字而未予辨改等等。即使剔除這些，剩下的 220 條左右的「吳語」語詞仍可稱得上洋洋大觀。這些語詞，大體可分為三類：（一）比較具體的人稱或物名，這也是論者舉證最多的一類，如「達達」「奶奶」「媽媽」「娘子」「妗子」「娘舅」「老娘」「老小」「孤老」「中人」「回頭人」「填房」「廚子」「泥水匠」「火頭」「作頭」「自家」「家小」「堂客」「後生」「伊」「房下」「小頑」「乃郎」「苕帚」「抽替」「杌子」「春櫈」「湯婆」「八步床」「圖書」「手巾」「洋溝」「毛司」「檛子」「腳步錢」「腳底板」「鞋面布」「踏板」「蟹」「田雞」「虼蚤」「嗄飯」「黃芽菜」「黃酒」「黃湯」「膀蹄」「白米」「米舖」「印子舖」「日

頭」「丁香」「頭面」「箱籠」「海青」「曆日」「天井」「地平」「廚下」「定盤星」「五臟廟」「險道神」「淨盤將軍」等；(二)動詞性的語詞，如「吃（茶、酒）」「騰」「掇」「呷」「呵」「搽」「舀」「煤」「攛掇」「白話」「則聲」「出落」等；(三)其他，既有書面語詞，又有口頭用語，如：「事體」「事務」「物事」「勞碌」「受用」「盤纏」「花消」「撙節」「倘或（忽）」「過世」「出恭」「光鮮」「標致」「蹺蹊」「齷齪」「原舊」「安置」「神思」「面皮」「眾生」「人情」「不消」「不曾」「鬧熱」「日逐」「日中」「停當」「根前」「落後」「對過」「家火」「嚚」「忒」「恁」「韶刀」「撇清」「促狹」「要子」「頭裡」「早起」「出月」「開春」「開年」「長遠」「上緊」「一歇」「一徑」「一答裡」「做生活」「上臺（擡）盤」「嚼舌根」「嚼蛆」「天疱瘡」「饞癆（痞）」「沒腳蟹」「不三不四」「心心念念」「花黎胡哨」「磕頭禮拜」等等。

這些語詞真的是「吳語」嗎？此前，已有研究者有針對性地指出過，如「丁香」「廚下」「八步床」「忒」「卵」「帖」「嗄飯」「老娘」「堂客」「田雞」「黃牙菜」「拍」「韶刀」「不消」等語例，也見於山東人寫的《蒲松齡集》和《醒世姻緣傳》[9]。其實，只要稍微多翻幾部《金瓶梅》時代前後的白話著作，就不難發現，這些語詞中的絕大部分都是南北通用的普通語詞，應當屬於當時官話的基本詞彙；有的則是當時官場或文人慣用的雅詞，如「伊」「乃郎」「小頑」「房下」等；只有極少數語詞可能具有一定的地域性，但卻並不局限於吳語區之一隅。

從筆者幾年來對大約 500 餘種（部）各類文獻（主要是小說、雜劇、傳奇、散曲等白話著作）的檢讀結果來看，還沒有發現在這麼多的「吳語」語詞中有一例確屬吳語區作家專用的。在此，當然不可能一一舉例以證其非，僅選取被論者認定為「典型的吳語詞」而今天的北方人又可能確實感到有些陌生的語詞數條，主要證之以山東作家的實際用例，以略見其實：

1.一歇

表示不長一段時間，即一會兒。《金瓶梅》第一回：「武松……吃了一歇，酒闌了，便起身。」這段話是作者從《水滸傳》第二十四回抄改來的，「吃了一歇」為原本所無。黃霖先生認為：這種改動「較真率地暴露了作者的用語特色」，「確用吳語」[10]。非是。「一歇」一詞，固然為吳語慣用，但山東方言也常說，如《醒世姻緣傳》中即多見。該書署名「西周生」，不詳其人，其卷首〈凡例〉云：「惟用東方土音從事」，學界公認係

9　參見劉鈞傑〈〈金瓶梅用的是山東話嗎？〉質疑〉，《中國語文》1986 年第 3 期。
10　黃霖〈《忠義水滸傳》與《金瓶梅詞話》〉，《水滸爭鳴》1982 年第 1 輯。

指山東方言。僅舉一例：

西周生《醒世姻緣傳》第四回：

李成名下了馬，將門用石子敲了一歇，只見一個禿丫頭出來開門。

另外，在蒲松齡俚曲中，雖沒有「一歇」，但也有「歇」字用作時間單位的類似說法。

清蒲松齡（山東淄川人）《寒森曲》第一回：

三官說：「或是服藥，或是打官司，哭歇子當了什麼！」

2.日逐

義同「逐日」。《金瓶梅》中有多處，如第三回：「王婆道：『那廝跟了個客人在外邊，不見個音信回來，老身日逐耽心不下。』」論者稱「在現代吳方言口語中，只用『日逐』，而不用『逐日』」，「這是吳方言典型辭彙」[11]。可是，該詞在山東人寫的白話作品中也經常露面：

《醒世姻緣傳》第八十七回：

後來郭總兵公事完了，日逐過寄姐的船來問信，那裏等的狄希陳來到。

明劉效祖（山東濱州人）〔北中呂·普天樂〕小令：

春來脈脈情，日逐懨懨害。蓮步輕移門兒外，見雙雙燕子飛來。

清丁耀亢（山東諸城人）《續金瓶梅》第十六回：

這些小幫閒沈小一哥、劉寡嘴、張斜眼子，都日逐陪他們在這巢窩裏打成盤。

3.榪子

即馬桶、淨桶。《金瓶梅》作「榪桶」「榪子」。「榪子」共見 7 處，如第七十六回：「平安道：『……每常幾時出個門兒來，只好晚夕門首出來倒榪子走走兒罷了。』」在他書中，多寫作「馬子」。論者以為：「『馬桶』是江浙一帶的用具、叫法，是吳語口語。『馬子』流行範圍小得多，今杭州話、蘇北話說『馬子』」[12]；黃霖先生也把「西門慶家用的是南方馬桶而不是茅廁」作為支持其南籍作者說的重要依據。其實，在明、

11　吳聿明〈《金瓶梅》方言新證〉，《東南文化》1992 年第 3-4 期。

12　張惠英〈《金瓶梅》中杭州一帶用語考〉，《中國語文》1986 年第 3 期。

清時山東的一些地方，不僅使用馬桶，而且也確實叫「馬子」。

《醒世姻緣傳》第四十八回：

> 狄希陳說：「那麼俺娘就不拿著一個錢，那姓龍的替俺娘端馬子、做奴才，還不
> 要他，嫌他低搭哩！」

清丁耀亢《赤松遊》第三十一齣：

> 搽旦白：「⋯⋯每日使人倒馬子尿尿，好不快活哩！」

4.毛司

即廁所，現在農村通常稱為茅房。《金瓶梅》作「毛廁」，也作「毛司」，如第八
十五回：「須與坐淨桶，把孩子打下來了，只說身上來，令秋菊攪草紙倒將東淨毛司
裡」。黃霖先生認為：「這裏的『毛司』，本身就不似山東人的說法」，「而江浙一帶
是有『茅司』的叫法的」[13]；孫遜先生亦直接指其為「吳語方言」[14]。該詞在山東作家
筆下也有，只是寫法不同。

元武漢臣（濟南人）《老生兒》雜劇第三折：

> 引孫云：「你個傻廝，這是開茅廁門的！」

《醒世姻緣傳》第二十回：

> 那些婆娘曉得要去拿他，⋯⋯端著個馬桶往茅廁裏跑的⋯⋯

5.饞癆（饞痞）

此為罵人嘴饞貪吃的詈詞。《金瓶梅》第七十三回：「秋菊道：『娘遞與，拿進來
就放在揀糚內，那個害饞癆爛了口吃他不成！』」又與「饞痞」連用。指其為「吳語」
者很多。有人格外強調說：「特別是『饞癆』一詞，解釋為貪吃、嘴饞，恐怕是只有寧
波人才理解的」[15]。未必。請看以下各例：

清賈鳧西（山東曲阜人）《歷代史略鼓詞》：

> 不數傳到了桓、靈就活倒運，又出了個睚相應的曹瞞長饞癆。

13　黃霖〈《金瓶梅》漫話〉，上海：學林出版社 1986 年，頁 190-191。

14　孫遜〈論《金瓶梅》的藝術成就〉，孫遜、陳詔《紅樓夢與金瓶梅》，銀川：寧夏人民出版社 1982
　　年，頁 393。

15　陳詔〈《金瓶梅》中的寧波話〉，《金瓶梅六十題》，上海：上海書店出版社 1993 年，頁 71。

明趙南星（直隸高邑人）《笑贊》第四十則：

　　一人拾甘蔗渣而嗤之，恨其無味，乃罵曰：「那個饞牢吃的這等盡情！」

清曹雪芹（北京人）《紅樓夢》第六十一回：

　　柳氏啐道：「……他離的遠看不真，只當我摘李子呢，……倒像誰害了饞癆，等李子出汗呢！……」

另外，也有「饞痞」，寫法不同：
《醒世姻緣傳》第八十三回：

　　（駱校尉）說道：「我可有酒癖，可是有饞癖？一個人五更裏待進朝起早，我可敦著屁股噇血條子不動，這羞惱不殺人麼！……」

6.耍子

　　即玩耍（舊作「頑耍」）之義。《金瓶梅》用「耍子」有多處，現舉一例：第二十八回：「西門慶道：『咱兩個在這太湖石下，取酒來投個壺兒耍子，吃三杯。』」張惠英先生認為「耍子」係「杭州一帶用語」，並引丁耀亢《續金瓶梅》（上海春明書局排印 60回本）第五十七回「突然出現」在「紹興府地方」假尼姑口中的一個該詞用例，作為其「流行於杭州一帶」的「重要佐證」[16]。應予說明的是，張先生所據為後人的改寫本，原著全書共六十四回，相應故事見第六十回，其中並無「耍子」一詞。《續金瓶梅》文辭雅致，口語化程度低，這並不奇怪。事實上，該詞在包括山東作家在內的許多北方作家作品中都多有使用：

元武漢臣《生金閣》第三折：

　　衙內領隨從上，云：「今日是元宵節令，小的每，隨俺看燈耍子去。」

《醒世姻緣傳》第二十三回：

　　二人說：「……他老人家只不好說是捨酒，故意要幾文錢耍子罷了。」

清曾衍東（山東嘉祥人）《小豆棚》卷十六〈述意〉：

　　貼白：「哥哥，明日你到溪邊釣一個小小魚兒，養在缸裏好耍子。」

16　張惠英〈《金瓶梅》中杭州一帶用語考〉，《中國語文》1986 年第 3 期。

7. 囂

即薄也，《金瓶梅》中用以指綢絹布紗之類織物質地低劣。如第七回：「薛嫂道：『……大官人多許他幾兩銀子，家裡有的是那囂段子，拿上一段……』」戴不凡先生懷疑作者「是浙江蘭溪一帶之『吳儂』」，其論據之一即「此『囂』字，亦上述地區至今仍用之口語」[17]。其實，這種說法，山東人也用到：

《醒世姻緣傳》第八回：

> 珍哥道：「……那天又暖和了，你把那糊窗戶的囂紗著上二匹，叫下人看著，也還有體面……」

又，第六十五回：

> 李旺道：「……只這十來年，咱這裏人們還知道穿件囂絹片子……」

8. 呷

即喝。《金瓶梅》多用，如第二十九回：「于是春梅向冰盆倒了一甌兒梅湯與西門慶，呷了一口。」論者謂該詞「本為流行於長江下游暨浙江東部的一個方言詞」[18]。不然。實際上，「呷」的行用範圍相當廣。

《醒世姻緣傳》第三十六回：

> 晁夫人……直到次早日出醒來，想吃蜜水，呷了兩三口。

清曹雪芹《紅樓夢》第六回：

> 彼時寶玉迷迷惑惑，若有所失。眾人忙端上桂圓湯來，呷了兩口，遂起身整衣。

9. 上臺（攑）盤

該詞既可用於指人，也可用於指物，多用否定或疑問口氣。於人而言，指見過大場面，善於應酬；於物而言，是指夠檔次，能登大雅之堂。《金瓶梅》第七十五回：春梅道：「……左來右去，只是那幾句〔山坡羊〕、〔瑣南枝〕，油里滑言語，上個甚麼攑盤兒也怎的？」有論者將「上臺盤」作為「吳中方言土語」「最著之例」之一，且謂其「非僅《金瓶梅》前之文學作品中無有，且其流行範圍主要在蘇（州）、常（熟）、太（倉）、

17　戴不凡〈《金瓶梅》零札六題〉，《小說見聞錄》，杭州：浙江人民出版社 1980 年，頁 138-139。
18　潘承玉《金瓶梅新證》，合肥：黃山書社 1999 年，頁 12。

昆（山）、嘉（定）、青（浦）這個地域」[19]。這種看法是不切實際的。「上臺盤」一語，無論在《金瓶梅》前後，都有北方作家尤其是山東作家用到過。如：

元高文秀（山東東平人）《遇上皇》第一折：

　搽旦云：「好朋友？都是火（伙）不上臺盤的狗油東西！」

明馮惟敏（山東臨朐人）《海浮山堂詞稿》〔雙調·鎖南枝〕小令〈盹妓〉：

　也不著人，也不勸酒。請將來上不的擡盤，臺（擡）舉你扶不上墻頭。

明丁綵（山東諸城人）〔雙調·鎖南枝半插羅江怨〕小令〈嘲村婦〉：

　癩蝦蟆穿不的紗羅，賽狗羊上不的臺盤。

《醒世姻緣傳》第六十八回：

　兩個道婆說：「你看大嫂說的好話呀！要是上不得抬盤的，他也敢往俺這會裏來麼？……」

10.做

這是一個語音問題。《金瓶梅》中有兩則諺語，第十四回：「要得富，險上做」；第二十一回：「老米醋，挨著做」。顯然，「做」與「富」「醋」同韻，與今普通話讀音不同。有人就前例認為，「做」與「富」只有在吳語才押韻，「這在北方是不可能的」，「此諺可能來自南方」，是「作者在無意間流露出來的非北方話的方言特點」[20]；另有論者也把「做」與「富」「醋」押韻作為「江淮方言和吳方言」的語音材料，謂「今上海方音仍如此，北方話不押韻」[21]。如果就現在的方言語音來說，可能是這樣，比如，有人曾在山東境內選了德州、聊城、濟南、莒縣、即墨、牟平等地進行調查，發現在《金瓶梅》中屬同一韻母的「醋去做富」「在我們所考察的七個方言點上，竟無一處能夠與之相符」[22]；但實際上，在元、明、清三代相當長的時間裏，這些字一直都是同韻的。元周德清著《中原音韻》，反映了當時北方話的實際語音，「做」與「富」「醋」即入「魚模」韻。此類的實際用例甚多，僅舉直接相關者三例：

---

[19] 陳鴻祥〈《金瓶梅》之背景及其作者考辨〉，《學術論叢》1995 年第 4 期。

[20] 張惠英〈《金瓶梅》中值得注意的語言現象〉，《語文研究》1986 年第 3 期。

[21] 孫維張〈《金瓶梅》的語言多元系統及其形成的原因〉，《社會科學戰線》1992 年第 1 期。

[22] 丁朗《金瓶梅與北京》，北京：中國社會出版社 1996 年，頁 113。

元李文蔚（真定人）《燕青博魚》第一折：

> 丑扮店小二上，詩云：「百般買賣都會做，及至做酒做了醋。算來福氣不如人，
> 只是守著本分做豆腐。」

蒲松齡《翻魘殃》第六回：

> 窮姑姑，窮姑姑，下番人家誰貪圖？急仔人家嫌咱窮，咱還倒嫌人家富。呀呀兒
> 油。出茅廬，出茅廬，藍衫精緻皂靴烏。不但咱把門戶撐，人也肯把丈人做。

又據清張爾岐《蒿庵閒話》載：

> 樂陵張念山先生潑，初名自悟，知曲周縣，未諳治體。或以書揭縣門曰：「自悟
> 不自悟，貪酷憑你做；自悟若自悟，官久自然富。」

按：曲周，清屬直隸，今屬河北。

以上各例，在現代可能確屬吳語，其中被《簡明吳方言詞典》（上海辭書出版社 1986
年版）收錄的即有「一歇」「日逐」「馬子」「饞癆」「呷」「上臺盤」（詞條作「臺盤」）
6 條。但是，在《金瓶梅》誕生的時代前後，它們的行用區域其實是相當廣泛的。如果
尊重事實的話，至少應該說，這些詞在當時山東的一些地區和江浙一帶是共用的，而決
不是什麼單純的「吳語」。即此可見，以現代方言為標準去裁決那時語詞的「籍貫」，
或者通過簡單地舉證當時某地作者的用例即輕下斷語的做法，是多麼經不起事實的檢驗。

總體來看，論者列舉出的所謂「吳語」語詞，其實本身並沒有明顯、確定的地域色
彩，沒有一例屬於吳語區特有而北方方言絕無的說法或用法，「吳語」之稱實在名不副
實。至於其他異類方言諸說，所選語詞與「吳語」頗有重複，情況大體類似，此處不再
一一具體評述。

如此一來，以「吳語說」為主要支撐的所謂「複合方言說」還能站得住腳嗎？

三、山東方言語詞有多少？

從情理上講，一位作家在作品中描繪實際生活時，總是自覺或不自覺地流露出其從
小習成的母語特徵。在現代是如此，在古代沒有推廣普通話教育及交通、通訊不便的條
件下，就更是如此。當然，如果故事的發生地在另一方言區內，作家有時也會刻意地模
仿該地方言的某些說法，但這種模仿不會很多，也很難徹入骨髓。假如說一個作家同時
操著山南海北的許多種不同方言在從事寫作，這無論如何都是難以想像的。在《金瓶梅》

方言研究中的各種「複合方言說」，論證方法既不科學，其結論自然不能令人信服。實際上，論者至今也無法確鑿地舉證出哪怕一例僅為當時某種方言所特有的語詞。至於「北京方言說」，是以承認所謂方言的「多元性」為前提的，同樣也難以信據。看起來，我們還是應該重新回到「單一方言說」——山東方言的軌道上來。

但是，《金瓶梅》中的山東方言語詞究竟有多少？要精確統計起來，恐怕是非常困難的。有兩份「清單」可供參考：(一)張遠芬先生認為《金瓶梅》所用方言是魯南嶧縣方言，當年曾「帶著從《金瓶梅》中找出的八百個詞語」到當地作過兩次方言調查，後將其中的 526 條整理成文[23]。當然，張先生也並不認為所有這些都是嶧縣方言。(二)董遵章先生著《元明清白話著作中山東方言例釋》（山東教育出版社 1985 年版）一書，收詞（不計附詞）共 2292 條，其中，例句引自《金瓶梅詞話》《真本金瓶梅》（實為前者的刪改本）的詞有 395 條。需要說明的是，這兩份「清單」中相同的語詞並不很多，其中，除了有些選自第五十三至五十七回、《水滸傳》等書的，以及明顯屬當時許多地方都用的俗語外，總計約有 700 餘條。但據筆者查驗，這些語詞，有十之七八也見於非山東籍作家特別是廣大北方作家的作品，難稱真正的山東方言，在外籍作家筆下找不到用例的語詞僅有一小部分而已。

當然，要尋找、確定山東方言語詞，完全可以不受這兩份「清單」的限制。目前，筆者在約 500 種各類文獻的範圍內，已查到僅為山東作家用到的語詞 40 餘條，認定其為山東方言，應當問題不大。以下即例舉數條：

1.嗒

指直接用嘴舔吃食物，一般特指狗進食，含貶義。《金瓶梅》第七十五回：「……往來有聲，如狗嗒糨子一般。」光緒《東平州志》卷二：「口就食曰啑，音插」；民國《臨朐續志》卷十：「俗謂犬食曰狧，轉音讀如插」。這兩種地方志成書較晚，但所記該詞用法、讀音與《金瓶梅》時代相同。當然，這種說法在山東境內並不限於以上兩地。「嗒」也作「嚓」。

蒲松齡俚曲《俊夜叉》：

　　若是狗改了嚓屎，你說話就是那公雞拂群。

2.滴

掉，專指眼睛，多用於賭誓或詛咒情境下。《金瓶梅》第七十八回：（潘姥姥道：）「我老身不打誑語，阿彌陀佛，水米不打牙，他若肯與我一個錢兒，我滴了眼睛在地！」

23　參見張遠芬〈《金瓶梅詞話》詞語選釋〉，《中國語文通訊》1982 年第 1 期。

指眼睛而曰「滴」，僅見於山東作家筆下。

《醒世姻緣傳》第八十二回：

> 劉芳名道：「小的詐他一個錢，滴了眼珠子，死絕一家人口！……」

蒲松齡《磨難曲》第二十三回：

> 如我不瞎穩坐雕鞍，況且是極了也無柴可插，瞪著也無縫可鑽，罵俺也無縫可滴，打俺也無嘎可剟。

3.旺跳

意為身體康健，猶云「活蹦亂跳」。《金瓶梅》中有3例，語境相同，如第八回：「婦人道：『你還哄我哩！你若不是憐新棄舊，再不外邊另有別人，你指著旺跳身子說個誓，我方信你。』」在山東方言中，該詞中「旺」字兼作副詞，起強調作用。

《醒世姻緣傳》第七十七回：

> 龍氏道：「見放著相家的小隨童是個活口，你還強辯不認？你只指著你那旺跳的身子說兩個誓，我就罷了……」

蒲松齡俚曲《寒森曲》第四回：

> 趙歪子大發歪，旺跳人請將來，做就局將俺爹爹害。

4.好少

這是《金瓶梅》中一種特殊的正話反說的表達方式，其實際意思是很不少、有很多。書中多見，如第十四回：「李瓶兒道：『奴在三娘手裡吃了好少酒兒，已卻（都）勾了。』」這種用法僅見於諸城籍作家的作品中。

明丁綵〔北雙調·楚江秋〕小令〈與吳柳溪閑中道故〉：

> 路旁無數土孤堆，草木叢棲其中好少英雄輩。

丁耀亢《續金瓶梅》第八回：

> 那包袱裏是西門慶的官衣、杯盤、尺頭和那貂鼠披風兩三件，好少東西。

5.了不成

指事情沒有指望，無法成功。《金瓶梅》多用，第五十二回：「李銘道：『爹這里不管，就了不成。俺三嬸老人家，風風勢勢的，幹出甚麼事！』」在河南人寫的《歧路

燈》中也有「了不成」一語，但與此不同，為「了不得」之意。該語在山東作家作品中也不多見，僅見於《續金瓶梅》，共4例。此處只舉其一：

第三十二回：

> 孔千戶娘子道：「姐姐先走一步，我洗洗澡就到。只怕你喫起醋來，我就了不成。」

6.倒路死

這是咒人不得其死的話。《金瓶梅》中多見，如第三十八回：「老婆笑道：『賊強人，倒路死的！你倒會吃自在飯兒，你還不知老娘怎樣受苦哩！』」該語僅見一例：

元武漢臣《老生兒》第三折：

> 卜兒（劉婆）云：「……又丟下箇業種引孫，常時來纏門纏戶的，早早的足瘸車輾馬踏倒路死了，現報在我的眼裏！」

7.虛撮腳

指以腳點地，不踏實的姿勢；引申為虛浮不真，有名無實。《金瓶梅》第十五回：「（桂姐）與西門慶攜手並觀，看桂卿與謝希大、張小閒踢行頭，白禿子、羅回子在傍虛撮腳兒等漏，往來拾毛（毬）。」此為本義。所見各例均為引申義。

明馮惟敏〔北雙調·仙子步蟾宮〕小令〈申盟〉：

> 不遇知音，少要痴心。虛撮腳雨意雲情，浮皮頭柳影花陰。

《醒世姻緣傳》第八十七回：

> 權奶奶道：「……你那借花獻佛、虛撮腳兒的營生，我不知道麼！……」戴奶奶道：「你既知道是借花獻佛、虛撮腳兒，你爽俐別要希罕。為甚麼又沒廉沒恥的這們爭？」

8.猪毛繩子

「猪毛繩子」是否確有其物，不得而知，但《金瓶梅》中的人物往往用以造語說事，顯見其為家常口頭的習慣說法。如第七十五回：「金蓮道：『他不來往我那屋裡去，我成日莫不拿猪毛繩子套他去不成？那個浪的慌了也怎的！』」這種說法也只能在山東作家的作品中纔能見到。如：

《醒世姻緣傳》第八十七回：

> 戴奶奶說道：「……他本人怕見往你那裏去，我拿猪毛繩子套了交給你去不成？

這是甚麼營生，也敢張著口合人說呀？磣不殺人麼！」

馮惟敏〔中呂·粉蝶兒〕〈李爭冬有犯〉套數：

> 到晚來做了個瓜齏夢，床前拖下三魂喪，枕上揪來四鬢蓬，豬毛繩牽出花胡洞。

9.黃猫黑尾

喻詞，用以責人口是心非、言行不一。《金瓶梅》中多用，如第七回：「張四道：『……這老殺才，搬著大引著小，黃猫兒黑尾！』」該語僅見一例：

馮惟敏〔中呂·朝天子〕小令〈嘲諛〉：

> 你嫌俺老成，俺嫌你寡情。性格兒天生定，黃毛兒黑尾鬼胡伶，口兒里無乾淨。

10.曲心矯肚

指人心術不正，心地陰險。《金瓶梅》只有一例：第七十五回：「月娘道：『……單管兩頭和番，曲心矯肚，人面獸心，行說的話兒就不承認了……』」這個成語在山東作家的作品中常見，多寫作「蛆心狡肚」，或為正體。

明高應玘（章丘人）〔北正宮·醉太平〕小令〈閱世〉：

> 近來時世恁蹊蹺，百般家做作。蛆心狡肚伏機竅，損人利己為公道，翻黃造黑駕空橋。

明王克篤（壽里人）〔北仙呂·寄生草〕小令〈閑怨〉：

> 世路多坑塹，天心難忖量。翻黃覆黑家豪旺，蛆心狡肚身肥壯，安貧守分多災障。

《醒世姻緣傳》第八十五回：

> 素姐道：「好賊蛆心攪肚的忘八羔子！使這們低心，待哄了我去，要斷送我的殘生。」

蒲松齡〈快曲〉第四聯：

> 罵聲曹操，狡肚蛆心忘八羔！一心要作朝廷，那裏不思想到！

另外，還有「狗油」（指浮滑浪蕩，不務正業）、「邪（斜）皮」（罵語，多指女人不正經）、「爛桃」（罵語，放蕩淫濫）、「淡嘴」（罵語，扯淡的嘴，用於蔑稱因無關自身利害而說的話）、「肉佞」（性格遲慢而又脾氣倔強）、「丟搭」（棄置不管；搭，詞綴，輕讀）、「喇嘴」（誇口，

說話不留餘地）、「攪計（給）」（開銷，花費）、「弄碴兒」（做醜事）、「吊（調）子曰」（指說話文縐縐，耍嘴皮子）、「裝佯死」（即裝死）、「沒尾八」（指做事有頭無尾，不能善始善終）、「打瓜子」（山東民間遊戲的一種賭賽方式，一般是打輸者額頭）、「打軟腿兒」（本指腿軟無力，又指一種一膝略屈的問候禮）、「少女嫩婦」（指年輕婦女）、「三窩兩塊（把）」（指妻、妾所生子女之間或前妻、續弦所生子女之間因血緣關係不同而產生的不和睦現象；「把」，語尾，或以字誤，非是）、「說條念款」（義近「一五一十」，指詳細或正規，又轉義為說長道短）、「餓眼見瓜皮」（喻饞不擇食）等，也是僅見於山東作家作品中的。

以上這些，並不是《金瓶梅》中山東方言語詞的全部。除此之外，另有一些很特殊的語詞，比如：「赤道」「擦扛」「綁著鬼」「獵古調」「油（遊）回磨轉」「八怪七喇」「佯打耳睜」等等，大約有五、六十條，至今還沒有在他書中找到相同的用例。這或許是由於其行用區域更小的緣故罷。

總之，《金瓶梅》中山東方言語詞的數量，其實遠比人們想像的要少得多。大略估計，即便把那些該書特有的語詞都算上，總數也不過有百十餘條。這對於一部近百萬字的大書來說，實在稱不上多。因此，對《金瓶梅》語言風格的總體認識只能是：該書基本上是以北方官話寫成的，其中所用方言確乎是山東方言，但純粹的山東方言語詞並不多。

不過，這些山東方言語詞已足以保證山東人對《金瓶梅》的著作權。設使沒有在以山東方言為母語的語言環境中長期生活的經歷，是根本不可能如此嫻熟、地道地駕馭山東方言進行創作的。

四、推證：《金瓶梅》方言的行用區域

在新時期《金瓶梅》研究初期，朱星先生在質疑「山東方言說」時曾經談到：「山東方言也很複雜，膠東、淄博、濟南就有顯著差別，因此籠統說山東方言，實是外行話。」[24]這裏的前半句話無疑是對的，山東有一百多個縣，各地在語言上（主要是用詞用語方面）確實存在著某些或隱或顯、或大或小的差異，並沒有一種統一的山東方言；但後面的「外行話」云云則未必然。在《金瓶梅》方言的最終歸屬確定之前，恐怕還找不到更為恰切的說法，只能這樣「籠統」的表達，此「言不盡意」之謂也。

不過，朱星先生倒是道出了《金瓶梅》方言研究應進一步努力的方向，即：在山東方言的基礎上，能否再縮小範圍，將《金瓶梅》的方言落實在一個更為具體的地域上，

24　朱星〈《金瓶梅》的作者究竟是誰〉，《社會科學戰線》1979 年第 3 期。

搞清楚四百多年前的這些書中人物到底說的是哪裏的話？要做到這一點，從理論上講，當然是可能的。有道是：有比較才有鑒別。好在現存於世的明代前後含有口語語詞的各種山東地方文獻還算豐富，只要各地在語詞的使用上客觀存在著差別（儘管現代人對此已所知甚少），我們就完全可能通過比較，達到或接近這一目標。

但是，我們不能不看到，仍有屬於方法論層面的巨大困難擺在面前，即比什麼？怎麼比？前曾提及，有些人從另一部書中找出一些與《金瓶梅》相同的語詞，即斷定《金瓶梅》亦屬該地方言，這種簡單的求同性比較的方法顯然不足以得出令人信服的結論。另外，當年胡適先生在考證《醒世姻緣傳》的作者時，還曾嘗試過另外一種方法，列舉出十餘例為《醒世姻緣傳》與聊齋俚曲共有而不見於《金瓶梅》的方言詞，得出該書方言屬蒲松齡家鄉一帶、而與《金瓶梅》較遠的結論。實際上，這種方法仍不能有效地避免結論的或然性。其中的主要問題在於，《金瓶梅》一書未出現這些詞，或許僅僅是由於書中沒有與其他二書相同的語境而已，並不一定意味著《金瓶梅》的故鄉就根本沒有這些說法。此所謂「言有易，斷無難」。看來，在比較《金瓶梅》與其他山東籍作家作品的語言特徵時，要得出可靠、可信的結論，必須要另闢蹊徑，在方法上有所突破才行。

筆者認為，對於《金瓶梅》與其他山東作家作品的語詞進行比較，必須要將同、異兩個路徑有機地結合起來，在兩個基本前提下進行：第一，用於比較的語詞應該出自完全相同的語境。在同一語境下的比較，可以使我們清楚地看到，《金瓶梅》的語詞與其他作品有哪些相同，又有哪些不同，從而防止或減少帶有傾向性的推測和臆斷。當然，這就要求這些語詞在山東籍作家的作品中要有一定的數量或頻率，不一定非是純粹的山東方言語詞不可。第二，儘量擴大比較範圍。事實上，局限在一兩本書範圍內的語詞比較，往往很容易以偏概全而導致錯誤結論。比較的範圍越大，就越是能夠保證結論的客觀性和可信度。

按照這樣的思路，筆者幾年來盡可能多地檢讀了現存的明代前後山東作家的作品，經過反復比較，最終選定了三條語詞——「推聾裝啞」「幹…繭兒」「管情」作為《金瓶梅》語詞系統的標誌性符號，也就是進行比較的對象語詞。理由是：這三條帶有一定特殊性的語詞在書中出現的頻次較高，其形態具有高度的一貫性和穩定性，這說明它們係作者母語中的習慣說法，不會輕易改變，完全可以代表作者家鄉的語言習慣；更重要的是，這三條語詞在山東境內是有著與之不相容的異構同義詞的，也就是說，在表達完全相同的語義時，有些地方運用的則是在構形或詞序方面與之不同的另外的說法，而這兩種或多種不同的說法之間又是互相排斥的，不能共存於同一地（至少我們還沒有發現反例）。這樣，通過文獻調查，我們就能夠分別獲知有哪些地區與《金瓶梅》的用法相同，語緣關係接近，又有哪些地區與之不同，從而使其大致行用範圍自然凸顯出來；而這三

條語詞的行用範圍的交叉、重合部分，類似於數學上的「交集」，便應是《金瓶梅》方言的行用區域。

關於這三條語詞與其異構同義詞在山東境內使用情況的調查結果，下面以對（組）的對應形式予以分述（為方便分析、比較，下文凡第一次引及用例出處時，均注明作家籍貫；後加備註說明有關情況）：

1.推聾裝啞／裝聾作啞

對於全國的大部分地區來講，「裝聾作啞」（文獻中「裝」或作「粧」「妝」；「作」或作「做」，為方便行文，今統作一律）都是一個很普通的成語。在元、明、清三代不少北方籍作家的筆下，都可以看到它的身影，比如元王實甫〔大都（今北京）人〕《西廂記》第三本第三折、馬致遠〔大都（今北京）人〕《青衫淚》第四折、清崔象川〔博陵（今河北蠡縣南）人〕《白圭志》第六回、煙霞散人劉璋〔陽曲（今山西太原）人〕《鳳凰池》第二回等；同時，在一些南方吳語區中心地區作家的作品中也不時出現，比如明馮夢龍〔長洲（今江蘇蘇州）人〕《醒世恒言》第十七卷、凌濛初〔烏程（今浙江吳興）人〕《二刻拍案驚奇》卷之十等。可是，《金瓶梅》用的卻是另一個意義全同而結構有別的說法：「推聾裝啞」，共出 3 例（第五十八、七十二、九十五回）。儘管在第八十六回王婆（實應為吳月娘）數落潘金蓮的一段合轍押韻的罵語中出現過一例「做啞裝聾」（為叶韻而顛倒語序），但這段韻文本身與明代曲集《雍熙樂府》卷五所收〔點絳唇·常言俗語〕語句頗多相同，應當與書中大量現已查明出處的曲辭一樣，是作者從別處抄來的，因而，「裝聾作啞」完全可以肯定並非作者的語言習慣。而「推聾裝啞」的行用範圍顯然要小得多，目前在山東之外所收集到的實際用例僅有見於元末明初施耐庵〔作者籍貫有異說，一說錢塘（今浙江杭州）人，一說江蘇興化人。似以後者為勝〕《水滸傳》第四十九回 1 例、明吳承恩（淮安府山陽縣人）《西遊記》第二十三、四十二回 2 例（第七十五回又有變體「裝聾推啞」，二者相容），可以認為均處於蘇北。這兩種說法之間屬明顯的不相容關係，我們至今還沒有發現某位有確定籍貫的作家或兩位同一籍貫的作家同時使用這兩種說法的實例。

在山東境內，這兩種說法同時存在，用「裝聾作啞」者有：

元張壽卿（東平人）《紅梨花》第一折；

明劉龍田（僅知其為山東人）小令〔南仙呂入雙調·朝元歌〕；

明劉效祖（濱州人）小令〔南商調·黃鶯兒〕；

清西周生（？）《醒世姻緣傳》第二十三、七十三回；

明葉華（曲阜人）套數〔北雙調·新水令〕〈自歎〉；

清孔尚任（曲阜人）《桃花扇》第二十四齣（為叶韻顛倒語序）；

清孔廣林（曲阜人）小令〔北小石調·天上謠〕〈自遣〉（為叶韻顛倒語序，中有「又」

字）；

清曾衍東（嘉祥人）《小豆棚》卷十六〈述意〉。

另外，在留下較多作品的山東作家馮惟敏（臨朐人）散曲中，雖然沒有「裝聾作啞」的完整成語，卻多見「粧聾」「粧聾塞耳」及「做啞裝呆」字樣，由此可知，他也是講「裝聾作啞」的。

用「推聾裝啞」的有：

明李開先（章丘人）《臥病江皋》小令〔南南呂·一江風〕（語序顛倒；《中麓小令》中又分別有「推聾」「裝啞」。另有佚名《斷髮記》傳奇一種，第三十六齣作「裝聾作啞」，今人有徑歸於李氏名下者，非是。該書今存明萬曆十四年世德堂刊本，不署撰者姓名。至萬曆末，呂天成《曲品》始題「章丘李開先作」，不足據信）；

明丁惟恕（諸城人）小令〔北雙調·仙桂引〕（語序顛倒）；

清丁耀亢（諸城人）《續金瓶梅》第三十二回（《赤松遊》又有「裝聾推啞」2例；另，其作品中尚有「裝聾推病」「裝聾推瞎」「裝聾推痴」等，是為叶韻或切情，均不脫「推」字。）；

清蒲松齡（淄川人）《禳妒咒》第十回（《俊夜叉》後附〈賭博五更曲〉又有「推聾」）。

在地圖上，我們可以看到，說「裝聾作啞」的濱州、東平、嘉祥、曲阜四地都處在山東方言與大北方方言接壤的外緣地區，這種現象是很自然的，只有臨朐一地處在比較縱深的腹地。它們事實上已形成了一個半包圍圈（具體籍貫不明的劉龍田和西周生也應在這個圈附近），將可能用「推聾裝啞」的山東中南部地區包裹於其中。在這個範圍內，可以確知的講「推聾裝啞」的地方有中部的章丘、淄川和地處東南的諸城。

2.幹⋯繭兒／做⋯繭兒

在《金瓶梅》人物口中，喻指某些事情比較隱秘、見不得人，多用「繭兒」，並且其固定搭配是「幹⋯繭兒」（第十一、十三、十六、二十八、三十五、四十六、五十八、五十九、七十二回），無一例外。在山東境外，同樣的說法極少，至今只見清夏敬渠（江陰人）《野叟曝言》第二十六回出現過一例。而在山東境內，除了這種說法，還有一個語義相同的說法：「做⋯繭兒」，與「繭兒」的習慣性搭配是「做」而非「幹」，顯示出地域的差異。

據調查，用「做⋯繭兒」的有：

明李開先《寶劍記》第十二齣；

清蒲松齡聊齋俚曲《俊夜叉》2例、《富貴神仙》第六回（另，《禳妒咒》第十六回例有口語詞尾，作「作估⋯繭兒」；《增補幸雲曲》第二十三回又作「弄⋯繭兒」）。

而用「幹⋯繭兒」的僅見一例：

明馮惟敏套數〔北中呂·粉蝶兒〕〈辭署縣印〉。

這表明，《金瓶梅》的方言並不在章丘、淄川二地，而與其以東偏南的馮惟敏的家鄉臨朐一帶語緣關係更為接近。但是，從臨朐同時用「裝聾作啞」的情形來看，《金瓶梅》的故鄉肯定也不在臨朐，而應更在該地以南。

3.管情／包（保）管、管保（包）、情管

在近古漢語中，當人們表達現代普通話中「保證」「一定」之類的意思時，形諸口頭的辭彙是很豐富的，大致來講，元劇中多用「多管」，而在明清小說中則以「包（保）管」最為通行，「管保（包）」次之，且二者常雜用。元劇中這類詞的用例較為單一，比較的實際意義不大，略而不述。明清時期山東周邊地區這類詞的使用頻次，可從當時的三部長篇小說見其大概（其中均有「管」，因難以確指係由何詞縮略而來，故不計。下同）：

清曹雪芹（北京人）《紅樓夢》：「包（保）管」12、「管保（包）」5、「管必」1、「管定」1、「管情」1；

清李綠園（河南寶豐人）《歧路燈》：「管保」22、「包（保）管」6、「管情」18、「管許」（「管取」音轉）2、「管定」2；

明吳承恩《西遊記》：「管情」13、「管取」9、「管保」1。

在《金瓶梅》（除第五十三至五十七回外）中，這一類詞的使用次數依次為：「管情」54、「管取」3、「管定」1，另外第六十一回有一例「多管」，係襲自《寶劍記》第二十八齣，不計。可見，「管情」雖不是《金瓶梅》唯一的、卻是最經常使用的一個詞，「管取」等只是偶用而已。這種情況，顯然與山東南界的《西遊記》更為接近，都不用行用範圍更大的「包（保）管」，也不用行用範圍更小的「情管」。當然，區別還是有的，就是在《金瓶梅》如此多的相同語境中，連「管保」也一無所出。凡此種種，說明在《金瓶梅》的故鄉，本來就沒有或少見「包管」「管保」「情管」一類說法。故我們可以在這四個同義詞範圍內進行比較。

在山東籍作家的小說、劇作中，用「包管」的有：

清李修行（陽信人）《夢中緣》第七回；

清孔尚任《桃花扇》第四齣、續四十齣及《小忽雷》第二十二齣（後劇雖署孔氏與無錫顧彩合著，但其科白全出孔氏之手）；

用「管保」的有：

賈鳧西（曲阜人）鼓詞《孟子·齊人》；

用「情管」的有：

西周生《醒世姻緣傳》甚多，計 64 例；

蒲松齡聊齋俚曲共 21 例；

與《金瓶梅》一樣，僅用「管情」的有：

　　清丁耀亢《續金瓶梅》第二十、二十五、四十一、四十一回（其中第二十回例為「管成」，係一音之轉）；

　　東魯古狂生（？）《醉醒石》第十五回。

　　顯而易見，無論是魯北的陽信，還是魯中的淄川、魯南的曲阜都不用「管情」，能夠確證使用「管情」的只有地處魯東南的諸城一地。至於「東魯古狂生」之「東魯」，作為一個地理概念，意義相當含糊，無從準確落實，但肯定不在古代魯國的舊都曲阜一帶。諸城地當古魯東境，所謂「東魯」或去此不遠。

　　當然，由於山東各地（具體到縣）明代前後文獻資料的不均衡性，我們尚無法做到就以上三對（組）語詞將每一地的使用情況一一對號入座。但是，現有的資料已能夠表明：那些使用「裝聾作啞」之類明顯與《金瓶梅》不同語詞的地方，事實上已經以否定性的方式大致勾勒出了《金瓶梅》方言的外部邊界——西到曲阜，北至淄川、臨朐一線，往東至少包括諸城。由此，我們可以得出結論：《金瓶梅》方言出於山東東南部，按照明代建制，其地域主要包括兗州府東部和青州府南部的十數縣。其中，最值得特別注意的是諸城，因為該地是已知與《金瓶梅》一樣同時使用「推聾裝啞」和「管情」的唯一一地，而且也正處於說「幹…繭兒」的方向，《金瓶梅》方言及作者的真正謎底很可能就出在諸城附近。

　　還有一個問題：為什麼《金瓶梅》在使用「推聾裝啞」「管情」方面會與蘇北相同或接近？這其中當然有地緣相近的因素，但恐怕更重要的原因還是移民。據有關資料，山東東南部有不少居民，其先世即由蘇北遷來。丁耀亢〈述先德譜序〉載：諸城丁氏的先祖於永樂初自海州徙之諸邑，漸成巨族。這些外來移民與當地百姓經長期共處，逐漸融合，方形成了有別於其他地方的語言特色。

　　最後，附帶說一下《醒世姻緣傳》的作者和方言問題。對於該書作者「西周生」，學界先後已有「章丘人」、蒲松齡、丁耀亢、賈鳧西諸說；其方言地域也有「魯東」「山東中部」等不同說法。筆者原先曾傾向於認同丁耀亢說，現在看來，以上各說均不然。該書用「裝聾作啞」，同時又用「情管」，其所屬地域應既與蒲松齡的家鄉淄川相近，又處在淄川的外圍地區，大致方位當在淄川以北，在作者未明的情況下，可稱之為魯北方言。

《金瓶梅》的謎底在諸城丁家

——丁純、丁惟寧父子創作《金瓶梅》考

在 2000 年第四屆國際《金瓶梅》學術討論會上，筆者首次提出：《金瓶梅》是一部父作子續的書，原作者是丁純，續作者則為丁惟寧[1]。這個結論的做出，是建立在對《金瓶梅》的文本結構、創作年代等問題的綜合考證基礎之上，並從《金瓶梅》一書與諸城丁家千絲萬縷的關係中追索出來的。在此，筆者對這一觀點作一系統闡述。

需要首先說明的是，《金瓶梅》實際上存在著一個文本結構問題，全書 100 回（有「贗作」之疑的第五十三至五十七回除外）並非出自同一作者之手的整體。第一百回結末詩有云：「閑閱遺書思惘然，誰知天道有循環」，既稱其書為「遺書」，又言「閑閱」，這顯然絕非原作者的口吻，而是另一人所說。經過對全書故事的營構模式、抄借他書情節的方式及回首詩中折射出的作者心態、經歷等方面差別的細緻比較，筆者認為前 91 回當為原作，亦即所謂「遺書」，後 9 回則為續作[2]。而且，筆者在對《金瓶梅》的語詞進行微觀考察時還發現，在完全相同的語境下，後 9 回的某些用語與前 91 回的習慣用語有著諸多差異，顯露出各有其主的痕跡[3]。當然，《金瓶梅》的作者就至少應該有兩位：一為原作者，一為續作者。

至於《金瓶梅》與諸城丁家的關係，是隨著近年東吳弄珠客寫給丁惟寧的一封信的發現而逐漸清晰起來的。張清吉先生首先提出了「丁惟寧說」[4]。而筆者則認為，丁惟寧僅是《金瓶梅》的續作者，而真正的原作者則是其父丁純。

1　參見楊國玉〈《金瓶梅》研究的新起點〉，《河北建築科技學院學報》（社科版）2001 年第 1 期；《金瓶梅研究》（第七輯），北京：知識出版社 2002 年，亦可參見本書。

2　參見楊國玉〈《金瓶梅》文本結構探微〉，《保定師專學報》2001 年第 1 期，亦可參見本書。

3　參見楊國玉〈從習慣用語的變化看《金瓶梅》的文本結構〉，《金瓶梅文化研究》（第五輯），北京：群言出版社 2007 年，亦可參見本書。

4　張清吉〈《金瓶梅》作者丁惟寧考〉，《東嶽論叢》1998 年第 6 期。

一、《金瓶梅》後9回係丁惟寧續作

　　早在《金瓶梅》刊本問世前，諸城丁家就已藏有該書的抄本（甚至有可能就是原稿本），這也成了後來丁惟寧少子丁耀亢撰作《續金瓶梅》的前提。東吳弄珠客在致丁惟寧的書札中也曾談到「公之奇書」，說明丁惟寧之於《金瓶梅》，不僅是一位抄本的擁有者，而且享有相應的著作權。我們可以看到，在後9回不大的篇幅中，確實隱藏著丁惟寧的影子。

　　此前，筆者在探索《金瓶梅》的文本結構問題時，注意到：後9回的回首詩體現出的作者心境、身分與前91回有所區別。在前91回，某些「夫子自道」式的回首詩，集中體現出作者崇天認命、任事隨緣的處世觀，心境散淡平和，豁達自然。如：「富貴繁華身上蟊，功名事跡目中魑」（第九十一回）。但第九十三回回首詩的意韻卻顯然與此不同。該詩和後9回的大多數回首詩一樣，也是取自《水滸傳》，原詩用以感歎宋江忠心報國、屢建功勳，卻終遭奸佞屈陷的命運。值得注意的是，這位續作者對原詩做了較大改動：

《水滸傳》第九十三回：

　　不識存亡妄逞能，吉凶禍福並肩行。只知武士戡離亂，未許將軍見太平。
　　自課赤心無諂屈，豈知天道不昭明。韓彭功業人難辨，狡兔身亡獵犬烹。

《金瓶梅》第九十三回：

　　誰道人生運不通，吉凶禍福並肩行。只因風月將身陷，未許人心直似針（？）。
　　自課官途無枉屈，豈知天道不昭明。早知成敗皆由命，信步而行暗黑中。

　　如果說詩中的「風月」二字勉強可認為是切合正文中陳經濟與馮金寶重逢之事的話，那麼，「自課官途無枉屈」及「早知成敗皆由命，信步而行暗黑中」句卻根本無法套到陳經濟的頭上，尤其是「官途」二字最為懸隔，陳經濟哪裏當過什麼官！由此可知，續作者的改作實為直抒胸臆，乃夫子自道。就詩意推測，作者原為「官途」中人，本想有所作為，卻由於某種原因負屈銜冤，仕途受阻，於是便感慨天道不公，人生不遇。他也認命，卻是出於遭受挫折後的無奈。與前91回比較起來，顯然多了一分怨天尤人的浮躁不平之氣[5]。

　　此詩正是萬曆十五年鄖陽兵變後丁惟寧境遇、心態的真實寫照。

5　參見楊國玉〈《金瓶梅》文本結構探微〉，《保定師專學報》2001年第1期，亦可參見本書。

丁惟寧（1542-1609），字養靜，又字汝安，號少濱主人，嘉靖四十四年（1565）進士。他先後任過清苑知縣、長治知縣、四川道監察御史、直隸巡按、河南僉事、隴右兵備僉事、江西參議等職，其間雖小有波折，但基本可謂仕途順利。在每一任上，丁惟寧都兢兢業業，勤政愛民，頗有治聲。到萬曆十五年（1587），丁惟寧已是湖廣按察司鄖襄兵備副使，正四品大員。但是，當年十一月發生的一場鄖陽兵變卻給了丁惟寧沉重的打擊，並徹底改變了他的人生。

鄖陽兵變是萬曆年間的一次著名事件。《明史》《明實錄》《明通鑑》《湧幢小品》《萬曆野獲編》及乾隆《諸城縣志》、丁耀亢〈述先德譜序〉等書均有記載，間有出入。對於兵變的起因，明朱國禎《湧幢小品》述之最詳，該書卷三十二〈鄖陽兵變〉：

> 萬曆十五年，李見羅材撫鄖陽，改參將公署為書院，十（一）月初二起工。是日，參將方印已解任去，米萬春繼之，會于離城六十里之遠河鋪。方有忿言，米激軍士梅林、王所、熊伯萬、何繼，持傳牌令旗，與杜鶴等鼓躁而入，毀學牌，搶掠，圍逼軍門。凡諸不便事宜文卷，逼取軍門外燒燬；又勒餉銀四千二百兩充賞。次日，米尚次城外十里，李飛柬速之。又次日，米入城，鼓吹銃炮過軍門履任，釋戎服晉見，仍勒上疏歸罪道府生員，疏必經米驗過，追改者再；仍收城門鎖鑰。李隱忍從之，復閱操行賞。哨官楊世華云：「乘此冒賞，近于劫庫。」米佯怒而心是之，即諷軍士告加月糧，舊折三分增至四分。適副使丁惟寧入城，一見米，即云：「各官兵將，擁汝為主帥。」米大怒，擁眾喧亂。守備王鳴鶴仗劍大喝曰：「殺副使，是反！誰敢？誰敢？」丁僅得免。李避走襄樊。裴淡泉應章代之，好言慰米，仍杖殺梅林、王所，事得定，而訛言傳數年不息。

沈德符《萬曆野獲編》卷二十二〈鄖變〉可作補充：

> 萬曆丁亥，……時鄖撫為李見羅，名材……見羅自負文武才，以講學名天下，至拆毀參將公署，改建書院，為其將米萬鐘（春）設謀鼓噪，禁李於署不得出，自為疏逼李上之朝，委罪文吏及師儒，曲為諸弁卒解釋。時新道臣為丁惟寧，初至，稍以言呵止之，遽遭毆詈，丁故美髯鬚，薙之殆盡，幾至舉軍叛逆，賴守備王鳴鶴救止，丁始得脫。後雖僅調官，然罹辱極矣。

可見，兵變之起，乃由有講學之癖的李材改參將公署為書院而激起公憤，米萬春又從中慫恿，而致軍士嘩變，事態逐漸失控。此時丁惟寧初任鄖襄兵備副使，基本上算是個局外人，卻無端遭受毆詈、薙鬚之辱，還差點招致殺身之禍。但事情並沒有完。米萬春為推脫責任，還脅迫李材上疏歸罪於丁惟寧、知府沈鈇等。據《明神宗實錄》卷一九

二載：

> 撫治都御史李材題參知府沈鈇、副使丁惟寧、指揮馮高、杜應明、守備王鳴鶴、
> 生員胡東昭等，並自劾不職。上命奪材俸半年，丁惟寧、王鳴鶴各一年……。已，
> 材疏論惟寧「始鼓攻剿之虛聲，增其疑畏，繼激告糧之軍眾喧嘩於庭；惟寧越墻
> 而走，傷體損威，宜行議處」。得旨，降惟寧三級。

這樣，原本無辜的丁惟寧只因一個「風流罪過」（元明時常語，指無中生有或小題大做的罪名，應即詩中「風月」之意），又被奪俸、貶官，真可謂「罹辱極矣」！那兩個肇事的元凶呢？在朝臣的參劾下，巡撫李材僅得了個「還籍候勘」的處分，不了了之；而參將米萬春則受到大學士申時行庇護，「置不問，旋調天津善地去」（《明史》卷二二七〈李材傳〉）。面對這種黑白不辨、是非顛倒的裁斷，丁惟寧心中的憤懣和悲涼可想而知。此時的他，終於認清了官場的險惡，遂絕意仕進，「旋補官鳳翔，不就，歸」（《諸城縣志》列傳第三〈丁惟寧傳〉）。從此，官場中便少了一個奮發有為的幹練官員，林泉間多了一位優遊觴詠的大德隱士。

郳陽兵變是丁惟寧人生道路上的重要轉捩點，也是他心中永遠揮之不去的陰影。官途受挫的丁惟寧，在續寫其父留下的「遺書」時，借改作《水滸傳》原詩的機會，一吐胸中塊壘，發出了「自課官途無枉屈，豈知天道不昭明。早知成敗皆由命，信步而行暗黑中」的感慨，也就毫不奇怪了。

《金瓶梅》中有丁惟寧的筆墨，這在丁惟寧之子丁耀亢的詩作中也有所反映。對此，張清吉先生已做過考證。清康熙四年（1665）八月，丁耀亢因《續金瓶梅》遭人攻訐而下獄，凡一百二十日，至年底方蒙赦放還。他作有〈漫成次友人韻〉八首以志感，其六云：

> 老夫傲岸耽奇癖，捉筆談天山鬼驚。誤讀父書成趙括，悔違母教失陳嬰。
> 非關湖海多風雨，強向丘園剪棘荊。征檄何如宣室詔，九霄星斗似知名。

其中「誤讀父書成趙括，悔違母教失陳嬰」都有典故：前句出《史記·廉頗藺相如列傳》，即紙上談兵；後句出《史記·項羽本紀》。在丁耀亢，所謂「悔違母教」實有其事，「誤讀父書」也是如此。這部丁耀亢由「誤讀」而致禍的「父書」，所指應當就是與自著《續金瓶梅》在創作主旨、故事情節等方面有著內在聯繫的《金瓶梅》。

二、《金瓶梅》前91回「遺書」的作者是丁純

所謂「遺書」，是指還只有91回的原作未完遺稿。續作者丁惟寧有緣得到了這部「遺

書」，且後 9 回續作與前 91 回原作又利用了某些共同的素材（如《水滸傳》《京本通俗小說・志誠張主管》），這表明他與原作者之間可能存在著某種特別的親密關係；再從《金瓶梅》前 91 回的時代特徵、創作年代來看，真正的原作者應至少比丁惟寧要長一輩，其主要生活年代不在萬曆而在嘉靖。這個人不是別人，正應是丁惟寧之父丁純。

關於丁純，見諸文獻的記載並不多，目前所見僅有乾隆《諸城縣志》、丁耀亢〈述先德譜序〉、丁昌燕《丁氏家傳》等。據此，可對其生平事蹟作一大致勾勒：丁純（1504-1576），字質夫，號海濱先生，晚號海濱逸老。先居藏馬山西麓、東海琅琊台之北，地名大村。嘉靖四十一年（1562）歲貢，先後出任鉅鹿訓導、長垣教諭，後因其子丁惟寧出為直隸巡按而回避告歸。回鄉後，遷於諸邑城內，居超然台下，以城南為別墅，與鄉人譚章、竇昂等結九老會。其傳世作品不多，僅《東武詩存》中載其詩〈九日登常山〉一首。

筆者之所以認為《金瓶梅》前 91 回的作者是丁純，是因為在丁純身上，確實存在著與《金瓶梅》作者的種種條件相契合的對應點。

(一)《金瓶梅》的創作年代與丁純的客居經歷

《金瓶梅》橫空出世的消息，最早出現在萬曆二十四年（1596）。這一年，袁中郎在吳縣任上作〈與董思白書〉，對該書大加稱賞，並探問：「《金瓶梅》從何得來？……後段在何處？抄竟當於何處倒換？」在《金瓶梅》抄本流傳階段，最先得見該書的那些文人墨客儘管對其作者身分的猜測紛紜不一，但對其作者的生活年代亦即該書創作年代的認識卻是出奇的一致，眾口一詞地認為在嘉靖年間。如：謝肇淛〈金瓶梅跋〉：「相傳永陵中有金吾戚里，憑怙奢汰，淫縱無度，而其門客病之，採摭日逐行事，彙以成編，而托之西門慶也」；袁小修《遊居柿錄》卷九：「舊時京師有一西門千戶，延一紹興老儒於家。老儒無事，逐日記其家淫蕩風月之事」；沈德符《萬曆野獲編》卷二十五：「聞此為嘉靖間大名士手筆，指斥時事」；屠本畯《山林經濟籍》卷八：「相傳嘉靖時，有人為陸都督炳誣奏，朝廷籍其家。其人沉冤，托之《金瓶梅》」；廿公〈金瓶梅跋〉：「《金瓶梅傳》為世廟時一鉅公寓言，蓋有所刺也」。但由於在這些記述中多有「相傳」「聞」等不確定字眼，致使後人對「嘉靖說」有所存疑。至上一世紀三十年代，吳晗、鄭振鐸等大學者提出「萬曆說」，影響甚眾，近年來又有學者續有補充。但是，「嘉靖說」並沒有被徹底顛覆，因為《金瓶梅》中帶有嘉靖年間的時代特徵的例證可謂明確而又具體，而「萬曆說」至今仍無法舉出一例堪稱確鑿的論據以自圓其說。由此，逐漸形成了嘉靖、萬曆二說並存的局面。《金瓶梅》從明人認定的寫於嘉靖，到萬曆中期方才面世，這種時間上的距離，實際上已從一個側面表明了《金瓶梅》的創作年代的跨度是相當大

的，已經超出了單純的「嘉靖說」或「萬曆說」所能涵蓋的範圍。

其實，《金瓶梅》真正的時代密碼就埋藏在書中。在「《金瓶梅》創作年代新考」的系列論文中，筆者分別從《金瓶梅》依次出現的三個舛誤紀年干支「甲辰」（第十二回）、「丁未」（第二十九回）、「戊申」（第三十回）的自系統性及在書中人物的宋代生年系統層面之下隱藏著的明代生年系統兩個方向，做了細緻推證：這三個誤出干支實為作者創作年代的真實記錄，即第十二回寫於嘉靖二十三年甲辰（1544），第二十九回寫於嘉靖二十六年丁未（1547），第三十回寫於嘉靖二十七年戊申（1548），嘉靖二十三年應可大致定為始作之年；第五十二回的兩個日干取自嘉靖四十年（1561），第五十九、六十二、六十三、六十四回接連出現的八個日干和兩個月令均取自隆慶五年（1571），第八十回的兩個日干取自隆慶六年（1572），也都是相應的創作年代。因此，「無論此書的後 20 回是否仍出於原作者之手，全書的最後完成時間總要晚一些，最早也在萬曆初年」；「作者的生年應不晚於正德十年（1515）；第八十回寫於隆慶六年（1572），其卒年必然更在其後，約在萬曆初年。這個區間應可成為核定作者資格的重要條件之一。」此外，對於《金瓶梅》創作進度的不均衡現象，進一步推斷：「在嘉靖二十七至四十年、嘉靖四十至隆慶五年這兩個區間的某段較長時間內，由於某些具體原因，比如科考應試、就任外官等，作者曾經長期擱筆，以致《金瓶梅》的創作過程出現了中斷。在真正的作者身上，應當存在著能夠與之形成對接的生活經歷。在對《金瓶梅》作者的考索中，這個環節應予以格外注意。」[6]

據丁氏族譜載，丁純生於弘治十七年（1504），卒於萬曆四年（1576）六月初六。當《金瓶梅》始作之時，丁純已經 41 歲，完全具備相應的社會閱歷和生活積累；其逝年與丁惟寧在萬曆十五年罷官歸鄉後繼「遺書」而續作也有著時間上的順承關係。

在嘉靖二十七至四十年間，丁純到底幹了些什麼，由於資料匱乏，現已難以確知；但丁純在嘉靖四十至隆慶五年這個時間段的行跡，卻是可以考知的。《諸城縣志·歷代選舉表》載：「丁純，嘉靖四十一年歲貢。」按明制，府、州、縣學每年從生員（秀才）中選送成績或資格優異者，升入京師國子監肄業，稱為「歲貢」，「弘治、嘉靖間，仍定……縣學歲一人，遂為永制」（《明史·選舉志一》）。經過數年在監修學，再經一年左右的歷事（實習），乃可出監，到吏部候選入仕。嘉靖時，歲貢監生多充任教官。丁純初授鉅鹿訓導，時間約在嘉靖四十五年。光緒《鉅鹿縣志》卷八〈官師志〉載：「明嘉靖……

6　楊國玉〈《金瓶梅》敘事時序中「舛誤」干支揭秘〉，《河北建築科技學院學報》（社科版）2000年第 3 期；另參見楊國玉〈《金瓶梅》人物命詞索隱〉，《河北建築科技學院學報》（社科版）2000年第 4 期。亦可參見本書。

訓導：丁純，諸城人。」其後，丁純升任長垣教諭。查嘉慶《長垣縣志》卷三〈職官志〉：「（明）教諭：隆慶三年，丁純（山東諸城人）」，未記卸任時間。從同書所載他的繼任者吳嶔在隆慶五年春已經到任的事實來看，丁純最晚在本年伊始就已解職還鄉，任期未滿。究其原因，乃因其子丁惟寧當時出任直隸巡按御史，而長垣（今屬河南）屬直隸大名府，按照明代親族回避制度「從卑回避」（下級回避上級）的規定，丁純遂辭任告去。總起來看，從嘉靖四十一年到隆慶四年（或隆慶五年開初）這十餘年間，丁純或就國學，或任教官，基本上都在外地，這與《金瓶梅》中體現出的嘉靖四十年至隆慶五年的時間間隔恰好是榫卯相合，形成了完美的對接。由此可知，丁純的離家外出，直接導致了從事創作所需的起碼的時間、環境條件得不到保障，這正是《金瓶梅》第五十二回和第五十九回的創作年代即嘉靖四十年與隆慶五年之間出現較長間隔的真正原因。

不僅如此，丁純剛剛結束的長垣教諭的經歷也立即影響到了他的《金瓶梅》創作，在書中留下了他獨有的印記。這主要體現在兩個地域性很強的說法上：

第六十一回，李瓶兒病重時，江湖郎中趙搗鬼上門診治，自詡出身醫道世家，其父現充「汝府良醫」。需要指出的是，本回所寫趙搗鬼看病的過程、說的話多從《寶劍記》第二十八齣抄改而來，但「汝府良醫」一語卻完全是作者的獨立創作。所謂「汝府」，指汝王府第。終明一代，受封的汝王只有一個，即汝安王朱祐榰，藩地在河南衛輝府（今河南汲縣）。《明史·諸王世表五》載：「汝安王祐榰，憲宗庶十一子，弘治四年封。十四年就藩衛輝府。嘉靖二十年薨。無子，封除。」「汝府良醫」的醫術或許真的很高明，聞名於衛輝府的周邊地區，但在當時絕不會到了聲名遠播天下的程度。丁純任教諭的長垣縣與衛輝府正相毗鄰，才有機會獲知這個說法。

第六十八回，奉敕修理河道的都水司郎中安忱過訪清河縣，對西門慶談到「南河南徙」；第六十九回，西門慶差人往懷慶府林千戶那裏打聽京察消息，也說去「南河」。有學者認為「南河」係指淮河，張冠而李戴，大誤。所謂「南河」，實指黃河，確切地說，是指黃河在流經今潼關以後由西向東流的河段。黃河古稱「河」「大河」，而在中原一帶呈西東流向的這一段又專稱為「南河」。本來，對於周邊的山川湖海等自然景觀，人們往往習慣於根據方位關係來加以命名，如南山、北海之類。「南河」之稱也是如此。《史記·五帝紀》：「舜讓辟丹朱於南河之南。」《正義》釋云：「河在堯都之南，故曰南河。」這一稱呼具有很強的地域特徵，通常只適用於位居黃河北岸同時又距河不甚遠的地方。至今，在原屬明懷慶府管轄的河南沁陽、孟縣、溫縣等地，仍然習稱黃河為「南河」[7]。《金瓶梅》中多次直稱「黃河」（第一、七十一、七十二、九十一回），可這兩回卻

7　參見高培華、楊清蓮〈《金瓶梅》與懷慶府方言俗語〉，《尋根》1997 年第 2 期。

改稱「南河」，尤其是借由不通詩文的西門慶之口說出，顯然用的不是古稱，而是俗稱，應來自黃河以北的百姓口語。長垣縣在明時處在大名府南界，離黃河很近。嘉慶《長垣縣志》卷五〈地理書〉引明舊志概括長垣形勝云：「澶淵距其北，大河經其南。」接連出現的這兩處「南河」，正是剛從長垣離任的丁純受當地百姓慣用說法的影響所致。

(二)《金瓶梅》的創作主旨與丁純的人生態度、社會地位

《金瓶梅》創作於嘉靖中期，是有著深刻的社會歷史根源的。

明代中葉，正是中國傳統的農業社會開始向市民社會轉型的重要時期。商品經濟的逐步繁榮，催生著資本主義生產關係的萌芽，促進了人的自然欲求的空前勃興，使人們的生活方式、社會風氣出現了前所未有的巨大轉變。這種轉變在東南沿海和長江流域的經濟發達地區表現得最為明顯，也延展和深入到了北方。據山東《博平縣志》載：

> 至正德、嘉靖間而古風漸渺。過去鄉社村保中無酒館，亦無遊民。由嘉靖中葉以至於今，流風愈趨愈下，慣習驕吝，互尚荒佚，以歡宴放飲為豁達，以珍味豔色為盛禮。其流至於市井販鬻、廝隸走卒，亦多纓帽緗鞋、紗裙紬褲；酒廬茶肆，異調新聲泪泪侵淫，靡焉不振；甚至嬌聲充溢於鄉曲，別號下延於乞丐，逐末遊食，相率成風。

所有這些逾禮越制的現象，在《金瓶梅》中都有不同程度的反映。

作者生逢這樣的時代，自然會有所感觸。從《金瓶梅》卷首酒、色、財、氣「四貪詞」及書中「看官聽說」等綜合來看，作者顯然是秉持著傳統的儒學綱常倫理，把社會風氣的變化歸咎於「人欲」的惡性膨脹，這也是封建時代正統文人的傳統思路。《金瓶梅》之作，正是出於懲惡揚善的道德教化目的，試圖以此拯救那些沉溺於欲海中的男男女女回歸善途。正如欣欣子序所說：「寄意於時俗，蓋有謂也」，「無非明人倫，戒淫奔，分淑慝，化善惡」。然而，在寫作手法上，作者拋棄了人們慣用的以正面勸善為主的傳統模式，而專意於懲惡，企望通過對西門慶及金、瓶、梅等人惡行惡報的描寫，使人心生悔懼，以達到回心向善之效。東吳弄珠客序所謂：「然作者亦自有意，蓋為世戒，非為世勸也」，也正是此意。

在「四貪」中，作者更為關注的還是「人皆好之，人皆惡之」的「色」，用西湖釣史（查繼佐）〈續金瓶梅集序〉的話說：「《金瓶梅》懲淫而炫情於色」。但令人遺憾的是，《金瓶梅》中那些描寫性活動的文字，使其問世不久就背負上了「淫書」的惡名。這實在是一種莫大的誤解。在作者的理念中，有此因方得此報，種瓜得瓜，種豆得豆，此所謂「以淫說法」。難怪廿公要為之大聲叫屈：「不知者竟目為淫書，不惟不知作者

之旨，併亦冤却流行者之心矣。」（〈金瓶梅跋〉）在近年的《金瓶梅》研究中，有的學者著意於從某位作者候選人身上尋找與性有關的劣跡，甚至有人推測作者是一位性變態者（比如太監），說到底仍是「淫書」意識在作怪。概言之，《金瓶梅》作者應該是一位思想意識比較正統甚至可以說保守的封建文人，該書正是作者為挽救當時江河日下的世道人心而開出的一劑猛藥，是一部以否定的方式警示世人的戒世書。

與《金瓶梅》作者的創作心態相關的另一個問題，是其地位和身分問題。沈德符稱作者為「嘉靖間大名士」，廿公說是「世廟時一鉅公」，論者據此往往從位高權重的達官顯貴中尋找人選。其實，所謂「大名士」「鉅公」原本就是虛譽之詞，既可指身位顯赫的高官，也可指聲名卓著的文士騷客、德高望重的忠厚長者。通過對《金瓶梅》前 91 回回首詩傳達出的作者對富貴、功名的淡泊超脫態度的分析，筆者曾對作者的社會地位和身分進行過推測：「他應當是一位懷才未遇、仕途失意的落魄文人。退一步講，即便作者曾經躋身官列，也未必會大過縣部正印之職。」[8]

丁純終生只當過鉅鹿訓導、長垣教諭，都是未入流的教官。從現有資料看，丁純平生並沒有什麼驚天動地的事蹟，被世人特別稱道的是他的品行。《諸城縣志》載：丁純「砥行端方，通世務，兩縣士皆敬重之。」丁昌燕《丁氏家傳》稱「公性敦篤」，並記載了丁純歸鄉後的兩件事：其一，丁家大概由於家境不好，曾將田地佃於富民，富民得知丁惟寧官至直隸巡按，紛紛上門交還田券，被丁純婉拒；其二，遷居城內以後，離丁氏祠、墓有百里之遙，每逢祭期，丁純都不避艱辛，徒步往祭。丁耀亢〈述先德譜序〉稱：丁純「尚義喜施」，「鄉人宗之，享年近古稀，終以鄉賢祀」。這些記載談不上豐富，卻已使一個道德名世的儒師形象躍然於紙上。以今人的眼光看來，丁純的做法甚至可以說是迂腐。然而，正是這樣的人，才會有一種強烈的歷史使命感和衛道的熱情，去花費巨大的心力寫作《金瓶梅》，為世人貢獻出一個醫心救世的良方。

(三)《金瓶梅》的語言特徵與丁純的生活閱歷

《金瓶梅》的語言（方言）問題，是近年來學界爭論得最為熱烈——恕我直言——也是最為混亂的一個問題。除了傳統的「山東方言說」外，先後又有「吳語」「山西方言」「東北方言」「內蒙西部方言」「清河方言」「河北正定方言」「湖南平江方言」「徽州話」等等新說迭出。論者在論定《金瓶梅》的方言屬性時，或者拈出書中一些在某種現代方言（通常是論者的母語）中仍在使用的語詞，或者從書中找到與某位已知籍貫的明清作家的作品相同的用例，即宣稱其必非該方言莫屬。事實上，這種論證方法缺乏起碼的

8　參見楊國玉〈《金瓶梅》文本結構探微〉，《保定師專學報》2001 年第 1 期，亦可參見本書。

科學性，是根本靠不住的，對《金瓶梅》研究也難有實際的助益。

筆者以為，在《金瓶梅》方言研究中，應該採取一種更具嚴密性的論證方法——歷史文獻普查法，即：對於那些有方言「嫌疑」的語詞，要在同一時代層面上進行儘量廣泛的歷史文獻調查，只有在未見反例的條件下，方可斷定其屬某種方言。這樣得出的結論儘管仍不是必然的，卻可以使其可信度得以最大限度的保證。據此，筆者數年來對《金瓶梅》中那些被論者指稱為某種方言的語詞進行了細緻的查驗，結果是：被指為山東方言外的其他方言的語詞，無一不可在同時代其他北方作家的作品中找到，其中的絕大多數都是當時南北通用的普通語詞；而被指為山東方言的語詞，十之七八也見於非山東籍作家特別是廣大北方作家的作品，真正的山東方言語詞充其量不過百十餘條。據此，可以得出對《金瓶梅》語言風格的總體認識：「該書基本上是以北方官話寫成的，其中所用方言確乎是山東方言，但純粹的山東方言語詞並不多。」[9]

進而，筆者在大範圍的歷史方言調查的基礎上，對《金瓶梅》行用方言的具體區域進行了推證：從書中篩選出具有地域性特點、能夠代表作者用語特色的三條語詞——「推聾裝啞」「幹…繭兒」「管情」，與在山東境內同時使用著的、與它們存在排斥關係的異構同義語詞——「裝聾作啞」「做…繭兒」「情管」等進行對比性調查，由此可以分別得到《金瓶梅》中三條語詞的大致使用範圍，而它們的重合、交叉部分也就是《金瓶梅》方言的行用區域，結論是：「《金瓶梅》方言出於山東東南部，按照明代建制，其地域主要包括兗州府東部和青州府南部的十數縣。其中，最值得特別注意的是諸城，因為該地是已知與《金瓶梅》一樣同時使用『推聾裝啞』和『管情』的唯一一地，而且也正處於說『幹…繭兒』的方向，《金瓶梅》方言及作者的真正謎底很可能就出在諸城附近。」[10]

由於史料缺乏，對於丁純早年生活經歷的某些細節，今人已無從知曉。但可以肯定的是，丁純自幼生長於諸城農村，有著非常豐富的下層社會生活體驗，對於民間土語自然會非常熟悉。有了這樣豐厚的生活積累，丁純纔能嫻熟自如地從生活中擷取鮮活生動的家常口語，真實本色地摹擬出《金瓶梅》中不同人物的口吻，從而達到了聞其聲如見其人的藝術效果。丁純除有一詩外，未見其他作品傳世，因而找不到他使用「推聾裝啞」「幹…繭兒」「管情」的直接證據。但是，從丁耀亢《續金瓶梅》等使用「推聾裝啞」「管情」及地緣、語緣關係接近的臨朐人馮惟敏使用「幹…繭兒」的情況來判斷，丁純的語言習慣也是如此。這就為丁純創作《金瓶梅》提供了語言方面的重要保障。

9　楊國玉〈《金瓶梅》行用方言探原〉，《金瓶梅研究》（第八輯），北京：中國文史出版社 2005年，亦可參見本書。

10　楊國玉〈《金瓶梅》行用方言探原〉，《金瓶梅研究》（第八輯），北京：中國文史出版社 2005年，亦可參見本書。

(四)《金瓶梅》的素材來源與丁純的讀書之好

　　《金瓶梅》（此處僅就前 91 回而言）中抄借了不少前代其他作品的內容，有故事情節方面的，作者改頭換面，嫁接在本書人物的頭上；有純文字上的，作者用來議事論理，為小說的主旨服務……作為《金瓶梅》素材的這些作品體裁非常廣泛，除了其所從出的母體《水滸傳》外，目前發現並確定的就有：宋元話本，如〈志誠張主管〉〈張于湖〉以及收錄於《六十家小說》中的〈刎頸鴛鴦會〉〈戒指兒記〉〈五戒禪師私紅蓮記〉〈洛陽三怪記〉〈西湖三塔記〉〈曹伯明錯勘贓記〉〈錯認屍〉〈簡帖和尚〉〈董永遇仙傳〉〈楊溫攔路虎傳〉等；講史、公案小說，如《大宋宣和遺事》《包龍圖判百家公案》之〈琴童代主人伸冤〉等；文言、詩文小說，如《如意君傳》《懷春雅集》《嬌紅記》及《剪燈餘話》中的〈江廟泥神記〉〈賈雲華還魂記〉等；日用類書、善書、術數書，如《新刻時尚華筵趣樂談笑酒令》《神異賦》等；劇曲、散曲，如《西廂記》《南西廂記》《琵琶記》《香囊記》《玉環記》《玉玦記》《寶劍記》等以及見錄於《詞林摘豔》《雍熙樂府》等曲集的大量套數、小令。不難想見，作者必是一個博覽群書、涉獵極廣的文人。

　　在諸城丁家，丁純算得上是第一個名副其實的讀書人。丁家先世以武建功，對文學一途原不甚在意。至丁純之父丁珍，已是丁氏自海州遷居諸城的第五代，仍是如此。據丁昌燕《丁氏家傳》：「五世諱珍，公少任俠，又以先世將家子，治孫吳書，尤好《司馬法》。……故戒子孫進習禮經。」但到了丁純，情況卻有了變化。丁耀亢〈述先德譜序〉載：「時族多富、尚俠，獨祖好學，稽古能詩，嗜鼓琴。試得售，以明經授於鄉。」由此，丁純出任教官，先後任鉅鹿訓導、長垣教諭。其後，讀書、藏書在丁家蔚然成風。丁純之子丁惟寧同樣「性癖圖書」[11]，「三任清要，每回籍，圖書、衣被而已，外無長物」[12]。至丁耀亢接手時，丁家的藏書已頗為可觀。萬曆末年，丁耀亢在城南橡檻溝山居，築舍三楹，「書藏千餘卷」[13]，「鳥聲鴉舞圖書滿」[14]，這可能還只是一部分。崇禎十五年冬清兵破諸城時，丁家的藏書遭受了一場空前的浩劫，丁耀亢自云「藏書散失」[15]、「傳書經亂無存」[16]。但事實上，丁氏藏書並沒有散失到片葉不存的程度。清順治十一年，丁耀亢〈甲午元旦家居〉詩：「閉門高臥有殘書」；〈答丘子廩寄〈過橡谷山

11　明王化貞等〈祭丁柱史文〉。
12　〈述先德譜序〉。
13　〈山居志〉。
14　〈橡檻山人歌〉。
15　〈山居志〉。
16　〈述先德譜序〉。

居〉原韻〉詩：「剩有名山鎖舊書」，均可證。也正是這些藏書為以後丁耀亢寫作《續金瓶梅》提供了相關資料。

「好學」的丁純究竟讀過哪些書，今人已難知其詳，但從一些零星的資料中，我們可以欣喜地發現，丁純的讀書之好與《金瓶梅》文本所反映的實際情況有著兩點驚人的巧合：

第一，丁純擁有《六十家小說》一書。

對於《金瓶梅》的成書來說，《六十家小說》堪稱是一部有著特別重要意義的書。該書係明嘉靖年間錢塘洪楩編刊的話本小說集。1929 年馬廉先生據日本內閣文庫所藏殘本影印時，因不知其名，遂以版心「清平山堂」字樣而題名為《清平山堂話本》。《六十家小說》原應 60 篇，現存 29 篇（有殘損），尚未及全書之半。但就在僅存的 29 篇中，被《金瓶梅》以不同形式採錄者竟有〈刎頸鴛鴦會〉等 10 篇之多。而且，有跡象表明，《金瓶梅》作者當時所讀所用的也正是清平山堂刊刻的這個《六十家小說》的本子，而不是此前可能留存的宋元舊本的文本，或者當時可能由其他書坊輯刊的類似的話本集。證據有二：其一，〈刎頸鴛鴦會〉開篇有引詞一首，有「一以使人愁」句，「以」字誤。該詞係南宋卓田〈眼兒媚·題蘇小樓〉，「以」本作「怒」。《金瓶梅》第一回回首詞即抄自〈刎頸鴛鴦會〉，「以」作「似」，顯然是《金瓶梅》作者因「以」字有誤而擬改，卻並沒有改對；其二，〈洛陽三怪記〉有一段春景詞也被《金瓶梅》第八十九回抄用，該詞出處不詳，原作「日舒遲暖溁鵝黃，水渺茫莍勅香鴨綠」應為對仗句，「莍勅」二字[17]語意不明。此二字，《金瓶梅》作「茫浮」，顯係作者以其欠通而改寫，但也未盡恰切。這兩處對原文中誤字的有意改動，留下了《金瓶梅》作者據《六十家小說》採錄文字的痕跡。也就是說，《金瓶梅》作者當時所依據的這些話本的文本即出自現存的《六十家小說》。因此，說《六十家小說》是《金瓶梅》作者用以取材的寶庫，並不為過。

清初，丁耀亢撰寫《續金瓶梅》，書前有「借用書目」一項，共列舉了《水滸傳》等 59 種書。其中，「元人《六十家小說》」即赫然在列。這些書，因不詳其版本，哪些屬丁耀亢自購，哪些從其祖、父傳承而來，大都難以確考，但這部「元人《六十家小說》」卻完全可以肯定是丁純藏書的遺存。這是因為，從已知材料看，此書僅在明嘉靖間刊行過一次。關於《六十家小說》刊刻的具體年代，史料缺載，當年馬廉先生從其版式、字樣等方面推斷當在嘉靖二十至三十年間，實際可能還要早得多。明田汝成《西湖遊覽志》卷二談及《六十家小說》中的〈西湖三怪〉（即〈西湖三塔記〉），原敘署「嘉靖二十六

17　原刻為俗體。上海古籍出版社 1992 年版王一工標校本《清平山堂話本》此二字作「茫藕」，不知何據？

年冬十一月」，可知此書的刊刻最晚應在嘉靖二十六年前。此後，《六十家小說》就再也沒有復刻過，丁耀亢的書目已是古代文獻中此書存世的最後記錄。諸城丁家購藏《六十家小說》，應在與其刊刻時間接近的嘉靖中期，因而書的原主人只能是丁純。丁純擁有《六十家小說》的事實，又與《金瓶梅》對該書的多次引用接上了茬口。

第二，丁純喜歡、擅長詞曲。

在《金瓶梅》中，有許多清唱、演劇場面的描寫，也抄錄了大量散曲、劇曲的曲辭。粗略算來，除僅提及首句或曲牌者之外，仍達百餘套（支）之多。這些曲辭的內容，大多切合當時當地的情境，對於導引故事情節、塑造人物形象起著不可替代的作用，是小說文本不可或缺的有機組成部分。比如，第七十三回，孟玉樓生日上壽，吳月娘點唱「〔效〕比翼，成連理」應景，而西門慶見景生情，懷念去世的李瓶兒，教唱「憶吹簫玉人何處也」，引起潘金蓮不滿，於是半真半假地與西門慶爭吵，又挑撥西門慶與吳月娘的關係……故事沿著一支曲子的線索不斷延展。從形式上看，《金瓶梅》作者對曲辭的採錄也並非簡單地照搬照抄，而是作了一番篩選、重組，頗見巧思匠心。如第四十四回李桂姐等遞唱的〔十段錦〕「二十＜八＞半截兒」中的各支曲子本來不是一人之作，但經作者裁剪、聯綴，竟妙趣天成，渾然一體。當然，在有些地方，《金瓶梅》作者大段抄錄曲辭，也有累贅之嫌。比如第七十一回，寫西門慶進京朝觀，借寓何太監家，何太監命小廝唱了一套〔正宮·端正好〕「水晶宮，鮫綃帳」，書中竟將羅貫中雜劇《風雲會》第三折的全部曲文計 1100 多字悉數照錄。作者這樣做，可能意在以宋太祖雪夜訪賢的英明映襯宋徽宗的昏庸，但抄用全曲的必要性並不大，客觀上也造成了故事情節的阻隔。所以，後來的崇禎本將其全部刪去，僅存曲牌、首句。綜合各方面情況來看，《金瓶梅》作者無疑對各種曲辭非常熟悉，有著格外的偏好。

據丁耀亢〈述先德譜序〉載：「（純）又長於弦索小詞，膾炙人口。」所謂「弦索」，是各種絲絃樂器的總稱，元明間因多用於伴奏北曲，又以為北曲代稱。丁純的這個特長，與《金瓶梅》中頻頻描寫演劇、清唱，並大段抄引曲辭的做法正相吻合。

《金瓶梅》中散曲、劇曲等大多係前人作品，收錄於明代編輯的各種曲集中，其中尤以《詞林摘豔》《雍熙樂府》為最多。這個謎底就是首先由丁耀亢明白揭示開來的，《續金瓶梅》之〈凡例〉云：「前集名為《詞話》，多用舊曲。」這本身就頗為耐人尋味。《詞林摘豔》，明張祿輯，嘉靖四年（1525）刊；《雍熙樂府》，明郭勛等輯，在嘉靖年間共刊印過三次：第一次，嘉靖十年（1531）；第二次，嘉靖十九年（1540）；第三次，嘉靖四十五年（1566）。在丁耀亢的「借用書目」裏，就有「南曲《吳騷》」「北曲《雍熙樂府》」「元人百種曲」。這裏的「南曲《吳騷》」，所指不明，有王穉登編、萬曆四十二年（1614）刊《吳騷集》，以後續有二集、三集，又有《吳騷合編》；「元人百種

曲」即是明臧懋循編《元曲選》，分前、後集，刊於萬曆四十三年（1615）和四十四年（1616）。這兩種書的刊刻較晚，其時丁耀亢之父丁惟寧已逝，應為丁耀亢自藏。而「北曲《雍熙樂府》」，儘管難以確指其版次，但基本上可以肯定原為丁純的舊藏。或許當年丁純在利用書中資料時，在相關之處留下了某些印記，所以纔為丁耀亢知悉底裏，一語道破。

綜上所述，丁純與《金瓶梅》作者有許多不期然之合，是無法用偶然來解釋的。

其實，丁純之孫、丁惟寧之子丁耀亢在自己的詩作中已隱約其辭地透露出了《金瓶梅》作者的秘密。清康熙四年，丁耀亢因《續金瓶梅》案發而被逮繫下獄，續書隨即被清廷詔令焚毀。蒙赦還鄉後，丁耀亢作〈焚書〉詩云：

帝命焚書未可存，堂前一炬代招魂。心花已化成焦土，口債全消淨業根。

奇字恐招山鬼哭，劫灰不滅聖王恩。人間腹笥多藏草，隔代安知悔立言。

詩中的「招魂」，指召喚死者的靈魂，屈原《楚辭》有〈招魂〉篇。而「隔代」究竟何謂，是改朝換代，還是指人的世代更迭？好在丁耀亢〈椒丘詩〉中尚有用到「隔代」及「招魂」的詩作，可作參證。清順治十二年，丁耀亢在保定容城教諭任上，曾會見過明嘉靖時名臣楊繼盛（1516-1555，容城人，諡忠愍）之孫，作詩〈處士楊玉川，忠愍冢孫也，年七旬矣，攜酒就飲靜修祠。樸直，有家風。忠愍，舊諸城令。故紀之以贈〉：「名賢遺系典刑存，黃髮山癯道氣敦。家譜頌文存史錄，遺囊疏草寄招魂。鼎彝隔代人猶古，祠宇傳家世共尊。潦倒浩然堪仰止，琅邪舊治近青門」。「招魂」句下自注：「玉川家藏忠愍手疏稿在。」這裏的「隔代」是指楊繼盛、楊玉川係祖孫關係，中間隔了一輩；「招魂」自然招的是楊繼盛之魂。又有〈送楊蕃昇廷試〉一首，其中有云：「楊子忠愍之玄孫，百年俎豆承先恩。……當時先生蒞東武，西郭祠毀碑尚存。我生隔代失聞見，至今野老傳其言。」此處的「隔代」，乃就楊繼盛與自己的祖輩同時而言，其意仍是隔了一代。

回觀〈焚書〉詩中的「隔代」「招魂」，可以確知，丁耀亢的詩意，原是對其祖父丁純的亡魂訴說衷曲。丁耀亢晚生，並沒有見過自己的祖父，為何因《續金瓶梅》遭焚之事而溯及乃祖？此事說怪也不怪，因為丁純正是《續金瓶梅》之源——《金瓶梅》真正的作者，更準確地講，是前91回「遺書」的原作者。

三、概述及餘言

至此，可以對丁純、丁惟寧父子創作《金瓶梅》的過程作一簡要概括：大約在嘉靖二十三年，丁純開始寫作《金瓶梅》，從嘉靖四十一年到隆慶四年間，因就學國子監及出任鉅鹿訓導、長垣教諭之職而長期擱筆，卸任後，才得以繼續撰作。到萬曆四年寫完

第九十一回後，丁純即不幸去世，留下了一部未完的「遺書」。丁惟寧在萬曆十五年鄖陽兵變後辭官還里，繼承其父未竟之志，又續寫了後 9 回，或許對前 91 回也作了某些增刪改易，方最終足成全書。

最後，談一個相關問題：在民國間出版的許多《古本金瓶梅》卷前，都有一篇自稱是《金瓶梅》作者的「觀海道人」寫的〈金瓶梅序〉。這篇序文以主客答問的形式，闡述了《金瓶梅》的戒世之旨：

> 客曰：「……今子之撰《金瓶梅》一書也，……論人，則書中人物十九皆恣尤叢積，沉溺財色，淫蕩邪亂，恣睢暴戾。以若所為，直賊民而蠹國，人神之所共憤，天地之所不容，奈之何尚費此寶貴筆墨以為之宣述乎？且更繪聲繪影、纖細不遺，豈不懼乎人之尤而效之乎？敢問其說。」余曰：「……天道福善而禍淫。惡者橫暴強梁，終必受其禍也；善者修身慎行，終必受其福也。子不觀乎書中所紀之人乎？某人者，邪淫昏妄，其受禍終必不免，甚且殃及妻孥子女焉；某人者，溫恭篤行，其獲福終亦可期，甚且澤及親鄰族黨焉。此報施之說，因果昭昭，固嘗詳舉於書中也。至於前之所以舉其熾盛繁華者，正所以顯其後之淒涼寥寂也；前之所以詳其勢焰薰天者，正所以證其後之衰敗不堪也。一善一惡，一盛一衰，後事、前因歷歷不爽，此正所以警惕乎惡者、獎勸乎善者也。奈之何子尚懼乎人之尤而效之乎？……」客聞余畢其辭，乃點首稱善而退。客去，坊主人來索序言，遂書以遺之。龍飛大明嘉靖三十七年，歲建戊午，孟夏中澣，觀海道人並序。

該序因來歷不明，難免有後人偽託之嫌，學界一般認為文獻價值不大。但令人意想不到的是，序文內容與筆者的考證結果有兩處大致扣合：第一，諸城之地瀕臨黃海（當地習稱東海），在其境內的九仙、五蓮、藏馬諸山都能看到大海，各山多有以「望海」「觀海」命名的景點。故丁純以「海濱先生」為號，這很容易理解。而這位自稱是《金瓶梅》作者的序作者署名「觀海道人」，取義接近。第二，「觀海道人」序署作時間為「嘉靖三十七年」，從訪客因《金瓶梅》詳於描述各種惡行而擔心為人效尤的話來看，當時他肯定沒有看到書的結尾，全書可能尚未寫完，所以在聽了「觀海道人」關於人物的預設結局——惡者「其受禍終必不免」、善者「其獲福終亦可期」——的一番話後，方才釋然；序末又說坊主來索序，似為用於付刻，則當時至少已有全書之半，大約有 50 回左右。據筆者考證，《金瓶梅》第五十二回應寫於嘉靖四十年。這兩個年代也差不多能夠銜接起來。這些能說明什麼？「觀海道人」序的來源及真偽問題，似有進一步考索、探究的必要。

《金瓶梅》第五十三至五十七回「贋作」勘疑

——從語詞運用的個性、地域特點看《金瓶梅》的「贋作」公案

關於《金瓶梅》第五十三至五十七回是否為「贋作」的公案，是由明人沈德符（1578-1642）在《萬曆野獲編》卷二五中的一段記述引出的。沈氏本人是《金瓶梅》早期抄本的擁有者之一。當《金瓶梅》的初刻本在「吳中懸之國門」之後，他寫道：

> 然原本實少五十三回至五十七回，遍覓不得，有陋儒補以入刻，無論膚淺鄙俚、
> 時作吳語，即前後血脉亦絕不貫串，一見知其贋作矣。

《萬曆野獲編》書分正、續二編，其〈續編小引〉末署「萬曆四十七年己未歲新秋」，可知沈德符這段話，應寫於萬曆四十七年（1619）秋之前。沈氏將《金瓶梅》刻本中的第五十三至五十七回指為「陋儒補以入刻」的「贋作」，究竟是因有這五回的「原本」在握而確有所據，還是僅僅憑閱讀的感覺，他本人語焉不詳，遂使後人難以遽信。由此，這一問題與《金瓶梅》的版本問題交錯糾纏在一起，形成了《金瓶梅》研究中一個懸而未決的難題。

現存《金瓶梅》刊本有兩大系統：一為《新刻金瓶梅詞話》，卷前有「萬曆丁巳季冬東吳弄珠客漫書於金閶道中」序，故習稱萬曆本；一為《新刻繡像批評金瓶梅》，書中有天啟、崇禎二帝避諱字（如諱「校」作「較」、「檢」作「簡」），因稱崇禎本。學界一般認為，萬曆本是最接近於原本本來面目的版本（然是否初刻又有爭議），而崇禎本係由萬曆本刪改而來。但是，這兩個版本在第五十三至五十七回的最大區別在於第五十三、五十四回兩回的文字全然不同；另外，崇禎本的第五十五回有描寫李智、黃四借銀子以及來保自東京回來彙報為李桂姐說人情之事的近 1500 字為萬曆本所無。

沈德符的「贋作」之說是否可信？其所指對象究竟是萬曆本，還是崇禎本？抑或是

此前更早的一個可能的初刻本？這些問題錯綜複雜，頗難理清，學界的看法也大相徑庭。大致而言，代表性的觀點主要有：最早研究這一問題的美國漢學家韓南博士（P. D. Hanan）認為，現存萬曆本、崇禎本的第五十三至五十七回均非原作，且萬曆本第五十三、五十四回兩回與第五十五、五十六、五十七回三回出自不同作者之手，沈德符所指的「贗作」極有可能是包含有崇禎本第五十三、五十四回兩回的更早的版本[1]。臺灣學者魏子雲先生認為，萬曆本第五十三至五十七回皆係原作，沈氏所說「贗作」只能安在崇禎本頭上，事實上也只有在文字上明顯不同於萬曆本的第五十三、五十四回兩回[2]。而大陸學者石昌渝先生則認為，現存萬曆本的第五十三、五十四回兩回實為原作，而「補以入刻」的是從崇禎本挖移過來的第五十五至五十七回[3]。許建平先生又認為，現存萬曆本五十三至五十七回中，除第五十四回後半回「任醫官豪家看病症」為原作外，其餘均係江浙一帶讀書人補入的「贗作」，且第五十四回前半回「應伯爵郊園會諸友」的補作者與其他部分並非同一人[4]。所有這些，是耶非耶？

　　沈德符指第五十三至五十七回為「贗作」的理由，涉及到這五回的文字水準（「膚淺鄙俚」）、語言特徵（「時作吳語」）以及故事脉絡（「絕不貫串」）三個方面，這自然成了探究這一問題的基本方向。然而，究竟哪個版本中的這五回「膚淺鄙俚」，這基本上屬於感覺範疇，主觀性很強，極易仁智各見；而在故事情節方面，儘管這五回與其他各回的乖違不協是客觀存在，但反對者稱這種缺陷也見於其他各回。論者大都偏重於這兩個方面，而疏於對其語言特徵與其他各回的差異進行細緻梳析、比較，也就難免會眾說不一了。

　　有鑒於此，本文拋開文字水準、故事脉絡兩個方面不談，專就現存兩個版本的第五十三至五十七回的語言特徵進行考察，從其在語詞運用方面與其他各回的區別所體現的個性化、地域性特點的角度，對「贗作」問題予以探查，以期得出更加客觀的結論。

1　〔美〕韓南〈《金瓶梅》的版本及其他〉，原載臺灣《國立編譯館館刊》，1975 年第 2 期，胡文彬編《金瓶梅的世界》，哈爾濱：北方文藝出版社 1987 年。

2　魏子雲〈《金瓶梅》這五回〉，《金瓶梅研究》（第一輯），南京：江蘇古籍出版社 1990 年。

3　石昌渝〈《金瓶梅》五十三至五十七回辨〉，載盛源、北嬰選編《名家解讀《金瓶梅》》，濟南：山東文藝出版社 1998 年。

4　許建平〈《金瓶梅詞話》「這五回」情節與作者探原〉，《河北師範大學學報》2002 年第 2 期。

一、習慣用語的比較：
萬曆本第五十三至五十七回有別於其他各回

　　此前，國內外學者也曾嘗試過比較《金瓶梅》第五十三至五十七回與其他各回語言特徵的差異，希望能為是否「贋作」的判定提供語言學方面的證據。如韓南先生調查過第一人稱的單、複數（如「我」「俺」「咱」「我每」「俺每」等）在全書的分佈情況[5]；朱德熙先生則考察了漢語方言中「可 VP」與「VP 不 VP」兩種不同的反復問句在全書的使用情況[6]。但從《金瓶梅》的文本實際來看，他們用作比較「標尺」的語言要素都是具有相容性的，充其量只反映了它們在第五十三至五十七回與其他各回出現的頻率、數量不同，其結論並沒有必然性，自然難以令人信服。

　　其實，最能體現一部作品（文本）語言特徵的當屬作者獨具特色的習慣用語。這些習慣用語，如同口語中的「口頭禪」，往往會在同一作者的作品中多次出現，形式一律，輕易不會改變，因而成為該作者主體語言特徵的標識，可以為斷決中國文學史上某些文學作品（尤其是通俗文學作品）的著作權爭議提供具有否證意義的重要依據。一般說來，如果兩部作品的某些習慣用語相同，只能說明這兩位作者恰好有同樣的用語習慣，並不能得出作者為同一人的結論；但是，如兩部作品所使用的相當數量的習慣用語不同，則基本上可肯定它們的作者是不同的。

　　將《金瓶梅》萬曆本、崇禎本的第五十三至五十七回（崇禎本主要指第五十三、五十四回兩回）與其他各回（不含第九十二至一百回，筆者認為這九回係他人續作[7]）進行比較，我們可以發現：在語詞運用方面，崇禎本第五十三、五十四回這兩回與其他各回沒有明顯區別，找不到一例與其他各回的習慣用語不相契合的語例；而萬曆本這五回的情況則大不相同，在完全相同的語境下，其所運用的語詞與其他各回的習慣用語有著諸多細微但確定的不同。主要有以下各例（按出現先後為序）：

1.可又來／卻又來

　　「可又來」，係元明常語，是對別人的說法表示強烈認同的感歎語，猶今語「可不是！」此語在元雜劇及《醒世姻緣傳》《兒女英雄傳》等明清小說中多見。《金瓶梅》第十四、十九、五十、五十八、五十九、六十一、八十五、八十八回亦見此語（第十四回，「可」

5　同註 1，頁 127-129。

6　朱德熙〈漢語方言裏的兩種反復問句〉，《中國語文》1985 年第 1 期。

7　楊國玉〈從習慣用語的變化看《金瓶梅》的文本結構〉，《金瓶梅文化研究》（第五輯），北京：群言出版社 2007 年，亦可參見本書。

形訛作「句」），此處僅舉一例：

　　　　第五十回：月娘道：「可又來！我說沒個人兒，自家怎麼吃！」

　　而在萬曆本的第五十三回，這一習語卻發生了變化：

　　　　第五十三回：西門慶道：「却又來，我早認你有些不快我哩！」

　　「却又來」與「可又來」一字之差，其意全同，但卻約略反映出使用者的語音差異。

　　在此，可以提供此語在《紅樓夢》中的使用情況作為參照：第十七、五十六回兩處作「却又來」，而第八十六、一一一、一一三、一一六回四處均作「可又來」。眾所周知，《紅樓夢》前八十回的作者是曹雪芹，後四十回的續作者是高鶚。曹、高二人用語習慣的不同可略見一斑。

2.唾沫／涎唾

　　「唾沫」屬普通語詞，《金瓶梅》第二十八、五十、五十一回三回共見四處（不計「甜唾」「唾津」等較文雅的說法），舉一例：

　　　　第五十一回：那玳安得手，吐了他一口唾沫纔罷了。

　　但萬曆本第五十三、五十四回兩回四處用的都是另一同義詞「涎唾」：

　　　　第五十三回：這赤巴巴沒廉恥的，呶嘍嘍的，臭涎唾也不知倒了幾斛出來了！

　　　　同回：看他口邊涎唾捲進捲出，一個頭得上得下好似磕頭蟲一般，笑得那些婦人做了一堆。

　　　　第五十四回：白來創面色都紅了，太陽裡都是青筋綻起了，滿面涎唾的嚷道……

　　　　同回：割開時，只見一肚子涎唾。

　　順便指出，末例為應伯爵所講笑話中語。這則笑話見載於明馮夢龍輯《笑府》卷十二，題〈喫素〉，此句作：「既剖，但見一肚皮涎唾。」用語相同。

3.哥兒、哥子／官官

　　在《金瓶梅》其他各回，對男孩兒的愛稱，多用「哥兒」，其例甚多，舉一例示證：

　　　　第三十回：蔡老娘道：「對當家的老爹說，討喜錢，分娩了一位哥兒。」

　　書中多稱李瓶兒、吳月娘所生二子為「官哥兒」「孝哥兒」，亦含此意。也間作「哥子」，僅三例，均出自李桂姐之口，如：

　　　　第五十二回：桂姐道：「六娘，不妨事，我心里要抱抱哥子。」

　　而在萬曆本第五十四回，對官哥的稱呼，卻明顯換了一個說法：

　　　　第五十四回：迎春道：「自從養了官官，還不見十分來。」

　　有些校點本以後一「官」字為誤字，而改作「哥」，非是。從情理上講，在等級森嚴的封建時代，一個丫鬟是不大可能直呼小主人之名的。這裏的「官官」其實不誤，同樣也是對男童的愛稱，只不過是南方某些地方慣用的（詳下文）。

4.鑰匙／匙鑰

「鑰匙」，亦屬常語，《金瓶梅》其他各回用例甚多，如：

第五十一回：舖子裏鑰匙并帳簿都交與賁四罷了，省的你又上宿去。

而萬曆本第五十五、五十七回卻兩處均作「匙鑰」：

第五十五回：直挨到巳牌時分，纔有個人把匙鑰一路開將出來。

第五十七回：（西門慶）就叫玳安取出拜匣，把汗巾上的小匙鑰兒開了。

需要說明，崇禎本想必已經察覺到了二者的差異，故將前例中的「匙鑰」改作「鑰匙」，而刪掉了後例中的「把汗巾上的小匙鑰兒開了」句。

5.陳姐夫／陳姊夫

「陳姐夫」，是西門慶家眾妻妾等對陳經濟的稱呼，其例亦多，如：

第五十二回：月娘猛然想起：「今日倒不請陳姐夫來坐坐？」

萬曆本第五十三回也有兩處「陳姐夫」、一處「姐夫」，但第五十五回卻作「陳姊夫」：

第五十五回：（金蓮）便寫一封書，封著，叫春梅：「逕送與陳姊夫。」

「姐夫」與「姊夫」，意義並無區別，只是有著使用地域上的差異。此處崇禎本已進行了較多刪改，無此句。

6.喃喃呐呐／喃喃洞洞、喃喃噥噥

「喃喃呐呐」，意為嘟嘟囔囔、嘀嘀咕咕。《金瓶梅》多用，見於第一、二十二、二十九、三十八、五十九、六十二、六十八、七十八、七十九、八十一、八十六、九十一回，無異寫。茲舉一例：

第二十九回：那秋菊把嘴谷都着，口裡喃喃呐呐說道：「每日爹娘還吃冰湃的酒兒，誰知今日又改了腔兒。」

但萬曆本第五十七回卻出現了兩個不同的說法：

第五十七回：（潘金蓮）正在嘮嘮叨叨、喃喃洞洞一頭罵、一頭着惱的時節，只見那玳安走將進來……

同回：不想道（惹）惱了潘金蓮，抽身竟走，喃喃噥噥，一溜烟竟自去了。

這裏的「喃喃洞洞」「喃喃噥噥」實係同語，只是有清、濁之別，但顯然與《金瓶梅》其他各回慣用的「喃喃呐呐」不同。崇禎本已按照其他各回的用語習慣，改前例作「喃喃呐呐」，後例未改。

7.兩步做一步／三步那來兩步

《金瓶梅》形容人行走急態，多用「兩步做一步」，見第三十、三十七、三十八、五十八、五十九、六十二、八十四回，計七例（「續作」第九十九回稍異，作「兩步做來一步」）。

亦舉一例：

> 第三十八回：那婆子聽見，兩步做一步走的去了。

在萬曆本的這五回中，第五十四回也有一例：「却說西門慶來家，兩步做一步走，一直走進六娘房里。」用語習慣與其他各回相同。但出現於第五十七回的一例用的卻是「三步那來兩步」（「那」，同「挪」）：

> 第五十七回：只見管家的三步那來兩步走，就如見子活佛的一般，慌忙請了長老。

此句，崇禎本已全刪。同樣的用法，可以在《喻世明言》第二十六、三十八卷及《隋史遺文》第二十四回等看到。

綜上所述，萬曆本這五回可分為互不連屬的兩部分：第五十三、五十四回兩回既有與其他各回習慣用語相同的「陳姐夫」「兩步做一步」，又有明顯不同的「却又來」「涎唾」「官官」；而第五十五至五十七回這三回中的「匙鑰」「陳姊夫」「喃喃洞洞」（喃喃噥噥）、「三步那來兩步」則全與其他各回有別。這種現象應可說明：這兩部分與其他各回有著不同的作者，均非原作。

二、「時作吳語」的現象
也出在萬曆本第五十三至五十七回

人是環境的產物。作家從事創作，不能不受到其生於斯、長於斯的特定母語環境的影響，因而在作品中總會或多或少地留下相應地域、方言的痕跡。《金瓶梅》是如此，其他明清小說等也是如此。

《金瓶梅》基本上是用北方白話寫成的，其中間有一些山東方言語詞。有論者稱書中亦有「吳語」等其他方言，筆者曾有文辯駁[8]，茲不贅述。沈德符將第五十三至五十七回指為「贗作」的理由之一，是「時作吳語」。所謂「吳語」，是指江、浙一帶的地方方言。按說，沈氏是有發言權的。這是因為，他本人就是浙江秀水人，屬「吳語」區，但生於北京，稍長返鄉家居，可以稱得上南、北語皆通的。他應該是從這五回中看到了北方人從來不說卻為江、浙一帶南方人慣用的某些語詞，故有此說。現代的研究者不論持論如何，大都相信他的這一說法。而韓南先生的觀點又有所不同：「迄今甲版（即指萬曆本，「乙版」指崇禎本——引者按）之第五十五回到五十七回，乙版之五十三到五十七回，

8　楊國玉〈《金瓶梅》行用方言探原〉，《金瓶梅研究》（第八輯），北京：中國文史出版社 2005年，亦可參見本書。

並未發現有吳語或至少是未發現有與其他各回不同到足以使這幾回與全書迥然有別的吳
語。」[9]其言外之意，只承認萬曆本第五十三、五十四回兩回中有吳語。

在《金瓶梅》兩種現存版本的第五十三至五十七回中，究竟哪些是「吳語」，沈德
符當時沒有說，而現代的研究者要麼回避不談，要麼憑感覺點認，一直未做具體論證。
誠然，如韓南先生所說，要從中尋找、確定哪些屬「吳語」，這差不多是一項「海底撈
針」的工作[10]。然而，這項工作不做，「贗作」之疑便難以最終消解。關鍵還是在於方
法問題。筆者向來以為，對於近古方言的定性研究，既不能以今推古，也不能單向舉證，
而必須要採取審慎的態度，運用科學的方法。具體來說，就是在同一歷史層面的大量相
關文獻中進行調查，只有在未見反例的前提下，方可斷定其為某種方言。據此，筆者在
元、明、清三代約 500 種各種文獻（包括小說、雜劇、傳奇等）的範圍內，對這五回中的語
詞進行了細緻核查，結果是：在萬曆本第五十三至五十七回中，確有一些僅為江、浙一
帶吳語區專有的「吳語」語詞；而在與萬曆本不同的崇禎本第五十三、五十四回，這類
帶有明顯「吳語」印記的語詞是根本找不到的。

萬曆本中典型的「吳語」語詞至少有以下各例（按出現先後為序）：

1.揠相知

第五十三回：（潘金蓮）說道：「姐姐好沒正經！自家又沒得養，別人養的兒子，又
去漉遭魂（？）的揠相知、呵卵脬。……」

揠相知，指厚著臉皮與人親近，套近乎。揠，或作「椏」，本身就是一個有明顯地
方特色的吳語用字，意為將某物硬塞給別人。《鄞縣通志·方言》：「甬稱強給人物曰
椏」；《嘉定縣續志》：「俗謂強與人者曰揠」。「揠相知」一語，在吳語區作家作品
中較為常見，略舉數例：

明王衡〔太倉（今屬江蘇）人〕《鬱輪袍》第一折：我羞殺那世間人呵，揠相知先
通些文字，揭榜前先認下主司。

明馮夢龍〔長洲（今江蘇蘇州）人〕編《謎語·鳥獸謎》第二則：細細叨叨說是非，
掠來掠去揠相知，托言說道弗忘情，明年再來熱鬧個門庭。

馮夢龍輯《笑府》卷十二〈揠相知〉：有揠相知者，途遇一人，即冒認以為通
家……

明吾丘瑞（杭州人）《運甓記》第十六齣：今日王府中大開燈宴，不知為什麼不
來請我，不免揠個相知。方纔門上被我一哄，撞了進來。

9　同註 1，頁 131。

10　同註 1，頁 112。

此外，馮夢龍《喻世明言》第一卷、凌濛初〔烏程（今浙江吳興）人〕《初刻拍案驚奇》卷三十二中均有用例，二書易見，不贅。

2.呵卵脬

第五十三回：（例同上。）

呵卵脬，比喻諂媚奉承別人，意近於北語常說的「拍馬屁」。卵脬，又作「卵泡」「卵抛」，指陰囊；呵，吳音讀如「哈」，呼氣使暖。清沈復《浮生六記》卷二：「吳俗呼陰曰卵，腫不能便，捉鴨開口哈之。」在北方方言區的某些地區，雖然也有「卵脬」的說法，如西周生（山東人）《醒世姻緣傳》第一回：「武城縣這些勢利小人……恨不得將晁大舍的卵脬扯將出來，大家扛在肩上」，但從未見「呵卵脬」的形式。該語乃吳語中慣用俗語，實例很多，茲舉數例：

馮夢龍《萬事足》第三十一折：那沒廉恥的，假哭佯啼；你呵卵脬的，不要趁風使柁。

明陸人龍（浙江錢塘人）《型世言》第三十七回：我看如今老龍陽剃眉絞臉，要做箇婦人也不能彀；再看如今，呵卵泡、捧粗腿的，那一箇不是婦人，笑得你？

明無名氏〔傳王世貞（太倉人），或曰王氏門客作〕《鳴鳳記》第四齣：我說道別人送禮，不過口內吃的、身上穿的、耳中聽的、眼前玩的，也不為十分奉承，這個東西纔是呵卵抛的樣兒。

清張南莊（上海人）《何典》第一回：近日也出了一件怪物，叫做甚麼蚰蜒哥……把人呵得卵脬大如腿，連走路都是不便當的。

「呵卵脬」，也簡作「呵脬」，並形成了一個地方性的成語「呵脬捧卵（屁）」（不同於一般慣用的「掇臀捧屁」）。「呵脬」用例亦多見，如：

馮夢龍編《掛枝兒》卷八〈燈籠〉附注：間或呼為丘蚓，其說曰：泥裏也去，水裏也去；又會唱歌，又會呵脬。

馮夢龍輯《笑府》卷八〈呵〉附：有新中者，趨附甚多。一人挨擠不上，乃以竹竿一枝通其節，于人叢中伸入呵之。未幾擠折，歎曰：「是人呵脬，偏我去呵就呵折了。」

清獨逸窩退士編《笑笑錄》卷三〈東瀛比東坡〉：有人題句於湖心亭（指杭州西湖——引者注）壁云：「東瀛本是古東坡，興復吾杭勝事多。」王比部志堅時為諸生，見之，續其後云：「何來諂子盡情呵，其奈東瀛沒脬何？」

應當說明，清丁耀亢（山東諸城人）《蚺蛇膽》傳奇第九齣有一類似用語，作「呵卵」。丁氏青年時有遊學於雲間、姑蘇的經歷，故這一說法可視為對吳語的模仿。他的其他作品《化人遊》第九齣引「蘇州歌」，《西湖扇》第六齣也有吳歌，可為旁證。

3.急波波

第五十三回：劉婆急波波的，一步高、一步低走來。

急波波，形容匆忙急遽的樣子。明清時形容急態的說法很多，最為通行的是「急煎煎」「急攘攘」（亦見於本回），間有「急巴巴」，如元《冤家債主》第一折、《醒世姻緣傳》第十五回。此例中的「急波波」，在讀音上與「急巴巴」接近，但又有不同。該語僅見吳語區作家筆下二例：

明王磐〔高郵（今屬江蘇）人〕〔北南呂·一枝花〕〈嘲轉五方〉：他道是繞走回東土，又趕到西方，立追翻羅漢，直躦上金剛。急波波似爺死娘亡，忙劫劫似救火奔喪。

清徐石麒〔浙江鄞縣（今寧波）人，流寓江蘇江都（今揚州）〕〔南商調·黃鶯兒〕〈伉儷曲〉：語喁喁暗唆，眼睜睜奈何，盡生平伎倆今番做。急波波，珊瑚落枕，有的氣兒呵。

4.呦嘍嘍

第五十三回：這赤巴巴沒廉恥的，呦嘍嘍的，臭涎唾也不知倒了幾斛出來了！

呦嘍嘍，擬態象聲詞，是指連續不斷的說話、念叨或嘟囔的樣子。該語僅見二例：

馮夢龍輯《山歌》卷二〈保佑〉：癡烏龜口裡哼嘍嘍介通陳，只捉家婆來保佑，囉道家婆嘿測測保佑自情郎。

又，同卷〈五更頭〉：姐聽情哥郎正在床上哼嘍嘍，忽然雞叫咦是五更頭。

5.涎唾

第五十三、五十四回：（例見上節。）

「涎唾」是典型的江浙一帶的說法，明顯異於北方官話所說的「唾沫」。在明清南籍作家所著通俗文學作品中常見。又作「嚵唾」「饞唾」等，音近。如：

明西湖伏雌教主《醋葫蘆》第十九回：小猴子，你又想狗咬骨頭，空嚇涎唾。

清李漁〔浙江蘭溪人〕《連城璧》午集：「你們幾百位相公動了公憤，一个人一口涎唾，就淹得人死的，怕甚麼緩兵之計？」

明呂天成〔浙江餘姚人〕《繡榻野史》上卷：「他只把嚵唾多擦些，漸漸的熱（熟？）滑，就覺得寬鬆了。」

清張南莊《何典》第一回：「酥迷糖是要饞唾去拌的，反弄得饞唾拌乾，倒是餅罷了。」

6.一脚箭

第五十三回：琴童那里叫得起來，一脚箭走來回復西門慶道：「睡在那里，再叫不起。」

一脚箭，喻指走路速度快。馮夢龍編《古今譚概》第二十九《俗語對》後附吳地俗語對聯，有：「一脚箭，兩面刀」。該語用例不多見。

　　　馮夢龍增補《新平妖傳》第十四回：老嬤嬤轉身走後，老王一脚箭跑到城中，報與家主楊巡簡知道。

　　按：《新平妖傳》一書係馮夢龍據原題「東原羅貫中編次」《三遂平妖傳》補編，此句為原本所無，顯為馮氏手筆。

7.拔短梯

第五十四回：(應伯爵)望空罵道：「賊淫婦，在二爺面上這般的拔短梯、喬作衙哩！」

拔短梯，待人登高後將梯子撤掉，喻指一切失信背約行為。這是典型的吳語說法。清顧張思《土風錄》：「事後負約謂之拔短梯」；光緒《太倉州志》卷三：「許物不償曰拔短梯。」《清稗類鈔·方言類》歸入「蘇州方言」：「拔短梯，先已許人任事，繼而失約之譬喻也。」馮夢龍編《古今譚概》第二十九〈俗語對〉後附吳地俗語對聯，有：「拔短梯，使暗箭」。所見語例很多：

　　　明無名氏《鳴鳳記》第十三齣：倘有人再來干犯我家，還要二人協謀用力，不可就拔短梯，且把酒食來啖他一啖。

　　　清李漁《連城璧》外編卷二：菩薩的話原說得不差，是我抽他的橋板，怎麼怪得他拔我的短梯？

　　　清張南莊《何典》第一回：老話頭：寧許人，莫許神。既然許出了口，也是縮弗轉的，難道好拔短梯不成？

另外，凌濛初《二刻拍案驚奇》卷二十、清五色石主人(徐述夔，江蘇東台人)《快士傳》第四卷也有用例。

8.官官

第五十四回：(例見上節。)

這是江、浙一些地方對男孩的昵稱，與《金瓶梅》其他各回慣用的「哥兒」不同。

　　　明西湖伏雌教主《醋葫蘆》第十五回：金千里道：「官官不要哭，我也畫一張與你。」

　　　清張南莊《何典》第五回：若不是這位官官要看，我已走過多時了。

　　　又，同書第七回：此位官官有這般才貌，你們娘兩個又都受過他好處。吾欲將女兒與他攀親做事，你道如何？

9.匙鑰

第五十五、五十七回：(例見上節。)

「匙鑰」，亦屬典型的吳語說法，在江、浙籍的作家作品中經常露面。如：

明西湖漁隱主人《歡喜冤家》第十二回：王氏將匙鑰都付與王喬收了，一船直至烟雨樓前。

清古吳素菴主人《錦香亭》第二回：景期走到，見他摸出個鐵匙鑰來，把門上鎖開了。

明袁于令〔江蘇吳縣人〕《西樓記》第九齣：就是大相公出去，須與我請匙鑰。

明周履靖〔浙江秀水人〕《錦箋記》第九齣：梅公子每常出去，悉把廂房匙鑰付我舅舅收執。

與現在南方人學習普通話的情況相似，在這些南籍作家的作品中，間或也用到北方官話中的「鑰匙」。這說明，說「鑰匙」者未見得都是北方人，但習慣說「匙鑰」的卻一定是南方人。

10.弄虛脾

第五十七回：（潘金蓮）就罵道：「沒廉恥、弄虛脾的臭娼根，偏你會養兒子哩？……」

弄虛脾，指玩弄虛假的花招。虛脾，猶言虛情假意，是明代前後比較流行的一個詞，南、北籍作家均多有使用。但該詞與「弄」連綴而成「弄虛脾」語，則僅見於吳語區作家筆下，其例甚多，如：

明祝允明〔長洲（今江蘇蘇州）人〕〔南南呂·三十腔〕套數：管取這機謀中，真心怎肯將伊哄，虛脾休向咱行弄。

明姜寶〔丹陽（今屬江蘇）人〕〔北雙調·新水令〕套數：俺和你都弄虛脾，知道是假和真、張共李？

明陳汝元〔會稽（今浙江紹興）人〕《金蓮記》第七齣：負空名舌底辭僥，弄虛脾腰頭骨傲。

明屠隆（浙江鄞縣人）《曇花記》第五齣：戲棚兒收拾早，弄虛脾猢猻圈套。

明西子湖伏雌教主編《醋葫蘆》第十回回目：伏新禮優觴禍釀，弄虛脾繼立事諧。

此外，馮夢龍改本《量江記》第七折、明梅鼎祚〔南京宣城（今屬安徽）人〕《玉合記》第三十七齣及明許自昌（蘇州人）《水滸記》第二十三、二十五齣等均見此語。

在《金瓶梅》萬曆本第五十三至五十七回裏，有不少其他各回從未用過的語詞，除以上10例典型的「吳語」（其中「涎唾」「官官」「匙鑰」3例與其他各回的習慣用語明顯不同）外，還有一些帶有吳語色彩的語詞，如第五十三回「臉子」「狗子」「腰子」「攢眉」；第五十四回「阿哥」「阿弟」「阿叔」「悶不轉」；第五十五、五十七回「小的子」；第五十六回「帶」（埭）；第五十七回「弟郎」「見子活佛」「拖子和尚」「貓兒見了魚鮮飯」等。從其分佈密度看，又以第五十三、五十四回更為集中，且與第五十五至五

十七回不相貫串。這說明，沈德符所說的「時作吳語」絕非指崇禎本，而是指萬曆本，其第五十三、五十四回這兩回與第五十五至五十七回三回雖同出操「吳語」的南籍文士之手，作者卻並非同一人。

三、對現存《金瓶梅》萬曆本的版次及第五十三、五十四回原作的延伸推證

　　《金瓶梅》萬曆本的第五十三至五十七回既與其他各回的習慣用語不同，又確實「時作吳語」，足證這五回確如沈德符所說，是「陋儒補以入刻」的「贗作」。這一問題的解決，還有助於對《金瓶梅》研究中兩個重要問題的探索。

(一)現存《金瓶梅》萬曆本應是初刻本

　　現存於世的《金瓶梅》萬曆本只有三部半：「三部」是指：原北京圖書館藏本（現存於臺灣故宮博物院）、日本日光山輪王寺慈眼堂藏本、日本德山毛利就舉氏棲息堂藏本；「半部」是指日本京都大學藏本，殘存二十三回，完整者只有七回。各書行款相同，正文均半葉十一行，行二十四字；只有棲息堂本第五回末葉（武大死後潘金蓮假哭等情節）異版，應為原版損毀後據《水滸傳》補刻，刷印稍晚。因此，這三部半刻本實可看作同版，只是印次不同而已。然而，對其版次問題，學界一直沒有達成共識，有所謂「初刻」「二刻」甚至「三刻」諸說。

　　早年，魯迅先生曾推斷：「萬曆庚戌（1610），吳中始有刻本，計一百回，其五十三至五十七回原闕，刻時所補也。」[11]。其實，這一說法源於對沈德符記述的誤解，先於萬曆本的所謂「庚戌初刻本」是根本不存在的。對此，海內外學者已從不同途徑做了糾正[12]。

　　筆者認為，現存萬曆本即是《金瓶梅》的初刻本，也是這一系統的唯一一個（版）刊本。主要理由如次：

　　首先，迄今為止，我們在明代文獻中沒有找到萬曆本曾經二次刊刻的任何記載，也從未發現與現存萬曆本行款不同的另外一個刊本。

11　魯迅《中國小說史略》，《魯迅全集》（第九卷），北京：人民文學出版社 1981 年，頁 179。

12　參見魏子雲〈論明代的《金瓶梅》史料〉，原載《中外文學》1977 年第 6 期，收入《金瓶梅探原》，臺北：巨流圖書公司 1979 年，頁 129；〔美〕馬泰來〈諸城丘家與《金瓶梅》〉，《中華文史論叢》1984 年第 3 期；周鈞韜〈關於《金瓶梅》初刻本的考證〉，《社會科學評論》1985 年第 7 期。

其次，現存萬曆本在第四十八回第十二葉反面及第八十六回第三葉正反兩面、第七葉反面計有墨釘（■）4 處。古代书籍雕版印刷，書手（或稱「寫匠」）據底本轉寫上版，遇有難以辨識之字，有時會存疑留空，其後刻工亦失刻，至刷印時，遂在紙面上留下一墨黑方塊，謂之「墨釘」。似現存萬曆本這般墨釘燦然，版本學家以為正是「極初印」（黃裳先生語）本的重要表徵之一。

再次，現存萬曆本中訛誤衍奪甚多，幾至不堪卒讀的程度，也正是初刻本所具有的粗糙、樸拙的原始風貌。這些錯誤或缺漏，多由書手粗心、誤識造成，實際上反映了這個刻本與所據底本（抄本）的直接關係，二者之間沒有其他中間環節。假如現存萬曆本是據此前更早的一個初刻本翻刻的話，那些淺近白話中大量眼明人一看便知的形訛之字，如「子」與「了」、「見」與「兒」互誤等，早就應該改正過來，而不是現在這樣誤字俯拾即是的面目了（筆者另文論及，此處不作展開）。

最後，據上文所證，現存萬曆本第五十三至五十七回確係「贗作」，這與沈德符對萬曆初刻本的記述是相吻合的。這就為現存萬曆本即初刻本增添了新證。

(二)崇禎本第五十三、五十四回保留了萬曆本原作

關於萬曆本與崇禎本的關係，學界一般認為，崇禎本乃由萬曆本刪削改作而來，二者係父子關係。這是基本符合事實的。在崇禎本上，仍帶有許多從萬曆本遺傳而來的「胎記」，如卷七題「新刻金瓶梅詞話卷之七」、卷九題「新刻繡像批點金瓶梅詞話卷之九」，其承傳關係一目了然。而且，從崇禎本對萬曆本中大量訛誤衍奪的處理來看，其失改、誤改之處比比皆是。此處僅舉一例：萬曆本第七十七回有詩證：「聞道揚州一楚雲，偶憑出鳥語來真。」「出」字誤。崇禎本改作「青」，亦誤。現已查明，此詩出自明盧民表（號梅湖）所撰中篇傳奇小說《懷春雅集》，原題《特地尋春》，原字作「幽」。這表明，當時崇禎本所據底本其實正是後人今天看到的這個萬曆刻本，而並無別的全刻本或全抄本可供參據。但是，在第五十三、五十四回這兩回，卻顯然是個例外。

萬曆本第五十三、五十四回既為「贗作」，而崇禎本又與此全然不同，顯然別有出處。這種情況的形成，無非有兩種可能：一是崇禎本不滿於萬曆本的「膚淺鄙俚」等弊而另起爐灶，重新予以改寫；一是另有所本。這裏的第一種可能性極小，因為如果要重寫，為什麼僅選擇了這兩回，而沒有重寫同樣有問題的第五十五至五十七回？況且，崇禎本的這位刪改者本人亦係南籍（眉批、夾批中有諸多痕跡可尋），如要重寫，將成新的「贗作」，難保不會露出「時作吳語」的馬腳。所以，崇禎本抽換萬曆本第五十三、五十四回的最大可能在於後者，即另有所本。而這個「本」，筆者以為，極可能正是沈德符所說萬曆本刊刻時既已「遍覓不得」的兩回原作。

　　如前所述，在崇禎本的這兩回文字中，不僅找不到與其他各回迥然有別的用語，而且也沒有一例「吳語」語詞，與其他各回的語言特徵保持著高度的一致性。更重要的是，在崇禎本的眉批中留下了其源出「元本」的線索。

　　《金瓶梅》第三十回，寫李瓶兒臨產，吳月娘在旁幫扶。接生婆蔡老娘來到（以下引文據崇禎本）：

> 蔡老娘向床前摸了摸李瓶兒身上，說道：「是時候了。」問：「大娘預備下繃接、草紙不曾？」月娘道：「有。」便教小玉：「往我房中快取去！」

崇禎本此處有眉批云：

> 月娘好心，直根燒香一脉來。後五十三回為俗筆改壞，可笑可恨。不得此元本，幾失本來面目。

第一句話「月娘好心，直根燒香一脉來」，是說吳月娘此時的表現與其燒香祈願一脉相承。事見第二十一回：

> 原來吳月娘自從西門慶與他反目以來，每月吃齋三次，逢七拜斗焚香，保佑夫主早早回心，西門慶還不知。只見小玉放畢香桌兒。少頃，月娘整衣出來，向天井內滿爐炷香，望空深深禮拜，祝道：「妾身吳氏，作配西門，奈因夫主留戀烟花，中年無子。妾等妻妾六人俱無所出，缺少墳前拜掃之人。妾夙夜憂心，恐無所托，是以發心，每夜于星月之下祝贊三光，要祈佑兒夫早早回心，棄却繁華，齊心家事。不拘妾等六人之中，早見嗣息，以為終身之計，乃妾之素願也。」

　　這兩處情節，描寫了吳月娘作為封建時代的正妻所具有的不妒、無私品格，其祈求子息並非為一己之私，而是出於西門氏後繼有人、承續香火的「公心」。故至李瓶兒臨產，月娘能熱情相助，將「預備下他早晚臨月用的物件兒」慷慨奉獻出來。

　　第二句「後五十三回為俗筆改壞，可笑可恨」，指的當然不是崇禎本自身，而是萬曆本。萬曆本第五十三回，寫吳月娘因關心病中的官哥兒，無意間聽到了潘金蓮對孟玉樓在背後說風涼話，於是自埋自怨，短歎長吁，繼而服藥求子：

> 月娘纔起來，悶悶的坐在房裡，說道：「我沒有兒子，受人這樣懊惱。我求天拜地，也要求一個來，羞那些賊淫婦的秘臉！」……走到步廊下，對天長歎道：「若吳氏明日壬子日服了薛姑子藥，便得種子，承繼西門香火，不使我做無祀的鬼，感謝皇天不盡了！」

　　這番描寫，確實與此前吳月娘的性格大相牴牾，難怪崇禎本的這位評改者儘管已徹底拿掉了這一回，仍不免心存耿耿，憤憤不平，謂其「可笑可恨」。至於「俗筆」，只是這位評改者對「贗作」的另一種說法而已。

　　最值得玩味的是第三句：「不得此元本，幾失本來面目。」「元本」何謂？「元本」可作故事情節、文本兩個方面的理解。首先，故事情節之義完全可以排除。這是因為，假如其意在於說明故事情節的「元本」，那麼，這則眉批就不應出現在第三十一回，而應放在第二十一回吳月娘燒夜香處才是。由此可以肯定，這一「元本」實指文本。最早注意到這個「元本」的是黃霖先生，認為：「『元本』當為另一種據以參校的全抄本。」[13]但這一說法的根據不足。上文已曾談及，崇禎本對萬曆本誤字的大量失改、誤改說明，崇禎本的「母本」實即現存萬曆刻本，並沒有其他「全」刻本或「全」抄本參據。筆者認為，崇禎本眉批所稱的「元本」，應是不同於萬曆本第五十三、五十四回的這兩回的另一種抄本，也就是書賈「遍覓不得」的這兩回的原作。正因為有「元本」在手，崇禎本的評改者纔會決然拋棄了萬曆本的這兩回「贗作」，而以其取而代之；也纔會為這兩回「元本」的失而復得而由衷地慶幸，所謂「不得此元本，幾失本來面目」。

　　當然，崇禎本第五十三、五十四回這兩回已並不完全是原作面貌，可以想見，崇禎本的評改者也像對其他各回一樣，對此進行了一番加工改作，比如，將原回首詩換成詞、刪略曲文等，但其大概尚存，這已令後人足感欣慰。至於這兩回原作的來源及去處，恐怕已難以追索了。

13　黃霖〈關於《金瓶梅》崇禎本的若干問題〉，《金瓶梅研究》（第一輯），南京：江蘇古籍出版社
　　1990 年。

明代帝諱與
《新刻金瓶梅詞話》刊本的諱字問題
——從帝諱角度對現存「萬曆本」
刊刻版次及年代的梯次考證

　　帝名避諱，是中國封建社會特有的社會文化現象。在那個時代，凡書文中涉及到皇帝御名之處，往往不得直書，須要採取代字、缺筆等別寫形式以示敬畏，是謂避諱。這些諱字的存在，固然給人們的書寫、閱讀帶來了某些不便，而另一方面，也為後人考辨其載體書文的真偽及時代提供了某種較為可靠的依據。但是，在《金瓶梅》研究中，當人們試圖按明代避諱之法來對其現存刊本的刊刻年代予以判別時，卻遭遇到了極大的困難。

一、問題的由來

　　在《金瓶梅》版本源流中，《新刻金瓶梅詞話》（以下簡稱《金瓶梅》）是為學界公認的最接近原本面目的版本。現存於世的明刊本只有三部半：一為原北京圖書館藏本，現存於臺灣故宮博物院；一為日本日光山輪王寺慈眼堂藏本；一為日本德山毛利就舉氏棲息堂藏本，第五回末葉異版，文字與《水滸傳》大同；半部是指日本京都大學藏本，殘存二十三回，只有七回完整。各書行款相同，正文均半葉十一行，行二十四字。一般認為，這三部半刊本源出同版，只是印次不同，棲息堂本應為在第五回原版損壞或缺失後而據《水滸傳》補刻的後印本。《金瓶梅》卷前有一篇署名「東吳弄珠客」寫於「萬曆丁巳（四十五年，1617）季冬（十二月）」的序文，故學界習稱「萬曆本」。對於現存刊本的刊刻版次、刊刻年代等問題，學界一直存在著諸多爭議，而《金瓶梅》中的諱字問題也因此成了其中一個不大不小的焦點問題。

　　魯歌、馬征二位先生認為，現存刊本刻成於天啟初年（1621），其主要證據是：「這

一刻本先出現了幾次刁徒潑皮『花子由』的名字；從第六十二回開始，一連十三次將『花子由』改刻為『花子油』，應是為了避天啟皇帝『由校』名諱。這便說明了付刻時朱由校尚未登基，刻到六十二回時朱由校已即位。」[1]對此，葉桂桐先生提出了質疑，認為：這種觀點「似不能成立，因為就我所見到過的避諱情況而言，這種避諱法尚未曾知見過。我以為『油』與『由』音同，刻書人不過因音同而將『由』刻作『油』，未必一定就是避天啟皇帝朱由校的名諱」；「如果刻印者將『由』刻為『油』是為了避朱由校的名諱，那麼所有的『由』字都應該避諱的，但它並不如此，如第九十六回中的『那人道：「陳經濟，可不由着你就擠了。」』『由』字仍作『由』。」[2]其後，葉先生續有補充：「我以為這種避諱方式比較少見。況且，如果刻印者已經是有意要避諱的話，那麼他應該像崇禎本那樣，連同『校』字一起避諱，但他卻並沒有那樣做。因此，這並不能證明該刻本刻於天啟年間。」[3]而黃霖先生則認同「油」字係諱字之說，且又有所引申：「這一事實，的確有力而生動地說明了《金瓶梅詞話》刊刻的過程：假如這一百回的大書從萬曆四十五年（1617）由東吳弄珠客作序而開雕的話，刻到第五十七回時泰昌帝朱常洛還未登基，所以正文中『強姦了常娥』之『常』字還沒有避諱，而刻到第六十二回時，天啟帝朱由校已經接位，故在以後的各回中均避『由』字諱，而第九十五、九十七回中的『吳巡檢』尚未避崇禎帝朱由檢的諱，故可確證這部《金瓶梅詞話》刊印於天啟年間。」[4]

其後，魯歌先生顯然又在原有觀點的基礎上做了進一步延伸，認為：「欣欣子序中『聖賢』的『賢』字繁體應作『賢』，卻改刻為『贇』；『元微之』改刻為『元徵之』，是為了避權宦魏忠賢及其親黨魏廣微名諱。魏忠賢於天啟二年用事專權，魏廣微於天啟五年罷官」；並據以推斷，「今存《金瓶梅詞話》刻成於天啟二年至四年之間」[5]。迄今為止，尚未見到對這一說法的附議或反駁。

此外，引起人們注意的還有第三十九回第二葉上的一個「鈞」字：玉皇廟吳道官使徒弟應春送年禮，西門慶留坐。應春問道：「老爹有甚鈞語分付？」此處「鈞」字，本應作「鈞」。「鈞語」，是古代官場中下級對上司差命的敬稱。學界有人提及，這個「鈞」字，可能是避明神宗朱翊鈞的名諱（未見成文）。陳詔先生則持否定態度，認為：「考慮到第三十四回也有『鈞語』，第九十五回則有『鈞批』，均未避，所以這個『鈞』字可

1　魯歌、馬征〈中日所藏《金瓶梅詞話》應是同一刻本〉，《明清小說研究》1988 年第 3 期。
2　葉桂桐〈《金瓶梅》卷帙與版本之謎〉，《金瓶梅研究》（第六輯），北京：知識出版社 1999 年。
3　葉桂桐〈《金瓶梅》作者考證的重要線索與途徑〉，《聊城師範學院學報》2001 年第 1 期。
4　黃霖《金瓶梅講演錄》，桂林：廣西師範大學出版社 2008 年，頁 29。
5　魯歌〈關於《金瓶梅》作者的十種說法〉，《貴州師範大學學報》1993 年第 2 期。

能筆誤或誤刻，不能視作有意識的缺末筆。」[6]人們更多地把此字看作一個普通誤字，作
為說明萬曆本與崇禎本係「父子關係」的證據：「詞話本誤刻之字，崇禎本亦往往相沿
而誤，如詞話本第三十九回：『老爹有甚鈞語分付』，『鈞』為『鈞』之誤刻，北大藏
崇禎本、日本內閣文庫藏崇禎本亦相沿。」[7]

　　臺灣魏子雲先生否認《金瓶梅》中有任何諱字存在，認為：現存《金瓶梅》刊本的
刊刻「最早不能早於萬曆四十五年（1617），最遲不能遲於天啟三年。因為它沒有避諱字。」
又進一步解釋道：「按明朝刻書之有避諱字，政令頒於天啟元年。一般刻本之避天啟帝
由校諱，多在天啟三年以後。《金瓶梅詞話》無避諱字。既未避天啟，也未避萬曆，更
未避泰昌。」[8]而葉桂桐先生同樣基於「《新刻金瓶梅詞話》無任何避諱」的認識，卻得
出了不同結論，懷疑這一刻本係清初人偽刻，「當刻於清順治年間或康熙初年」[9]。

　　如此，《金瓶梅》刊本中是否有諱字的問題，一直沒有得到最終解決，而被不尷不
尬地掛了起來。一個判別現存《金瓶梅》刊本的刊刻版次、年代的可能的突破口，也因
此被徹底封鎖住了。由於事關《金瓶梅》研究的重大問題，倒使我們不得不予以格外關
注了。

　　應當說，在這一問題上，之所以會出現眾說不一而難有定論的現象，並非偶然，而
與明代帝諱的特殊情況以及後人對此缺乏足夠瞭解有關。要搞清這一問題，我們有必要
首先要比較細緻地梳理一番──

二、明代帝諱制度的有關史料

　　明朝立國之初，帝名之諱原甚為寬疏。大致而言，造成這種現象的原因主要有二：
其一，元代以來「無諱」生活所形成的慣性。蒙元入據中原，對漢族及漢族文化採取歧
視政策。元帝之名，除武宗海山外，多為蒙古語譯音，而不像遼、金諸帝那樣兼有漢名，
故終元一代近百年（1271-1368），近於無諱可避。明承元後，習慣已成自然，人們對百年
前宋、金時期繁雜細密的避諱舊習似乎變得陌生而逐漸淡忘了。其二，與明初統治者的

6　陳詔〈《金瓶梅》中的避諱〉，《金瓶梅六十題》，上海：上海書店出版社 1993 年，頁 78。

7　滋陽〈中華全國第五次《金瓶梅》學術討論會紀要〉，《吉林大學學報》1991 年第 6 期；載吳敢
　　《20 世紀金瓶梅研究史長編》，上海：文匯出版社 2003 年，頁 132。

8　魏子雲〈《金瓶梅》這五回〉，《金瓶梅研究》（第一輯），南京：江蘇古籍出版社 1990 年，頁
　　125、140。

9　葉桂桐〈中國文學史上的大騙局、大鬧劇、大悲劇──《金瓶梅》版本作者研究質疑〉，《煙台師
　　範學院學報》2002 年第 1 期。

文化素養和社會背景有關。開國之君太祖朱元璋起於草莽，一向重武輕文，除了對某些特殊字眼〔比如疑似影射其出身的「賊」「僧」「光」等以及「元」（元朝之「元」，而非其名字）〕有著某種病態的敏感以外，並未著意於典章文化層面的避諱制度的建構。所以，在此後相當長的時間裏，遠遠談不上有系統、有計劃的避諱。

當然，基於維護封建皇權神聖性的需要，在書文中涉及到皇帝御名時，仍不可避免地存在著一些相應的禁忌。明萬曆趙用賢等纂《大明會典》中保存了幾則有關史料，該書卷七十七〈貢舉門·科舉〉「科舉通例」：

> （洪武）十七年，令文字迴避御名、廟諱，及不許自敍辛苦門地。謄錄官檢點得出，送提調監試官閱過不錄。
>
> 成化十三年，令舉人文字，凡遇御名、廟諱下一字，俱要減寫點畫。
>
> 弘治七年，令作文……，御名、廟諱及親王名諱，仍依舊制，二字不偏諱，不必缺其點畫。[10]

又，同書卷一百六十二〈律例三·公式〉「上書奏事犯諱」：

> 凡上書，若奏事，誤犯御名及廟諱者，杖八十；餘文書誤犯者，笞四十；若為名字觸犯者，杖一百。其所犯御名及廟諱聲音相似、字樣分別，及有二字止犯一字者，皆不坐罪。[11]

這些資料主要反映了兩點：第一，帝諱的實施範圍只局限於科舉、上書這兩個書文可能會進呈御前、被皇帝親自看到的方面，並沒有推廣或普及到社會生活的更多層面（比如書籍刊刻）。第二，在明朝開國百餘年間，僅有避諱之要求，而無避諱之規則，直至成化時始有以「減寫點畫」避帝名下一字的規定，但也只持續了十多年，很快就被更寬鬆的所謂「唐人之式」取而代之，即嫌名不避，二名不偏諱。而明朝諸帝除成祖朱棣外，都是二字名，所以由連書二字而觸犯帝諱的可能性並不大。

其間，也偶有個別地名、人名等因與帝名相同或相似而改稱的例子，但屬個案，並不具有普遍意義。如：

清錢大昕《十駕齋養新錄》卷一一「避諱改郡縣名」條：「明成祖名棣，改滄州之

10　趙用賢等《大明會典》卷七十七，《續修四庫全書》第 790 冊，上海：上海古籍出版社 2002 年，頁 399-400。

11　趙用賢等《大明會典》卷一百六十二，《續修四庫全書》第 791 冊，頁 719。

無棣曰慶雲，樂安州之無棣曰海豐。」[12]對於靠竊奪親侄建文帝朱允炆皇位而登基的成祖朱棣來說，「無棣」之改名，恐怕不是因為其中有個與其名相犯的「棣」字，而是那個與「棣」連在一起的「無」字所傳達出的某種不吉利的意味。

明成（化）、弘（治）間陸容《菽園雜記》卷四：「今士大夫以禁網疏闊，全不避忌。如文皇御諱，詩文中多犯之。楊東里作『棠杖』，似為得體。」[13]《詩經‧小雅》有〈常棣〉篇（《漢書‧杜鄴傳》引作「棠棣」），諱「棣」作「杖」，也只是楊士奇（「東里」為其號）這位歷事數君的朝廷重臣的個人行為。

《明史‧張璁傳》：「（嘉靖）十年二月，璁以名嫌御諱請更。乃賜名孚敬，字茂恭，御書四大字賜焉。」[14]張璁因極力逢迎由藩邸入繼大統的明世宗朱厚熜為其生父興獻王爭名位的「大禮議」而受到賞識、重用，得任首輔。張璁之名與世宗御名音同形近，然而，在朝十年，並沒有人覺得這有什麼不妥，直到他本人主動請更纔改名張孚敬。此種嫌名避諱，「不像是普通避諱表現了尊卑的區別，而更像是為了避免相同而採用的一種回避方式」[15]。

在萬曆以前，帝諱確實稱得上非常寬鬆。由於臨文改字的諸多不便得以豁免，更因為很少有為犯諱而招災惹禍之虞，時人由衷地認為這是「超越前代」的惠政之一。嘉靖時人董穀《碧里雜存》卷上「本朝超越前代」條：

> 古者名不偏諱，臨文不諱，惟致謹於君上之前耳。後世忌避太甚，極為可惡。名晉肅而不舉進士，姓石昂而改呼右昂。片言隻字，無心獲罪者，不可勝舉。我朝惟進御合避外，一切皆略之，士風稍古，五也。[16]

明神宗朱翊鈞在位四十八年（1573-1620），是明代諸帝中享國最久的一位。這一時期，在帝諱方面基本上仍一如既往的寬鬆，以致於一些思想正統的人屢屢有因避諱不興、尊卑不明的隱憂。萬曆末年，沈德符（1578-1642）著《野獲編》，其《補遺》卷二「命名禁字」條：

> 惟避諱一事，古今最重而本朝最輕，如太祖舊名單一字，及後御諱下一字，當時即不避；宣宗、英宗廟諱下一字，與憲宗潛邸舊名，及再立東宮所改新名下一字，

12　錢大昕《十駕齋養新錄》卷一一，《續修四庫全書》第 1151 冊，頁 236。
13　陸容《菽園雜記》卷四，北京：中華書局 1985 年，頁 49。
14　張廷玉等《明史》卷一百九十六，北京：中華書局 1974 年，頁 5178。
15　王新華《避諱研究》，濟南：齊魯書社 2007 年，頁 301。
16　董穀《碧里雜存》卷上，《四庫全書存目叢書》子部第 240 冊，濟南：齊魯書社 1995 年，頁 145。

則士民至今用之，無一避者，斯為異矣。[17]

又，同書《補遺》卷三「門宮不避諱」條：

> 今禁城北門名厚載，即玄武門也，相傳已久，但二字俱犯世宗、穆宗廟諱上一字，上下通稱不避。又如今上皇貴妃鄭氏所居宮，名曰翊坤宮，上一字即今上御名，何以銀榜高懸，而內外所稱、章疏所列俱公然直呼，恬不為怪，亦無一人議及之者。此等事，俱不可解。[18]

當然，這並不意味著對當今皇帝御名就完全用不著避諱。《明史·地理志三》：「禹州（元曰鈞州）……萬曆三年四月避諱改曰禹州。」[19]這還是因避諱帝名而單純改地名的一例。而且，值得注意的是，避諱已開始延展到了「翊」字。清周廣業《經史避名匯考》卷二三引金嘉會〈西湖關廟廣紀〉：「豫章豐城尹陸大典，見乙卯北畿解頭名與帝類，怪之。或告曰：房官閱卷時，聞帝空中呼曰：還我解元。房官亟冠帶竦立讀卷，另署第一。比拆卷，則秦翊明也。而『翊』字犯神廟諱，考官為抹去其『立』，遂與關帝諱同。」[20]本來，明帝除成祖朱棣外，均取二字名，上字明輩分，下字才是真正的自名。此前即便有避諱帝名之例，也基本上限於下一字；此時連同上一字並諱，應可說明原來那種繁雜的帝諱意識已經在悄然復甦。

明代真正的帝諱制度的建立是從熹宗朱由校開始的。《明史·禮志五》「廟諱」條：

> 天啟元年正月，從禮部奏，凡從「點水」加「各」字者，俱改為「雒」；從「木」加「交」字者，俱改為「較」；惟督學稱「較」字未宜，應改為學政。各王府及文武職官有犯廟諱、御名者，悉改之。[21]

這是見諸史料的第一個以國家法令的形式頒行全國的避諱通則。此處「『點水』加『各』字」（洛）改「雒」，乃避此前那位一月而崩的短命皇帝光宗朱常洛的名諱；而改「『木』加『交』字」（校）作「較」，則是避新登基的「當今聖上」朱由校的名諱。至於帝名的上一字，並沒有要求也一併避諱。

迨至明思宗朱由檢繼位後，對避諱之法又做了進一步申飭。清顧炎武《日知錄》卷

17　沈德符《野獲編》之《補遺》卷二，《續修四庫全書》第1174冊，頁747。

18　沈德符《野獲編》之《補遺》卷三，《續修四庫全書》第1174冊，頁781。

19　張廷玉等《明史》卷四十二，頁981。

20　周廣業《經史避名匯考》卷二三，《續修四庫全書》第827冊，頁724。

21　張廷玉等《明史》卷五十一，頁1328。

二三「已祧不諱」條載：

> 本朝崇禎三年，禮部奉旨，頒行天下，避太祖、成祖廟諱及孝、武、世、穆、神、
> 光、熹七宗廟諱，正依唐人之式。惟今上御名亦須回避，蓋唐、宋亦皆如此。然
> 止避下一字；而上一字天子與親王所同，則不諱。[22]

按照「天子七廟」的禮制，此時對需加避諱的以往諸帝範圍做了明確規定，具體說
來：太祖朱元璋之「璋」、成祖朱棣之「棣」、孝宗朱祐樘之「樘」、武宗朱厚照之「照」、
世宗朱厚熜之「熜」、穆宗朱載垕之「垕」、神宗朱翊鈞之「鈞」、光宗朱常洛之「洛」、
熹宗朱由校之「校」，再加上「今上」朱由檢之「檢」。這些帝諱大多不是常用字，似
乎對百姓的影響並不大。

然而，明末的帝諱之風已呈擴大化、多樣化的態勢，實際的避諱無論在範圍上還是
在形式上都遠遠超出了避諱之式的要求。尤其在明末三帝光、熹、思宗，就更是如此：
「洛」通作「雒」；「校」通作「較」，間作「挍」；「檢」通作「簡」，間作「撿」；
而且又延及法令並不要求避諱的御名上一字，即：「常」作「嘗」，間作「恒」；「由」
作「繇」，間作「甴」。甚至，在某個特定範圍，尚有避嫌名者。明劉若愚《酌中志》
卷二十二：

> 先帝御名，凡宮中所用油，皆更之曰「芝麻水」，「油漆作」改曰「漆作」。[23]

對此，崇禎末年，楊士聰感慨道：

> 庶常，「常」字，章奏中有改為「恒」字者，頗因諱「由」之謬。天啟年間，魏
> 璫用事，因知縣給由借題以處江西巡撫，遂一切改之。迨後，又改舉人朱由櫻為
> 田櫻，此益府宗室也。宗室可改，是為蔑賜名矣。且宗室以「由」名者何止數百，
> 果盡改之，則高皇二十字何以設為？改「由」字已謬，而無識者併及「常」字，
> 果爾，則「高」「瞻」「祁」「見」「祐」「厚」「載」「翊」何字不當諱？至
> 高皇帝之「元」字尤當諱也，何橤不聞諱，而獨諱「常」「由」二字乎？戊寅（玉
> 按：指崇禎十一年），經筵講「由也可使從政」一節，講官讀「由」為「答繇」之
> 「繇」，上諭以不必，因傳諭閣中：見在九廟，單諱下一字；其祧廟惟二字相連乃
> 諱。則「熾」「基」等字亦不諱也。此諭未經通頒，乃謬諱如故矣。我朝諱字原

22　顧炎武著，黃汝成集釋《日知錄集釋》，上海：上海古籍出版社 2006 年，頁 1314。
23　劉若愚《酌中志》卷二十二，《續修四庫全書》第 437 冊，頁 568。

甚疏闊。英廟諱「鎮」，而邊鎮之「鎮」三百年來未嘗諱也；即武廟之「照」字，書本從「火」，未嘗諱四點者，故自世廟至熹廟百餘年「照」字如故。而今乃追諱為「炤」，甚無謂也。[24]

此處楊士聰所記亦有不實處，如以「炤」諱「照」其實最晚在萬曆年間已有，這反映了認識上的滯後性。

總之，明代帝諱之大概，誠如陳垣先生所說：「萬曆而後，避諱之法稍密」，「明諱之嚴，實起於天啟崇禎之世」[25]。

但是，明代避諱的實際狀況，遠比史料明確記載的要複雜得多、豐富得多。要全面掌握有關帝諱的具體情況，就需要我們在儘量大的範圍內去調查——

三、明代刻本、抄本中的帝諱實例

關於明代刻書的基本特徵，版本學家一般概括為三個階段：明初至正德（1368-1521）時期，為「黑口趙字繼元」；嘉靖至萬曆（1522-1620）時期，為「白口方字仿宋」；萬曆後期至崇禎時期，「此時興起避諱皇帝嫌名的舊習」，在刻書風格上變為「白口長字有諱」[26]。然而，明代版刻之有諱字究竟起於何時，是萬曆，抑或天啟、崇禎？其避諱之式如何？相關著述均語焉不詳。事實上，對於這些問題，歷史文獻中也的確沒有現成答案，今人所知甚少。要解決這些問題，別無他途，只有求助於現存於世的明代刻本、抄本，讓這些「不語先生」開口說話。

近年來，筆者瀏覽過數百部從明代萬曆初到崇禎末以至清初（其作者、刊刻者是明遺民）的刊本、抄本，留意搜檢其中的明帝避諱實例。對明帝諱的調查，以天啟元年（1621）為界，可分為兩個階段：

(一)天啟、崇禎年間帝諱

天啟元年正月，禮部奉旨頒行避光、熹二宗之諱的政令，標誌著大明王朝正式進入了有法可依的避諱時代。崇禎三年，又擴展為太祖、成祖及孝、武、世、穆、神、光、熹七宗以及「今上」，避諱之法日益嚴格。在規定的需避諸帝御諱中，太祖、成祖及孝、

---

24 楊士聰《玉堂薈記》卷一，《四庫全書存目叢書》子部第 244 冊，頁 517-518。
25 陳垣《史諱舉例・明諱例》，劉夢溪主編《中國現代學術經典・陳垣卷》，石家莊：河北教育出版社 1996 年，頁 308。
26 李致忠《明代刻書述略》，《文史》（第二十三輯），北京：中華書局 1984 年，頁 155-158。

世、穆三宗之名「璋」「棣」「橖」「熜」「垕」都是生僻字，很少用到；其實著重避諱的是武、神、光、熹、思五宗的「照」「鈞」「洛」「校」「檢」五字。其中，明末三帝的避諱之式最為常見，已為世人熟知；武宗之「照」作「炤」，也比較多見；而神宗如何避諱，卻鮮有文獻提及。清周廣業《經史避名匯考》卷二三提供了一則資料：

> 《萬姓統譜》自太祖至穆宗御諱皆空格不書，是也；其隨常書寫，則崇正間顧炎武《音學五書》「璋」「棣」「橖」「照」「熜」「垕」「鈞」「洛」等字俱闕末筆，事為近古。[27]

其中「崇正」即崇禎，「正」乃避清雍正帝世宗胤禛諱而改；而「璋」及以下諸帝名用字原書均缺末筆，除「鈞」作「釣」外，餘均不成字。如此，可以認為「釣」係「鈞」之缺筆諱字。

在明代刊、抄本中，「鈞」字避諱罕見實例。究其原因，主要應與朱翊鈞之名的用字頻率不高有關：「翊」原屬少用字，主要用作輔佐、護衛之義，如「翊衛」「翊贊」；「鈞」字的應用場合也不多，主要有四義：1.古代重量單位，如「千鈞」；2.敬詞，對尊者多用，如「鈞旨」「鈞語」「鈞命」「鈞委」「鈞牌」；3.權衡，喻國政，如「秉鈞」；4.「鈞天」，指天之中央；也指天上的音樂。所以，我們需要搞清楚的關鍵問題是，在啟、禎間比較嚴格的帝諱氛圍下，在本該用「翊」「鈞」二字的地方究竟發生了什麼。

應當說明的是，即便在明末，帝諱也遠沒有嚴格到逢字必諱的程度。比如，明金陵兼善堂天啟甲子（四年）刊《警世通言》就沒有任何諱字；明金閶葉敬池天啟丁卯（七年）刊《醒世恒言》僅避熹宗諱（有未避處），「鈞」字共 19 出，均無異樣；明尚友堂崇禎壬申（五年）刊《二刻拍案驚奇》避熹、思二帝諱（有未避處），「鈞」字僅 2 出，亦無異樣。在浩如煙海的明代刊、抄本中，要尋找一、兩個本來就不常用的字，差不多是一項大海撈針般的工作。但是，這項工作卻又是我們不得不做的。

現就筆者閱讀所及，將所檢得的明天啟元年以後刊、抄本中神宗之名「鈞」字異樣例，大致按年代為序，擇要做一臚列（玉按：各書基本上都有「鈞」字正常例，不列；「翊」字甚少，亦未見異樣；其他諸帝諱常見，不贅）：

例一：金閶葉敬池崇禎初年刊《新列國志》第十一回：「秉鈞」，下有小字注：「秉鈞謂執政」；第六十四回：「千鈞」；第八十九回：「千鈞」。

例二：崇禎？年（避明末三帝諱）刊《鬱輪袍》第三十一齣：「均旨」。

例三：崇禎末年墨憨齋改本《邯鄲夢》第十二折：「鈞委」。

27　周廣業《經史避名匯考》卷二三，《續修四庫全書》第 827 冊，頁 725。

例四：崇禎末年刊阮大鋮撰《懷遠堂批點燕子箋》（作於崇禎十五年）第四十一齣：「鈞天」。

例五：崇禎末年刊李玉撰《一笠庵新編永團圓傳奇》第十四齣：「鈞旨」（兩處）；第二十三齣：「鈞牌」；第二十八齣：「鈞旨」。

例六：崇禎末年抄本（前有二題詞分署「崇禎癸未（十六年）春日」「崇禎癸未季夏六月」；敘署「崇禎甲申（十七年）秋日」。）孟稱舜撰《新鐫二胥記》第二十八齣：「鈞旨」（兩處）。

例七：舊抄本李玉撰《牛頭山》第二、四齣：「鈞旨」。

以上各例中的「釣」「鈞」「均」三字，其本字都是「鈞」字。它們之所以會被刻、寫成這個樣子，當然不是無謂的形近之誤，而是在有意識地避神宗之諱。

(二)萬曆年間帝諱

在天啟元年之前的萬曆年間，由於朝廷沒有避諱之令，民間書坊是能夠享受到「無諱」寫刻的充分自由的。比如，萬曆四十三至四十四年刊臧懋循編《元曲選》收錄元人雜劇一百種，一百二十餘萬字，即無任何諱字。然而，避「今上」之諱也已實實在在地出現了。如：明吳元滿《六書正義》〔卷首有萬曆乙巳（三十三年，1605）自敘〕卷三：

> 今萬曆皇帝諱翊鈞，用古「鉤」。[28]

清周廣業《經史避名匯考》卷二三：

> 至萬曆《廣德州志》，於嘉靖間訓導楊鈞，闕一點，遂成「釣」字，又可嗤也。[29]

按：該書未見，不詳刊刻具體年代。

在存世的萬曆刊、抄本中，我們可以看到不少「鈞」字異樣之例：

例一：萬曆（首有古吳研雪子《本意》署「癸未（萬曆十一年）花朝（三月三日）」）刊《識閑堂第一種翻西廂》第九齣：「釣令」。

例二：世德堂萬曆丙戌（十四年）刊《新刊重訂出相附釋標注裴淑英斷髮記》第九齣：「鈞旨」，第三十七齣：「均旨」。

例三：世德堂萬曆？年刊《新鍥重訂出像附釋標注驚鴻記》第七齣：「鈞旨」；第十四齣：「釣天」。

例四：世德堂萬曆？年刊《新刻出相雙鳳齊鳴記》第二齣：「千鈞」；第四折：「釣

---

28 吳元滿《六書正義》卷三，《續修四庫全書》第 203 冊，頁 71。
29 周廣業《經史避名匯考》卷二三，《續修四庫全書》第 827 冊，頁 725。

旨」。

例五：富春堂萬曆？年刊《新刻出像音注范雎綈袍記》第三十二折：「鈞旨」。

例六：文林閣萬曆？年刊《重校劍俠傳雙紅記》第九齣：「鈞旨」。

例七：廣慶堂萬曆？年刊《新刻出相音釋點板東方朔偷桃記》第十五齣：「千鈞」。

例八：顧曲齋萬曆？年刊《古雜劇》本《漢宮秋》第二齣：「秉法持鈞」。

例九：顧曲齋萬曆？年刊《古雜劇》本《緋衣夢》第三折：「鈞旨」。

例十：書林劉氏安正堂萬曆四十年刊《文林妙錦》卷八《齊雲軌範》：「千鈞」。

例十一：容與堂萬曆三十八年刊《李卓吾先生批評忠義水滸傳》第七、四十、七十八回：「鈞旨」；第三十九、七十回：「鈎旨」。

例十二：脈望館抄本《八大王開詔救忠臣雜劇》〔末署「乙卯（萬曆四十三年）七月十一日」〕第三折：「均旨」。

例十三：脈望館抄本《司馬相如題橋記》（末署「萬曆四十三年七月廿三日」）第四折：「鈞命」。

例十四：天許齋刊《古今小說》〔其續刻《警世通言》《醒世恒言》分別有天啟甲子（四年）、丁卯（七年）序，此書無光、熹二宗諱字，似應刻於萬曆末年〕第十五、四十卷：「鈞旨」。

顯然，與以古「鉤」字代「鈎」一樣，以上諸例中的「鈞」「鈎」「均」三字，都是為避神宗諱而擇用的代字。這說明，儘管當時還沒有對帝諱的硬性規範，但各地書坊已經開始自發地以別字別寫的形式來避「今上」之諱。據此，明代刊、抄本中之有諱字，最晚不過萬曆年間。

在兜了這麼大一個圈子之後，我們回過頭來再看——

四、《金瓶梅》刊本中的諱字

在現存《金瓶梅》刊本中，究竟有沒有明帝避諱字？哪些是諱字？按照從後到前的順序，我們依次來解決。

首先，「油」字是明熹宗朱由校的諱字嗎？

魯歌、馬征二先生指「油」為避朱由校之「由」，單就一字而言，似乎也並非絕無可能（只要有意避開本字即可謂廣義的避諱），但卻與歷代以來的避諱之制明顯不符。從歷史上看，那些以二字取名的皇帝的避諱，從來就是更為重視下一字。因為上一字多為同輩親王所共用，只有下一字纔是需要避諱的神聖的天子御名。明代也是如此。在天啟元年正月禮部頒行的諱式中，已經明確規定以「較」代「校」，並未要求同避上一「由」字。所以，如果要避朱由校諱的話，最應避諱的不是「由」而是「校」。可是，查檢《金瓶

梅》刊本全書，「校」字計 22 出，無一避諱。「校」字既不避，則「由」字之避便根本無從談起。《金瓶梅》刊本刊刻較為粗糙，訛誤甚多。其中出現的多例「花子由」之「由」被刻成「油」（玉按：魯、馬二先生粗檢失察，第一例實出於第三十九回），本身並無他意，只是形近之訛而已。

在此，順便說明欣欣子序中「贒」「徵」是否諱字的問題。魯歌先生認為此二字是為避魏忠賢、魏廣微之諱，此說於史無據。遍查明天啟前後的各種史料，即便在魏忠賢威權正熾時，群臣上疏言及魏忠賢時，也只敬稱「廠臣」，又有私稱「九千歲」，沒有以「贒」字避諱的任何記載。實際上，「贒」是「賢」（贤）字異體，無論在魏忠賢擅權之前，還是在其自縊以後，明代書坊都在用。如：明萬曆六年汪珙刻本鄭若庸輯《類雋》、萬曆顧曲齋刊元羅貫中《宋太祖龍虎風雲會》、萬曆文林閣刊《新刻全像觀音魚籃記》、萬曆二十一至二十四年胡文煥文會堂刊《群音類選》、崇禎末年刊李玉撰《一笠庵新編一捧雪》、南明時「南窗梓行」馮夢龍《中興偉略引》等，均見此字。至於魏廣微，拜於魏閹門下為侄，雖曾囂張一時，也絕不可能會到皇帝般要避諱的程度。

其次，刊本中有沒有明光宗朱常洛諱字？

明光宗朱常洛是歷史上有名的短命皇帝。據《明史》，神宗死於萬曆四十八年七月二十一日；太子朱常洛次日上朝視事，八月一日正式登極，詔改明年為泰昌元年，但僅僅過了一月即一命歸西。其長子朱由校繼位，又改明年為天啟元年。為了解決一年兩年號的難題，禮部經再三斟酌，以萬曆四十八年八至十二月為泰昌元年。天啟元年正月，禮部頒行避帝諱之令，規定「洛」改「雒」，亦未要求上一「常」字同避。但在明末刊、抄本中，多有以「嘗」代「常」者。

《金瓶梅》刊本中也有「常」作「嘗」字例：第八回，寫潘金蓮常在西門慶跟前替玳安說方便，「婦人嘗與他浸潤」。浸潤：物沾水而逐漸滲透；多指讒言積漸而成毀；也引申為以錢物、恩惠等結交別人。這是一種逐漸的、經常性的行為。如《水滸傳》第三十九回：「（黃文炳）聞知這蔡九知府是當朝蔡太師兒子，每每來浸潤他，時常過江來謁訪知府，指望他引薦出職，再欲做官。」《鼓掌絕塵》第三十六回：「這崔呈秀自拜魏太監做了乾爺，時常去浸潤他。魏太監見他百般浸潤，著實滿心歡喜。」此處的「嘗」，正字當作「常」。但刊本中同時又有「嘗」誤作「常」字例：第十回，筵席贊詞中有「畢竟壓賽孟常君」句，「常」當作「嘗」。孟嘗君，即戰國時齊貴族田文，以好客豪奢著稱。事見《史記·孟嘗君列傳》。可見，「常」「嘗」互誤，乃形近而訛，未可以避諱視之。

另外，《金瓶梅》刊本第十、三十六、四十一、四十三、六十五（兩處）回計 6 出「洛」字，均不避。而第七十八回：「得多少進酒丫鬟雙落浦，獻羹侍妾兩嫦娥。」此處「落」，

正字應作「洛」。洛浦：洛水之濱，傳說為洛神出沒處。本書第四十三回：「進酒佳人
雙洛浦，分香侍女兩嫦娥。」唐梁鍠〈名姝詠〉：「臨津雙洛浦，對月兩嫦娥。」這個
「落」字，雖不能完全排除係「洛」之諱字的可能，但可能性卻極小。這是因為：在天啟
元年正月的避諱之令頒行前，可能避朱常洛諱的時間很短，只有萬曆四十八年八至十二
月，即所謂泰昌元年，也沒有多少避諱的必要；假如在天啟元年以後，要避諱的話，也
應循規寫作「雒」。因此，基本上可以確定，「落」係誤字而非諱字。

最後，「鈞」字是明神宗朱翊鈞諱字嗎？

《金瓶梅》刊本第三十九回「鈞語」之「鈞」刻作「釣」，這與明代刊、抄本中對神
宗朱翊鈞的避諱實例是相同的。然而，單憑此一孤例，還不能遽而斷定「釣」字必屬諱
字。終究，這一刊本誤字太多，「鈞」「釣」僅一筆之差，確有形近之訛的可能。所以，
在此問題上，我們不得不要格外慎重。令人甚感慶幸的是，筆者發現，在這個刊本中其
實還有另外兩個未被注意的諱字，可以對「釣」係諱字形成雙重有效保障：

第一，神宗之諱「翊」／「翌」

第七十回，邸報稱揚西門慶：「翌神運而分毫不索」。宋徽宗時，命權臣各地採辦、
運送花石綱，是謂「神運」。「翌」，正字當作「翊」。「翊」有明日之義，可通「翌」；
然此處為輔佐、護衛之義，與「翌」並不通用。因「翊」字生僻，僅見上文所引文獻中
有抹去「立」旁而作「羽」字以避朱翊鈞諱，未見刊、抄本中有其他諱例。《金瓶梅》
刊本無「翊」字，這裏以「翌」代「翊」，顯然是很難以無意之失解釋得通的。除了有
意避諱，應無他解。

第二，武宗之諱「照」／「炤」

第六十七回，溫秀才代西門慶給翟謙起草回書，有「伏惟炤亮，不宣」語。「炤」，
本字作「照」，知會、通告之義，書函常用，如《水滸傳》第六十八回，曾弄致書於宋
江：「謹此奉書，伏乞照察」；宋江回書：「草草具陳，情照不宣」。最晚在萬曆年間，
刊本中即已避武宗朱厚照之諱，如文林閣萬曆刊《新刻全像高文舉珍珠記》第十一齣：
「草草不恭，台炤不宣。」則此處之「炤」，為「照」之諱字無疑。

而且，《金瓶梅》刊本又有兩處誤字亦由此「炤」字生發：第三十一回：「雖然蒙
你招顧他往東京押生辰擔……」；第七十六回：「省的人又說招顧了我的兄弟」，這兩
處「招」字，正字均應作「照」，崇禎本已改如是。然而，這二字字形差異不小，何以
致有此誤？《金瓶梅》刊刻所據底本應為行草體，而「火」「扌」偏旁草書形近易訛，
本書多有互誤例，如：第四十六回「拷火」（三處），「拷」應作「烤」；第四十九回「髭
鬚亂拃」，「拃」應作「炸」；第六十一回「災殺作抄」，「抄」應作「炒」；第八十
一回「撚香」，「撚」應作「燃」。明乎此，可知在「招」字處，底本原字本作「炤」，

亦均為武宗諱字。

要之,「翌」「炤」二字與「鈞」字可以互證,它們確實分別是神、武二宗之諱。

綜上所述,在整部《金瓶梅》刊本中,能夠確證的諱字有「鈞」「翌」「炤」三個,另有以「炤」字形訛形式出現的兩個隱性諱字「招」。崇禎本乃據萬曆本刪改而來,錯字極少(不含因不詳底本原意而作的臆改之處),但第三十九回卻仍保留著「鈞語」之「鈞」,不為無因。這說明,崇禎本的刪改者清楚地知道,此字不是誤字,而是帝諱。據此,可以肯定地說,現存《金瓶梅》刊本的刊刻決不可能在天啟元年以後,而應在萬曆四十五年十二月至四十八年七月之間;退一步講(考慮到第七十八回「落」字有那麼一點避諱「洛」字的可能),最晚也不過萬曆四十八年(泰昌元年)年底。由《金瓶梅》刊本的諱字所呈現的這個時間區間,對於《金瓶梅》研究中兩個重大問題的解決有著舉足輕重的意義。

五、《金瓶梅》刊本的刊刻版次及年代

明浙江秀水人沈德符《野獲編》卷二十五有一則材料,記載了《金瓶梅》的抄本流傳和刊本問世:

> 袁中郎《觴政》以《金瓶梅》配《水滸傳》為外典,予恨未得見。丙午,遇中郎京邸……又三年,小修上公車,已攜有其書,因與借抄挈歸。吳友馮猶龍見之驚喜,慫恿書坊以重價購刻;馬仲良時榷吳關,亦勸予應梓人之求,可以療饑。予曰:「此等書必遂有人板行,但一刻則家傳戶到,壞人心術,他日閻羅究詰始禍,何辭置對?吾豈以刀錐博泥犁哉!」仲良大以為然,遂固篋之。未幾時,而吳中懸之國門矣。[30]

《野獲編》分正、續二編,其〈續編小引〉末署「萬曆四十七年己未歲新秋」,可知沈德符這段話,應寫於萬曆四十七年(1619)七月前不久。沈氏自述其抄本得自袁中郎之弟袁小修,馮夢龍(猶龍)、馬之駿(仲良)相繼得見,勸其付刻應市而被拒。「未幾時」,《金瓶梅》刊本卻在「吳中」橫空出世了。這個「未幾時」,實在是個很模糊的時間概念。當年魯迅先生受其誤導,曾推斷:「萬曆庚戌(1610),吳中始有刻本。」[31]現已考知,

---

30　沈德符《野獲編》卷二十五,《續修四庫全書》第1174冊,頁596。

31　魯迅《中國小說史略》,《魯迅全集》(第九卷),北京:人民文學出版社1981年版,頁179。

馬之駿「榷吳關」時在萬曆四十一年[32]，《金瓶梅》刊本的問世只能在此之後。所謂「庚戌初刻本」根本不存在。

另據明嘉興李日華《味水軒日記》卷七：

> （萬曆四十三年乙卯十一月）五日，沈伯遠攜其伯景倩所藏《金瓶梅》小說來，大抵市諢之極穢者耳，而鋒焰遠遜《水滸傳》。袁中郎極口贊之，亦好奇之過。[33]

萬曆四十三年十一月時，李日華看到的仍是沈德符（景倩）從小修處「借抄挈歸」的抄本。這是見諸記載的《金瓶梅》抄本流傳的最後時間，也是《金瓶梅》刊本問世的上限。合沈德符所記而言之，《金瓶梅》原刊本問世的時間只能在萬曆四十三年十一月至四十七年七月之間。

那麼，現存《金瓶梅》刊本是不是沈德符所記的那個原刊本呢？對此，學界有種種不同意見。一種觀點認為，現存刊本非初刊本，而是重刻本。早年，吳晗先生或受魯迅「庚戌本」說的影響，指出：「萬曆丁巳本並不是《金瓶梅》第一次的刻本，在這刻本以前，已經有過幾個蘇州或杭州的刻本行世。」[34]劉輝先生也認為：「現存《新刻金瓶梅詞話》，是詞話本的第二個刻本。它的特點是：翻刻萬曆四十五年原刻本。」[35]另一種觀點則認為，現存刊本即初刊本。早在 1959 年，日本學者小野忍就較為謹慎地提出：「《金瓶梅》的初版問世在萬曆四十五年以後。或者更大膽一些地推測，將《金瓶梅詞話》作為《金瓶梅》的初版也未嘗不可。」[36]吳曉鈴先生也認為：「現存的《新刻金瓶梅詞話》是這部長篇小說的最早刊本，亦即第一個刻本，在明神宗萬曆四十五年丁巳（1617）『吳中懸之國門』的那個本子。」[37]筆者贊同後一種觀點，即：現存《金瓶梅》刊本實際上就是沈德符所記的原刊本，也是萬曆本系統在明代的唯一刊本。

---

32 參見魏子雲〈論明代的《金瓶梅》史料〉，原載《中外文學》1977 年第 6 期，收入《金瓶梅探原》，臺北：巨流圖書公司 1979 年版，頁 129；〔美〕馬泰來〈諸城丘家與《金瓶梅》〉，《中華文史論叢》1984 年第 3 期；周鈞韜〈關於《金瓶梅》初刻本的考證〉，《社會科學評論》1985 年第 7 期。

33 李日華《味水軒日記》卷七，《續修四庫全書》第 558 冊，頁 504。

34 吳晗〈《金瓶梅》的著作時代及其社會背景〉，《文學季刊》1934 年創刊號。

35 劉輝〈現存《金瓶梅詞話》是《金瓶梅》的最早刊本嗎——與馬泰來先生商榷〉，《光明日報》1985 年 11 月 5 日。

36 〔日〕小野忍〈《金瓶梅》解說〉，載黃霖、王國安編譯《日本研究《金瓶梅》論文集》，濟南：齊魯書社 1989 年，頁 5。

37 吳曉鈴〈《金瓶梅》最初刊本問題〉，《吳曉鈴集》（第一卷），石家莊：河北教育出版社 2006 年，頁 97。

　　在筆者看來，主「重刻」說者似乎無意中混淆了兩個概念——「版次」和「印次」。古代雕版印書，書坊雇請寫工據底本工整轉寫在薄紙上，反覆於選好刨平的木板（一般都是梨、棗等硬木）之上，再由刻工雕刻成版片，然後上墨刷印出單頁，還要經過晾曬、分揀等工序，最後裝訂成書。如果某書上市後供不應求，書坊用原版重印，仍稱同版，只是印次不同。假如偶有個別版片斷爛或丟失，書坊會另刻數片，稱補刻，仍可認為是同版。比如《金瓶梅》棲息堂本第五回末頁與其他各本異版，而與《水滸傳》接近，即屬這種情況。只有在時間已久，原有版片糟朽，不堪刷印時，書坊不得已才會另行雕版刊刻，是為「重刻」或「翻刻」。

　　沈德符、李日華的記載表明，《金瓶梅》的最早刊本只能出在萬曆四十三年十一月至四十七年七月；而據上文所考，現存《金瓶梅》刊本中的諱字表明，其刊刻必在萬曆四十五年十二月至四十八年七月（最晚至十二月）之間。將這兩個時間段加起來，前後只有 5 年多一點。在這麼短的時間內，除非某些特殊原因（比如地震、火災等），書版在自然條件下不會腐朽損毀，書坊完全沒有重刻的必要。況且，對於《金瓶梅》這樣一部近百萬字的大書來說，其雕版印刷稱得上是一項費工費時的巨大工程，成本不會太低，書坊斷不會將原本完好的版片棄置不用而另行重刻。所以，沈德符所說的「吳中懸之國門」的《金瓶梅》最早刊本，應該就是今天我們所能看到的《新刻金瓶梅詞話》，二者係同版。換句話說，現存《金瓶梅》刊本確是《金瓶梅》的原刊本，也是唯一刊本。

　　搞清了這一點，可以對《金瓶梅》刊本的刊刻年代有一個更加準確、近實的把握：文獻記載年代與諱字年代的交叉、重合部分，即萬曆四十五年十二月至四十七年七月，這是一個過程性的時間區域，《金瓶梅》的刊刻必出於其間。這與《金瓶梅》的實際刊刻時間已非常接近。像《金瓶梅》這樣一部大部頭的著作，要完成由底本到刻本的轉化，差不多也得一年半載。大略估計，如以東吳弄珠客序所署萬曆四十五年十二月為《金瓶梅》刊本的始刻時間，其刊成面世最早約在萬曆四十六年下半年。

新見《金瓶梅》抄借
《百家公案》素材述略

在某種意義上說，《金瓶梅詞話》（指萬曆丁巳季冬東吳弄珠客序刻本，以下均簡稱《金瓶梅》）稱得上是一件百衲衣。它的許多故事情節、詩詞、韻文等都是另有出處的，係從前人小說、話本、雜劇、傳奇等文學作品中抄借而來。《金瓶梅》作者將這些原屬不同時代、不同作者的文字加以剪裁、修改，而整合進《金瓶梅》的世界，從而成為這部洋洋百回大書的有機組成部分。因此，對於《金瓶梅》的素材進行鉤稽工作，無論是對研究該書的成書過程、成書方式，還是對瞭解作者的文學素養等，無疑都有著非常重要的意義。在此方面，美國學者韓南〔P. D. Hanan〕先生用力甚勤，創獲最豐。值得注意的是，韓南先生最早揭示了《金瓶梅》與明公案小說《百家公案》的關係，指出：第四十七至四十八回苗青殺主的故事「最早見於《百家公案全傳》，有 1594 年刊本。以後翻刻本通稱《龍圖公案》或《包公案》」[1]。但由於韓南先生當時並未看到《新刊京本通俗演義全像百家公案全傳》，遂將作為《金瓶梅》素材的包公案故事據後出的改本《龍圖公案》標作「公案小說〈港口漁翁〉」，致有小誤。在《百家公案》中，這一故事實為第五十回公案，原題〈琴童代主人伸冤〉。對此，已有國內學者作了糾正[2]。

其實，為《金瓶梅》所抄借的《百家公案》的素材並不僅此一處。筆者在閱讀《百家公案》的過程中發現，除了〈琴童代主人伸冤〉外，另有 4 回公案、3 個故事（其中有兩回合成一個完整的故事）被《金瓶梅》以不同形式抄引，尚未被學界知悉，故在此稍作介紹、分析。

1　〔美〕韓南〈《金瓶梅》探源〉，《金瓶梅西方論文集》，上海：上海古籍出版社 1987 年，頁 17。
2　周鈞韜〈《金瓶梅》與《百家公案全傳》〉，《金瓶梅探謎與藝術賞析》，長春：吉林文史出版社 1990 年，頁 105。

一、《金瓶梅》對《百家公案》的抄借情況

就目前所知，《百家公案》的現存版本主要有以下三種：（一）全稱《新刊京本通俗演義全像百家公案全傳》，又題《增像包龍圖判百家公案》，版心鐫《包公傳》。無序跋，卷末題「萬曆甲午末朱氏與畊堂梓行」。「萬曆甲午」即明萬曆二十二年（1594）。此本即韓南先生所說的「1594年刊本」。（二）全稱《全補包龍圖判百家公案》，亦萬曆二十二年與畊堂刻本，第一至三十回回目上均加「增補」二字。此本應為前本的改訂本，而未改牌記。（三）全稱《新鐫全像包孝肅公百家公案演義》，版心題《包公演義》。有「饒安完熙生」序，萬曆二十五年（1597）萬卷樓刻本。此書係由與畊堂本修訂而成。這三個版本均署「錢塘散人安遇時編集」，文字差異並不大，實為同一系統。筆者所據為與畊堂本。

現將《金瓶梅》抄借《百家公案》有關素材的情況分述如下：

(一) 第九十三回公案：〈潘秀誤了花羞女〉、第九十四回公案：〈花羞還魂累李辛〉

這兩回實際上是一個完整的故事，總約2300餘字。兩回敘：京中富家子潘秀偶見對門劉長者家簾下紅裙、弓鞋，為之神往，得人授計，假拾紅牙毬之機，與劉女花羞相見。兩情相悅，遂成歡愛，復山盟海誓，私約婚姻。孰料劉家要贅，潘家要娶，好事終於不成。潘秀絕念，別議趙家女為婚。成親之日，花羞氣悶而死。劉家僕人李辛葬之於南門外，當夜又去盜墓，見女美貌，與之同臥。花羞還魂醒轉，遂與李辛同歸，結為夫婦。其後半年餘，因鄰家冬夜失火，延及李家。花羞單衣驚走，至自家門前叩門，院子懼鬼而不敢開；又見潘家樓上尚有燈光，遂去叩門。潘秀開門出見，亦以為鬼，揮劍斬之。花羞給其父托夢，稱被潘秀所殺。次日，劉父開墳驗棺，見無屍骸，於是告至包公處。包公拘潘秀，又出榜懸賞開墓人，李辛到衙請賞。包公判李辛處斬，潘秀免罪釋放。在這則故事中，包公在前回根本就沒有露面，直到後回末尾方纔粉墨登場，分回實無任何必要。故在以後的《龍圖公案》卷六中，這兩回被合二為一，刪掉全部詩詞，改題〈紅牙毬〉。

當年，孫楷第先生還沒有見到《百家公案》，而據《龍圖公案》考察其本事時，說：「〈紅牙毬〉（卷六）記潘秀、劉女事，頗似《醒世恒言》卷十四之『鬧樊樓多情周勝仙』篇。《夷堅志》三十一『鄧州南市女』條所記亦同。」[3]（此處「鄧」字或係誤排，應作「鄂」

3　孫楷第〈包公案與包公案故事〉，《滄州後集》，北京：中華書局1985年，頁73。

——引者按）此外，宋廉布《清尊錄》有一則〈大桶張氏〉，也與此近似。或許，本篇即是明人據〈鄂州南市女〉〈大桶張氏〉等類似故事加工、增飾而成。

文中共有詩三首、詞一篇，均集中在第九十三回。這三首詩，依次為：七絕「漫吐芳心說向誰……」，用為詩證，描寫潘秀對花羞的思慕之情；七絕「相識當初信又疑……」，係潘秀在二人私誓之後陷入相思的自況之作；五絕「枕上言猶在……」，是花羞在得知潘秀另娶的當日，悔怨感傷而作。這三首詩，被《金瓶梅》一股腦兒搬到了書中作為詩證：第一首置於第二十八回回末，似是譏喻西門慶對已死的宋惠蓮的思念；第二首插入第八十九回回中，意比西門大姐被陳經濟斥逐回家，夫妻失和；第三首則被兩次引用，一在第十九回回中，描摹李瓶兒將蔣竹山逐出後，一心等待西門慶上門而不得，甚感後悔；一在第八十五回回末（有改動），寫春梅被賣出府後，潘金蓮倍覺孤恓冷落的心態。總體來看，這三首詩被《金瓶梅》抄引過來，雖然應用場合發生了變化，但與當時當地的情境還是大致吻合的。若不是能夠確切地考知其原出處，很難體察到其間的移植嫁接之跡，能做到這一點著實不易。可見，在詩詞的移花接木方面，作者的確是下過一番功夫的。

有意思的是，其中第三首也見於明中篇文言傳奇小說《鍾情麗集》。臺灣學者陳益源先生在論及《鍾情麗集》與《金瓶梅》的關係時說：「細檢《金瓶梅詞話》，我們可以發現許多詩句，如『一段春嬌畫不成』（第五十二回）、『誰道天台訪玉真』（第六十九回，第八十三回『誰道』作『幾向』）、『但覺形骸骨節溶』（第七十八回）、『暑往寒來春復秋』（第九十三回）、『一日相思十二時』（第九十九回，第二十八回『相思』作『都來』），在《鍾情麗集》也可以找到，不過多屬集古詩，未必非得本自《鍾情麗集》不可，但是另有完整的二首詩，則其來源實非《鍾情麗集》莫屬」[4]。陳先生所說的這兩首詩，一為第二十一回回首詩：「脉脉傷心只自言……」（下文討論），另一即為第十九回的回中詩「枕上言猶在……」（第八十五回重出作「耳畔言猶在……」）。實際情況並非如此。

《百家公案》《金瓶梅》所收三首詩的情況與《鍾情麗集》的區別可從下表明見：

《鍾情麗集》	《百家公案》	《金瓶梅》
（無）	漫吐芳心說向誰， 欲於何處寄相思？ 相思有尽情难尽， 一日都来十二時。	漫吐芳心說向誰， 欲於何處寄相思？ 相思有盡情難盡， 一日都來十二時。 按：第二十八回回末詩。

4　陳益源〈《鍾情麗集》考〉，《復旦學報》1996 年第 1 期。

（無）	相識當初信又疑， 心情还似永无违。 誰知好事中来阻， 一念翻成怨恨媒。	相識當初信有疑， 心情還似永無涯。 誰知好事多更變， 一念翻成怨恨媒。 按：第八十九回回中詩。
壁上鶯還在， 梁間燕已分。 軒中人不見， 無語自消魂。	枕上言犹在， 于今恩愛淪。 軒中人不見， 無語自消魂。	枕上言猶在， 于今恩愛淪。 房中人不見， 無語自消魂。 按：第十九回回中詩；第八十五回回末重出， 「枕上」作「耳畔」，「淪」作「分」。

後面的這首詩，在《鍾情麗集》中，為黎瑜娘所作，因此前辜輅寓居黎家，於所居之軒西壁曾有畫鶯之事，故云「壁上鶯還在……」。從文字上看，此詩除在《金瓶梅》第八十五回為切合潘金蓮與春梅之間的同性主僕關係作了相應改寫外，第十九回顯然更接近《百家公案》，僅「軒」「房」一字之差，而與《鍾情麗集》有很大差異。而且，陳先生所說《金瓶梅》中「一段春嬌畫不成」等固然多為集前人成句，但其中第二十八回的「一日都來十二時」卻是例外，全詩與《百家公案》全同，而《鍾情麗集》則只有「一日思君十二時」一句類似，其他詩句竟全不搭界；另外，共見於《百家公案》和《金瓶梅》的「相識當初信又（有）疑……」，在《鍾情麗集》中也毫無蹤影。總之，《金瓶梅》所抄的這三首詩均與《百家公案》接近。

《鍾情麗集》傳為明丘濬（1420-1495）所作，成書很早，有明弘治十六年（1503）刊四卷本《新刻鍾情麗集》，前有成化二十三年丁未（1487）簡菴居士序。它與《百家公案》中的潘秀、花羞故事，孰前孰後，「壁上鶯還在……」/「枕上言猶在……」究竟是誰抄了誰，現在恐怕已難以確知。但完全可以肯定的是，被《金瓶梅》抄引的這首詩不是出於《鍾情麗集》，而是和其餘二詩一樣，都來自潘秀、花羞故事。

(二)第五十六回公案：〈杖奸僧決配遠方〉

這則故事原文約 1500 餘字，敘：東京新橋富戶秦得，娶宋秀娘為妻。冬日，秦得去表兄家赴宴，數日不歸。秀娘懸望，在門前等候。時有西靈寺僧人經過，因只顧偷看秀娘美貌而跌落水沼。秀娘見而憐之，讓僧人於外舍向火烘衣。恰遇秦得歸來，見景生疑，將秀娘休回母家。僧人聞知，乃離寺還俗，改名劉意，遣媒議婚。秀娘無奈，只得再嫁。半年後一日，劉某酒醉失言，道及前事。秀娘大恨，歸告其父，陳告於包公。包公判將

劉某決杖，發配千里。秦得知妻無辜，議續前姻，而秀娘則絕念不歸。《龍圖公案》卷二將文中原詩刪略，改題〈烘衣〉。

此故事的本事現已考知，出自元郭霄鳳編《新刊分類江湖紀聞》前集之「人倫門·婚姻」，原題〈夫疑其妻〉[5]。原文極簡略，僅 181 字，其中的人物尚無姓名，而以「妻」「夫」「僧」「官」代之。當然，也沒有後來《百家公案》中的詩作。

文中說，宋秀娘雖遭前夫休逐，仍慕念不忘，曾自述一律以見志，云：「默默傷心只自言……」同詩在《金瓶梅》第二十一回作為回首詩：「脉脉傷心只自言……」，用以擬喻吳月娘因直言諫夫，而與西門慶夫妻反目之事。這首詩也出現在《鍾情麗集》中，辜輅因與黎瑜娘微事失和，悒怏滿懷，遂作此詩以示之。

三書所錄此詩的異同見下表：

《鍾情麗集》	《百家公案》	《金瓶梅》
巧語言成拙語言， 好姻緣化惡姻緣。 回頭恨撚章臺柳， 赧面慚看大華蓮。 只為玉盟輕蕩泄， 遂教鈿誓等閑遷。 誰人為挽天河水， 一洗前非共往愆。 按：據《燕居筆記》本。	默默傷心只自言， 好姻緣化惡姻緣。 回頭恨折章臺柳， 赧面羞看玉井蓮。 只為羹湯輕易泄， 遂教鸞鳳等閑遷。 誰人為挽天河水， 一洗前非共往愆。	脉脉傷心只自言， 好姻緣化惡姻緣。 回頭恨罵章臺柳， 赧面羞看玉井蓮。 只為春光輕易泄， 遂教鸞鳳等閒遷。 誰人為挽天河水， 一洗前非共往愆。 按：第二十一回回首詩。

將《金瓶梅》同二書比較，顯然與《百家公案》更為逼似，而與《鍾情麗集》差異很多。在《國色天香》本所收《鍾情麗集》中，「化」作「作」，差別就更大了。結合《金瓶梅》從潘秀、花羞故事中抄借「枕上言猶在……」的情況看，第二十一回的這首回首詩，也並非如陳益源先生所說的來自《鍾情麗集》，而是出自《百家公案》中的奸僧故事。

(三)第二十八回公案：〈判李中立謀夫占妻〉

本篇全文 3000 餘字，敘：汝寧府上蔡縣金本榮聽信算命先生之言，帶著價值十萬貫的玉連環一雙、珍珠百顆，攜妻江玉梅投洛陽房兄金本立處避災。將近洛陽時，聞西夏

5　楊緒容〈《江湖紀聞》與《百家公案》〉，《百家公案研究》，上海：上海古籍出版社 2005 年，頁 37。

興兵犯界,遂改投汜水故友李中立家。中立見本榮有重資,玉梅又美豔,乃生心謀之。數日後,中立假意讓李四領本榮去看藏身地窖,暗囑其誘至郊外殺之,劫取珠、玉。本榮說明實情,李四憐之,取物釋人。中立以為本榮已死,逼姦玉梅。玉梅以有孕在身、分娩後再處之辭應對,暫得拖延。中立托王婆將玉梅帶往山神廟裏,待其生兒棄之。數月後,玉梅產下一子。待兒滿月,玉梅不得已將兒抱至廟中,候人抱養。適逢本榮父母見兒、媳不歸,沿路來尋,為山神引到廟裏,恰見玉梅。翁媳遂具狀告理。而本榮得雪潤師父收留,在庵出家,至此亦來開封,全家得以團圓。包公將李中立以謀夫占妻罪,處斬。《龍圖公案》卷七刪去詩作,改題〈地窖〉。

另外,萬曆丙午(三十四年,1606)萬卷樓刊本《海剛峰先生居官公案傳》第四十回也有這則故事,題〈謀夫命占妻〉,故事中的地名、人名多與《百家公案》不同,如:男女主人公金本榮、江玉梅,此作陶一貫、孟淑姑;反面角色李中立,此作吳成立,等等。在文字方面也有某些細微區別,似不能因其刊行在後,即遽而認定由《百家公案》改作。

這則故事的情節比較曲折,本事不詳,唯與元劇《生金閣》有些相似。更值得重視的是,與以上《百家公案》三回中的詩被《金瓶梅》抄引的情況不同,本篇故事中李中立逼婚的一段情節,被《金瓶梅》第一百回抄用並加以改造,成了吳月娘逃難時夢中遭雲離守逼婚的情景。以下即是二書的相關情節(為便於比較,亦將《海公案》相應部分同列):

《百家公案》	《海公案》	《金瓶梅》
中立大喜,分付<u>置酒</u>,<u>在後堂</u>請嫂嫂江玉梅敘情。此時正值秋夜之景……話說李中立設宴,請江玉梅敘情。玉梅見天色已晚,乃謂中立曰:「叔叔令丈夫去看庄所,緣何至今不見其回?」李中立曰:「吾家頗亦豐富,<u>賢嫂與吾成其夫婦,則亦快活一世也</u>,何必掛慮丈夫乎?」玉梅曰:「妾丈夫見在,<u>叔叔出此牛馬之言,心中豈不自恥</u>!」李中立見玉梅秀麗,<u>乃向前摟住求歡</u>。<u>玉梅大怒</u>,將中立推開,言曰:「妾聞在家從父,出嫁從夫。	成立看見吳四回報,大喜,分付<u>置酒</u>,<u>在後廳</u>請嫂嫂孟淑姑敘情。孟淑姑見天色已晚,乃謂吳成立曰:「叔叔令吳四同丈夫前去換了寶珠,何至今不見回?」吳成立曰:「吾家頗亦豐富,<u>賢嫂與吾成其夫婦,則亦快活一世也</u>,何必掛慮丈夫乎?」孟淑姑曰:「妾丈夫見在,<u>叔叔出此牛馬之言,心中豈不自愧</u>?」吳成立見孟淑姑秀麗動人,<u>乃向前摟抱求歡</u>。<u>淑姑大怒</u>,將成立推開,言曰:「妾聞在家從父,出嫁從夫,妾夫又無棄妾之言,妾	這王婆回報雲離守。次日晚夕,<u>置酒後堂</u>,請月娘吃酒。月娘自知他與孝哥兒完親,連忙來到席前,敘坐。雲離守乃言:「嫂嫂不知,小官在此,雖是山城,管着許多人馬,有的是財帛衣服、金銀寶物,缺少一個主家娘子。下官一向思想娘子,如渴思漿,如熱思涼;不想今日娘子到我這里與令郎完親,天賜姻緣,一雙兩好,<u>成其夫婦,在此快活一世</u>,有何不可?」月娘听了,<u>心中大怒</u>,罵道:「雲離守,誰知你人皮包着狗骨!我過

妾夫又无棄妾之言,妾安肯傷風敗俗以汚名節乎?今实要辱妾,<u>只要叫吾丈夫與妾一語</u>,妾寧死而不受辱也!」<u>李中立笑曰:「汝丈夫今日已被我殺死矣。若不信,吾將物事來觀,以絕念慮。」言罷,即交李四將宝物丢在地上,言曰:「娘子,你看這頭巾、刀上有血。你若不順我時,想亦難免其死矣。」玉梅一見宝物,哭倒在地。中立向前抱</u>起,言曰:「嫂嫂不須煩惱,<u>汝丈夫已死,吾与〔汝〕成其夫婦,諒亦不玷辱於你,何故執迷太甚乎?」言罷,情不能</u>忍,又強欲求歡。玉梅自思:「<u>這賊將妾丈夫謀財害命,又要謀妾為妻;妾若不從,必遭其毒矣。」</u>遂與中立言曰:「妾有半年身孕,汝若要妾成其夫婦,待妾分娩之後再作區處。否則,妾实有死而已,不願與君為偶矣。」中立自思:分娩之外,諒不能逃,遂從其所言……	安肯傷風敗俗以汚名節乎?今實要辱妾,<u>只叫吾丈夫與妾一語</u>,妾寧死而不受辱也!」<u>吳成立曰:「汝丈夫已被我殺死矣。若不信,吾將寶物來與汝看,以絕念慮。」言罷,即叫吳四將寶物丟在地下,言曰:「娘子,你看這頭巾並刀俱有血跡。你若不順我時,想亦難免其死矣。」淑姑見了寶物,哭倒在地。成立向前抱</u>起,言曰:「嫂嫂不須煩惱,<u>汝丈夫已死,吾與汝成其夫婦,諒亦不玷辱於你,何故執迷太甚乎?」言罷,情不能</u>忍,又要求歡。孟淑姑自思:「<u>這賊將妾丈夫謀財害命,又要謀我為妻;我若不從,必遭其毒矣。」</u>乃將好言以俛(浼)之曰:「叔叔既要妾為夫婦,妾當從命,奈妾有半年身孕。汝若要妾成諧老夫婦,待妾分娩之後,再作區處,好麼?如即勒妾苟合,則妾實有死而已,不願與君為偶矣。」成立自思:分娩之外,諒不能逃,遂從其所言……	世丈夫不曾把你輕待,<u>如何一旦出此犬馬之言</u>!」雲離守笑嘻嘻向前把月娘摟住求告(歡),說:「娘子,你自家中,如何走來我這里做甚?自古上門買賣好做。不知怎的,一見你,魂灵都被你攝在身上。沒奈何,好歹完成了罷!」一面拿過酒來和月娘吃。月娘道:「你前邊叫我兄弟來,等我與他說句話。」雲離守笑道:「你兄弟和玳安兒小廝,已被我殺了。」即令左右:「取那件物事與娘子看。」不一時,燈光下血瀝瀝提了吳二舅、玳安兩顆頭來,諕的月娘面如土色,<u>一面哭倒在地</u>。被雲離守向前抱起,「娘子不須煩惱。你兄弟已死,你就與我為妻,我一個總兵官,也不玷辱了你。」月娘自思道:「這賊漢將我兄弟、家人害了命;<u>我若不從,連我命也喪了。」</u>乃回嗔作喜,說道:「你須依我,奴方與你做夫妻。」雲離守道:「不拘甚事,我都依。」月娘道:「你先把我孩兒完了房,我却與你成婚。」雲離守道:「不打緊。」……

　　儘管《百家公案》與《海公案》的文字差異並不大,但在一些細微之處,還是可以看出《金瓶梅》與《百家公案》的關係更為接近,如:置酒地點,《百家公案》《金瓶梅》均作「後堂」,《海公案》則作「後廳」;歹人求歡時,《百家公案》《金瓶梅》均作「摟住」,《海公案》則作「摟抱」;歹人言語威脅,《百家公案》作「笑曰」,《金瓶梅》作「笑道」,《海公案》則無「笑」字。

　　《金瓶梅》所寫的吳月娘夢中的這段情事，儘管為切合故事本身作了相應改寫，但其起、承、轉、合與這則故事仍如出一轍，文字也多有相同或相似（改成白話），因襲之跡甚明。由此完全可以斷定，《百家公案》中的這則故事正是《金瓶梅》的來源。

二、對《金瓶梅》成書問題的思考

　　作為《金瓶梅》的素材來源，新發現的這 3 篇《百家公案》故事，無疑有助於我們更加深入地探尋學界長期爭論的有關《金瓶梅》的成書問題。

(一)關於《金瓶梅》的成書年代及作為取材之源的明短篇文言小說

　　《金瓶梅》抄借了現存於《百家公案》中的素材，這是事實。但這本身並不意味著《金瓶梅》抄的就一定是目前所見的最初刊於萬曆二十二年的《百家公案》。以前發現《金瓶梅》第四十七至四十八回抄了《百家公案》中的〈琴童代主人伸冤〉時，周鈞韜先生曾指出：「有跡象表明，《金瓶梅》作者所抄的本子，比筆者所見的所謂『第一個版本』（即《新刊京本通俗演義全像百家公案全傳》——引者按）的付刻年代更早。」[6]雖然他對自己所說的「跡象」並未作具體說明，但仍不失為一個較為審慎的判斷。至於有人將此作為《金瓶梅》成書於萬曆年間的所謂「新佐證」，斷言：《金瓶梅》作者「讀了《百家公案全傳》中蔣天秀被殺害一案後，受其影響，在《金瓶梅》第四十七至四十八回中改寫為苗天秀被殺害一案」，「由此可證《金瓶梅》此二回必寫成於萬曆二十二年之後」[7]，則未免過於簡單化了。新發現的這 3 篇《百家公案》故事，可以幫助我們做出更加明晰可靠的判斷。

　　《金瓶梅》一書存世的最早信息見於袁中郎致董其昌的信中：「《金瓶梅》從何得來？伏枕略觀，雲霞滿紙，勝於枚生〈七發〉多矣！後段在何處？抄竟當於何處倒換？幸一的示。」[8]此信寫於萬曆二十四年（1596）十月，此時《金瓶梅》至少已有前半部問世。即便最保守地假定，在這個時間《金瓶梅》剛剛寫到這裏，按照正常的寫作進度估計，當萬曆二十二年末《百家公案》梓行面世之時，以上談到的《金瓶梅》第十九、二十一、二十八回那三首詩應該早就呈現於書中了。顯而易見，這部《百家公案》並不是《金瓶

6　同註2。

7　魯歌、馬征〈《金瓶梅》當成書於萬曆中期〉，《金瓶梅縱橫談》，北京：北京燕山出版社 1992年，頁104。

8　袁中郎《錦帆集》卷四〈與董思白〉。

梅》取材的直接來源。

　　筆者認為，包括苗青殺主案在內的《金瓶梅》中這些與現存最早的《百家公案》刊本相同的情節、詩作，與其說抄自《百家公案》之前的某個祖本，毋寧說這二書本來就有一個共同的本源——即早在《百家公案》成書前，就已經有這些故事的成文舊篇，這應當更為接近於事實。

　　《百家公案》雖曰百回，實僅 93 篇。而這些公案，卻並不是——至少可以說並不都是——「錢塘散人安遇時」的獨立創作。阿英先生早就敏銳地看到：《百家公案》「所敘故事，亦有自他書摭拾，不盡是當時包公傳說故事。」[9]的確，這些故事中的十之七八，都能找到其本事或出處，有的取自宋元話本，如第二十七回〈拯判明合同文字〉、第二十九回〈判劉花園除三怪〉即分別來自《清平山堂話本》中的〈合同文字記〉〈洛陽三怪記〉；有的取自明文言小說，如第一回〈判焚永州之野廟〉、第五回〈辨心如金石之冤〉分別係瞿佑《剪燈新話》卷三之〈永州野廟記〉、陶輔《花影集》卷三之〈心堅金石傳〉的改編；有的則來自戲劇故事、民間傳說，如第六十二回〈汴京判就胭脂記〉、第七十八回〈兩家願指腹為婚〉分別是元雜劇《留鞋記》及南戲《林招得》的故事梗概。這些故事，有的原非公案，有的判案者並不是包公，卻稍經改寫，都被改頭換面地安在了包公頭上。這大概就是該書卷前錢塘散人安遇時署「編集」而非「撰」「著」的根本原因。新發現的作為《金瓶梅》素材的 3 篇故事，連同先前已知的〈琴童代主人伸冤〉，情況也應類似，當另有作者，有其更早的出處，只是現在還沒有找到而已。因此，目前尚難以作為推斷《金瓶梅》具體成書年代的有效證據。

　　從文體上看，新發現的《百家公案》3 篇故事與〈琴童代主人伸冤〉還是有區別的。〈琴童代主人伸冤〉文辭較為通俗，多用「道」字表示說話，所以韓南先生稱之為「白話短篇小說」[10]；而這 3 篇則更為古雅，多用「曰」或「云」，有著比較明顯的文言特徵，但其文辭又遠較唐傳奇文淺近，體現出從文言向語體話本的過渡。筆者以為，它們的前身應當是產生於明代中、前期的短篇文言小說；應可確定，明代的短篇文言小說也是《金瓶梅》重要的素材來源之一。《百家公案》中的這 3 篇雖然題、文已經編者改寫，但參照第五回〈辨心如金石之冤〉抄改〈心堅金石傳〉的情況，應是加工不多，因而仍具有重要的文獻價值。

　　此前，學界對《金瓶梅》素材的研究主要集中在長篇說部（如《水滸傳》）、中篇傳

9　阿英〈明刊《包公傳》內容述略〉，《小說閒談四種・小說三談》，上海：上海古籍出版社 1985 年，頁 156。

10　同註 1，頁 10。

奇小說（如《嬌紅記》）及短篇通俗話本（如〈刎頸鴛鴦會〉）等方面，對於明代短篇文言小說的關注還很不夠。在此方面，以後還有更多的發掘工作要做。

(二)關於《金瓶梅》的成書方式

有一種觀點認為，《金瓶梅》的成書方式與《水滸傳》一樣，是世代累積型的集體創作。這種觀點雖為大多數學者所不取，但仍有一定影響。已有不少學者從不同角度進行了駁議，如：在明、清兩代，所有讀過該書的人都認為係文人的個人創作；除了由於血緣關係的決定，《金瓶梅》採用了《水滸傳》中武松殺嫂等故事外，《金瓶梅》中西門慶及其妻妾的主體故事在此前竟毫無蹤跡可尋，這與在《水滸傳》成書前就流傳著大量有關宋江等三十六人聚義造反的民間傳說、戲劇的情況完全不同，等等。在此，筆者只想強調一點，要判斷《金瓶梅》是否世代累積型作品，關鍵要看它有沒有供「世代累積」的條件和價值。宋江起義是歷史上真實發生過的事件，這是成為百姓口頭話題的首要前提。有關宋江等在梁山泊聚義的傳說在民間流傳的時間越久，就越能發酵出更強的傳奇色彩，故事因而越發曲折離奇，引人入勝。《水滸傳》纔有可能在此基礎上，對民間傳說、「水滸戲」經過剔擇、加工，將許多相對獨立的單元性故事聯綴成一部長篇巨制。而《金瓶梅》則由《水滸傳》「借樹開花」，通過對西門慶等的日常生活的描寫，著意揭示人物的最終命運。於是，在文本上就必然表現為今日如何、明日如何……的細部描述，所以有蔑之者稱為「陳年流水帳」。片斷地看，這些故事（嚴格地說，也稱不上「故事」）實在難以吸引人們的注意力，是缺乏成為傳奇的起碼條件的，更不具備「世代累積」的相應價值。

而從《金瓶梅》抄借前人作品素材的「百衲衣」式的風格來看，更可看出《金瓶梅》絕非什麼世代累積型作品。可以說，這類素材發現越多，就越能說明這一點。《金瓶梅》抄借《百家公案》素材的事實，實際上反映了《金瓶梅》素材來源的普遍情況：一是借用原作品故事的基本框架和部分文字，而納入自身的故事流程中；二是抄引原作中的詩詞或韻文，稍加改造，融入《金瓶梅》所營構的精神世界。這兩種做法的唯一目的，即在於「為我所用」。這兩種情況，都只能被合理地理解為抄借者亦即作者的個人行為。而且，更重要的一點是：《百家公案》中的這 4 篇作品應與《金瓶梅》的成書時代比較接近，其中缺乏所謂「世代累積」的時間餘地。透過《金瓶梅》大量抄借前人、他人作品的表象，我們依稀可以看到的是一位（？）擁有相當的藏書量、博覽群書的作者的身影。

新見《金瓶梅》抄引
明文言小說素材考略
——兼談周禮《秉燭清談》《湖海奇聞》的佚文

　　《金瓶梅》成書的最大特點，即在於博采群籍，稍經剪裁、加工，整合進由洋洋百回構成的《金瓶梅》世界。舉凡長篇說部、中篇傳奇、宋元話本乃至通俗類書，無不為《金瓶梅》所採擷、取用，其種類之多、範圍之廣，在中國小說史上是絕無僅有的。

　　筆者曾就新發現的《金瓶梅》抄借《百家公案》中四回公案、三個故事文本中比較明顯的文言特徵推測：「它們的前身應當是產生於明代中、前期的短篇文言小說」，「明代的短篇文言小說也是《金瓶梅》重要的素材來源之一」[1]。最近，筆者又發現，有四篇明代短篇文言小說被《金瓶梅》抄引了其中六首詩。這一事實，不僅可以進一步拓展我們對《金瓶梅》素材來源的認識，而且也為追尋可能對《金瓶梅》的成書發揮過重要作用卻久已散佚的明周禮《秉燭清談》《湖海奇聞》二書的佚文提供了寶貴線索。

一

　　現按《金瓶梅》抄引這四篇明短篇文言小說中詩作的次序，對其基本情況做一介紹：

(一)〈嚴威誤宿天妃宮記〉

　　這篇小說傳世極罕，就目前所見，唯載於明胡文煥編《稗家粹編》卷二「幽期部」（附見下文），而在晚明風行的諸多文言小說選集或通俗類書，如署王世貞編《豔異編》、吳大震編《廣豔異編》、託名「玉茗堂」（即湯顯祖）批評《續豔異編》、江南詹詹外史（一般認為即馮夢龍）編《情史》、吳敬所編《國色天香》、余象斗編《萬錦情林》及何大

1　楊國玉〈新見《金瓶梅》抄借《百家公案》素材述略〉，〔韓〕《中國小說論叢》（第 30 輯），
　　2009 年，頁 11-22。亦可參見本書。

掄、林近陽、馮夢龍分別增編的三種《燕居筆記》等書中，均了無蹤影，也未見他書著錄。

〈嚴威誤宿天妃宮記〉，文凡 1300 餘字，敘：元泰定初，東昌士子嚴威遊學至臨清，見天妃宮尼淨真貌美，遂借寓於此，得與通情私合。其後，嚴威及第負情，另娶高官之女為妻；淨真悔恨不已，懸梁自盡。像這類「癡情女子負心漢」的故事，不一定會有什麼具體本事，但其故事結構卻與明人話本〈張于湖誤宿女真觀記〉中潘必正與陳妙常的故事頗為接近，只是與其喜劇式的結局大相徑庭。淨真尼失身遭棄，終致自縊，令人歔欷。文末云：「是用錄出，以為世警云」，既表達了對淨真某種程度的同情，又包含著道德警戒之意。

文中說，嚴威入住天妃宮後，「乃集古絕句一首」，托小尼法慧向淨真轉致愛意；淨真見詩不悅，亦自作一絕回覆。這兩首詩也出現在《金瓶梅》中：第二十八回，潘金蓮因失鞋而令秋菊到處尋找，竟意外地搜出了西門慶珍藏的已死的宋惠蓮的大紅睡鞋，金蓮撋酸，西門慶朦朧混過。回末引嚴威詩作詩證：「漫吐芳心說向誰……」，詩意不甚明確，似是表達西門慶對惠蓮的懷念之情。第八十八回，西門慶死後，吳月娘寡居守貞，看經念佛，「有詩單道月娘修善施僧好處：守寡看經歲月深……」，所引係淨真詩：「自入玄門歲月深……」，只是為切合語境而有所改作。

〈嚴威誤宿天妃宮記〉	《金瓶梅》
謾吐芳心說向誰， 欲於何處寄相思？ 相思有盡情難盡， 一日都來十二時。	漫吐芳心說向誰， 欲於何處寄相思？ 相思有盡情難盡， 一日都來十二時。 按：第二十八回回末詩。
自入玄門歲月深， 謹防六賊守貞心。 託身好是天邊月， 不許浮塵半點侵。	守寡看經歲月深， 私邪空色久違心。 奴身好似天邊月， 不許浮雲半點侵。 按：第八十八回回中詩。

儘管《金瓶梅》第八十八回的這首詩相對於淨真詩有一些異文，但其間的因襲之跡還是非常明顯和確定的。值得格外注意的倒是二書文字全同的第一首詩。此前，筆者發現這首詩及另外的兩首詩見於《百家公案》第九十三、九十四回公案；而〈嚴威誤宿天妃宮記〉也有同詩，且明確揭示出了其「集古」的「身分」。據核查，除第三句尚未詳

所出外，其他三句確係前人成詩：第一句出自元黃溍〈草意〉：「澹烟斜日照離離，漫吐芳心說向誰？」見明蔣一葵《堯山堂外紀》卷七十二；第二句「欲於何處寄相思」，作者不明，然在另一篇明文言小說〈金釧記〉的「集古絕句十首」中也有此句，句下注出「《詩選》」。《御定佩文齋詠物詩選》卷二百九十七收元末明初牛諒〈畫梅〉：「梨花雲底路參差，折得春風玉一枝。南雪未消江月曉，欲從何處寄相思？」其中有一字之異，或即此詩；第四句，出自元末明初吳志淳〈春遊〉（三首之一）：「百年總有三萬日，一日都來十二時。」見清顧嗣立編《元詩選》二集卷二十四。這表明，對於《金瓶梅》而言，〈嚴威誤宿天妃宮記〉應是比《百家公案》中的那篇公案更原始的素材來源。

附錄：

嚴威誤宿天妃宮記

泰定初，臨清有天妃宮，香火甚盛，往來仕宦必停驂躬謁焉。

東昌嚴威，字肅夫，飽學士也。聰明秀麗，獨步一時，年方二十。因遊學至臨清，聞天妃宮清致，率蒼頭行李於彼訪焉。時當朔旦焚脩，群尼誦經禮佛，鐘磬之聲響徹雲際。生於窗隙窺之，見一尼儀容俊雅，相貌端嚴，迥出人表，不能定情，趨入敘禮。群尼俱各稽首；唯一尼名淨真者，目生才貌，亦頗留心。老尼孔妙常詢以居止、姓名。生答曰：「生姓嚴名威，東昌儒者。久聞上方幽雅，欲假溫習經書，倘得寸進，當效銜環。」妙常有難色，群尼亦邈然無延接之意。淨真遽曰：「三教一家，彼儒生，又何疑焉？」孔妙常始許之，遂指以東廊靜室可以暫息霜蹄。生大喜過望，乃攜行李，卜日僑居。

生自見淨真之後，梵宇深沉，無由可達，徒付諸長太息耳。淨真時遣小尼法慧數餽茶果，日相親昵。生潛修書緘，浼法慧附去，乃集古絕句一首，云：

謾吐芳心說向誰，欲於何處寄相思。

相思有盡情難盡，一日都來十二時。

淨真得詩，勃然變色，復書答生，其略曰：

素昧平生，相逢邂逅，若不容留，是見溺而不援也。因以斯文雅意，特垂盍簪之情。遽發狂吟，甚非忠厚。予豈路柳墻花，易於攀折邪？鄙句復酬，請從茲絕。

其詩曰：

自入玄門歲月深，謹防六賊守貞心。

託身好是天邊月，不許浮塵半點侵。

自此數月，絕無往來。生衷情鬱結，恨不得插翅會悟（晤）於左右也。淨真口雖拒絕，心實眷戀，春心蕩漾，道性荒唐，復命法慧奉琴一張與之曰：「操之，可以解鬱陶〔情？〕。」

生悟其意，乃以眠獅玉鎮紙相酬，兼寄〈如夢令〉詞云：

　　春曉調絃轉軸，流水高山意足，指下韻清新，絕勝鏗金戛玉。　　三復、三復，
　　彈出鳳求凰曲。

淨真得詞，沉吟許久，情思蕩然。是夕月明如晝，萬籟俱寂，淨真獨步花陰，寢不成寐，
將欲乘興訪生，又恐衒玉求售。躊躕之頃，乃徐吟曰：

　　獨立花陰下，香消午夜天。

　　月光無我意，偏向別人圓。

生已得法慧指示赴約之路，殆至淨真寢室，忽聞吟詠之聲，默已聽之，深解其味，乃踵
韻以吟之曰：

　　人靜風生戶，雲消月滿天。

　　嫦娥應有約，今夕許團圓。

淨真聞之，諒其為生也，乃啟戶出迎，延入私室。淨真曰：「不約而來，其心何也？」
生跪答曰：「窈窕淑女，君子好逑耳。」彼此興濃，解衣就寢。淨真以白綾帕授生曰：
「妾雖下賤尼姑，元是含花處子，驗之明白，當交始終，勿以容易得而作等閑看也。」生
以帕拭海棠，果有新紅數點，乃矢之曰：「僕年二十，亦未諧婚。倘遂功名，必成伉儷。
有違此言，明神是殛！」淨真藏其帕，曰：「留以為他日之徵也。」遂相交會，極盡幽
情。雲雨佳期，非紙筆所可罄。

　　已而歡足，淨真即枕上吟之曰：「一見風流可意人，忘餐廢寢減精神。」生續曰：
「久勞巫峽臺中夢，今得桃源洞裏春。」淨真續曰：「蝴蝶粉粘身上汗，麝蘭香散枕邊塵。」
生結曰：「要知此段真消息，數點猩紅帕上新。」自此旦去暮來，略無間阻。

　　一夕，淨真曰：「夫婦之情已遂，功名之念難忘。君宜努力青雲，潛心黃卷，如詩
所謂『衾暖不如桃浪暖，衣香爭似桂花香』。今秋大比，鏖戰文場，取青拾紫，在此時
也。」

　　生亦感悟，遂辭歸鄉試，果登高選。明年，進士及第，授陝西行省參政，娶黃御史
女為妻。既之任所，亦無片言隻字以及淨真。

　　淨真知其負心，追悔無及，乃倩人寄詩一首，以為永訣之意云。詩曰：

　　一笑投機身自輕，空聞花下誓山盟。只期崔氏逢張珙，誰料王魁負桂英。

　　歡喜冤家從先始，風流話本自今成。信知覆水難收取，瓶墜銀牀怨月明。

生知其以死自許，但以其事為恥，祕不答書，謂去人曰：「厚擾上宮，未遑酬謝，他日
自當補報也。」

　　淨真既聞其言，又無回簡，心大悔恨，是夕沐浴更衣，焚香再拜，將日常往來書束
并綾帕，悉投之於火以滅跡。痛哭移時，幾至垂絕，乃以匹帛懸梁自縊而死。

比曉，尼眾覺而救之，死已久矣，遂置棺安厝。知其事者，惟法慧一人而已。

嗚呼！負心之漢，從古有之；癡心之婦，至今不少。若嚴生之與淨真，事在苟合，緣非正配，固不足取；然能自悔捐生，庶可滌其舊染，蓋所以愧夫世之淫奔不悛也。是用錄出，以為世警云。

(二)〈野廟花神記〉

此文見載於《廣豔異編》卷二十三、《續豔異編》卷十九，均在「草木部」，題〈野廟花神記〉；《稗家粹編》卷四「神部」、明泰華山人（林世吉）編《古今清談萬選》卷四「物彙精凝」類，均題〈野廟花神〉；另，明末西湖碧山臥樵纂輯《幽怪詩譚》卷三亦收，改題〈野廟花精〉（增飾較多）。此文篇幅不長，僅 750 餘字，敘：河陽儒士姚天麟遠出訪友，日暮而不及回城，夜宿於一巨室大家河陽真君之宅。主人盛情款待，請出四姬侑觴，四姬以自名各呈一律，並載歌載舞。天明，姚酒醒始覺，原來身在野外當境土地河陽真君廟中，唯見一泥像及廟兩旁階下辛夷、麗春、玉蕊、含笑四種花而已。篇末，《廣豔異編》《續豔異編》及《幽怪詩譚》三本作「天麟驚嘆而返」，《稗家粹編》《古今清談萬選》二本則多出一句：「自此益修厥德云」。

〈野廟花神記〉中含笑花神的自吟詩，被《金瓶梅》借抄於第五十回，作為回首詩。

〈野廟花神記〉	《金瓶梅》
天與胭脂點絳唇， 東風滿面笑津津。 芳心自是歡情足， 醉臉常含喜氣新。 傾國有情偏惱客， 向陽無語似撩人。 紅塵多少愁眉者， 好入花林結近鄰。 按：第一、二句中「天與」「面」，《廣豔異編》等四本同，唯《幽怪詩譚》作「欲語」「地」；第四句中「常」，《廣豔異編》《續豔異編》二本同，《稗家粹編》《古今清談萬選》《幽怪詩譚》作「長」。	天與胭脂點絳唇， 東風滿面笑欣欣。 芳心自是歡情足， 醉臉常含喜氣新。 傾國有情偏惱客（客）， 向陽無語笑（似）撩人。 紅塵多少愁眉者， 好入花林結近鄰。 按：第五十回回首詩。

(三)〈遊會稽山記〉

此文見載於《燕居筆記》（何大掄輯本）卷五下層「記類」、《廣豔異編》卷三十二「鬼部一」、《續豔異編》卷十三「鬼部一」，均題〈遊會稽山記〉；《稗家粹編》卷六「鬼部」，題〈鄒宗魯遊會稽山記〉；《情史》卷二十「情鬼類」亦收，已大幅刪略，改題〈花麗春〉。在各本中，應以《燕居筆記》本最接近原本。此文計 1300 餘字，敘：天順年間，慶元縣人鄒師孟往遊杭州，至會稽山天晚，投宿於一巨室之家。女主人乃一少年美人，自稱名花麗春，其夫趙禔已卒，如有人能詠四季宮詞，即托終身。鄒生下筆立成，甚稱女意，得諧歡會。將及一年，女言上天降罰，禍且將至，與生泣別。次日，雷雨霹靂過後，華屋、美人失其所在，唯有古塚枯骨。鄒生詢之鄉人，乃悟花麗春係南宋度宗嬪妃，感女情厚，遂廢業出家，雲遊各省，後入天台山，不知所終。明周楫著《西湖二集》卷二十二〈宿宮嬪情殢新人〉即據此敷演成篇。

鄒生所作四季宮詞中的第一、二首，即春、夏二詞，均被《金瓶梅》借用：第一百回，「正值春盡夏初天氣」，葛翠屏與韓愛姐見百花盛開，觸景傷情，翠屏遂口吟道：「花開靜院日初晴（晴）……」；第九十七回，「正值五月端午佳節」，春梅與陳經濟在花亭偷歡，「有詩為證：花亭歡洽鬢雲斂（斜）……」這兩首詩，在時間上與原作吻合，只是結合地點、人物、事件做了相應改寫。

〈遊會稽山記〉	《金瓶梅》
花開禁院日初晴， 深鎖長門白晝清。 側倚銀屏春睡醒， 綠楊枝上一聲鶯。	花開靜院日初晴（晴）， 深鎖重門白晝清。 倒（側）倚銀屏春睡醒， 綠槐（楊）枝上一聲鶯。 按：第一百回葛翠屏詩。
鎖窗倦倚鬢雲斜， 粉汗凝香濕絳紗。 宮禁日長人不到， 笑將金剪剪榴花。 按：第一句中「鎖」字，《燕居筆記》《廣豔異編》《續豔異編》《情史》四本同，《稗家粹編》作「瑣」，二字通用。	花亭懽洽鬢雲斂（斜）， 粉汗凝香沁絳紗。 深院日長人不到， 試看黃鳥啄名花。 按：第九十七回回中詩。

在《西湖二集》中，也保留了這兩首詩，第一首全同，第二首則改動較多：「荷風拂鬢鬢鬖影，粉汗凝香沁臂紗。宮禁日長人不到，笑將金彈擲榴花。」

需要提及的是，這兩首詩在明代似乎有較大影響。明諸聖鄰《大唐秦王詞話》卷一有題首詞，也是四季詞，其中兩首：「鞦韆蹴罷玉釵橫，倦倚銀屏午睡清。芳草夢成誰喚醒，綠楊枝上一聲鶯。」「繡窗倦倚鬢雲斜，幾陣熏風透碧紗。上苑日長無箇事，笑將金剪剪榴花。」顯然也帶有自〈遊會稽山記〉脫化而來的痕跡。

(四)〈金釧記〉

此文見載於《稗家粹編》卷二、《廣豔異編》卷八、《續豔異編》卷四，均置於「幽期部」，題同，除後二書有個別誤字外，文字大同；另外，《情史》卷三「情私類」亦收錄，改題〈章文煥〉，且多有刪略、改寫。〈金釧記〉文凡 1000 餘字（以《稗家粹編》為準），故事情節並不複雜，敘元天曆己巳（二年）溧水士人章文煥與表妹羞花兩情歡好，先私後婚之事。

文中言，章文煥回見父母，陳情求聘，羞花因作「集古絕句十首」，以表思念之情。這十首集句詩，《稗家粹編》除第七首末句外，均於句下注明作者或出處；其他三本無。其中第四首被《金瓶梅》第一百回移錄，作為韓愛姐想念陳經濟之作。此詩，《情史》已刪。

〈金釧記〉	《金瓶梅》
亂愁依舊鎖眉峯（朱淑真）， 為想年來顦頷容（柳子厚）。 離別幾宵魂耿耿〔韓握（偓）〕， 碧霄何路得相逢（楊巨源）？ 按：第三句，《唐百家詩選》《唐詩鼓吹》《全唐詩》均謂李郢作，出《秦處士移家富陽（春）發樟亭懷寄》。	亂愁依舊鎖翠舉（峯）， 為甚年來瞧（憔）悴容？ 離別終朝魂耿耿， 碧霄無路得相逢。 按：第一百回韓愛姐詩。

這四篇文言小說，所收各書均不注出處，也未注作者。除〈野廟花神〉無明確時間外，其他三篇有故事背景年號：〈嚴威誤宿天妃宮記〉，「泰定初」，元泰定帝年號（1324-1328）；〈金釧記〉，「天曆己巳（二年，1329）」，元文宗年號；〈遊會稽山記〉，「天順年間（1457-1464）」，明英宗年號。在四篇小說中，除〈嚴威誤宿天妃宮記〉情節稍勝，其餘三篇均故事簡單，筆力萎弱，且帶有明代「詩文小說」的突出特徵，斷其產生於明代早期，應是切實的。

二

欣欣子〈金瓶梅詞話序〉云:

> 吾嘗觀前代騷人如盧景暉（？）之《剪燈新話》、元徽（微）之之《鶯鶯傳》、趙
> 〈君〉弼之《效顰集》、羅貫中之《水滸傳》、丘瓊山之《鍾情麗集》、盧梅湖之
> 《懷春雅集》、周靜軒之《秉燭清談》，其後《如意〔君〕傳》《于湖記》，其間
> 語句文確（雅），讀者往往不能暢懷，不至終篇而掩棄之矣。

在欣欣子開列的這份書單中，除《水滸傳》外，其餘八種均屬文言小說；而《秉燭
清談》之外的各書，確曾對《金瓶梅》的成書產生過程度不同的影響。如陳益源先生所
說：「文言小說中除了《如意君傳》之外，欣欣子〈金瓶梅詞話序〉另外提到的《鶯鶯
傳》《剪燈新話》《鍾情麗集》《于湖記》，都有證據確定曾為《金瓶梅》所借鑒，現
在又知序中言及的《懷春雅集》與《金瓶梅》關係尤為密切（在在顯示欣欣子序頗堪玩味）。」
[2]然《秉燭清談》原書早已佚失不存，使人無從瞭解《金瓶梅》借鏡該書的形式和程度。
在目前學界已經差不多將《金瓶梅》的素材來源搜覓殆盡的情況下，新發現的這四篇明
代短篇文言小說（至少其中的兩篇）就為我們提供了一個可能將其與周禮其人其書聯繫起
來的契機。

周禮（1457?-1525?），字德恭，號靜軒，浙江余杭人，著作甚豐，其中有仿瞿佑《剪
燈新話》而作的《秉燭清談》《湖海奇聞》兩部文言小說集。此外，清黃虞稷《千頃堂
書目》卷十五尚著錄有《廣說郛》八十卷卷目，卷四十三中有周禮《綺窗聯句記》，或
即二書中篇什。

關於《秉燭清談》，明高儒《百川書志》卷六「小史」類著錄：「《秉燭清談》五
卷，余杭靜軒周禮德恭著，凡二十七篇。」該書的內容，明顧起元《說略》卷八記其中
有林義士玨傳一則，筆者又從明汪廷訥輯著《勸懲故事》卷四考索出〈違誓再醮〉一篇
佚文[3]，餘皆不詳。由於文獻記載太過疏略，除非該書重見天日，或文獻中某處注明出自
《秉燭清談》，對其佚文的考索難有進展。

而對《湖海奇聞》，《百川書志》卷六「小史」類的著錄稍微具體一些：「《湖海
奇聞》五卷，余杭周禮德恭著，聚人品、脂粉、禽獸、木石、器皿五類靈怪七十二事。」
所幸當年孫楷第先生在大連圖書館見過一部明弘治九年刊《湖海奇聞集》殘本，且做了

2　陳益源〈《懷春雅集》考〉，《金瓶梅研究》（第五輯），瀋陽：遼瀋書社1994年。

3　楊國玉〈新見周靜軒《秉燭清談》佚文〉，《河北工程大學學報》，2011年第2期。

較詳細的記載：

> 是其書蓋弘治間周氏之所作。其書都凡六卷，前五卷為正文，末一卷為附錄。是本第一卷及第二卷之前三頁已殘缺。……第六卷末有木記云「弘治丙辰季春雙桂書堂新刊」，後序末有木記云「余氏雙桂繡梓刊行」，知是本蓋明弘治丙辰雙桂堂余氏書肆刊行，蓋閩刻本也。其書彙集異聞，大抵皆分類載記，惜其已非完帙，故其門類，已不可知。今就其所存五卷考之，第二卷存十有一則，其門類已不可知，詳其內容，則大抵皆記人事；第三卷為禽獸靈怪，凡一十有四則；第四卷木石靈怪；第五卷為器皿靈怪，凡一十有五則；第六卷為〈伏氏靈應傳〉〈碧玉簪記〉，大旨在記靈怪之實有，明因果之顯效，以震聾世俗，而警愚頑；凡草木鳥獸之異，靡不畢載，可謂極鬼神事物之變矣。……是編薈萃諸詭幻事物以為一編，大都偏重事狀，少所鋪敘，與宋代志怪之書合而觀之，亦足以見其變遷之跡矣。[4]

先是，薛洪勣先生從崇禎初刊《幽怪詩譚》卷一、卷四中考出〈玉簪傳信〉〈伏氏忠烈〉二篇即《湖海奇聞》中卷六附錄的〈碧玉簪記〉〈伏氏靈應傳〉[5]，已為學界確認。其後，陳國軍先生據明彭大翼《山堂肆考》卷一六六注出《湖海奇聞》的〈畫美女〉，指出此篇即《幽怪詩譚》卷五的〈畫姬送酒〉；又據明孫緒指周禮多剿襲前代名公成詩，「杜撰一事，聯合諸詩，遂成一傳」的體制特點，揭示出《幽怪詩譚》另有 40 篇出自明童軒《清風亭稿》，也當是《湖海奇聞》佚文[6]。另有韓國學者金源熙先生則認定《幽怪詩譚》有 47 篇出於《清風亭稿》[7]。這種從周禮的編纂方式來考索《湖海奇聞》佚文的方法固然可貴，卻也因無法排除某些偶然現象而存在著方法論上的不嚴密處。即如《幽怪詩譚》卷五同樣引用童軒詩的〈驛女鳴冤〉一篇，也見錄於《古今清談萬選》卷二「人品靈異」類，題〈驛女冤雪〉；《稗家粹編》卷八「報應部」，題〈許女雪冤〉。《古今清談萬選》《稗家粹編》保留了原作風貌，故事背景在「弘治壬戌」（《幽怪詩譚》改作元「至治壬戌」），可問題是，「弘治壬戌」是弘治十五年，已在《湖海奇聞》弘治九年刊行之後。故指其為《湖海奇聞》佚文，實屬可疑。此外，向志柱先生尚據馮夢龍編《古今譚概》卷二十一「譎知部」〈一錢誆百金〉一則注出《湖海奇聞》，謂「大類卷二

4　孫楷第《戲曲小說書錄解題》，北京：人民文學出版社 1990 年，頁 12。

5　薛洪勣《傳奇小說史》，杭州：浙江古籍出版社 1998 年，頁 234。

6　陳國軍〈周靜軒及其《湖海奇聞》考論〉，《文學遺產》2005 年第 6 期。

7　〔韓〕金源熙〈明代文言小說集《幽怪詩譚》淺談〉，《中國學研究》（第 8 輯），濟南：濟南出版社 2006 年，頁 210-211。

記人事者」[8]。然此篇記騙子之術，與《湖海奇聞》傳靈怪之事的體例著實不侔，或原書誤記，或另有異書同名，只可存疑。

　　將目前所知的大概 50 篇《湖海奇聞》佚文與 2 篇《秉燭清談》佚文作一比較，我們可以約略確定二書內容、體例的差異：《秉燭清談》的 2 篇均有本事可考：林義士珏傳，出自元僧楊連真伽發宋諸陵時有義士收埋陵骨事，見宋周密《癸辛雜識》別集卷上〈楊髡發陵〉、元陶宗儀《輟耕錄》卷四〈發宋陵寢〉等；〈違誓再醮〉，其事則見於宋洪邁《夷堅甲志》卷二〈陸氏負約〉。周禮的工作，應是在原有資料的基礎上進行增飾、改寫。而《湖海奇聞》則擺脫了歷史的制約，除剽襲舊詩外，屬於周禮的個人撰作。在那些同見於《幽怪詩譚》與《古今清談萬選》或《稗家粹編》的篇章中，有不少有故事年代，而這些年代的跨度極大，遠至三國蜀「漢炎興末」（《古今清談萬選》卷一題〈安禮傳琴〉，《幽怪詩譚》卷二改題〈伯牙余孃〉，並改年代作「漢建炎中」，誤），其後有唐、宋、金、元各代年號，一直到明前期洪武、宣德、正統、景泰、天順、成化諸帝年號，顯示出作者安排故事年代時隨意點插的特點。明胡應麟《少室山房筆叢》卷二十五〈莊嶽委談下〉曾結合瞿佑《剪燈新話》、李昌祺《剪燈餘話》二書批評《秉燭清談》：「《新》《餘》二話，本皆幻設，然亦有一二實者。……效二書而益下者，有《秉燭清談》等，言之則點牙頰。」這個「點牙頰」（憑空虛構之意）之譏，如果放到《湖海奇聞》身上，倒比《秉燭清談》更合適些。

　　需要指出，欣欣子序所謂「周靜軒之《秉燭清談》」，應從廣義理解。正如其中也談到《剪燈新話》，但實際上該書對《金瓶梅》並無直接影響，被《金瓶梅》取用素材的是《剪燈餘話》：《金瓶梅》第二十一回「赤繩緣分莫疑猜……」一首及第八十二回「明珠兩顆皆無價……」詩句均出自《剪燈餘話》卷四〈江廟泥神記〉，第八十二回「獨步書齋睡未醒……」則抄改自同書卷五的〈賈雲華還魂記〉。

　　新發現的這四篇被《金瓶梅》抄引的明代短篇文言小說，無疑會拓展我們對《金瓶梅》素材來源的認識。其中，〈嚴威誤宿天妃宮記〉〈金釧記〉兩篇全述男女私情，無關靈怪，姑且勿論；而〈遊會稽山記〉〈野廟花神記〉兩篇則與已知的《湖海奇聞》各方面特點高度契合，有欣欣子序的提示，我們有理由將其與周禮聯結起來：它們應當分別是《湖海奇聞》卷二「脂粉」類、卷四「木石」類中物。當然，要最終確證這一點，還有待於新的資料的發現。

8　　向志柱《胡文煥胡氏粹編研究》，北京：中華書局 2008 年。

關於《金瓶梅詞話》校勘的方法論問題

1932 年，曾長期湮沒無聞的《新刻金瓶梅詞話》刊本重現於世，入藏原北平圖書館（現存於臺灣故宮博物院），立即引起了學界的高度重視。其後，東鄰日本又陸續發現了同出一版的兩部刊本（日光山輪王寺慈眼堂藏本、德山毛利就舉氏棲息堂藏本）和一個殘本（京都大學藏本）。此本卷前有東吳弄珠客〈金瓶梅序〉，末署「萬曆丁巳季冬」〔萬曆四十五年（1617）十二月〕，學界稱之為「萬曆本」。與此前世人熟悉的崇禎本《新刻繡像批評金瓶梅》相比，這個本子文字量大，「山東土白」色彩更濃，場面鋪陳更細緻入微，人物語言也更加鮮活。由此，人們知道萬曆本《金瓶梅詞話》正是崇禎本所從出的祖本，而崇禎本則是在此基礎上由南籍文士刪改而成的後代子本。萬曆本以其原始樸拙的風貌，逐漸取代了崇禎本，成為《金瓶梅》研究所依據的主要文獻文本。

然而，《金瓶梅詞話》又是一個刊刻極其粗糙的本子，其中訛誤衍奪的數量之多、密度之大，幾至俯拾即是，令人咋舌。唯其如此，對《金瓶梅詞話》文本的校勘幾乎從其面世後不久就開始了。在原北平圖書館藏本上，就有佚名讀者的朱筆改校（未必出自同一人）；崇禎本對萬曆本的大幅刪削，不能不說也有著這方面的原因。到了現代，海內外先後出版了多種校點本，都有數量不等的校改之處。其間，另有許多包含校勘成果的論文、論著發表或出版。所有這些，對於《金瓶梅詞話》的文本建設都有不同程度的建樹，但毋庸諱言，其中失改、誤改之處也甚多。究其原因，關鍵就在於都存在著方法論層面的缺失或不足問題。

任何正確結論的得出，都必須要以科學的方法作保證。筆者以為，要恢復《金瓶梅詞話》的本來面目，首先必須要結合其文本實際，運用歸納和演繹、比較和分類等科學方法，著力揭示個別誤例之間存在的真實聯繫，進行整體概括，從而把握其規律性。正如達爾文所說：「科學就是整理事實，以便從中得出普遍的規律或結論。」[1]否則，單靠猜測或感覺，而囿於枝節之見，孜孜於個別字、詞，便永遠也不可能有實質性的進展。

1　轉引自〔英〕W. I. B. 貝弗里奇《科學研究的藝術》，陳捷譯，北京：科學出版社 1979 年，頁 96。

一、誤字歸因：萬曆本刊刻所據底本是一個經輾轉流傳的草書抄本

　　《金瓶梅詞話》差謬殊甚，到底何由所致？這是關涉《金瓶梅詞話》校勘的最大謎團。對此，目前學界的觀點有這樣幾種：有的從該書的成書方式索解，如香港的梅節先生認為：「《金瓶梅》本為說書人底本，說書人用的是鮮活的口語，記錄整理時，許多方言土語有音無字，只好自我造字或用近音字代替，結果簡筆字、生造字、諧音字、錯別字滿紙」[2]；有的說法類似，又稍有不同，認為：「《金瓶梅》是俚人耳錄，不論是口述者還是寫錄者，文化層次是不高的，用字品位是較低的。寫錄者不會是大名士文人，連小名士的文人也不是」[3]；有的則試圖從作者的生理疾障方面尋得合理的解釋：「令人大惑不解的是：錯別字卻出奇的多！這種極不協調的現象促使我們作如是想：會不會是作者眼睛不好或手臂有病，而由其本人口述、倩人代筆以成書的呢？」[4]；還有的比較籠統，認為：「這些舛誤有的是由於作者記誤造成的，但絕大部分是傳抄人、補綴者、付刻人和刻工弄錯的」[5]。如此，作者、寫錄者、傳抄者、刻工等，究竟誰之過耶？

　　好在《金瓶梅詞話》文本的特殊性為我們最終破解這一謎團提供了契機。《金瓶梅詞話》是中國文學史上第一部由文人獨立撰著而成的長篇小說，然而又不是全無依憑的。書中的許多故事情節、描述文字、詩詞、韻文等都淵源有自，係從前人的小說、話本、雜劇、傳奇等作品中借引而來。隨著《金瓶梅》研究的不斷深入，這類素材被越來越多地鉤稽出來。除了《金瓶梅》脫胎而出的母體《水滸傳》外，為其提供素材的前人作品涉及到多種體裁：宋元話本，如《六十家小說》（殘存29篇，現名《清平山堂話本》）以及〈志誠張主管〉〈張于湖〉等；講史、公案小說，如《大宋宣和遺事》《包龍圖判百家公案》等；文言、詩文小說，如《如意君傳》《懷春雅集》《嬌紅記》《剪燈餘話》《效顰集》等；日用類書、善書、術數書，如《博笑珠璣》《麻衣相法》等；劇曲、散曲，如《西廂記》《南西廂記》《琵琶記》《香囊記》《玉環記》《玉玦記》《寶劍記》《繡襦記》等以及收錄於《盛世新聲》《詞林摘豔》《雍熙樂府》等曲集的大量套數、小令。大致算來，所涉書目已多達百餘種。這些素材的發現，為《金瓶梅詞話》的校勘工作提

2　梅節〈全校本《金瓶梅詞話》前言〉，《吉林大學學報》1988年第1期。

3　傅憎享《金瓶梅隱語揭秘》，天津：百花文藝出版社1993年，頁220。

4　劉中光〈《金瓶梅》人物考論〉，聊城《水滸》《金瓶梅》研究學會編《金瓶梅作者之謎》，銀川：寧夏人民出版社1988年，頁180。

5　魯歌、馬征〈《金瓶梅》正誤及校點商榷〉，《金瓶梅縱橫談》，北京：北京燕山出版社1992年，頁220。

供了確鑿可靠的文獻依據，在很大程度上彌補了缺乏可供參據的同一系統的刊本或抄本的巨大缺憾。

將《金瓶梅詞話》與其素材文獻對照，可以發現，萬曆本中的大量誤字已經超出了普通形訛或音訛的範疇。此處僅舉數例以證：第二十九回「比及星眸驚欠之際」，語出題明徐昌齡《如意君傳》，「欠」應作「閃」；第七十回「你有秦趙事指鹿心」，語出明李開先《寶劍記》第五十齣，「事」應作「高」；第七十三回「今影指引苦（苦）堤（提）路」，見於明馮夢龍編《喻世明言》第二十九卷及明羅懋登《三寶太監西洋記》第九十二回，「影」應作「朝」；第七十七回「偶憑出鳥語來真」，語出明佚名《懷春雅集》，「出」應作「幽」。稍知草書者即不難明白，它們都是在草書狀態下致訛的。將《金瓶梅詞話》中的大量誤字（當然不是全部）歸納起來，可以獲得一個基本結論：萬曆本據以刊刻的底本是一個有著大量草書字形的本子（不排斥俗、簡字）。這也就意味著，萬曆本的眾多訛誤實際上發生在由草書底本向刊本轉化的中間環節，其主要責任者既非作者本人，也不是寫錄者、傳抄者或刻工，而是在木版雕刻書坊中專司在薄紙上據底本轉寫成工整宋體的寫工。有道是：「草字出了格，神仙不認得。」底本既草，寫工又不甚諳練，故多有誤識，也就是情理中事了。

而且，在此基礎上，對萬曆本刊刻所據的這一草書底本，我們還可以有進一步的認識：它既非作者交於書坊付梓的原稿本，也非第一代抄本，而是一個輾轉傳抄的抄本。書中有例可證：第二回：「（西門慶）那一雙積年招花惹草、慣細風情的賊眼」，其中「細」字，崇禎本改「覷」，現代校點本或改「戲」，均誤。其實，本書第六十九回有同語：「（西門慶）也曾吃藥養龜，慣（慣）調風情。」顯然，「調」字意切，應為正字。第四十六回又有相似例：「遊人隊隊踏歌聲，士女翩翩垂舞調」，語出《清平山堂話本·刎頸鴛鴦會》，「調」應作「袖」。「調」何以會誤作「細」？「袖」又怎麼錯成了「調」？細加推繹可知，這是經過多個環節的連環形訛，其致誤路徑分別為：調—綢（紬）—細；袖—紬（綢）—調。其間，發生過兩次（草書）形訛、一次異體轉寫。——有許多漢字一字多體（繁、簡、異、俗），本書多有抄手根據自己的用字習慣予以轉寫的字例，也有因此致誤例。——這表明，萬曆本所據底本至少已是第三代傳抄本。

要之，萬曆本《金瓶梅詞話》據以刊刻的底本是一個經輾轉流傳的草書抄本。確證了這一點，就為《金瓶梅詞話》的辨誤正訛提供了正確的方向性保障。

二、類型分析：訛誤衍奪各有因

基於對《金瓶梅詞話》草書底本的宏觀把握，通過對大量訛誤衍奪字例的梳析、比

較，按其致誤之由，可以具體概括為具有普遍性的四種基本類型（為說明問題，在必要處，舉一至二例以示證）：

(一)訛誤

1.**重文符形訛**。《金瓶梅詞話》萬曆本中除了大量草書形訛誤例外，還有許多由重文符所致形訛例。明清刻、抄本多用符號簡代以上所出同字，謂「重文符」，有「、」「々」「ヒ」「マ」「二」「ヌ」「く」等形。本書底本即多有重文符，寫工每每誤識作另一字形較簡的字，如：第二回：「整日乞那婆娘罵了三四日」，前一「日」字即重文符形訛（々），宜回改作本字「整」；第三十八回：「悶下無聊」，「下」亦重文符形訛（？），應回改作本字「悶」。反之，本書又多有寫工將簡字誤識作重文符而轉寫致訛例，如：第八回：「奴眉兒淡淡教誰畫」，後一「淡」字正字作「了」，乃將底本原字誤認作重文符（マ），又轉成本字而訛；第七十三回：「胡亂帶過斷斷罷了」，後一「斷」字正字作「七」，係將底本原字誤識作重文符（ヒ），又轉成本字而訛。

2.**一字誤析作二字**。草書簡略變形，且往往大小不拘。寫工據草書底本轉寫時，多有將原本一字（多上下結構）誤析作直行（縱向）二字例，如：第五十九回：「你家姐姐做了望門無力」，「無力」二字係「寡」字誤析；第八十四回：「推一人齊（斧）响」，「推一」二字係「樵」字誤析。此外，本書尚有將一左右結構的字橫向誤析作直行二字例，如：第十五回：「瑠璃瓶光單美女（卉）奇花」，「光單」二字係「挿」（插）字誤析；第五十回：「有英樹上開花」，「有英」二字係「鉄」字誤析。

3.**二字誤合作一字**。與上者相反，本書多有將直行兩字誤合作一字例，如：總目第三十回：「西門慶生子嘉官」，「嘉」係「喜加」二字誤合；第七十九回：「歲傷旱」，「旱」係「日干」二字誤合。另外，本書又有誤合一字、一重文符為一字例，如：第四十四回：「只聽滑浪一聲，沉身從腰裡吊下一件東西來」，「身」係「旬旬」（前字後符）誤合。同時，也有少量把二字橫向誤合作一字例，如第十二回：「你教人有刺眼兒看得上你」，「刺」係「半个」二字橫向誤合。

4.**二字誤組作另二字**。與誤合例相似，本書又有將原本直行兩字拆分重組誤例，如：第七十一回：「石走怒干」，「怒干」係「如飛」誤組；第七十二回：「行到沂水縣公用鎮上」，「公用」係「八角」誤組。此外，尚有橫向二字誤組例，如：第七十九回：「喪門魁在生災」，「魁在」即「鬼怪（恠）」橫向誤組，似由橫書添補所致。

(二)贅衍

1.**相連兩字的一字二形**。本書多有原本是同一字而兩次書寫以致相連二字中有一訛

衍例，其中大多一正一誤，間有二字皆誤者，如：總目第六十六回：「翟管家寄書致賭賻」，「賭」「賻」實為同字，上字訛衍而下字正；第十三回：「還有幾分疑齯影在心中」，「疑」「齯」亦為同字，上字正而下字訛衍。萬曆本此種一字二形例甚多，推其緣由，或因底本中該字旁有改筆，寫工不知取捨而二形俱錄；或由寫工對該字辨識不定，因而連書二形。尤以後一種可能性為大。

2. **間隔數字的一字二形。**與上者類似，本書尚有二形原屬同一字卻間隔數字的竄衍例，蓋因寫工對已書前字仍予存疑，而於後位補錄（或正或誤）。如：第三十九回：「靈寶答天謝地報國酬恩九轉玉樞盟寄名吉祥普滿（福）齋壇」，其中「盟」與前「恩」係同字，前正而後誤；第七十七回：「學生已并除他開了」，「開」與前「并」亦係同字，前誤而後正。

3. **由一字中誤析出一部分而衍。**此類析衍例有兩種：下字衍上部分，如：第四十四回：「一遞一個唱《十段錦》『二十八半截兒』」，「八」係下一「半」字之上半「ソ」析衍；第七十五回：「掀開一簾子」，「一」係下一「簾」字上「𥫱」形析衍。下字衍左旁，如：第四十二回：「他平白寫了『垓（炕）子點頭』那一年纔還他」，「子」係下一「點」（點）字左旁「黑」草書析衍；第五十回：「抱在我懷中定了定子絃」，「子」係下一「絃」字左旁「糸」草書析衍。

4. **換行而衍。**寫工需一邊看底本，一邊抄寫上版，在寫完一行需換下一行時，或有走神，疏忽了剛剛寫過某字，於是又重書一遍，以致本書刊本中多有上行末字、下行首字重衍例，如：第五十二回：「定（是）婁金金狗當直」，誤衍一「金」字；第七十回：「勅加太傅兼太太子太傅」，誤衍一「太」字。

(三)脫奪

1. **奪簡字。**通常在抄稿時，一些筆劃少、字形簡的字符，往往易於輕忽而致其脫失。此類奪字例，本書中多見，如：奪「一」字：欣欣子序：「始終如脉絡貫通」，「如」下奪「一」字；第五十一回：「極時之盛」，「時」上奪「一」字。奪「上」字：第二十七回：「拽花園門」，「拽」下奪「上」字；第八十五回：「今日却輪到我頭」，「頭」下奪「上」字。奪「下」字：第三十回：「那蔡老娘倒身磕頭去」，「磕」下奪「下」字；第三十九回：「一直走到濁河邊枯樹」，「樹」下奪「下」字。奪重文符：第二十七回：「覺翕然暢美不可言」，「翕」字應重，奪其一；第八十八回：「奴須慢再哀告他則個」，「慢」字應重，亦奪其一。

2. **奪繁字。**相反，有一些劃多形繁的字，或在底本中已漫漶不清，不易辨認，被寫工略而未錄。本書亦多有此類奪字例：第二十八回：「辣辣的打上他二三十板」，「辣

辣」上奪一「實」字；第三十四回：「要便彈〈打〉胡博詞、扠兒」，「扠兒」下奪一「雞」字。

3.**相鄰二字形近（含草書）而失其一**。本書多有因相鄰二字形近而致其中一字脫失例，如：第六十九回：「上面寫着『晚生王寀頓首百拜』」，「着」下奪形近字「眷」；第七十二回：「怎的在屋裡狐假虎威，起精兒來」，「威」下奪一形近字「成」。

4.**脫漏重字間文字**。寫工據底本轉寫時，遇鄰近文字中有相同的字（或形似之字），尤其是句型接近，往往可能大意滑眼，由上字跳至下字，而致其間部分文字脫漏。本書多有此類奪字例（為敍述方便，多視作奪後半），如：第七回：「自古船多不碍路」，「碍」字下實奪「港車多不碍」五字；第七十八回：「關〔大〕王買（賣）豆腐，人硬」，「硬」下亦奪「貨不硬」三字。

(四)前失後補

與以上一字間隔數字而有二形的衍字例近似，本書又多有寫工察覺上文有奪字，隨於下文補錄例。其中，有補一字者，如：第四十五回：「西門慶與伯爵下雙陸，走出來撤看」，「撤」字應在「下」字上；第七十九回：「未免送些喜麵親鄰與」，「與」字應在「親鄰」上。尚有補二字及二字以上者，如：第七十四回：「……難拋難舍。仙童催促，說道：『善心娘子，陰間取你三更死，定不容情到四更。不比你陽間好轉限，陰司取你，若違了限，我得罪更不輕說短長。』」其中「說短長」三字應在「難拋難舍」下；第七十六回：「西門慶看了藥帖，把丸藥送到玉樓房中、煎藥與月娘。……玉樓道：『還是前日分付那根兒……』」，其中「分付」二字應在「把丸藥」上。

以上只是《金瓶梅詞話》中訛誤衍奪的幾種基本類型，實際上還存在著多種誤因糾纏在一起的更為複雜的情形。

三、意象還原：抄本草書有其獨特的書寫特徵

《金瓶梅詞話》中的絕大多數誤字，帶有比較明顯的草書形訛的一般特點。比如，「月」（肉）旁草書作「⿰」，本書多有與「忄」「足」「礻」「言」「彳」「扌」「亻」「辶」「丿」「氵」「舌」「古」「木」「女」「片」「丁」「風」（左半）、「土」「口」「日」等偏旁互誤例；「艹」頭草書，右上之「十」連筆多作「つ」，本書多有與「夂」「罒」「宀」「冖」「⺜」「亠」「⺌」「一」「厶」「マ」「⺍」等字頭互誤例；「門」字草書近「つ」形，本書亦多有因此形而互誤例。然而，又有為數不少的有確鑿文獻依據的誤字，則顯然已不能由普通的草書形訛所能解釋，實際上體現了草書底本抄寫

者較為獨特的書寫習慣。這樣的草書形訛例，突出集中在有著密切關聯的兩組：

(一)「丨」／「宀」／「冖」

《金瓶梅詞話》中某些誤字，正、誤字形差異極大，甚至多有結構變化，出現上下結構、左右結構互誤例。如：第六十二回：李瓶兒病亡，西門慶「口口聲聲只叫『我的好性兒、有仁義的姐姐』不要」，「要」字顯誤，崇禎本刪原「不要」二字，原北圖本朱筆改「住」，均不確。本書凡含包人物語言的同類語式，均以「不絕」二字結，「要」實為「絕」之訛。第七十三回：潘金蓮抱怨丫頭秋菊：「你倒自在，就不說往後來接我要兒去！」崇禎本改「要」作「接」，是。此為單音詞的複式結構，動詞前後一致。第六十七回：西門慶與如意兒偷歡，「老婆無不曲休承奉」，「休」當為「意」之訛。崇禎本改「體」，誤。「曲意承奉」，也作「曲意奉承」，成語，委曲己意而奉承別人之意。第七十九回：西門慶酒醉，潘金蓮「翻來覆去，怎禁那慾火燒身，淫心蕩意」，崇禎本改「意」作「漾」，是。「淫心蕩漾」為明清小說（含本書）常用成語。此四例中，前二例「絕」「接」誤作「要」，後二例「意」與「休」「漾」互誤。細加推察，「要」「意」的共同之處在於字左均含有豎、橫交叉兩筆（為便於表述，稱「丨」形）。蓋由在本書底本中，「丨」形草書多近「ﾎ」，故易致析出而與「糸」「扌」「亻」「氵」等旁混訛。

再有，本書又多有「宀」頭字與左右結構字互誤例，如：第六十一回：「那趙太醫得了二錢銀子，往家一心忙似箭，兩家走如飛。」其中後一「家」字係「脚」之誤。「一心忙似箭，兩脚走如飛」乃元、明戲劇、小說中的常用留文，語例甚多。第七十一回：寫宋徽宗年號，「先改建中靖國，後改崇建」。此處文字出自《大宋宣和遺事》，後句原作：「改崇寧」，則知「建」乃「寧」之誤。第七十三回：薛姑子所講佛法故事，有偈曰：「禪家法教豈非凡，佛祖家傳在世間。」此偈見於《清平山堂話本》之〈五戒禪師私紅蓮記〉、《喻世明言》第三十卷〈明悟禪師趕五戒〉，後一「家」乃「流」之誤（前一「家」乃「宗」之誤）。第七十七回：逢天下雪，有贊詞云「富豪俠卻言……」。這首雪詞出自《水滸傳》第十回，此句原作：「富室豪家卻言道」，可知「俠」乃「家」之誤（另奪「室」字）。此四例中，除「寧」誤作「建」，其他三例都與「家」相關，而與「脚」「流」「俠」三字互誤。參考「丨」形草書之誤，可以大致推知：本書底本中「宀」頭多慣於寫作近「ﾎ」形，故易致左劃析出而與「月」（肉）「辶」「氵」「亻」等旁互誤。這類與「宀」頭字互誤的左右結構字，右上多帶有類「宀」形的「印記」（「脚」字草書，右「卩」形居右下近「ﾏ」）。

與此類似，本書又多有含「冖」形之字與左右結構字互誤例，如：第五十回：西門

慶與王六兒行房,「婦人淫津流溢,少頃滑落」;第五十一回:西門慶、潘金蓮交歡,「婦人……已而稍寬滑落」;第七十九回:潘金蓮與醉中的西門慶交合,「初時澀滯,次後淫水浸出,稍沾滑落」。這三處性事描寫文字均出自《如意君傳》,原作:「既而淫水浸出,漸覺滑落。」可知「頃」「寬」「沾」三字均為「覺」之誤,「覺」「寬」之誤的形訛之跡甚明,而「覺」誤作「頃」「沾」則已發生了結構性變化。第七十八回:西門慶在何太監家飲酒、聽唱,三個小廝唱了一套〔正宮·端正好〕,中有「憂則憂是布衣賢士無活計,憂則憂鐵甲忙披守戰場」句。這套〔正宮·端正好〕出自元羅貫中雜劇《宋太祖龍虎風雲會》(有脈望館鈔校《古名家雜劇》、顧曲齋刊《古雜劇》、息機子編《雜劇選》、黃正位編《陽春奏》、孟稱舜編《新鐫古今名劇·酹江集》等明代傳本)第三折,此外尚見於《盛世新聲》《詞林摘豔》《雍熙樂府》等多種明代曲集。本書中「忙披」二字,各書均作「將軍」,與上句「賢士」對言。可知「忙」「披」分別係「將」「軍」草書形訛,「軍」「披」之誤為結構性變化。第八十二回:潘金蓮與陳經濟相約幽會,而恰逢經濟酒醉,金蓮不遂所願,取筆在壁上寫了四句詩:「獨步書齋睡未醒,空勞神女下巫雲。……」詩叶「庚青」韻。其中「雲」字語意不切且失韻。此詩實出自明李昌祺《剪燈餘話》卷五〈賈雲華還魂記〉,也見於據此敷演之《西湖二集》卷二十七,「雲」原作「峰」。「峰」誤作「雲」,顯然也屬結構性變化。結合「「」「宀」形誤例可知,這些含有「一」形字的互誤乃由「宀」中左「丿」草書析出所致,而與「匕」「氵」「扌」「山」等旁草書形訛。

明乎此,則可知本書中某些由偏旁有無所致誤例,絕非普通形訛那麼簡單,而是草書形訛。如:總目「贗作」第五十三回「吳月娘承歡求子媳」之「媳」(正字作「息」);第三十回「安下一頭」之「安」(正字作「按」);第三十一回「京鞋淨襪」之「京」(正字作「涼」);第三十九、六十二、六十三、七十七、七十八、八十回計 14 處「花子油」之「油」(正字作「由」);第四十六回「就把大姐的皮袄也帶了來」「等著姐又尋這件青廂皮袄」兩處之「皮」(正字作「披」);第四十七回「載至臨青馬頭上」之「青」(正字作「清」);第五十二回「西門慶坐在一張京椅兒上」之「京」(正字作「涼」)、「愁沉沉受熬煎」之兩「沉」(正字作「冗」);第六十五回「山東巡撫都御史侯濛」之「濛」(正字作「蒙」);第七十回「年清優學」之「清」(正字作「青」);第七十二回「山河礴礦家」之「礴」(正字作「帶」);第七十四回「別後清清鄭南路(陌)」之兩「清」(正字作「青」)、「我沒件好皮袄兒」之「皮」(正字作「披」);第七十八回「貂鼠披〔袄〕」之「披」(正字作「皮」);第七十九回「往來撋的××翻覆可愛」之「撋」(正字作「帶」);第八十四回「守節孤霜」之「霜」(正字作「孀」)。

(二)「冫」／「冂」、「勹」／「口」

與「冫」形字誤例相聯繫，本書有一類含有「冂」「勹」之形的字出現大幅度結構變化的誤例，如：第十七回：西門慶與李瓶兒飲酒取樂，「傍邊迎春伺候下一個小方盒，都是各樣細巧果仁、肉心……」。「肉心」不辭，實為本書語例甚多的「點心」，「肉」乃「點」之誤。第二十四回：宋惠蓮與惠祥口角，道：「若打我一下兒，我不把淫婦口裡腸拘（掏）了也不算！」第七十二回潘金蓮罵如意兒有近語：「不是韓嫂兒死氣日（白）賴在中間拉著我，我把賊沒廉恥雌漢的淫婦口裡肉也掏出他的來！」可知所謂「口裡肉」指舌頭，「腸」乃「肉」之誤。第二十七回：有性器描寫文字：「牝屋者，乃婦人牝中深極處，有屋如含苞花蕊」，出自《如意君傳》，後一「屋」字係「肉」之誤。第六十二回：李瓶兒病逝，陰陽徐先生批書：「今日丙子……煞高一丈，向西南方而去，遇太歲煞冲迎（迴），斬之，局。」此為民間祟書中斷取擇吉凶的常用款式。本書第五十九回，官哥兒死後，徐先生貼辟非黃符，即有「死者煞高三丈，向東北方而去，遇日遊神冲回不出，斬之則吉」。可見「局」乃「吉」之誤。以上各例，「點」誤作「肉」，而「肉」又誤作「腸」「屋」，「吉」誤作「局」，形變程度不可謂不大。推詳這些「冂」「勹」形字的致誤之由，可知除「冫」形草書析出外，其右「冂」形草書多居上曲縮如「つ」形，遂致半包結構中字形外露。

與此接近者，又有不少「口」形字草書互誤例。如：第十二回：西門慶生日，官客飲酒慶賀，其中有「張練練」，前一「練」為「團」之誤。「張團練」之稱出自《水滸傳》，指宋代所置團練使，本書亦多次出現。第三十五回：西門慶等飲酒行令，謝希大唱〔折桂令〕：「誰與做個成就了姻緣，便是那救苦難菩薩。」此曲見於明朱有燉《誠齋樂府》、明陳鐸《月香亭稿》及《雍熙樂府》卷十七，「做」「個」二字均為「俺」之誤。第五十九回：西門慶與鄭愛月幽歡，有詩證云：「水（紅）推西子無雙色……」此詩出自明佚名《懷春雅集》，為潘玉貞（號「海棠紅」）贈蘇道春詩，借詠海棠以自比。此處「子」為「國」之誤。所謂「西國」，指西蜀，以盛產海棠聞名。第七十三回：孟玉樓上壽，西門慶請兩個小優演唱〔集賢賓〕，中有「困將來剛困些」句。此曲為明陳鐸（大聲）所作，見於《詞林摘豔》卷七、《雍熙樂府》卷十四、《群音類選》「北腔類」卷六、《梨雲寄傲》等，後一「困」為「睡」之誤。這些「口」形字互誤例，一方面不同程度地帶有「冫」「冂」二形誤例的某些共性，另一方面又表現出一個新特點：「俺」誤作「個」、「睡」誤作「困」，非「口」形字最後都拖著一條「小尾巴」，正是這條「小尾巴」與「口」形末筆「一」聯結了起來。

掌握了《金瓶梅詞話》所據底本的這些獨特的書體特徵，我們就能夠按照歸納——演

繹——歸納的邏輯路徑，將更多的同類誤字「大膽」地從字的海洋中「揪」出來，還原其正字。

四、難題索解

《金瓶梅詞話》中有不少使人莫知所云的天書般的文字，其實都是由各種形式的訛、誤、衍、奪造成的。它們或僅出一例，或多例皆誤，令人難以從其語境中推度其語意。此處結合對《金瓶梅詞話》訛誤的類型分析，主要根據對其底本書體特徵的把握，從中選擇自崇禎本以來一直被失改或誤改的十餘例（組），略作說解（注：各例均先說明其語境，引號內為原文。）：

（一）第十二回：潘金蓮與小廝偷情，遭西門慶鞭打。金蓮辯解道：「你容奴說，奴便說；不容奴說，你就打死奴，也只臭烟了這塊地。」

按：「烟」字可疑，崇禎本改「爛」，現代校本或從改，誤。文獻中不乏近境語例：明西周生《醒世姻緣傳》第七十回：「老公可憐見，把手略擡一擡，小的就過去了；要不肯高擡貴手，也只是臭了老公席大的一塊地。」清曹去晶《姑妄言》第七回：「哥，他實實的沒有，你就處死他也沒有，不過臭這塊地。」清文康《兒女英雄傳》第三回：「只是我假如昨日果然死了，在我死這麼一千個，也不過臭一塊地。」清佚名《大八義》第八回：「將他給我圍上罷，要死不要活的。這主兒，也就是打死了他臭一塊地。」「臭」字單用，屬副詞用作動詞。又，元關漢卿《五侯宴》第一折：「員外可憐見！便摔殺了孩兒，血又不中飲，肉又不中吃，枉污了這答兒田地。」「污」與「臭」義近用同。「臭」「烟」草書形近，此屬「丬」「口」二形誤例。可知「烟」字實為「臭」字草書訛衍，當刪。本書多有同類一字二形訛衍例（參見本文第二節）。

（二）第十四回：花子虛被本族兄弟花大等告家財，李瓶兒向西門慶訴苦：「俺這個成日只在外邊胡幹，把正經事兒通不理一理兒，今日手暗不透風，却教人弄下來了」；第二十六回：西門慶設計陷害來旺，先監禁於縣衙，後遞解回原籍。宋惠蓮抱怨西門慶：「你如遞解他，也和我說聲兒，暗暗不透風，就解發遠遠的去了」。

按：此二例中的「手暗不透風」「暗暗不透風」均不見他書語例。崇禎本改兩處「透」作「通」，是（下詳）；張竹坡評本另改「手」作「下」（上讀），不確。這兩處語意都是喻指瞞騙別人，不使消息洩漏。明清小說同境用例，唯見「密不通風」。明吳還初《新民公案》一卷〈設計斷還二婦〉：「郭爺看了狀，乃問姚克廉曰：『你曾洪塘走了消息不曾？』廉曰：『小人密不通風，只是姐姐得知。』」同書四卷〈判問妖僧誑俗〉：「郭爺又叫左班牢子過來，『你速去郭源，與我擒得和尚與胡氏到此。』叫牢子要密不通風。」

明凌濛初《初刻拍案驚奇》卷二：「朝奉在家，推个別事出外，時時到此來往，密不通風，有何不好？」細詳二例，可知均由「密不通風」訛致：首先，兩個「暗」字（後一例中指前字）乃「密」（宻）草書形訛，此屬「宀」頭字互誤例，「暗」字右上「宀」即是這種草書形訛所留下的痕跡。其次，「透」為「通」草書形訛，本書另有同誤例堪與互證：第十七回：「昨日府中楊幹辦連夜奔走（來），透報與父親知道」；第七十四回：「上徹天堂，下透地府」，兩處「透」均為「通」之誤。再次，「手」乃「日」字訛衍：「日」字草書作「𠂇」，「手」字草書作「𠂆」，二者形近。本書多有同類一字二形訛衍例。最後，後一「暗」字，則是將下一「不」字誤識作重文符而轉寫訛衍（參見本文第二節）。

　　(三)第二十回：李瓶兒嫁入西門府，請西門慶派人去看守原住的獅子街房子，「那邊房子裡沒人，你好歹過去看看，委付個人兒看守，替了小廝天福兒來家使喚。那老馮老行貨子，啻啻磕磕的，獨自在那裡，我又不放心」。

　　按：其中「啻啻磕磕」語意不明，文獻中也未見用例。明清小說中多有「磕磕撞撞」例，亦即「撞撞磕磕」，用於形容老年人或因天黑等而走路不靈便的樣子。如：《西遊記》第二十三回：「却說那八戒跟著丈母行入裡面，一層層也不知多少房舍，磕磕撞撞，盡都是門檻絆脚。……磕磕撞撞，轉灣抹角，又走了半會，纔是內堂房屋。……前來蹬著門扇，後去湯著磚墻，磕磕踵踵（撞撞），跌得嘴腫頭青。」《二刻拍案驚奇》卷三十五：「誰知程老兒老不識死，想要剪綹。……磕磕捶捶（撞撞），捶（撞）到糞場邊來。」清酌玄亭主人《照世盃》卷四：「話說太公睡在床上，失去了兒子，放心不下，披著衣服，開房門出來，磕磕撞撞，扶著板壁走去，幾乎被門檻拌倒。」細詳「撞」「啻」二形，可知「啻」實即「撞」草書形訛。此亦屬「宀」形字草書互誤例。

　　(四)第二十一回：西門慶雪夜歸家，聽見吳月娘焚香拜禱，方悟此前誤解了月娘，於是走出道：「我的姐姐！我西門慶死不曉的你一片都是為我的〔心〕……」第六十九回：小張閑等幫閒被西門慶責打後，希圖訛詐王三官錢物。文嫂出主意，要帶三官去尋西門慶人情，道：「有甚難處勾當！等我出去安撫他，再安排些酒肉、點心、茶水哄他吃著，我悄悄領你從後門出去，幹事回來，他令放也不知道。」

　　按：此處二例，表面看來似無甚關聯，但卻同樣都用於表達某種「不曉的」「不知道」的情形。前例中的「死不曉的」不僅未見用例，語感亦不暢，故崇禎本於「死」下增一「也」字。後例中的「令放」不辭，崇禎本改「就便」，現代校本多改「會勝」（或許之義），但均不甚切合語境，尤其不能解釋何由誤至。實際上，口語中大凡表示想像不到的情況時，總以「夢」造語。明清小說多有語例，如：本書第六十七回：「狗材過來，我說與你罷，你做夢也夢不著。」崇禎本第五十五回：「老孫與祝麻子，做夢也不曉的

是我這裡人情。」《醒世姻緣傳》第十六回:「這事奶奶夢也不知」;第二十回:「那些人打搶得高興,夢也不曉得縣官進到廳前。」《兒女英雄傳》第二十四回:「他只顧一團高興,手口不停,夢也夢不到自己張羅的就是自己的嫁粧!」以此語此意來解此處二例,不僅曉暢自然,而且也可明白致誤之由:「死」乃「夢也」二字草書直行誤合,「夢」字草書已近簡體,即近「歹」,而「也」字草書近「匕」;「令放」二字乃「寢」(異體)草書直行誤析,此屬「宀」形字草書互誤例,即「寢」字下半「夊」形訛作「放」。本書多有同類誤合、誤析例(參見本文第二節)。

(五)第三十二回:西門慶做了提刑,眾親朋慶賀飲酒,請了鄭愛香兒、吳銀兒、韓玉釧兒三個唱的(樂妓)彈唱。應伯爵一見,戲道:「怎的,三個零布在那里來?」

按:「零布」不辭。應伯爵稱呼「唱的」的習慣用語是「小淫婦」。本回上、下文即多見,如上文:「造化了小淫婦兒」;下文:「怪小淫婦兒,什麼晚不晚」「我實和你說,小淫婦兒……」細詳「零布」二字,可知實由「小淫婦」三字訛致:「小」「淫」(滛)二字與「婦」字上右「彐」(草書近「ラ」)誤組作「零」,其中「淫」字左「氵」訛作「雨」頭左「丿」,亦屬「宀」形字互誤例;「婦」字所餘則訛作「布」。本書多有同類誤合、誤組例,此誤的特殊之處在於三字誤組作兩字。

(六)第三十五回:平安兒因放進白來創來,受到西門慶責打。眾家人、小廝議論此事。平安道:「想必是家裡沒〈晚〉米做飯,老婆不知餓得怎麼樣的,閑的沒的幹,來人家抹嘴吃,圖家裡省了一頓。也不是常法兒。不如教老婆養漢,做了忘八,倒硬朗些,不教下人唾罵。正是外頭擺浪子,家裏老婆哨家子。」

按:所謂「哨家子」不辭,崇禎本刪後二句。清邗上蒙人《風月夢》第一回有近境語例:「還有些朋友,只知終日迷戀烟花,朝朝擺酒,夜夜笙歌,家中少柴缺米,全然不顧。真是:外面搖斷膀子,家裏餓斷腸子。」兩相比較,可知「哨家子」之「哨」(其中「肖」,異體作「宵」「冐」),正應為「餓」之誤。平安兒前語即言「老婆不知餓得怎麼樣的」,堪為意證。「餓」「哨」草書形近,本書第四十四回有「月」誤作「我」例類似:「只見陳經濟走進來,叫(交)剩下的賞賜與我月娘」,「我」係「月」草書訛衍。此屬「丨」形字誤例。而如「餓×子」成語,其間「肚」字乃不二之選,「餓肚子」為常語。「肚」「家」草書形近,屬「宀」頭字草書互誤例,而「肚」字右上正有著同類誤例的「宀」形標誌。

(七)第七十二回:西門慶到潘金蓮房中,「婦人一把扣了瓜子穰兒,用碟兒盛著,安在枕頭邊,將口兒嗑著,舌支密哺送下口中」;第七十七回:西門慶與鄭愛月幽歡,「粉頭親手奉與西門慶下酒,又用舌尖嗑鳳香餅蜜送入他口中」。

按:前例中「舌支密哺送下口中」語意不明,崇禎本全刪;後例中「蜜送」不辭,

崇禎本乙轉「餅」「蜜」二字而作「蜜餅」，誤（下詳）。此二例所寫指口對口餵食，稱「哺送」，也可單用「哺」。本書第十九回：「婦人一面摟起裙子，坐在身上，噙酒哺在他口裡」；第六十七回：「一面把榼（磕）了的瓜子仁兒，滿口哺與西門慶吃」；第七十九回：「婦人把果仁兒用舌尖哺與西門慶吃」。清夏敬渠《野叟曝言》第十七回：「鸞吹進房取參，喝著府（廚）婢們進去，拿出頂號大參，素娥細細嚼哺。直哺到一更天，又李面色方轉，口鼻之氣亦漸溫和，開眼看著……素娥伏在頭邊，嚼參哺送」；第六十七回：「向來承值參藥的，是都含著參湯一口一口的哺送下去」。清陳忱《水滸後傳》第五回：「媚娘道：『爹娘在家啼哭，放心不下。』畢豐道：『明日請來在這裏一處過活。』又哺酒與他喫。」這些語例，足證前例中「支」係「尖」之形訛，並且前例「密」（客）衍、後例「蜜」誤，二字均由「哺」字草書訛致。此屬典型的「宀」頭字草書互誤例。

（八）第七十二回：李銘受李桂姐牽連，一度與西門慶家斷了來往。應伯爵點撥李銘：「如今時年，尚個奉承的。……你若撐硬船兒，誰理你？休說你每！隨機應變，全要四水兒活，纔得轉出錢來；你若撞東墻，別人吃飯飽了，你還忍餓。」

按：「四水兒活」令人費解，崇禎本改「四」作「似」，似通而無據。文獻中既無「四水兒活」，也無「似水兒活」語。相同語境，明清小說中並不鮮見，用「圓活」，指說話、處事靈活，不拘執死板。如：《水滸傳》第二十二回：「我只怕雷橫執著，不會週全人，倘或見了兄長，沒箇做圓活處，因此小弟賺他在莊前，一逕自來和兄長說話。」明佚名《檮杌閒評》第十六回：「不妨，此處不通內宅；且舍親也是極圓活的。」《姑妄言》第十九回：「你方纔說的話固然是，但奶奶的性格比不得我圓活，誰敢去捋虎鬚？」清隨緣下士《林蘭香》第六十回：「你妻子的心性醇謹似大娘，不怕他不會持家；行事圓活似三娘，不怕他不會待人。」清佚名《三鳳緣》下卷第十齣：「哈，老爺本不肯見你，是我再三說了，叫你進去。說話要圓活些。」細審「四水」二字，實為「圓」字草書誤析：「冂」形居上縮如「一」形，與「口」合而訛作「四」；「貝」字訛作「水」（草書作「⿰」）。此亦屬「口」形字草書互誤例。至於「兒」字，則係「活」字草書訛衍。本書多有同類「兒」字草書互誤例及同類一字二形訛衍例，茲不贅。

（九）第七十三回：孟玉樓生日，有小優兒邵謙、韓佐席間彈唱。月娘分付教唱「〔效〕比翼，成連理」，西門慶卻分付唱「憶吹簫」。金蓮道：「……支使的一飄個小王八子亂騰騰的，不知依那個的是。」

按：「一飄個」不辭，崇禎本刪此三字。本回上文多有：「邵鎌（謙）、韓佐兩個優兒」；「兩個小優兒也來了」；「你今日怎的叫恁兩個新小王八子」等語。可知「一」「飄」二字實由「兩」草書誤析：「兩」草書作「⿰」，上「一」析出，下「内」訛作「飄」。

本書多有一字誤析作二字例（參見本文第二節），亦屬「「」形字草書互誤例。

（十）第九十二回：陳經濟在嚴州企圖勾引孟玉樓不遂而反遭玉樓奚落，於是威脅玉樓道：「我教你不要謊（慌），到八字八鍰兒上，和你答話！」

按：所謂「八字八鍰」，語意難明。有現代校本從官衙外牆呈「八字」形，認為當指衙門，然僅屬猜測，並無實據。明清小說中「八×八×」式的成語，只有「八擡八綽」，指八人抬、八人簇擁的大轎，多形容排場或氣勢大；也代指高官。《西遊記》第六十二回：「那當駕官即備大轎一乘、黃傘一柄，錦衣衛點起校尉，將行者八擡八綽，大四聲喝路，徑至金光寺。」明馮夢龍《醒世恒言》第三十四卷：「朱家人也不打他，推的推，扯的扯，到像八擡八綽一般，腳不點地，竟拿上船。」《兒女英雄傳》第十五回：「老弟，你好造化！看這樣子，將來準是個八擡八座罷咧！」（「座」係「綽」音變。）本書又作「八擡八簇」：第六十五回：「黃太尉穿大紅五彩雙掛繡蟒，坐八擡八簇銀頂暖轎」；第七十回：朱太尉坐「八擡八簇肩輿明轎」（「簇」由「綽」音轉）。再比較二語字形：「綽」草書作「**綽**」，與「鍰」草書形近；而「擡」與「字」字形差異雖大，卻帶有「宀」頭字草書互誤例的明顯特徵：右上作「宀」。由此可知，「八字八鍰」實應作「八擡八綽」，此處代指高官，蓋由玉樓夫家本身即官宦人家，故經濟有此說。

（十一）第九十五回：薛嫂兒為周守備家買丫頭，對春梅道：「我替他領了這箇孩子來了。到是鄉裡人家女孩兒，今年纔十二歲，正是養材兒，只好狗漱著學做生活。」

按：「狗漱」不辭，崇禎本刪此句；現代校本多改作「拘束」，前字形近意切當是，然後字顯然不確，無論作者還是傳抄者都沒有以「漱」代「束」之音的必要。在由「拘」字所組諸詞（如拘束、拘禁、拘緊、拘繫）中，於此處語境最為切合的是「拘管」。本書第六十二回：「那大丫頭迎春，已是他爹收用過的，出不去了，我教與你大娘房裡拘管著。」明馮夢龍《警世通言》第三十五卷：「他自幼在丘家被邵大娘拘管得嚴，何曾嘗酒的滋味？」明古吳金木散人《鼓掌絕塵》第七回：「二來只說我一個女侍拘管不到，被他走了，可不壞了家聲？」細審「漱」字，實即由「管」（俗體）訛致。「管」字俗作「**會**」（「竹」作「宀」，本書原刻本多見），草書作「**管**」，與「漱」草書形近；「宀」形左「丿」析出，訛作「氵」旁。

從某種意義上講，《金瓶梅詞話》的文本校勘是一項難度堪比密碼破譯的複雜工程，不僅需要有扎實、廣博的文獻基礎，還要有俗字、草書等方面的知識，更重要的是，必須要運用哲學思維、科學方法，纔能一步步探察出其規律性，從而最大限度地恢復其本來面目。

附　錄

一、楊國玉小傳

　　男，1965 年 12 月 22 日生，哲學碩士，現為河北工程大學社會科學部副教授，長期從事《哲學》及《自然辯證法》教學。學術方向為明清人文思潮。在《金瓶梅》研究方面，注重新資料的發掘和方法論的概括，將論理與實證有機結合，撰寫、發表過學術論文近二十篇。現為中國金瓶梅研究會（籌）理事。

二、楊國玉《金瓶梅》研究校注、論文目錄

（一）校注

1. 《金瓶梅詞話》校注（全國高校古籍整理研究工作委員會 2011 年度資助項目，課題編號：GJ2011006）

（二）論文

1. 《金瓶梅》敘事時序中「舛誤」干支揭秘——《金瓶梅》創作年代新考之一
河北建築科技學院學報，2000 年第 3 期。

2. 《金瓶梅》人物命詞索隱——《金瓶梅》創作年代新考之二
河北建築科技學院學報（社科版），2000 年第 4 期。

3. 《金瓶梅》文本結構探微
保定師專學報，2001 年第 1 期。

4. 《金瓶梅》研究的新起點——「弄珠客思白」致丁惟寧書札辯證
河北建築科技學院學報，2001 年第 1 期；金瓶梅研究，第七輯，北京：知識出版社 2002 年。

5. 《金瓶梅》故事編年釐正
河北建築科技學院學報，2002 年第 2 期。

6. 《金瓶梅》行用方言探原——兼談近古方言語詞研究的方法論問題
金瓶梅研究，第八輯，北京：中國文史出版社 2005 年。

7. 從習慣用語的變化看《金瓶梅》的文本結構
金瓶梅文化研究，第五輯，北京：群言出版社 2007 年。

8. 《金瓶梅》序作者「東吳弄珠客」續考
徐州工程學院學報，2007 年第 9 期。

9. 《金瓶梅》的謎底在諸城丁家——丁純、丁惟寧父子創作《金瓶梅》考
《金瓶梅》與臨清，第六屆國際《金瓶梅》學術討論會論文集，濟南：齊魯書社 2008 年。

10. 新見《金瓶梅》抄借《百家公案》素材述略
〔韓國〕《中國小說論叢》，第 30 輯，2009 年 9 月。

11. 《金瓶梅》第五十三至五十七回「贋作」勘疑——從語詞運用的個性、地域特點看《金瓶梅》的「贋作」公案
《金瓶梅》與清河，第七屆國際《金瓶梅》學術討論會論文集，長春：吉林大學出

版社 2010 年。

12. 新見周靜軒《秉燭清談》佚文

　　河北工程大學學報，2011 年第 2 期。

13. 追蹤「南海愛日老人」——關於〈《續金瓶梅》序〉的考證

　　金瓶梅研究，第七屆國際《金瓶梅》學術討論會專輯，北京：北京藝術與科學電子
　　出版社 2011 年。

14. 明代帝諱與《新刻金瓶梅詞話》刊本的諱字問題——從帝諱角度對現存「萬曆本」
　　刊刻版次及年代的梯次考證

　　2012 臺灣金瓶梅國際學術研討會論文集，臺北：里仁書局，2013 年。

15. 新見《金瓶梅》抄引明文言小說素材考略——兼談周禮《秉燭清談》《湖海奇聞》
　　的佚文

　　金瓶梅文化研究，第六輯，北京：中國文史出版社 2013 年。

後　記

　　倏忽之間，涉足《金瓶梅》研究已經有十多年時間了。在這十多年間，除了正常的教學工作外，我幾乎把大部分精力都放在了《金瓶梅》研究上，孜孜以求，其間的甘苦只有自己最清楚。我會為每一個哪怕細小的發現而欣喜不已，同時也為可利用的資料之匱乏感到懊惱，為某些謎題的不得其解而困惑。在這樣亦苦亦樂的尋索過程中，我陸續將自己的所思所想寫成了系列論文，在《金瓶梅研究》、韓國《中國小說論叢》《燕趙學術》等學術刊物上發表。時光飛逝，自覺沒有擲光陰於虛牝，這還是聊以自慰的。感謝臺灣學生書局，出於對《金瓶梅》研究的關注和支持，出版「金學叢書」，使我這些稚嫩的文字有機會得以結集。其中的某些篇什曾以單篇論文的形式發表過，此次收入本書，除了細緻核校文獻、進行必要的體例調整外，一般不作文字改動，保持其本來面目。現在，這本小書就擺在了讀者面前，期待著讀者諸君的評判。

　　在大學、研究生階段，我讀的都是哲學；在大學裏長期從教，教的也是本科的《哲學》、研究生的《自然辯證法》課程。用了這麼長的時間、投入了這麼多的精力去研究一部古典文學作品，這似乎顯得有些奇怪。不少師友也問過我同樣的問題。我的回答是：此為偶然中的必然，必然中的偶然。說起與《金瓶梅》結緣，除了與我研究明清人文思潮的學術方向有關外，恐怕更與本人喜歡探求未知的天性密切相關，而《金瓶梅》只是恰巧提供了這麼一個平台而已。《金瓶梅》是中國文學史上的一部不朽名著，也是一部有著太多的神秘、太多的謎團的書。讀到《金瓶梅》，最初是為其文學魅力所征服，繼而為那些未解之謎所吸引，於是便一頭扎了進去，先是成書年代、作者，後來是文本、方言、語詞、「贗作」、素材……不由自主、無怨無悔地越陷越深。當然，在研究、探索的過程中，我的哲學背景還是發揮了重要作用。我向來認為，在科學研究領域，應當少一些純文學的想像，而多幾分哲學的理性。所以，在《金瓶梅》研究方面，我一直要求自己，不輕下斷語，不迷信「定論」，而採取審慎的態度，運用科學的方法，以期得出更加可靠的結論。是否做到了這一點，也呈請讀者諸君指教。

　　在研究《金瓶梅》的過程中，所遇到的最大的實際困難來自於資料方面。為此，我的許多位研究生時期的師弟提供了巨大的幫助，特別是孫微博士、任傑博士，他們在緊張的學習、工作之餘，為我查閱、複印了大量寶貴資料，從而保證了我的研究工作能夠

順利進行。在此,深致謝意。

　　最後,還需要說的是,我的妻子劉莉除在生活上給予了我無微不至的照顧,更是一向支持我的研究工作,卻不幸身患重症,英年早逝。謹將此書作為一炷心香,告慰愛妻在天不滅的芳靈。

　　是為記。

楊國玉

2014、3、22

國家圖書館出版品預行編目資料

楊國玉《金瓶梅》研究精選集

楊國玉著.－ 初版.－ 臺北市：臺灣學生，2015.06
面；公分（金學叢書第 2 輯；第 3 冊）

ISBN 978-957-15-1652-3 (精裝)

1. 金瓶梅 2. 研究考訂

857.48　　　　　　　　　　　　　　104008042

楊國玉《金瓶梅》研究精選集

著　作　者：楊　　　　　國　　　　　玉
主　　　編：吳　敢、胡　衍　南、霍　現　俊
出　版　者：臺　灣　學　生　書　局　有　限　公　司
發　行　人：楊　　　　　雲　　　　　龍
發　行　所：臺　灣　學　生　書　局　有　限　公　司
　　　　　　臺北市和平東路一段七十五巷十一號
　　　　　　郵 政 劃 撥 帳 號：０００２４６６８
　　　　　　電　話　：（０２）２３９２８１８５
　　　　　　傳　眞　：（０２）２３９２８１０５
　　　　　　E-mail：student.book@msa.hinet.net
　　　　　　http://www.studentbook.com.tw

定價：精裝 30 冊不分售
　　　新臺幣 45000 元

二 〇 一 五 年 六 月 初 版

金學叢書 第二輯